Kathleen E. Woodiwiss

# Die Rose von Cornwall

Roman

Deutsch von Eva Malsch
und Gabi Langmack



blanvalet

Die Originalausgabe erschien unter dem Titel
»The Reluctant Suitor« bei William Morrow,
an imprint of HarperCollins Publishers, Inc., New York.

*Umwelthinweis:*
Alle bedruckten Materialien dieses Taschenbuches
sind chlorfrei und umweltschonend.

Einmalige Sonderausgabe Januar 2006
bei Blanvalet, einem Unternehmen der Verlagsgruppe
Random House GmbH, München.

Umschlaggestaltung: Design Team München
Umschlagfoto: photonica
ES · Herstellung: LW
Druck und Einband: GGP Media GmbH, Pößneck
Printed in Germany
ISBN-10: 3-442-36414-0
ISBN-13: 978-3-442-36414-5

www.blanvalet-verlag.de

*Meiner guten Freundin*
*Laurie McBain.*
*Ähnelten wir einander im Denken noch mehr,*
*wir wären Zwillinge.*

# Kapitel 1

*Auf dem Lande, nordöstlich von Bath und Bradford-on-Avon, in Wiltshire, England, 5. September 1815*

Lady Adriana Sutton eilte den anmutigen Säulengang Randwulf Manors entlang und lachte glockenhell über die Schulter zurück, während sie gewandt der ausgestreckten Hand ihres eilfertigen Verehrers auswich. Der war ihrem Beispiel gefolgt, vom Pferd gesprungen und rannte ihr nun hinterher, um sie abzufangen, bevor sie die steinernen Stufen hinaufhastete und ins jakobinische Herrenhaus der Nachbarn und besten Freunde ihrer Familie flüchtete. Die massive Tür öffnete sich und ein hoch gewachsener, dürrer, alter Butler trat zur Seite, um mit gelassener Würde ihr Eintreten abzuwarten.

»Oh, Harrison, Sie sind wirklich ein Schatz«, trillerte Adriana vergnügt, während sie ins geräumige Vestibül flatterte. Hinter dem Butler in Sicherheit, warf sie sich für ihren Verfolger, der schwankend an der Schwelle zum Stehen gekommen war, neckisch in Siegerpose und zog verwundert die Augenbrauen hoch. So begeistert ihr Roger Elston nun fast ein Jahr lang auf den Fersen war, wobei er auch uneingeladen auftauchte, schien es doch, als sei seine Furcht vorm alten Lord Sedgwick, dem sechsten Marquess of Randwulf, in den Monaten seit dessen Tod eher größer als kleiner geworden.

Es hatte sicher nicht an dem alten Herrn gelegen, dass die spontanen Besuche des jungen Mannes Lord Sedgwick zunehmend erbost hatten. Aber Roger war in seinem Bestreben, ihre Hand zu gewinnen – als ob das auch nur im Entferntesten möglich gewesen wäre! – ungewöhnlich hartnäckig gewesen. Seine Dreistigkeit hatte erstaunliche Ausmaße erreicht. Wann immer eine ausgesuchte Gesellschaft geladen war oder enge Freunde sich bei den Wyndhams oder Adrianas Familie privat zum Dinner trafen – sobald auch Adriana zugegen war, tauchte unter diesem oder jenem Vorwand auch ihr starrsinniger Verehrer auf, selbst wenn er nur ein, zwei Minuten mit ihr sprach. Sie bereute inzwischen, dass sie ihm jenen ersten, unangemeldeten Besuch zu Hause auf Wakefield Manor hatte durchgehen lassen. Sogar, nachdem Vater Elstons kühnen Heiratsantrag rundweg verworfen und ihm erklärt hatte, dass Adriana bereits vergeben sei, hatte Roger sie doch überallhin verfolgt.

Ihr war zwar klar, dass es einer harten Zurechtweisung bedurfte, ihn endgültig aus ihrer Umgebung zu verbannen, aber Adriana hatte da ihre Bedenken. Immer wenn sie kurz davor war, den Kontakt abzubrechen, erschien Roger ihr als ein so verlorenes Wesen, so von schwerer Kindheit gezeichnet, dass ihr stets all die hilflosen Kreaturen einfielen, die sie als Kind zusammen mit ihrer besten Freundin Samantha Wyndham aufgepäppelt hatte. Und es war doch unbillig, einem Wesen, das verzweifelt ein bisschen menschliche Wärme brauchte, weniger Mitgefühl angedeihen zu lassen.

»Mir scheint, der feige Bursche da hat Angst vor Ihnen, Harrison«, mutmaßte Adriana spöttisch, hob die Reitgerte und zeigte auf ihren gut aussehenden, jungenhaften Verehrer. »Seine Abneigung, es mit jemandem wie Ihnen aufzunehmen, hat mir schlicht einen Vorteil eingebracht. Hätten Sie nicht schon die Tür geöffnet, hätte Mr Elston mich höchstwahrscheinlich eingeholt und mich bereuen lassen, dass ich und Ulysses ihn auf diesem armseligen Gaul allein gelassen haben, auf dem er uns mal wieder nachgetrottet ist.«

Obwohl Roger zum heutigen Ausritt nicht geladen gewesen war, war er nichtsdestotrotz genau in jenem Moment auf Wakefield Manor erschienen, als hoch zu Pferd Adrianas

Freunde eintrafen, um sie und eine neue Bekannte zu begleiten. Was war ihr anderes übrig geblieben, als Roger höflich ein Pferd anzubieten? Obwohl er wusste, dass ihre Eltern schon vor Jahren einen offiziellen Vertrag unterzeichnet hatten, der sie einem anderen versprach, schien seine Beharrlichkeit ungebrochen. Sie fragte sich, ob der Mann wirklich glaubte, ein solches Dokument zunichte machen und aus eigener Kraft ihre Hand gewinnen zu können.

Adriana gab sich perplex und zog die elegant geschwungenen Augenbrauen zusammen, während sie einen schlanken Finger ans Kinn legte. »Ich habe versucht, Ulysses zu zügeln, aber ich fürchte, er erträgt es einfach nicht, ein anderes Pferd davongaloppieren zu sehen. Er weigert sich sogar, neben den ihm vertrauten Wallachen aus unserem Stall zu gehen, wie Mr Elston nach seinem heutigen Versuch, mit uns mitzuhalten, sicher bezeugen kann. Der Apfelschimmel scheint es geradezu als persönlichen Affront aufzufassen, auch nur mit den Wallachen in Verbindung gebracht zu werden. Sie wissen ja selber, Harrison, dass Lord Sedgwick sich recht häufig über den unbeugsamen Willen des Hengstes beklagt hat.«

Das flüchtige Lächeln des Butlers verriet den Humor, der sich aber zumeist unter einer würdevollen Miene verbarg. »Sicher, Mylady, das hat er. Aber immer mit einem stolzen Glitzern im Blick, weil Sie solch einen eigensinnigen Hengst zu bändigen wussten. Seine Lordschaft hatte große Freude daran, jedem, der es hören wollte, von Ihrem Können vorzuschwärmen. Er war auf Sie genauso stolz wie auf seine eigene geliebte Tochter.«

Seit vielen Dekaden in Diensten der Wyndhams, erinnerte sich Harrison genau an den Tag, als die Suttons auf Randwulf Manor eingetroffen waren, um ihre dritte und jüngste Tochter vorzustellen. Und nun, kaum ein paar Jahre später, hatte die Lady die Zuneigung fast aller im Hause gewonnen. Was ihre Reitkünste anging, hatte Harrison vom alten Lord nur Lobendes gehört. Sie ritt gut genug, den Dünkel eines jeden vom eigenen Talent überzeugten Reitersmannes zu erschüttern. In Anbetracht der mangelnden Erfahrung, die ihr jetziger Begleiter noch vor knapp einem Jahr an den Tag gelegt hatte, überraschte es nicht, dass er ständig den Kürzeren zog. Doch die Niederlagen hatten seinen Siegeswillen in einem Maße bestärkt, dass er mittlerweile meist besser abschnitt als die anderen Teilnehmer ihrer spontanen Rennen. Diesmal war er dem Mädchen immerhin dicht auf den Fersen gewesen, als sie das Haus betreten hatte. Betrachtete man andererseits die Entfernung zwischen der Stelle, wo sie die Pferde angebunden hatten, und dem Haus, dann hatte sein ausgreifender, männlicher Schritt ihren Verfolger in der letzten Phase des Wettkampfs begünstigt.

»Natürlich hat kein anderes Ross das Herz, es mit den heroischen Anstrengungen des Apfelschimmels aufzunehmen … oder dessen entfesselter Reiterin. Nichtsdestotrotz scheint Mr Elston entschlossen, Sie einzuholen. Möglicherweise gelingt es ihm eines Tages auch.«

Alfred Harrison hatte sich in langen Jahren als oberster Dienstbote Randwulf Manors etabliert, einer in jeder Hinsicht verdienten Position, der er sich mit pflichtschuldiger Loyalität verschrieben hatte. Im Beisein einer derart respektierten Säule des Haushalts war es Roger Elston wahrlich nicht wohl dabei, so hereinzuplatzen. Sosehr er die Lady auch besitzen wollte, es ließ sich nicht leugnen, dass es ihm eine Menge abverlangte, mit reichen Aristokraten zu fraternisieren, die mit hochtrabenden Titeln und respektierten Namen groß geworden waren. Seine Hartnäckigkeit hatte ganze Heerscharen junger Lords erzürnt, die um Adrianas Hand wetteiferten, doch er hatte schon vor Monaten entschieden, dass der Siegerpreis jede Auseinandersetzung wert war. Hätte sein Vater nicht die ansehnliche Wollspinnerei am Rande Bradford-on-Avons geerbt und ihm befohlen, sich in Geschäftsführung und Wollhandel einzuarbeiten, er hätte nie das Londoner Waisenhaus verlassen, wo er seit seinem neunten Jahr gelebt und von den achtzehn Jahren dort zehn als Lehrer gearbeitet hatte. In Anbetracht seiner äußerst bescheidenen Herkunft war es ein echtes Wunder, dass er sich überhaupt hier aufhalten durfte. Wäre da nicht die tiefe, langjährige Zuneigung der Wyndhams zu Lady Adriana gewesen und die Angst, sie mit der Frage nach dem Herrn in ihrem Schlepptau in Verlegenheit zu bringen, ein Mann von solch niederer Herkunft wäre an der Eingangstür abgewiesen worden. Gespreizt vornehm nahm Roger den Hut ab, richtete sich gerade und suchte die Aufmerksamkeit des Butlers zu erregen, damit dieser ihn hereinbat. Doch als an sein Ohr das tiefe, gedämpfte Knurren der beiden alten Wolfshunde drang, die frei über das Anwesen und durch das palastartige Herrenhaus stromerten, erstarrte er schlagartig. Schon vor Monaten hatte er erfahren müssen, dass er weder im Haus noch draußen sicher war, wenn Leo und Aris im Anmarsch waren. Die beiden schienen darauf versessen, die scharfen Fänge in ihn hineinzubohren. Auch wenn das Benehmen der Familie über jeden Zweifel erhaben war, von den beiden Hunden konnte man das nicht behaupten.

In den elegant geschwungenen, girlandenverzierten Arkaden, die auf zwei Stockwerken die riesige Halle im Herzen des Herrenhauses von den eleganten Flurgewölben trennten, zeigte sich die ganze Meisterschaft der Steinmetze vergangener Tage. Zwei der Korridore gingen vom Vestibül ab, das selbst schon groß genug war, eine Menschenmenge zu beherbergen. Von hier aus liefen die beiden Flure die gesamte Tiefe des Anwesens hinunter und an der südlichen beziehungsweise nördlichen Seite der großen Halle entlang, die in ihrer Art typisch für ein altes Burggebäude war; aufgebockte Tischplatten, an die sich thronähnliche Stühle reihten, erinnerten beim Speisen ans Mittelalter. Auf der Südseite führte der Flur am Salon vorbei, an dessen Tür die Lady und der Butler sich unterhielten. Direkt neben dem mächtigen Raum kennzeichneten steinerne Bögen, ähnlich denen der Halle, die Galerie. Dann folgte die Bibliothek mit ihrer wunderbar getäfelten Tür und am hinteren Ende des Herrenhauses waren ein paar geschliffene Kristalltüren zu sehen, die in einen enormen, verglasten Wintergarten hinausführten, der gerade im Widerschein der nachmittäglichen Sonne erstrahlte.

Das Knurren hätte aus jeder Räumlichkeit auf der Südseite des Hauses kommen können und wegen der offenen Steinbögen war auch die Galerie für die Hunde zugänglich. Außerdem konnte man die beiden oft dort sehen, wie sie sich im Gewirr der Sonnenflecken aalten.

Roger reckte vorsichtig den Hals und versuchte in die Galerie zu spähen doch von seinem Standort aus war es nicht möglich, ins Innere des Raumes zu sehen. Die bunt verglasten Fenster an der Außenwand hätten es ihm allerdings ohnehin schwer gemacht, die Wolfshunde zu lokalisieren. In ihren anmutigen Steinbögen, die denen auf der anderen Seite des Raumes ähnelten, stellten die prächtig kolorierten Fenster eine beeindruckende, kunstfertige Ahnengalerie dar. Unter den Vorfahren der Wyndhams, die tapfer zum Ruhm der Familie beigetragen hatten, befanden sich Ritter in ihren Kampfesrüstungen, deren Heldenmut sie unsterblich gemacht hatte, Damen, die sich der guten Sache verschrieben hatten, und ein vornehmer Gelehrter mit einem Olivenzweig in der Hand. Von den ersten Wintermonaten bis zum Frühsommer warf die Sonne vom späten Nachmittag bis zur Dämmerung ihre Strahlen durch die bleiverglasten Scheiben und schuf eine seltsame Mischung vielfarbiger Strahlen, die den ganzen Raum durchfluteten und dem Betrachter Augen und Sinne schwirren ließen.

Es war jetzt fast drei Uhr und schon erstreckte sich die lodernde Pracht aus kräftig bunten Strahlen bis hin zur großen Halle.

Roger führte sein plötzliches Schwindelgefühl auf das buntscheckige Leuchten im Korridor zurück, nicht auf den rasenden Herzschlag, musste sich seinen Irrtum aber eingestehen, als er im Meer sonnenheller Farben zwei böse funkelnde Augenpaare entdeckte. Unterhalb der stechenden Augäpfel fletschten wütend weiße Fangzähne. Die Gefahr war offensichtlich … und äußerst Furcht einflößend; jeden Moment konnten sich die riesigen Biester zum Angriff entschließen und die stählernen Kiefer in seine Arme und Beine verbeißen, wenn nicht sogar den Hals. Sie warteten nur noch auf irgendeine Drohgebärde, um loszustürzen, weshalb Roger es nicht wagte, auch nur die Augenbraue hochzuziehen.

Unglaublich, die Sekunden flogen dahin, und die Hunde verharrten wie festgewurzelt in Angriffshaltung, als hätte irgendein Zaubertrunk sie in zwei granitene Standbilder verwandelt, auf deren Unbeweglichkeit Roger zu seinem Bedauern aber nicht wirklich vertrauen konnte. Der versteinerten Haltung zum Trotz bildeten die Rückenhaare mittlerweile deutliche Kämme und zeugten vom ungebrochenen Misstrauen ihm oder jedem anderen gegenüber, den die Hunde als Außenseiter betrachteten … nur dass sie in diesem Fall eine Art von beschützender Haltung eingenommen hatten, und zwar auf beiden Seiten eines hoch gewachsenen Mannes in Offiziersuniform, der am hinteren Ende der Galerie im Gang stand. Dass er sich schwer auf einen Stock stützte zeigte, dass auch er im Krieg gegen Frankreich verletzt worden war, vielleicht sogar erst kürzlich in der Schlacht von Waterloo oder den darauf folgenden Scharmützeln, die dort nach wie vor tobten. Soweit sich das einigermaßen sagen ließ, hatte die Ankunft der Lady ihn innehalten lassen, denn sein strenger, prüfender Blick schien allein ihr zu gelten.

Dafür, dass die Wolfshunde den Neuling akzeptierten, gab es keinerlei einleuchtende Erklärung, zumindest keine, die Roger bekannt gewesen wäre. Treue Ergebenheit der Art, wie Roger sie gerade beobachten konnte, war normalerweise für den engsten Familienkreis reserviert, was die Hunde mit ihrer bedingungslosen Ergebenheit dem alten Lord gegenüber unter Beweis gestellt hatten; jenem alten Lord, den Roger, auch wenn er nie einen handfesten Beweis gefunden hatte, in Verdacht gehabt hatte, die Feindseligkeit seiner Schoßhunde anzustacheln, um die vielen Verehrer abzuschrecken, die um Lady Adrianas Aufmerksamkeit buhlten. Vor Lord Sedgwicks Erkrankung und Tod hatten es sich die Hoffnungsvolleren unter ihnen zur Gewohnheit gemacht, in Scharen über die an Wakefield und Randwulf Manor grenzenden Landsitze hereinzubrechen, um sich nur irgendwie in Adriana Suttons Nähe aufzuhalten. Mancher interessierte sich auch deshalb für die Lady, weil sie nicht nur atemberaubend schön war, sondern ihrem Bräutigam darüber hinaus auch eine Mitgift einbrachte, die einen Bettelmann zum glückstrahlenden Gentleman machen konnte.

Die Hunde hatten jedenfalls Seiner Lordschaft gehört, dem es ein Leichtes gewesen wäre, ihre Angriffslust zu schüren. Die von der Lady berauschten Galane schienen Lord Sedgwick nach außen hin zwar aufrichtig amüsiert zu haben, doch einst hatte Seine Lordschaft entschieden, dass sein eigener Sohn die Dame ehelichen sollte, was in Rogers Augen Grund genug war, die liebeskranken Herren von den Hunden verscheuchen zu lassen.

Weshalb die Hunde das Kommen und Gehen der Dienstboten tolerierten, war Roger zusätzlich ein Rätsel, es sei denn, die Hunde unterschieden die Angestellten anhand der Uniformen von Besuchern und Fremden. Wenn Roger Lady Adriana bei jeder mehr oder weniger passenden Gelegenheit nach Randwulf Manor nachstellte, erregte er genauso viel Missgunst wie der Rest ihrer Bewunderer, während Adriana selbst von Aris und Leo geliebt wurde wie sonst nur Familienmitglieder. Das und die Unerbittlichkeit der Hunde, was Außenseiter betraf, machte ihn umso neugieriger, was die Verbindung dieses Offiziers zu den Hausbewohnern anging.

Da er sich an den Mann einfach nicht erinnerte, sah Roger sich vor die Aufgabe gestellt, von Grund auf ausknobeln zu müssen, wer der Neuankömmling war. Falls es sich lediglich um einen Bekannten handelte oder einen entfernten Verwandten, warum akzeptierten die Hunde ihn dann so bereitwillig?

So verwirrend es auch war, Roger konnte sich des Eindrucks nicht erwehren, den Offizier früher schon einmal gesehen zu haben, zumindest aber jemanden, der ihm sehr ähnelte. Ein solches Gesicht vergaß man nicht. Es hatte alles, was Roger mittlerweile neidisch werden ließ: klare, edle Züge und eine um einiges männlichere Schönheit als sein eigenes, hübsches Gesicht, das wohl noch bis weit in die Zukunft lästig jungenhaft aussehen würde, wie er seit einigen Jahren befürchtete. Er hatte zwar kürzlich seinen siebenundzwanzigsten Geburtstag gefeiert, aber ärgerlicherweise hielt man ihn ständig für ein junges Bürschlein.

Falls der Offizier tatsächlich Gast des Hauses war, würde Roger sich im Geiste gegen die autoritäre Aura des Mannes wappnen müssen, die zweifelsohne einer überheblichen Lebenseinstellung oder seinem militärischen Rang entsprang. Sein Alter war nämlich noch keinesfalls respektgebietend. Er konnte nicht älter als bestenfalls fünfunddreißig Jahre sein.

Die imposante Präsenz des Fremden wirkte im Haus des verstorbenen Marquess höchst unangemessen. Er hatte eine Augenbraue in luftige Höhen gezogen und schien wütend auf den alten Butler zu sein, der für alles andere taub war, da er sich selbst angeregt mit der Lady unterhielt, während der Offizier offensichtlich erwartete, der Dame postwendend vorgestellt zu werden, als stünde ihm dies von Rechts wegen zu. Vielleicht hatte ihn, wie seine Vorgänger auch, die ungewöhnliche Schönheit der Lady in Bann geschlagen. Was ein ganz normaler Vorgang gewesen wäre, der Roger allerdings schwer aufs Gemüt drückte, wann immer er sich im Kreis ihrer aristokratischen Verehrer fand.

*Wer, zum Teufel, war dieser Kerl?*

Doch als die Tochter des verstorbenen Lords ihn aus dem Weg schubste, dachte er nicht weiter über die Frage nach. Samantha Galia Wyndham Burke war gerade erst auf dem Landsitz ihrer Familie eingetroffen, nachdem sie beim nachmittäglichen Wettrennen abgehängt worden war. Ganz wie ihre beste Freundin entzog auch sie sich neckisch einem Verfolger, in ihrem Fall dem rotblonden Herrn, mit dem sie seit fast zwei Jahren verheiratet war. Sie lugte kurz über die Schulter und sah ihn rasch die Distanz verkürzen.

Groß gewachsen und mit langem, ausgreifendem Schritt war Perceval Burke definitiv im Vorteil. Er fing seine hellauf lachende, protestierende Frau in der Armbeuge ein und schwang sie verschlagen lächelnd zu sich herum. »Jetzt habe ich Sie, meine Liebe.«

Samantha nahm den Hut ab, schaute unter langen, seidigen Wimpern zu ihrem attraktiven Ehemann auf und verzog schüchtern die Mundwinkel. »Sir, wollen Sie mich etwa glauben machen, ich sei in Gefahr?«

Rotblonde Wimpern wölbten sich diabolisch über strahlend blauen Augen. »In allergrößter, fürchte ich.«

Samantha senkte mit pefekt gespielter Zerknirschung die Lider, während ihre behandschuhten Finger an den Knöpfen seiner Wildlederweste spielten. Sie zügelte ihre Ausgelassenheit, auch wenn die Mundwinkel zum Zucken aufgelegt schienen. »Dann, vermute ich, muss ich dem wohl Tribut zollen.«

»Allerdings«, murmelte ihr Ehemann heiser und drückte ihren Arm. »Sobald wir zu Hause sind, werde ich umgehend dafür Sorge tragen.«

Die Ankunft des nächsten Paares gestaltete sich deutlich würdiger als die des ersten. Major Lord Stuart Burke wurde seit einiger Zeit von einer überaus schmerzhaften Verwundung geplagt, die er während der Schlacht von Waterloo an der linken Hinterbacke erlitten hatte. Dennoch blieb sein Benehmen über jeden Zweifel erhaben. Ganz der galante Offizier und Gentleman hatte er auf dem stützenden Arm die entzückend behandschuhte Hand der jungen und enorm einnehmenden Miss Felicity Fairchild, die neu im nahe gelegenen Bradford-on-Avon angekommen war und nun mit kleinen, gezierten Schritten und sittsamem Lächeln neben ihm hertrippelte.

Roger folgte, von der Ankunft der beiden Paare ermutigt, in

deren Kielwasser und suchte seine Daseinsberechtigung weiter zu untermauern, indem er Percevals Beispiel folgte. Er riskierte viel, eilte auf Adriana zu, zuversichtlich, sie überrumpeln zu können. Wenn es etwas gab, wodurch er sich auszeichnete, dann waren es Tempo und Wendigkeit. Vor Mutters Tod und seiner Internierung ins Waisenhaus hatte er auf den verwahrlosten Londoner Gassen für sie beide gesorgt und dabei schon in jungen Jahren gelernt, dass Schnelligkeit entscheidend war. Entweder war man fix oder die gestohlene Nahrung an eine Amtsperson los, was üblicherweise vor einem Richter endete, der über das Schicksal des Diebes befand.

Der eilig sich nähernde Schlag von Metall auf Marmor erregte sofort Adriana Suttons Aufmerksamkeit. Sie kannte das Geräusch, das üblicherweise jeden von Rogers Schritten begleitete, und blickte sich einigermaßen erstaunt um. Es war wie befürchtet; der Halunke kam hastig auf sie zu.

Trotz der zerstörerischen, schmerzlichen Wirkung, die die eisenbeschlagenen Sohlen – des ständigen Davonlaufens wegen – auf ihre eigenen Schuhe und Füße ausübten, war Adriana wirklich nur daran gelegen, diesen grünen Jungen lediglich in Schach zu halten. Als unverheiratete junge Dame konnte sie einem Mann keine derartigen Vertrautheiten gestatten, wie Perceval sie gerade mit seiner Ehefrau an den Tag gelegt hatte. *Sie* musste einen derart gewinnenden Mann erst noch *finden.* Wie enttäuscht sie gelegentlich auch war, sich einmal mehr in Elstons Gesellschaft zu bewegen, konnte sie sich dennoch nicht durchringen, im Beisein all ihrer hochwohlgeborenen Freunde von ihm zu verlangen, seine Mätzchen bleiben zu lassen. Ihre Mutter hätte ein rüdes Verhalten verabscheut, auch wenn es jemanden betraf, der sich anderen beständig aufdrängte.

Entschlossen, die Absichten ihres nicht unterzukriegenden Verehrers zu vereiteln, ließ Adriana mit gut gespieltem, leichtherzigem Lachen Harrison stehen und schaffte es mit knapper Not, Rogers ausgestreckter Hand zu entwischen. Ganz versessen darauf, außer Reichweite des grünen Jungen zu bleiben (der seinerseits ebenso versessen das Gegenteilige erstrebte), wirbelte sie wie ein Derwisch an den ersten Bogengängen der Galerie vorbei und bekam vage mit, wie Leo und Aris ihr aus dem Weg sprangen. Direkt hinter ihr klapperte ein hölzernes Etwas zu Boden, schlitterte über den Marmor an ihr vorbei und ließ Adriana sich fragen, was die Hunde da wohl umgeworfen hatten. Sie war dankbar, nicht zusätzlich Glas splittern zu hören. Das metallische Klopfen, das ihr dicht auf den Fersen gewesen war, hörte abrupt auf, als die Hunde von der Galerie, wo sie kurz Zuflucht gesucht hatten, in die Halle stürmten und Elston am Weiterkommen hinderten. Was dieses Etwas anging, das die Hunde umgeworfen hatten, blieb Adrianas Neugier unbefriedigt, denn im nächsten Moment kam auch sie schlagartig zum Stehen, weil sich ihr ein Hindernis in den Weg stellte, ganz als sei im Gang urplötzlich ein Baum zu Schwindel erregender Höhe erwachsen. In Anbetracht ihrer verwirrten Sinne war die Idee verzeihlich. Adriana taumelte planlos zurück.

Als ihr gestiefelter Fuß gegen die Säulenbasis eines italianisierenden Bogens schlug, drohte sie zu fallen. Oder hatte sie sich in einer boshaft verschlungenen Wurzel verfangen?

In der nächsten Sekunde streckte sich schon ein langer Ast aus dem augenscheinlich eichenen Gebilde und legte sich wie ein Schraubstock unerbittlich um ihre Taille. Bevor sie noch einen klaren Gedanken fassen konnte, sah sie sich von Kopf bis Fuß an etwas Festes gepresst, das sich bei weitem menschlicher anfühlte, als jeder Baum es nachzuahmen vermocht hätte. Vor langer Zeit einmal, als sie geschwind zu den Stallungen hatte flüchten wollen, war sie in die wohlbeleibte Köchin der Familie gepflügt. Es hatte sich ganz so angefühlt, wie auf einem Kissen zu landen, eine Erfahrung, die Adriana nun zu der Schlussfolgerung veranlasste, dass, was immer sie jetzt gefangen hielt, *eines* ganz bestimmt nicht war, nämlich weiblichen Geschlechts!

Lady Adriana Elynn Sutton war gerade einmal zwölf Meilen von hier auf dem Stammsitz ihrer Familie aufgewachsen. Als Jüngste dreier Töchter war sie von frühester Kindheit an Freundin und enge Vertraute Samantha Wyndhams. Obgleich in vielerlei Hinsicht der Liebling ihres Vaters, hatte sie Mutter und Schwestern nichtsdestotrotz unzählige verzweifelte Stunden beschert. Nicht nur, dass Adriana sich äußerlich von den dreien unterschied, hoch gewachsen, mit ebenholzschwarzen Augen und dunkelhaarig wie ihr vorzüglich aussehender Erzeuger, sondern auch in einer Vielzahl anderer Eigenheiten, die aufzuzählen den Rahmen sprengen würde.

Ihre Mutter Christina war der Inbegriff einer Lady und bestrebt gewesen, ihre drei Töchter quasi wie aus einem Guss zu formen. Was ihr bis zu einem gewissen Grad auch gelungen war. Die älteren beiden, Jaclyn und Melora, legten, wenn ihnen der Sinn danach stand, ein vornehmes Benehmen an den Tag, das außenstehende Beobachter als angenehm und reizvoll empfanden. Auch hatten sie insoweit den Rat der Eltern beherzigt, als Jaclyn, die in der Nähe von London lebte, mittlerweile verheiratet und Mutter zweier Kinder war, während Melora, die Zweitgeborene, kurz vor der Hochzeit stand. Adriana andererseits schien einer gänzlich anderen Gussform zu entstammen. Ihre Schwestern hatten sich sogar zu der Behauptung verstiegen, dass sie einer gewissen Tante väterlicherseits ähnlicher war, als die Familie es ertragen konnte.

Abgesehen von jenem Vertrag über Brautwerbung und Verlobung, der sie ein wenig verunsicherte, was ihre Zukunft anging, betrachtete sich Adriana als unvergeben und war auch keineswegs erpicht, dies zu ändern. Affektiertes Gehabe war ihr zuwider, auch wenn hochrangige Gäste es gerne sahen. Ihre Mutter hielt Adriana gelegentlich sogar für rebellisch, wenn sie sich Gästen anstatt im feinsten Kleid in Reitkleidung zeigte und mit bezauberndem Lächeln eine süße Entschuldigung flötete, um mit atemberaubendem Tempo zur Tür hinauszuflitzen, bevor noch irgendwer protestieren konnte.

Sie zählte fraglos zu den besten Reitern der Gegend, insbesondere im Sattel des stolzen Andalusiers, den Vater für sie aus Spanien importieren hatte lassen. Um zu solcher Vollendung zu gelangen, hatte sie sich unbarmherzig viele Stunden lang dem Training gewidmet, etwas, das ihre hasenherzigen Schwestern aufgegeben hatten, nachdem sie herausgefunden hatten, dass man im Damensattel nicht immer sicher aufgehoben war. Ein oder zwei Stürze hatten gereicht, sie unfallfreieren Beschäftigungen nachgehen zu lassen.

Ihre Mutter hatte sich zahllose Stunden über das wilde Gebaren ihres jüngsten Sprösslings gegrämt, denn Adriana hatte sich als bei weitem abenteuerlustiger als ihre Schwestern erwiesen, nicht nur wenn sie auf Ulysses über die wogenden Felder galoppierte oder ihn über mächtige Hürden fliegen ließ, sondern auch mit ihrer enormen Begeisterung für Feuerwaffen und Bogenschießen. Unter der Anleitung ihres Vaters hatte sie für beides ein gutes Auge bekommen. Insbesondere mit dem Ferguson-Gewehr, das Vater ihr überlassen hatte, erlegte sie aus beträchtlicher Distanz Rothirsche oder anderes Wild, um zu Hause den monotonen Speiseplan aufzulockern oder bedürftigen Familien fertig zerlegte Portionen zukommen zu lassen, insbesondere einem bestimmten Ehepaar, das ein Dutzend Waisenkinder oder mehr bei sich aufgenommen hatte. Was ihren völlig in sie vernarrten Vater jedoch am meisten befriedigte, war die Meinung ihrer Lehrer. Nach Ansicht dieser angesehenen Gelehrten besaß Adriana Sutton einen Intellekt, um den jeder gebildete Gentleman sie beneiden musste.

Allen Lobeshymnen zum Trotz trug ihr das *Fehlen* gewisser Fertigkeiten tiefe Missbilligung seitens ihrer Schwestern ein, die, geziert, grünäugig und flachsblond, wie sie nun einmal waren, vor allem monierten, dass Adriana in keinster Weise mit Nadel und Faden umgehen konnte. Zudem war sie nicht willens zu singen oder die Harfe zu spielen, worin sich sowohl Jaclyn als auch Melora hervortaten. Darüber hinaus war Adriana höchst wählerisch, was Freundschaften mit dem eigenen

Geschlecht anging. Sie vertrug die zwitschernden kleinen Klatschmäuler nicht, die einem beständig abfällige Kommentare ins Ohr flüsterten, nur weil diese oder jene junge Lady reizvoller war als die betreffende Klatschbase selbst. Den Schwestern erschien es bedenklich, dass die meisten von Adrianas Freunden Gentlemen waren, keine Damen. »Was sollen nur die Leute denken?«, beschwerten sie sich. Dennoch – und unerklärlicherweise für all jene, die über ihr mangelhaftes, oft wenig damenhaftes Benehmen die Stirn runzelten – hatte Adriana stets hoch in der Gunst des Marquess of Randwulf gestanden, dessen Familie sowie der loyalen Bediensteten, von denen viele sie vom schmerzlich mageren Küken zur faszinierend schönen jungen Dame heranwachsen hatten sehen.

Jetzt stand Adriana in diesen unnachgiebigen Schraubstock gefangen und hätte mit Recht erbost sein dürfen. Sie hatte derzeit allerdings gewisse Probleme, zwischen Wirklichkeit und Illusion zu unterscheiden. Unter Umständen wie diesen stand es Adriana ihrer Meinung nach zu, die wunderliche Vorstellung, ein Baum habe im Gang Wurzeln geschlagen, aufrechtzuerhalten, denn das hoch aufragende Etwas vermittelte durchaus einen eichenhaften Eindruck. Der weich drapierte taupefarbene Rock ihres eleganten Reitkleids und der kurze, zweireihige Spenzer aus tannengrünem Samt, der modisch mit dem cremeweißen Spitzenkragen kontrastierte, waren nur ein unzureichender Schutz gegen das robuste Gestell, das sie weiter unerbittlich umklammerte.

Verdrießlich versuchte sie sich abzustoßen und ihre Würde zurückzuerlangen und stellte erleichtert fest, dass der Arm des Mannes von ihr abfiel. Wieder in Freiheit, suchte sie sich rasch von dem Burschen zu entfernen. Aber ach! Der Fluchtversuch blieb hinter ihren Erwartungen zurück, weil sie im Rückwärtsgehen auf einen Stock oder irgendein anderes hölzernes Objekt trat, das prompt unter ihrem Stiefel nach vorne rutschte, ihre untere Hälfte scharf abwinkelte und sie völlig aus der Balance brachte. In dem verzweifelten Bemühen, sich zu fangen, wedelte sie wild mit den Armen, während der Mann nach ihr griff. Sie packte das Erste, das sie zu fassen bekam, nämlich die Taille eines gut geschnittenen roten Uniformrocks. Unmittelbar darauf prallte ihr rechter Oberschenkel gegen die männlichen Lenden. Ihr Opfer würgte erstickt ob des rüden Angriffs, doch war die Schmach damit noch nicht beendet. Adrianas Röcke rutschten fast bis zum Knie hoch, als ihr linkes Bein wie ein Abziehmesser an der Außenseite seines harten, muskulösen Gliedmaßes abrutschte. Wer von beiden unter Adrianas fremdartigem Kunststück mehr zu leiden hatte, sie selbst oder der Offizier, ließ sich nicht sagen. Adriana wusste nur, dass die Innenseite ihres Schenkels sich wund anfühlte, nachdem sie das glatt geschneiderte Bein seiner weißen Wollbreeches hinuntergeschrammt war. Hätte seine Hose irgendwelche Knitterfalten gehabt, Adriana hätte sie entdeckt, da war sie sicher.

Eifrig bemüht, Sittsamkeit und Würde wiederherzustellen, versuchte sie, von dem eisenharten Schenkel abzusteigen, wobei sich nicht verleugnen ließ, dass ihre weicheren Partien sich arg mitgenommen anfühlten. In Anbetracht dieses Unbehagens bezweifelte Adriana ernsthaft, dass sie ein Lächeln zu Wege bekommen, geschweige denn über die eigene Ungeschicklichkeit würde lachen können. Sie konnte sich nur noch peinlich berührt fragen, welche Unbilden sie dem Mann wohl beigebracht hatte.

»Ich bitte um Vergebung …«, hob sie an, heiß errötend im Bestreben, Elend und Verdruss zu verbergen. Sie fürchtete, mit ihren Pantalons Knitter verursacht zu haben, wo zuvor keine gewesen waren. »Ich wollte Ihnen keinesfalls …«

»Keine Sorge!«, würgte der Offizier heraus, wobei deutlich seine Wangenmuskeln zuckten, während er um Haltung rang. Schließlich umfasste sein Arm erneut ihre Taille, zog sie mühelos von seinem Oberschenkel und stellte sie sicher zwischen seinen glänzenden, schwarzen Stiefeln ab.

Das Abebben seines männlichen Unbehagens abwartend,

kniff er die Augen zu und neigte das Haupt, was Adriana einen zarten Hauch seines Eau de Cologne erheischen ließ. Unterlegt mit Seifengeruch und der gleichfalls beinahe unmerklichen Wollnote seiner feinen kostspieligen Uniform, stieg Adriana ein angenehm aromatisches Bukett in die Nase, das ihr förmlich Sinn und Sinne schwirren ließ. Adriana hatte solch sonderbar aufreizende Wahrnehmung zuvor noch nicht erlebt. Der männliche Duft erschien ihr in der Tat berauschender als ein Glas Port am Abend eines warmen Tages. So schwer es ihr fiel, richtete sie ihre Aufmerksamkeit auf das, was greifbar vor Augen war, nicht auf den anheimelnd kitzelnden Wohlgeruch, der sie umgab.

Eine neuerliche, peinvolle Grimasse zeugte vom anhaltenden Unbehagen des Mannes, verzerrte die scharf geschnittenen Gesichtszüge und presste die wohl geformten Lippen zum Strich, während er wortlos die Qualen ertrug. Doch sein stoisch feines Benehmen schien der Schmerzbekämpfung kaum förderlich zu sein, denn eine Entschuldigung murmelnd, griff er am Schutzschild ihrer Röcke vorbei nach unten.

Adriana beging den Fehler, nach unten zu sehen, bevor ihr noch dämmerte, was er dort tat – nämlich behutsam etwas ziemlich Großes zurechtrücken, was sich deutlich unter seinen eng sitzenden Breeches abzeichnete. Ein atemloses Keuchen entfloh Adrianas Kehle, ihr Blick zuckte weg. Sie durchlitt eine schier endlose Sekunde unerträglichster Verlegenheit, während sie versuchte, das eben Gesehene zu verdrängen und sich ganz auf vernünftige Erwägungen zu konzentrieren, wie zum Beispiel der Frage, weshalb der Offizier sich auf Randwulf Manor aufhielt. Doch die Hitze, die ihr in die Wangen stieg, ließ sich nicht ignorieren. Und dass sie sich vorkam, wie ein am anderen Ende der Welt auf unbekannten Gewässern treibendes Schiff, war gleichfalls keine Hilfe.

Gezielt richtete Adriana den Blick auf das Gebiet unterhalb der kurz geschnittenen dunkelbraunen Haarspitzen und oberhalb der breiten Schultern mit den Gold-Epauletten auf dem leuchtend roten Stoff der Uniformjacke. Es schien ihr der einzige Weg, die Gedanken in Einklang mit dem zu bringen, was sich für ein unerfahrenes Mädchen ziemte. Auch wenn sie sich nie im Leben ausgemalt hätte, die verlockende Quintessenz alles Maskulinen in einem einzigen Mann vereint zu finden.

Inmitten eines ausgefeilten Arrangements ebenmäßiger Gesichtszüge leuchteten über einem eigensinnig charmanten Grinsen dunkelgraue Augen; dankenswerterweise wenigstens so weit vom Schmerz befreit, um einen gewissen Sinn für Humor bekunden zu können. Und die weißen Zähne – so makellos, wie Adriana es seit Jahren nicht mehr gesehen hatte – strahlten zu sehr, als dass trübsinnige Gedanken eine Chance gehabt hätten. Ordentlich gestutzte Koteletten akzentuierten die kantigen Wangenknochen des sonnengebräunten Gesichts. Kaum kaschiertes Amüsement arbeitete die maskulinen Falten heraus, die auf beiden Seiten des Mundes tiefe Furchen bildeten. Jede andere Frau hätte fasziniert betrachtet, was die Zeit aus mutmaßlich schlichten Grübchen gemacht hatte. Genau dies gab Adriana jedoch zu denken, denn irgendetwas zupfte an längst in der Erinnerung begrabenen Saiten und spielte eine vor Jahren gehörte, schwer zu fassende Melodie, die ihr nun partout nicht mehr klar einfallen wollte. Falls die diabolischen Klänge tatsächlich einen Platz in ihrem Gedächtnis gefunden hatten, dann sicherlich nicht in der jüngsten Erinnerung, sondern verbannt an einen Ort in den dunklen, unergründlichen Tiefen ihres Hirns, wo Gedanken und Reminiszenzen vergessener Jahre ungenutzt vermoderten.

»Bedenkt man die Unbilden, die uns beiden gerade widerfahren sind«, murmelte der Offizier in einem warmen, gedämpften Tonfall, der allein für ihre Ohren bestimmt war, »dann sollte ich, bevor uns das nächste Missgeschick ereilt, zumindest den Namen meiner einnehmenden Gesellschafterin erfahren, nicht wahr, Miss …?«

In der anheimelnden Stimme ihres Häschers schwang eine Fülle mit, die durch Adrianas ganzes Wesen zu vibrieren schien. Zu ihrem Erstaunen rief sein Tonfall eine befremdlich ergötzliche Unruhe an gewissen Stellen hervor, die bei weitem zu intim waren, als dass eine gänzlich unberührte Jungfrau sie überhaupt zur Kenntnis genommen, geschweige denn erkundet hätte. So sinnesträchtig das Gefühl auch war, Adriana wusste nicht recht etwas damit anzufangen. Es erschien ihr fast wie … Wollust. Nur hatte das Bild dieses Baums, das ihr gerade in den Sinn gekommen war, sie unzweifelhaft für abwegige Vorstellungen empfänglich gemacht. Hätte der Mann nicht so gediegen gut ausgesehen, sie hätte sich vermutlich noch damit abgemüht, nicht weiter über seine Lenden nachzudenken.

»S-Sutton«, stammelte sie und hätte ächzen mögen vor Verdruss über ihr unbeholfenes Mundwerk. Ihr momentanes Unvermögen, sich klar zu artikulieren, war in keinster Weise auf eine peinliche Scheu Männern gegenüber zurückzuführen, denn es verging kaum ein Monat, in dem nicht irgendwer bei Vater um ihre Hand anhielt. Ansinnen, die Adriana bestenfalls langweilten und sie in ihrem Desinteresse nur bestärkten, während sie auf Nachricht des Mannes wartete, dem sie versprochen war.

Bis zum heutigen Tage hatte sie geglaubt, der dunkle, gut aussehende Riordan Kendrick, Marquess of Harcourt, suche unter all denen, die bei Vater vorstellig geworden waren, seinesgleichen. Riordan war unbedingt der Charmanteste und Adriana rechnete ihm seine Hartnäckigkeit hoch an, auch wenn er diesbezüglich nicht mit Roger mithalten konnte. Sein Benehmen war distinguiert und zuvorkommend. Dennoch konnte sie sich nicht entsinnen, dass Riordans strahlende schwarze Augen ihr je solch heilige Scheu eingeflößt hätten wie die dicht bewimperten, leuchtend grauen Tiefen, die jetzt gerade amüsiert über sie hinwegfunkelten. Augen wie die hier hatte sie nicht mehr gesehen seit …

»Sutton?« Was, wenn nicht Verwunderung, ließ ihn die schön umrissene Augenbraue hochziehen? Ein ungläubiges

Staunen breitete sich über seinen Zügen aus, während er Adriana von oben bis unten betrachtete. Immer noch schienen Zweifel ihn umzutreiben. Er neigte nachdenklich den Kopf und studierte sie noch eingehender. So sehr er ihr Gesicht auch absuchte, schien er doch nicht glauben zu wollen, was er gehört hatte oder, genau genommen, sah. »Doch nicht ... Lady ... Adriana Sutton?« Als sie vorsichtig nickte, wurde sein Lächeln in einem beinahe so verblüffenden Maße breiter wie der Druck seines Armes fester. »Meine Güte, Adriana, welch durch und durch bezaubernde Frau ist aus Ihnen geworden! In tausend Jahren hätte ich mir nicht träumen lassen, Sie eines Tages so unwiderstehlich entzückend vorzufinden.«

Adriana durchlitt ob seiner Vertraulichkeit und des fragwürdigen Kompliments einen neuerlichen, sengenden Röteschub. Egal, wer dieser Fremde war, er hatte irgendwie von ihrem Namen Kenntnis erlangt. Und gegen die *eigene* Verwirrung, das *eigene* Unbehagen half das kaum. So heftig wie er sie umfasst hielt, fürchtete sie, ihre Rippen könnten brechen. Und sie zweifelte nicht, dass ihre Brüste sich noch tagelang gereizt anfühlen würden. Sie fragte sich nur, wie der Bursche wohl reagieren würde, wenn sie *Letztere* direkt unter seiner Nase zurechtrückte.

Vielleicht hatte der Offizier zu viel Zeit in der Gesellschaft seiner Kampfgefährten verbracht und gänzlich vergessen, dass ein Gentleman eine Lady nicht so zäh umklammerte. Adriana hatte gute Lust, ihn über sein irrgeleitetes Verhalten in Kenntnis zu setzen. Zwar hatte sie zuvor die Idee verworfen, Elston vor Zeugen zurechtzuweisen, doch schien dieser Mann, so wie er sich den Schutz ihres Rockes zu Nutze gemacht hatte, nicht durch eine schüchterne Natur belastet. Im Gegenteil, Adriana fragte sich, ob sie je einen anmaßenderen Menschen getroffen hatte.

»Bitte, Sir! Würden Sie mich freundlicherweise freigeben und zu Atem kommen lassen! Ich kann Ihnen versichern, Sie sehen sich auf Randwulf Manor nicht dem Feind gegenüber!«

Der Offizier lachte leise und amüsiert, doch erst als ihre Stiefel wieder gänzlich den Boden berührten, realisierte Adriana, mit welch ungewöhnlicher Leichtigkeit er sie von den Füßen gerissen hatte. Es war nicht die physische Kraft, die sie so in Erstaunen versetzte, sondern seine schiere Größe. Ihr Scheitel reichte ihm kaum bis zur Schulter. Ihr Vater und Riordan Kendrick waren beide groß gewachsen, doch sie hatte bis dato nur einen Mann getroffen, der es mit diesem Offizier hätte aufnehmen können, den verstorbenen Sedgwick Wyndham.

»Liebste Adriana, bitte vergeben Sie mir«, murmelte der Mann, machte aber keine Anstalten, sein Grinsen zu zügeln. Er sah beiläufig zur Seite und nahm mit höflichem Dankeschön den eleganten schwarzen Gehstock mit Silberknauf entgegen, den ein ältlicher Diener ihm reichte. Dann strahlte er wieder Adriana an. »Ich wollte Sie mit meinem mangelhaften Benehmen gewiss nicht in Verlegenheit bringen. Ich fürchte, ich habe mich in meinem Bestreben, unsere Bekanntschaft zu erneuern, ganz vergessen. Als ich Sie mit Harrison sprechen sah, hoffte ich, Ihnen vorgestellt zu werden, aber ich hätte mir keine Sekunde lang träumen lassen, Sie bereits zu kennen.«

*Liebste Adriana! Unsere Bekanntschaft erneuern! Sie bereits zu kennen!* Machte der Mann ihr etwa einen Antrag?

Die Unverschämtheiten des Offiziers waren plötzlich mehr, als Adriana ertragen konnte. Mit glühenden Wangen drehte sie sich weg und raffte so energisch die Röcke, dass sie ihm über den Schaft der auf Hochglanz polierten Stiefel peitschten wie auch über den kostbaren Gehstock, dessen Spitze er auf den Boden gestützt hatte. Sie konnte nur annehmen, dass es *diese* Gerätschaft gewesen war, welche zuvörderst all die Schwierigkeiten verursacht hatte; wobei sich der Gehstock sicherlich als ebenso brauchbar wie eine Zuchtgerte erweisen würde, sollte sie sich entschließen, sich gegen die Unverfrorenheit des Mannes zur Wehr zu setzen und ihm den Stock über den schönen Kopf zu schlagen.

Erst als sie den Gang halb hinuntergelaufen war, wagte Adriana es, den Offizier wieder anzusehen, und zwar einigermaßen keck, die Röcke schwingend und mit hoch erhobenem Kinn, das von überheblichem Missfallen zeugte.

Die Lippen des Offiziers verzogen sich zu einem anzüglichen Lächeln, während er sie musterte. Auch wenn sie regelmäßig angestarrt worden war, wenn sie mit ihrer Tante durch Bath oder mit ihrer Schwester durch London flanierte, dies hier war etwas völlig anderes. Seine warm leuchtenden grauen Augen ließen Adriana sich fragen, ob sich sein Gesichtsausdruck auch nur im Entferntesten verändert hätte, hätte sie gänzlich nackt vor ihm gestanden. Tatsächlich hätte sie geschworen, dass er einen regelrechten Plan von ihr hatte und bereits die Partien auswählte, wo er mit seinen männlichen Verführungskünsten ansetzen würde.

*Was für eine Frechheit!*, dachte sie wütend und setzte an, diesen Gentleman, der keiner war, verbal zur Schnecke zu machen.

»Sir, ich muss protestieren!«

Es dauerte eine Sekunde oder zwei, bis Adriana aufging, dass nicht sie gesprochen hatte, sondern ausgerechnet Roger Elston. Verblüfft drehte sie sich um und sah ihn mit schmalem, wutverzerrtem Gesicht auf sich zuschreiten. So wie er die Hände zu Fäusten ballte, schien er zur Konfrontation und nötigenfalls einer Schlägerei bereit.

Die Wolfshunde hatten sich nah zu Füßen des Fremden niedergelassen, doch als sie den sich nähernden Roger bemerkten, sprangen sie mit dröhnendem Gebell auf, welches das neugierige, fragende Gemurmel der anderen Anwesenden übertönte. Blitzende Augen und boshaft gefletschte Fangzähne ließen kaum einen Zweifel, dass die Hunde Roger attackieren würden, falls er noch einen Schritt näher kam. Der Anblick reichte, ihn stolpernd zum Stehen zu bringen.

Während seiner früheren Besuche auf Randwulf Manor hatte Roger an keinem der Hunde irgendein Anzeichen körperlichen Gebrechens entdecken können, obwohl Aris und Leo beide achtzehn Jahre alt waren. Zu seinem Bedauern entdeckte er auch jetzt keines. Die hervorragende Verfassung der beiden hatte ihn für die seltenen Gelegenheiten dankbar sein lassen, wo man die Wolfshunde, aus dem einen oder anderen Grund, zurückgelassen hatte, etwa bei den gemeinsamen Ausritten der Familie mit ihren vielen Freunden. Doch häufiger als nachzuzählen ihm lieb war, hatte man das unzertrennliche Paar angefeuert, mit den Pferden um die Wette zu rennen. Zumeist waren sie weit vorausgelaufen, hatten Unterholz und hügeliges Terrain erkundet und je nachdem, was sie auftrieben, gierig die Fangzähne in größeres Getier geschlagen und kleineres im Ganzen verschluckt.

Roger hatte sich ein ähnliches Schicksal ereilen sehen, als er Adriana zum ersten Mal nach Randwulf Manor gefolgt war. Die Hunde waren so zornig bellend auf ihn zugehechtet, dass Adriana sich zum Eingreifen genötigt gesehen hatte, damit Roger nicht in Stücke gerissen wurde. Bei späteren Gelegenheiten hatte er sie mit leisem, tadelndem Tonfall die Hunde beruhigen sehen, was viel zu seiner Überzeugung beigetragen hatte, dass die riesigen Biester sie liebten, als gehöre sie der Familie Wyndham an. Adrianas Anwesenheit machte ihn üblicherweise zuversichtlich, doch im Moment betrachtete die Lady verdattert das Paar, als könne sie schlicht nicht glauben, dass die Hunde zur Verteidigung eines völlig Fremden eilten. Nur dass er kein Fremder war.

Vor einigen Monaten erst – kurz nachdem sein Bestreben, bei Adriana zu sein, ihn hierher gebracht hatte – war Roger die eigene armselige Herkunft in aller Brutalität vor Augen geführt worden. Beinahe ein Dutzend anderer Galane hatten die gleiche Verwegenheit besessen, nach Bradford-on-Avon zu eilen. Irgendwann hatten sich alle zum Tête-à-Tête mit Samantha, deren Familie und einigen anderen Bekannten im Salon der Wyndhams versammelt, wo Roger mit wachsender Aufmerksamkeit das stattliche Aufgebot der Porträts begutachtet hatte. Eine beeindruckende Sammlung von Gesichtern belegte, auf welch gut aussehende, vornehme Ahnenreihe die Wyndhams zurückblicken konnten. Aus einer generellen Neugier dem Adel und vor allem denen gegenüber, die blutsverwandt mit seinem Gastgeber waren, hatte Roger sorgsam alle Ähnlichkeiten studiert. Insbesondere ein Bildnis hatte alle anderen überragt und in Roger eine deutliche Unruhe aufkeimen lassen. Ein lebensgroßes Ölgemälde, das Sedgwick Wyndham selbst zeigte, wie er majestätisch neben eben jenem Kamin stand, über dem das Porträt jetzt hing. Das Gemälde, das mittlerweile bald zwei Jahrzehnte alt war, zeugte nicht nur vom blendenden Aussehen Seiner Lordschaft, sondern auch von der jugendlichen Kraft der beiden Wolfshunde.

Niemand, der den Marquess je persönlich getroffen hatte, hätte das Talent des Künstlers in Abrede gestellt, denn Letzterer hatte seinen Auftraggeber mit solch unglaublicher Akkuratesse getroffen, dass die dunkel leuchtenden grauen Augen, die förmlich von der Leinwand herunterfunkelten, die Menschen noch Jahre später in Bann schlugen. Eingefangen für kommende Generationen, waren die feinen Gesichtszüge von derartiger Schönheit, dass einen einfachen Mann leicht das Gefühl der eigenen Bedeutungslosigkeit überkommen konnte.

Dennoch mussten die Emotionen derer, die zu dem Bildnis aufblickten, im Vergleich mit jenen Regungen bedeutungslos erscheinen, die die leibhaftige Anwesenheit Seiner Lordschaft gelegentlich hervorzurufen vermocht hatte. Es war, als hätten jene dunkel durchscheinenden Augen die Fähigkeit besessen, die tiefsten Geheimnisse eines Mannes zu ergründen und, was noch verstörender gewesen war, einem das eigene Auge nach innen zu richten. Roger war jene Erfahrung wie der Blick auf die verwickelten Mechanismen des eigenen Charakters erschienen. Weswegen er Lord Randwulf für das hasste, was er über sich selbst erfahren hatte, nicht zuletzt, was die Aussichtslosigkeit seiner eigenen Ambitionen anging. Adriana gehörte dem Adel an, war nicht weniger als die Tochter eines Earls. Sie bewegte sich leichthin und selbstverständlich in den

Sphären des Landadels. Dennoch hatte Roger aus dem Wunsch, sie zu besitzen, die Kraft bezogen, die Fesseln seiner einfachen Herkunft in den Wind zu schlagen – wohl wissend, welches Schicksal ihm drohte, falls er scheiterte.

Nun sah sich Roger zwar nicht dem stattlich gealterten Marquess gegenüber, aber jemandem, der Sedgwick Wyndham erstaunlich ähnelte. Mit der klarer werdenden Erkenntnis, um wen es sich bei dem Besucher handelte, ging eine rapide anwachsende Schwermut einher. So gerne Roger die Möglichkeit auch abgetan hätte, die Ähnlichkeit zwischen Vater und Sohn war zu eindeutig. Der Erbe des verstorbenen Lords war doch noch nach Hause zurückgekehrt, um seinen Titel und zweifelsohne auch die Hand Adriana Suttons einzufordern. Welcher bei Verstande befindliche Mann hätte einer Frau von solch exquisiter Schönheit auch lange widerstehen können … ganz zu schweigen von einer Mitgift, die selbst jedem mittelmäßig Begüterten den Verstand geraubt hätte?

Unter des Offiziers stechendem, wissbegierigem Blick, über den sich gönnerhaft eine dunkle Braue wölbte, sehnte Roger sich danach, ein paar Schimpfworte auszustoßen; wenn auch nur, um der eigenen Frustration über die Ungerechtigkeit Ausdruck zu geben, dass einer, der ohnehin schon reich war, auch noch die riesige Mitgift einstreichen konnte, die die Heirat mit Lady Adriana einbrachte. Doch mit den Wolfshunden im Anschlag fand Roger nicht den Mut, etwas anderes zu tun, als sich hinter eine riesenhafte Topfpflanze im nächstgelegenen Bogengang zurückzuziehen.

Adriana fand für das Geschehen keine plausible Erklärung, sondern musste sich vielmehr fragen, welcher Wahn die Hunde befallen hatte. Sie pflegten Außenseiter zu verabscheuen. Sogar mit ständigen Besuchern wollten sie sich nicht anfreunden, was sich schon oft genug daran gezeigt hatte, dass sie in Roger nichts anderes als einen Feind zu sehen gewillt waren. Doch aus irgendeinem unerfindlichen Grund schienen sie bereit, diesen uniformierten Mann zu verteidigen, von dem sie nur annehmen konnte, dass er entfernt mit der Familie verwandt war. Falls er tatsächlich ein Fremder war, dann hatte sie nicht die leiseste Idee, was ihn hergebracht hatte.

Es war Samantha, die, aus einer Art Benommenheit erwacht, dem Rätselraten ein Ende bereitete und mit ekstatischem Schrei auf den Offizier zulief. »Colton! Lieber Bruder, bist das wirklich du?«

Bevor der Mann noch Gelegenheit zur Antwort fand, hatte Samantha schon selbst die Entscheidung gefällt. Sie warf sich in seine Arme und erdrosselte ihn fast mit ihrer Begeisterung. Diesmal, als er die Umarmung seiner Schwester erwiderte, gelang es ihm auch, den Gehstock zu behalten. Es dauerte eine ganze Zeit, bis Samantha den Würgegriff löste und sich mit glückstrahlendem Lachen in den stählernen Arm nach hinten lehnte. Sie schwelgte im Freudentaumel, konnte kaum fassen, dass der Bruder zu guter Letzt doch noch nach Hause zurückgekehrt war; war blind für die zornigen Ressentiments, mit denen ein Roger Elston sich abplagte; blind auch für die Gefühlsverwirrung, die Adriana Sutton fast die Knie nachgeben ließ.

Samantha umfasste seine kräftigen Arme und versuchte vergeblich, ihn zu schütteln. Unbeirrt verkündete sie fröhlich: »Oh, Colton, ich hätte dich fast nicht erkannt. Du musst in den letzten Jahren einen halben Kopf gewachsen sein! Ich hätte mir nie vorstellen können, dass du so groß wie Papa werden würdest. Du siehst so ... so ... *reif* aus, oder soll ich ehrlicherweise sagen, so gut und vornehm?«

Adriana bemerkte, dass ihr Unterkiefer in einem Maße heruntergeklappt war, das der Größe ihres Schocks entsprach, und machte schnell den Mund zu. So schwierig es auch war, den neuen Marquess of Randwulf – jenen Mann, dem sie an ihrem siebten Geburtstag versprochen worden war – nicht einfach nur anzugaffen, suchte sie die männlichen Gesichtszüge jetzt nach dem Jungen ab, den sie einst gekannt hatte.

Vor vielen Jahren hatten ihrer beider Eltern alles versucht, den Burschen von der Weitsicht des Kontrakts zu überzeugen, den sein Vater für ihn geschlossen hatte. Doch im Alter von sechzehn Jahren hatte James Colton Wyndham es nachgerade unerbittlich abgelehnt, die Brautwerbung und ihrer beider Verlobung überhaupt in Betracht zu ziehen, und war auf Nimmerwiedersehen verschwunden. Bis zum heutigen Tage. Adriana hätte ihm dafür vermutlich gedankt, wäre er zu einem hässlichen Ungeheuer herangewachsen. Stattdessen befiel sie beim Betrachten der Veränderung, die mit ihm vorgegangen war, seit er Randwulf Manor verlassen hatte, eine heilige Scheu. Als junger Bursche hatte Colton immer wieder unter Beweis gestellt, dass er Verstand und Eigensinn besaß. Nach all den Jahren hatte Adriana, genau wie seine Schwester, geglaubt, dass er nicht mehr zurückkehren würde. Jetzt, im Alter von zweiunddreißig Jahren, war er kein Bursche mehr, sondern in jeder Hinsicht ein Mann.

Es war schlicht eine Tatsache, dass der erwachsene Colton Wyndham bei weitem beeindruckender wirkte, als der jugendliche es getan hatte. Er war größer, kräftiger, schwergewichtiger, unfassbar attraktiver und männlicher. Mit noblen Gesichtszügen und scharf gezeichneten Wangenknochen, unter denen bemerkenswerte Kerben die sonnengebräunte Haut zeichneten, einer schmalen, geraden Nase und dunkel bewimperten grauen Augen, die durchscheinend waren wie der mondbeschienene See auf einer nächtlichen Lichtung; er war von jenem verfeinerten, aristokratischen Aussehen, das ein jedes Mädchen vor Sehnsucht vergehen ließ. Kein Wunder, dass sie sich bereits in jungen Jahren in ihn verliebt gewähnt hatte. Er war ihr Prinz gewesen, ihr Ritter in schimmernder Rüstung. Nun war er zurück, bereit, seine Grafschaft zu übernehmen. Obwohl sie vermutete, dass er sich erst noch mit den einzelnen Klauseln des Vertrags vertraut machen musste, den sein Vater für sie beide abgeschlossen hatte, fragte sie sich bereits, ob er dem Kontrakt wohl Folge leisten oder ihn, genau wie vor

Jahren, von vornherein verwerfen würde. Die Unsicherheit verursachte ihr ein seltsames, unruhiges Gefühl in der Magengegend und sie hätte nicht zu sagen vermocht, was ihr letztlich größere Pein verursachen würde: die Erfüllung des Eheversprechens oder – wie eigentlich vorherzusehen – seine Auflösung.

Die brüderliche Zuneigung war offensichtlich, als Colton, auf den Gehstock gestützt, seine Schwester mit der freien Hand unter dem Kinn kitzelte. »Liebe Schwester, du hast inzwischen vermutlich erfahren, dass Bonaparte einmal mehr bezwungen worden ist. Vielleicht hat der brave Kapitän seines Schiffs sogar schon Anker geworfen und den illustren Passagier auf Sankt Helena abgesetzt. Wenn wir Glück haben, wird der Kaiser in der Tat nie mehr entkommen, um erneut den hässlichen Wurm des Krieges aufzustacheln, der nichts als eine hungrige Made ist, die mit verheerenden Zähnen das Leben der Männer zermalmt und sich nichts um die Legionen von Witwen und Müttern schert, die trauernd zurückbleiben.«

Samanthas zitternde Finger wanderten über eine ansehnliche Rinne auf der Wange ihres Bruders. »Ich hätte gedacht, du kämst früher zurück, Colton. Papa hat auf dem Sterbebett nach dir gefragt, aber schließlich hatte er alle Hoffnung verloren, dich wiederzusehen. Er ist mit deinem Namen auf den Lippen gestorben.«

Colton umfasste die Hand seiner Schwester und drückte ihr einen sachten Kuss auf die dünnen Knöchel. »Bitte vergebe mir, Samantha. Mein Bedauern ist unermesslich. Als du zum ersten Mal von Vaters Erkrankung schriebst, war es mir, unseres Konflikts mit Napoleon wegen, unmöglich zu reisen. Später, als die Nachricht von Vaters Tod mich erreichte, war ich durch eine Wunde am Bein verhindert, die so ernst war, dass unsere Chirurgen mir schon ankündigten, sie müssten das Bein unterhalb der Hüfte abhacken, falls die Infektion schlimmer würde. Hätte ich nicht das Glück gehabt, einen Sergeanten getroffen zu haben, der sein vereitertes Bein mit unsäglichen Methoden kurierte – mit nichts Geringerem als Maden und einer Ekel erregenden Mixtur aus Lehm und Moos –, dann wäre ich heute kein ganzer Mann mehr … falls es mich überhaupt noch gäbe. Trotzdem hat es noch eine ganze Zeit gedauert, bis ich wieder einigermaßen laufen konnte. Und um meine Freistellung zu bekommen, musste ich von Pontius zu Pilatus. Man schien nicht geneigt, mir die Entlassungspapiere auszustellen, zumal zu diesem Zeitpunkt bereits feststand, dass ich mein Bein behalten würde. Man hat mir versichert, dass ich als Brigadegeneral im Gespräch sei und jeden Posten bekommen würde, den ich haben wollte. Und weil einige unserer Regimenter in gewissen Gebieten Frankreichs immer noch mit dem Feind beschäftigt sind, wollte man mich erst recht nicht gehen lassen. Ich musste ihnen mehr als einmal klar machen, dass es für mich an der Zeit sei, nach Hause zu gehen.«

Samantha und Adriana hatten sich an der Schilderung seiner schrecklichen Verwundung und deren bizarrer Behandlung festgebissen und schienen sich einen Moment lang nicht davon lösen zu können. Vieles von dem, was Colton danach berichtet hatte, war an ihnen vorübergegangen. Die Kur, welche schließlich die Heilung gebracht hatte, schien so grotesk, dass beide geradezu von krampfartigen Schauern geschüttelt wurden.

Samantha konnte nur noch die zitternde Hand vor den Mund schlagen und warten, dass die Übelkeit verflog. Schließlich fiel ihr Blick auf den Gehstock des Bruders, und als sie endlich wieder zu ihm aufsah, war ihre Stimme abgehackt und voller Sorge. »Und … du hast … gewiss … kein schleichendes Gebrechen zurückbehalten?«

Colton senkte die Stimme und neigte den Kopf zu seiner Schwester herab. »Nur eine leichte Behinderung beim Laufen, die einen Gehstock erforderlich macht. Aber mit etwas Glück, Bewegung und ausreichend Zeit, um die Heilung ordentlich abzuschließen, werde ich vermutlich bald nicht mehr auf den Stock angewiesen sein. Das Bein wird von Tag zu Tag kräftiger. Mein humpelnder Gang *wird* schwinden, da bin ich zuversichtlich; *inwieweit,* das werden wir sehen.«

Die Augen gegen die Tränen schließend, lehnte Samantha sich an ihren Bruder und spürte seinen Arm um ihre Schultern gleiten. Tränenerstickt jammerte sie: »Ich danke unserem gnädigen Gott für deine unversehrte Rückkehr, Colton. Unsere Gebete sind wahrhaft erhört worden.«

Seine Hand kreiste langsam zwischen ihren Schulterblättern. »Ich bin überzeugt, dass ich nur deshalb gesund und munter zurückkehren konnte, weil du und unsere liebe Mutter standhaft eure Fürbitten geleistet habt«, sprach er ihr heiser ins Ohr. »Ich danke euch aus dem tiefsten Grunde meines Herzens, denn in diesem letzten Feldzug gegen Napoleon sind wir in der Tat nur knapp davongekommen.«

Adriana erinnerte sich des eigenen, inbrünstig in die nächtlichen Schatten ihres Schlafgemachs geflüsterten Flehens. Viele Nächte lang hatte sie wach gelegen und den Gedanken nicht ertragen, Colton könne tot, verwundet oder vielleicht sogar im Stich gelassen irgendwo auf einem Schlachtfeld liegen. Er war der einzige männliche Nachfahre von Eltern, die Adriana fast wie die eigenen geliebt hatte. Einst war er der Held ihrer Kleinmädchenträume gewesen, was Grund genug gewesen war, zahllose Gebete um seine Unversehrtheit zu sprechen.

Samantha konnte die Frage, die ihr auf dem Herzen brannte, nicht länger für sich behalten. Sie lehnte sich in den stützenden Arm ihres Bruders und studierte seine Gesichtszüge mit einer Intensität, die die ganze Tragweite ihrer Besorgnis widerspiegelte. »Bedeutet deine Anwesenheit auf Randwulf Manor, dass du die Verantwortung für deine Grafschaft zu übernehmen gedenkst?«

Colton hielt ihrem naiven Blick stand. »Da ich derjenige bin, dem der Titel von Rechts wegen zufällt, liebe Schwester, wäre es der Familie gegenüber ein Pflichtversäumnis, ließe ich zu, dass er an unseren Cousin Latham fällt.«

Gegen eine Mischung aus Tränen der Dankbarkeit und freudigem Lachen kämpfend, gab Samantha erleichtert schließlich beidem nach. Lathams letzter Besuch hatte sie gegen den Cousin aufgebracht. Er war unter dem Vorwand erschienen, an ihres Vaters Beerdigung teilnehmen zu wollen, hatte das Herrenhaus aber mit der Attitüde des wichtigtuerischen Erben betreten, der einzig darauf erpicht war, sein neues Besitztum samt Mobiliar zu inspizieren. Er hatte dem Verstorbenen nur spärlich Respekt gezollt und stattdessen gleich insistiert, dass Harrison ihn durch das Haus führte – um dann verärgert zu reagieren, als der Butler, aus Loyalität der Familie gegenüber, die junge Hausherrin befragt hatte, ob dem Gentleman ein Rundgang gestattet sei. In Anbetracht dieser schikanösen Arroganz hatte Samantha fast damit gerechnet, dass Latham nach umgehender Bilanzierung des Familienbesitzes verlangen würde. Sie hatte sich die meiste Zeit in Zurückhaltung geübt. Doch gegen Ende des Besuchs hatte sie doch ätzend scharf auf die Frage reagiert, wo Mutter die kommenden Monate zu wohnen gedenke, und Latham reserviert darüber in Kenntnis gesetzt, dass Lady Philana als *Mutter* des Erben selbstverständlich auf Randwulf Manor bleiben würde.

»Latham wird enttäuscht sein«, murmelte sie mit strahlendem Lächeln. Obwohl für ihre Hochstimmung allein Coltons Bereitschaft, das Erbe anzutreten, verantwortlich war – was Vaters Herzenswunsch gewesen war –, war Samantha auch dankbar, nicht die bittere Pille schlucken und sich bei ihrem Cousin entschuldigen zu müssen. »Als du aus Waterloo nicht zurückgekehrt bist, hat Latham dich für tot gehalten, da bin ich sicher. Wären da nicht die Beteuerungen von den Männern deines Regiments gewesen, Mama und ich hätten die Hoffnung aufgegeben. Aber dann bist du so lange fortgeblieben, während die meisten anderen Offiziere schon längst nach

Hause zurückgekehrt waren, dass wir schon fürchteten, du wollest den Dienst nicht quittieren und die Verpflichtungen auf dich nehmen, die der Titel mit sich bringt. Aber jetzt bist du zu Haus und alles ist gut. Und wenn ich gewusst hätte, dass du hier bist, dann hätte ich darauf bestanden, dass wir mit Adriana und unseren Gästen sofort zurückkehren und dich auf unseren Ausritt mitnehmen.«

Leise lachend schüttelte Colton den Kopf. »Ich fürchte, nach der langen Reise war ich nur noch erleichtert, die Kutschfahrt hinter mir zu haben. Und mein Bein hätte mich gehindert. Beim Reiten oder wenn es sehr eng ist, so wie auf der Fahrt hierher, schmerzt es immer noch. Wenn ich nicht gegen die wiederkehrende Steife anmarschieren kann, lassen auch die Beschwerden nicht nach. Wie auch immer, Mutter und ich haben schon eine ganze Zeit lang miteinander sprechen können. Sie ruht sich oben aus und ich dachte, ich laufe mal durchs Haus, mache den älteren Dienstboten meine Aufwartung und sehe mir mit Leo und Aris das Grundstück an. Ich hatte meinen Rundgang allerdings kaum begonnen, da hat Harrison die Tür geöffnet und deine Gäste eingelassen.«

Samanthas Lippen verzogen sich schelmisch, während sie ihn vom Scheitel bis zu den fein gestiefelten Zehenspitzen betrachtete. »Du warst kaum mehr als ein Bursche, als du fortgingst, und nun bist du als Mann zurückgekehrt ...«

»Um eine Frau vorzufinden«, konterte Colton lachend. »Du warst ein kleines Ding, acht Jahre alt, als ich gegangen bin. Und nun sieh dich an, was für eine Schönheit aus dir geworden ist.« Er trat auf seinen Stock gestützt ein wenig zurück, die granitenen Augen vor Freude funkelnd. »Vor ein paar Jahren hat Mutter mir einen langen Brief geschrieben und von deiner Hochzeit berichtet. Ich gestehe, es hat mich schockiert. Und ich habe nach wie vor Schwierigkeiten zu glauben, was ich hier sehe ... meine kleine Schwester, ausgewachsen und verheiratet.«

»Du hast mich vermutlich noch als das magere kleine Mädchen in Erinnerung, das dir ständig nachgerannt ist. Aber ob du es glaubst oder nicht, Bruderherz, ich bin vierundzwanzig. Und du bist inzwischen uralt.« Unter Coltons gespielt finsterem Blick tänzelte sie, in eine Wolke aus Fröhlichkeit gehüllt, ein Stück davon und drehte sich wieder zu ihm um, die Hand ans Ohr gelegt, als lausche sie angestrengt. »Fürwahr, ich glaube, ich kann deine altersschwachen Knochen knarren hören.«

Ihr Bruder brach in herzliches Gelächter aus. »Wenn sie es täten, liebe Schwester, dann allein der Unbilden des Krieges und nicht des Alters wegen, das kann ich dir versichern.« Ganz wie der Hahn, der vor der Henne herumstolziert, hinkte er im Kreis und strich mit schmaler Hand den Uniformrock hinunter. Ob nun Absicht oder nicht, es gelang ihm jedenfalls, die Aufmerksamkeit der Damen auf seine schlanke Taille zu richten. »Falls es dir noch nicht aufgefallen sein sollte, ich habe mich außerordentlich gut gehalten.« Obwohl ganz seiner Meinung, rollte Samantha die Augen, als sei sie skeptisch. »Allein vom bloßen Hinsehen lässt sich doch keiner überzeugen, oder?«

Colton hob die Hand und warf sich in gebieterische Pose, um dem Geplänkel ein Ende zu bereiten, machte aber keine Anstalten, den amüsierten Blick aufzugeben. »Genug des Unsinns, du kleines Biest. Ich habe stundenlang darauf gewartet, euch alle zu treffen.«

Kaum waren die Worte heraus, machte er zur Überraschung seiner Schwester auf dem Absatz des heilen Beins kehrt und näherte sich der hoch gewachsenen, dunkelhaarigen Schönheit, mit der er bereits ein paar Minuten zuvor das Vergnügen gehabt hatte. Es war einige Zeit her, dass sich ein verführerisch weicher weiblicher Busen an seine Brust gepresst hatte. Und was die langen schlanken Beine der Dame anging, neigte er zu der Annahme, nie welche liebkost zu haben, die seine Phantasie so befeuert hätten wie jene, die gerade an ihm hinuntergeglitten waren. Das Bild der straffen, mit seinen eigenen Beinen verhedderten Schenkel klang nach und tat das Seine dazu, eine Begierde neu zu erwecken, die seit etlichen Monaten unbefriedigt geblieben war. Es ließ sich mit einiger Sicherheit sagen, dass Gyles Suttons Tochter sittsam war und sich ihrer Wirkung nicht bewusst; seinem Geist und Körper hatte sie sich dennoch eingeprägt.

Die Prophezeiung ihres Vaters, der Tag werde kommen, an dem er – Colton – Lady Adrianas Gesellschaft genießen würde, hatte er vor vielen Jahren rundweg verworfen. Wie hätte er ahnen sollen, dass ihm nach so langer Abwesenheit ausgerechnet jene Frau mit ihrer ungewöhnlichen Schönheit den Atem verschlagen würde, die er einst so brüsk zurückgewiesen hatte? Er konnte suchen, so viel er wollte, kaum etwas erinnerte an das dünne, kleine Ding mit den großen dunklen Augen, das ihm – zusammen mit Samantha – auf Schritt und Tritt gefolgt war, wann immer die Suttons zu Besuch gekommen waren.

Dafür, dass sie ihm einst so nichts sagend erschienen war, war Adriana Sutton zu einem seltenen Juwel herangewachsen. Die wunderbar schmale Nase, die eleganten Wangenknochen und die zarten Konturen ihres einnehmenden Gesichts waren bewundernswert genug, das Herz vieler seiner Geschlechtsgenossen zu rühren. Doch es waren die großen, dunklen Augen – seidig bewimpert und unter den anmutig geschwungenen Brauen fast unmerklich schräg stehend –, die das Bild der jungen, spindeldürren Elfe, die sie einst gewesen war, wieder zum Leben erweckten. Dennoch schien die Erinnerung nach so langer Zeit flüchtig und launisch wie der Wind, der durch die Bäume raschelte.

Als junges Mädchen war Adriana aufgeschossen und dünn gewesen. Auch jetzt war sie noch fast einen halben Kopf größer als seine Schwester. Obwohl nach wie vor schlank, hatte sie mehr Kurven entwickelt, als Colton es bei einem Mädchen, das er gern mit einem dürren Ast verglichen hatte, je für möglich gehalten hätte. Vielleicht lag es an seiner langen Abwesenheit, dass er sich höchst lebendig des Gefühls bewusst war, das ihr Busen und ihre schlanken Gliedmaßen seinem Körper aufgeprägt hatten.

Unter dem keck schräg sitzenden Zylinderhut hatten sich ein paar lockige Strähnen aus dem schweren Chignon in ihrem Nacken gelöst und seinen Blick auf jene köstlichen kleinen Stellen gelenkt, die ein Mann gerne mit der Zunge liebkost hätte. Der lange, elfenbeinfarbige Schwung ihres Halses, der zwischen Jabot und Haar zu sehen war, war sicher wie ein köstliches Konfekt, das seinen geöffneten Lippen, seinen knabbernden Zähnen mundete. Genau wie die niedlichen, perlengeschmückten Ohrläppchen. Sogar jetzt noch umwand der aufreizende Duft ihres Halses und ihrer zarten Schläfen wie seidener Nebel sein Selbst. Noch bevor sie sich seiner Anwesenheit bewusst geworden war, hatte ein natürliches Rosenrot ihre Wangen durchdrungen, doch da, wo ihr Teint hell und ebenmäßig wie cremeweiße Seide gewesen war, entdeckte er nun einen dunkleren Farbton, der ihn sich fragen ließ, ob die eingehende Betrachtung seinerseits die Lady wohl hatte erröten lassen.

So sehr sein Herz auch vor Bewunderung pochte, seine Selbstachtung litt empfindlich unter dem Irrglauben, dem er vor Jahren erlegen war, denn es war schlicht eine Tatsache, dass Adriana Sutton eine atemberaubend schöne junge Frau war. Tatsächlich war er selten, wenn überhaupt, einer solchen Perfektion ansichtig geworden. Zum ersten Mal seit sechzehn Jahren versetzte die Weigerung, das von Vater arrangierte Verlöbnis zu akzeptieren, seinem Stolz einen Schlag. Einen Hieb, der mit seiner ganzen Wucht einer Breitseite gleichkam, die den Bug eines Schiffes heimsuchte und Coltons Herz eine leewärts gewandte Schlagseite verpasste. Hätte es ihm damals nicht so an Weitsicht gemangelt und wäre sein Widerstand nicht so erbittert ausgefallen, er hätte die Lady natürlich für sich eingefordert.

»Ich bitte um Vergebung, Sie nicht auf der Stelle erkannt zu haben, Adriana«, begann er. »Ihre Erscheinung hat sich in einem solch erstaunlichen Maße gewandelt, dass mich heilige Scheu befällt. Ich nehme an, ich hatte Sie immer noch als das kleine Mädchen im Sinn, das Sie gewiss nicht mehr sind.« Seine Augen blitzten über einem schiefen Grinsen. »Vater hat oft gesagt, Sie würden sich eines Tages zu einer Schönheit auswachsen, aber ich hätte mir nie ausgemalt, dass eine Göttin aus Ihnen wird.«

Ein vages Lächeln war alles, was Adriana riskieren konnte, wollte sie den Anschein der Gelassenheit wahren. Es half auch nichts, dass sie aus der Asche ihrer Ressentiments noch jene kühle Reserviertheit zu Wege brachte, die ihr schon durch die unsicheren Kriegsjahre geholfen hatte. Nachdem dieser Mann ihr vor so vielen Jahren das Herz aus dem Leibe gerissen hatte, blieb ihr halt nichts anderes übrig, als mit geschraubter Zurückhaltung zu reagieren. Sie war zutiefst erleichtert, dass er zu Hause war, in Sicherheit vor den Gefahren des Krieges; sie hätte sich ihm am liebsten freudig in die Arme geworfen, genau wie zuvor Samantha. Doch was auf sie beide lauerte, erfüllte sie mit der alles verzehrenden Angst, er werde den Kontrakt wieder verwerfen und Randwulf Manor erneut und auf Nimmerwiedersehen verlassen.

»Sie sind sehr freundlich, Mylord, aber es besteht kein Anlass, um Vergebung zu bitten«, erwiderte sie und mühte sich mit einem zittrigen Lächeln ab. »Es ist verständlich, dass Sie mich nicht wiedererkannt haben. Ich war schließlich gerade mal sechs Jahre alt, als Sie gegangen sind. Ich kann nur spekulieren, welchen Wandel Ihr Leben seither genommen hat, doch aus den äußeren Anzeichen zu schließen, haben Sie die Zeit, allen geschlagenen Schlachten zum Trotz, gut überstanden.«

»Ich bin definitiv älter und um einiges zerkratzter«, gab Colton zu, beiläufig die Kerben erwähnend, die seinem schönen Gesicht einen ganz eigenen Charakter verliehen. »Doch während der langen Abwesenheit von meinem Zuhause habe ich die Menschen, die ich zurückließ, höher zu schätzen gelernt denn je. Ich habe oft über die Pein nachgesonnen, die mein Weggang verursacht haben mag, und sie ständig bedauert. Aber, so wie beim Wein, den man aus Unachtsamkeit verschüttet, gab es kein wirkliches Heilmittel für meinen Fehler. In jenem Moment, als ich meinem Pferd die Sporen gab, wagte ich nicht mehr auf die Verwüstung hinter mir zurückzublicken. Ich konnte nur noch nach vorne sehen und hoffen, dass man mir eines Tages die Schmerzen verzeihen würde, die ich verursacht habe.«

Adriana fragte sich, ob er auch dann noch Reue empfinden würde, wenn er erst wusste, was auf ihn zukam. Vor Jahren hatte er sie mit seiner Reaktion auf den geplanten Kontrakt jedenfalls derart verschreckt, dass sie sich diesmal weit fort wünschte, wenn es zur zweiten Auseinandersetzung über das Edikt kam. »Ich teile die enorme Erleichterung Ihrer Familie, Mylord, und freue mich, dass Sie zurück zu Hause sind, wo Sie hingehören. Samantha hat sich seit dem Tod Lord Wyndhams Tag und Nacht gegrämt und ich wusste nicht mehr, was ich noch hätte sagen sollen, ihr Hoffnung zu machen.«

»Vor vielen Jahren pflegten Sie mich Colton zu nennen«, erinnerte er sie. »Fällt Ihnen das jetzt so schwer?«

Als er einen Schritt näher kam, was sie bei jedem anderen Mann als zudringlich empfunden hätte, bemerkte Adriana, dass seine Nähe Gefühle in ihr erweckte, die sie für abgestorben gehalten hatte. Vor langer Zeit, als sie noch ein Kind gewesen war, hatte dieser Mann das Bild zerschmettert, das Adriana sich von ihm gemacht hatte. Er war ihr heldenhafter Ritter gewesen. Damit ihr ein solches Trauma nicht nochmals wiederfuhr, musste sie in ruhigem Fahrwasser bleiben, die Augen fest auf den Horizont gerichtet. Denn es gab keine Garantie, dass die Segel, die sich einst unter ihren Mädchenträumen gebläht hatten, nicht auch jetzt für die auffrischende Brise seines Charmes empfänglich waren. Sie durfte ihm nicht gestatten, das verletzliche Segeltuch wieder mit hoffnungsvollen Erwartungen zu füllen, zumindest so lange nicht, bis sie sicher sein konnte, dass er mitfühlender agieren würde als damals. Erst wenn sie auf sein Wohlwollen vertrauen konnte, würde sie Colton ihre Gesellschaft schenken … und mit der Zeit eventuell ihr Herz.

»Bitte verzeihen Sie mir die Verfehlungen der Jugend, Mylord«, antwortete sie und wagte, seinem Blick zu begegnen, während sie einen Schritt zurücktrat. »Das ist lange her und ich war noch ein Kind. Ich kann nur hoffen, dass ich bei allem, was meine Mutter mir während Ihrer Abwesenheit beigebracht hat, auch den angemessenen Respekt für Herren Ihres noblen Standes erlernt habe.«

Colton legte verwundert den Kopf schief, betrachtete sie lange und musste sich doch fragen, weshalb Adriana sich weigerte, ihn informeller anzusprechen, nachdem er sie explizit dazu eingeladen hatte. »Ich entnehme Ihrer Antwort, dass Vertrautheiten Ihnen zuwider sind.«

»Nur wenn diese Vertrautheiten nicht die Etikette einhalten, die Mutter mir abverlangen würde, wäre sie hier. Oder was würden Sie vorschlagen, Mylord?«

Seine Augenbraue zuckte amüsiert. »Jetzt aber, Adriana! Unsere Eltern haben nicht nur über dreißig Jahre lang nah beieinander gewohnt, sie waren auch schon, bevor ich auf die Welt kam, enge Freunde. Meine Güte, ich erinnere mich noch an den Tag, an dem Sie geboren wurden, und welchen Wirbel ich veranstaltet habe, weil ich die Blumen tragen durfte, die Mutter im Wintergarten geschnitten hatte. Samantha und ich durften einen Blick auf das Neugeborene werfen. Sie waren die winzigste, röteste, wütendste Kreatur, die ich mein Lebtag lang gesehen hatte. Können Sie mir denn nicht darin zustimmen, dass uns die enge Kameradschaft unserer Familien – im Vergleich zum gestelzten Gebaren einander fremder Menschen – ein paar Privilegien gestattet?«

Adriana war sicher, dass er mit derselben überzeugenden Beredsamkeit auch mancher Geliebten zugesetzt hatte. So attraktiv wie er war, musste er recht erfahren darin sein, törichte junge Mädchen von jenem Pfad zu lenken, den die Eltern für sie im Sinne hatten. Er hatte etwas ganz Gewisses an sich. Wie hätte also Adriana irgendeine Frau dafür schelten können, seiner Faszination zu verfallen, denn zu ihrer Verwunderung war auch ihr eigenes Herz nicht so desinteressiert, wie sie es sich gerne ausgemalt hätte.

Sogar seine tiefe, milde Stimme erschien ihr wie eine Zärtlichkeit, die all ihre Sinne streichelte.

Die Wirkung seines gewinnenden Lächelns abschüttelnd, nahm Adriana sich im Geiste selber bei der Hand und besann sich darauf, was sie vermutlich durchleiden musste, wenn erst die Wahrheit herauskam. Lieber distanziert bleiben und wenigstens eine kleine Portion Stolz für jenen Tag aufbewahren! »Ich fürchte, Mylord, Ihre lange Abwesenheit hat uns genau dazu gemacht. Wir sind einander *fremd* und ich denke, ein paar Momente oder sogar Stunden werden da keine Abhilfe schaffen.«

Die irritierenden Furchen seiner Wangen vertieften sich, als er sie mit einem Lächeln bedachte, das so gewinnend war wie eh und je. »Wollen Sie denn gar nicht nachgeben, Adriana?«

In die dunkel durchscheinenden Augen starrend, die ihre eigenen umgarnten, fühlte sich Adriana in die Kindheit zurückversetzt. Als junges Mädchen hatte sie Colton Wyndham angebetet. Er war der Bruder, den sie nie gehabt hatte; ein Held, der einzig hinter Vater zurückstand; ein Ritter, atemberaubender als jeder, von dem sie je gelesen oder gehört hatte. Dann war der verhängnisvolle Tag gekommen, an dem sie erfahren musste, dass er sie nicht wollte. Die Frage war, ob er heute nur ein Quäntchen anders reagierte, sobald er herausfand, dass sich während seiner Abwesenheit nichts verändert hatte.

Colton vertrat seine Sache unerbittlich. »Wenn Sie darauf bestehen, mir meinen Wunsch abzuschlagen, Adriana, dann muss ich mir wohl die Frage stellen, ob ich mich ebenfalls der Etikette unterwerfen und Sie in gleicher Weise titulieren muss. Aber erschiene es, in Anbetracht der engen Bande unserer Familien, nicht lachhaft, wenn wir uns eine derart rigide Zurückhaltung auferlegten?«

»Es liegt mir fern, Ihre Nachsicht zu strapazieren, Mylord. Ob Sie sich den strikten Regeln des Benehmens unterwerfen oder nicht, liegt allein in Ihrem Ermessen.«

»Autsch!« Colton täuschte ein schmerzverzerrtes Gesicht vor und presste die schlanke, braun gebrannte Hand auf den scharlachroten Uniformrock, wo Adriana ihn vorgeblich verwundet hatte. »Ich gebe zu, dass ich mich nicht ununterbrochen schicklich benommen habe, Adriana. Doch sosehr ich es einst auch verdient habe, den gesellschaftlichen Kontakt zu Ihnen eingebüßt zu haben, hätte ich doch gedacht, in den letzten Jahren ein paar Manieren gelernt zu haben.«

»Ich weiß von alledem nichts, Mylord. Sie waren Ihr halbes Leben lang fort und meines fast ganz.«

»Ja, sicher«, gab er zu. »Und ich hatte auch Veränderungen erwartet, aber nie hätte ich gedacht, mit der jüngsten Tochter der besten Freunde unserer Familie so reserviert umgehen zu müssen.«

»Ihr Titel gibt Ihnen die Freiheit, nach Belieben zu verfahren, Mylord.«

Colton seufzte verdrießlich, lehnte sich, den freien Arm auf das Gesicht den Rücken legend, auf den Gehstock und musterte das Gesicht dieser exquisiten Schönheit. »Meine liebe Adriana, Sie sind die Frau, die sich ein einsamer Mann, weit weg von Zuhause, in den frühen Morgenstunden erträumt. Hätte ich ein solches Bild in meinem Herzen tragen können, es hätte mich in schweren Zeiten hoffen lassen. Ihre Worte fließen wie Seide von Ihren bezaubernden Lippen und erscheinen wohltuend wie der zarte Duft der Rosen, der Ihnen anhaftet. Doch – ach leider! – die spitzen Dornen der Rosen zerstechen meine arglose Haut und lassen mich die tiefe Kluft bestaunen, die ich zwischen uns vorfinde. Können Sie mir die Gefühllosigkeit der Jugend nicht vergeben? Ich hoffe, ein anderer Mann zu sein als der Junge, der ich einst war.«

Ihr flüchtiges Lächeln war kurz genug, zynisch zu wirken. »Falls ich ungehobelt wirken sollte, Mylord, darf man sagen, ich hätte von den Überlegeneren gelernt.«

Colton zuckte erneut zusammen und fühlte sich, als hätte sie ihm die Fangzähne hineingebohrt. »Sicher, ich war damals barsch zu Ihnen«, gab er leise zu. »Und muss mich dafür entschuldigen. Ich wollte Ihnen niemals wehtun, Adriana. Sie waren völlig unschuldig, und ich habe über mich selbst Schande gebracht, indem ich Sie verletzte.« Er studierte sie ausführlich und sagte kein Wort mehr, bis ihr die Röte in die Wangen stieg. Mit charmantem, verwegenem Lächeln kam er auf sie zu und überschritt erneut die Grenzmauern, die sie im Geiste um sich selbst errichtet hatte. Den Kopf neigend, bis seine Wange fast die Krempe ihres Zylinders streifte, murmelte er ihr ins Ohr: »Lassen Sie mich Ihnen versichern, meine Liebe, niemand ist Ihnen überlegen. Sie sind ein seltener Juwel, der schönste, den ich je sah. Ihr Anblick lässt mich wünschen, ich hätte mich nicht so dumm benommen und im Zorn mein Zuhause verlassen.«

Adrianas Kopf schoss hoch. Sie suchte ein paar Sekunden lang die tanzenden grauen Augen ab. Völlig verwirrt klagte sie ihn atemlos an: »Sie scherzen mit mir, Mylord.«

Colton lachte leise, erfreut, ihre Distanziertheit in die Flucht geschlagen zu haben.

»Vielleicht tue ich das, Adriana.« Es dauerte schier unendlich, bevor er sich wieder zu ihr lehnte und ihr ins Ohr hauchte: »Vielleicht aber auch nicht.«

Adriana stolperte verwirrt zurück und versuchte verzweifelt, intelligent zu parieren. Sie öffnete und schloss ein paar Mal den Mund, bevor sie die Sinnlosigkeit ihrer Bemühungen begriff. Colton hatte sie in einem Maße beunruhigt, dass sie keine adäquate Replik mehr zustande brachte.

Er streckte die Hand aus, legte sie sanft an ihre Wange, platzierte den Daumen auf ihre verlockend weichen Lippen und setzte ihren Bemühungen ein Ende. »Haben Sie Erbarmen mit mir, Adriana. Noch eine Kerbe im Fell vertrage ich heute nicht. Meine Wunde muss erst noch heilen.«

Er ging ohne Adieu und ließ die Dame zurück, die sich die zitternde Hand auf die brennende Wange schlug; eben jene Wange, die er gerade noch sonderbar provokativ liebkost hatte. Trotz des heftig rauschenden Blutes war Adriana in einem sicher: Colton Wyndham hatte sich kein bisschen verändert, seit er Randwulf Manor verlassen hatte. Sogar jetzt noch, mit nichts als ein paar Worten und der warmen Berührung seiner Hand, war er fähig, ihren Verstand in tausend verschiedene Richtungen zu zersplittern. Er hatte es unzählige Male getan, als er sie als Kind geneckt hatte, und um vieles zerstörerischer vor seinem Weggang, als er sich wütend geweigert hatte, ihrer künftigen Heirat zuzustimmen. Sosehr Adriana ihre Anfälligkeit für Colton Wyndham kurz zuvor noch bestritten hätte, musste sie doch begreifen, dass er sie einmal mehr verwirrt hatte. Nur hatte er ihr dieses Mal eigentümlich perlende Freudenschübe hinterlassen, die sie einfach nicht in Zaum bekam.

# Kapitel 2

Samantha, liebe Schwester, willst du die Honneurs übernehmen, oder muss ich mich deinem Ehemann selbst vorstellen?«, wollte Colton wissen. »Zögere nicht länger. Mach mich mit unserem neuen Familienmitglied bekannt.«

»Mit Freuden!«, erwiderte Samantha und akzeptierte mit lebhaftem Eifer die Order. Sie schloss sich ihrem Bruder an und begutachtete, während sie die Halle durchquerten, seinen geschickten Umgang mit dem Gehstock. »Es scheint, du kommst gut zurecht mit dem Stock.«

Colton hob die breiten Schultern und tat seine Gewandtheit gleichgültig ab. »Entweder ich mache es richtig oder ich falle über das verfluchte Ding, und *diese* Schmach wollte ich nicht noch einmal durchmachen … und den dazugehörigen Schmerz auch nicht. Als es das erste Mal passiert ist, hat es mich völlig aus der Fassung gebracht und ich habe mich ernsthaft der Aufgabe gewidmet, es nie wieder geschehen zu lassen. Was bis jetzt auch nicht der Fall war.«

Sich bei ihm unterhängend, strich Samantha über den scharlachroten Ärmel und kam nicht umhin, die strammen Muskeln darunter zu bewundern. Bis dato hatte sie geglaubt, ihre Vorlieben, den männlichen Körperbau betreffend, gingen allein in eine Richtung: auf die hoch gewachsene Sehnigkeit ihres Ehemanns, die in Wahrheit an Magerkeit grenzte.

Die Konstitution ihres Bruders brachte sie dazu, ihren Standpunkt in der Angelegenheit zu überdenken; ihre vormaligen Neigungen erschienen ihr unfair und voreingenommen. Coltons groß gewachsene, breitschultrige Gestalt war geschmeidig genug, mit jedweder Kleidung zu harmonieren, aber auch hart und muskulös, was für immense körperliche Tüchtigkeit sprach.

»War das die erste Verletzung, die du erlitten hast?«

Ein leises Lachen wehte über Coltons Lippen und tönte wohltuend wie das Plätschern eines Bachs in ihren Ohren. Die Erinnerung an ihren Bruder, die sie wie eine Kostbarkeit im Herzen trug, war erfüllt von diesem warmen, melodischen Lachen. Doch bis zu diesem Moment war ihr nicht bewusst gewesen, wie groß die Leere war, die sein Fehlen Tag für Tag in ihr Leben gerissen hatte.

»In der Tat nicht, meine Liebe, aber die einzige, die je schwärig geworden ist. Es war eine Furcht einflößende Erfahrung, begreifen zu müssen, dass ich entweder mein Bein verlieren oder am Wundbrand sterben würde – bei dessen ersten Anzeichen ich mich dann auch auf die Hinterbeine gestellt habe. Sozusagen. Es war das erste Mal, dass ich *wirklich* Angst hatte. Auf den Schlachtfeldern, auf denen ich kämpfte, bestand stets die Gefahr, nicht lebend davonzukommen. Die Rechtecks-Formation, derer Wellington sich oft bediente, hat zwar meist standgehalten, sogar gegen Kavallerie, aber der Ausgang ließ sich doch nie vorhersagen. Also habe ich mein Kommando mit aller Intelligenz und Kraft geführt, um mein eigenes Leben und das meines Regiments zu retten. Ich war viel zu beschäftigt, um über die kalte Bedrohung nachzudenken, die man Tod nennt. Aber als ich begriffen habe, dass sich kaum etwas tun ließ, um das brandige Fleisch an der Ausbreitung zu hindern, als mir das Bein abzuschneiden, da überkamen mich allerdings die Todesgedanken mit vernichtender Präzision. In vielen Fällen beschleunigt die Amputation den Tod sogar. Die Angst hat mich dazu getrieben, es mit der Kur des guten Sergeanten zu versuchen, wie Ekel erregend und grässlich sie auch sein mag. Du musst wissen, die Maden fressen nur das faulige Fleisch, nicht das gesunde …«

»Oh, bitte! Ich fühle mich ganz krank! Sag nichts mehr!«, flehte Samantha zitternd und drückte sich ein Taschentuch vor den Mund. Eisige Kälte durchfuhr sie, als ihr erneut bewusst wurde, wie knapp ihr Bruder davongekommen war. »Welche Kur auch immer es war, ich bin über alle Maßen erleichtert, dass sie gewirkt hat.«

Seine dunklen Brauen zuckten zustimmend. »Genau wie ich, das kann ich dir von Herzen versichern.«

Samantha zog es vor, nicht weiter darüber nachzudenken, was hätte geschehen können, hätte er keinen Weg gefunden, die Ausbreitung des Wundbrands zu verhindern. Zum eigenen und auch zu seinem Besten wechselte sie entschlossen das Thema. »Erinnerst du dich an den Earl of Raeford, Colton?«

»Natürlich. Vater und er waren doch gute Freunde, oder?«, fragte er und fuhr, als sie nickte, fort: »Mutter hat mir in einem Brief von deiner Hochzeit berichtet. Ich nahm damals an, es müsse sich bei deinem Bräutigam um den Jüngeren von Lord Raefords beiden Söhnen handeln. Soweit ich mich erinnere, bin ich einige Jahre älter als der Ältere der beiden. Aber ich fürchte, ich habe die Gelegenheit versäumt, auch nur einen der zwei näher kennen zu lernen. Zumeist waren ja meine eigenen Freunde hier im Hause, die, wenn ich nicht gerade mit meinen Studien befasst war, meine ganze Aufmerksamkeit beansprucht haben.«

Seine Schwester wies mit ausgestrecktem Arm an das andere Ende der Halle, wo ein rotblonder Mann mit einer jungen Dame am Arm als Letzter das Haus betreten hatte. Das Paar war gegenwärtig in ein Gespräch vertieft, in das sich jede Menge selbstsicheres Lachen mischte, respektive scheu kokettes Lächeln. »Stuart ... Major Lord Stuart Burke, wie man ihn in formelleren Kreisen nennt, oder falls dir das lieber ist, Viscount Burke, ist der Ehrengast unseres heutigen Reitausflugs. Weswegen er auch die Gegend aussuchen durfte. Wie es scheint, bevorzugt er das Hügelland, das Adriana wie die eigene Westentasche kennt. Ich fürchte, ich selber bin nicht so abenteuerlustig wie sie ... oder du. Im Damensattel einen Hügel hinaufzureiten ist schon schlimm genug, aber wenn es abwärts geht, frage ich mich immer, ob ich wohl mit oder ohne Pferd unten lande.« Sie schmunzelte, als ihr Bruder mit belustigtem Lachen auf ihren Esprit reagierte, und wich kurz vom Thema ab: »Es hat mich immer gewundert, dass du mit deinem reiterlichen Können nicht zur Kavallerie gegangen bist, Colton, aber das spielt nun natürlich keine Rolle mehr. Du hast deinen Wert bestimmt auch in der Infanterie mehr als einmal unter Beweis gestellt.« Sie tätschelte ihm liebevoll den Arm, bevor sie wieder zum eigentlichen Thema zurückkehrte. »Genau genommen war das heute Stuarts erster Ausritt, seit die Ärzte ihn für ausreichend genesen erklärt haben, wieder seinen üblichen Aktivitäten nachzugehen. Zudem ist heute sein Geburtstag, was wir beim abendlichen Dinner würdigen wollen. Und jetzt, wo du wieder zu Hause bist, haben wir dreifachen Grund zum Feiern.«

»Wie es scheint, hätte ich mir keinen passenderen Zeitpunkt für meine Rückkehr aussuchen können. Die geplante Feierlichkeit gibt mir die Möglichkeit, mich mit allen wieder vertraut zu machen. Wobei Mutter seit meiner Ankunft die Einzige ist, die wiederzuerkennen mir gelungen ist. Sie ist genauso elegant wie früher. Adriana war die mit Abstand Verwirrendste. Sogar nachdem sie mir gesagt hatte, wer sie ist, hatte ich Schwierigkeiten, es zu glauben.«

Samantha kicherte. »Ein Wunder, dass sie dich nicht davongejagt hat, weil du gewagt hast, sie anzufassen. Adriana kann ziemlich böse werden, wenn ein Mann ihr zu nahe tritt. Manchmal war sie schon kurz davor, einem übereifrigen Verehrer ein blaues Auge zu verpassen. Vater hat die Herren schließlich aus dem Haus verbannt. Ich habe sie beobachtet, wie sie mit eingezogenen Köpfen verschwunden sind. Aber kaum hatten sie wieder sicheren Boden unter den Füßen, haben sie die Nackenhaare aufgestellt, haben aufgehört, sich wie Gentlemen zu benehmen, und Adriana die Schuld gegeben, wo doch *sie* es gewesen sind, die die Hände nicht bei sich behalten konnten.«

Colton rieb den Zeigefinger über den Mund und versuchte,

das Grinsen zu vertreiben, das sich anscheinend dauerhaft auf seinen Lippen niederlassen wollte. Hätte er gewusst, um wen es sich bei jener Schönheit handelte, er hätte sich vermutlich besser in Acht genommen. In Anbetracht dessen, was mit ihm anzustellen ihr gelungen war, hatte er allerdings Grund sich zu fragen, ob Adriana nicht versucht hatte, sich für vergangene Kränkungen zu rächen. »Nun, falls es dich interessiert, *mich* bringt sie dazu, mich zu fragen, ob ich je wieder derselbe Mann sein werde wie zuvor.«

Samantha blickte in wachsendem Amüsement zu ihm auf, aber Colton machte keine Anstalten, sich näher zu erklären. Dass seine Geschlechtsteile sich anfühlten, als seien sie zusammen mit den Breeches in eine Kleiderpresse geraten, warf die Frage auf, ob es denn vertretbar war, sich der Lady erneut zu nähern, ohne zuvor eine Rüstung anzulegen.

Er ließ seine Schwester über seine Äußerung nachsinnend zurück und trat auf den rotblonden Mann zu, der seiner Schwester vorher auf dem Fuße folgend die Halle betreten hatte. Es war offensichtlich, dass die beiden Wolfshunde *diesen* jungen Mann zur Abwechslung einmal mochten, denn er war neben den beiden in die Hocke gegangen und kraulte ihnen das langhaarige Fell.

Colton grinste und streckte die Hand aus. »Nach zwei Jahren ist es, glaube ich, an der Zeit, meinen Schwager willkommen zu heißen. Was meinen Sie dazu, Perceval?«

Die Hunde richteten sich abrupt auf, als der jüngere Mann schwungvoll aufsprang. Seinerseits bereitwillig die Hand ausstreckend, musste Perceval über den unerwarteten Überschwang des Älteren lachen und drückte seinem Schwager inbrünstig die Hand. »Danke, Mylord. Es ist schön, Sie hier zu haben.«

»Schluss mit diesem *Mylord*-Getue, haben Sie gehört?«, protestierte Colton, doch sein Lachen nahm dem Tadel viel von seiner Schärfe. »Wir sind jetzt Brüder. Nennen Sie mich einfach Colton.«

»Eine Ehre, die ich mit Freuden akzeptiere«, erwiderte Perceval heiter. »Und wenn Sie sich revanchierten, indem Sie mich Percy nennen, wäre ich hocherfreut. Alle meine Freunde tun es.«

»Dann zähle ich mich fortan dazu«, schwor ihm der neue Marquess mit schiefem Lächeln. »Dann also, Percy.«

Samantha gesellte sich dazu, die Hände in die schmale Taille gestützt, als habe sie mit den beiden Männern ein Hühnchen zu rupfen. »Es ist offensichtlich, dass ihr beide *mich* jedenfalls nicht benötigt, euch einander vorzustellen.«

Colton lachte über die mädchenhaften Mätzchen seiner Schwester. »Mutter hat mich über die Einzelheiten eurer Heirat ins Bild gesetzt und auch sonst einiges getan, meine Erinnerung aufzufrischen.« Er zog eine Braue hoch und rümpfte in gespieltem Hochmut die schöne Nase über seine kleine Schwester. »Wie es scheint, mein Schatz, ist unsere Mutter durch und durch erfreut über deine Ehe, allerdings fragt sie sich langsam, ob sie wohl *jemals* ein Enkelkind haben wird.«

Als er den Unterkiefer seiner Frau herunterklappen sah, warf Percy den Kopf zurück und verkündete lachend: »Wie es scheint, mein Schatz, kommt dein Bruder schnell auf den Punkt.«

Samantha schüttelte keck das Haupt. »Mein Schatz, mein Schatz, mein Schatz – wäre ich jemand von der argwöhnischen Sorte, ich müsste annehmen, dass ihr beide euch an Papas Port gütlich getan habt oder im Salon an seinem Lieblings-Brandy.«

»Darauf kommen wir nach dem Dinner zurück, meine Süße. Ich jedenfalls genieße es mittlerweile, ein Glas zu nehmen, bevor ich mich des Abends zurückziehe«, versicherte Colton ihr mit brüderlichem Klaps auf die Schulter.

Percy wandte sich nun ernster an ihn: »Sie können sich nicht vorstellen, wie erleichtert wir sind, Sie endlich wieder hier zu haben, Colton. Samantha hat darauf bestanden, dass ich sie, die Schlachten betreffend, an denen Sie teilgenommen haben, auf den neuesten Stand bringe, sobald der Kurier mit dem Ergebnis im Palast erschienen war. Wobei es hilfreich war, dass wir ein Stadthaus ganz in der Nähe haben und ich ihr postwendend Nachricht geben konnte, die Samantha dann ihrerseits an ihre Mutter weitergeleitet hat. Sie ständig inmitten des Schlachtengetümmels zu wissen, das auf beiden Seiten so viele Leben forderte, hat uns mit Angst erfüllt. Ihr Name war in aller Munde, Colton. Besonders Ihr Vater hat sehr oft von Ihnen gesprochen. Auch wenn es Ihnen vielleicht nicht ganz bewusst ist, Ihre Eltern waren sehr stolz auf Sie und das, was Sie erreicht haben.«

Percy grinste seinen älteren Bruder an, der daraufhin fragend die Augenbrauen hochzog. »Ich fürchte, Sie haben den armen Stuart mit Ihrem Wagemut und Ihren vielen Heldentaten beschämt.«

Nur eine Winzigkeit humpelnd, kam der Ältere der Brüder auf sie zu, wobei ein schräges Grinsen über sein Gesicht huschte. »Eines Tages, Percy, wirst du erfahren, wie es sich anfühlt, wenn einem auf dem Schlachtfeld die Kanonenkugeln um die Ohren fliegen«, warnte er und tat sein Bestes, ein tadelndes Benehmen an den Tag zu legen, als wolle er seinen Bruder tatsächlich schelten. »Du verspielter junger Hund hast dem Prinzregenten jetzt lange genug als Emissär gedient, aber ich versichere dir, falls Napoleon zurückkehrt, wird man um einiges mehr von dir verlangen.«

»Gott behüte«, murmelte Colton, als spräche er ein Gebet.

Percy gab sich entsetzt. »Wie das? Mein eigener Bruder redet meine heroischen Versuche klein, Seine Majestät über die Aktivitäten der Truppen auf dem Laufenden zu halten? Verspielter junger Hund? Pah!« Er richtete sich zu seiner ganzen, hageren Größe auf und betrachtete den älteren Burke beleidigt von oben nach unten. »Du machst dir keine Vorstellung, wie kompliziert das Ränkespiel der Diplomatie sein kann, sonst hättest du dir diese boshafte Verleumdung geschenkt.«

Samantha tätschelte beruhigend den Arm ihres Ehemannes. »Verärgere deinen armen Bruder nicht, mein Lieber. Er hat eine Menge erleiden müssen, nachdem die Kanonenkugel den Baum zerfetzt und ihm all die riesigen Splitter ins Fleisch geschleudert hat. Ich zweifle nicht, dass nach alledem, was er unter den Händen der Chirurgen durchlitten hat, während die ihm gemächlich die Splitter herauszogen, allein schon das Gebrüll der Kanonen reicht, ihn vor Entsetzen aufschreien zu lassen. Es ist eh ein Wunder, dass dein Bruder dir keins auf die Ohren gibt, weil du ihn beschämt wähntest.«

Ihr Schwager bedachte sie mit einer Verbeugung, die von einem peinigenden Stich – einem unberechenbaren Übrigbleibsel der Verletzung – abrupt verkürzt wurde. »Danke, liebste Samantha. Es ist höchst befriedigend, dass mein Bruder gleichsam über seine Verhältnisse geheiratet hat, als er dich zur Frau genommen hat. Du hast ganz offensichtlich jenen Intellekt, der *ihm* all die Jahre gefehlt hat.« Er ignorierte Percys Protest und wandte sich den Schwierigkeiten zu, die mit seiner Verletzung einhergingen. »Die Wunde ist zwar zum Gutteil verheilt, aber mein Stolz wird sich wohl nie erholen. Verfluchtes Pech aber auch! Sogar mein eigener Bruder amüsiert sich köstlich über die präzise Stelle einer der Verwundungen. Pausenlos habe ich erklärt, wie es dazu kommen konnte, dass ich von hinten verwundet wurde. Wiederholt habe ich beschworen, dass ich vorwärts gestürmt bin und nicht auf dem Rückzug war, aber meine Freunde … und mein Bruder … höhnen ohne Unterlass. Elende Flegel, allesamt!«

Als die Heiterkeit sich schließlich legte, wandte sich Stuart in aller Ernsthaftigkeit an seinen Gastgeber. »Ich bin hocherfreut über diese Gelegenheit, unsere Bekanntschaft zu erneuern, Mylord. Wellington hat während des letzten Feldzuges so oft ein Loblied auf Sie gesungen, dass keiner bezweifeln kann, welch großen Dienst Sie unserem Land erwiesen haben, nicht nur in Waterloo, sondern auch auf den anderen Schlachtfeldern, auf die sie ihre illustre Karriere geführt hatte. Nach allem, was man hört, steht Ihr Regiment an Tapferkeit keinem anderen nach.«

»Ich hatte das Glück, Männer von beispielhafter Courage unter meinem Kommando zu haben«, versicherte Colton. »Welche Anerkennung mir auch zuteil wurde, ich verdanke sie zum Großteil meinen Männern, denn es war ihr Heldenmut, der uns den Feind hat besiegen lassen.«

»Sie waren wirklich ein Beispiel an Disziplin und Tatkraft«, stimmte Stuart zu, »und in der Zeremonie zu Ehren Ihrer Männer hörte ich sie allesamt beteuern, dass Sie derjenige gewesen seien, der sie ins dichteste Kampfgetümmel angeführt und zu wagemutigen Taten inspiriert hätte, wann immer Boden gutzumachen war oder es in die Reihen des Feindes vorzustoßen galt. Die Männer waren zutiefst enttäuscht, dass Sie nicht da waren, um Ihren Orden entgegenzunehmen, aber ich kann verstehen, dass Ihre Verletzung Sie daran gehindert hat. Wenn ich das sagen darf, Mylord, es bekommen wohl nur wenige Offiziere solch glühendes Lob von ihren Männern wie Sie an jenem Tag.«

Verlegen über so viel Beweihräucherung, murmelte Colton zwar einen Dank, schwieg ansonsten aber, bis die anhaltende Stille ihn veranlasste, sich ein anderes Thema einfallen zu lassen. Er bemerkte, dass der junge Mann, der sich über seinen vertrauten Umgang mit Adriana verärgert gezeigt hatte, sich an das andere Ende der Halle verdrückt hatte. Was er auch klug fand, weil der Hitzkopf dort wenigstens in Sicherheit war – zumindest, was die Wolfshunde anging. Nicht aber, was seinen Gastgeber betraf, falls der Bursche nicht auf sein Benehmen achtete, wozu er nicht so recht in der Lage schien. Der Entfernung zum Trotz, verspürte Colton den brennenden Blick der blassgrünen Augen, der sich stark nach unbegründeter Eifersucht anfühlte. Einer Eifersucht andererseits, die bei einer außergewöhnlichen jungen Dame wie Adriana – Colton amüsierte sich stillschweigend, während er darüber nachsann – so unbegründet vielleicht nicht war.

Colton war überzeugt, dass es sich bei dem Burschen um keinen Geringeren als Roger Elston handelte, von dem Mutter heute Nachmittag gesprochen hatte, jenem Wollspinner-Lehrling, der gegen jede Vernunft versuchte, Adrianas Hand zu gewinnen. Coltons Ansicht nach verkannte der Mann seine Grenzen völlig.

Er drehte Elston den Rücken zu und sah sich einer jungen, blonden Frau gegenüber. »Ich bitte um Vergebung, Miss, ich hoffe, wir haben Sie mit all dem Kriegsgeschwätz nicht allzu sehr gelangweilt.«

»Oh, nein, Mylord!«, protestierte Felicity Fairchild vor Aufregung atemlos. Es war schließlich nicht alltäglich, dass eine Buchhalters-Tochter die Gelegenheit bekam, mit einem hochrangigen Mitglied des Oberhauses Konversation zu betreiben. »Ganz im Gegenteil! Es ist so aufregend, von wagemutigen Taten zu hören!«

Samantha realisierte, dass sie ihre Pflichten als Gastgeberin vernachlässigt hatte, und übernahm hastig die Formalitäten. »Bitte verzeihen Sie meine Nachlässigkeit, Miss Fairchild. Ich fürchte, ich war ein wenig konfus, nachdem ich meinen Bruder entdeckt hatte. Sogar jetzt kann ich kaum glauben, dass er nach all den Jahren tatsächlich wieder zu Hause ist. Mit seiner Erlaubnis, würde ich ihn Ihnen gerne vorstellen.«

Nachdem die Formalitäten erledigt waren, sank Felicity vor dem neuen Marquess in einen dankbaren Knicks. »Es ist mir eine Ehre, einen Mann von solcher Reputation kennen zu lernen, Mylord.«

»Die Ehre ist ganz auf meiner Seite, Miss Fairchild«, erwiderte Colton und brachte, der Unbeweglichkeit zum Trotz, die ihm nach der langen Kutschfahrt noch zusetzte, eine knappe Verbeugung zu Stande. Die ersten Erfahrungen mit erzwungener Unbeweglichkeit hatte er naturgemäß nach seiner Verwundung gemacht. Bevor er begriffen hatte, dass er sich entweder von seinem Bein verabschieden oder es auf eigene Faust retten musste, hatte er viel zu lange auf seiner Pritsche gelegen und auf die Entscheidung der Feldärzte gewartet, die es ihm absäbeln wollten – und Schluss. Damals war ihm endgültig klar geworden, dass Müßiggang bei weitem gefährlicher war als rigoroses Handeln. Während seiner ganzen militärischen Karriere war Letzteres sein Lebensprinzip gewesen. Erzwungene Untätigkeit machte ihn übellaunig und seine Muskeln, der Verletzung wegen, steif.

»Miss Fairchild ist die Enkelin Samuel Gladstones«, erklärte Samantha. »Eventuell erinnerst du dich an ihn, Colton.«

»Natürlich! Der Mühlenbesitzer, dem Stanford House gehört. Wir haben ihn jedes Weihnachten besucht. Ich erinnere mich gut an die aufwändigen Festmähler, die seine Dienstboten für seinen Freundeskreis und die Leute in der Gegend ausrichten mussten.«

»Seit einigen Monaten geht es dem Müller nicht mehr so gut, also hat Mistress Jane …« Samantha hielt inne und sah ihren Bruder fragend an. »Du erinnerst dich doch an seine Tochter Jane, nicht wahr?«

»Das tue ich, aber es ist wirklich lange her, dass ich sie zuletzt gesprochen habe. Sie ist, noch bevor ich fortgegangen bin, nach London gezogen.«

»Mr Fairchild hat in London in einem Warenkontor gearbeitet, als Jane ihn darum gebeten hat, nach Bradford zu ziehen, damit sie sich um ihren Vater kümmern kann. Gott verhüte, dass Mr Gladstone stirbt, aber in diesem Fall würden sie natürlich die Mühle bekommen.«

Colton wandte sich hochachtungsvoll der ansprechenden Blondine zu. »Ich bedaure zu hören, dass es Ihrem Großvater nicht gut geht, Miss Fairchild. Meine Mutter und meine Schwester haben mich während meiner Abwesenheit über seine vielen wohltätigen Werke auf dem Laufenden gehalten. Ganz ohne Frage ist Mr Gladstone ein höchst bewundernswerter Mann.«

»Ich muss zugeben, wir haben Großvater, während wir in London lebten, nur selten besuchen können«, antwortete Felicity liebenswürdig. »Aber seit unserem Umzug nach Bradford weiß ich, dass er sich über die Jahre mit vielen loyalen Freunden umgeben hat. Ich kann nur staunen, wie viele Aristokraten ihn besuchen. Wodurch ich auch Ihre Schwester kennen gelernt habe ... und Lady Adriana.«

Samantha hängte sich bei ihrem Bruder unter. »Mr Gladstone scheint zu neuem Leben erwacht, seit seine Tochter mit ihrer Familie bei ihm eingezogen ist. Und seine Lebensgeister haben großen Auftrieb, seit Mr Fairchild sich entschlossen hat, die Mühle zu verwalten. Sorglos, wie der alte Herr nun sein kann, und so Gott will, werden wir Mr Gladstone in den kommenden Wochen bei weit besserer Gesundheit sehen.«

Felicity bedachte Colton mit einem süßen Lächeln. »Grandpa wäre begeistert, von Ihren Erlebnissen im Krieg zu hören, Mylord. Kein Tag vergeht, an dem er nicht einen Freund, einen Angestellten oder einen entfernten Verwandten zu einem Plausch in seinem Schlafzimmer empfängt, zu einem Gläschen Wein oder auf ein Kartenspiel. Er wäre überaus erfreut, wenn Sie ihn besuchten, Mylord.«

»Ich bin sicher, die Gesellschaft so vieler Menschen gibt ihm Kraft«, mutmaßte Colton freundlich. »Sobald ich mich eingerichtet habe, lasse ich es mir nicht nehmen, ihn aufzusuchen.«

»Mein Großvater ist nicht der Einzige, der von den Besuchen profitiert«, erklärte Felicity und klimperte vorteilhaft mit den langen, dunklen Wimpern, während sie in Richtung der anderen beiden Damen blickte. »Mit welcher Freundlichkeit Ihre Schwester und Lady Adriana mich zum heutigen Reitausflug eingeladen haben, lässt mich über die Großmut der beiden nur staunen. In London wäre es mir nie möglich gewesen, Herrschaften von vergleichbar hohem Stand zu treffen. Aber die beiden geben mir das Gefühl, als sei ich wirklich willkommen. Wäre ich eine der weisen Frauen aus alter Zeit, ich müsste glauben, die beiden seien zwei Engel auf einer Mission der Gnade.«

Colton lachte herzlich, als eine Erinnerung aus seiner Jugend zurückkehrte. »Miss Fairchild, ich sollte Sie womöglich warnen, dass Sie nicht das erste Wesen sind, das diese *Engel* unter ihre Fittiche nehmen«, stellte er belustigt fest. »Lady Adriana und meine Schwester sind seit der Zeit Freundinnen, als die Jüngere der beiden noch nicht einmal sprechen konnte. Und ich weiß aus erster Hand, dass beide Frauen überzeugte Verfechterinnen der Gastfreundlichkeit sind. Und sie haben ihre Wohltätigkeiten auch nicht auf Menschen beschränkt. Obwohl man mich vermutlich dafür schelten wird, dass ich die Vergangenheit mit der Gegenwart vergleiche, erinnere ich mich doch genau, wie die beiden in reichlich jungem Alter verletzte Tiere oder deren Junge nach Hause brachten. So engagiert wie die beiden damals ihre wohltätige Mission verfolgt haben, muss ich annehmen, dass sie das die gesamten Jahre fortgesetzt haben. Während ich noch zu Hause war, haben sie jedenfalls keine Anstrengung gescheut, jedwede Kreatur zu guter Gesundheit aufzupäppeln, wenn aber dennoch eine verstarb, haben sie sich das Herz aus dem Leibe geweint, bis keiner mehr das Lamento aushielt. In Wahrheit, Miss Felicity, sind Sie nur Teil der sonderbaren Sammlung, die diese beiden *Engel* all die Jahre über ins Haus geschleppt haben.«

»Colton, schäm dich!«, schalt ihn Samantha, doch ihr Lächeln milderte den Tadel erheblich. »Dein Vergleich muss Miss Felicity die Sprache verschlagen.«

Colton sah der blonden Frau ins Gesicht und legte die schlanke Hand auf die scharlachrote Uniformjacke, als beabsichtige er einen Schwur zu leisten. »Ich versichere Ihnen, Miss Felicity, es war nicht despektierlich gemeint. Und natürlich kann man Sie nicht im Ernst mit den pelzigen oder gefederten Kreaturen vergleichen, die meine Schwester und ihre beste Freundin nach Hause zu bringen pflegten. Ich bin sicher, die beiden Ladies waren hocherfreut, ihre Gastfreundschaft zur Abwechslung einmal einer Angehörigen der eigenen Spezies angedeihen zu lassen.«

Er schaute zu Adriana hinüber, die dem Gespräch aus gewisser Entfernung zugehört hatte und gerade die zarte Hand auf den massiven, im jakobinischen Stil geschnitzten Endpfosten des Treppengeländers legte. Obwohl er sie mit einem warmen Lächeln bedachte, erwiderte sie seinen Blick so gravitätisch, dass ihn die verdrängte Erinnerung an das magere kleine Mädchen mit den riesigen Augen einholte, dem er einst das Herz gebrochen hatte.

Wie hätte er damals auch wissen sollen, dass Harrison sie und ihre Eltern ersucht hatte, draußen vor dem Salon zu warten, aus dem nur Minuten später sein energischer Protest zu vernehmen war, weil Vater plante, sie einander in einer Verlobungsvereinbarung zu versprechen?

Er streckte einladend den Arm aus, wollte sie bei sich haben. »Leisten Sie uns Gesellschaft, Adriana. Wie Sie so dastehen, erinnern Sie mich sonst noch an das kleine Mädchen, das sich mit sehnsuchtsvollem Blick im Hintergrund gehalten hat, wenn Samantha angelaufen kam und mich um etwas gebeten hat. Es sah stets so aus, als wollte dieses kleine Mädchen mit den großen dunklen Augen bei uns sein. Doch es schien sich seiner Sache nicht sicher zu sein. Bitte kommen Sie her. Ich versichere Ihnen, ich freue mich wirklich, Sie wiederzusehen.«

Ein vorsichtiges Lächeln umspielte ihre Lippen, und als sie, wenn auch zögerlich, nachgab, legte er ihr den Arm um die Schultern. »Meine Schwester hat mich umarmt und mich willkommen geheißen, Adriana. Darf ich hoffen, dass meine Rückkehr Sie hinreichend erfreut, es ihr gleichzutun?«

»Willkommen daheim, Mylord«, murmelte sie und lächelte ihn zurückhaltend an, während sie einen Schritt näher kam.

»Nun los, eine Umarmung und einen Kuss«, drängte er, als wäre sie wieder eine Sechsjährige. Ihr offenkundiger Widerwillen ließ ihn über einem warmen, wenn auch unschlüssigen Blick die Brauen runzeln. »Sie haben doch nicht etwa Angst vor mir? Was ist aus dem kleinen Mädchen geworden, das mein Vater für seinen Schneid bewundert hat?«

Alle Augen waren auf sie gerichtet. Adriana holte tief Luft und überhörte das aufgeregte Getuschel. Woher sollten die

Leute auch wissen, dass dies der einzige Mann in ihrem Leben war, dessen Ablehnung sie nie hatte vergessen können? Sie hatte sich oft gefragt, ob diese Erfahrung wohl der Grund war, dass sie auch jetzt noch keinem Verehrer gestattete, ihr näher zu kommen.

Vorsichtig legte sie den Arm um seine Schulter, als er sich zu ihr hinunterbeugte. Sie konnte das eigene Herz hämmern fühlen, was ihr sonderbar erschien, hatte sie doch geglaubt, kein Mann könne ihr je Angst einjagen. Erstaunt hörte sie die anderen lachen, als ihre Lippen seine braun gebrannte Wange streiften.

»Na also. Schon besser«, murmelte Colton an ihrem Ohr, bevor er sich wieder aufrichtete. Sie sah zu ihm auf und fand sich im Glanz seiner grauen Augen gefangen. Ein zufriedenes Lächeln lag auf seinen Lippen und vertiefte die Furchen auf seinen Wangen. Heiser und gedämpft drang seine Stimme zu ihr durch. »Jetzt fühle ich mich wirklich willkommen.«

»So holt man sich also einen Kuss von den hübschen Damen«, stellte Stuart aus einiger Entfernung amüsiert fest. Grinsend winkte er Adriana heran. »Lassen Sie den gerissenen Schurken stehen, mein Fräulein, und kommen Sie her zu mir. Ich kenne Sie eventuell nicht so gut wie Seine Lordschaft, bevor er fortgegangen ist; aber gute Freunde sind wir auf jeden Fall. Verdiene ich Ihre Zuneigung nicht mehr, als er es tut? Und bin ich nicht etwa besser anzusehen?«

Colton lachte über die Schmeicheleien und legte leicht die Hand auf Adrianas Unterarm, als wolle er verhindern, dass sie dem Mann in die Falle ging. »Hier geblieben, meine Liebe!«, befahl er spitzbübisch. »Sie bedürfen meines Schutzes, denn der Major ist ganz offensichtlich ein Frauenheld, vor dem sich zarte junge Damen wie Sie in Acht nehmen sollten.«

Als der Major höhnisch johlte, legte Colton der Lady den Arm um die Schultern und trat mit triumphierendem Grinsen seinem Herausforderer gegenüber. Colton staunte, wie sehr der Rosenduft, der der Dame anhaftete, seine Sinne weckte.

Den Kopf zur Krempe ihres Zylinders neigend, sog er das berauschende Bouquet ein.

»Ihr Duft erinnert mich an Mutters Rosengärten«, raunte er. »Glauben Sie, dass dort um diese Jahreszeit etwas blüht? Ich wäre erfreut, wenn Sie mir den Garten zeigten, noch bevor der Tag vorüber ist.«

Als bereitete ihr die Wärme ihrer Wangen noch nicht genug Unbehagen, fühlte Adriana erneut die Hitze zu den Ohren aufsteigen, was zu ihrem Bedauern auch ihrem Peiniger auffiel, der einigermaßen amüsiert wirkte, während er mit der Fingerspitze direkt unter der Krempe des Huts dem hübschen Schwung ihres Ohrs entlangfuhr. »Mir scheint, Sie erröten, Adriana.«

Hätte Colton den jungen Mann im Sinn gehabt, der die Dame ins Haus verfolgt hatte, er hätte sich zwar anders verhalten, doch nun ließ sein zwangloser, lässiger Umgang mit der Lady den anderen die Zurückhaltung vergessen. Mit funkelnden Augen durchmaß der Bursche mit langen, wütenden Schritten die Halle.

Das schroffe, aufdringliche Klacken der metallbeschlagenen Absätze erregte sofort Coltons Aufmerksamkeit und ließ ihn sich mit provozierend hochgezogenen Augenbrauen zu dem Mann umdrehen. Ebenso schnell fingen die Hunde wütend zu bellen an und gingen vor ihrem Herren und seinem Mädchen in Position.

Im eigenen Haus von einem Fremden angegangen zu werden, hätte vermutlich einen jeden aufgebracht, aber Colton empfand das Verhalten des Lehrlings insbesondere deshalb als so überaus empörend, weil jener ihn von einer Frau zu trennen trachtete, die Colton schon gekannt hatte, bevor sie ihm noch vor den Füßen hatte herumkrabbeln können.

Durchaus in der Lage, sich auch ohne die Hilfe der Wolfshunde zu verteidigen, kam Colton zu der Überzeugung, dass es an der Zeit war, Roger Elston mit den Tatsachen zu konfrontieren. Der Mann war offenkundig alles andere als rational in seinem Beschützerinstinkt ... oder besser gesagt in seinem Bestreben, einen Schutzwall um die Dame zu errichten, der andere männliche Wesen daran hinderte, ihre Witterung aufzunehmen – welche in Adrianas Fall wirklich angenehm duftete und weit von dem entfernt war, was einen Jagdhund hätte interessieren können. Was die Vertreter der menschlichen Rasse anging, stellte sich das Ganze jedoch anders dar. Colton hatte sich viele Monate lang nicht mehr dem süßen Duft einer Frau hingegeben und dieser hier schien ihm besonders verführerisch. Sogar jetzt noch regte die Erinnerung an den schlanken, köstlich gekurvten Körper, der sich an seinen gedrückt hatte, vehement seine männlichen Phantasien an.

Colton legte auf dem guten Bein eine Kehrtwende hin und bewegte sich, schwer auf den Stock gestützt, zur Nordseite des Herrenhauses, wo er die Tür öffnete, die vom Frühstückssalon auf die Terrasse hinausführte. Auf seinen Pfiff hin schossen die Hunde los und stürzten in Richtung der in der Ferne gelegenen Wälder. Nachdem er die Türe wieder geschlossen hatte, humpelte Colton zu seinem Möchtegern-Rivalen zurück, um sich diesen näher zu betrachten.

»Gibt es irgendetwas, das Sie mit mir zu besprechen wünschten, Mr Elston?«, fragte er schroff.

Roger staunte, dass der Mann seinen Namen kannte, und konnte nur mutmaßen, dass jemand aus der Familie, genauer gesagt die Marchioness, von ihm gesprochen hatte. In welchem Zusammenhang allerdings, würde er vermutlich nie erfahren. Obwohl er sogleich zu einer Antwort ansetzte, wurde ihm doch noch bewusst, dass er Augen und Ohren aller Anwesenden auf sich zog. Die Männer betrachteten ihn definitiv verächtlich, während sie auf seine Antwort warteten, aber hinterher würden sie vermutlich behaupten, er habe sich das nur eingebildet.

Roger biss verärgert die Zähne zusammen, warf wie ein eingepferchter Bulle den Kopf herum und maulte: »Eigentlich nicht.«

»Gut!«, parierte Colton. »Wenn Sie mir dann freundlicherweise Platz machen würden, damit ich mein Gespräch mit Lady Adriana fortführen kann.«

Worauf Colton seinen Gegner mit einem blanken Desinteresse strafte, das den jungen Mann mächtig wurmte. Die unbändige Flut hellbrauner Locken fiel in ein Gesicht, das ungewöhnlich jugendlich wirkte.

Colton hatte schon fast damit gerechnet, auf den blassen Wangen des Burschen lediglich Flaum zu sehen, verwarf die Idee aber sogleich, als er unter einer buschigen Kotelette eine frische Rasierwunde entdeckte.

Coltons eindringlichem Blick ausgesetzt, spürte Roger die Hitze zu den Haarwurzeln hinaufkriechen. Kochend vor Wut, schwieg er dennoch eisern und brachte seinen Gastgeber dazu, fragend die Augenbrauen hochzuziehen.

*Einfach nur ignorieren, den Kerl,* dachte Elston zornig und wandte sich geschraubt der dunkelhaarigen Schönheit zu. Sosehr er sich auch danach sehnte, er wagte nicht, sie zu berühren, aus Angst, sie werde ihn deswegen offen tadeln und damit vor Seiner Lordschaft erniedrigen. Sich ihr dergestalt zu nähern, verstieß ohnehin gegen jedes Protokoll. Sich stillschweigend das Recht auf eine Dame des Hochadels anzumaßen, insbesondere angesichts eines anderen Adelsherrn, war der Gipfel des Wahns.

Sein Leben lang hatte Roger seine armselige Herkunft beklagt, doch nie hatte er triftigere Gründe gehabt als jetzt, da er sich der ganz realen Gefahr gegenübersah, Adriana an einen Mann zu verlieren, der alles hatte und ein Anrecht auf die Lady dazu. Obwohl diese majestätische Schönheit einzig die privilegierten Seiten des Lebens kannte, schien ihr gesellschaftlicher Status sie kaum zu berühren. Doch nie hatte sie ihm den leisesten Anlass zu der Hoffnung gegeben, ihre Gefühle ihm gegenüber könnten sich vertiefen. Selbst wenn Roger eben dies seinem Vater bedeutet hatte, worauf der es für angeraten gehalten hatte, eine beträchtliche Summe in Rogers Kleidung zu investieren. Die Sachen, die für einen Lehrer gut genug gewesen waren, hatten in Gesellschaft des Landadels tatsächlich schäbig gewirkt und ihn mehr als einmal schmerzlich in Verlegenheit gebracht.

Doch Roger musste befürchten, dass alle Extravaganzen umsonst gewesen waren und er den Tag, an dem er seinen Vater getäuscht hatte, noch bereuen würde. Denn so emsig er sich auch bemühte, der groß gewachsenen, ranken brünetten Schönheit tiefere Gefühle abzuringen, sie hielt ihn auf Armeslänge und gewährte ihm nicht mehr als ihre warmherzige Güte und auch *die* strikt zu ihren Bedingungen.

Er streckte ihr einladend die Hand entgegen, wobei er sich in Vorsicht übte, falls sie vor seiner Berührung zurückzuckte. »Sollten wir nicht langsam gehen, Mylady?«

Coltons Blick wanderte zu Adriana, um ihre Reaktion ob der Impertinenz des Lehrlings zu ergründen, der sie doch tatsächlich zum Gehen drängte. Er rechnete nicht damit, dass sie seinem forschenden Blick begegnen würde, doch sie hob das schöne, feine Kinn, als wolle sie ihm drohen, ihre Bekanntschaft mit einem Bürgerlichen nicht in Frage zu stellen.

Colton spürte, wie sich ihm die Nackenhaare aufstellten. Er hatte sich einfachen Leuten gegenüber nie für herablassend gehalten. Fast sein halbes Leben lang war er durch regendurchnässten Dreck ihren Fußstapfen gefolgt, war ihnen durch das donnernde Getöse des Kanonenfeuers vorangestürmt, hatte Seite an Seite mit ihnen gegen den Feind gekämpft und war viele Male nur eine Handbreit von denen entfernt, die ihn »Mylord Colonel« nannten, eingeschlafen. Was hatte dieser Roger Elston an sich, das ihn so aufbrachte? Er hatte Elston erst zu dieser Stunde kennen gelernt und hätte den Finger noch nicht auf den genauen Grund legen können. Die eigene Eifersucht konnte es kaum sein. In Anbetracht seiner langen Abwesenheit war das Mädchen nur eine Bekannte aus vergangenen Tagen – exquisiter zwar, als es jedem sterblichen Mann zuträglich war, aber über die Jahre auch entfremdet. Egal, was der Grund seiner Verärgerung war, es war eine Tatsache, dass er den Lehrling zutiefst verabscheute.

Die unausgesprochene Gereiztheit der Dame ließ Roger Hoffnung schöpfen. Es passierte selten, dass sie ihn ermutigte, und er verspürte neuen Mut in seinem Bestreben, sie zu seiner Verlobten zu machen. Doch als er versuchte, ihre Hand zu ergreifen, überkam ihn der eisige Schauer der Zurückweisung, weil sie einen Schritt zurücktrat und wie blind durch ihn hindurchblickte. Die Dame hatte so ihre Wege, ihre Verärgerung mitzuteilen, und er konnte aus ihrer frostigen Reaktion nur schließen, dass sein Versuch ihr unangenehm war, ein gewisses Anrecht auf sie zu demonstrieren. Dem Marquess gegenüber schien sie offensichtlich nicht gewillt, sich für ihre Bekanntschaft mit einem Wollspinner-Lehrling zu rechtfertigen.

Um zu bekräftigen, dass es sich bei ihrer lebenslangen Freundin quasi um ein Mitglied der Familie Wyndham handelte, schaltete Samantha sich ein und suchte die Situation zu entspannen, indem sie ihrem Bruder klar machte, dass selbstverständlich nicht nur Aristokraten, sondern auch Bürgerliche um Adriana buhlten, wie fruchtlos ihre Bemühungen auch sein mochten.

»Ich fürchte, ich habe es wieder einmal versäumt, dich mit einem unserer Gäste bekannt zu machen, Colton. Um genau zu sein mit Mr Roger Elston.« Sie übernahm geschwind die Formalitäten und fuhr dann mit ihren Erläuterungen fort. »Mr Elston ist jetzt schon fast ein Jahr lang mit Adriana bekannt. Er begleitet uns recht oft bei unseren Ausritten übers Land. Unter Adrianas Ägide ist er zu einem gewandten Reiter geworden, wodurch ich mich als für den Sattel noch ungeeigneter empfinde. Mr Elston wird seine Lehre schon recht bald abschließen und dann die Leitung der Wollspinnerei seines Vaters übernehmen, die einst Mr Winter gehört hat.«

»Mr Winter?«, wiederholte Colton, unfähig sich des Namens zu erinnern. Der Verdruss über den Lehrling setzte ihm zu und die Muskeln in seinem Gesicht fühlten sich starr wie ungegerbtes Leder an. Er kämpfte schwer um eine gewisse Haltung und zog die Brauen hoch. »Ich bedaure, an einen Mr Winter kann ich mich nicht erinnern.«

»Thomas Winter. Vor vielen Jahren gehörte ihm die große Spinnerei-Mühle am Rande Bradfords. Du bist vermutlich oft daran vorbeigekommen, aber als junger Bursche, der du warst, hast du sie vermutlich nicht beachtet. Mr Winter hatte keine eigenen Nachkommen. Nachdem seine Frau starb, war er lange für sich und hat dann, vor ungefähr vier oder fünf Jahren, eine sehr nette Frau aus London geheiratet. Als er einige Monate später verstorben ist, hat seine Witwe alles geerbt und ihrerseits Edmund Elston geheiratet, Rogers Vater. Das arme Ding, kurz darauf ist sie krank geworden und gestorben. Daraufhin wurde Mr Elston alleiniger Eigentümer der Spinnerei und hat seinen Sohn Roger nach Bradford zitiert, damit er das Geschäft erlernt.«

Seiner Abneigung gegen den Mann zum Trotz streckte Colton in einer Geste des guten Willens die Hand aus, in erster Linie um Adriana und den anderen Gästen zuliebe. »Willkommen auf Randwulf Manor, Mr Elston.«

Nachdem er, was diesen speziellen Adeligen anging, nagende Ressentiments entwickelt hatte, war Roger nicht sonderlich erfreut, den Handschlag zu akzeptieren, zumal der Mann ihm die Hand auch nur zögerlich hinstreckte. Umso größer war der Schock, als sich die langen Finger um seine Hand schlossen. Die Finger waren länger, sehniger und bei weitem schwieliger, als er es je von einem Adeligen erwartet hätte. Ein Schwert zu schwingen, schien sogar einem verwöhnten Aristokraten einen zupackenden Griff abzuverlangen.

Erpicht darauf, sein Wissen zur Schau zu stellen, stellte Roger gestelzt fest: »Waterloo war für Wellington ein enormer Triumph. Und ein jeder Offizier dürfte es als Privileg erachten, unter seinem Kommando gedient zu haben.«

»Sicher, Mr Elston«, stimmte Colton genauso steif zu. »Aber lassen Sie uns den Beitrag des General von Blücher nicht vergessen. Es steht zu bezweifeln, ob sich England ohne ihn ebenso gut geschlagen hätte. Zusammen haben die beiden Männer mit ihren Armeen eine Kraft aufgeboten, der Napoleon nicht lange standhalten konnte.«

»Ihrer Behauptung zum Trotz möchte ich doch wetten, dass die Franzosen auch dann kein ernst zu nehmender Gegner für unsere Truppen gewesen wären, hätte Wellington allein das Kommando geführt«, tönte Roger.

Colton zog eine Augenbraue hoch und fragte sich, ob dieser Lehrling ihn – wieder einmal – absichtlich zu verärgern suchte. Trotzdem interessierte ihn, wie der Bursche zu dieser Ansicht kam. »Entschuldigen Sie, Sir, waren Sie vielleicht Zeuge der Konfrontation?«

Roger zog es vor, dem angelegentlichen Blick des Marquess auszuweichen und mit den Fingern über den Ärmel zu streifen, als müsse er einen winzigen Fleck entfernen. »Litte ich seit meiner Jugend nicht an einer immer wiederkehrenden, häufig recht entkräftenden Erkrankung, ich hätte mich gern freiwillig zum Dienst gemeldet. Genau genommen hätte es mich gefreut, ein paar von diesen Froschessern abzuschlachten.«

Beim Gedanken an die grauenvolle Verschwendung von Menschenleben, die bei Waterloo – und nicht nur bei Waterloo, sondern auch auf anderen Schlachtfeldern – stattgefunden hatte, umwölkte sich Coltons Gesicht. »Es war für einen jeden ein blutiger Feldzug«, stellte er bitter fest. »Zu meinem Bedauern habe ich im Kampf gegen Napoleon viele Freunde verloren. Und bedenkt man die unzähligen Franzosen, die bei Waterloo getötet wurden, dann kann ich die vielen Elternpaare, die Ehefrauen und Kinder, die trauernd und Not leidend zurückbleiben, nur bedauern. Es ist fürwahr ein Unglück, dass der Ambitionen eines Mannes wegen solche Kriege geführt werden müssen.«

Adriana studierte das attraktive Gesicht des Mannes, dem sie vor Jahren versprochen worden war. Sie entdeckte eine Traurigkeit in den dunklen, grauen Augen, die damals noch nicht da gewesen war und die sie sich fragen ließ, ob sich seine Zielsetzung seit dem denkwürdigen Tag seiner Abreise wohl sehr verändert hatte. Es schien hundert Jahre her zu sein, dass sie seinen vehementen Protest mit angehört hatte. Hätte die Übereinkunft seine Zustimmung gefunden, sie wären kurz nach ihrem siebzehnten Geburtstag miteinander verheiratet worden. Doch die Aussicht hatte ihn derart mit seinem Vater entzweit, dass er sein Zuhause verlassen hatte. Sie wollte wirklich nicht zugegen sein, wenn Colton herausfand, dass Lord Sedgwick seine Pläne absolut nicht aufgegeben, sondern Dokumente unterzeichnet hatte, die seinem Sohn eine gewisse Zeit des Hofmachens auferlegten, bevor schließlich die offizielle Verlobung erfolgen sollte. Wenn ihre Ohren von Coltons erstem Wutausbruch schon rot geglüht hatten, dann würde er sie mit seinem explosiven Zorn diesmal schwarz versengen.

»Die Engländer konnten nur gewinnen«, verkündete Roger hochtrabend und drückte eine Prise Schnupftabak an die Nase, ein Habitus, den er sich, in seinem Bestreben, hochwohlgeborene Dandys nachzuahmen, erst kürzlich angeeignet hatte. Doch obwohl er die Angewohnheit für weit verbreitet gehalten hatte, kam ihm auf einmal der Verdacht, dass ihr keiner der Herren anhing, die sich gegenwärtig in der großen Halle aufhielten. Normalerweise erntete er für diese kleine Prozedur das eine oder andere amüsierte Lächeln. Also kämpfte er, dem wachsenden Niesreiz zum Trotz, um ein würdiges Gebaren, während er die kleine emaillierte Box zuschnappen ließ und sich das Taschentuch fest an den linken Nasenflügel presste, wo die Wirkung sich deutlicher bemerkbar machte. Ein wenig erleichtert schniefte er und schenkte seinem Gegenüber mit wässrigen, roten Augen ein lakonisches Lächeln. »Wie es so schön heißt, Mylord, die Gerechtigkeit siegt.«

»Nichts wäre mir lieber, Mr Elston, aber ich fürchte, so ist es nicht«, erwiderte Colton nüchtern. »Und auch, was uns Engländer angeht, vermag ich nicht mit Sicherheit zu sagen, ob wir ständig im Recht sind.«

Roger war fassungslos. Er hatte die Küsten Englands nie hinter sich gelassen und lebte in dem Glauben, dass – verglichen mit England – sämtliche ausländischen Mächte nicht nur minderwertig, sondern sogar verachtenswert waren. »Mylord, ich sage, es ist einigermaßen unpatriotisch von Ihnen, Englands Integrität anzuzweifeln! Wir sind immerhin die größte Nation der Welt!«

Traurig lächelnd gewährte Colton ihm Einblick in die Erfahrungen, die das Offiziersleben ihm beschert hatte. »Auf die Überzeugung, dass am Ende die Gerechtigkeit siegt, haben schon viel zu viele Engländer vertraut; jetzt liegen sie zusammen mit ihren Männern da begraben, wo sie gefallen sind. Ich weiß das so genau, weil ein paar von ihnen meine Freunde waren und ich dabei geholfen habe, sie zu beerdigen.«

Roger zog fragend eine Braue hoch. Es war jetzt fast ein Jahr, dass er regelmäßig von Colton Wyndhams verwegenen Taten auf dem Schlachtfeld erzählt bekam. Er hatte den Adeligen um seinen Ruhm beneidet, ihn aber auch bewundert. Erst, nachdem er vor einigen Monaten erfahren hatte, dass der verstorbene Lord Sedgwick die schöne Adriana erwählt hatte, die Frau eben jenes Mannes zu werden, der ihm nun gegenüberstand, hatte sich tief in seinem Herzen der Hass verwurzelt. Als er den Mann nun solch schwächliche Geistlosigkeiten formulieren hörte, wähnte er sich berechtigt, ihn zu verachten. Colonel Lord Colton mochte vielen als Held gelten, aber Roger hatte seine eigene Vorstellung, was das anging. Seine Lordschaft hatte nichts von jenem Kreuzritter, der sein Schlachtross in das dichteste Kampfesgetümmel trieb und das Schwert unablässig und ohne Pardon in dem Blut des Feindes badete.

Hämisch die Lippen kräuselnd, riskierte Roger eine auch im Tonfall keineswegs respektvolle Frage: »Und mit welch schöner Überzeugung sind Sie in die Schlacht gezogen, Mylord?«

Unfähig, die geringschätzige Provokation zu überhören, zog Colton angelegentlich die Augenbrauen hoch.

In Anbetracht der Tatsache, dass der Lehrling mehr als einen halben Kopf kleiner und vielleicht dreißig Pfund leichter war als er selbst, entschied sich Colton, den Burschen für gleichermaßen ungestüm wie unverschämt zu halten. Vielleicht war der Pimpf aber auch dumm genug, ihn für einen Invaliden zu halten, nur weil er eines Gehstocks bedurfte.

»Um es schlicht auszudrücken, Mr Elston, es hieß stets nur, töten oder getötet werden. Ich habe meine Männer darauf trainiert, sich im Kampfgetümmel möglichst rücksichtslos zu gebärden, was der einzige Weg war, am Leben zu bleiben. Ich selber habe verzweifelt gekämpft. Nicht nur um mein eigenes Leben und das meiner Männer, sondern auch, um den Feind unseres Landes zu besiegen. Wie durch ein Wunder haben ich und die meisten Männer meines Regiments überlebt. Und weil wir die blutigen Folgen der Kämpfe und die Schwindel erregende Zahl von toten Soldaten auf den Schlachtfeldern gesehen haben, sind meine Männer und ich einfach nur dankbar, dass wir in Gottes Gnade waren.«

»Jetzt aber, ihr beiden«, tadelte Samantha, die Coltons zunehmende Feindseligkeit ihrem Gast gegenüber verspürte. Vielleicht hatte sie die Entschlossenheit unterschätzt, mit der Roger Adriana für sich beanspruchte, denn er schien keineswegs in der Lage, seinen Missmut über die neue Situation zu kaschieren. Sie hängte sich bei ihrem Bruder unter und drückte liebevoll seinen Arm, um seinen Unmut zu besänftigen. »Dieses Gerede über Krieg und Tod wird uns noch alle in Schwermut stürzen, wenn nicht bald Schluss damit ist.«

Colton kämpfte zwar noch gegen seine Verärgerung an, schaffte es aber, seiner Schwester aufmunternd zuzulächeln. »Ich fürchte, der Krieg hat an mir seine Spuren hinterlassen, meine Liebe. Sollte ich jemals ein Talent zur unterhaltsamen Konversation besessen haben, dann ist es mir wohl verloren gegangen. Ich habe den Krieg so viele Jahre lang gelebt, geatmet und beredet, dass meine Gesprächsthemen sich nur noch auf meine eigenen Erlebnisse beschränken. Wenn überhaupt etwas aus mir geworden ist, dann ist es ein Langweiler.«

»Wohl kaum«, konterte Samantha kichernd. Sie hatte ihren Bruder von klein auf als faszinierend empfunden, musste sich aber eingestehen, dass sie naturgemäß voreingenommen war.

Roger, der selbst erlebt hatte, welches Feuer in den grauen Augen seines Gastgebers loderte, zog sich dezent ein Stück hinter Adriana zurück, da er sie nicht durch eine neuerliche Zurschaustellung seiner Eifersucht brüskieren wollte. So ausdauernd wie er seinen Anspruch auf die Lady zu etablieren versuchte, war ihm nicht verborgen geblieben, dass sich unter der feinen damenhaften Schale ein Temperament verbarg, das ihn zur Strecke zu bringen vermochte. Sie ein weiteres Mal gegen sich aufzubringen, wäre eine Torheit gewesen, weil sie ihn dann vermutlich endgültig aus ihrer Umgebung verbannt hätte.

Felicity war dankbar, dass die Streitlust der Männer sich legte, weil die gelöste Stimmung ihr gestattete, erneut die Aufmerksamkeit des Marquess zu erringen. Was sie auch tat, und zwar mit einem Schachzug, von dem sie hoffte, er werde in krassem Gegensatz zu Lady Adrianas Reaktion auf Coltons Bitte um eine informellere Anrede stehen. »Mylord, es wäre mir eine Ehre, wenn Sie auf die Förmlichkeiten verzichteten und mich schlicht Felicity nennen würden.«

Adriana konnte nicht widerstehen, die beiden verstohlen zu beobachten. Die Einladung, die die Blondine da aussprach, rief ihr die eigene Reaktion auf Coltons Ansinnen ins Gedächtnis. Sie wurde so einnehmend vorgetragen, dass Adriana sich nicht vorstellen konnte, wie *irgendein* Mann sie abschlagen konnte, erst recht nicht einer, der bis vor kurzem in einem einsamen, weit entfernten Feldlager gehaust hatte.

»Miss Felicity«, erwiderte Colton und pfefferte seine Antwort mit der angemessenen Förmlichkeit und einer passenden Prise seines gewinnenden Charmes, während er der blonden Schönheit ein Lächeln schenkte. »Wie hübsch Ihr Taufname auch sein mag, Miss Felicity, Miss *Fair-child* erschiene mir doch fast angemessener, bedenkt man, wie gut Sie anzusehen sind.«

»Oh, Sie sind zu freundlich, Mylord.« Andere junge Frauen wären verzückt gewesen vor Freude, doch Felicity lächelte sittsam und schlug vorteilhaft die dunkel bewimperten Augen nieder. Endlose Stunden des Übens vor dem Spiegel hatten ihr ein perfektes Mienenspiel eingebracht. Mit emsiger Hingabe hatte sie ihre Manieren kultiviert und an ihrem Aussehen gearbeitet. Alles in der Hoffnung, einen Adeligen umgarnen zu können, der sie zur Frau nehmen würde; eine Idee, die ihr Vater ihr in den Kopf gesetzt hatte, während ihre Mutter sich darum bemüht hatte, dass ihre Tochter mit beiden Beinen im Leben stand, anstatt sich in endlosen Tagträumen Luftschlösser zu bauen.

*Miss* Felicity war nicht *ganz* das, was sie sich von Seiner Lordschaft erhofft hatte. Es hätte ruhig eine Spur vertraulicher sein dürfen, zumal er Adriana so locker entspannt beim Vornamen nannte. Egal – sie lächelte, weil ihr immerhin ein Durchbruch gelungen war. Natürlich erwartete man jetzt von ihr, dass sie den beiden Damen gegenüber eine gleich lautende Aufforderung aussprach, anderenfalls hätte sie sich dem Vorwurf ausgesetzt, sich einem Adeligen an den Hals geworfen zu haben.

Sie bedachte Samantha mit einem Lächeln und sprach in wohl überlegter Bescheidenheit: »Ich bin überwältigt von der Güte, die Sie und Lady Sutton mir zuteil werden lassen, Lady Burke. Nichts, was ich Ihnen bieten könnte, ist dieser Liebenswürdigkeit auch nur annähernd vergleichbar.

Seien Sie versichert, ich bin Ihnen zutiefst dankbar für Ihre großmütige Freundlichkeit mir gegenüber und wäre hocherfreut, wenn Sie erwögen, mich gleichfalls beim Vornamen zu nennen.«

Wegen des vorangegangenen Wortwechsels zwischen Adriana und Colton schien es Samantha klug, für ihre Freundin mit zu antworten. »Lady Adriana und ich wären erfreut, auf die Förmlichkeiten verzichten zu dürfen, Miss Felicity. Bitte tun Sie es uns gleich.«

»Danke, Lady Samantha.« Felicity sank in einen Knicks und gratulierte sich im Geiste selbst. Zur Gänze in London aufgewachsen, war sie in Wiltshire sogar noch fremder als Roger Elston, aber die warmherzige Freundlichkeit Lady Adrianas und Lady Suttons war ihr eine große Hilfe gewesen. Vor kaum einer Woche hatten die beiden ihre Mütter an Großvaters Krankenlager begleitet und eine delikate Brühe, knuspriges Gebäck sowie Heilkräuter von angeblich hervorragender Qualität mitgebracht. Die Mitbringsel waren ein Tribut an Samuel Gladstone gewesen, der über die Jahre nicht nur zu einem wohlhabenden Mühlenbesitzer, sondern auch zum hoch respektierten Patriarchen der Bürgerschaft Bradford-on-Avons aufgestiegen war. Herzliche und großzügige junge Frauen, die sie waren, hatten Adriana und Samantha sich mit Felicity angeregt über die Gegend und Leute unterhalten, um schließlich mitfühlend ihren schüchternen Klagen zu lauschen, sie fühle sich einsam und fremd. Danach hatten die beiden darauf bestanden, dass Felicity sie auf ihre Reitausflüge begleitete. Felicity wusste, dass sie ohne diesen Trick keine Chance gehabt hätte, nach Randwulf Manor – geschweige denn auf ein Freizeitvergnügen der Aristokratie – geladen zu werden. Wer von ihren zynischen Mitmenschen in London hätte es wohl für möglich gehalten, dass sie so bald nach ihrem Umzug in eine kleine verschlafene Stadt wie Bradford-on-Avon mit dem Landadel bekannt sein würde, um schließlich mit einem Marquess zu plaudern, dessen kultiviertes, gutes Aussehen die meisten seiner Geschlechtsgenossen beschämen musste? Das hier war ein Mann, der ihr mit seinem Status die Tür in die Welt des Hochadels öffnen konnte.

Percy sah seinen Bruder an und fragte sich, wie er wohl auf die augenscheinliche Begeisterung reagieren würde, die die einnehmende Blondine für ihren Gastgeber hegte. Als sie heute Morgen zu den Suttons hinübergeritten waren, um die beiden jüngeren Damen abzuholen (und den Lehrling, was nicht weiter überraschend war), hatte Stuart Felicity noch gar nicht gekannt und seinem jüngeren Bruder seinen Unmut eingestanden, als sie erfahren hatten, dass die Damen die Enkelin des Mühlenbesitzers dazugebeten hatten. Bei der Bitte, den ganzen Tag über eine Wildfremde zu eskortieren, hatte Stuart sich richtiggehend gesträubt. Er hatte sich sogar die Bemerkung erlaubt, einige Zeit mit Adriana verbringen zu wollen. Und obwohl er sich schließlich murrend gefügt hatte, hatte er seinem Bruder gegenüber doch grässliche Konsequenzen angedeutet, falls die Lady nicht seinen Vorstellungen entsprach. Nachdem er Felicity kennen gelernt hatte, war er jedoch seinen Pflichten mit großem Enthusiasmus nachgekommen. In einem privateren Moment hatte er sogar Dankbarkeit bekundet, ein solch göttliches Wesen getroffen zu haben.

Doch im Moment schien es Stuart nichts auszumachen, dass Felicity Colton mit scheuem Blick und zartem Lächeln zusetzte, denn seine Aufmerksamkeit galt der Lady, die er auf dem Ausritt begleiten zu dürfen gehofft hatte. Wohl ein jeder Mann hätte in Adriana eine begehrenswerte junge Frau gesehen und allem Anschein nach zählte neuerdings auch sein Bruder zur Schar ihrer Bewunderer.

Die neue Lage veranlasste Percy, sich im Geiste den Kopf zu kratzen. Samantha würde entsetzt und einigermaßen besorgt sein, wenn sie hiervon erfuhr. Denn es gab nur einen einzigen Mann, den seine Frau für ihre beste Freundin als passend erachtete … und zwar ihren eigenen Bruder, Colton Wyndham.

Dieser Gentleman gab sich im Moment ebenfalls gewissen Überlegungen hin. Wenn er seine Bedenken, Felicitys Ambitionen betreffend, hintanstellte, dann gab es in der Tat einiges zu bewundern. Die Dame verfügte über eine überquellende Schatztruhe an körperlichen Vorzügen: hellgoldenes Haar, wasserblaue Augen und einen Mund, der auf den ersten Blick fast zu voll und weich erschien, sich bei näherer Betrachtung jedoch als sehr reizvoll erwies. Unter einer großkrempigen Haube, die ganz entzückend von einem breiten Band im Blau ihrer Augen gehalten wurde, rahmten feine Stopsellocken vorteilhaft das junge Gesicht. Die schüchternen Blicke in seine Richtung waren geradezu aufreizend und bedeuteten ihm, dass sie – so ihm der Sinn danach stand – willens war, seine Aufmerksamkeiten hinzunehmen, wobei er allerdings nicht zu sagen vermocht hätte, bis zu welchem Punkt. Jedenfalls ertappte sich Colton verblüfft dabei, wie er die Schönheit der einen jungen Dame mit der Schönheit der anderen verglich. Wobei es sich bei Letzterer um jenes vollkommene Geschöpf mit dem rabenschwarzen Haar handelte, das er vor langer Zeit zurückgewiesen, seit seinem Erscheinen auf Randwulf Manor aber offen bewundert hatte.

»Bitte erlauben Sie mir, Ihnen mein Beileid zum Tode Ihres Vaters auszusprechen«, murmelte Felicity und brachte einen angemessen mitfühlenden Gesichtsausdruck zu Wege, während sie ihn von der Tochter des Earls ablenkte. Wenn es nach Felicity ging, dann hatte Lady Adriana ihn bereits mehr als genug in Beschlag genommen. In Anbetracht des hohen Titels, des Reichtums und des blendenden Aussehens ihres Gastgebers zweifelte Felicity allerdings nicht, dass sie in jeder Frau mit einigermaßen erträglichem Aussehen eine Rivalin gesehen hätte. Dies war genau jene Gelegenheit, die ihr Vater ihr prophezeit hatte, wenn sie nur ihre Würde wahrte und nur ja keinem Schurken von niedriger Geburt ihre Unschuld opferte. »Ich weiß, wie tief Sie die Nachricht von seinem Tod getroffen hat. Aber um Ihrer noblen Familie und all Ihrer Freunde wegen, da bin ich zuversichtlich, werden Sie die Verpflichtungen Ihres Erbes auf sich nehmen.«

»Es ist wirklich schön, wieder zu Hause zu sein. Ich bin viel zu lange fort gewesen«, pflichtete Colton ihr bei und ließ den Blick über das Interieur schweifen, das ihm lange lediglich eine schöne Erinnerung an die Jugendzeit gewesen war.

Als seine Mietkutsche heute Morgen in die Auffahrt Randwulf Manors eingebogen war und Colton das jakobinische Herrenhaus erblickt hatte, war sein Herz von unbändiger

Freude erfüllt gewesen, endlich wieder zu Hause zu sein, nachdem er sein halbes Leben in anderen Gegenden Englands und der Welt verbracht hatte. Zwischen dem üppigen Grün einer sanft wogenden Hügellandschaft, die großzügig mit Immergrün und Laubbäumen besetzt war, war ihm das Haus wie ein blassfarbener Juwel erschienen. Mit seinen zahllosen, dicht mit Pfeilern verzierten Fenstern, den vier symmetrischen Erkern und einem flachen Dach, dessen Sims ein steinernes Gitterwerk schmückte, streckte sich das dreigeschossige Gebäude lang in die Horizontale dahin. Es war auf einer kleinen Anhöhe errichtet worden, über die sich fein säuberlich getrimmte Hecken und Blumenbeete zogen. Die vertrauten Wasserspeier, Löwen und Amphoren, alle aus demselben Stein gemeißelt wie die Geländer, auf denen sie saßen, hatten ihn begrüßt, während er die Stufen zum elegant geschwungenen Portikus, hinter dem sich die mächtige Eingangstür abzeichnete, hinaufgehinkt war. Sechzehn Jahre war er fort gewesen, doch zu seinem Erstaunen war alles noch so, wie er es in Erinnerung hatte.

Colton blickte zur Seite und stellte fest, dass Roger nicht mehr da war. *Den wären wir los,* dachte er, fragte sich aber sogleich, wohin es den Lehrling verschlagen hatte, da dieser nirgendwo zu sehen war. Stand zu hoffen, dass der Bursche das Haus verlassen hatte. Aber wo immer Elston auch war, mit Sicherheit schmollte er und schmiedete einen Plan, wie er Adriana für sich gewinnen konnte.

»Ich fürchte, ich hätte meine Schwester nicht erkannt, hätte sie mich nicht als Erste entdeckt«, gab Colton zu. »Als ich von zu Hause fortgegangen bin, war sie noch ein Kind und Lady Adriana ist noch jünger als sie. Und jetzt erzählt mir Mutter, dass die Älteste der Sutton-Töchter inzwischen selbst schon Kinder hat und die Zweitgeborene sich bald verheiraten wird. Bedenkt man, wie lang ich fort war, ist es ein Wunder, dass Lady Adriana noch ledig ist.«

Obwohl sie ihn konzentriert angesehen hatte, schien Adriana seine Worte nicht mitbekommen zu haben, wie Colton feststellen musste, denn erst sein Lächeln schien sie aufzurütteln. Sein forschender Blick ließ ihr die Röte in die Wangen steigen und sie schlug hastig die Augen nieder. Colton staunte einmal mehr über die Verwandlung, die in seiner Abwesenheit mit ihr vorgegangen war. Wie hatte das junge Ding, das er einst mit einer dürren Vogelscheuche verglichen hatte, zum exquisiten, ja makellosen Inbegriff der Schönheit heranwachsen können?

Er spürte ihre Reserviertheit und brachte ein gequältes Lächeln zu Stande, während er die anderen Anwesenden betrachtete. »Ich fürchte, Lady Adriana hat mir meine halsstarrige Unverfrorenheit nie wirklich vergeben, dickköpfiger Jungspund, der ich war.«

Obwohl Felicity sofort zu kichern begann und die anwesenden Herren leise lachten, hatte Colton keinen Scherz machen wollen. Er hatte lediglich sein Bedauern zum Ausdruck bringen wollen, einem unschuldigen Mädchen vor vielen Jahren sehr wehgetan zu haben. Die Idee mit der Verlobung war nicht ihre Schuld gewesen. Doch seit er damals aus dem Salon marschiert war und die schreckgeweiteten Augen des Mädchens gesehen hatte, hatten die grausamen Worte, mit denen er sich gegen das dürre, farblose Kind verwahrt hatte, ihn verfolgt. Obwohl auch ihre Eltern über seinen Ausbruch entsetzt gewesen waren, war es doch Adrianas weidwunder Blick gewesen, der ihm all die Jahre zugesetzt hatte, denn das Kind war am Boden zerstört gewesen, weil er eine künftige Verlobung nicht einmal in Betracht hatte ziehen wollen. Schon lange vor jenem Vorfall war ihm klar geworden, dass Adriana ihn ebenso vergötterte, wie seine Schwester es tat. Sie hatte nie einen Bruder gehabt und ihn womöglich deshalb auf ein Podest gestellt. Zusätzlich hatte er die Mädchen auch des Öfteren errettet, wenn sie wieder einmal einem ausgewachsenen Rothirsch oder einem anderen wütenden Elterntier gegenüberstanden, weil sie versucht hatten, ein verletztes Junges zu verarzten. Als er den niedergeschmetterten Ausdruck auf ihrem schmalen Gesichtchen gesehen hatte, hatte er seine grausamen Äußerungen zutiefst bereut. Es war nicht seine Absicht gewesen, sie zu verletzen. Er hatte sich durch eine komplizierte Entschuldigung gestammelt und war eiligst verschwunden, unfähig, ihr offenkundiges Leid noch länger mit anzusehen.

Ganz die beschützende, ältere Schwester, trat Samantha an die Seite ihrer Freundin. Ihr Bruder bedurfte der Aufklärung, und zwar zu seinem eigenen Besten.

»Es ist höchst unwahrscheinlich, dass Adriana die letzten Jahre über viel an dich gedacht hat, Colton. Mit all den gut aussehenden Verehrern, die sich um ihre Gunst streiten, hat sie schwerlich die Zeit dazu.« Sie ignorierte das beharrliche Zupfen an ihrem Ellenbogen – eine Aufforderung zweifellos, das Thema zu wechseln – und verfolgte ihr Vorhaben weiter, ihrem Bruder zu denken zu geben. Es tat ihr beinahe Leid, dass Roger nicht hier war, denn der Lehrling musste dringend daran erinnert werden, dass er nur ein kleiner Fisch war; auch wenn er den Nerv besaß, seine aristokratische Konkurrenz zu brüskieren – bald würde er Fischfutter abgeben, denn irgendwo im Teich schwamm immer ein großer Karpfen. »Die Gentlemen umschwirren das Haus der Suttons mit dem ganzen Eifer liebeskranker Verehrer, ein jeder darum buhlend, von Adriana erwählt zu werden, doch bis jetzt war alles Flehen umsonst.« Dieses Mal traf Samantha ein drohender Blick, doch sie verwarf die Entrüstung ihrer Freundin nur achselzuckend und gab sich jeglicher Missetat unschuldig. »Es ist die Wahrheit, und das weißt du auch.«

Trotz eines kleinen, indignierten Schnaubens seitens Adrianas war Colton klar, dass seine Schwester ihr Bestes tat, ihn zurechtzuweisen. Sogar ihm selbst erschien sein Lächeln lahm. »Ich verstehe durchaus, weshalb diese Junggesellen so erpicht darauf sind, die Lady für sich zu gewinnen. Sie ist wahrlich eine Schönheit, die Schönste, die ich je sah.«

Felicity nahm einigen Anstoß an dieser Erklärung. Warum sollte ein Mann von bestimmt großer Erfahrung und solchem exzellenten Rang einer verdrießlichen jungen Frau mit dunklen Haaren und dunklen Augen den Vorzug geben, wo ihr eigenes Haar im Sonnenlicht doch wie helles Gold glänzte und ihre Augen sich die Farbe vom Himmel selbst geholt hatten?

Adriana wusste es nicht unbedingt zu schätzen, dass man über sie sprach, als sei sie ein außergewöhnliches Artefakt aus fernen Landen. Sie wandte sich Colton zu und brachte die Andeutung eines Lächelns zustande. »Ich fürchte, Ihre Schwester neigt zur Übertreibung, was die Anzahl der Besucher angeht, die um meine Gunst buhlen, Mylord. Sie werden bald bemerken, dass Samantha Kleinigkeiten gelegentlich überbewertet, um ihren Standpunkt zu unterstreichen.«

Percys gedämpftes Glucksen bestätigte Adrianas Vermutung, dass er die Wahrheit über seine Frau bereits herausgefunden hatte. Samantha stemmte empört die Hände in die Seiten und musterte die beiden erbost, was nur weiteres Gekicher zur Folge hatte, diesmal von allen beiden.

Adriana überließ die ehrenvolle Aufgabe, sich mit Samantha auseinander zu setzen, Percy, wandte sich wieder wichtigeren Geschäften zu und ließ Coltons Irrglauben, sie habe seine vorige Bemerkung nicht mitbekommen, einen schnellen Tod sterben. »Da Sie vorhin auf meine Schwestern angespielt haben, Mylord, möchte ich die Gelegenheit nutzen und Ihnen bestätigen, dass Jaclyn mittlerweile in London lebt und zwei Kinder hat, einen Jungen und ein Mädchen, während Meloras Hochzeitstag kurz bevorsteht, Ende dieses Monats, um genau zu sein. Zwischen unseren beiden Familien sind förmliche Einladungsschreiben zwar nicht mehr erforderlich, aber ich werde dafür sorgen, dass Sie eines erhalten. Es würde Melora sicherlich schmerzen, sollte sie Sie nicht mehr zu sehen bekommen, bevor sie und Sir Harold in die Flitterwochen aufbrechen. Zumal sie sich auf Sir Harolds Landsitz in Cornwall niederlassen und vor Ende Oktober nicht nach Wakefield zurückkehren werden, wenn meine Eltern einen Ball zur Eröffnung der Jagdsaison geben. Sie erinnern sich bestimmt, welche

Freude unsere Väter daran hatten, in den Parlamentsferien mit guten Freunden zusammenzutreffen, ihre Jagden zu planen und über alte Zeiten zu reden. Natürlich sind auch Frauen und Töchter geladen. Es wird Tanz geben, jede Menge zu essen und zu trinken und für die, die es mögen, das eine oder andere Gesellschaftsspiel. Es ist vermutlich lange her, dass Sie sich an solchen Zerstreuungen beteiligt haben.«

Colton grinste auf sie herab. »Ich war so lange fort, ich fürchte, Sie werden mich Ihren Eltern erst vorstellen müssen.«

Ein Lächeln lag auf Adrianas Lippen, während sie eine Braue hochzog. »Sie waren *in der Tat* lange Zeit fort, Mylord. *Ich* jedenfalls habe Sie nicht erkannt.«

»Und ich dachte, Sie wollten mich für vergangene Missetaten strafen«, witzelte er mit zuckenden Mundwinkeln.

Weil ihr eine heftige Röte in die Wangen stieg, war Adriana richtiggehend für die Enkelin des Müllers dankbar, die sich wieder nach vorne spielte, um den Marquess auf sich aufmerksam zu machen. Man hätte fast glauben mögen, das Mädchen sei hinter dem Mann her ... oder seinem Titel.

In der Tat neugierig, ob er noch zu haben sei, begehrte Felicity Fairchild ein wenig seiner Zeit, um ihren Wissensdurst zu stillen. »Werden wir denn die Ehre haben, auch bald Ihre Marchioness kennen zu lernen, Mylord?«

Colton hätte die junge Frau tatsächlich für schüchtern gehalten, hätte da nicht dieses nervöse kleine Lächeln in ihren Mundwinkeln genistet und ihm bestätigt, dass er das Interesse der Dame geweckt hatte. »Abgesehen von meiner eigenen Mutter, Miss Felicity, erhebt derzeit keine andere Frau einen Anspruch auf diese Würde.«

Felicity mühte sich heldenhaft, ihre Freude zu kaschieren. »Dann habe ich mich in der Annahme, solche Arrangements würden bereits in Jugendjahren getroffen, wohl geirrt.«

Adriana hielt den Atem an. Es waren weniger Felicitys Mutmaßungen, die an ihren Nerven zerrten, sondern die Sorge, die Wahrheit könne herauskommen. Zwar hatte die junge

Frau den Stand der Dinge akkurat erfasst, aber ausgerechnet Colton Wyndham war der Letzte, der gewusst hätte, was sich in seiner Abwesenheit entwickelt hatte.

Samantha bemerkte, dass ihre Freundin ungewöhnlich verstört wirkte, zweifelsohne mit gutem Grund. Sie selbst erinnerte sich gleichfalls, wie vehement ihr Bruder sich Vaters Ansinnen widersetzt hatte. Sie konnte nur hoffen, dass Colton nicht wieder genauso reagieren würde, nun, wo Vater tot war. Falls er es noch nicht begriffen hatte, dass Vater nur das Beste für ihn gewollt hatte, sie hatte es. Adriana war die Schwester, die sie nie gehabt hatte, und sie weigerte sich, sie an eine andere Familie zu verlieren.

# Kapitel 3

»Da bist du ja«, sagte Samantha liebevoll lächelnd, als sie ihre Mutter die Treppe herunterkommen sah. Philana Wyndham war vor einem Monat dreiundfünfzig Jahre alt geworden. Ihr dunkelblondes Haar hatte sich im Laufe der Jahre mit Weiß durchzogen, dennoch wäre sie leicht um zehn Jahre jünger durchgegangen. Nach wie vor schlank und biegsam, hielt sie sich mit zeitloser Eleganz. Ihre lebendigen blauen Augen schimmerten gerade verräterisch feucht, ansonsten waren sie ihr größtes Kapital.

Eine Flut von Gefühlen überkam Colton, als er seine Mutter auf sich zukommen sah, und er musste gegen den Knoten in seinem Hals anschlucken.

Erpicht, so rasch wie möglich seine Mutter zu sehen, war er heute Morgen ins Haus gehinkt, ohne sich mit dem schweren, schmiedeeisernen Türklopfer anzukündigen. Sein unvermitteltes Erscheinen im Vestibül hatte Harrison den Mund offen stehen lassen, doch noch während der Butler den Eindringling mit weit aufgerissenen Augen anstarrte, legten sich seine Befürchtungen. Die Ähnlichkeit zwischen Vater und Sohn war zu groß, als dass ein ergebener Dienstbote wie er sie hätte übersehen können. Der alte Mann hatte schwer gegen die aufsteigenden Tränen gekämpft, als er vom Tod seines Dienstherrn sprach, und war, als Colton ihm tröstend den Arm um die Schultern legte, haltlos in Tränen ausgebrochen.

Colton war schließlich so schnell sein Humpeln es zuließ die Treppe hinaufgeeilt. Er hatte an die Tür der Zimmerflucht seiner Mutter geklopft und war leise hereingebeten worden.

Sie hatte am Fenster gestanden und war, als er in ihren Salon gehinkt kam, fast ins Wanken geraten. Von Freude überwältigt, war sie in seine ausgebreiteten Arme gestürzt, und Colton hatte ihr mit seiner innigen Umarmung fast die Luft abgedrückt. Später, als sie von der relativ kurzen Erkrankung berichtet hatte, die ihr den geliebten Ehemann geraubt hatte, hatte sie bittere Tränen der Trauer geweint.

Sedgwick sei stets so gesund und munter gewesen, hatte sie schluchzend erzählt. An dem bewussten Tag sei er sogar noch mit Perceval und Samantha ausgeritten und habe recht fröhlich gewirkt, obwohl dieser junge Emporkömmling Roger Elston doch tatsächlich die Stirn gehabt habe, auf Randwulf Manor zu erscheinen, um nach Adriana zu suchen, die mit ihren Eltern zusammen zum Dinner geladen gewesen war. Sedgwick habe seine Verärgerung über den jungen Mann hinuntergeschluckt und habe einen zusätzlichen Platz aufdecken lassen und Adriana beruhigt, der es peinlich gewesen war, all die Umstände verursacht zu haben. Bevor sie sich am Abend zurückgezogen hätten, habe er im Salon wie üblich seinen Brandy genommen, aber kaum eine Stunde später sei sie aufgewacht und habe ihn in kalten Schweiß gebadet neben sich gefunden, von entsetzlichen Magenkrämpfen geschüttelt. Während der nächsten beiden Monate habe sich sein Zustand langsam verschlechtert, bis er dem unbekannten Leiden schließlich erlegen sei.

Colton hatte sich gewünscht, die Trauer fortwischen zu können, die Mutters Augen umschattete. Doch er wusste, dass sie den Verlust ihres Ehemanns bis zum Tage ihres Todes betrauern würde. Seine Eltern hatten einander so hingebungsvoll geliebt, als seien sie einander die Luft zum Atmen. Mit der gleichen Hingabe hatten sie auch ihre Kinder großgezogen, hatten ihnen beigebracht, was Ehre und Würde bedeutete, und ihnen die Augen geöffnet für die Wunder, die jede Facette des Lebens in sich barg. In den Jahren, die er fern von zu Hause verbracht hatte, war Colton oft zu beschäftigt gewesen, an sein Heim und seine Familie zu denken. In ruhigen Zeiten jedoch hatte er sich nach seinen Eltern gesehnt. Aber die Erfahrung hatte ihn gelehrt, dass der Blick zurück sein Herz mit beklemmender Reue erfüllte. Die Vergangenheit lag hinter ihm, hatte er sich oft gesagt. Er konnte sein Leben nicht neu schreiben. Er selbst hatte diesen Weg gewählt, ein Leben abseits der Kontrolle seines Vaters. Er stand seit mehr als einem Jahrzehnt auf eigenen Füßen und abgesehen davon, dass er denen wehgetan hatte, die er damals zurückgelassen hatte, hatte er nichts zu bedauern.

Als sich der Butler ihr näherte, hielt Philana kurz inne. Nach vielen Jahren loyaler Dienste brauchte er die Hausherrin nicht mehr förmlich nach ihren Wünschen zu fragen. Philana gab ihm ohne Umschweife ihre Order. »Wir nehmen den Tee im Salon, Harrison.«

»Ja, Mylady. Was das Dinner heute Abend angeht, wüsste die Köchin gerne, ob alle bleiben.«

»Ja, ich denke, das werden sie, Harrison.«

Adriana trat heran und schaltete sich ein. »Verzeihen Sie, Mylady, aber ich glaube, das dürfte nicht zutreffen.« Sie knickste höflich, als die Ältere sich ihr zuwandte, und erklärte: »Mr Fairchild hat ersucht, Miss Felicity doch bitte so rechtzeitig nach Wakefield zurückzubringen, dass er sie abholen kann, bevor es dunkel wird. Stuart wird uns begleiten. Wir beide werden aber rechtzeitig zur Feier heute Abend zurück sein. Und was Mr Elston angeht, er wird nicht bleiben.« Sie hörte einen scharfen Atemzug, drehte sich um und warf dem Lehrling, der gerade aus dem Salon herüberschlenderte, wohin er sich ein paar Minuten lang zurückgezogen hatte, einen viel sagenden Blick zu. Die Behauptung erschien ihr gerechtfertigt, so wie Elston den Gastgeber attackiert hatte. Zudem hatte er ihre Geduld heute schon mehr als genug auf die Probe gestellt. Sie wandte sich wieder der Dame des Hauses zu. »Unsere kurze Abwesenheit wird Ihnen allen ein wenig Zeit geben, sich in Ruhe daran zu erfreuen, dass Lord Colton wieder zu

Hause und den Titel zu übernehmen bereit ist. Stuart und ich werden uns jedenfalls beeilen.«

Adriana versuchte, die Anwesenheit des Mannes, der sie einmal mehr in tiefste Verwirrung gestürzt hatte, zu ignorieren, doch als Colton auf sie zukam, wusste sie, dass es sinnlos war. Sie schaute in seine dunklen grauen Augen und staunte, wie sonderbar ihr Herz flatterte, als er zu lächeln begann und sich diese tiefen Kerben in seine Wangen gruben. Irgendwie gelang es ihr, den Anschein der Ruhe zu wahren, während es dort, wo ihr Herz sich befand, wie verrückt trommelte.

»Ich bin erfreut und so dankbar, dass Sie zurück sind, Mylord.« Sie fasste es nicht, wie atemlos sie war. »Jetzt brauchen Ihre Mutter und Ihre Schwester sich nicht mehr um Ihre Sicherheit zu sorgen.«

Colton nahm ihre schmalen Hände in die seinen und ließ ihr keine Chance, sich zurückzuziehen. Kurz nachdem seine Schwester ihn erkannt hatte, war Colton aufgefallen, dass die brünette Schönheit die unbeschwerte Aura verloren hatte, die sie bei ihrer Ankunft im Herrenhaus noch verströmt hatte. Er konnte ihr kaum vorwerfen, dass seine Anwesenheit sie ernüchterte. Das letzte Mal, als sie einander gesehen hatten, hatte er schließlich eine wütende Revolte geprobt. Ihrer Reserviertheit zum Trotz reizte es Colton, die Kluft zwischen ihnen beiden zu überbrücken. Er konnte es doch nicht zulassen, dass eine seiner nächsten Nachbarinnen schlecht von ihm dachte, nicht wahr?

Außerdem war er ein Mann, der die Gesellschaft einer schönen und gleichermaßen klugen Frau zu schätzen wusste. Ersteres hatte sie in seiner Abwesenheit mit erstaunlicher Perfektion zu Wege gebracht; Letzteres war der wesentliche Grund dafür gewesen, dass sein Vater einst so unnachgiebig darauf beharrt hatte, dass sie seine Frau werde. Intellekt war den Wyndhams immer wichtig gewesen, also hatte Sedgwick auf einer Frau bestanden, die dem auch gerecht wurde.

»Bitte grüßen Sie Ihre Eltern von mir und bestellen Sie ihnen, dass ich mich freuen würde, sie wiederzusehen. So bald wie möglich, genau gesagt, falls es ihnen recht ist. Ich werde ein Sendschreiben nach Wakefield Manor schicken, um zu klären, wann ein solcher Besuch angemessen wäre, und ich hoffe, es findet sich ein passender Termin.« Sein Blick versank in ihren Augen und suchte … er wusste nicht, wonach. »Und wenn auch Sie mir ein wenig Ihrer Zeit widmeten, ich wäre Ihnen dankbar, Adriana. Wir haben so vieles, worüber wir uns austauschen müssen.«

Seine Stimme klang heiser und so warm, dass Adriana fürchtete, er werde ihr Innerstes zum Schmelzen bringen. Sie konnte nicht fassen, was er ihren Gefühlen antat und mit welcher Leichtigkeit. Eigentlich hätte sie über sein Ansinnen die Nase rümpfen sollen. Sie wünschte, sie hätte es ihm abschlagen können, denn er setzte ihr in einer Weise zu, die sie weitere Begegnungen fürchten ließ. Aber ihr fiel keine Ausrede ein, die nicht den Eindruck hinterlassen hätte, dass sie ihm nach wie vor nicht vergeben hatte. Was nicht im Geringsten der Wahrheit entsprach. Trotz seiner überstürzten Abreise hatte sie ihn im Herzen stets als ihren Verlobten gesehen; was immerhin dem Wunsch ihrer beider Eltern entsprach, die ja auch alles darangesetzt hatten, ihn in Erfüllung gehen zu lassen.

Seine Augen ließen die ihren keine Sekunde los, während er sich ihre Hand an die Lippen drückte. *Du musst ihn aufhalten,* schrie ihr Verstand. *Du bist nur ein Spielzeug für ihn!*

»Ihr Besuch ist uns jederzeit willkommen«, murmelte sie, während sie versuchte, ihm ihre Hand zu entziehen, und er, wie üblich, nicht nachgab. »So wie unsere Eltern miteinander verkehrt haben, als wir noch Kinder waren, darf man wohl sagen, dass Wakefield schlicht ein Teil Ihres Zuhauses ist.«

Colton suchte ihre feinen Gesichtszüge nach wenigstens der Spur eines Lächelns ab. »Es hat mir viel besser gefallen, Adriana, als Sie mich Colton genannt haben. Haben Sie ganz vergessen, wie böse Sie regelmäßig auf mich waren, wenn ich Sie und Samantha geneckt habe? Sie haben mich gegen das

Schienbein getreten und mir hinterhergespottet, wenn ich endlich aufhörte und mich ins Haus zurücktrollte: ›Colton rennt so schnell er kann, denn Colton ist ein feiger Mann.‹«

Adriana rollte die Augen und wünschte, er würde all diese schauerlichen Dinge schnellstens vergessen. Doch Colton schien seinen Spaß daran zu haben, sie mit der Vergangenheit aufzuziehen, denn er grinste hartnäckig. »Ihr Gedächtnis scheint besser zu sein als meines, Mylord. Ich hatte das alles längst vergessen. Aber Sie müssen bedenken, dass ich damals noch ein Kind war und Sie noch längst kein Marquess. Sie sind sehr lange fort gewesen. Sie beim Vornamen zu nennen ist, als spräche man ungebührlich einen Fremden an. Mutter würde mich sicherlich zurechtweisen, wenn ich mich so verwegen aufführte.«

»Dann werde ich mit Ihrer Mutter sprechen und ihr erklären, dass diese Vertraulichkeit meinen Segen hat. Ob Sie derweil wohl meiner Bitte nachkommen könnten, Adriana?«

Adriana fühlte sich ausweglos in die Ecke gedrängt. Seine Beharrlichkeit war unglaublich. Gerade hatte sie noch geglaubt, den Disput für sich entschieden zu haben, da musste sie schon wieder den Verdacht ausräumen, einen Widerwillen gegen ihn zu hegen. »Ich werde es in Betracht ziehen …«, sie wartete ab, bis sein Lächeln sich zu einem triumphierenden Grinsen auswuchs, »wenn ich die Zeit für gekommen halte, Mylord.«

Colton verdrehte die Augen himmelwärts. In der Lady steckte unverändert das kleine Biest. Doch er kam nicht umhin, amüsiert zu lachen. Die grauen Augen strahlten sie warm an und er tat sein Bestes, es ihr in gleicher Münze heimzuzahlen.

*Meiner Liebsten Kleider muss man loben*
*Sie wählt sie klug, sie steh'n ihr gut;*
*Winter, Frühling, Sommer, jede Jahreszeit*
*Trägt meine Liebste auch das rechte Kleid.*

*Ihr mangelt es an Schönheit nie,*
*So wie ihr diese Kleider steh'n:*
*Doch die Schönheit selbst ist sie*
*Wenn alle Roben fehlen.*

Adriana bekam den Mund kaum mehr zu. Und genau wie in Kindertagen holte sie mit dem Arm aus und wollte ihm ordentlich eins auf die Ohren geben. Doch sein herzliches Lachen ließ ihren Verstand gerade noch rechtzeitig zurückkehren und vereitelte die Revanche.

»Du bist ein Teufel, Colton Wyndham«, schrie sie und schlug entsetzt die Hand vor den Mund, als sie realisierte, dass er sie genau da hatte, wo er sie haben wollte. Sie schüttelte ob seiner Mätzchen den Kopf, ließ den Arm sinken und beruhigte sich so weit, dass sie ihn anlächeln konnte, als sie an den Spaß dachte, den sie und Samantha einst zusammen gehabt hatten.

Colton konnte es nicht lassen, sie zu necken, und machte viel Aufhebens um ihren Namen. »Lady Adriana Elynn Sutton. Und schön ist sie!«

Sie beäugte ihn argwöhnisch wie ein Küken, das den kreisenden Falken flieht, war aber neugierig, was er nun wieder im Schilde führte. »Ein einfacher Name, sonst nichts«, sagte sie.

»Der auf meiner Zunge süß schmeckt wie Konfekt. Ich frage mich, ob Sie wohl genauso süß schmecken.«

Adriana wünschte sehnlichst, sie könne den glühenden Wangen Luft zufächeln, ohne damit gleich den Beweis zu liefern, dass er sie erfolgreich aus dem Konzept gebracht hatte. »Nein, Mylord, ich fürchte, ich schmecke beißend sauer. Zumindest behaupten meine Schwestern das, wenn sie böse auf mich sind.«

»Was vermutlich dann der Fall ist, wenn die beiden Sie zu irgendetwas bringen wollen und Sie zur Antwort nur das feine Näschen recken.«

Womit er der Wahrheit so nahe kam, dass Adriana Gänsehaut bekam. »Vielleicht.«

Colton beugte sich zu ihr herab. »Aber wer soll Sie noch provozieren, Adriana, wenn Melora erst einmal das Nest verlassen hat?«

Sie hob ein wenig das feine Kinn, ein Lächeln huschte über ihre Lippen und sie zog herausfordernd eine Augenbraue hoch. »Ich nehme an, Mylord, dass Sie aus eben jenem Grund nach Hause zurückgekehrt sind. Soweit ich mich entsinnen kann, hatten Sie, bevor Sie fortgegangen sind, genau daran Ihren Spaß. Und scheinen ihm schon wieder zu haben.«

Colton warf den Kopf zurück und lachte vergnügt.

»Ja«, gab er zu, »ich erinnere mich durchaus, Sie ein oder zwei Mal recht gnadenlos geneckt zu haben.«

»Eher einhundert oder zweihundert Mal«, konterte sie und lachte.

Colton realisierte, dass seine Mutter ihn eingehend beobachtete, wandte sich zu ihr um und fand ihre blauen Augen besorgt und den Mund von einem perplexen Lächeln umspielt. Er hatte nicht die leiseste Ahnung, welche Überlegungen sich hinter der freundlich besorgten Maske verbargen, aber er vermutete, dass ihre Bedenken nicht ihm galten, sondern Adriana. Warum auch nicht? Bedachte man, welch strenge Erziehung junge Damen von Stand zu genießen pflegten, war Adriana zwangsläufig keusch und unerfahren, was die Tricks der Männer anging. Eine Vorstellung, die ihm nicht unangenehm war. Während seiner Jahre als Offizier hatte er genug über die Launen des Lebens erfahren, um zu wissen, dass er keine Frau ehelichen wollte, die für brünstige Junggesellen leichte Beute war. Wenn die Pflichterfüllung ihm schon abverlangte, Nachkommen zu zeugen, die einem Marquess auch würdig waren, dann durfte es auch keine Zweifel geben, was den Erzeuger betraf.

»Ich werde jedenfalls hier sein, wenn Sie zurückkommen, Adriana«, sagte Colton, während er wieder zu ihr hinablächelte. Einmal mehr hob er ihre schlanken Finger an seine Lippen, hauchte einen Kuss darauf, verweilte und staunte, als er ein leises Zittern bemerkte. In jenem Moment sah er die Röte erneut in ihre Wangen steigen und fragte einigermaßen überrascht: »Rege ich Sie so auf, Adriana?«

Sein Atem liebkoste ihre Stirn wie eine laue, warme Brise. Adriana hatte ohnehin rasch zurückweichen wollen, doch der Klang der sich nähernden, metallbeschlagenen Sohlen ließ sie fassungslos und gerade rechtzeitig herumfahren, um Roger mit der Faust ausholen und auf Colton zuhechten zu sehen. Sie stieß einen erstickten Schrei aus, während einmal mehr der Gehstock über den Boden schlitterte, der Marquess Rogers Arm abfing und dem Lehrling die eigene, geballte Faust in den Magen schlug. Roger fiel vornüber und ließ ein lautes Ächzen hören, das prompt ein zweiter Schlag – ans schmale Kinn diesmal – verstummen ließ. Die Gewalt des schrägen Aufwärtshakens schickte Roger rücklings nach hinten, bis er in einiger Entfernung schließlich zu Boden ging. Dort lag er nun, bewusstlos und kaum dass ein Stöhnen zu hören gewesen wäre. Arme und Beine waren auf dem Marmorboden ausgebreitet.

Harrison hatte den Schrei vernommen und war vom Ende des Raumes herbeigeeilt. Man brauchte ihm nicht erst zu sagen, was vorgefallen war; er hatte die Auseinandersetzung vorausgesehen, nachdem er Zeuge von Elstons erstem Auftritt Seiner Lordschaft gegenüber geworden war. Er beeilte sich, den Gehstock zu holen, und hielt ihn so lange, bis Colton seine Hand entkrampft hatte.

»Soll ich Mr Elston von einem der Stallburschen nach Hause retournieren lassen, Mylord?«, fragte Harrison kaum hörbar. Er empfand dem Bewusstlosen gegenüber kein Mitleid und betrachtete ihn eingehend, während er seine Schlussfolgerung darbot: »Mr Elston ist wahrscheinlich eine Zeit lang außer Gefecht. Und in seinem eigenen Bett dürfte er bequemer schlafen.«

Colton nahm endlich den Gehstock entgegen. »Regeln Sie das nach Belieben, Harrison. Wenn es nach mir ginge, ich würde den Burschen hinauswerfen und erst wieder nach ihm sehen, wenn er schon Tau im Gesicht hat.«

Harrison gestattete sich die Andeutung eines belustigten Lächelns. »Es geschähe ihm recht, Mylord, aber da die Damen im Gehen begriffen sind und Lady Adriana zum Dinner zurückkommen wird …«

Colton nahm den kleineren Mann bei der Schulter und drückte ihn grinsend. »Da haben Sie natürlich Recht, Harrison. Wir sollten die Damen nicht verstören, und nichts soll unser Fest heute Abend trüben.«

Mit einem Anflug von Scharlachrot auf den Wangen trat Adriana vor. »Ich bedaure sehr, was geschehen ist. Doch es war in keinster Weise Ihre Schuld. Roger ist manchmal ohne jeglichen Grund recht launenhaft.«

»Er giert danach, Sie für sich alleine zu haben, doch ich nehme an, es dürfte ihm kein Erfolg beschieden sein …« Colton zog fragend die Augenbraue hoch und schaute tief in ihre leuchtenden schwarzen Augen. »Zumindest hoffe ich das.«

Adriana wagte nicht sich vorzustellen, Colton wolle eine Antwort, weil er selbst an ihr interessiert war. Vermutlich hoffte er lediglich darauf, dass Rogers Hoffnungen zunichte waren. Die Augen niederschlagend, trat sie hastig den Rückzug an.

»Es ist recht spät geworden«, stellte sie atemlos fest.

Colton spürte, dass sich ihm jemand genähert hatte, und entdeckte dicht neben sich Felicity. Sie lächelte gewinnend, streckte die Hand aus und erwartete offensichtlich dasselbe Maß an Aufmerksamkeit, das er zuvor Adriana gewidmet hatte. Er gab sich galant geschlagen, was der jungen Frau vor Aufregung den Atem stocken ließ.

»Es war absolut himmlisch, Sie kennen lernen zu dürfen, Mylord«, sprudelte sie begeistert.

»Das Vergnügen ist ganz auf meiner Seite, Miss Felicity«, erwiderte er herzlich. »Guten Abend.«

Er stützte sich schwer auf den Stock, trat respektvoll zurück und schüttelte erst dann dem Mann, der ihr gefolgt war, die Hand. »Ich bin erfreut, dass wir nach all den Jahren endlich unsere Bekanntschaft erneuern konnten, Major.«

»Wir sind sehr erleichtert, Sie wieder daheim zu haben«, versicherte Stuart liebenswürdig.

»Vergessen Sie die Formalitäten. Ich möchte Ihnen gegenüber dieselbe Einladung aussprechen wie Ihrem Bruder gegenüber. Ich heiße mit Vornamen Colton, und als mein Freund haben Sie meine Erlaubnis, mich so zu nennen.«

»Ich werde es mir zur Gewohnheit machen, wenn Sie mich mit nämlicher Vertraulichkeit anreden«, bot Stuart an und nahm erfreut Coltons Zustimmung zur Kenntnis. Er winkte der Familie zum Abschied zu, öffnete die Tür und sprach lachend: »Lady Adriana und ich sehen Sie alle heute Abend wieder.«

Die drei machten sich auf den Weg. Die Diener trugen Roger hinaus und es dauerte eine Weile, bevor Colton sich umwandte und seine Mutter entdeckte, die ihn interessiert musterte. Er reichte ihr den Arm. »Harrison sagte mir zuvor, im Salon würde ein hübsches Feuerchen brennen, das einem die Kälte aus den Knochen treibt. Dahin war ich nämlich unterwegs, als unsere Gäste eintrafen. Würdest du mich begleiten, Mutter?«

Philana schob die feingliedrige Hand in seine Armbeuge. »Natürlich mein Lieber.«

»Irgendjemand Lust auf Tee?«, fragte Colton und grinste fragend Schwester und Schwager an.

»Ja, ich«, verkündete Percy, nahm die Hand seiner Frau und drückte sie sanft. »Sollen wir, Liebes?«

»Unbedingt«, stimmte Samantha fröhlich zu.

Im Salon angekommen, geleitete Colton seine Mutter zu ihrem Platz am Teetisch, als einer der Diener auch schon das Teesilber brachte. Er hielt sich dienstbeflissen zurück und bezog neben Samantha Position, während Colton seiner Schwester den Stuhl zurechtrückte. Erst jetzt nahm Colton selbst seinen Platz ein, ein peinigendes Zucken verbergend, das auf einen ziehenden Schmerz im Oberschenkel zurückzuführen war. Von Harrison wieder ins Haus gelassen, hatten die beiden Wolfshunde die Familie ausfindig gemacht und ließen sich zu Füßen ihres Herrn auf dem Teppich nieder.

»Nun seht euch das an«, staunte Philana und zeigte auf die Hunde. »Leo und Aris erinnern sich noch an dich, Colton, nach all der Zeit.«

Colton verwarf die Möglichkeit lachend und schüttelte den Kopf. »Sie haben mich schlicht als den Ersatzmann für Vater akzeptiert.«

Seine Mutter zog die Behauptung in Zweifel, während sie einen Tropfen Sahne in den Tee rührte. »Nein, mein Sohn, da ist schon noch mehr, meine ich. Du kannst natürlich nicht wissen, wie sehr die Hunde getrauert haben, als du fortgegangen bist; als hätten sie ihren liebsten Freund verloren. Ihre Trübsal hat sich nur dann gelegt, wenn Vater im Hause war. Nach seinem Tod haben Samantha und ich alles versucht, ihnen ihr Elend zu erleichtern, aber wir waren wohl nur ein schlechter Ersatz. So loyal sich Aris und Leo der Familie gegenüber auch verhalten haben, von Samantha und mir waren sie nie so eingenommen wie von Vater und dir. Sie waren *deine* Hunde, falls du dich erinnerst, bevor sie Sedgwicks wurden.«

Colton beugte sich hinunter und zauste jedem der Hunde liebevoll durchs Fell, was den beiden ein tiefes, wohliges Grummeln entlockte. »Ihr zwei Ungeheuer, erinnert ihr euch wirklich an mich?«

Wie zur Antwort hob Leo, der größere der beiden Rüden, den Kopf und rieb ihn an Coltons Arm, worauf Colton ihm den Rücken tätschelte. Nun setzte sich Aris auf, legte eine schwarze Pfote auf Coltons Arm und erstritt sich die gleiche Gunstbezeugung, die zuvor seinem Gefährten zuteil geworden war.

Philana lachte entzückt. »Und du meinst, sie hätten dich vergessen! Mein lieber Junge, da bist du einem Irrtum erlegen.«

»Ich war sechzehn Jahre lang fort«, führte er skeptisch aus. »Eine derart lange Zeit scheint mir die Fähigkeit eines Hundes, sich eines Menschen zu entsinnen, zu überfordern.«

»Und doch tun sie es ganz offensichtlich«, beharrte Philana und wies auf die Hunde, die ihm all ihre Aufmerksamkeit widmeten. »Hätten sie dich nicht erkannt, wären sie vermutlich mit gefletschten Zähnen auf dich losgegangen. Du wusstest bestimmt nicht, dass wir die beiden die erste Zeit, nachdem du fort warst, an die Leine nehmen mussten, aus Angst, sie könnten auf der Suche nach dir davonlaufen. Andererseits hätte ich sie gerne auf dieser Suche begleitet. An dem Nachmittag, an dem du fortgeritten bist, habe ich noch eine halbe Ewigkeit am Fenster gestanden. Ich hatte inständig gehofft, du würdest zurückkommen. Und was noch viel wichtiger war, dein Vater stand neben mir und hat genauso bange nach dir Ausschau gehalten wie ich. Du hast dich kein einziges Mal umgedreht, als du fortgeritten bist. Manchmal glaube ich, ich kann noch das gedankenverlorene Seufzen deines Vaters hören, als er begriffen hat, dass alles Hoffen vergeblich war, und sich vom Fenster abgewandt hat. Es war das erste Mal, dass ich ihn wirklich niedergeschlagen erlebt habe, so als sei sein Herz schwer verwundet.«

Colton nippte schweigend an seinem Tee, während er das Porträt seines Vaters betrachtete, das über dem riesigen Kamin hing. Niemand wusste, wie verzweifelt er seine Familie vermisst hatte, insbesondere seinen Vater. Doch sosehr die Trennung ihm auch zugesetzt hatte, für eine Wiedergutmachung war es längst zu spät.

Philana betrachtete ihren Sohn nachdenklich und fragte sich, wohin seine Gedanken wohl abgewandert waren. Sie probierte eine der Möglichkeiten aus. »Miss Fairchild ist wirklich entzückend, nicht wahr?«

Colton nickte beiläufig und hob schließlich irritiert den Kopf.

»Und wer ist bitte dieser Roger Elston?«

Philana zuckte gleichgültig die Schultern und wechselte einen Blick mit ihrer Tochter. »Der Sohn eines wohlhabenden Spinnereibesitzers, der Adriana schon eine ganze Zeit lang auf den Fersen ist und sich gegen jede Vernunft einbildet, er könne ihre Hand gewinnen.«

Samantha reagierte auf ihr Stichwort, drückte Percy mit schlanker Hand den Arm und sagte: »Wollen wir wetten, dass ich dich beim Schach besiege?«

Percy grinste sie an. »Nur wenn ich mir deine Strafe selber aussuchen darf.«

Sie zog über funkelnden grauen Augen die Brauen hoch. »Meine Strafe? Du meinst wohl Belohnung, denn ich gewinne garantiert.«

Jetzt funkelten seine Augen, während seine lässige Handbewegung ihr bedeutete, dass er durchaus flexibel war, was den tatsächlichen Ausgang der Partie betraf. »Wir werden sehen, was passiert, meine Liebe. Und falls ich gewinne, lasse ich mich vielleicht sogar erweichen, Gnade walten zu lassen. Wärst du zu ähnlichen Zugeständnissen bereit?«

Ihre Mundwinkel zogen sich verlockend nach oben. »Ich denke, ich könnte mich zu einer gewissen Nachsicht bewegen lassen.«

Während die beiden zum Spieltisch am anderen Ende des Salons gingen, lehnte Philana sich im Sessel zurück und begutachtete ihren attraktiven Sohn. Als er heute Mittag in ihre Gemächer gestürmt war, hatte sie sich schlagartig daran erinnert, wie sein Vater einmal ähnlich begeistert zu ihr heimgekehrt war, nachdem er, kaum zwei Monate nachdem sie geheiratet hatten, eine ganze Woche in London hatte verbringen müssen. Sie hätte sich niemals ausgemalt, dass ihr Sohn seinem Vater einmal so ähneln werde. Doch dass er es tat, erleichterte ihr den Verlust in gewisser Weise. »Wie du ja selbst gemerkt hast, ist Roger sehr besitzergreifend, was Adriana betrifft.«

Colton schnaubte erzürnt und dehnte noch einmal seine Hand. So, wie die schmerzte, hatte er den Lehrling mit voller

Wucht getroffen. Er hatte auf Rogers Angriff reagiert, als sei er auf einem der vielen Schlachtfelder, auf denen er gekämpft und entschlossen sein Leben verteidigt hatte. Permanent in Gefahr, war es ihm zur zweiten Natur geworden, alle verfügbare physische Kraft einzusetzen. »Das hat der Bursche deutlich zu erkennen gegeben. Aber verrate mir mal bitte – wie geht Lord Gyles damit um, dass dieser Lehrling hinter seiner Tochter her ist?«

»Auch wenn er in meiner Gegenwart nie etwas Schlechtes über den jungen Mann gesagt hat, denke ich doch, dass es Gyles genauso ergeht, wie es deinem Vater ergangen ist. Sedgwick war überzeugt, dass Roger ein bloßer Opportunist ist. So schön Adriana auch sein mag, die Tatsache, dass sie ihren Gatten zum reichen Mann machen wird, hat schon manchen Herrn aus kärglichen Verhältnissen dazu verleitet, sein Glück zu versuchen. Roger tut es diesen Männern vermutlich gleich. Gyles war sicherlich großzügig, was die Liegenschaften und die Geldsumme anbelangt, die er seinen Töchtern als Mitgift bestellt hat, aber sowohl Jaclyns Ehemann als auch Meloras Verlobter waren von vornherein reich, als sie bei Gyles um seine Töchter anhielten. Was nicht heißen soll, dass nicht auch reiche, hoch gestellte Männer Adriana zur Frau gewinnen möchten. Der Marquess of Harcourt ist so gut aussehend und so reich, er könnte jede Lady haben. Da ist es nur verständlich, dass er ein Auge auf die entzückendste Dame hier in der Gegend geworfen hat. Gelegentlich hat er sich zu den anderen törichten Herren gesellt, die zu uns ins Haus kamen, um Adriana zu sehen. Allerdings hat er sich bisher stets gentlemanlike benommen.« Philana hob die elegant gewölbten Augenbrauen, um ihren Worten Gewicht zu verleihen, und setzte hinzu: »Das ist mehr, als man von Roger behaupten könnte, wie du ja gerade feststellen durftest.«

»Der einzige Lord Harcourt, an den ich mich erinnern kann, war damals, bevor ich fortging, schon uralt. Soweit ich mich entsinne, hatte er einen Sohn, der in London lebte.«

»Der Herr ist dir vermutlich besser bekannt als Riordan Kendrick.«

»Colonel Kendrick, der sich in unserem Kampf gegen Napoleon Heldenruhm erworben hat?«, fragte Colton verblüfft.

»Genau der.«

»Er ist mit Lord Harcourt verwandt?«

»Riordan Kendrick war der Enkel des verstorbenen Lord Harcourt. Er ist etwa in deinem Alter ... ungefähr jedenfalls«, erklärte Philana. »Sein Vater, Redding Kendrick, hat, als der alte Lord Harcourt starb, das Herzogtum geerbt. Doch er lässt sich nur selten hier sehen, abgesehen von kurzen Besuchen bei seinem Sohn. Riordan andererseits hat große Freude am Landsitz seiner Familie, weswegen er ihn auch von seinem Vater übernommen hat, der einfach kein Interesse daran hat, so weit von London entfernt zu leben. Möglicherweise hat sich Riordan auch nur Adrianas wegen für diese Gegend entschieden.«

Colton nahm einen Schluck Tee, bevor er seine Schlussfolgerungen kundtat. »Offenbar sind Riordan Kendrick und Adriana aber kein Paar, sonst könnte Roger nicht hoffen, das Mädchen noch für sich gewinnen zu können.«

»Aus dem zu schließen, was Samantha und ich von den Herren, die Kendrick kennen, in Erfahrung bringen konnten, ist er durchaus interessiert, dies zu ändern.«

Colton fuhr mit der Fingerspitze den zarten Henkel der Teetasse entlang. »Und Adriana? Was empfindet sie für den Mann?«

»Oh, ich glaube, sie hat ihn sehr gern. Von allen Männern, die hier verkehren, ist er der Einzige, mit dem sie stundenlang zusammensitzt. Der Mann hat einen klugen Kopf auf den Schultern. Was auch dein Vater bestätigt hat. Natürlich sind ständig auch andere Herren hier, die ihre Zeit mit Adriana verbringen wollen und gerne Riordans Pläne vereiteln würden. Es ist ein Wunder, dass heute keiner dieser Galane aufgetaucht ist. Andererseits scheuen sich viele von ihnen, uns nach deines

Vaters Tod zu behelligen. Offen gesagt, vor Sedgwicks Tod dachte ich manchmal, ein paar der Herren hätten Spione engagiert, um Wakefield Manor zu beobachten und festzustellen, in welche Richtung Adriana aus dem Hause reitet, denn kaum war sie hier, sind die Herren – unter diesem oder jenem Vorwand – schon hier aufgetaucht.«

»In Anbetracht der Lage hat Roger die Ambitionen wohl zu hoch gesteckt, viel zu hoch.« Colton runzelte nachdenklich die Stirn. »Erkennt Adriana denn das wahre Wesen dieses Lehrlings nicht?«

»Adriana muss doch nicht zwangsläufig gleich ans Heiraten denken, wenn sie Elston gestattet, sie und ihre Freunde zu begleiten. Sie zögert einfach nur, ihn fortzuschicken, weil sie der Ansicht ist, er habe im Leben genug Schreckliches durchgemacht. Du weißt, wie sie und Samantha als Kinder gewesen sind, wenn sie streunendes Getier aufgenommen und gesund gepflegt haben.« Philana zuckte mit den Schultern und sah keine Notwendigkeit, jemandem, der das mit eigenen Augen erlebt hatte, die Mildtätigkeit der beiden Mädchen zu erläutern. »Angesichts Adrianas Großherzigkeit nimmt Roger sich einfach zu viel heraus.«

»Ich dachte, sie wäre mittlerweile verheiratet. Ein Blick auf sie und ich frage mich, weshalb sie es nicht ist.«

»Sie wird bestimmt bald heiraten«, erwiderte Philana nach einer längeren Pause und musterte ihren Sohn über den Rand der Teetasse hinweg.

Nachdenklich nahm sie noch einen Schluck und stellte die Tasse nach langem Schweigen schließlich auf der Untertasse ab. »Dein Vater mochte Roger nicht sonderlich. Sosehr er sich auch bemüht hat, den jungen Mann mit freundlicher Hochachtung zu behandeln, die unterschwelligen Differenzen zwischen den beiden waren nicht zu übersehen. Zum einen schien es Roger nicht zu gefallen, wie zugetan Adriana deinem Vater war und umgekehrt. Nenne es Eifersucht, wenn du willst. Mir schien es jedenfalls so, wann immer ich die beiden zusammen sah. Auf der anderen Seite hat Sedgwick in Roger, wie ich vermute, einen Eindringling gesehen. Du weißt selber, dass dein Vater das Mädchen von Anfang an sehr geschätzt hat, weit mehr als ihre Schwestern. Sie hat sich niemals gekünstelt oder kapriziös gegeben. Ich denke, unter anderem hat Sedgwick sie auch deswegen so gern gehabt. Als Adriana ihn bei einem Wettreiten zum Haus einmal abgehängt hat, hat er damit jedenfalls tagelang geprahlt. Nie zuvor hatte ihn jemand geschlagen, nicht einmal Gyles. Doch ihren Verstand hat er genauso bewundert wie ihre Courage. Und trotz all dieser Qualitäten ist sie zu allem Überfluss auch noch schön, nicht wahr?«

Während Colton sich zurücklehnte, breitete sich langsam ein Lächeln über sein Gesicht. »Ich bin über alle Maßen erstaunt, wie sehr das Mädchen sich seit meiner Abwesenheit verändert hat. Keine Sekunde lang hätte ich gedacht, dass es sich bei der Lady, die heute Nachmittag ins Foyer gestürmt kam, um Adriana Sutton handelte. Sie ist ganz ohne Frage eine seltene Schönheit.«

»Und ob«, stimmte Philana zu. »Natürlich hat dein Vater nie daran gezweifelt, dass sie eines Tages zu sich selbst finden würde, aber er hatte noch andere, gewichtigere Gründe, sie dir als zukünftige Ehefrau zu sichern.«

»Ich weiß, dass Vater nur mein Bestes wollte«, gab Colton widerwillig zu. »Aber ich durfte ihm doch nicht blindlings glauben. Als junger Mann mit einem kleinen Mädchen verlobt zu werden, scheint mir ein zu großes Risiko zu sein. Ich wollte mein Schicksal nicht besiegelt sehen, bevor ich überhaupt nur am Leben geschnuppert hatte.«

»Willst du damit etwa sagen, dass du heute aufgeschlossener wärst, was einen derartigen Kontrakt betrifft?«

Seiner Antwort ging ein gleichgültiges Schulterzucken voraus. »Ich meine, es würde sich unbedingt gehören, Adriana erst besser kennen zu lernen, bevor ich ernsthaft in eine solche Richtung denke. In diesem Punkt hat sie nämlich Recht. Wir sind einander fremd.«

»Obwohl sie die Einzige ist, die Vater je für dich in Betracht gezogen hat?«, hakte Philana vorsichtig nach.

»Ich ziehe es vor, meine Wahl selbst zu treffen, was meine künftige Gattin betrifft, Mutter. In diesem Punkt habe ich mich nicht im Geringsten geändert.«

»Dann stehst du der Idee, sie zur Braut zu nehmen, unverändert ablehnend gegenüber?«

»Zurzeit ja. Aber das heißt nicht, dass ich sie irgendwann nicht doch zur Frau haben möchte. Sie ist kaum zu übersehen, das steht außer Frage.«

Philana betrachtete ihren Sohn eingehend. »Ich könnte mir denken, dass Roger Elston alles in seiner Macht Stehende tun wird, das Mädchen zur Frau zu bekommen.«

Colton hob die Brauen und unterstrich mit halb verärgertem Schnauben zusätzlich seinen spöttischen Tonfall. »Ein Blinder kann sehen, dass der Bursche sie haben will ... als ob er auch nur irgendein Anrecht auf sie hätte! Auf Schritt und Tritt schien er mich herausfordern zu wollen, nur weil ich es gewagt hatte, mit ihr zu sprechen. Bis er dann schließlich zu weit gegangen ist. Und ich habe nicht die leiseste Ahnung, warum.«

Philana holte tief Luft, wappnete sich für das, was ihr bevorstand, und platzte heraus: »Vielleicht, weil Roger sich genau der Tatsache bewusst ist, dass ihr beide einander versprochen seid.« Die Hand, die Colton gerade an die Stirn gelegt hatte, sank in Zeitlupentempo herab. Fassungslos starrte er seine Mutter an. »Was sagst du da, Mutter?«

Percy und Samantha zuckten vom barschen Tonfall Coltons überrascht herum und schauten von Mutter zu Sohn, bevor sie besorgte Blicke wechselten. Percy spürte deutlich die wachsende Anspannung seiner Frau und drückte ihr aufmunternd die schmalen Finger; alles würde gut werden.

Philana faltete die Hände im Schoß, um ihr Zittern zu verbergen, und suchte nach den passenden Worten. Ihn erneut aus dem Hause zu treiben war das Letzte, was sie wollte. »Dein Vater war überzeugt, dass du deine Meinung mit der Zeit schon ändern und Adriana als einen Gewinn für die Wyndhams ansehen würdest ... so wie er sie immer gesehen hat ... von Anfang an ... und den Rest seines Lebens. Nachdem du fortgegangen bist, haben er und die Suttons doch noch jene Heiratsvereinbarung geschlossen und dir Adriana versprochen.«

Mit höhnischem Unterton fragte er: »Von zu Hause fortzugehen hat mir also nicht im Mindesten geholfen, oder, Mutter? Ich bin trotzdem gebunden.«

»Nicht ganz«, erwiderte Philana, deren Stimme des brisanten Themas wegen und weil sie fürchtete, alte Wunden aufzureißen, jede Strenge verloren hatte. »Wenn die Vereinbarung dir wirklich so widerstrebt, kannst du dich jederzeit daraus befreien. Dein Vater hat alles darangesetzt, eine entsprechende Regelung in den Kontrakt aufzunehmen. Übrigens schon gleich in der ersten Fassung. Aber du hattest ja damals deine Ohren verschlossen. Du musst dem Mädchen lediglich neunzig Tage lang ernsthaft den Hof machen. Wenn du sie nach Ablauf dieser Frist nicht heiraten willst, kannst du die Vereinbarung für ungültig erklären. So einfach ist das.«

Colton starrte seine Mutter sprachlos an. Erst jetzt fiel ihm auf, wie sehr sie in seiner Abwesenheit gealtert war. Obwohl sie in ihrer zeitlosen, eleganten Art sehr reizvoll wirkte, hatten sich die Sorge um die Familie und die Angst um ihren Sohn doch in feinen Linien in ihr Gesicht gegraben. Er atmete seufzend aus. »Neunzig Tage, sagst du?«

»Neunzig Tage ernsthaften Werbens«, betonte Philana. »Das besagt die Klausel, die Vater um deiner Freiheit willen eingefordert hat.«

Colton nippte gedankenverloren an seinem Tee. Falls er den Vereinbarungen nicht Folge leistete und auch noch die dreimonatige Werbungszeit verweigerte, würde er, so war es der Brauch, die Suttons für die erlittene Kränkung entschädigen müssen, aber das störte ihn nicht weiter. Er hatte während seiner Offizierskarriere genug angespart und würde die

Zahlung leisten können, ohne sein riesiges Erbe anzutasten. Doch wenn er das tat, würde er Adriana in Zukunft auch nicht mehr den Hof machen können. Was exakt der Punkt war, an dem seine männlichen Instinkte rebellierten. Es war bei weitem klüger, seine Empfindungen für Adriana vertragsgetreu zu prüfen, bevor er die Beziehung zu der Dame gänzlich löste. Es war schlicht eine Tatsache, dass sie viel zu schön war, um ihr den Rücken zu kehren; zumal für einen Mann, der der liederlichen Frauen überdrüssig war, die die Feldlager heimzusuchen pflegten.

»Ich habe sechzehn Jahre endlosen militärischen Geplänkels ertragen, da werde ich es wohl überleben, einer unerhört schönen jungen Frau drei Monate lang den Hof zu machen.« Er gestattete sich ein kleines Lächeln. »Aber nach der langen Junggesellenzeit muss ich die Kunst der Ritterlichkeit, fürchte ich, neu erlernen. Im Feldlager hatte ich dafür nämlich keine Verwendung.«

Philana wollte ihn nicht sehen lassen, welcher Verdacht ihr kam, und senkte den Kopf. Ihr Ehemann hatte sich gelegentlich besorgt gezeigt, welche Art von Leben sein Sohn führte, wenn er nicht gerade gegen den Feind kämpfte. Jedes Feldlager hatte seine Dirnen, seine losen Weibsbilder. Es fiel wohl jedem Mann so weit weg von zu Hause schwer, solchen Versuchungen zu widerstehen.

Sich mit Huren abzugeben war kaum das, was man unter einer vorbildlichen Lebensführung verstand. Aber die Wyndhams würden darüber hinwegkommen.

Colton zog fragend die Augenbrauen hoch. »Weiß Adriana von dieser Klausel?«

»Ja, natürlich.«

Er erinnerte sich nur allzu gut, wie kühl ihr Tonfall zwischendurch gewesen war. »Ich nehme an, sie ist davon nicht sonderlich begeistert.«

»Adriana wird ihren Teil erfüllen, um ihren Eltern eine Freude zu machen.«

»Du meinst, sie würde einwilligen, mich zu heiraten, nur damit ihre Eltern zufrieden sind?«

»Sie wird tun, was das Ehrgefühl verlangt …«

»Obwohl sie mich vielleicht verabscheut?«

»Sie verabscheut dich nicht …«

»Ach, und warum bitte nicht?«, wollte er wissen und konnte nicht anders, als erneut in Hohn zu verfallen. »Erzähl mir nicht, sie hätte meinen lautstarken Protest vergessen. Und wenn ich das heute richtig verstanden habe, ist sie nach wie vor über den Vorfall erbost, darauf wette ich.«

»Ich fürchte, sie war damals sehr verletzt«, gab Philana zu. »Schließlich warst du derjenige, zu dem Samantha und sie aufgeblickt haben, als sie beide noch Kinder waren. Wärst du ein Gott gewesen, sie hätten dich nicht inniger verehren können. Das solltest du wissen. Natürlich hat dein wütender Widerstand Adriana wehgetan und sie glaubte, du hasstest sie. Sie hat sich die Schuld für dein Verschwinden gegeben und war lange gekränkt, bis Sedgwick ihr erklärt hat, dass junge Männer gelegentlich ihre eigenen Entscheidungen treffen wollen und deine Rebellion eher ihm selbst galt, weil er dir etwas hatte aufzwingen wollen. Aber meist heilt die Zeit alle Wunden und Adriana war damals noch ein Kind. Auf dem Weg vom Mädchen zur Frau gerät vieles in Vergessenheit.«

»Wohingegen ich in Afrika gelernt habe, dass Elefanten nie etwas vergessen. Es mag stimmen, dass Adriana damals sehr jung war, aber ich glaube nicht, dass sie vergessen hat. Sie hat sich mir gegenüber heute manchmal recht kühl verhalten.«

»Du wirst schnell herausfinden, dass Adriana mit Freunden bei weitem netter umgeht als mit Verehrern. Manchmal denke ich, das Mädchen hält vom Heiraten genauso wenig wie du. Aber das wird sich ändern, wenn sie erst mal davon überzeugt ist, dass du es ernst meinst.«

»Liebste Mutter, du magst dir die Eheschließung zwischen Adriana und mir zwar ebenso wünschen wie einst Vater, aber du musst dir klar machen, dass es vielleicht nicht dazu kommt.

Ich werde mich nicht an eine Frau binden, nur weil sie aus der Sicht meiner Eltern erste Wahl ist. Es müsste schon mehr zwischen uns sein …«

»Dein Vater und ich hatten, als wir geheiratet haben, keine andere Wahl, als uns dem Willen unserer Eltern zu beugen«, unterbrach ihn Philana. »Und dennoch haben wir, kaum dass wir geheiratet hatten, festgestellt, dass wir einander zutiefst liebten. Ich kann nicht glauben, dass du und Adriana nicht füreinander bestimmt sein sollt. Was immer dein Vater anfangs in der Kleinen gesehen haben mag – als sie zur Frau herangewachsen war, war er überzeugter denn je. Er hat die Idee nie aufgegeben. Bedenke doch, wie sehr dein Vater dich geliebt hat. Glaubst du allen Ernstes, er hätte dich schlecht verheiratet sehen wollen, mit einer Frau, die du am Ende womöglich verabscheutest?«

»Adriana war noch ein Kind, als Vater die Verlobung arrangiert hat!«, protestierte Colton. »Wie in aller Welt konnte er glauben, es könne mehr aus ihr werden als ein dürres kleines Dummchen?«

»Sie hat gutes Blut und stammt aus einer angesehenen Familie«, insistierte Philana. »Ihr Äußeres musste sich zum Positiven entwickeln … was ja auch passiert ist, wie du sehen konntest!«

»Vater hat seinen Entschluss vor sechzehn Jahren gefasst, da sah sie noch aus wie eine sonderbare Kollektion ausrangierter Körperteile! Nicht einmal ein Hellseher hätte erahnt, welch außergewöhnliche Schönheit aus ihr wird.«

»Nichtsdestotrotz hat sich Vaters Prophezeiung bewahrheitet«, triumphierte seine Mutter starrsinnig.

»In diesem Punkt«, gestand Colton widerstrebend zu. »Aber das heißt noch nicht, dass Adriana und ich einander einmal lieben werden.«

»Das wird allein die Zeit weisen.«

Er hob entmutigt die Hand. »Wie du meinst, Mutter. Die Zeit wird es weisen, aber solange ich nicht wirklich davon überzeugt bin, dass Adriana und ich Liebe oder wenigstens Zuneigung füreinander empfinden können, werde ich nicht um Adrianas Hand anhalten. Ich will nicht mein Leben lang bereuen müssen, dass ich dem Willen eines anderen gehorcht habe, nicht meinem eigenen.«

»Hast du denn … eine Alternative im Sinn?«, fragte seine Mutter zögerlich, die Antwort fürchtend.

Ein tiefes Seufzen kam über seine Lippen. »Bis jetzt habe ich noch keine Frau gefunden, die die Sehnsucht meines Herzens stillen könnte.«

»Und welche Sehnsucht wäre das?«

Colton zuckte die Achseln, kannte selbst die Antwort nicht. »Vielleicht einfach nur die Leere in meinem Leben zu füllen.«

Den Henkel fest im Griff, um das verräterische Zittern ihrer Finger zu verbergen, führte Philana die Tasse an die Lippen. Sie verspürte einen starken Drang, Colton zu sagen, dass Adriana diese Leere füllen konnte. Doch ihrem Sohn würde eine derart platte Behauptung nicht gefallen, auch wenn sie wahr sein könnte.

Eine lange, nachdenkliche Minute später stellte Philana die Tasse auf dem Unterteller ab und erklärte: »Ich überlasse dir die Entscheidung, wann wir die Suttons in dieser Sache ansprechen. Aber eines wisse, mein Sohn: Adrianas Aussehen hat das Urteil deines Vaters nicht beeinflusst. Er nahm an, es würde sich verbessern, wenn vielleicht auch nicht in diesem Maße. Aber mehr als alles andere waren es ihr Charakter und ihr Intellekt, die er bewunderte. Wie sie und ihre Schwestern erzogen wurden, verhieß lobenswertes Auftreten und achtbare Prinzipien, doch in Adrianas Fall sind diese Qualitäten bloßes Beiwerk.«

Colton spürte, wie sich die Falle um ihn schloss, blickte sich finster um und betrachtete einmal mehr das Porträt über dem Kamin. In gewisser Weise erschien es ihm wie das Spiegelbild seiner selbst; die Ähnlichkeit war so ausgeprägt, nicht nur äußerlich, sondern auch seelisch. Sein Vater hatte immer seinen eigenen Kopf gehabt. Einzig Philana hatte ihn beeinflussen können, sanft und gütig wie sie war. Colton fragte sich, ob Adriana wohl fähig war, ihn milder zu stimmen, was bis dato noch keiner Frau gelungen war.

Andere Gedanken fuhren dazwischen, trieben ihm ihre Sporen ins Fleisch und ließen ihn im Geiste zusammenzucken. Was, wenn sein Sohn so rebellisch war wie er selbst? Würde je der Tag kommen, wo er sich den Argumenten seines eigenen Sprösslings beugte? Oder würde er standhaft an seinen Überzeugungen festhalten, wie sein Vater es getan hatte?

Seine innere Aufrichtigkeit hinderte Colton daran, sich mit leeren Plattitüden vor sich selbst zu verteidigen. Er war sein halbes Leben lang Offizier gewesen. Er wusste, dass die Aussicht auf Revolte ihm nicht gefallen konnte, selbst – oder vor allem – dann nicht, wenn sie ihm sehr bekannt vorkam …

# Kapitel 4

Jetzt, da Colton Wyndham wieder daheim war und Herr im Haus, benötigte er auch angemessene Räumlichkeiten. Die Dienstboten waren eifrig damit beschäftigt, seine Sachen auszupacken, frisches Leinen aufzuziehen und die Zimmerflucht im ersten Stock auf der Südseite des Hauses, die sein neues Refugium werden sollte, zu putzen und zu lüften. Als Colton Harrison gegenüber geäußert hatte, dass er einen ruhigeren Platz zum Schlafen suchte, hatte der Butler vorgeschlagen, er solle sich, bis seine Gemächer fertig waren, doch in das Zimmer einquartieren, das er schon als Junge bewohnt hatte.

Colton war viel zu erschöpft, sich noch darum zu scheren, wo er schlief. Er war schon zufrieden, wenn er nur ungestört war, die Kleider ablegen konnte und sich auf irgendetwas ausstrecken, das einer Matratze zumindest ähnelte. Nach den schmalen Feldbetten, auf denen er während seiner Zeit beim Militär geschlafen hatte, war seine alte bequeme Matratze ohnehin der pure Luxus. Also streifte er die Uniform ab und streckte sich vollkommen entkräftet auf das Bett, das Harrison in weiser Voraussicht hatte aufdecken lassen.

Auf der langen Kutschfahrt von seinem letzten Posten hatte er kaum gerastet und er fühlte sich seelisch und körperlich ausgelaugt. Aber möglicherweise war daran nicht allein die Reise schuld. Die Nachricht, dass seine Verlobung mit Adriana tatsächlich beschlossene Sache war, hatte ihm heftig zugesetzt und ihn einmal mehr jene Stunden durchleben lassen, die dem Bruch mit seinem Vater und seiner Abreise vorausgegangen waren.

Colton war außer sich gewesen, dass Vater über sein Leben bestimmen wollte und ihn einem mageren, zehn Jahre jüngeren Mädchen versprach, und er war zornig aus dem Haus gestürmt. Bereits im Alter von sechzehn Jahren war er mit bei weitem hübscheren Mädchen zusammen gewesen und hätte in den Jahren darauf sicher pflichtschuldigst Herz und Hand versprochen, hätte sein Vater auch nur eines dieser Mädchen für gut genug erachtet, die zukünftige Gattin seines Sohnes zu werden. Doch praktisch seit Adrianas Geburt war der alte Sedgwick Wyndham völlig von der jüngsten Tochter seiner engsten Freunde und Nachbarn eingenommen. Es hatte ihn nicht gestört, dass das Mädchen dazu bestimmt schien, sich zu einer spindeldürren Bohnenstange auszuwachsen, einem langweiligen, ungelenken Gör mit enormen, ebenholzschwarzen Augen und schmalem Gesicht. Was hätte man auch anderes erwarten sollen? Im Gegensatz zu ihren älteren Schwestern, die immer niedlich gewesen waren, blond und unerhört hübsch, war Adriana der dunkelhaarige unansehnliche Fleck in einer ansonsten außerordentlich gut aussehenden Familie. Nichtsdestotrotz hatte sein Vater in Adriana die bestmögliche Partie für seinen einzigen männlichen Nachfahren gesehen und unerschütterlich auf die Sechsjährige gesetzt, die erkennbar die Gelehrigste der drei Schwestern gewesen war. Und was diese Entscheidung anging, war Sedgwick so unerbittlich gewesen, dass er sogar erklärt hatte, seinem Sohn eine andere Frau schlicht nicht zu gestatten.

Coltons Widerstand hatte schließlich darin gegipfelt, dass er das Haus noch am selben Tage verlassen hatte, an dem sich der schreckliche Streit mit seinem Vater zugetragen hatte, und in die Militär-Akademie eingetreten war. Und zwar mit Unterstützung seines Onkels mütterlicherseits, Lord Alistair Dermot. Der hatte mit einem boshaften Blitzen in den Augen gestanden, dass er sich all die Jahre insgeheim nach einem rechtschaffenen Grund gesehnt hatte, seinem herrschsüchtigen Schwager eins auszuwischen. Ihm warfen nämlich viele seiner

Peers vor, er ginge bei der Beurteilung seiner Mitmenschen gänzlich intuitiv vor. Nur ein einziges Mal, hatte Onkel Alistair gesagt, wolle er Sedgwich eine Fehleinschätzung nachweisen, doch sosehr er auch darauf erpicht gewesen war, Alistair hatte den Beweis, nach dem er suchte, nie gefunden. Und nun schien es, als sei das Gegenteil eingetreten.

Die nächsten beiden Jahre hatte Colton die Kunst des Kriegführens erlernt und war 1801 als junger Oberleutnant nach Ägypten gegangen, wo er unter Generalleutnant Sir Abercombe gedient hatte. Von da an hatte er sich in vielen blutigen Auseinandersetzungen gegen den Feind hervorgetan, hatte seine Männer wagemutig ins Schlachtgetümmel geführt oder eisern die solide Rechtecks-Formation gehalten, in der die Männer in alle vier Himmelsrichtungen standen und sowohl beim Vormarsch als auch beim Rückzug als Block agierten, eine Infanterie-Formation, auf die die Kommandeure des britischen Empire auch heute noch bauten.

Während der nächsten vierzehn Jahre, in denen Briefe und Onkel Alistair sein einziger Kontakt mit zu Hause gewesen waren, war er nach einer Serie von Beförderungen zum Colonel aufgestiegen und hatte unter dem Oberkommando Lord Wellingtons ein ansehnliches Regiment befehligt. Kurz nachdem Napoleon in Waterloo seine Ambitionen hatte aufgeben müssen, hatte Colton wissen lassen, dass er seine militärische Karriere dennoch weiterverfolgen wolle. Wellington war hocherfreut gewesen und hatte ihm versichert, dass er noch vor Ende des Jahres zum General aufsteigen würde, wenn seine Verwundung nur ordentlich heilte. Dann war die Nachricht von Vaters Tod gekommen und Colton hatte seine Meinung geändert. Nachdem er wieder einigermaßen auf den Füßen gewesen war und sich auf eigene Faust aus der Obhut der Feldärzte entlassen hatte, hatte er darum ersucht, den Dienst quittieren zu dürfen. Er hatte den Blick auf sein Zuhause gerichtet und sich geschworen, dass er seine Pflicht tun würde, was Familie und Titel anging. Trotz des Zerwürfnisses war er auf Vater und dessen Errungenschaften stets stolz gewesen. Allein der Gedanke, der Titel könne einem anderen zufallen, lief allem, was ihm heilig war, zuwider, und er war entschlossen, sich die Grafschaft nicht aus den Händen reißen zu lassen.

In seinen Jahren als Offizier hatte er nie ernsthaft über die Kleine nachgedacht, die er einst zurückgewiesen hatte, sondern nur bedauert, sie mit seiner Zurückweisung gekränkt zu haben. Er hatte sich jedenfalls bestimmt nicht ausgemalt, dass sie während seiner Abwesenheit zu einem derart exquisiten Wesen heranwachsen würde. Hätte ihm jemand von hinten einen Holzprügel in die Kniekehlen geschwungen und ihn von den Füßen gerissen, er hätte nicht verblüffter sein können.

Natürlich nützte ihm ihre unvergleichliche Schönheit kaum etwas, falls sich erwies, dass sie beide nicht zusammenpassten, was auch tatsächlich der Fall zu sein schien. Die Arroganz des Mädchens hatte an Aversion gegrenzt. Aber in Anbetracht all der Jahre, die er eisern an seiner Entscheidung festgehalten hatte, sich Vaters Diktat nicht zu beugen, konnte er sich auch nicht vorstellen, die Verlobung nun allein Vaters Andenkens wegen einzugehen. Es würde schon etwas Verheißungsvolleres geschehen müssen, bevor er nachgab und das, was sein Vater ihm verordnet hatte, auch guthieß.

Ein paar Stunden später ließ Samantha ihre Mutter mit Percy plaudernd allein und ging nach oben, um ihren Bruder zu suchen. Auf ihr leises Pochen näherten sich der Tür gedämpfte Schritte und das Klopfen des Gehstocks. Als die Flügeltür aufging, stand Colton in alten Uniformsachen vor ihr, die seine schlanke Gestalt, die breiten Schulten und schmalen Hüften vorteilhaft betonten.

»Ich hoffe, ich störe nicht«, fragte sie ängstlich. Plötzlich erschien er ihr wie ein Fremder und sie bereute ein wenig, hergekommen zu sein. »Du wolltest dich noch ausruhen?«

»Nein, eigentlich habe ich mir gerade überlegt, ob ich mit

den Hunden einen kurzen Spaziergang unternehme. Ich werde unbeweglich, wenn ich zu lange sitze, wie etwa bei der Fahrt hierher.« Schwer auf den Stock gestützt trat er von der Tür zurück und machte mit einladendem Grinsen weit die Türflügel auf. »Komm herein.«

»Bist du sicher?« Ihre Stimme klang fast so dünn wie damals, als sie noch ein Kind gewesen war.

Alte Erinnerungen an glücklichere Zeiten kehrten zurück und brachten Colton zum Lachen. »Aber natürlich, bitte komm herein. Du weißt gar nicht, wie oft ich daran gedacht habe, wie du mich hier in meinem Zimmer besucht hast. Ob es nun war, weil ich ein kaputtes Spielzeug reparieren sollte oder weil du eine Geschichte vorgelesen haben wolltest, du hast mir das Gefühl gegeben, als Bruder gebraucht zu werden. Nach so langer Zeit fühle ich mich geehrt, dass du noch den Wunsch verspürst, mich hier aufzusuchen.«

Ein wenig zuversichtlicher betrat Samantha den Raum, schaute sich um und musste feststellen, dass das Zimmer im Wesentlichen unverändert geblieben war, seit sie es vor vielen Jahren das letzte Mal gesehen hatte. Als Kind hatte sie ihren Bruder vergöttert und schrecklich gelitten, als er fortgegangen war. Sosehr sie sich auch mühte, die Bedenken zu vergessen, die sich heute Nachmittag bei seinem Gespräch mit Mutter eingestellt hatten, sie sorgte sich, dass Colton gegen die Arrangements revoltieren würde, die in seiner Abwesenheit getroffen worden waren, und erneut fortgehen würde. Er war das halbe Leben lang sein eigener Herr gewesen und hatte sich daran gewöhnt, zu tun, was ihm gefiel. Es wäre verständlich gewesen, hätte er sich jegliche Einmischung verbeten.

Ihr Lächeln schwankte zwischen Verunsicherung, was die Zukunft anging, und Dankbarkeit, dass er endlich zu Hause war. »Du kannst dir nicht vorstellen, wie sehr du mir gefehlt hast, Colton. Während der ersten Jahre habe ich mich manchmal so alleine und verloren gefühlt, dass ich mich nur noch hinsetzen und weinen wollte. Nach Papas Tod war es doppelt schwer, hier im Haus zu sein, vor allem wenn Percy nicht dabei war. Jedes Zimmer schien von Papas tiefer Stimme widerzuhallen und seinem Lachen. Falls du es nicht wissen solltest, Colton, du siehst nicht nur aus wie er, deine Stimme hat auch den gleichen vollen Klang.«

»Onkel Alistair hat sich regelmäßig darüber beschwert«, gestand er leise lachend ein. »Ich habe ihn, vermute ich, mehr verwirrt, als er zugeben wollte, wenn ich unbemerkt hinter ihm auftauchte und ihn ansprach. Einmal hat er mich sogar Sedgwick genannt.

Samanthas seidenbewimperte, dunkelgraue Augen schimmerten belustigt. »Der gute Onkel Alistair, er ist ein solcher Schatz.«

Colton, der seinen Onkel nie in diesem Licht gesehen hatte, grinste skeptisch. »Nun, er hat mir natürlich sehr geholfen, als ich es bitter nötig hatte; aber ich dachte, er täte das nur, weil er Vater in jeder erdenklichen Weise eins auswischen wollte.«

Samanthas liebevolles Lächeln bedeutete ihm etwas anderes. »Onkel Alistair hatte nur scheinbar seine Freude daran, so zu tun, als seien Papa und er ständig über Kreuz. Sicher, sie waren oft verschiedener Ansicht und beide haben sie nie gezögert, ihre Meinung zu sagen. Manchmal, wenn sie miteinander stritten, hätte man glauben können, sie seien erbitterte Feinde, doch wenn irgendwer in Anwesenheit des einen etwas Schlechtes über den anderen sagte, dann gnade dem Burschen Gott, denn er hat einiges zu hören bekommen. Ich muss zugeben, Onkel Alistair hat auch mich hinters Licht geführt, aber dann habe ich ihn auf Vaters Beerdigung weinen sehen. Und er hat uns eingestanden, dass er nie einen ehrenhafteren, klügeren Mann als Vater getroffen hätte. Er hat sogar zugegeben, dass er selten über eine Heirat erfreuter war als über die seiner Schwester mit Sedgwick.«

Colton konnte sie nur fassungslos ansehen, während er zu verarbeiten suchte, was sie da gesagt hatte. Alistair hatte ihn von Anfang an glauben lassen, es ginge ihm allein darum, Sedgwick als voreingenommen und eigensinnig dastehen zu lassen. Was Colton gerade gehört hatte, widersprach dem völlig. Sprachlos, was diese neue Sichtweise Onkel Alistairs anging, schüttelte er verwundert den Kopf. »Es scheint, ich muss umdenken und davon ausgehen, dass Onkel Alistairs Gemurre über Vater nur zu meinem Besten war. Muss ich jetzt vielleicht auch die Vorstellung aufgeben, dass er Vater seines Starrsinns wegen den Kopf zurechtsetzen wollte? Wo er doch gesagt hat, er wolle mich unterstützen?«

Ein Lächeln huschte über Samanthas Lippen, während sie ihn mit grauen Augen anfunkelte. »Da ist was dran. Onkel Alistair wollte vermutlich nicht, dass du dich ihm allzu sehr verpflichtet fühlst.«

Seine Augenbrauen schossen erstaunt nach oben. »Ich hätte wissen sollen, dass irgendetwas im Gange war. An dem Abend, an dem ich ihm meine Schulden zurückbezahlt habe, hat er mir erzählt, dass er sich gerade ein kleines Anwesen in der Nähe Bradford-on-Avons gekauft hätte, um seine Schwester besuchen zu können, wann immer ihm danach war. Die Vorstellung, dass die beiden einander so nah sein würden, hat mich irritiert, und ich habe mich gefragt, wie er denn mit Vaters ständiger Anwesenheit zurechtkommen wolle, zumal unsere Eltern ja ständig beieinander waren.«

»Nachdem Onkel Alistair das Haus bezogen hatte, hat er uns häufig besucht und Papa über dies und jenes ausgefragt. Eine Zeit lang dachte ich, er wolle nur Papas Geduld auf die Probe stellen, wenn er fragte, wie ein Mechanismus funktionierte oder irgend so etwas, doch auf der Beerdigung hat er mir gestanden, dass er einfach nur denjenigen fragen wollte, dem er dieses Wissen am ehesten zutraute … unseren Vater.« Sie hatte zu weinen begonnen, zog ein Spitzentaschentuch aus dem Ärmel, um eiligst die Tränen fortzutupfen, und versuchte, sich selber nicht allzu ernst zu nehmen. »Was bin ich bloß für eine Närrin, gleich so gefühlsduselig zu werden.«

»Ganz schön gerissen von Onkel Alistair, das muss man

ihm lassen. Er hat mich ziemlich hinters Licht geführt«, gab Colton zu und lächelte nachdenklich.

Auf der Suche nach einem Gesprächsthema, das den Tränenstrom versiegen ließ, sah Samantha sich im Zimmer um. Sie war nicht mehr in diesem Teil des Hauses gewesen, seit sie aus dem Schlafgemach gegenüber umgezogen war. Als sie erwachsen geworden war, hatte sie eine größere Zimmerflucht auf der Nordseite des Hauses bezogen, in der Nähe jener Gemächer, die ihre Eltern seit ihrer Verheiratung bewohnt hatten und wo Mutter auch nach Vaters Tod hatte bleiben wollen. Doch ihre glücklichsten Jahre hatte sie zweifelsohne hier auf der anderen Seite des Flurs verbracht, ganz in der Nähe ihres Bruders.

»Seit du fort bist, hat sich Randwulf Manor kaum verändert, Colton, vor allem nicht dieser Teil des Hauses. Deine neuen Räumlichkeiten sind natürlich bei weitem beeindruckender, aber die Schlafzimmer hier finde ich nach wie vor gemütlicher.«

Samantha fuhr mit schlanken Fingern über die Platte des Schreibtisches, an dem ihr Bruder einst Sprachen, Arithmetik und Naturwissenschaften gebüffelt hatte und all die anderen Fächer, die sein Privatlehrer für unerlässlich befunden hatte – wenn auch nur, damit Colton den Herausforderungen des Lebens einmal unerschrocken begegnen konnte. Wollte man jenem vornehmen Gelehrten glauben, dann hatte Colton sich als überragend intelligent – wenn auch unerschütterlich eigensinnig – erwiesen, womit er Malcolm Grimms Geduld, wie Letzterer hatte verlauten lassen, mehr als einmal auf die Probe gestellt hatte. Grimm zufolge hatte jene Eigenschaft endlose Debatten provoziert, die jedoch zu beiderseitigem Nutzen verlaufen waren. Der Lehrer hatte Colton auch deshalb für so außergewöhnlich befunden, weil der Junge jeden Sachverhalt sorgsam zu durchleuchten pflegte, bevor er sich eine Meinung bildete. In der Mehrzahl jener Fälle, die die beiden so leidenschaftlich diskutiert hatten, war Mr Grimm schnell bei der

Hand gewesen, dem Burschen eine korrekte Hypothesenbildung zu attestieren.

Samantha lächelte ihrem Bruder über die Schulter zu. »Als ich dich heute Nachmittag in der Halle habe stehen sehen, habe ich dich zuerst für einen Fremden gehalten. Doch dann ist mir aufgegangen, dass du jemandem ähneltest, den ich einmal sehr gut kannte. Und das Gesicht ist nicht das Einzige, was du von Papa geerbt hast.«

Es war vermutlich ureigenste Intuition, die Colton an seinen eigensinnigen Unabhängigkeitsdrang denken ließ. »Ich kann mir nicht vorstellen, dass ich, was die Verlobung angeht, lediglich genauso halsstarrig war wie unser Vater. Dass wir uns auf entgegengesetzten Seiten wiedergefunden haben, hat uns effektiv nicht weitergeholfen.«

Samantha kaute besorgt auf der Unterlippe herum, während sie über den dunklen Orientteppich schlenderte. Als sie die Kamineinfassung erreicht hatte und gedankenverloren mit dem Finger über die aufwändige Marmorarbeit strich, rückte sie endlich mit dem Grund ihres Besuchs heraus. »Ich habe versucht, dein Gespräch mit Mutter heute Nachmittag zu vergessen, aber ich konnte es nicht. Du musst wissen, dass dieses Thema mich zutiefst bewegt.«

Colton rieb sich den Nacken, wo sich, sofort nachdem er von dem Vertrag erfahren hatte, eine Verspannung eingestellt hatte. Es war ja nicht so, dass er Adriana nicht mehr sehen wollte oder etwas dagegen hatte, sie zu umwerben. In Wirklichkeit sehnte er sich nach der Sorte von weiblicher Gesellschaft, die einem Mann keine Schande machte, und Adriana *war* in der Tat bei weitem exquisiter als die wenigen anderen Damen, die ihm je schön erschienen waren. Doch er war ein Mann, dem Unabhängigkeit viel bedeutete; und er war nicht gerade versessen darauf, sofort nach seiner Rückkehr auch seine Autonomie aufzugeben. Es lag nicht in seiner Absicht, Adriana wehzutun oder seiner Mutter, doch dazu würde es vermutlich kommen, wenn er das Mädchen nicht heiratete. Auf der anderen Seite war er sich nicht sicher, ob ihn eine sittsame junge Lady von Adrianas strenger Erziehung nicht zu Tode langweilen würde.

»Du meinst das Arrangement zwischen mir und Adriana, das Vater für uns getroffen hat«, sagte er zu seiner Schwester.

Während seiner Abwesenheit von zu Hause war es ihm vernünftig erschienen, langwierige Liebesverstrickungen zu meiden; unschuldigen Mädchen mit ambitionierten, hingebungsvollen Vätern – Offizieren zumeist – war er aus dem Wege gegangen. Er hatte keinen Ruf zu wahren gehabt und zumeist die Gesellschaft aufregender, lebenslustiger Damen gesucht. Dann hatte es da noch die Witwen enger Freunde gegeben, die im Dunkel der Nacht zu ihm gekommen waren, um Trauer und Einsamkeit gemeinsam mit jemandem zu betäuben, der ihren Verlust teilte und vertrauenswürdig genug war, den Mund zu halten.

Abgesehen von jenen Liebeleien hatte er sich in London mit einer Aktrice eingelassen; eine reichlich lockere Affäre, betrachtete man seine unregelmäßigen, zeitlich begrenzten Besuche in der Stadt, die sich nun bereits an die fünf Jahre dahinzog. Doch die Beziehung zu der schönen Pandora Mayes war ihm nie wirklich wichtig gewesen. Da sie keine Kinder bekommen konnte, war die Affäre ihm ungefährlich erschienen, zumal er die anderen Offiziere auch nie über die Dame hatte herziehen hören. Er hatte sie mit großzügigen Geschenken verwöhnt, hatte ihr aber fairerweise gesagt, dass die Beziehung eines Tages ein Ende nehmen würde. Je weniger Pandora von seiner aristokratischen Herkunft wusste, desto weniger Nachforschungen würde sie anstellen und desto kleiner war die Wahrscheinlichkeit, dass sie ihn später einmal in Verlegenheit brachte. Erst als in der *London Gazette* ein Bericht über seinen Wagemut erschienen war, hatte die Schauspielerin überhaupt vom Titel seines Vaters erfahren. Er hatte ihre diesbezüglichen Fragen lässig mit dem Hinweis abgewehrt, dass er sich im

Streit von seiner Familie getrennt habe. Er hatte ihr zwar niemals erklärt, dass seine Abstammung ihm abverlangte, unter seinesgleichen zu heiraten. Was das anging, hatte er sich insgeheim geschworen, sich ehrenhaft zu verhalten und sich treu in den Ehebund zu ergeben, wenn es an der Zeit war zu heiraten. Schließlich sollte sein Erbe nicht in die Verlegenheit geraten, dass ein namenloses Kind ihm den Titel abspenstig machen wollte.

Obwohl die Wyndhams und die Suttons eine Ewigkeit engste Freunde gewesen waren, war ihm Adriana praktisch völlig fremd. Er musste allerdings zugeben, er war fasziniert wie ein Mann es nur sein konnte. Sie war nicht nur unfassbar schön, sondern besaß auch einen Körper, der ihm reizvoller erschien als alles, was er je in Händen gehalten hatte. Sanft gerundet an den richtigen Stellen, aber dennoch schlank und langgliedrig, hatte Adriana in einem Maße seine Phantasie beflügelt, dass er sich schon fragte, ob sie ihm wohl ebenso bezaubernd erscheinen würde, wenn sie des Morgens nackt neben ihm erwachte.

Von wachsender Sorge befallen, wandte Samantha sich ihrem Bruder zu. »Der Vertrag zwischen dir und Adriana, genau den meine ich.«

Colton mühte sich nicht weiter, seinen Drang zum Zynismus zu bezähmen. »Offensichtlich sollte ich wohl als Letzter erfahren, wie genau Vater mein Leben verplant hat.«

»Er hat für dich nur das Gleiche getan wie für mich.«

Colton starrte seine Schwester fassungslos an. Percy und sie waren ihm so eingenommen voneinander erschienen; er konnte kaum glauben, dass diese Verbindung arrangiert sein sollte. »Du meinst, deine Heirat war jemand anderes Idee?«

Samantha neigte mit einem dezidierten Nicken den Kopf. »Das war sie, und auch wenn du es kaum für möglich hältst, wir lieben einander zutiefst.«

»Und seit wann? Seit eurer Hochzeitsnacht vielleicht?«

Samantha funkelte ihren Bruder des spöttischen Untertons wegen entrüstet an. Seit seiner Jugend hatte Colton klargestellt, dass er nichts von arrangierten Hochzeiten oder Verlobungen hielt, und er war im höchsten Maße zynisch, was die Folgen derartiger Verbindungen anging. Und nun kochte ihm die Skepsis über wie ein blubbernder Kessel.

»Unsere Liebe ist während der Zeit der Brautwerbung erblüht und hat seither kräftig Wurzeln geschlagen. Aber es stimmt, wir können uns nicht vorstellen, wie unsere Liebe hätte entstehen sollen, hätte Papa nicht die Idee gehabt und unsere Verlobung initiiert.«

»Soll mich das jetzt glauben machen, dass auch zwischen Adriana und mir eine solche Hingabe möglich wäre?«

Der offensichtliche Hohn entmutigte Samantha. »Du solltest inzwischen wissen, dass Adriana und ich einander so nah sind, als wären wir Schwestern.«

»Ich bin mir dessen durchaus bewusst, Samantha. Aber auf meine Entscheidung hat das keinen Einfluss. Die Regelung, die Vater mir auferlegt hat, sieht vor, dass ich Adriana drei Monate lang den Hof machen soll. An diese Absprache werde ich mich halten, aber was den Rest angeht, kann ich dir nichts versprechen.« Er zuckte gleichgültig die Achseln. »Einfacher ausgedrückt, Samantha, es kommt, wie es kommt.«

Sie schlug die Faust vor die Brust und musterte ihn besorgt. »Colton, ich flehe dich an … bitte, bitte, tu Adriana nicht weh. Sosehr du das Arrangement, das Papa für dich getroffen hat, auch verabscheust, es war nicht *ihre* Schuld.«

Ihm entwich ein gedankenverlorener Seufzer. »Das weiß ich, Samantha. Ich werde alles tun und mir genau überlegen, was uns eine gemeinsame Zukunft bringen kann. Und ich werde mich in einer Art und Weise benehmen, die auch Vater für angemessen gehalten hätte. Aber bevor ich nicht völlig davon überzeugt bin, dass Adriana und ich einander lieben können, werde ich nichts versprechen, was ich später bereuen könnte. Allein um der Familie willen werde ich sie nicht heiraten.

Auch wenn ich zugestimmt habe, ihr den Hof zu machen, wirst du einsehen müssen, dass nach wie vor eine sehr große Wahrscheinlichkeit besteht, dass nichts dabei herauskommt. In Anbetracht der Tatsache, dass unsere Eltern den Vertrag ohne mein Wissen abgeschlossen haben, wird es der einzig gangbare Weg sein, Adriana vorzuwarnen, damit eine eventuelle Zurückweisung meinerseits sie nicht allzu sehr verletzt.«

Samantha begriff, dass all ihr Flehen umsonst gewesen war. Ihr Bruder machte keinerlei Zugeständnisse, und ihre Freundin und sie waren nicht besser dran als zuvor. Nun begann also die zermürbende Warterei. Allein die Zeit würde es weisen, ob Sedgwick Wyndham mit seiner Behauptung Recht behalten würde, dass Adriana und sein Sohn zueinander gehörten.

Nachdenklich legte Samantha den Kopf schief und betrachtete ihren attraktiven Bruder. »Es gibt da etwas, das ich gerne wissen würde, falls dir daran liegt, mich ins Bild zu setzen. Mit Adriana hat meine Frage nichts zu tun, du brauchst also nicht auf der Hut zu sein. Ich bin einfach nur neugierig, was diese Sache angeht.«

Er schürzte die Lippen. »Ich werde mein Bestes tun.«

»Anfang des Jahres haben Bekannte Mama und mir erzählt, dass sie dich in London gesehen hätten. Wir waren sicher, dass du die kurze Phase des Friedens nützen und nach Hause kommen würdest, nachdem du so viele Jahre lang fort gewesen warst. Wir waren zu der Zeit in unserem Haus in London. Aber du bist nicht aufgetaucht. Dass du Vater nicht mehr gesehen hast, solange er noch am Leben und bei guter Gesundheit war, belastet uns beide zutiefst. War es dir denn wirklich nicht möglich, uns aufzusuchen?«

Colton zögerte, seine Schwester noch mehr aufzuregen. Hätte Vater ihm am Tag seiner Abreise nicht verboten, auf einem der Herrenhäuser zu erscheinen, solange er nicht bereit war, über die Verlobung wenigstens nachzudenken, oder aber sein alter Vater zu Grabe getragen wurde – wie es nun geschehen war –, Colton wäre sehr viel früher zurückgekehrt. »Es tut mir wirklich Leid, Samantha. Aber ich war damals in offizieller Mission für Lord Wellington unterwegs und durfte, während ich in London war, einen bestimmten Bezirk nicht verlassen, damit die Kuriere mich problemlos ausfindig machen konnten. Ich war noch nicht lange in der Stadt, da bekamen ich und ein paar andere Kommandanten den Befehl, zu Wellington zu stoßen, um uns wegen Napoleons Rückkehr nach Frankreich zu besprechen. Ich hatte meine Befehle und die musste ich befolgen.«

»Papa hat auf dem Sterbebett nach dir gefragt«, sagt sie leise und kämpfte vergeblich gegen die Tränen, die ihr noch jedes mal kamen, sobald sie sich Papas erstickter Bitte erinnerte, seinen einzigen Sohn noch einmal sehen zu dürfen.

Seit die Nachricht von Vaters Tod ihn erreicht hatte, drückten die Schuldgefühle schwer auf Coltons Brust. Sosehr er sich auch wünschte, die Zeit zurückzudrehen, sosehr er sich auch wünschte, jene schlimmen Vorfälle ungeschehen zu machen und sie durch glücklichere, liebevollere Momente zu ersetzen, er konnte es nicht. Er war schließlich doch nur ein Mensch.

Er sah die Tränen in Samanthas Augen glitzern – jenen Augen, die seinen eigenen und Vaters so ähnelten –, also humpelte er auf seine Schwester zu, legte den Arm um sie und wisperte ihr eine demütige Bitte ins Ohr. »Liebste Samantha, bitte verzeihe mir. Als die Nachricht von Vaters Erkrankung eintraf, standen wir dem Feind gegenüber und die Pflicht verlangte es, bei meinem Regiment zu bleiben. Später dann, nach seinem Tod, hat mich die Verwundung an der Reise gehindert. Es hat lange gedauert, bis ich überhaupt mein Feldbett verlassen konnte.«

Samantha spürte, wie unermesslich traurig das Gespräch geworden war, und bereute es sofort. »Ich muss dich meinerseits um Vergebung bitten, Colton. Du kannst dir gar nicht vorstellen, wie erleichtert und dankbar wir sind, dich endlich zu Hause zu haben und zu wissen, dass du gesund und munter bist.« Unter Tränen schlang sie die Arme um ihn. »Mama und ich haben uns schrecklich um dich gesorgt. Solange die Kämpfe noch so erbittert waren, hat Papa es nicht gewagt, von seinen Befürchtungen zu sprechen, aber er war genauso besorgt um dich.« Sie versuchte, Haltung zu bewahren, holte tief Luft und mühte sich, die Gefühle zu ersticken, die ihr selbst jetzt noch die Sprache zu verschlagen drohten. Sie zwang sich zu lächeln und trat mit noch feucht glänzenden Augen einen Schritt zurück. »Trotz eurer Differenzen hat er dich so sehr geliebt.«

Die Worte seiner Schwester drückten Colton das Herz ab und es bedurfte einer konzertierten Anstrengung, seine Schuldgefühle zu verdrängen. Er hatte seinen Vater innigst geliebt, aber die Tradition, die es Eltern erlaubte, ihren Sprösslingen die Ehegatten auszusuchen, verabscheute er zutiefst. Aber womöglich, beruhigte er sich, würde er anders empfinden, wenn er selbst in der Vaterrolle war.

Adriana rannte das breite Treppenhaus Randwulf Manors hinauf, um eiligst zu baden und sich umzukleiden, bevor zum Dinner gerufen wurde. Sie hatte nicht damit gerechnet, dass Stuart und sie erst so spät zurück sein würden. Mr Fairchild, der seine Felicity auf Wakefield Manor erwartet hatte, hatte sich als überaus redselig erwiesen, was die Vorzüge seiner Tochter anging und die nützlichen Umbauten, die er angeblich an der Mühle des Großvaters hatte durchführen lassen. Keiner, und erst recht nicht Mutter, hatte rüde erscheinen und ihn zum Gehen bewegen wollen, bis schließlich Stuart, der die Zeit davonlaufen sah, hastig erklärt hatte, dass Eile geboten sei, und sie beide bei Fairchild entschuldigt hatte. Er hatte Adriana zur Tür hinaus in den wartenden Landauer ihrer Eltern gescheucht und Joseph gedrängt, sie so schnell wie möglich ins benachbarte Herrenhaus zu bringen. Joseph hatte sich schleunigst auf den Kutschersitz geschwungen und praktisch noch im Aufsteigen die Peitsche über die Köpfe der Pferde knallen lassen, worauf das Gespann losgeschossen und Joseph rückwärts auf den Sitz neben Adriana gefallen war, was für einige Heiterkeit gesorgt hatte.

In beiden Herrenhäusern pflegte das Dinner jeden Abend pünktlich zur gleichen Zeit serviert zu werden, weswegen Adriana nur noch wenig mehr als eine Stunde blieb, um zu baden, um sich anzukleiden, ihr Haar vernünftig herzurichten und unten in der großen Halle zu den Wyndhams zu stoßen, um auf Stuarts Geburtstag anzustoßen. Sie konnte nur hoffen, dass oben im Badezimmer, im Kessel über der Feuerstelle, genug Wasser simmerte, um schnell ein Bad einlassen zu können. Und es wäre recht förderlich gewesen, wenn Helga, die Kammerzofe für den zweiten Stock, ihr beim Ankleiden hätte behilflich sein können. Adriana wusste aus früherer Erfahrung, dass die Frau äußerst geschickt war.

Vor vielen Jahren war Adriana das Schlafgemach, das sie nun betrat, großzügigerweise zur alleinigen Nutzung überlassen worden. Sie legte Unterkleider und Kleid auf dem Bett zurecht, stellte die Halbschuhe neben die Chaiselongue und eilte ins Badezimmer, das kaum noch benutzt wurde, es sei denn, das Haus quoll vor Gästen über. Als Kind hatte Samantha sie ganz in der Nähe haben wollen, wann immer sie über Nacht geblieben war, und hatte verlangt, dass Adriana das Schlafzimmer auf der anderen Seite der engen Badekammer bekam. Heute geschah es nur noch selten, dass Samantha die Räume nutzte, die sie als junges Mädchen bewohnt hatte, es sei denn, Percy war in seiner Funktion als Emissär des Prinzregenten unterwegs.

Colton hatte es gehasst, erst den Gang überqueren zu müssen, um ins Badezimmer zu gelangen, und sich unzählige Male über seine jüngere Schwester beschwert, die dazu geneigt hatte, den Raum für endlose Badeorgien in Beschlag zu nehmen und verwüstet zurückzulassen. Aber jetzt, da er Herr im Hause war, würde ihm das nicht mehr widerfahren. Er würde in geräumigen, frisch renovierten Gemächern mit privatem Badezimmer residieren. Verglichen mit den kargen Annehmlichkeiten, mit denen sich beim Militär selbst die Offiziere begnügen mussten, musste dieser Komfort ihm grandios erscheinen, bis er sich wieder an das luxuriöse Leben gewöhnt hatte.

Adriana stellte verdrossen fest, dass ihre Toilette deutlich kürzer als gewöhnlich ausfallen musste, so verspätet, wie sie aus Wakefield zurückgekehrt war. Zwar hatte sie sich zeit ihres Lebens viel von ihrem Vater abgeschaut, doch in gewissen weiblichen Vergnügungen schwelgte sie dennoch gerne, herrlich duftenden Wannenbädern beispielsweise. So nahe, wie Colton ihr heute Nachmittag gekommen war, wollte sie sich unbedingt jeglicher Duftspuren entledigen, die auch nur im Entferntesten nach Pferd rochen. Abgesehen davon, war das schwarze Kreppkleid, dessen Dekolleté und Saum mit schwarzsamtenem Zackenmuster auf weißem Seidengrund besetzt war, ganz neu und wirklich entzückend. Sie sehnte sich nach einem warmen, mit ihrem Lieblingsduft parfümierten Bad, bevor sie in die spitzenbesetzte Satinunterwäsche und das modische Kleid schlüpfte.

Um den Bauch des großen Kessels, der im Badezimmer über der kleinen Feuerstelle hing, knisterten und tanzten die Flammen und verliehen dem winzigen Raum eine anheimelnde Wärme, die, besonders in den Wintermonaten, auch vonnöten war. Doch als Adriana die Finger in den Kessel tauchte, ächzte sie verzweifelt, denn das Wasser war gerade mal handwarm. Mehr als eine seichte, laue Pfütze auf dem Boden der großen Wanne würde der Kessel nicht hergeben. Die großen Krüge neben dem Waschtisch waren zwar bis zum Rande gefüllt, doch sie dienten alleine dazu, den Kessel nachzufüllen oder das kochende Wasser abzukühlen, wenn die Wanne gefüllt wurde.

Verdrossen machte sich Adriana zu der großen Kupferwanne auf, neben der ein vergessener Krug stand. Und was sie dort sah, verschlug ihr vor Freude den Atem, denn man hatte ihr längst ein ziemlich tiefes Bad eingelassen.

»Oh, Helga, wie lieb von dir«, säuselte sie begeistert vor sich hin und machte sich im Geiste eine Notiz, der Zofe überschwänglich für deren Weitsicht zu danken. Helga war anscheinend ins Badezimmer vorausgeeilt, als sie Adriana hatte kommen sehen, denn über dem Wasser trieb noch der Dampf. Auf dem verschnörkelten Halter am Ende der Wanne hingen ein riesiges Leinenhandtuch und ein Waschlappen und zeugten von der Umsichtigkeit der alten Zofe.

Die lang gestreckte Kupferbadewanne mit den hohen Seitenwänden und dem gerundeten Rückteil war äußerst komfortabel. In Adrianas Jugend hatte sie darüber hinaus als Zuflucht beim Versteckspiel herhalten müssen. So manches Mal hatte Adriana flach und voll bekleidet auf dem Wannenboden gelegen, während Samantha alles nach ihr abgesucht hatte, doch die hochgezogenen Seitenwände hatten sie unentdeckt bleiben lassen. Sogar jetzt noch, als ausgewachsene Frau, bedurfte sie der kleinen, praktischen Trittstufe, wollte sie in die Wanne hinein- respektive heraussteigen.

Das Wasser war hinreichend warm, um sich wohlig einzuweichen, ein Genuss, den Adriana kaum noch erwarten konnte. Sie streifte hastig die Stiefel ab, das Reitkleid, die Strümpfe und die Unterwäsche, ließ alles in einem unordentlichen Haufen auf dem Boden liegen und begab sich zur Wanne. Sie träufelte ein paar Tropfen Rosenöls aus einer Phiole auf das dampfende Nass und rührte die Duftessenz gleichmäßig mit der Hand ins Wasser. Ein verzückter Seufzer kam über ihre Lippen, als sie in das duftende Wasser sank. Das Badewasser war sogar noch tiefer und heißer als die Bäder, die Helga üblicherweise für sie herrichtete. Doch das war Adriana nur recht, weil es in etwa dem vergleichbar war, was ihre eigene Zofe, Maud, auf Wakefield Manor für sie herzurichten pflegte.

Gedankenverloren drückte Adriana über den blassen, gerundeten Hügeln ihres Busens einen Schwamm aus und lehnte sich bequem in das geschwungene Rückende der Wanne. Die Wärme des Wassers erwies sich als enorm entspannend. Sie benötigte auch dringend ein paar Minuten der Ruhe, nach dem Schock über Coltons Rückkehr, den Handgreiflichkeiten zwischen ihm und Roger und ihrer verspäteten Rückkehr nach Randwulf Manor. Vielleicht würde das Bad zusätzlich ihre Lebensgeister beflügeln, die die letzten Stunden schwer unter ihrer wachsenden Unruhe gelitten hatten, was den Kontrakt und seine möglichen Auswirkungen auf Colton anging.

Diese Ängste loszuwerden bedurfte es Kraft, also faltete Adriana erst einmal den Waschlappen zusammen, legte ihn sich auf die Augen, um das Licht der Öllampen über ihr auszublenden, und rutschte tief in die Wanne, bis ihr das Wasser bis zum Kinn stand. Sie dachte konzentriert an die Erzählung, die sie am Abend zuvor gelesen hatte. Die war nämlich enorm langatmig gewesen und hatte sie postwendend in Morpheus' Arme bugsiert.

Die Geschichte erwies sich erneut als überaus wirksam, denn das Nächste, was sie mitbekam, war ein tiefes Räuspern, das sie aus ihren Träumen riss. Sich widerstrebend aufrichtend, murmelte sie schläfrig: »Danke, dass du mir das Bad hergerichtet hast, Helga. Es ist geradezu himmlisch.«

Sie wartete auf die herzliche Antwort der dicklichen Zofe, bekam stattdessen aber ein kehliges, tiefes *»Ha-hm«* zu hören, das sie entsetzt nach Luft schnappen und die provisorische Augenbinde wegreißen ließ. Sie gaffte den großen, beinahe nackten Mann, der sich am Rand der Badewanne auftürmte, den Bruchteil einer Sekunde lang erstarrt an, dann wanderte ihr Blick an ihm hinab und ihre dunklen Augen weiteten sich vor Entsetzen. Er trug ein Handtuch um die schmalen Hüften, sonst nichts. Und dieses Stück Leinen beulte sich vorn verhängnisvoll aus. Einen Herzschlag später hatte Adriana sich aufgerappelt und die Arme fest um die Knie geklammert, um vor dem neuen Marquess of Randwulf ihre Blöße zu verbergen.

Colton, der die schlafende Schönheit bereits genüsslich und nach Herzenslust betrachtet hatte, versuchte erst gar nicht, sein amüsiertes, allzu selbstsicheres Grinsen zu zügeln. »Ich hoffe, ich störe nicht, Mylady.«

Der gleichgültige Tonfall reizte Adriana bis aufs Blut. »Was machen Sie hier? Warum sind Sie nicht in den gräflichen Gemächern?«, schleuderte sie ihm aufgebracht entgegen.

Er verbeugte sich knapp, was in Anbetracht seiner spärlichen Aufmachung äußerst absurd wirkte. »Ich bitte um Verzeihung, Adriana, aber man sagte mir, mich erwarte hier ein heißes Bad.«

Seine Stimme klang warm und ruhig, was Adriana, die ihn gerade angegeifert hatte, einigermaßen entnervte. »Hätte ich gewusst, das wir uns selbiges teilen sollten, ich wäre postwendend hergekommen, anstatt so lange mit den Hunden spazieren zu gehen.«

»Wir teilen uns überhaupt nichts!«, schrie sie, holte mit dem nassen Waschlappen aus und ließ ihn fliegen. Wie hätte sie sich auch ausmalen können, dass der Lappen sein Ziel (Coltons grinsendes Gesicht) knapp verfehlen und sich an jenem verhängnisvollen Vorsprung, der sich in der Gegend seiner Genitalien erhob, verfangen könnte? Dort hing der Waschlappen nun wie auf Halbmast, bis Colton ihn angelegentlich mit Daumen und Zeigefinger wegzupfte. Die Furchen um seinen Mund vertieften sich. Er schüttelte tadelnd den Kopf und legte das triefende Teil über den Rand der Badewanne.

»Ts, ts! Welch ein Temperament, meine Liebe! Hat sich nichts daran geändert, seit ich fortgegangen bin. Und ich wollte Ihre Einladung gerade annehmen.«

»Eingebildeter Büffel!«, keifte sie. »Denken Sie wirklich, ich hätte hier auf Sie gewartet?«

Ihr Wutausbruch brachte ihn endgültig zum Lachen. Durch und durch erzürnt starrte Adriana ihn an, bis das Gelächter sich zu einem schiefen Grinsen legte. Er begegnete ihrem wütenden Blick mit leuchtenden Augen und hob die nackten Schultern, die jetzt sogar noch breiter wirkten, als die kurze Uniformjacke hatte vermuten lassen.

»Das können Sie einem verwundeten Offizier, der erst kürzlich aus dem Krieg zurückgekehrt ist, doch nicht zum Vorwurf machen, meine Liebe! Sie sind die bei weitem verführerischste Frau, die ich im Leben gesehen habe.«

»Ich glaube kaum, dass Ihrer Mutter daran gelegen ist, ein Bordell zu eröffnen, Mylord. Und wenn doch, dann zählte ich ganz bestimmt nicht zu den Attraktionen«, stellte sie sarkastisch fest.

Colton fragte sich langsam, ob ihre Entrüstung vielleicht nur ein Trick war. Die Ränkespiele vereinsamter Ehefrauen und die Maschen der Dirnen, die dem Feldlager folgten, waren ihm seit langem vertraut. Letztere hatten sich der verschiedenartigsten Kniffe bedient, sich in sein Bett zu schleichen, und er musste zugeben, dass er manchmal ernsthaft geneigt gewesen war, der Versuchung nachzugeben. Doch die Vorstellung, einem Gebrechen anheim zu fallen, das ihn womöglich für den Rest seines Lebens brandmarken würde, hatte ihn regelmäßig ernüchtert. Was Adriana anging, war jedoch unvorstellbar, dass die Suttons ihre Tochter nicht von allem fern gehalten hatten. Aber sosehr er sich auch danach sehnte, als Erster diesen cremigen Körper zu kosten, er musste die Konsequenzen bedenken. *Fast* verlobt war nun einmal nicht dasselbe wie *verlobt*, und er hatte zumindest immer *gehofft*, einem hinreißenden Anblick wie dem, der sich seinen hungrigen Augen gerade bot, widerstehen zu können und nicht in die Hochzeitsfalle zu gehen. Im Moment hätte er allerdings die Vorsicht, ehrlich gesagt, am liebsten in den Wind geschlagen und nach Herzenslust mit der Lady getändelt, denn er hatte *nie* zuvor derartige Perfektion gesehen. Adrianas Schönheit ließ seine früheren Eroberungen geradezu armselig erscheinen.

Er hatte sie nicht sofort bemerkt, als er das Badezimmer betreten hatte. Doch nachdem er sich der Kleider entledigt hatte und an den Rand der riesigen Kupferwanne getreten war, hatte er darin eine Nymphe in all ihrer nackten Pracht entdeckt und einen höchst angenehmen Schock erlitten.

Hätte er nach ihrem Zusammenstoß in der Galerie noch den leisesten Zweifel gehegt, dass die Dame über begehrenswerte Kurven verfügte, die Makellosigkeit, die er gerade heimlich beäugt hatte, hätte ihn eines Besseren belehrt. Einen hinreißenden Moment lang hatte er sich an den köstlichen Feinheiten ihrer femininen Kurven delektiert, hatte die bezaubernd gerundeten, cremigen Brüste bewundert, den niedlich strammen Bauch und die langen, schlanken Beine, die alles übertrafen, was er je gesehen hatte – und war sich die ganze Zeit über der Tatsache bewusst, dass sein Körper deutlich auf die reizvolle Aussicht reagierte. Er hatte gezögert, sie zu wecken. Hätte nicht die Gefahr bestanden, dass einer der Kammerdiener auftauchte, um nach dem Rechten zu sehen, er hätte sich dem Anblick liebend gerne bis zum Sonnenuntergang hingegeben.

»Haben Sie denn gar kein Mitleid mit mir, nach allem, was ich durchgemacht habe?«

»Nicht im Geringsten«, erklärte Adriana rundweg.

»Aber da Sie so auf Ihrem Elend herumreiten, zweifelsohne, um Mitgefühl zu provozieren, wo keines ist, gebe ich besser nach und überlasse Ihnen das Badezimmer!« Sie schaute sich nach dem Handtuch um und begriff, als sie es nirgends entdeckte, dass es sich um just jenes Tuch handelte, das Colton ein wenig Züchtigkeit bescherte.

»Umdrehen, Sie Eindringling! Oder machen Sie lieber die Augen zu, bevor sie Ihnen noch aus dem Kopf fallen! Sie haben mir nichts übrig gelassen, womit ich mich bedecken könnte!«

Colton lachte leise. Hätte die Dame gewusst, wie lange er sie schon betrachtete, wäre ihr klar gewesen, dass es bei weitem zu spät war, irgendwelche Schicklichkeit zu wahren. »Das ist in etwa, als schließe man das Gatter, nachdem die Pferde schon auf und davon sind, oder, meine Liebe? Ich versichere Ihnen, das Entzücken der letzten Minuten löschen Sie mir damit nicht aus der Erinnerung.«

Seinem unnachgiebigen Blick zum Trotz stützte Adriana die

Hände auf den Rand der Wanne und stöhnte frustriert. Sie stemmte sich hoch, wobei kurz ihr wohl gerundeter Busen ins Hüpfen geriet, was Colton ein tiefes, ersticktes Ächzen entlockte. Er wusste genau, was ihm bevorstand, wenn er der aufgestauten Lust nicht bald nachgab. Er wünschte sich jetzt fast, jenen köstlichen Körper nie gesehen zu haben, denn die Erinnerung würde ihn arg plagen. Er musste schleunigst vergessen, was er gesehen hatte.

Adriana fragte sich, welche Schmerzen den Mann plötzlich befallen hatten. Sie musterte ihn verstohlen und fand seine warm leuchtenden Augen ihre Blöße genießen, als wäre er zu mehr entschlossen, als sie nur anzugaffen. Zornig hob sie die Hand. »Zurück mit Ihnen, Sie Schurke, ich brauche Platz«, kommandierte sie. »Und passen Sie auf, dass Sie dabei nicht über Ihre hängende Zunge stolpern. Ich habe nun einmal nicht Hände genug, mich zu bedecken und gleichzeitig über den Rand dieser verfluchten Wanne zu steigen. Wollte ich den Anstand wahren, breche ich mir dabei vermutlich den Hals.«

»Dürfte ich Ihnen behilflich sein?«, wurde Colton erbötig und hielt ihr hoffnungsfroh die Hand hin. Am liebsten hätte er die Chance genutzt und mit der Lady auf der Stelle geschlafen. Es war eine Tatsache, dass seine pochende Lust nie zuvor solche Nahrung gefunden hatte. Fürwahr, er war sich des Ausmaßes, das jene süße Qual erreichen konnte, bis jetzt noch gar nicht bewusst gewesen; nie zuvor hatte er solch leidenschaftliche Hitze empfunden. Hätte er die moralischen Grundsätze des Gentleman nicht so verinnerlicht, dieses Traumbild einer Venus hätte kaum eine Chance gehabt, sich ihm zu verweigern. »Ich bin mehr als willens, mir einen greifbaren Beweis dafür zu suchen, dass das, was ich sehe, tatsächlich ein sterbliches Wesen ist und nicht die wundersame Vision eines Mannes, dessen Verlangen allzu ausgehungert ist. Erst wenn ich Sie berühre, werde ich wissen, dass Sie real sind und kein Trugbild meiner Phanta...«

»Ein Schlag ins Gesicht würde reichen, Ihnen den Beweis zu

liefern«, geiferte Adriana. »Und den bekommen Sie auch, Colton Wyndham, falls Sie es wagen sollten ...«

Ein schwerer Seufzer gab überzeugend seiner Enttäuschung Ausdruck. Ein Anblick wie der, als sie über den Rand der Wanne stieg, reichte aus, ihm die Knie weich werden zu lassen. Und erzielte den gegenteiligen Effekt, was eine andere Körperregion anging. Nie zuvor hatte er solch lange schlanke Beine gesehen oder auch nur annähernd verführerische, cremeweiße Brüste. Seine Handflächen juckten förmlich, so sehr sehnten sie sich, die köstliche Fülle zu umfassen.

Doch Colton sah die Enttäuschung genau auf sich zukommen und wusste, er würde die Qualen der Verdammten leiden, wenn der Fluch der langen Abstinenz an seinen edelsten Körperteilen zu zerren begann. Er hätte sich den Verdruss gerne erspart ... wenn nur die Dame nachgegeben hätte.

Er offerierte ihr die Hand und ein flehentliches Lächeln umwarb sie mit all dem Charme, den ins Spiel zu bringen er fähig war. Es war ihm nicht verborgen geblieben, dass die meisten Frauen, die seinen Weg gekreuzt hatten, fasziniert, ja hingerissen waren, wann immer die Furchen in seinen Wangen ein Lächeln begleiteten. »Wollen Sie denn gar kein Mitleid haben, Adriana?«

Scharf eine Braue hochziehend, betrachtete Adriana einen Moment lang die sehnige Hand, bevor sie provozierend den Kopf hob. Als sie in das edle, kantig geschnittene Gesicht schaute, gingen ihre Augen sofort in die Falle: Adriana musste feststellen, dass sie für dies wundersame Lächeln durchaus anfällig war.

Doch die Erinnerung an sein zorniges Verschwinden war nach wie vor präsent und ein abschreckendes Gegenmittel gegen das desaströse Tauwetter. Sie begegnete seinen warmen, verführerischen Augen ablehnend und warnte ihn schroff: »Wenn Sie es wagen, Hand an mich zu legen, Colton Wyndham, dann schreie ich so laut, bis Ihre Mutter angerannt kommt. Das verspreche ich Ihnen.«

»Wenn das so ist, meine Liebe, beuge ich mich Ihrem Wunsch«, versicherte er ihr mit ungebrochenem Grinsen und trat mit einer improvisierten Verbeugung von der Wanne zurück. »Ich möchte meiner Mutter keinen Schrecken einjagen mit unserer freizügigen Aufmachung, insbesondere der Ihren, welche Sie mit solcher Grazie und solchem Stil zur Schau stellen.«

»Zur Schau stellen!« Sie kochte vor Wut. Was für eine Frechheit, ihr die Schuld zu geben! »Sie haben mir keine andere Wahl gelassen, Sie Wüstling, das wissen Sie genau! Zufall oder Absicht, Sie sind hier eingedrungen, während ich geschlafen habe. Sie hätten wenigstens Gentleman genug sein können, wieder zu gehen, bevor ich aufwache.«

»Wie bitte? Und einfach ignorieren, was ich für eine Einladung gehalten habe?«, fragte er mit ungläubigem Grinsen, während er die fragliche Idee einen schnellen Tod sterben ließ. »Nicht einmal ein Heiliger hätte das vermocht, meine Liebe, so verführerisch wie Sie sind, geschweige denn ein Mann, der Augen im Kopf hat und längst Ihr ergebener Sklave ist.«

»Und wie vielen Frauen haben Sie mit solch zusammenfabrizierten Beteuerungen schon den Kopf verdreht, Mylord?«, fragte Adriana abfällig. »Falls die Ihnen geglaubt haben, müssen sie schon von der schlichteren Sorte gewesen sein.«

Colton verkniff es sich, sich der Erfolge zu rühmen, die er mit ähnlichen Plattitüden errungen hatte. Dass diese spezielle Dame seine Schmeicheleien nicht goutierte, machte sie nachgerade einzigartig. Ihre Reserviertheit war faszinierend, zumal es sich ausgerechnet um jene Frau handelte, die sein Vater für ihn ausgesucht hatte. Es war schlicht eine Tatsache, dass der Sieger die leicht zu erringende Trophäe weit weniger schätzte als die, die ihn Mühe und Plage gekostet hatte. Ihre ablehnende Haltung war eine Herausforderung, die sein Interesse nur vergrößerte, so das überhaupt noch möglich war.

Adriana nahm sein gleichgültiges Schulterzucken kaum zur Kenntnis, da sein humpelnder Rückzug ihren Blick erneut auf das ausgebeulte Handtuch zog. Jetzt erst bemerkte sie die purpurrote, runzelige Narbe, die sich über die Innenseite seines rechten Oberschenkels zog. Doch es blieb bei einem flüchtigen Blick, denn der Vorsprung unter dem Leintuch ließ sich einfach nicht ignorieren. Gelegentlich hatte Adriana von ihrem Fenster aus beobachtet, wie Ulysses unten auf der Weide den Stuten zu Diensten gewesen war – ein Faktum, das ihre Mutter ernsthaft schockiert hätte, hätte sie davon gewusst. Die mächtige Lanze schien das unabdingbare Präludium zu sein, wenn zwei Wesen unterschiedlichen Geschlechts sich miteinander vereinten. Sogar unter dem Handtuch verborgen erschien sie Adriana bedrohlich und erweckte tief in ihrem Körper doch gleichzeitig seltsame, angenehme Gefühle. Nie zuvor war sie so kurz davor gewesen, einen Mann nackt zu sehen. Sobald sie verheiratet war, würde ihre jungfräuliche Neugier befriedigt werden. Doch sie musste sich eingestehen, sie hatte sich manches Mal gefragt, was sie in der Hochzeitsnacht wohl zu sehen bekommen würde.

Sie musste feststellen, dass Colton ihrer scheuen Blicke wegen wie ein dahergelaufener Lustmolch grinste. Verlegen bedeckte sie ihre Blöße mit den Armen und wandte sich ab. »Haben Sie denn gar kein Schamgefühl, Sir?«

»Wie kommen Sie darauf? Weil ich keinen Hehl aus meiner Verletzung mache oder weil ich eine Frau begehre, die von einer solch perfekten Schönheit ist, wie ich sie nie zuvor gesehen habe?«

»Eines will ich wissen«, sagte sie und schaute sich über die Schulter um. »Wie lange haben Sie dagestanden und mich angestarrt, bevor Sie sich dazu entschlossen haben, mich aufzuwecken?«

Es war eine Herkulestat, die Augen von diesen langen, wohl geformten Beinen und dem hübschen Hintern zu lösen und der Lady ins Gesicht zu sehen. »Lange genug, um zu wissen, dass ich nie vergessen werde, was ich heute Abend gesehen habe, falls es das ist, was Sie wissen wollten. Und was das Anstarren betrifft, ich konnte nicht anders. Ich habe noch nie eine Dame gesehen, die ohne Kleider verführerischer ausgesehen hätte als mit. Eine schlummernde Venus in meiner Badewanne – diese Ansicht hat den schlafenden Drachen in mir erweckt und der wird, fürchte ich, nicht zur Ruhe kommen, bis die schöne Maid ihn besänftigt. Wenn Sie nachgäben und Erbarmen mit mir hätten, dann wäre ich so richtig willkommen zu Hause und aus dem Krieg zurück, Adriana.«

»*Bitte,* vergeben Sie mir, dass ich Sie *jemals* für einen Gentleman gehalten habe«, höhnte sie. »Sie sind ein ausgewachsener Schwerenöter! Nicht nur, dass Sie die Impertinenz besitzen, mich anzuglotzen und mir anzutragen, ich solle doch den *Drachen* besänftigen. Sie haben auch noch die Frechheit, sich das einzige Handtuch zu schnappen, was nur beweist, dass Sie sich besser noch eine Weile unter dem Dach Ihres Vaters aufgehalten hätten, um sich Manieren zu erwerben, bevor Sie davonlaufen.«

»Vergeben Sie mir, Adriana, aber ich glaubte, meiner nackten Männlichkeit angesichtig zu werden, würde Sie beleidigen, weswegen ich Ihren jungfräulichen Sinnen den Anblick ersparen wollte. Bitte akzeptieren Sie meine untertänigste Entschuldigung, nicht zuvörderst Ihre Bedürfnisse bedacht zu haben.« Er verbeugte sich knapp, richtete sich wieder auf, zog sich das Handtuch von den Lenden und hielt es ihr grinsend hin. »Wenigstens ist es schon vorgewärmt.«

Adriana schnappte entsetzt nach Luft, als sie die verwegene Lanze seiner Leidenschaft erblickte, und wandte sich keuchend und mit rotem Kopf ab.

Colton näherte sich ihr von hinten und lehnte sich über ihre schöne, nackte Schulter. Ihre rosa Nippel waren so entzückend, dass es ihn beinahe überforderte, der Versuchung zu widerstehen, ehrfürchtig mit den Fingern darüber zu streichen. Er lächelte und flüsterte heiser: »Erst machen Sie ein solches Theater und jetzt wollen Sie das Handtuch gar nicht haben?«

»Würden Sie mich bitte endlich alleine lassen!«, bat sie wütend und sah sich zornig nach ihm um, doch sein Gesicht war so nah, dass sie die warmen, leuchtenden Augen, die ihren Mund betrachteten, nur noch gebannt anstarren konnte. Sie spürte seine Hand sich um ihre Taille legen und glaubte einen wahnsinnigen, verwirrten Moment lang, er werde sie küssen, denn er senkte unendlich langsam den Kopf, während seine Lippen sich öffneten. Die Gefahr ahnend, löste sie sich aus seiner Hand und nahm die verschwindenden Reste ihrer Würde zusammen. »Ich würde mich jetzt gerne ankleiden, Mylord, falls es Ihnen nichts ausmacht, bevor wir zu spät zum Dinner kommen.«

»Colton«, insistierte er mit einem frechen Grinsen. »Sie müssen mich Colton nennen. Das ist der Preis dafür, dass ich Sie gehen lasse.«

»Und was tun Sie, wenn ich zu schreien anfange?«, wollte sie wissen und reckte die feine Nase.

Er zuckte mit den Schultern. »Diesen wundervollen Anblick bewundern, bis sie alle angelaufen kommen.«

Adriana rollte bei dem Gedanken an eine derartige Erniedrigung die Augen und kapitulierte seufzend. »Wenn Sie darauf bestehen … Colton.«

Er lachte leise und trat, einmal mehr ihre hübsche Hinteransicht bewundernd, einen Schritt zurück. »Sosehr ich Sie auch gefangen halten möchte, ich sehe die Notwendigkeit, Sie laufen zu lassen, ein. Ich brauche immer noch dringend ein Bad, und da Sie sich meines unter den Nagel gerissen haben und keine Zeit mehr ist, den Kammerdiener ein neues herrichten zu lassen, muss ich mich wohl mit dem begnügen, was Sie übrig gelassen haben.«

Er war tief enttäuscht, als Adriana sich des Handtuchs bediente, doch als er sie das Tuch über ihren Brüsten verknoten sah, gestand er sich ein, dass Pandora Mayes, in ein Handtuch gewickelt, nicht annähernd so verführerisch aussah wie diese junge Schönheit hier.

»Brauchen Sie vielleicht Hilfe, meine Liebe? Helga hat in der Küche zu tun, weil die Spülmagd heute krank ist. Ich hege allerdings den Verdacht, dass sie zu viel von Vaters Brandy erwischt hat, denn Harrison sagte, er hätte die zerborstenen Reste der Karaffe auf dem Boden im Salon entdeckt, aber egal – es ist so, dass Helga Ihnen nicht behilflich sein kann. Aber ich vielleicht? Ich bin ziemlich geschickt, was winzige Haken und Knöpfe angeht. Und auch wenn die Versuchung enorm ist, ich verspreche, Sie nicht noch mehr anzustarren, als ich es ohnehin schon habe.«

Adriana zischte ihn durch zusammengebissene Zähne wütend an und schlug mit dem Handrücken nach ihm. *Ihn* ließ der Schlag, der auf straff gespannte Muskeln traf, kalt. Doch Adriana verspürte einen heftigen Schmerz und quietschte auf, was dem nackten Mann hinter ihr ein nur noch breiteres Lächeln entlockte. Wütend hielt sie sich die Hand und stakste an ihm vorbei in den angrenzenden Raum.

Kaum war sie durch die Tür, drehte sie sich abrupt um, um sicherzugehen, dass er ihr nicht folgte, doch er war in die andere Richtung unterwegs, auf die Badewanne zu. Am Rande angekommen, beugte er sich vor und prüfte die Wassertemperatur, wobei sich ihr andere männliche Körperteile zeigten. Sosehr sie ihre jungfräuliche Neugier auch befriedigen wollte, es war das kleine rote Muttermal auf seiner ansonsten makellosen rechten Hinterbacke, das magisch ihren Blick anzog und sie an eine Möwe im Flug erinnerte.

Nachdem er heißes Wasser aus dem Kessel nachgegossen hatte, drehte Colton sich in seiner ganzen männlichen Pracht erneut zu ihr um. Das verfluchte Grinsen, das seinen Lippen förmlich anzuhaften schien, wollte einfach nicht nachlassen. »Wie? Sie sind immer noch da?«, fragte er und ließ die Augen ihren handtuchumwickelten Körper entlangwandern. »Ich dachte, Sie hätten es eilig, meinen gierigen Blicken zu entkommen.«

Hätte sie nicht befürchtet, die Toten aufzuwecken, sie hätte ihm ihr gesamtes, begrenztes Repertoire an Schimpfwörtern entgegengeschleudert. Stattdessen funkelte sie ihn nur mit dunklen, feurigen Augen an, packte die Tür und schlug sie mit aller Kraft zu. Aber ach! Ihr zorniger Kraftakt ließ die Tür zurückschwingen, bevor das Schnappschloss greifen konnte, und es bedurfte eines zweiten Versuchs, den ein wütendes Fauchen begleitete. Diesmal war ihr wenigstens eine kleine Befriedigung vergönnt, denn das Schloss rastete klickend ein.

Nach dem Vorfall im Badezimmer graute Adriana vor der Begegnung mit Colton Wyndham und sie trödelte so lang wie möglich im oberen Stockwerk herum. Doch der vereinbarte Zeitpunkt rückte näher und ihr blieb keine andere Wahl, als hinunterzugehen. Als sie unten im Salon ankam, war Colton bereits zu seiner Familie und den Gästen gestoßen. Den Rücken dem wärmenden Kaminfeuer zugewandt, rührte er sich zwar nicht vom Fleck und schien sich damit begnügen zu wollen, in langen Zügen seinen Rotwein zu genießen. Aber seine Augen über dem Rand des Kristallglases leuchteten bewundernd, während sie Adriana musterten; von den schwarzen Seidenschuhen genüsslich hinauf zu den Rundungen in ihrem Dekolleté und weiter zum hochgesteckten Haar, das eine elegante schwarze Straußenfeder zierte. Adriana kam sich vor, als schälte er ihr die Kleider vom Leib, wandte sich ab und suchte nach einem Platz, wo sie vor den strahlenden Augen sicher war. Doch leider ergötzten diese sich an jeder ihrer Bewegungen und folgten ihr, egal wo sie hinging.

Samantha schob sich an ihrem Bruder vorbei und blieb plötzlich wie angewurzelt stehen. Sie schaute ihn seltsam an, lehnte sich zu ihm, schnüffelte und zog befremdet die Nase kraus. »Was in aller Welt trägst du da, Colton?«

Ein wenig verwirrt breitete er, den Gehstock in der einen Hand, das Glas in der anderen, die Arme aus und sah an seiner Uniform hinunter. »Wonach sieht es denn aus? Das sind meine besten Sachen, zumindest bis ich meinen Schneider aus London herkommen lasse.«

Samantha kicherte. »Das hatte ich wirklich nicht erwartet, Colton, dass ausgerechnet du einen Damenduft trägst. Wenn meine Nase mich nicht trügt, dann ähnelt dieses Parfüm doch sehr dem Duft, den Adriana bevorzugt. Genau genommen, scheint ihr beide mir heute Abend dasselbe Parfüm erwischt zu haben.«

Alles wandte sich der brünetten Schönheit zu, die angelegentlich ihr Glas leerte, bevor sie es einem der Lakaien auf das Tablett zurückstellte und sich ein neues nahm. Von der allgemeinen Neugier unangenehm berührt, vermied sie es sorgfältig, irgendjemanden anzusehen, während sie auf Coltons Antwort wartete. Obwohl sie die Schmach fürchtete, sollte Colton sich wahrheitsliebend erweisen, hatte sie doch Rückgrat genug, nicht sogleich auf und davon zu rennen.

»Ein schlichter Irrtum«, erklärte Colton leise lachend. »Und zwar einer, den ich nicht mehr korrigieren konnte, wollte ich pünktlich hier unten zum Dinner erscheinen. Als ich feststellte, dass man mein Badewasser parfümiert hatte, war es schon zu spät, die Dienstboten nach heißem Wasser zu schicken, um ein neues Bad einzulassen. Und ich war so lange mit den Hunden unterwegs, dass ich unbedingt eines Bades bedurfte. Ich wusste offen gesagt nicht, dass noch jemand das Badezimmer neben meinem alten Schlafzimmer benutzt, und erst recht nicht, dass die fragliche Dame gerade eben da gewesen war.«

Ein perlendes Lachen kam über Samanthas Lippen. »Es ist ein Wunder, dass du nichts Schockierenderes entdeckt hast als eine Phiole voller Badeöl. Adriana benutzt die Räumlichkeiten, wenn sie ausgeritten ist und sich fürs Dinner umziehen möchte. Jetzt bin ich völlig sicher, dass es ihr Duft ist, den du trägst, aber ehrlich gesagt, rieche ich ihn lieber an ihr als an dir.«

»Da muss ich dir Recht geben«, versicherte Colton und lächelte schief. »So göttlich er an der Lady duftet, für mich ist er etwas zu süß.«

»Ich bin erleichtert, das zu hören«, erwiderte seine Schwester vergnügt und betrachtete seine hoch gewachsene Gestalt. »Ich war einen Moment lang ein wenig besorgt. Offen gesagt, fragte ich mich, was der Krieg wohl mit dir angestellt hat.«

Colton bemerkte, dass Stuart sich neben Samantha stellte, und streckte dem Mann die Hand hin. »Ich möchte mich gerne denen anschließen, die Ihnen an diesem Festtag schon von Herzen Glück und Gesundheit gewünscht haben, Stuart. Mögen Sie sich nicht nur an diesem Geburtstag erfreuen, sondern auch an vielen zukünftigen.«

Der Viscount bedankte sich mit einem breiten Grinsen und einem herzlichen Handschlag. »Ich hatte heute Nachmittag kaum Gelegenheit, mich lang mit Ihnen zu unterhalten. Darum möchte ich Sie, bevor uns wieder die Zeit davonläuft, dazu einladen, mich und meine Freunde zur Jagd zu begleiten, das heißt, falls Sie überhaupt ausreiten. Wir wären erfreut, wenn Sie mit uns kämen.«

Colton verzog übertrieben das Gesicht und schüttelte den Kopf. »Ich muss zugeben, dass ich beim Reiten immer noch Probleme habe, wie Sie vermutlich nachvollziehen können. Aber sobald mein Bein wieder ganz gesund ist, komme ich auf die Einladung zurück.«

»Es ist erst ein paar Tage her, da hatte ich noch ein ähnliches Problem«, gab Stuart zu, dessen Grimasse sich in ein Grinsen verwandelte. »Ich war es wirklich leid, ständig auf dem Bauch liegen zu müssen. Aber es ging nur so oder gar nicht.«

Die Männer lachten über Unbilden, denen sie beide ausgesetzt waren, vergangene wie gegenwärtige, und als das Gelächter abebbte, sprach Colton seinerseits eine Einladung an den Viscount aus.

»Jetzt, da Sie sozusagen zur Familie gehören, müssen Sie öfter nach Randwulf Manor kommen, Stuart. Ich würde gerne von den Feldzügen hören, an denen Sie teilgenommen haben.«

Der Viscount nahm die Einladung gerne an. »Ich wäre hocherfreut, Ihnen zu berichten, und wäre Ihnen sehr dankbar, wenn Sie mir Ihrerseits erzählten. Vielleicht darf ich bei dieser Gelegenheit auch anmerken, wie erfreut ich bin, dass Sie die Grafschaft übernehmen. Latham hat zwar seine Stärken, aber ich fürchte, die Schwächen überwiegen doch bei weitem. Was Ihre Schwester betrifft und Ihre Mutter, die beiden haben sich die letzten Wochen zwar zuversichtlich gegeben, aber allen Beteiligten war klar, wie ängstlich und besorgt sie waren, dass Sie nicht nach Hause kommen würden.«

»Ich werde mich aufrichtig bemühen, meiner Familie in Zukunft keine Sorgen mehr zu machen«, versicherte ihm Colton. »So Gott will, werde ich zu Hause bleiben.«

»Das schreit geradezu nach einem Toast«, schaltete Percy sich ein, legte seiner Frau den Arm um die Taille und erhob mit der anderen Hand das Glas. »Auf den siebten Marquess of Randwulf! Möge ihm Glück beschieden sein und ein langes Leben!«

»Hört! Hört!«, rief Stuart aus und prostete Colton zu.

Adriana schloss sich wortlos dem Toast an, hob das Glas und war erstaunt, als die dunkel durchscheinenden Augen sie warm anlächelten. Eine Sekunde lang verschmolzen ihre Blicke, und Adriana tauchte in die leuchtenden, grauen Tiefen seiner Augen.

Sie konnte nur spekulieren, was diesem gut aussehenden Mann gerade durch den Kopf ging. Nichts Gutes vermutlich, denn sein Blick streichelte zärtlich ihren Busen und ihre kostbar gewandete Gestalt.

Colton wandte sich ab, bevor der Anblick noch seinen Hunger beflügelte, murmelte Dankesworte und schüttelte kurz darauf Stuart die Hand, als der sich empfahl. Samantha, Percy und Philana traten hinzu, um Colton ihrerseits zu beglückwünschen, die Frauen mit einem liebevollen Kuss, der junge Mann mit einem Schulterklopfen. Für Colton war es allerdings wie ein Zwang, zu der Schönheit hinüberzusehen, die mit geröteten Wangen seine Aufmerksamkeit zu ignorieren suchte.

Stuart kam mit zwei Gläsern auf sie zu und offerierte ihr eines davon als Ersatz für jenes, das sie gerade geleert und fortgestellt hatte. »Sie sehen heute Abend ganz entzückend aus, Mylady, aber so wie Sie sich gerade umgesehen haben, schien mir, sie bedürften einer Erfrischung.«

»Ja«, sagte Sie tapfer lächelnd. »Es war ein ereignisreicher Tag.«

»Einer, an den wir noch in vielen Jahren denken werden«, ergänzte der Marquess und humpelte auf sie zu. Es war Colton nicht entgangen, dass Stuart Adriana die meiste Zeit mit mehr als nur beiläufigem Interesse betrachtet hatte. Langsam und bedacht wandte er sich Adriana zu und erinnerte sich nur allzu gut, wie verführerisch ihr nasser, perfekter Körper im warmen Licht der Öllampen geschimmert hatte. »Ich hörte von meiner Mutter, dass wir beide einander versprochen sind, Adriana.«

Stuarts Mund klappte erstaunt auf und er stolperte einen Schritt zurück. »Verzeihen Sie, Mylord, aber das wusste ich nicht.«

»Bis heute Nachmittag habe noch nicht einmal ich selbst davon gewusst«, gestand Colton und wusste selbst nicht recht, weshalb er dem Major, just in dem Moment, als der das Mädchen zu umwerben begann, in seine Schranken wies. Wie hätte er sich seine Verärgerung auch erklären sollen, wo er selbst arrangierte Verbindungen doch verabscheute? Wann wäre er je auch nur im Entferntesten besitzergreifend gewesen, was Frauen anging? Derartige Gefühle waren ihm fremd gewesen … bis jetzt zumindest.

»Machen Sie sich keine Sorgen deswegen. Sie haben Lord Colton nicht beleidigt«, setzte Adriana den Viscount freundlicherweise ins Bild, bevor sie sich mit distanziertem Lächeln dem Marquess zuwandte. Ihr Blick war von einer unmissverständlichen Kühle, als er versuchte, die leuchtenden grauen

Tiefen zu ergründen. »Sie müssen wissen, dass Lord Colton die Wahl hat, ob er es tatsächlich zu einer Verlobung kommen lassen will. Und das wird sich nach dreimonatiger Brautwerbung weisen, aber in Anbetracht der Vorgeschichte erscheint es eher unwahrscheinlich, dass Seine Lordschaft der Vereinbarung nachkommt, schließlich war sie der Grund seiner langjährigen Abwesenheit.«

»Auch wenn dem so ist, Mylady«, erwiderte Stuart gedämpft, »gebietet es das Ehrgefühl, ihn seine Entscheidung treffen zu lassen, bevor ich in eigener Sache agiere. Ich kann nur sagen, dass ich den Mann um diese außergewöhnliche Chance beneide.«

Adriana schenkte dem Major ein Lächeln und bedankte sich für das Kompliment. »Vielen Dank, Stuart. Ich werde mich Ihrer freundlichen Worte zu gegebener Zeit erinnern.«

Der Viscount zog sich zurück, während Adriana verächtlich zu Colton aufsah. »Warum mussten Sie Stuart sagen, dass wir einander versprochen sind, wenn Sie doch genau wissen, dass Sie eigentlich gar nicht daran interessiert sind, mir den Hof zu machen? Macht es Ihnen Spaß, auf Grund eines bestenfalls nebulösen Anrechts meine Verehrer zu vertreiben? Habe ich Sie irgendwie gegen mich aufgebracht?«

»Nicht, dass ich wüsste, meine Liebe«, erwiderte Colton freundlich und lächelte selbstgefällig. »Aber ich sah keinen Grund, Stuart Hoffnung schöpfen zu lassen, wo sich die Angelegenheit doch nicht vor Ablauf von drei Monaten klärt. Und diese Zeit werde ich mir *mindestens* nehmen, bevor ich entscheide, ob es Hoffnung für uns gibt, ob die Prophezeiungen meines Vaters überhaupt *irgendeinen* Wert haben oder die ganze Sache nur absurd ist. Bis dahin, meine Liebe, werde ich so mein Anrecht wahren, wie es mir passt. Schließlich gibt mir die Vereinbarung das Recht dazu, oder etwa nicht?«

»Was für ein Interesse sollten Sie wohl haben an einer sonderbaren Kollektion ausrangierter Körperteile?«

Die eigenen Schuldgefühle hatten ihn jene Worte nie vergessen lassen. Colton legte die Hand auf die Uniformjacke. »Vergeben Sie mir den Ausrutscher, Adriana. Es war im Zorn gesagt und galt meinem Vater mehr als Ihnen. Ich wusste nicht, dass Sie draußen vorm Salon warteten. Ich wollte Ihnen nie wehtun. Und es war fernab jeder Wahrheit. Allein Sie anzusehen, reicht aus, mich an einen göttlichen Schöpfer glauben zu lassen, denn Sie sind bei weitem zu exquisit, um ein Zufallsprodukt zu sein.«

Ihre Wangen röteten sich ob des Kompliments. Adriana nippte an ihrem Wein und schaute überall hin, nur nicht in seine Richtung. »Eventuell sollten wir die Vergangenheit vergessen«, schlug sie vor. »Es ist bedrückend, sich ständig der Wut zu erinnern, die Sie meinetwegen auf Ihren Vater hatten. Es mag Ihnen unverständlich erscheinen, aber ich habe ihn geliebt.«

»Adriana?« Colton suchte ihre dunklen Augen ab. »Können Sie mir denn verzeihen?«

Sie hoffte, ihr mattes Lächeln sei Antwort genug, doch sein Blick drang in die Tiefen ihrer Seele. Unfähig, jene Prüfung noch länger zu ertragen, nickte sie schließlich knapp. »Ja, gewiss, Mylord. Ich habe es bereits. In Anbetracht der Gefahr, in der Sie sich befanden, war es mir unmöglich, noch länger Groll gegen Sie zu hegen. Sie waren der Bruder, den ich niemals hatte, und ich hätte vermutlich kaum weniger getrauert als Ihre Familie, wären Sie zu Tode gekommen.«

Seine Lippen verzogen sich zu einem Lächeln. Er kam näher. »Nachdem ich Sie heute Nachmittag in Reitkleidung und später ohne selbige gesehen habe, bin ich mehr als erleichtert, dass Sie *nicht* meine Schwester sind. Eine Schwester so zu begehren, wie ich nach Ihnen hungere, nachdem ich Sie in jenem Badezimmer sah, wäre wohl krankhaft. Es fiele mir schwer, diese Makellosigkeit zu vergessen. Ihr Busen ist schöner als jeder, den ich jemals sah, und was den Rest Ihres hinreißenden Körpers betrifft, er sucht seinesgleichen.«

Adriana hüstelte verlegen und nahm einen weiteren großen

Schluck Rotwein. Kurz danach leerte sie endgültig das Glas, und als Harrison mit einem neuen Tablett gefüllter Gläser vorbeikam, nahm Adriana sich ein weiteres. Während der Butler sich entfernte, verschafften ihr noch ein paar Schluck Wein die nötige Courage, den Marquess zu fragen: »Sind Sie denn zum routinierten Richter geworden, was nackte Frauen angeht, Mylord?«

Coltons Mundwinkel zuckten amüsiert. »Von denen, die ich zu Gesicht bekommen habe, sind Sie jedenfalls mit Abstand die Schönste.«

»Herzlichen Dank«, sagte sie trocken und schnaubte.

»Was Ihre Erfahrungen angeht, so würde ich aus Ihrer schockierten Reaktion schließen, dass ich Ihr erster nackter Mann war«, sagte er.

»Und falls Sie sich irrten, würde ich mich dessen wohl kaum brüsten, Sir«, entgegnete Adriana, langsam der Ohnmacht nahe, weil sie erneut die Erinnerung an seinen nackten Körper überkam. Sie schluckte erneut von ihrem Wein; sie bedurfte der beruhigenden Wirkung.

Colton sah das Kristallglas in ihrer zarten Hand zittern und es gelang ihm, der Dame kurz in die Augen zu sehen, bevor sie sich abwandte. Lächelnd beugte er sich vor und sprach ihr ins Ohr: »Der Anblick meiner Blöße hat Ihnen doch keine Angst eingejagt, oder?«

»Natürlich nicht«, versicherte sie hektisch und stolperte nach hinten, um etwas Abstand zu gewinnen. Wollte sie die heißen Wangen kühlen und das rasende Herz beruhigen, war Rückzug unerlässlich. »Wie kommen Sie darauf?«

Colton grinste. »Weil Sie zittern, Adriana, und vermutlich das Schlechteste denken. Glauben Sie mir, Sie werden erstaunt sein, welche Freuden Sie in den Armen Ihres Ehemannes finden werden, sobald Sie sich erst einmal Ihrer Jungfräulichkeit entledigt haben. Sollte meines Vaters Wunsch sich erfüllen, verspreche ich Ihnen Vergnügungen, wie Sie es sich niemals ausgemalt hätten.« Sie nahm einen weiteren Schluck und er beugte sich wieder zu ihr. »Falls Sie mir gestatten, ein anderes Thema anzusprechen, Adriana, ich beobachte, dass Sie zunehmend berauscht wirken. Sie brauchen sich über das, was Sie gesehen haben, wirklich nicht zu sorgen. Der Liebesakt kann für die Frau ebenso freudvoll sein wie für den Mann.«

Als er sich aufrichtete, beugte Adriana sich ihrerseits zu ihm und flüsterte ihm wütend die Meinung: »Über ein Gespräch dieser Art wäre jede Lady entsetzt. Es ist kaum ein Thema, das einem die Sinne beruhigt.«

»Es könnte mir schwerlich gefallen, wenn das Thema Sie beruhigte. Doch wenn unsere beiden Körper sich im Liebesakt vereinten, könnte es Wunder wirken, was die Entspannung betrifft. Ich wäre jedenfalls bereit, Ihnen ungefähr zu demonstrieren, was geschieht, wenn zwei Menschen intim werden.« Er zuckte beiläufig die Schultern. »Genau genommen, wäre ich zu mehr bereit als einer lediglich ungefähren Demonstration, falls Ihnen der Sinn danach steht.«

»Würden Sie *bitte* aufhören?«, zischte sie und hob gerade noch rechtzeitig die Augen, um seinen grauen Blick in ihr Dekolleté abtauchen zu sehen. »Und hören Sie auf, mich anzugaffen. Wir *sind* noch nicht verheiratet, und es ist höchst zweifelhaft, ob wir es *je* sein werden, so verhasst, wie die Idee Ihnen war.«

Colton lachte leise. »Wer weiß, was aus uns beiden wird? Vielleicht vergesse ich meine Aversion, was arrangierte Ehen betrifft, und nehme Sie zur Frau. Und wenn auch nur, um Ihnen zu zeigen, welche Freuden ein Ehepaar erleben kann.«

Adriana lachte verächtlich. »Welch feinsinniger Plan, Mylord! Sie glauben, Sie könnten mein Herz erweichen, so ungezwungen wie Sie von Heirat sprechen. Aber so leichtgläubig, wie Sie glauben, bin ich nicht. Wenn Sie mich noch einmal nackt sehen wollen, müssen Sie vorher schon ein Ehegelübde ablegen.«

Seine Augen tanzten provozierend. »Wären Sie denn bereit, holdeste Maid, Ihrerseits das Gelübde zu sprechen?«

Sie gab sich gedankenverloren, während sie über die Frage nachsann. »Meine Eltern wären sicherlich erfreut, wenn ich es täte. Immerhin waren sie sich so weit mit den Ihren einig, dass Sie sogar einen Kontrakt unterzeichnet haben. Aber ich kann mir nicht vorstellen, dass Sie mich zur Frau haben wollen, und rechne deswegen nicht damit, dass die Hochzeit jemals stattfindet.«

Er grinste auf sie herab. »Wenn ich Sie schwängere, muss ich Sie heiraten, um Ihren Ruf zu retten, nehme ich an.«

Mit weichen Knien schüttete Adriana den letzten Rest des Weins hinunter und reichte das leere Glas an Colton weiter. »Würde es Ihnen etwas ausmachen, mir ein neues zu holen? Nüchtern ist dieses Gespräch nicht zu ertragen.«

Seine Mundwinkel zuckten amüsiert. »Offen gesagt, Adriana, ich glaube, Sie hatten genug, und ich würde Sie nur ungern alleine lassen. Ein wenig frische Luft wäre bei weitem besser für Sie.« Er stellte das Glas weg und griff nach ihrem Arm. »Kommen Sie, ich begleite Sie nach draußen.«

»Nein, danke«, erwiderte sie hastig, seiner Hand ausweichend. Sie konnte sich nur allzu gut vorstellen, wie versessen er darauf war, sich an einem ungestörten Ort mit ihr zu *vereinigen* – ohne vorheriges Ehegelübde. »Es geht mir gut, ich muss mich nur einen Moment lang hinsetzen … Ich gehe besser durch die Halle in den Salon und warte, bis zum Dinner gerufen wird.«

»Ich werde Sie jetzt nicht alleine lassen«, erklärte Colton, legte die Hand an ihren Ellenbogen und drehte sie zur Tür. Da kam Harrison herein und verkündete würdevoll, dass das Dinner serviert war.

»Zu spät«, murmelte Colton und lächelte Adriana an. »Dann werde ich Sie stattdessen eben zu Ihrem Platz geleiten.«

»Warum sich mit mir abgeben, wenn Sie genauso gut Ihrer Mutter behilflich sein können?«, protestierte sie und versuchte, sich von ihm loszumachen.

»Da ich Ihnen den Schock verpasst habe, der Sie fast Ihrer Sinne beraubt hat, fühle ich mich für Ihren Zustand auch verantwortlich«, erwiderte er mit einem breiten Grinsen und zog sie an sich. Adriana versuchte, ihn fortzuschieben, doch er beugte sich über sie und flüsterte ihr ins Ohr: »Abgesehen davon hat Mutter ihre Freude daran, uns zusammen zu sehen. Wenn Sie ihr also einen schönen Abend bescheren wollen, lassen Sie den Widerspruch sein und erlauben Sie mir, noch ein wenig bei Ihnen zu bleiben. Sie sind mich eh bald wieder los.«

Was, wie Adriana glaubte, der Fall sein würde, sobald sie den Speisesaal erreicht hatten. Doch sie sollte sich irren. Traditionell nahm der Marquess of Randwulf einen Ehrenplatz am Kopfende der Tafel ein. So war es jedenfalls gewesen, als der verstorbene Sedgwick noch Herr im Hause war. Und warum hätte es unter dem neuen Marquess anders sein sollen? Adriana erwartete jedenfalls nicht, dass Colton sie an einen Platz direkt rechts vom Stuhl des Hausherren geleiten würde. Doch genau das tat er. Stuart erhielt Weisung, sich neben sie zu setzen, Samantha und Percy gegenüber. Philana, die derzeit einzige Marchioness im Haus, nahm wie üblich den Platz am unteren Ende der Tafel ein. Obwohl das Essen bestens und die Gesellschaft noch besser war, war Adriana weder nach Nahrungsaufnahme noch nach Konversation zu Mute. Dass sie großzügig auf weiteren Wein verzichtete, kam allerdings Kopf und Sinnen zu Gute. Nichtsdestotrotz sehnte sie die betäubende Wirkung des Weins herbei, zumal sie sich das ganze Dinner hindurch der eingehenden Aufmerksamkeit Coltons ausgesetzt sah. Das Kleid war nur ein schwacher Schutz gegen die hungrigen Augen und das warme Leuchten seines Blicks ließ sie sich nackt fühlen wie zuvor im Badezimmer. Da konnte es nicht überraschen, dass ihre Nerven zum Zerreißen gespannt waren.

Es sollte eine ganz besonders schöne Feier werden. Die Köchin hatte sich selbst übertroffen und dies, obwohl die neue Spülmagd sich heimlich am Brandy des verstorbenen Lords gütlich getan hatte und entlassen werden musste, um anschließend, weil sie zu betrunken war, mit einem Karren nach Hause bugsiert zu werden. Der Stallbursche und sein Sohn, die mit der Aufgabe betraut worden waren, hatten die Frau in ihr Cottage tragen müssen und waren mit bedrückenden Nachrichten zurückgekehrt. Sie hatten dort drei kleine Kinder vorgefunden, keines älter als sechs und anscheinend in bitterer Not, dünn bis auf die Knochen, mit tief liegenden Augen, verdreckt und in Fetzen gehüllt. Harrison hatte den beiden ernst gelauscht und später pflichtschuldig Seiner Lordschaft berichtet.

Begleitet von spitzen Kommentaren und fröhlichem Gelächter hatte man Stuart im Salon die Geburtstagsgeschenke überreicht. Manches brachte die Gäste zum Lachen, anderes den Beschenkten zum Lächeln. Percy hatte den Schmied ein schweres Metallschild für seines Bruders Hinterbacken anfertigen lassen, das, wie der Jüngere behauptete, bequem über der Schulter getragen werden konnte, sollte Stuart jemals wieder in den Krieg ziehen. Adriana hatte Stuart eine dick gepolsterte Samtauflage für den Sattel genäht, die zwar gleichfalls humorige Kommentare provozierte, sich in den Wintermonaten vermutlich aber als nützlich erweisen würde, insbesondere da die Hinterbacken des Reiters noch etwas gereizt sein würden. Samantha hatte ihrem Schwager ein Flaggenpaar mit Kreuzstich bestickt; die eine mit einem Pfeil in Rückzugsrichtung, die andere mit Pfeil nach vorn.

Die Feier neigte sich dem Ende zu und Colton war Adriana einmal mehr höflich zu Diensten, diesmal mit dem Umhang. Hätte Adriana die Wahl gehabt, sie hätte Harrison den Vorzug gegeben, denn der Marquess hielt sich recht lange damit auf, ihr den Samt über die Schultern glatt zu streichen. Er peilte ihr ins Dekolleté, machte aber keine Anstalten, sich zu entschuldigen. Er lachte nur, als sei es ganz normal, eine Dame derart anzugaffen, und zupfte ihr umständlich die Kapuze um das Gesicht zurecht.

»Ihr Anblick ist viel zu verführerisch, als dass man ihn ignorieren könnte, Adriana. Insbesondere für jemanden, der Sie im Ganzen gesehen hat. Wenn Sie es unbedingt wissen wollen, es bereitet mir Freude, Sie anzusehen.«

»Als ob das im Badezimmer nicht offenkundig geworden wäre«, erwiderte Adriana.

»Sch!«, warnte er grinsend. »Sonst hört Sie noch jemand und denkt, wir hätten zusammen gebadet und gute Gründe, nach demselben Parfüm zu duften.«

Adriana rollte die Augen und fragte sich, warum sie es noch auf eine witzige Retourkutsche anlegte, nachdem dieser Mann doch zumindest die ersten sechzehn Jahre seines Lebens damit zugebracht hatte, seinen Spott zu schärfen.

Lächelnd näherte sich Philana. »Adriana, bitte, sagen Sie Ihren Eltern, dass ich meinen Sohn bei seinem Besuch auf Wakefield Manor begleiten werde.«

Adriana suchte das sanftmütige Gesicht der Marchioness ab und fragte sich, ob sie tatsächlich einen herrischen Unterton herausgehört hatte. Colton hatte heute Nachmittag lediglich gesagt, dass er die Angemessenheit eines Besuchs erfragen wolle, wohingegen Lady Philana von vornherein davon ausging, dass sie fahren würden. Andererseits konnte sich Adriana auch nicht erinnern, dass Philana auf Wakefield Manor je nicht begeistert empfangen worden wäre. Die Suttons hielten Philana allesamt für eine faszinierende Frau.

»Selbstverständlich, Mylady. Papa wird heute Abend erst spät aus London zurückkehren, aber sobald ich zu Hause bin, werde ich Mama informieren. Wir schicken ein Sendschreiben mit möglichen Terminen. Wenn kein passender dabei ist, setzten Sie sich bitte selbst einen fest. Wir werden Sie und Lord Colton herzlich gerne empfangen.«

»Danke, mein Kind.«

Philana trat zurück und gestattete ihrem Sohn, Adriana durch die Eingangstür zum Portikus hinauszugeleiten, wo schon der Landauer ihrer Familie wartete. Philana konnte kaum glauben, wie gut der Abend verlaufen war. Ihr Sohn schien sehr angetan von dem Mädchen. Die beiden gaben ein schönes Paar ab und es freute Philana besonders, dass Adriana, was die Größe anging, zu Colton passte. Die meisten Frauen, auch Jaclyn und Melora, waren viel zu klein für ihn. Wenn Colton einen Raum betrat, drehte alles sich nach ihm um – genau wie damals, wenn Sedgwick irgendwo erschienen war –, und dies nicht nur, weil er so außergewöhnlich gut aussah, sondern auch um seiner Präsenz willen. Vielleicht floss in den Adern der Wyndhams nach all der Zeit ja immer noch eine Spur Wikingerblut.

# Kapitel 5

Edmund Elston lehnte sich verdutzt auf seinem Stuhl zurück und starrte fassungslos seinen zerzausten Sohn an, der wie ein alter, gebrechlicher Mann ins Speisezimmer schlurfte. Seine Schultern hingen schlaff herunter und er hielt sich den Bauch, als versuche er verzweifelt, das Gedärm zurückzuhalten. Er schleppte sich an das mit Speisen beladene Sideboard, schenkte sich eine Tasse Tee ein, nahm einen Schluck und zuckte gepeinigt zusammen. Er ließ die Tasse sinken und betastete vorsichtig die herabhängende Schwellung an seinem aufgedunsenen Mund, was Edmunds Aufmerksamkeit auf die linke Gesichtshälfte seines Sohnes lenkte, die bis hoch über das zerkratzte Kinn wie gepolstert schien.

Fragend die Augenbrauen hochziehend, stellte Edmund seine Überlegungen an. »Was ich so sehe, Junge, meine ich, der Bursche, der das getan hat, war recht kräftig. Mit wem hast du dich denn geprügelt?«

»Niemand, den du kennst«, murmelte Roger nebulös. »Ein Streit über ein sehr rares Besitztum. Und was den Sieger angeht – bis jetzt ist noch nicht entschieden, wer das gute Stück bekommt. Man wird sehen, wer am Ende die Nase vorne hat.«

Dass sich auf seines Vaters Gesicht ein ungläubiger Ausdruck breit machte, war Roger gewiss keine Hilfe. Er brauchte nicht erst zu fragen, weshalb. Sein ungebildeter Erzeuger war der Ansicht, dass nur der ein echter Kerl war, der dem Gegner auch nach einigen Krügen Ale oder jeder Menge Gin ein ganzes Dutzend ordentlicher Schläge verpassen konnte. Seinen einzigen Nachfahren hatte Edmund Elston solch männlicher Untugenden schon immer für unfähig gehalten.

»Du musst das Aug' heilen lassen, bevor du wieder zu der Lady läufst. Sonst denkt se noch, du bis' nich' Manns genug zu tun, was getan wer'n muss.«

»Mach dir darum keine Sorgen«, zischte Roger beißend. »Die Frage ist eher, ob die Lady in der Lage ist, mich zufrieden zu stellen. Ich bin nicht annähernd so unerfahren oder naiv, wie du denkst, Vater. Du wärst vermutlich überrascht, würdest du die Wahrheit kennen.«

»Kann schon sein. Aber dem Pudding seine Wahrheit ist das Aufgegessenwerden, Junge. Und sosehr ich auch schau, ich seh' nich', dass die Dame zum Nachtisch käm'.«

»Was im Falle einer so hoch gestellten Lady auch eher unwahrscheinlich wäre. Erst recht, wenn ihre Eltern in ihr einen Schlüssel zu Reichtum und Macht erblicken.«

»Und wann siehst de se wieder?«, bohrte Edmund ungeduldig. »Wenn ich dir 'nen Rat geben soll, du musst mit dem Getu' aufhör'n und es ihr machen, bevor's die Dame noch in der Unterhose juckt und se sich 'nen andren Burschen sucht.«

Roger bedurfte all seiner Willenskraft, seinen alten Herrn nicht zurechtzuweisen. »So leicht, wie du es hinstellst, ist es nicht, Vater.«

Der Ältere schnaubte vernehmlich. »Gibt Wege genug, wie du das Mädel knackst, Junge. Wenn de se nich' anders kriegen kannst, dann zwingst de dich ihr eben auf, verflucht. Und bald hat se ihren Spaß dran und vergisst, was de beim ersten Mal mit ihr gemacht hast. Die Zeit läuft weg, Junge. Wenn de das Mädel nicht bald kriegst, setzt wer anders sie auf ihr'n Arsch und steigt auf sie drauf.«

Roger packte die Wut. »Sollte je ein Verehrer so närrisch sein, Vater, dann zweifle ich nicht, dass Lord Standish ihn hinauswirft und ihn dafür, dass er seine Tochter geschändet hat, kastriert – und das ist das Mindeste.«

»Scheint, sie is nich' bloß so ein Mädel«, stellte Edmund fest und stopfte sich einen Scone in den Mund. Er wedelte höhnisch mit der Hand und spuckte beim Sprechen weiträumig die Krümel durch die Gegend. »Der Kerl hat noch zwei Mädels, da hat er Köder genug, sich 'nen guten Burschen an Land zu ziehen. Ich wett', es tät ihm nichts machen, wenn du ihr 'n Kind in den Bauch schöbst.«

Roger lies ein verkümmertes Lachen hören und setzte sich auf den Stuhl am anderen Ende des Tisches. Manchmal fragte er sich, ob er die Stelle im Waisenhaus nicht besser behalten hätte, anstatt für einen Mann, der so gierig und ungeschlacht war wie sein Vater, den Laufburschen zu spielen. Der Mann kümmerte sich nur um sich selbst und schwatzte den Leichtgläubigen ihr Geld ab. Doch als er einen klugen Kopf gebraucht hatte, der ihm die Spinnerei führte, da hatte er seinen einzigen Sohn herbeizitiert und von Roger erwartet, dass der alles, was ihm lieb war, hinter sich ließ. Was vermutlich der einzige Weg gewesen war, die Spinnerei zu halten. Obwohl Roger selbst noch ein Lehrling war, wandten sich die Arbeiter schon an ihn, sobald schwierige Entscheidungen anstanden, und holten sich ihre Instruktionen lieber vom Sohn als vom Vater. »Du machst dir keine Vorstellung, wie Sutton seine jüngste Tochter anbetet. Sie ist das Licht seines Lebens, sage ich dir.«

»Du musst aber endlich was tun!«, beharrte Edmund wütend, fixierte seinen Sohn mit zusammengekniffenen Augen und drohte ihm mit dem Stummelfinger. »Wenn de dich nich' beeilst, dann darfst de bald Martha Grimbald den Hof machen, das versprech ich dir, Junge. Ich will mein Geld für die Kleider zurück, wo ich dir gekauft hab', und was ich gesehen hab' die letzte Zeit, is', dass du nich' vorankommst, mich zu zahlen.«

Roger seufzte entnervt. Dass Vater ihn in die Ehe mit der reichen, aber unappetitlichen Müllerstochter zwingen wollte, hatte ihn in seinem Werben um Adriana kühner werden lassen, als er es im Sinn gehabt hatte. Solange er noch im Waisenhaus gearbeitet hatte, waren Aristokraten ihm so unerreichbar erschienen wie die Wolken am Himmel. Aber Vater hatte ihn, kaum dass er nach Bradford-on-Avon gezogen war, zu einem

Essen bei den Grimbalds mitgenommen. »Ich habe Lady Adriana zugesetzt, mich zum großen Herbstball der Suttons im Oktober einzuladen. Wenn ich bis dahin keine günstige Antwort habe, was meinen Heiratsantrag angeht, nehme ich die Sache selber in die Hand.« Er wagte nicht, seinen Vater anzusehen, und setzte hinzu: »Falls nötig, sehe ich zu, sie allein anzutreffen … und zwinge mich ihr auf.«

»Ha! Das lässt sich hören! Bist halt doch ein Jungchen nach meinem Geschmack.« Roger bekam eine Gänsehaut.

»Wenn ich dich erinnern darf, Vater. Ich bin siebenundzwanzig Jahre alt und bestimmt kein Jungchen mehr.«

Edmund verwarf die Anmerkung mit abfälliger Handbewegung. »Unerfahren bist de, sonst hättst es längst schon mit ihr gemacht, das wett' ich.«

»Und ich wette, dass du noch nie eine Lady getroffen hast. Aber genau das ist Adriana, keine räudige Dirne, die man sich nach Belieben nimmt, wie du es so gerne zu tun pflegst. Offen gesagt ist es recht widerwärtig, nach Hause zu kommen und den eigenen Vater splitternackt im Wohnzimmer vorzufinden, mit irgendeiner lüsternen Schlampe, die er sich aus der Schänke heimgeschleppt hat. Du könntest dir wenigstens eine suchen, die nicht ganz so abstoßend aussieht. Die Letzte hat mir fast den Magen umgedreht.«

Edmund kicherte vor sich hin. »Aber sie hat das Herz am rechten Fleck gehabt und mich ganz schön hergenommen, jawoll.«

Roger verzog angewidert den Mund. »Wenn du mich fragst, ihr habt ausgesehen wie Schweine, die sich im Stall suhlen.«

»Du halt deinen Mund, hörst de! Was ich mit meine Weiber mach, hat nichts zu tun mit der Lady Hochwohlgeboren und dem, was du machst, was aber nich' gerade viel ist! Tät' dir nichts schaden, dich ein bissel zu suhlen.«

Roger hob die Schultern und bereute es sofort, da ihm blitzartig einfiel, welche Stelle seines Körpers mit dem Boden kollidiert war. »Du scheinst zu glauben, ich könne mich Ihrer

Ladyschaft jederzeit bemächtigen. Aber wir sind nie allein. Wir sind immer in Gesellschaft anderer. Und sie hat mir noch nie gestattet, sie an einen ungestörten Ort zu entführen.«

»Sieh besser zu, dass du dir das Mädel packst, sonst bekommst du es mit Martha Grimbald zu tun, von Aug' zu Aug', im Ehebett.«

Nachdem Edmund gegangen war, blieb Roger auf seinem Stuhl sitzen und starrte ins Nichts. Im Geiste sah er ständig jenes dunkel durchscheinende graue Augenpaar, das sich hungrig auf die Lady richtete, die doch er, Roger, verehrte. Kaum dass er den Zorn auf den Marquess wieder gebändigt hatte, grollte es auch schon wieder in seiner Magengegend. Wann immer er daran dachte, wie durchdringend der Colonel die Schönheit mit dem rabenschwarzen Haar fixiert hatte, regte sich sein Verdruss. Der Mann hatte nicht einmal so getan, als hätte er gute Gründe, Adriana anzugaffen, sondern hatte sich benommen, als hätte er schlicht ein Recht darauf.

Die vernichtende Niederlage lastete schwer auf Rogers Selbstwertgefühl. Zwar wusste er, das Lord Colton der Einzige war, dem dieses ehrenvolle Recht zuteil wurde, doch es hatte all seiner Selbstbeherrschung bedurft, ruhig daneben zu stehen und den sengenden Blick des Mannes über die dunkelhaarige Schönheit gleiten zu sehen. Seine eigenen Augen hatten sich so oft an der Makellosigkeit jener jungen Dame ergötzt. Ihr Gesicht musste auf ewig in seine Erinnerung eingebrannt sein: die entzückenden Bögen ihrer Brauen; die strahlenden Ebenholz-Augen mit den langen, seidigen Wimpern; die schmale, schöne Nase; und der weiche, sacht geschwungene Mund. Wie oft hatte er sich schon danach gesehnt, seine eigenen Lippen auf diesen Mund zu pressen? Doch es war ihm verboten. Nicht allein seitens der Lady, sondern auch ihrer noblen, gesellschaftlichen Stellung wegen. An Roger nagte die grausame Wahrheit, dass Adriana jemandem wie dem Marquess zustand, nicht einem mittellosen Bürgerlichen wie ihm. Wie konnte ein Mann von seiner niederen Herkunft die Wertschätzung der ortsansässigen Aristokraten gewinnen? Der Adel bildete einen engen Zirkel, dem nicht nur die Suttons und Wyndhams, deren Freunde und Verwandte angehörten, sondern auch eine ganze Reihe reicher Familien mit riesigen Landsitzen, auf die sie sich während der Parlamentsferien aus ihren Londoner Herrenhäusern zurückzogen. Sie hatten einen Wohnsitz für jede Jahreszeit – und Elston besaß nicht einmal ein eigenes Bett. Alles gehörte seinem Vater.

Sein ausgedehnter Aufenthalt im Waisenhaus hatte ihn nicht auf die Herausforderungen vorbereiten können, die in jenem Moment auf ihn zugekommen waren, als er die jüngste Tochter eines gewissen Gyles Sutton, Earl of Standish, kennen gelernt hatte. Wer die Kindheit hinter den Mauern eines Waisenhauses verbracht hatte, der blieb in gewisser Weise bis zum Grabe dort. So mancher betrachtete eine solche Existenz als Fluch, der niemals abzuschütteln war. Doch hätte Roger den düsteren Prophezeiungen geglaubt, er hätte nie jene Welt erfahren, die so ganz anders war als alles, was er je erlebt hatte. Eine Welt, die im Reichtum schwamm, mit prächtigen Landsitzen, die sich nördlich von Bath in die wogenden Hügel schmiegten. Und er hätte auch niemals die schönste aller Frauen getroffen.

Er war sich seines Außenseitertums bewusst und hatte gehofft, die Lady von ihren aristokratischen Freunden ablenken zu können, von denen sie viele schon ihr Leben lang kannten. Immerhin hielten die meisten Frauen ihn für außergewöhnlich gut aussehend. Doch nun, da der junge Lord Randwulf zurückgekehrt war, war sein Optimismus auf den denkbar tiefsten Stand gesunken und alles nur wegen dieser Pläne, die der alte Lord Randwulf vor vielen Jahren für seinen Sohn gemacht hatte.

Rogers Widerwillen gegen den männlichen Nachfahren der Familie gebärdete sich wie ein fauchender, spuckender Dämon. Er schmeckte förmlich die Bitterkeit der eigenen, fruchtlosen Ambition und den wachsenden Hass gegen die Männer vom Schlage eines Colton Wyndham. Und diesen anderen Herren, der das Mädchen begehrte, kein Geringerer als der Sohn eines Herzogs, verabscheute er nicht weniger. Riordan Kendrick! Diese beiden hatten alles – das Aussehen, das Geld, den Charme, den Namen, ganz zu schweigen davon, dass beide im Krieg gegen Frankreich zu Helden geworden waren –, wohingegen Roger nicht einmal die billige Kopie all dessen zu bieten hatte. Wo ihm doch nicht einmal die Kleider gehörten, die er auf dem Leibe trug, was hätte er einer Dame zu bieten vermocht, für die Reichtum alltäglich war? Nur ein Mitleid erregendes Schauspiel.

Es war gar nicht so lange her, da hatte Roger alleine in der Bibliothek der Suttons gesessen und nervös Lord Standishs Antwort auf einen zugegebenermaßen dreisten Heiratsantrag erwartet. Als Standish endlich die Diskussion mit Frau und Tochter beendet hatte und zu Roger in die Bibliothek gekommen war, hatte Roger eine riesige Überraschung und im selben Moment eine verheerende Enttäuschung erlebt. In gedämpftem, freundlichem Tonfall hatte Standish ihm mitgeteilt, dass bereits ein Kontrakt existierte zwischen Lady Adriana und Colonel Lord James Colton Wyndham. Darüber hinaus hatte Lord Standish (vermutlich um sich des Verdachts zu erwehren, dass die Geschichte erfunden war) Roger erläutert, dass die Papiere, die jene Übereinkunft regelten, schon vor Jahren von ihm selbst und Lord Sedgwick unterzeichnet worden seien.

Roger war sich durchaus bewusst gewesen, wie verwegen es war, um Adrianas Hand anzuhalten, hatte aber nichtsdestotrotz das ehrenvolle Benehmen Standishs bewundert. Auf die Frage, unter welchen Umständen die Übereinkunft für unwirksam erklärt werden könnte, hatte Seine Lordschaft ihm keinerlei Hoffnung gemacht, dass die Lage sich ändern könne. Allein der Tod des siebten Marquess of Randwulf oder seine endgültige Weigerung, den Kontrakt anzuerkennen, könne die

Vereinbarung zunichte machen. Und Letzteres war Roger in Anbetracht der Schönheit der betreffenden Dame höchst unwahrscheinlich erschienen.

Enttäuscht über Standishs Antwort hatte Roger zudem auch nicht ignorieren können, dass außer ihm selbst noch eine beachtliche Zahl adeliger Herren um die Dame warben. Doch angesichts des Kontrakts war Colton Wyndham – oder Lord Randwulf, wie man ihn nun nennen würde – das vergleichsweise größte Hindernis. Ihm dicht auf den Fersen war der andere Marquess, Riordan Kendrick, besser bekannt als Lord Harcourt, der sich gleichfalls als recht hartnäckig erwiesen hatte. Erst wenn Adriana diesen beiden einen Korb gab – oder die beiden Herren *ihr*, was aber weit hergeholt erschien –, würden die etwas weniger prestigeträchtigen Adelsherren zum Zuge kommen. Doch in Anbetracht der stattlichen Anzahl Letzterer schien es lachhaft, dass ausgerechnet ein Lehrling die Lady für sich gewinnen sollte.

Bis zu jenem Nachmittag, an dem er um Adrianas Hand angehalten hatte, hatte er nur gerüchteweise von Riordan Kendrick gehört. Doch dann hatte er den Burschen persönlich erlebt. Nach der Unterredung mit Standish hatte er Wakefield Manor zu Fuß und mit hängendem Kopf verlassen. Das Herz war ihm schwer gewesen und er hatte leise gegen den Mann gewettert, auf dessen Idee der Kontrakt gründete. Urplötzlich hatte sein Fuß sich an einem Pflasterstein verfangen und in der nächsten Sekunde fiel er schon, wild mit Armen und Beinen rudernd, nach vorne. Einen winzigen Moment, bevor er kopfüber in den Sträuchern und Rosenbüschen landete, die den Weg säumten, hatte er einen dunklen Schatten nahen sehen.

Der Sturz war ihm wie das endgültige Ende seiner Welt erschienen. Die Hoffnungslosigkeit seiner Lage hatte ihn überwältigendes Elend empfinden lassen und Roger hatte sich nur noch danach gesehnt, mitten in den Dornen liegen bleiben zu dürfen, bis das Ende kam. Unglücklicherweise hatte sich der Schatten als ein hoch gewachsener, gut aussehender, piekfein gewandeter Gentleman erwiesen, der ihm freundlich auf die Füße half. Sollte er in jenem Moment noch einen Rest von Hoffnung gehegt haben, dann war dieser dahin, denn er hatte in seinem guten Samariter niemand anders als Lord Harcourt erkennen müssen und hatte gleichsam der endgültigen Niederlage ins Gesicht geschaut. Falls Colton Wyndham wirklich dumm genug war, seinen Vorteil aufzugeben, würde Riordan Kendrick vortreten und die privilegierte Position, die Wyndham aufgegeben hatte, für sich reklamieren. Da hatte Roger keinen Zweifel. Beide Männer waren viel zu reich und attraktiv, um nicht als Rivalen zu gelten. Ein solch mittelloser, armseliger Bursche wie Roger langweilte sie bestenfalls.

Roger war davongestolpert, hatte sich hinter den nächstbesten Busch verdrückt und sich aus schierem Unglück übergeben. Den Rest des Tages hatte er elend und niedergeschlagen auf seiner schmalen Pritsche gelegen und hatte sich nur noch als einen aller Hoffnung beraubten Menschen gesehen.

Kennen gelernt hatte er Adriana in der zweiten Hälfte des vergangenen Jahres, als sie mit ihrer Zofe Maud in Vaters Wollspinnerei erschienen war, um – als Geschenk für eine andere Bedienstete – ein Stück Wollstoff zu erwerben. Ihre majestätische Schönheit hatte Roger sofort in Bann geschlagen und er hatte sie eilfertig in eine Unterhaltung verwickelt. Und jedes Mal, wenn sie nach Bradford gekommen war, hatte er jede Gelegenheit ergriffen, mit ihr zu sprechen. Er hatte sogar seine letzten Münzen zusammengekratzt und einen schmalen Gedichtband erstanden, den er ihr bei einem ihrer Besuche verlegen in die Hand gedrückt hatte. Er hatte alles getan, um ein wenig von ihrer Aufmerksamkeit zu erheischen und ihr von vergangenen, großen Problemen berichtet, weil er die Leute in der Stadt Adrianas Mitgefühl hatte rühmen hören. Sie hatte sich in der Tat als mitfühlend erwiesen. Obwohl seine Annäherungsversuche gegen alle Anstandsformen verstießen, hatte er ihr kleine Geschenke nach Hause geschickt und war ihr nachgelaufen wie ein heimatloses Hündchen. Vielleicht hatten seine Bemühungen eine Art Mauer niedergerissen, denn als er sich schließlich kühn ihrem Gefolge aus Verehrern und Freunden angeschlossen hatte, hatte Adriana ihn bleiben lassen. Natürlich hatte sie Regeln festgelegt, an die er sich zu halten hatte, wollte er nicht ihrer Gesellschaft verwiesen werden. Sie seien lediglich Freunde, hatte sie insistiert, und mehr würde auch nicht daraus werden. Eine Tatsache, die sie ihm auch rigoros vor Augen geführt hatte, indem sie respektvoll Distanz hielt; sie hatte ihm nicht einmal gestattet, ihr die Hand zu küssen, geschweige denn den hinreißenden Mund. Hätte er es dennoch getan, er hätte ihre Kameradschaft aufs Spiel gesetzt, und er war nicht willens gewesen, sie einer dreisten Tat wegen gänzlich zu verlieren. Ein paar köstliche Krümel ihrer Zeit waren besser als nichts.

Die Aufgabe war eigentlich recht simpel, hatte Roger damals geschlussfolgert. Er brauchte nur der Lady Herz zu gewinnen, denn wenn er es gewann, dann würde auch ihr Vater zustimmen … möglicherweise jedenfalls. Ein dummer Trugschluss, fürwahr. Denn bald hatte er feststellen müssen, dass jede Menge pompöser Lords, die um Adrianas Zuneigung gebuhlt hatten, von ihrem selbst errichteten Podest gepurzelt waren, ohne dass die Lady nur eine Warnung ausgesprochen hätte. Und diese Herren waren nicht so ritterlich, den Mund zu halten. Im scharfen Kontrast zu dem glühenden Lob, das die Leute in Bradford Adriana spendeten, hatten die Zurückgewiesenen sich freimütig über die Hartherzigkeit der Dame ausgelassen. Roger fragte sich deshalb, ob die Lady wirklich so kalt und hochnäsig war, wie diese arroganten Burschen behaupteten, oder ob ihre Reserviertheit nur eine Mauer war, die ihr Herz beschützen sollte, bis der Auserwählte zurückkehrte.

Sein Wunsch, sie zur Frau zu haben, war dennoch stärker geworden. Doch der kritische Punkt war nicht sein pochendes Herz, sondern Adrianas großzügige Mitgift und der Reichtum ihres Vaters. Als junger Bursche hatte sein Vater ihm ein Leben in Armut aufgezwungen, indem er ihn und seine Mutter verstoßen und die beiden in den Slums von London von der Hand in den Mund hatte leben lassen, während er in Saus und Braus, soweit er es zahlen konnte, gelebt hatte. Nachdem seine Mutter unter einer durchgehenden Mietkutsche gestorben war, hatte Roger niemanden mehr gehabt, der sich um ihn gekümmert hätte. Abgesehen davon, dass er ihn ins Waisenhaus eskortiert und den Lehrer angewiesen hatte, ihn hart anzufassen, hatte Edmund Elston sich nicht weiter um seinen Sohn gekümmert. Roger war barsch behandelt worden und hatte die Peitsche zu spüren bekommen, weil seine Aufseher niemandem hatten Rechenschaft ablegen müssen, woher die Striemen auf seinem Rücken stammten. Schließlich hatte er selbst als Lehrer gearbeitet und erfahren, wie manche Kinder einem die Nerven strapazierten.

Er war schon ein erwachsener Mann gewesen, als er herausgefunden hatte, dass sein Vater die Witwe eines reichen Spinnereibesitzers geheiratet hatte. Bald nach ihrem Tod hatte Edmund seinen Sohn nach Bradford-on-Avon beordert. Der alte Elston hatte sich nie bei Roger entschuldigt, aber große Pläne für ihn gemacht. Roger sollte die Tochter eines anderen Mühlenbesitzers heiraten, dessen Vermögen selbst den Gierigsten befriedigt hätte, unter denen sein Vater, wie Roger bald bemerkte, an erster Stelle stand. Als einziges Kind ihres alten Herrn würde Martha Grimbald ein stattliches Vermögen erben, das, sobald sie heiratete, an ihren Ehemann gehen würde, wie es traditionell der Fall war.

Anfangs hatte Roger das Vermögen durchaus gereizt, doch nachdem er die Bekanntschaft der höchst reizlosen Miss Grimbald gemacht hatte, hatte er entschieden, dass diese Heirat ein zu großes Opfer verlangte. Er konnte sich jedenfalls nicht vorstellen, mit einer dürren, hakennasigen alten Jungfer das Bett zu teilen … noch nicht einmal im Dunkeln. Er hatte ein ausgeprägtes Auge für alles Schöne, auch wenn er es sich nicht leisten konnte. Und was weibliche Schönheit anbelangte, war er versorgt, denn sein hübsches Gesicht veranlasste so manches süße Mädchen, ihm Gesellschaft zu leisten.

Um seinen erzürnten Vater zu beruhigen, hatte er sich eine hoffnungsfrohe Geschichte über die schöne Lady Adriana Sutton zurechtgebastelt und mehr dazuerfunden, als einem Mann zustand. Die Vorstellung, Aristokraten in der Familie zu haben, hatte seinen ambitionierten Vater beschwichtigt und er hatte Roger Zeit gegeben, die Lady zu umwerben.

Dass nun der überaus gut aussehende, distinguierte Colonel Lord Colton Wyndham, der siebte Marquess of Randwulf, nach Hause zurückgekehrt war, machte Rogers Lage nicht besser. Bald würde sich ganz Bradford-on-Avon von den beiden erzählen und Roger hatte noch keine Ahnung, was er seinem alten Herrn dann entgegnen wollte. Der Tag näherte sich rapide. Aber in der Zwischenzeit konnte Lord Colton ihm vielleicht einen Gefallen tun, indem er über diesen feinen Gehstock fiel und sich dabei den verfluchten Hals brach. Dann blieb es Roger eventuell erspart, Martha Grimbald heiraten zu müssen. Denn dies war eine wahrlich traurige Situation: dass ein Sohn gezwungen war, eine völlig unappetitliche Frau zu heiraten, nur weil er seinem Vater das Geld zurückzahlen musste, das der ihm geliehen hatte, damit er sich die Kleider eines Gentleman kaufen konnte.

# Kapitel 6

Ein strahlender Splitter aus Sonnenlicht fiel ins Dunkel des vorhangverhangenen Schlafzimmers im ersten Stock Wakefield Manors. Wie ein flirrendes, koboldhaftes Elfenwesen streckte sich das Licht über den orientalischen Teppich, bevor es das schwere, geschnitzte Fußende des Betts emporwanderte. Als es das Gesicht der jungen Frau erreichte, die in einem Gewirr aus Laken und weichen Decken in ihrem Himmelbett schlief, schien es, als wolle der boshafte Lichtstrahl sein Opfer aus erschöpftem Schlaf erwecken, der sich – schlimm genug – erst nach Stunden hatte einstellen wollen.

Ein Auge öffnend, blinzelte Adriana verdrießlich zum Ursprung des Störenfrieds, einem winzigen Spalt in den schwer mit Quasten behangenen, grünen Samtvorhängen vor den mächtigen Erkerfenstern; ein winziger Spalt, den eines der Dienstmädchen gestern Abend übersehen haben musste. Die in Rauten verglasten Fenster, die sich dem Erker anschlossen, nahmen fast die ganze Ostwand des Schlafzimmers ein. Wie die Zofen sich auch mühten, die dicken Samtvorhänge dicht zu schließen, die morgendlichen Sonnenstrahlen fanden noch durch die winzigste Lücke ihren Weg.

In Momenten wie diesen wusste Adriana wieder genau, weshalb ihre Schwestern ihr, der Jüngsten, das größte und grandioseste Schlafzimmer im ganzen Haus überlassen hatten, von der Suite ihrer Eltern einmal abgesehen. Beide, Melora genau wie Jaclyn, liebten es, bis spät am Tage zu schlafen, wohingegen Adriana normalerweise kurz nach Sonnenaufgang aufzustehen pflegte oder sogar früher, wenn sie Vater auf die Jagd begleitete. Unglücklicherweise war sie heute Morgen gänzlich erschöpft und litt unter schrecklichen Kopfschmerzen, wie sie es nie zuvor erlebt hatte. Das Pochen hinter ihren Schläfen ließ sie sofort bereuen, so viel Wein getrunken zu haben. Von der Erschöpfung einmal abgesehen, war ihr zudem ein wenig übel. Wäre Colton Wyndham in Schlagdistanz gewesen, sie hätte ihm aus purem Vergnügen einen auf die feine, aristokratische Nase verpasst.

So unerbittlich sie auch versucht hatte, den grauäugigen, attraktiven Teufel aus ihren Gedanken zu verbannen, bevor sie gestern Abend endlich eingeschlafen war – im hellen Licht des Morgens war er prompt wieder da. Wie er in all seiner nackten Pracht im Badezimmer gestanden hatte, war ein Anblick, den zu verdrängen der bei weitem schwierigste Part war. Niemand hätte über seine Rückkehr nach Randwulf Manor erstaunter sein können als sie. Nachdem er nicht zum Begräbnis seines Vaters erschienen war, hatten sie und seine Schwester angenommen, er wolle nichts mit dem Titel zu tun haben. Doch dann war er aus heiterem Himmel aufgetaucht und hatte ihre Welt auf den Kopf gestellt. Nachdem sie eine ganze Ewigkeit darauf gewartet hatte, dass der Kerl sein markantes Gesicht zeigte, hätte man annehmen können, sie sei wenigstens vorbereitet gewesen. Aber was das betraf, hatte sie kläglich versagt.

Und nun standen ihr drei endlose Monate der Unsicherheit und des Wartens bevor, bis der Schurke entschied, ob er sich nun dem Diktat seines Vaters beugen wollte oder nicht. Adriana fühlte sich aus Pflicht- und Ehrgefühl an das Versprechen gebunden, das ihr Vater vor so vielen Jahren abgegeben hatte. Doch sosehr sie ihren Vater auch liebte und respektierte, sie konnte die schwierige Lage, in die er sie gebracht hatte, nicht gutheißen. Vater hatte offensichtlich nicht realisiert, was dieser Kontrakt für Adriana mit sich brachte.

Sie grub den hämmernden Schädel in die Kissen und wusste nur zu genau, dass ihre ganze Zukunft an jener grausamen Frist hing. Ihr Vater war ein Mann mit Prinzipien und hoher Moral; er hätte alles in seiner Macht Stehende getan, damit der Vereinbarung Folge geleistet wurde. Doch auch Vater war es irgendwann leid geworden, darauf zu warten, dass Sedgwich Wyndhams Sohn endlich zurückkehrte. Sollte also Adriana sich dazu entschließen, sich nicht den Seelenqualen auszusetzen und ihrerseits die Vereinbarung zu Fall zu bringen, dann würde Vater ohne Zweifel hinter ihr stehen. Selbst wenn dies dem Vertrag widersprach, den er und Sedgwick so sorgfältig ausgearbeitet hatten. Aber es wäre für ihn eine Schmach, unter der er vermutlich jahrelang leiden würde.

Einmal mehr stand Adriana vor der Essenz des Problems: wie Colton Wyndhams Brautwerbung entgehen, ohne Vater Kummer zu bereiten? Vom Marquess umworben und schließlich fallen gelassen zu werden, konnte ihren Untergang bedeuten. Warum, o warum nur, hatte er zurückkehren müssen? Hatten die beiden Väter denn nicht bedacht, dass ihr Herz noch genauso anfällig für Colton sein würde wie damals? Eine zweite solche Wunde würde ihr Herz nicht verkraften. Und was sollte sie zur eigenen Rettung noch tun, wo Colton doch aussah wie ein zur Erde entsandter Gott, der in allen Winkeln der Erde den Mädchen die Herzen brach. Ihr eigenes in Stein verwandeln? Aber wie?

Sie mühte sich vergeblich, einen Ausweg aus der Zwickmühle zu finden und Colton aus ihren Gedanken zu verbannen. Als sie eine halbe Stunde später nach unten schlich, saß er nach wie vor in ihrem Hinterkopf. Also betrat sie mit schwerem Herzen und hämmerndem Schädel das Speisezimmer, wo bereits ihre Eltern am Tisch saßen.

»Wo bleibst du denn, Kind?«, fragte Lady Christina gut gelaunt und erkannte ihre Jüngste ohne aufzusehen. »Wir verschieben schon pausenlos das Frühstück. Die Köchin wird langsam ungeduldig.«

Als keine Antwort erfolgte, schaute Christina auf und schnappte entsetzt nach Luft. Sogar früh am Morgen strahlte Adriana normalerweise und war guter Dinge, die wahre Freude. Dass das Mädchen nicht fertig angekleidet zum Frühstück kam, war ebenfalls neu. Nichtsdestotrotz, hier war sie: noch im Morgenrock, das lange Haar wirr um die Schultern hängend, leichte Schatten unter den seidenbewimperten, dunklen Augen. Eine Erscheinung, die Christina die Sprache raubte. Währenddessen fragte sich Gyles verwundert, was mit seiner Frau los war, und drehte sich um – um seine Tochter in total nachlässiger Kleidung unsicher auf den Tisch zuwanken zu sehen. Es war Gyles, der jene Worte sprach, die es seiner Frau verschlagen hatte. »Gütiger Himmel, Kind! Bist du krank?«

Adrianas ruckartige Kopfbewegung war irgendwo zwischen Nicken und Schütteln angesiedelt, während sie ihren angestammten Platz einnahm. Unter den fassungslosen Blicken ihrer Eltern legte sie eine zitternde Hand an die Stirn und krächzte: »Nein, Vater, ich bin nicht krank.«

Gyles schüttelte stirnrunzelnd den Kopf. »Wenn du nicht krank bist, Mädchen, was zum Teufel hat dich dann befallen?«

Adriana machte den Mund auf, aber es kam nur ein weiteres, heiseres Krächzen heraus, was sie erstaunt die Finger an die Lippen legen ließ. Sie schluckte gegen den Kloß im Hals an und sah sich gezwungen, müde mit den Schultern zu zucken. Dann sank sie kläglich und ungelenk wie ein altes Weib auf ihrem Stuhl zurück.

»Nun, ich sehe aber genau, dass *irgendwas* los ist«, insistierte Gyles. Völlig verloren, wenn er die Stimmungslage seiner älteren Töchter erraten sollte, kannte er seine Jüngste nur allzu gut. Sorge schwang in seiner Stimme, während er Adriana eine Antwort abzuringen versuchte. »Mein liebes Kind, sag, was bedrückt dich?«

»Gyles, Lieber …«, sagte Christina in vorsichtigem Ton, der ihren Gatten aufhorchen ließ. »Du bist gestern erst so spät aus London zurückgekehrt, dass ich dir nicht mehr sagen konnte …«

»Mir was nicht mehr sagen konntest?« Sofort vom Argwohn befallen, stützte er den Arm auf den Tisch und musterte seine Frau durchdringend. Mehr als dreißig Ehejahre und drei Töchter hatten ihn einiges über die Frauen gelehrt ... insbesondere über *seine.* Nie war sie süßer, als wenn es schlechte Nachrichten gab. Er kannte diese flehentliche Note in ihrem Blick und wurde zunehmend unruhiger. »Was, beim Höllenfeuer, geht hier vor?«

»Beruhige dich, Lieber ... bitte«, drängte Christina und zupfte nervös die Leinenserviette auf ihrem Schoß zurecht.

»Erst, wenn du mir freundlicherweise mitteilst, was du zu sagen hast«, forderte er barsch und bedeutete ihr damit, wie besorgt er war. »Nun, worum handelt es sich? Du sagst es mir jetzt, bevor mich noch der Schlag trifft!«

Christina sah zum Butler hinüber, der sich gerade um den Tisch herumbewegte, um ihnen die Teller hinzustellen. Charles war von unerhörter Loyalität, doch Christina war nicht geneigt, familiäre Angelegenheiten vor dem Personal zu besprechen.

»Ich warte«, erinnerte sie Gyles.

Christina lächelte und warf dann ihre Bedenken über Bord. »Es ist nur ... Colton Wyndham ist endlich nach Hause zurückgekehrt.«

Gyles' Gesicht nahm einen Farbton an, der an dunkles Magenta erinnerte. *»Dieser Satansbraten! Sag bloß!«*

Er brüllte so laut, dass sowohl Adriana als auch seine Frau zusammenfuhren. Charles hingegen schien den Wutausbruch seines Arbeitgebers überhört zu haben; ihn umgab, als er den Wasserkrug vom Sideboard nahm, lediglich die Aura der Würde.

Adriana hatte die Hände auf die Ohren gepresst, weil Vaters donnernde Stimme ihr fast den Kopf platzen ließ. Sie zog die nackten Füße auf den Stuhl hoch, rollte sich zu einem unglückseligen Knäuel zusammen und kämpfte gegen die Tränen.

Lady Christinas Finger zitterten, als Charles ihr ein Glas Wasser reichte. Doch ganz distinguierte Dame, hielt sie sich kerzengerade auf dem Stuhl. »Schrei doch nicht so, Lieber.

Die Dienstboten müssen ja glauben, du seiest zornig auf uns«, mahnte sie ihren Gatten eindringlich.

»Hm, hm!« Gyles betrachtete scheel den Butler, der die personifizierte Gelassenheit war. »Charles sollte mittlerweile wissen, dass ich hin und wieder meine Stimme hebe, wenn auch selten.«

»Gewiss, Mylord«, versicherte der Butler und ließ trotz seiner Belustigung nur die Spur eines Lächelns sehen. Mit Ausnahme Seiner Lordschaft selbst wusste jedermann im Haus, was Lord Standish in Rage zu bringen pflegte. Garantiert ging es um seine jüngste Tochter und deren unzählige Verehrer. Adriana hatte etwas an sich, das die Herren in Scharen nach Wakefield Manor zog, was wiederum den Beschützerinstinkt ihres Vaters beflügelte.

Die Haushälterin kam herein und durchquerte geschäftigen Schritts das Speisezimmer. Henrietta Reeves, die schon in Diensten der Suttons gestanden hatte, als deren erste Tochter noch nicht geboren war, zögerte kein bisschen, sich dem Kopfende des Tisches zu nähern, wo Seine Lordschaft saß. Sie hielt Lord Standish ein silbernes Tablett hin, auf dem ein zerknitterter Briefbogen lag, der mit einem großen, verschmierten Wachsbatzen versiegelt war. »Mr Elston ist heute schon am frühen Morgen vorbeigekommen und hat mich gebeten, Ihnen dies zu überbringen, sobald Lady Adriana unten erschienen ist«, erläuterte sie in gedämpftem Tonfall. »Er sagte, es handle sich um eine höchst dringliche Nachricht.«

»Vielen Dank, Henrietta«, antworte Gyles düster. Als die Bediensteten gegangen waren, brach er das Siegel, faltete den zerdrückten Briefbogen auf und begann zu lesen. Eine dunkle Augenbraue wanderte sogleich nach oben und auf seiner Stirn zeigten sich Falten, die normalerweise kaum zu sehen waren.

Der Earl of Standish brauchte keinen hellseherischen Kursus, um das Spiel, das Roger Elston mit dem Mitgefühl seiner Tochter trieb, zu durchschauen und suspekt zu finden. Er hatte von Anfang an befürchtet, dass der Lehrling Adriana missbrauchte, in der besseren Gesellschaft Fuß zu fassen. Er missbilligte die Methoden dieses Mannes. Gyles vertrat seit langem die Ansicht, dass der Anstand es gebot, persönliche Probleme nur mit denen zu besprechen, die es anging. Egal, wie das Leben spielte. Adriana war bei den Bürgern von Bradford dafür bekannt, dass sie half, wo es Not tat. Als Roger ihr von den vielen Schicksalsschlägen berichtet hatte, die er in seiner Jugend hatte durchleiden müssen, hatte Gyles an dieser Frechheit des Lehrlings Anstoß genommen. Dass Adriana dem Lehrling gegenüber milder gesonnen war als den Aristokraten, die sie mit elterlicher Erlaubnis umwarben, trug nicht gerade dazu bei, Standishs wachsenden Unmut zu besänftigen. Wäre da nicht die Übereinkunft mit seinem alten Freund Sedgwick gewesen, Gyles hätte längst einen der anderen Bewerber in Betracht gezogen, die um Adrianas Hand angehalten hatten und über jeden Zweifel erhaben waren, vor allem den viel versprechenden Riordan Kendrick. Eine ernsthafte Brautwerbung wäre zudem Grund genug gewesen, Roger dessen Besuche zu untersagen, die zu Gyles' großem Missfallen oft unangemeldet erfolgten.

Möglicherweise war es nur der Beschützerinstinkt eines Vaters, doch Gyles wurde den Verdacht nicht los, dass Roger sich hauptsächlich deshalb an Adriana klammerte, weil er reich heiraten wollte – wie zuvor schon sein charakterloser Vater. Oder weil er vielleicht sogar vom Ableben seiner Gattin profitieren wollte; eines Verfahrens, dessen sich auch Edmund Elston bedient hatte, ob nun auf natürlichem Wege oder, wie gerüchtweise verlautbarte, ganz gezielt.

»Was ist denn, Lieber«, fragte Christina, die ihres Gatten finstere Miene nicht länger ignorieren konnte.

Gyles ließ den Brief sinken und wandte sich seiner schönen Gemahlin zu. »Möglicherweise hat Elston uns diesen Brief heute Morgen in aller Früh gebracht, weil er von Coltons Rückkehr erfahren hat. Jedenfalls bittet er mit allem Respekt, wir möchten schnellstmöglich über seinen Heiratsantrag unsere Tochter betreffend entscheiden ...«

Adriana hob den Kopf und schaute ihren Vater an, als habe der den Verstand verloren und nicht Elston. »Was wirst du ihm antworten?«

»Was meinst du, Liebes? Soll ich ihm die Wahrheit sagen? Dass nämlich kaum eine Chance besteht, dass du den Antrag annimmst?«

Adriana errötete unter ihres Vaters bohrendem Blick und starrte ihre verschlungenen Finger an. »Das letzte Mal, als Roger angefragt hat, glaubte ich, es reiche aus, ihm von der Verlobung mit Colton zu berichten. Ich wollte ihm nicht über Gebühr wehtun, ihn aber auch nicht ermutigen, ihm lediglich einen Dämpfer versetzen. Hätte ich unser beider unterschiedliche Herkunft erwähnt, er hätte daran vermutlich Anstoß genommen. Aber ich fürchte, er wird sich dreist benehmen, jetzt, nachdem Colton wieder da ist. Zu seinem eigenen Besten muss er erfahren, dass ich seinen Antrag unmöglich annehmen kann.«

Gyles schaute ihr forschend in die dunklen Augen. Ihr Verdruss war offensichtlich. »Warum plötzlich dieser Drang zur Aufrichtigkeit, mein Kind?«

Adriana zwinkerte gegen die aufsteigenden Tränen an und ärgerte sich über sich selbst; und zwar viel mehr, als sie sich damals über Vater geärgert hatte, als der sie gebeten hatte, dem Lehrling reinen Wein einschenken zu dürfen. »Ich fürchte, Roger hat sich Colton gegenüber sehr unziemlich verhalten, gestern auf Randwulf Manor.«

»Unziemlich?«, wiederholte Gyles. »Wie das?«

Adriana schluckte wieder gegen den Kloß im Hals an und versuchte tapfer, aber vergeblich, gelassen zu erscheinen. »Es mag weit hergeholt erscheinen, aber Roger schien von Anfang an einen Groll gegen Colton zu hegen. Wären Leo und Aris nicht gewesen, er hätte den Marquess auf der Stelle mit Fäusten traktiert ... oder es wenigstens versucht. Als er Colton dann tatsächlich attackierte, war es schnell um ihn geschehen. Colton hat ihn, seiner Beinverletzung zum Trotz, quer durch den Raum geschickt und es dann den Stallburschen überlassen, Roger mit dem Karren heimzubringen. Offen gesagt, begreife ich nicht, wie Roger es wagen konnte ... Colton ist wie sein Vater gebaut, mindestens einen halben Kopf größer als Roger und nicht nur schwerer, sondern auch muskulöser.« Was er im Badezimmer unter Beweis gestellt hatte. Nie hätte Adriana sich ausgemalt, in welchen Wellen sich Muskeln über einen Männerkörper spannen konnten. »Nur ein Narr oder ein sehr mutiger Mann hätte einen solchen Versuch gewagt. Und doch hat Roger drei Mal versucht, Colton von mir zu trennen. Und, wie gesagt, beim dritten Mal ist er dann quer durch den Raum gesegelt.«

»So dreist ist er gewesen?«, flüsterte ihre Mutter entsetzt. Während Adriana nickte, wandte Christina sich wieder ihrem Gatten zu und versuchte hinter seiner zornigen Stirn zu lesen, obwohl er ihr, was das Gedankenlesen anging, von Anfang an überlegen gewesen war. »Gyles, mein Lieber, Adriana hat Recht. Irgendwer muss dem Jungen sagen, dass es hoffnungslos ist, anzunehmen, wir könnten seinen Antrag in Betracht ziehen. Es ist schlicht unmöglich ... schon auf Grund des Verlobungskontraktes ... aber auch ohne. Ich weiß, Adriana wollte dem jungen Mann nicht alle Hoffnung rauben, so viel, wie er hat durchmachen müssen, vom Vater verstoßen, verwaist, weil die Mutter so jung hat sterben müssen. Sosehr wir ihn auch bemitleiden müssen, aber nach allem, was Adriana berichtet, schießt er nun übers Ziel hinaus, wenn er sie für sich reklamiert. Insbesondere da er ja weiß, dass sie verpflichtet ist, sich von Colton umwerben zu lassen. Was muss Seine Lordschaft jetzt denken – von einem Lehrling attackiert zu werden?«

»Du hast natürlich Recht«, stimmte Gyles ihr zu. »Man muss es dem Burschen offen sagen. Ich werde alles tun, ihm überzeugend zu erklären, weshalb unsere Tochter unter ihresgleichen heiraten muss ...«

Adriana schüttelte verzweifelt den Kopf. »Nein, Vater. Ich

flehe dich an, nicht so direkt zu sein. Ich fürchte, es kränkt ihn zu sehr.«

»Er scheint um sein schlimmes Los viel Lärm zu machen«, erwiderte Gyles und versuchte, nicht allzu finster dreinzusehen. Hätte Roger nicht so impertinent mit dem Mitgefühl seiner Tochter gespielt, Gyles hätte den Burschen vermutlich um einiges lieber gemocht. Doch auf diese Weise die Aufmerksamkeit einer Lady zu erringen, war unredlich, insbesondere wenn die Dame so empfindsam war. »Nichtsdestotrotz muss Roger erfahren, dass du Verpflichtungen hast und ihn unmöglich wiedersehen kannst.«

Adriana rang die Hände. Sie hatte das alles selbst verschuldet; sie hätte Roger nie gestatten dürfen, sie zu Hause aufzusuchen. Es war klar, dass er hinter ihrem Mitgefühl mehr vermutet hatte. »Vielleicht sollte ich es ihm selbst sagen. Schließlich ist es meine Schuld, dass es so weit gekommen ist.«

»Du bist einfach nur freundlich gewesen, Kind«, sagte ihre Mutter. »Du konntest nicht wissen, dass er dich für sich beanspruchen würde.«

»Hm, hm! Dieser dickköpfige Colton Wyndham, einen überziehen möchte man ihm!«, murmelte Gyles säuerlich. »Hätte er sich nicht so angestellt, dann müsste ich mich nicht mit all den ambitionierten, jungen Gockeln abplagen, die meinen, sie täten mir einen Gefallen, wenn sie um deine Hand anhalten ... als ob du eine alte Jungfer wärst, die zu vereinsamen droht! Der junge Wyndham wäre bestimmt erstaunt, wenn er wüsste, wie vielen in Frage kommenden Herren ich den Wind aus den Segeln nehmen musste, nur dieses Vertrages wegen. Hätte Sedgwick nicht so unerschütterlich daran geglaubt, dass du ein Gewinn für seinen Sohn bist und umgekehrt, ich hätte ihn schon vor Jahren gebeten, seine Pläne aufzugeben. Ich war schon überzeugt, dass der junge Bursche nie mehr zurückkehrt und die Angelegenheit erledigt ist. Und nun fängt alles von vorne an.«

»Er ist kein junger Bursche mehr, Lieber«, korrigierte ihn Christina sanft. »Er ist ein Mann, mehr als dreißig Jahre alt.«

Gyles lehnte sich auf seinem Stuhl zurück und klappte verblüfft den Unterkiefer herunter. »Dreißig, sagst du?«

»Zweiunddreißig, um genau zu sein, Vater«, erklärte Adriana.

»Als ich in diesem Alter war, war ich schon verheiratet, und ein Kind war auch unterwegs«, sagte Gyles, als könne er nicht glauben, dass ein Mann seine Pflichten als Erbe so vernachlässigen konnte. »Dann sollte er langsam damit anfangen, sesshaft zu werden und eine Familie zu gründen.«

Adriana schlang die Arme um die Knie und verschränkte erneut die zittrigen Finger. Ihre Stimme bebte fast ebenso. »Offensichtlich hat man Colton gestern Nachmittag von dem Kontrakt berichtet, denn gestern Abend wusste er bereits davon. Er erwähnte nur die Werbungszeit und nicht, dass dann die Verlobung erfolgen sollte. Vermutlich wollte er noch nicht daran denken. Aber immerhin hat er mir Grüße aufgetragen und gesagt, er wolle einen Brief schicken, um zu erfragen, wann ein Besuch passend sei.«

Christina entdeckte auf den blassen Wangen ihrer Tochter ein leichtes Rosenrot, ein sicheres Zeichen, dass das Mädchen aufgebracht war. Neugierig fragte sie: »Hat er sich sehr verändert, meine Liebe?«

Adriana mühte sich, weder daran zu denken, zu welch attraktivem Mann sich ihr potentieller Verlobter ausgewachsen hatte, noch von welcher Schönheit sein langer, muskulöser Körper war, den zu bewundern sie im Nachhinein nicht umhin kam. Abgesehen von ein wenig schwarzem Haar auf der Brust und der schmalen Linie, die sich über seinen straffen Bauch nach unten zog, hatte sein nackter Körper in einem warmen Bronzeton geglänzt. »Mehr als du dir vorstellen kannst, Mutter.«

Christinas Hand zitterte so heftig, dass sie die Gabel fortlegen musste. Sie verschränkte die Hände im Schoß und mühte sich, ihre Besorgnis zu verbergen. »Hat der Krieg ihm sichtbare Narben beigebracht?«

»Sichtbare Narben?«, wiederholte Adriana gedankenverloren. Sie drehte den Kopf zu den rautenverglasten Fenstern, hinter denen sich die sanften Hügel erstreckten, doch sie sah nur das Bild jenes Mannes, dem sie versprochen war. Verloren im Wirrwarr der Gefühle, zuckte sie kaum merklich die Schultern. »Bei Waterloo ist er schwer verletzt worden und deshalb hat er auch nicht rechtzeitig heimkehren können.«

»Oh Gott! Ich hoffe, die Verwundung ist nicht allzu schlimm«, erwiderte ihre Mutter, das Schlimmste befürchtend. »Hältst du es aus, ihn anzusehen?«

»Ich muss zugeben, es war nicht leicht, die Fassung zu bewahren.« Sogar jetzt hatte Adriana noch Probleme damit. Gänsehaut und weiche Knie waren ihr eigentlich fremd; sie hatte nicht gewusst, welch exquisite Gefühle ein Männerkörper hervorrufen konnte oder allein die *Erinnerung* daran ... und dieser Moment im Badezimmer, der ihr im Nachhinein bei weitem aufregender erschien ... ihre Einstellung zum Thema *Stimuli* musste sie jedenfalls überdenken, wenn eine Berührung oder der Anblick eines nackten Körpers Reaktionen provozierte, die in ihrer Heftigkeit so verschiedenartig waren. Nach Coltons damaligem Wutausbruch hatte sie zu all ihren Möchtegern-Verehrern Distanz gewahrt, um sich vor weiteren Verwundungen zu schützen. Doch der Schock ihres Zusammentreffens mit Colton hatte Empfindungen in ihr erweckt, die sich von allem unterschieden, was sie bis dato gewohnt war.

Christina kämpfte gegen die Vorstellung eines von Narben entstellten Mannes und drückte sich die Serviette an die bebenden Lippen. »Und wie schwierig war es?«, fragte sie.

»Hm«, antwortete Adriana gemächlich nickend und versuchte nicht daran zu denken, wie Colton in der Galerie auf sie heruntergegrinst hatte, während er sie an sich gepresst hielt. Hätte sie in jenem Moment Gedanken lesen können, sie hätte vermutlich Grund gehabt, ihm eine Ohrfeige zu verpassen. Allein der lüsterne Glanz seiner Augen hätte ausgereicht, einen Schlag zu rechtfertigen. Im Badezimmer hatte sich aufs Empörendste bestätigt, dass er seine Freude daran hatte, sie anzustarren. Doch schien er völlig unverfroren, was das betraf. Jedenfalls war es einigermaßen demütigend, dass ausgerechnet jener Mann, der sie einst zurückgewiesen hatte, Jahre später; ihre weiblichen Gelüste weckte.

»Oh, mein Liebes«, murmelte ihre Mutter besorgt. Ein entstelltes Gesicht war gewiss kein ehrenhafter Grund, einen Verlobungskontrakt zu lösen, insbesondere wenn die Narben im heldenhaften Dienst fürs Vaterland erworben worden waren. Doch sich ihre schöne Tochter in den Armen eines abstoßenden Monsters vorzustellen, verknotete ihr den Magen.

Adriana wühlte sich aus den Tiefen ihres Betts, hob widerwillig den Kopf und blinzelte argwöhnisch zur Tür, wo ein beharrliches Klopfen ertönte. Ihr Vater hatte kurz nach dem Frühstück das Haus verlassen und sie hatte sich in ihr Schlafzimmer zurückgeschleppt, wo sie – in der Hoffnung, sich dann besser zu fühlen – noch etwas Schlaf hatte finden wollen. Ihre Mutter war viel zu höflich, um öfter als zwei, drei Mal sachte an die Tür zu klopfen, was bedeutete, dass es sich bei dem Störenfried nur um ihre Schwester Melora handeln konnte.

»Herein, wenn du dich traust!«, rief Adriana verärgert. »Oder geh lieber gleich, denn ich will jetzt wirklich keinen sehen.«

Wie von ihrer Schwester nicht anders zu erwarten, flog weit die Türe auf. Adriana war genau in der richtigen Stimmung, ihre aufsässige Schwester davonzujagen, weil sie es wagte, sie zu stören. Zu ihrem Erstaunen war es jedoch nicht Melora, die jetzt ins Zimmer stürmte, sondern Samantha in Umhang und mit Hut.

»Wie? Du faules Ding liegst um diese Zeit noch im Bett?«, fragte Samantha verblüfft. Sie war mit diesem speziellen Wesen schließlich aufgewachsen und war über Adrianas Fähigkeit, schon bei Tagesanbruch guter Dinge zu sein, manches Mal verstört gewesen, gelegentlich sogar neidisch. Aber dieses eine

Mal bot sich ihr die Chance, sich für jeden Tadel zu revanchieren, den sie von ihrer energiegeladenen Freundin zu hören bekommen hatte. »Schäm dich! Du lümmelst dich hier im Bett auf deinen seidenen Laken, während andere bittere Not leiden! Steh auf und zieh dich an! Wir haben in Bradford etwas zu erledigen.«

Adriana grub stöhnend den Kopf in die Kissen. »Ich fühle mich gar nicht gut heute Morgen«, murmelte sie kläglich unter der Federdecke. »Was immer du vorhast, du musst es ohne mich erledigen. Mein Kopf tut so weh, dass ich nicht einmal darüber nachdenken möchte, mein Bett zu verlassen, geschweige denn das Haus.«

»Und trotzdem wirst du mich begleiten«, ordnete Samantha energisch an und riss ihrer Freundin die Bettdecke weg, während die noch ihr Bestes tat, sich darunter zu verbarrikadieren. »Das Spülmädchen, das wir gestern entlassen haben, hat drei kleine Kinder, die in ziemlich schlechter Verfassung sind, will man dem Stallburschen glauben, der die Frau gestern nach Hause gekarrt hat. Er hat gesagt, alle drei seien sie schrecklich dünn und trügen nur schmutzige Fetzen am Leib. Sosehr du auch im Bett bleiben willst, du Faulpelz, wir müssen los und sehen, wie wir diesen Kindern helfen können.«

»Und wer hilft *mir*?«, jammerte Adriana gereizt.

»Du hättest gestern Abend wohl nicht so viel Wein trinken sollen«, schalt Samantha. »Du weißt, dass du am nächsten Tag krank bist. Außerdem tut dir frische Luft nur gut. Nun steh schon auf. Ich lasse nicht zu, dass du dich wie eine rückgratlose Memme in deinem Schlafzimmer versteckst, nur weil mein Bruder wieder zu Hause ist.«

Adriana ächzte und drehte sich auf den Rücken. Sie blinzelte an die Zimmerdecke und wagte kaum, sich den Schmerz vorzustellen, den das Aufstehen ihr bereiten würde. »Was in der Welt habe ich getan, eine so herzlose Freundin zu verdienen?«

»Also, wenn ich dir jetzt die Gründe aufzählen soll, dann vertrödeln wir jede Menge Zeit, die wir nicht haben«, entgegnete Samantha heiter und ging zum Wandschrank, um Adriana ein Kleid auszusuchen. »Jetzt wasch dich bitte und mach schnell. Ich habe nicht den ganzen Vormittag Zeit, um dir beim Jaulen zuzuhören. Du kommst jetzt mit mir, sieh das einfach als Tatsache an. Widerstand täte dir jetzt eh nicht gut.«

»Manchmal glaube ich, ich hasse dich«, maulte Adriana.

»Ich weiß, aber die meiste Zeit betest du den Boden an, auf dem ich wandle.«

»Grr!«

Kaum eine Stunde später lenkte der Kutscher der Burkes die Leitpferde des Vierspänners dicht hinter ein anderes Vehikel, das bereits vor der kleinen, baufälligen Hütte stand.

Neugierig reckte Samantha den Hals, um nach dem geschniegelten Fahrer zu sehen, der neben seinem Gefährt stand. Der Mann winkte ihr freundlich zu und Samantha stellte verblüfft fest, dass es sich um Bentley handelte, den Kutscher ihrer Eltern.

»Was in aller Welt will denn Colton hier?«

Adriana entfuhr ein Keuchen. Sie richtete sich kerzengerade auf und vergaß ihr Kopfweh. Sie spähte hinaus, worauf Bentley ihr zuwinkte. Adriana winkte mit zittrigen Fingern zurück, bevor sie wieder in die Polster sank. Nach dem Vorfall im Badezimmer war der Marquess der letzte Mensch, den sie zu sehen wünschte. »Warum gehst du nicht hinein und fragst ihn, während ich hier drin auf dich warte?«, schlug sie vor. »Wenn sich Colton schon um die Kinder kümmert, dann brauchst du mich nicht auch noch.«

»Unsinn, so leicht kommst du mir nicht davon«, antwortete Samantha. »Du kommst mit mir, und wenn ich dich hinauszerren muss.«

»Ich bin aber krank …«, beschwerte sich Adriana. Allein schon der Gedanke, Seine Lordschaft zu sehen, ließ ihr übel werden; nicht auszudenken, wenn er ihr wieder jenes selbstbewusste, männliche Lächeln schenkte, das sie allen Stolzes, den sie besessen hatte, zu berauben vermochte.

»Nicht so krank, wie du es erst sein wirst, wenn ich dir Colton hinausschicke, damit er dich holt«, warnte Samantha.

Adriana beklagte übertrieben seufzend ihr Schicksal. »Du kennst einfach keine Gnade.«

»Warum auch? Soll ich dich vielleicht in deinem selbst erbauten Elend versinken lassen? Ich dachte, du hättest Mumm; und zwar mehr als du seit Coltons Rückkehr an den Tag legst. Ich habe mich offensichtlich geirrt. Im Moment zeigst du jedenfalls kein besonderes Rückgrat, mürbe wie Keks ist es geworden.«

Adriana reckte trotzig das zierliche Kinn. »Meine derzeitige Befindlichkeit hat absolut nichts mit deinem Bruder zu tun.«

»Gut, dann kann es dich ja auch nicht stören, ihn drinnen anzutreffen.«

Adriana schürzte widerspenstig die Oberlippe, während ihre Freundin aus der Kutsche stieg. »Wenn du Percy auch so behandelst, dann grenzt es an ein Wunder, dass er nicht längst über die Grenze nach Schottland verschwunden ist.«

»Kann er nicht! Ist dir noch nicht aufgefallen, dass er eine Eisenkugel an den Fuß gekettet hat?« Samantha betrat den holperigen Fußweg.

Säuerlich vor sich hin murmelnd, ließ sich Adriana vom Kutscher aus dem Wagen helfen und folgte ihrer Freundin in das beengte, feuchte, spärlich möblierte Cottage.

Als die Frauen die Hütte betraten, wandte sich Colton ernst von der Bettstatt um, auf der unheilvoll eine zugedeckte Gestalt lag. Er lächelte matt seiner Schwester zu, bevor er die schlanke Frau entdeckte, die ihr gefolgt war. Er musterte sie von Kopf bis Fuß, doch schien ihn mehr der typisch männliche Hang zur Kontrolle zu treiben als irgendwelche bestimmten Absichten, denn sein Gesichtsausdruck blieb bemerkenswert düster. Die Feuerstelle hinter ihm war dunkel und kalt. Am anderen Ende des Raums standen drei Kinder von etwa zwei bis fünf Jahren. Mit großen Augen starrten sie die Fremden an. Adriana vergaß ihr eigenes Elend, als sie die elenden Gesichter sah.

»Ich bin froh, euch beide hier zu haben«, sagte Colton gedämpft.

Samantha löste den Blick von der armseligen, von einem zerfransten Quilt bedeckten Gestalt und blickte fragend zu ihrem Bruder auf. Er nickte und bestätigte ihre Vermutung. Die Mutter der Kinder war tot.

»Anscheinend ist sie kurz nachdem sie hergebracht wurde gestorben«, erklärte er leise. »Sie war schon steif und kalt, als wir ankamen. Ich kann mir zwar nicht vorstellen, wie sie so viel Brandy trinken konnte, aber offensichtlich hat sie das, genug zumindest, dass es sie umgebracht hat.«

Wieder sah er Adriana an. Trotz der schrecklichen Umstände schien es in seiner Natur zu liegen, sie vom kecken Hut bis zu den elegant beschuhten Füßen zu mustern.

»Es war mir nicht möglich, mich den Kindern zu nähern«, fuhr er fort. »Sie fürchten sich vor mir.«

Adriana ging auf die total verschreckten Kinder zu, die ängstlich zu weinen begannen. Dennoch gelang es ihr, der Jüngsten, einem winzigen Mädchen mit blondem, ungekämmtem Haar und dreckverkrustetem Gesicht, ihr Schultertuch umzulegen. Sie hob das Kind hoch und streckte dem Zweitjüngsten die Hand hin.

»Kommt, Kinder«, lockte sie in einem mütterlichen Ton. »Wir bringen euch jetzt an einen warmen, schönen Ort, wo ein freundliches Ehepaar lebt, das Kinder sehr gern hat.«

Der Älteste schüttelte den Kopf. »Das geht nicht. Ich muss dableiben und hier auf meinen Bruder und meine Schwester aufpassen. Das hat Mama mir gesagt.«

»Das kannst du auch tun, wenn ihr erst bei den Abernathys seid«, erklärte ihm Adriana. »Aber da habt ihr es warm und bekommt Essen und Kleidung. Vielleicht kennst du die Abernathys ja?«

Wieder schüttelte der Junge den Kopf. »Mama hat gesagt, wir sollen im Haus bleiben, wenn sie nicht da ist. Damit uns nicht irgendein Fremder ins Arbeitshaus abholt.«

»Ich erzähl dir etwas über die Abernathys. Dann sind sie auch keine Fremden mehr. Die beiden sind ein älteres Ehepaar, das auf dem Land wohnt, nicht weit von hier. Sie konnten nie eigene Kinder haben, aber sie haben sich immer eine große Familie gewünscht. Also haben sie schon vor Jahren Waisenkinder aufgenommen und sie wie ihre eigenen aufgezogen. Und mit Tieren machen sie es genauso. Hast du Tiere gern?«

Als der Junge schüchtern die Achseln zuckte, zählte Adriana die verschiedensten Arten auf, die sie im Hause des Ehepaares gesehen hatte. »Sie haben Katzen und Hunde und Ziegen und Schafe und Pferde und Kühe …« Sie hielt inne und holte tief Luft. »Hast du schon einmal eine Kuh gemolken?«, fragte sie.

Der Älteste schüttelte den schmutzverkrusteten Kopf. »Nein. Wir sehen fast nie welche. Nur wenn jemand eine am Haus vorbeiführt. Wir leben hier, seit Papa im Krieg gefallen ist. Mama wollte nicht, dass wir rausgehen.«

»Ihr armen Lieblinge, ihr seid nie zum Spielen draußen gewesen, ihr habt nie die Bäume gesehen und die Sonne?«

»Nur vom Fenster aus.«

Adriana konnte nicht fassen, wie eine Mutter ihren Kindern so etwas antun konnte. »Es ist wunderschön draußen, wenn die Sonne scheint und die Schmetterlinge fliegen. Man kann Tiere sehen und frische Luft atmen. Es ist kein schlimmer Ort. Auch wenn es ein paar böse Leute gibt, vor denen die Kinder sich in Acht nehmen müssen. Aber die Abernathys sind freundliche Leute und haben ein gutes Herz. Du kannst ihnen vertrauen. Sie lieben es, den Kleinen alles über Tiere beizubringen. Und das Lesen, das Schreiben und das Rechnen. Kannst du etwas davon?«

Erneut ein Kopfschütteln.

»Nun, Mr Abernathy ist zufällig ein guter Lehrer und er liebt Kinder genauso, wie seine Frau es tut. Und er weiß, wie man die Tiere aus dem Wald zähmt. Hättest du gerne ein eigenes, richtiges Waldtier?«

Dieses Mal erhielt sie eine positive Antwort.

»Dann kann ich dir fast schon versprechen, dass jeder von euch eines hat, bevor der Tag vorüber ist. Aber wenn wir an den Ort gelangen wollen, wo die Abernathys leben, müssen wir alle zusammen in einer von diesen hübschen, glänzenden Kutschen fahren, die draußen vor der Tür stehen. Würde euch das gefallen?«

Die drei sahen einander ängstlich an.

»Weiß nicht«, sagte der Älteste. »Ich bin noch nie mit einer gefahren.«

Adriana lachte und herzte das kleine Mädchen auf ihren Armen. »Dann unternehmt ihr gleich eure erste Kutschfahrt in einer Karosse, die eines Prinzen würdig ist. Meine Freunde und ich bringen euch zu den Abernathys und stellen euch all den anderen Waisenkindern vor, die die beiden unter ihre Fittiche genommen haben. Ihr könnt die Kinder fragen, wie ihnen ihr Zuhause gefällt und ob sie glücklich sind bei den Abernathys. Und wenn sie es nicht sind, dann braucht ihr auch nicht zu bleiben. Dann finden wir eine andere gute Seele für euch, die sich um euch kümmert. Aber ich wette, den Kindern gefällt es bei den Abernathys und euch wird es auch gefallen. Genau genommen wüsste ich keinen besseren Ort für Kinder.«

»Meine Mama ist tot, oder?«, platzte der Junge heraus.

Adriana nickte bedächtig. »Es tut mir Leid, aber das ist sie. Deshalb sind wir auch hergekommen … um euch zu helfen. Aber erst sagt ihr mir, wie ihr heißt.« Sie dachte kurz nach, während sie das Gesicht der Kleinen auf ihrem Arm betrachtete, dann schaute sie fragend den Ältesten an und riskierte eine Vermutung. »Irgendetwas sagt mir, dass dein Name Thomas ist …«

»Joshua … Joshua Jennings«, erklärte der Junge und wies mit dem Daumen auf den zerlumpten Kleinen neben sich. »Und das ist mein Bruder Jeremiah. Und meine Schwester heißt Sarah.«

»Nun, es scheint, ihr drei seid nach Gestalten aus der Bibel benannt. Das ist wirklich eine Ehre. Hat euch vielleicht eure Mama diese Namen gegeben?«

»Nein, das war mein Papa. Mama hat nicht so gern gelesen, aber Papa hat uns oft aus dem guten Buch vorgelesen. Er hat sogar damit angefangen, mir das Lesen beizubringen, aber dann ist er in den Krieg und ist in den Kopf geschossen worden.«

»Es tut mir so Leid, Kinder.« Adriana schaute jedes der Kinder mitfühlend an und fragte: »Habt ihr je die Geschichte von Joshua und der Schlacht von Jericho gehört? Wie die Männer sechs Tage lang um die Stadt herummarschieren sollten und wie sie am siebten Tag sieben Mal um die Stadt marschieren sollten und dann die Hörner blasen …? Worauf zu aller Erstaunen die Mauern eingestürzt sind.«

Der Junge schüttelte zur Antwort nur stumm den Kopf. »Daran kann ich mich nicht erinnern. Ich hab keine Geschichten mehr gehört, seit Papa in den Krieg gezogen ist«, murmelte der Junge und hielt vier rußschwarze Finger hoch. »Ich war vielleicht vier, als er fort ist. Und Mama hat uns nie Geschichten erzählen wollen. Sie hat das gute Buch gegen eine Flasche Gin und ein paar Brote eingetauscht. Wenn sie zur Arbeit ist, hat sie auch immer was mitgebracht. Sie hat sich ein paar Tage ins Bett gelegt und den Gin getrunken, dann hat sie wieder Arbeit gesucht.«

»Nun, ich weiß zufällig, dass Mrs Abernathy die Bibel sehr gern hat, und sie liest euch bestimmt daraus vor. Es gibt ein paar sehr spannende Geschichten über Leute, die genauso heißen wie ihr.« Sie wies mit dem Kopf auf den Marquess. »Dieser nette Gentleman ist Lord Randwulf. Er wird alles Nötige regeln, damit ihr mit den Abernathys leben könnt, bis ihr alt genug seid, einen respektierten Beruf zu erlernen. So, und jetzt lasst euch von ihm und Lady Burke in die hübschen, glänzenden Kutschen helfen, die draußen vor der Tür warten. Und ich komme mit eurer Schwester nach.«

Colton war fassungslos, wie diese junge Schönheit die Kinder um den Finger wickelte, die bei seiner Ankunft schreiend in eine Ecke geflohen waren, wo sie sich entsetzt aneinander geklammert hatten. Alles, was er anfangs hatte erkennen können, bis er sich an die Dunkelheit gewöhnt hatte, waren ihre großen Augen gewesen; weit vor panischem Entsetzen, hatten sie ihn aus dünnen, rußigen Gesichtern angestarrt. Wie sehr er sich auch abgemüht hatte, die drei zu überzeugen, dass er ihnen nichts Böses wollte, sie hatten jedes Mal, wenn er sich näherte, zu schreien begonnen, als erwarteten sie eine Tracht Prügel oder an einen jener schrecklichen Ort verschleppt zu werden, vor denen ihre Mutter sie gewarnt hatte. Doch als Adriana erschienen war, war plötzlich alles anders gewesen. Es war klar, dass sie ein angeborenes Talent besaß, mit Kindern umzugehen, ihnen die Angst zu nehmen und ihr Vertrauen zu gewinnen. Er zweifelte nicht daran, dass sie eines Tages eine gute Mutter sein würde … vielleicht sogar für seinen eigenen Nachwuchs.

Draußen angekommen, hob Colton die Kinder in die Kutsche seiner Schwester, wandte sich dann, nachdem er Samantha beim Einsteigen geholfen hatte, an Adriana und hielt sie auf, indem er sie bei der Hand nahm. »Es scheint, ich bin nicht besonders gut im Umgang mit Kindern. Zumindest nicht, was diese drei armen, verängstigten Seelen angeht. Ich wusste nicht mehr ein noch aus, bis Sie gekommen sind. Danke für Ihre Hilfe und Ihre Güte.«

Adriana musste unwillkürlich lächeln. Seine warme, sanfte Stimme streichelte ihre Sinne. »Diese armen kleinen Engel. Es hat ihnen nachweislich eine ganze Zeit lang an Mitgefühl und Fürsorge gefehlt. Aber die Abernathys werden das wieder gutmachen. Es sind wunderbare Menschen. Ich zweifle nicht, dass die Kinder sie bald lieben werden wie all die anderen, die das Glück hatten, an die beiden zu geraten. Mrs Abernathy schwört zwar, es sei ein Segen, eine so große Familie zu haben, aber um so viele Kinder zu ernähren und zu kleiden, bedarf es jetzt schon harter Arbeit. Vielleicht könnten Sie etwas erübrigen, Mylord, ihnen zu helfen. Man würde Ihnen sehr dankbar sein. Aber falls Sie nicht wollen, bin ich sicher, dass mein Vater …«

»Keine Sorge, Adriana. Ich nehme mich der Angelegenheit gerne selbst an. Genau deshalb bin ich heute Morgen ja hergekommen, nachdem der Stallbursche Harrison berichtet hatte, dass die Kinder in verzweifelter Not sind. Aber als ich die Mutter dann tot aufgefunden habe, wusste ich wirklich nicht, wie ein gutes Zuhause finden, ohne extra eine Kinderfrau anzuheuern. Die Abernathys scheinen genau das zu sein, was diese Kinder brauchen, liebevolle, fürsorgliche Menschen. Danke, dass Sie zu meiner Rettung geeilt sind … und der der Kinder. Wenn Sie nicht gewesen wären, dann stünde ich vermutlich jetzt noch da drinnen.«

»Die Kinder werden vermutlich irgendwann wissen wollen, wo ihre Mutter begraben liegt«, sagte Adriana leise, die sehr erfreut war, dass Colton bereit war, die Abernathys zu unterstützen.

»Ich werde veranlassen, dass ihr Name auf dem Grab steht und bei der Beerdigung die passenden Worte gesprochen werden. Darum werde ich mich heute als Erstes kümmern und dann den Abernathys Bescheid geben, damit sie die Kinder zur Beerdigung bringen können. Außerdem glaube ich, die Kinder wären froh, Sie bei der Beerdigung dabeizuhaben, wenn es sich machen lässt. Sie scheinen ihr Vertrauen gewonnen zu haben. Könnten Sie sich dazu entschließen, mich morgen zum Begräbnis zu begleiten?«

»Natürlich, Mylord.« Sie hob lächelnd das Gesicht und fühlte sich schon weit besser als am Morgen. In der Tat ließ es sie neue Hoffnung fassen, ihn so mitfühlend mit gänzlich fremden Menschen umgehen zu sehen. Der Tag erschien ihr auf einmal heller und strahlender. »Lassen Sie mich wissen, wann, und ich werde bereit sein.«

»Ich schicke, sobald ich Bescheid weiß, jemanden nach Wakefield. Ich hole Sie dann eine halbe Stunde vor Beginn des Gottesdienstes mit dem Landauer ab. Es gibt keinen Grund, warum wir getrennt erscheinen sollten. Wäre Ihnen das so recht?«

»Wird Samantha uns begleiten?«, fragte Adriana in der Hoffnung, jemanden dabeizuhaben.

»Das erfrage ich später. Aber jetzt sehen wir besser zu, dass wir die Kinder zu den Abernathys schaffen, damit sie baden können und zu essen bekommen.«

»Ich habe für die Fürsorge, die Sie diesen Kindern zukommen lassen, zu danken, Mylord«, erwiderte Adriana aus tief empfundener Freude. »Es ist offensichtlich, dass sie nicht viel vom Leben hatten, nachdem ihr Vater fortgegangen ist, aber die Zukunft wird ihnen ein besseres Leben bescheren.«

»Es ist an mir, Danke zu sagen, Adriana. Als Sie und Samantha damals all dieses Getier nach Hause mitgebracht haben, hätte ich nicht im Traum daran gedacht, dass einmal der Tag kommen würde, an dem ich vor Freude überwältigt sein würde, noch einmal Zeuge dieser sanftmütigen Fürsorge werden zu dürfen. Möge ich Sie – und Samantha – nie mehr verlachen, wenn Sie wieder einmal die guten Samariterinnen spielen!«

Adrianas Mundwinkel zuckten nach oben. »Ich werde Sie an ihre Worte erinnern, falls Sie das Thema je wieder anschneiden. So wie damals, als Sie noch ein junger Bursche waren und Ihre Freude daran hatten, uns zu necken, koste es, was es wolle.«

Ein Grinsen breitete sich langsam auf seinem Gesicht aus, während seine Augen sie anstrahlten. »Oh, *Ihnen* werde ich mit den alten Geschichten bestimmt nicht auf die Nerven gehen, da ich mittlerweile ja über *neuere*, viel faszinierendere Erkenntnisse verfüge, was Ihre bewundernswerten Qualitäten betrifft.« Sein Blick streifte kurz ihren Busen. »Diese verwirrenden Minuten werde ich unter keinen Umständen je vergessen.«

Adriana fühlte heiß die Röte in die Wangen steigen, wandte sich ab und spürte, als er ihr in die Kutsche half, seine Hand an ihrem Ellenbogen. Sie war kurz davor gewesen, ihn zurechtzuweisen, doch der sachte Griff an ihrem Arm schwemmte alle Rachegedanken fort. Falls sie mittlerweile nicht ganz den Verstand verloren hatte, dann hatte diese Berührung etwas Liebevolles an sich gehabt.

»So! Ich habe gehört, Colton Wyndham ist endlich zurück und erhebt Anspruch auf seinen rechtmäßigen Titel als Lord of Randwulf«, verkündete Melora und ließ sich neben ihrer jüngeren Schwester nieder, während sie darauf warteten, dass Mutter den Tee eingoss. Heftig mit den Hüften wackelnd, machte es sich die niedliche Blondine auf der riesigen Ottomane bequem und Adriana konnte über die Mätzchen ihrer Schwester nur noch die Augen rollen. Trotz all der Sessel, Polsterbänke und Ottomanen, die im Salon herumstanden, musste Melora sich ausgerechnet neben Adriana drängen.

»Hast du es jetzt endlich bequem?«, fragte Adriana und konnte den Sarkasmus kaum verbergen.

»Ja, danke der Nachfrage«, erwiderte Melora und nickte dazu fröhlich mit dem Kopf.

»Willst du irgendetwas Persönliches mit mir besprechen?« Dieses Mal hätte ein scharfes Ohr einen deutlich höhnischen Unterton herausgehört.

»Das möchte ich in der Tat! All die Jahre bin ich neugierig gewesen, was diese eine Sache angeht. Womöglich kannst du mich aufklären, nachdem Lord Sedgwick doch so große Stücke auf dich gehalten hat.«

Ein elegant geschwungener Brauenbogen zog sich argwöhnisch nach oben. »Ja, bitte?«

»Ich habe mich oft gefragt, ob Lord Sedgwick es je bereut hat, den Vertrag zwischen dir und Colton durchgesetzt zu haben. Und wer von den beiden die Vereinbarung am Ende am meisten bereut hat, der Vater oder der Sohn. Hätte Lord Sedgwick geahnt, dass Colton lieber sein Zuhause verlassen würde, als den Rest seines Lebens mit dir zu verbringen, dann hätte er vermutlich Jaclyn oder mich ausgesucht und seine Hoffnungen nicht gänzlich darauf gesetzt, dass Colton *dich* heiraten würde. Niemand konnte mir je erklären, warum er dir den Vorzug gegeben hat. Aber das spielt jetzt natürlich keine Rolle mehr. Die Vergangenheit ruht in Frieden. Aber die Zukunft lässt sich beeinflussen. Also, sag, was hältst du von deinem Verlobten, jetzt, wo du ihn wiedergesehen hast?«

Erzürnt über Meloras Gestichel und ihre absurden Theorien erklärte Adriana mit allem Nachdruck: »Colton *ist* nicht mein Verlobter und wird es vielleicht auch nie sein. Du kennst den Kontrakt genauso gut wie ich. Er hat drei Monate Zeit, um sich zu entscheiden, ob er eine Verlobung wünscht, bevor er sie tatsächlich eingeht. Und bis dahin wäre ich dir unendlich dankbar, wenn du Nachsicht walten ließest und Colton – offensichtlich aus Unverstand oder mangelndem diplomatischem Fingerspitzengefühl – nicht als meinen Verlobten bezeichnen würdest.« Nicht willens, ihr morgendliches Zusammentreffen mit Colton zu erwähnen, zuckte sie kühl die Schultern. »Wer kann einen Mann schon innerhalb weniger Stunden beurteilen? Colton scheint ganz nett zu sein, aber andererseits sind wir kaum mehr als Fremde.«

»Sieht er gut aus?«

Adriana zögerte, Melora irgendwelche Informationen zu geben, die sie eventuell nur verdrehte. »Er sieht seinem Vater sehr ähnlich.«

»Oh, dann muss er *sehr* gut aussehend sein. Oder nicht?«

»Ich habe Lord Sedgwick immer für einen sehr distinguiert aussehenden Herren gehalten. So gesehen, muss ich gestehen, dass Colton gut anzusehen ist.«

»Glaubst du, er ist sonderlich darauf erpicht, dich auf der Stelle zu umwerben, nachdem er so viele Jahre fort war? Nachdem er sich damals so gegen die Vereinbarung zur Wehr gesetzt hat, zieht er es vermutlich vor, die ganze Angelegenheit zu ignorieren.«

Adriana wusste nur zu genau, dass Melora in alles die Nase stecken musste, bis das kleinste Detail der Vertraulichkeit offen dalag. Also erhob sie sich von ihrem übervölkerten Kissen und lief durch den Salon, um sich bei ihrer Mutter eine Tasse Tee zu holen.

»Wundervoll, Mama«, murmelte sie, dankbar für die beruhigende Art ihrer Mutter. Sie nippte genüsslich an ihrem Tee und nahm einen Teller mit Scones entgegen, die Mutter mit einer dünnen Schicht Sauerrahm und Erdbeermarmelade bestrichen hatte.

Melora gesellte sich dazu und taxierte ihre Schwester angelegentlich. »Weißt du, Adriana, du solltest wirklich etwas voluminösere Kleider tragen, damit man nicht so sieht, wie groß und dünn du bist. Und ein wenig Rouge auf den Wangen würde dir auch nicht schaden, wenn ich das sagen darf. Du siehst ein bisschen wie ein lebender Leichnam aus. Aber sicher hat das auch mit dem Trauma zu tun, das du durchlebst, seit Colton wieder zu Hause ist. Sosehr ich deine wachsenden Befürchtungen auch nachempfinden kann, dass Colton dich wieder genauso schroff zurückweist, wie er es vor Jahren schon einmal getan hat, solltest du deine Gefühle doch nicht so augenfällig werden lassen. Es ist gute englische Art, die Emotionen zurückzuhalten, auch wenn du nie gelernt hast, gelassen zu erscheinen. Dir steht alles im Gesicht geschrieben, auf dass alle Welt es lesen kann. Ich brauche dir nur in die Augen zu schauen und weiß Bescheid.«

Adriana schenkte ihrer Mutter ein liebevolles Lächeln und tat ihr Bestes, ihre Schwester zu ignorieren, die von Zeit zu Zeit schikanös wie ein Nietnagel war. »Der Tee ist wie immer wunderbar, Mama. Du weißt einfach, wie viel Sahne und Zucker es braucht, ihn so schmackhaft zu machen.«

»Danke, mein Liebes«, sagte Christina und drückte ihrer jüngsten Tochter die Hand. »Du hast solch ein Gespür, mich glauben zu lassen, ich sei jemand Besonderes, obwohl ich doch nur kleine Dinge für euch tue.«

Sich zwischen die beiden schiebend, drückte Melora ihrer Mutter einen hingebungsvollen Kuss auf die Wange. »Weil du eben jemand Besonderes bist, Mama.«

»Spar etwas von deiner Liebe für mich auf, Melora«, rief Gyles, der lachend den Salon betrat.

Melora lachte hell auf und schwebte förmlich auf ihn zu, um seine Aufmerksamkeit zu erringen. Sie legte die Hände auf seine breiten Schultern und zog sich auf Zehenspitzen hoch, um ihm einen Kuss auf die Wange zu hauchen. Nur Sedgwick Wyndham war noch größer gewesen als Vater, der sie aber gleichermaßen wie eine Zwergin aussehen ließ. Sogar Meloras Verlobter, der kleiner und untersetzter war, schien sie turmhoch zu überragen.

»Papa, du weißt doch, dass mein Herz immer dir gehören wird.«

»Schluss mit dem hübschen Geschmeichel!«, grummelte er lachend und drückte sie erfreut. »Ich weiß ganz genau, dass der junge Kerl, den du bald heiraten wirst, dir das Herz gestohlen hat. Und wenn du uns verlässt, wirst du ein Stück von meinem mitnehmen.«

Melora lächelte zufrieden und warf einen triumphierenden Blick in Adrianas Richtung. Sie hatte von klein auf peinlich darauf geachtet, nur ja genug Aufmerksamkeit zu bekommen, sei es nun von den Eltern, Verwandten oder Freunden. Das tat sie vor allem, weil gerade ihr Vater weit mehr Zeit mit seiner jüngsten Tochter zu verbringen schien als mit seinen beiden anderen Töchtern, da Erstere seine Leidenschaft fürs Jagen, Reiten und Bogenschießen teilte. Melora fühlte sich nie besser und siegessicherer, als wenn er sie in Anwesenheit der anderen beiden lobte. Als sie feststellen musste, dass Adriana gar nicht mitbekam, was da vor sich ging, war die Enttäuschung groß. Ihre Schwester schaute gedankenverloren zu den rautenverglasten Fenstern hinaus und betrachtete die Rasenanlage vor dem Haus und die schmale Straße, die sich an Wakefield Manor vorbei in Richtung der Wyndhams wand.

Diesen Affront konnte Melora ihrer Schwester nicht durchgehen lassen. »Ich nehme an, Adrianas Hochzeit wird nicht mehr lange auf sich warten lassen, jetzt, wo Colton wieder da ist, Papa. Es sei denn natürlich, Adriana begeht eine Dummheit und gestattet zum Beispiel diesem Halunken Elston, unangemeldet zu erscheinen, wie er es so gerne tut. Ich bezweifle, dass Colton für so etwas die Geduld aufbringt, nicht nach den unzähligen Schlachten, die er seit Anbeginn seiner Militär-Karriere ausgefochten hat. Nach allem, was man hört, ist er ein echter Krieger, der sich seinen Männern voraus in die Gefahr stürzt. Kein Wunder, dass er ernstlich verletzt wurde.«

Am Teetisch klirrte laut das Geschirr. Gyles runzelte besorgt die Stirn und sah seine Frau an. »Ist alles in Ordnung mit dir, meine Liebe?«

Christina nickte nur stoisch, um nicht durch eine unbedachte Äußerung ihre Befürchtungen zu verraten. Seit dem Frühstück gingen ihr die Herren Elston und Wyndham nicht mehr aus dem Kopf. Doch es war die Angst vor dem entstellten Äußeren von Colton, die ihr am meisten zusetzte. Melora hatte ihr zugesetzt, ihr von Wyndham zu berichten, aber mehr als dass er ernstlich verwundet worden war, hatte Christina ihr nicht erzählen wollen. Sie lächelte tapfer ihren Gatten an. »Möchtest du vielleicht eine Tasse Tee, Gyles?«

»Nur, wenn ich mich zu dir und unseren beiden Töchtern setzen und eure Gesellschaft genießen darf.«

Melora nahm ihn besitzergreifend am Arm und geleitete ihn zur Polsterbank, wo er neben Christina Platz nahm. Melora setzte sich auf den letzten freien Platz neben ihm und lächelte selbstgefällig ihrer Schwester zu, die sich vom Fenster abstieß und zu ihnen schlenderte. Melora wies auf den Stuhl gegenüber. »Du wirst dich dahin setzen müssen, Addy. Ich weiß, wie du es hasst, dir Papas Aufmerksamkeit mit anderen zu teilen, aber das ist nur gerecht, bedenkt man, wie bald ich mich verheiraten und fortgehen werde.«

Adriana setzte sich auf den Polsterstuhl und schaute ihre Schwester finster an. Meloras Vorwurf, sie nehme Papa in Beschlag, verwarf sie leichthin als Einbildung, doch Meloras Neigung, ihr Spitznamen zu geben, verärgerte sie. »Du sollst mich nicht so nennen, Melora. Du weißt, ich mag diesen Spitznamen nicht.«

Melora nahm den Rüffel mit unbekümmertem Schulterzucken hin. »Er passt aber zu dir.«

Die dunklen Augen zogen sich unheilvoll zusammen. »Das tut er nicht!«

»Tut er doch!«

»Mädchen! Mädchen! Benehmt euch!«, rief Christina. »Echte Ladies zanken nicht! Ihr beide hört euch an wie zwei alte Streithammel.«

Melora zog eine hübsche Schnute. »Nur weil ich Adriana hin und wieder einen Kosenamen gebe, muss *sie* mich gleich ausschimpfen. Sie ist so was von reizbar.«

Gyles warf seiner blonden Tochter gerade noch rechtzeitig einen Seitenblick zu, um ihr triumphierendes Grinsen zu sehen. Und er bemerkte auch, wie schnell sie auf rehäugige Unschuld umschaltete, als er sich vernehmlich räusperte.

»Stimmt etwas nicht, Papa?«, fragte Melora und setzte sogleich ein süßes Lächeln auf, obwohl ihr im Moment mehr nach Grimassenschneiden war.

Gyles hob ergeben den Blick zur Decke und schien die dekorativen Stuckaturen zu studieren. »Echte Ladies sollten auch keine überheblichen Gesichter ziehen. Man weiß nie, wann die Gesichtslähmung zuschlägt.«

»Überhebliches Gesicht?«, wiederholte Melora mit engelsgleicher Unschuld. »Wer …« Sie betrachtete mit großen Augen ihre Schwester, als hätte *die* sich etwas zu Schulden kommen lassen. »Adriana, was hast du getan?«

»Melora!« Gyles senkte den Kopf und schaute seiner Tochter in die blauen Augen, die in entzückter Verwirrung zu ihm aufblickten. Er bemerkte den Rotton auf ihren Wangen. »Du weißt ganz genau, meine Liebe, dass du selber es nicht magst, wenn Leute dich ›Melly‹ nennen. Weder ›Melly‹ noch ›Addy‹ stehen euch so gut zu Gesicht wie die Namen, die Mutter und ich für euch beide ausgesucht haben. Aber *dir* stünden huldvollere Manieren gut zu Gesicht, Melora. Du solltest dich nicht so vergessen und deiner Schwester einen Spitznamen geben, zumal einen, von dem du weißt, wie sehr sie ihn hasst.«

»Willst du sagen … ich sei nicht besonders huldvoll, Papa?«, fragte die kleine Schönheit zögerlich.

»Nun, Sir Harold hält dich jedenfalls dafür. Anderenfalls hätte er nicht um deine Hand angehalten. Aber manchmal bist du ein wenig reizbar, was deine kleine Schwester angeht.« Er hatte seine Tochter an jenem Punkt, der offensichtlich ihr wundester war, eigentlich nie angreifen wollen, doch nun konnte er seine Fragen nicht länger für sich behalten. »Haben wir dich, bevor Adriana zur Welt kam, etwa so sehr verwöhnt, dass du es nicht mehr ertragen konntest, den begehrten Platz des Nesthäkchens an sie abzutreten? Muss ich glauben, dass du verärgert bist, weil du nicht mehr die Jüngste in der Familie bist?«

»Oh, Papa, wie kannst du nur auf so einen Gedanken kommen!«

»Manchmal tue ich das eben – vor allem dann, wenn ich sehe, dass du die Gehässigste bist. Vergib mir, falls ich mich irren sollte. Ich versuche nur eine rationale Erklärung für deine gelegentliche Streitsucht zu finden. Wie auch immer, genug mit all dem. Von jetzt an wirst du deine Schwester jedenfalls nur noch so anreden, wie Mutter und ich es tun.«

Melora war einigermaßen gekränkt, ausgerechnet im Beisein jener Person gemaßregelt worden zu sein, die in ihren Augen stets eine Rivalin im Kampf um die Gunst ihrer Eltern sein würde. Sie lächelte Adriana in empörend selbstgefälliger Art und Weise an und konnte nicht widerstehen, sie anzureden, wie ihre Eltern es des Öfteren zu tun pflegten: *»Mein liebes Kind,* wie kannst du dich nur so aufregen über nichts!«

»Melora«, mahnte Christina leise, aber bestimmt. Als ihre Tochter sie fragend und einigermaßen entsetzt anstarrte, schüttelte sie fast unmerklich den Kopf.

Die wortlose Verständigung zwischen Mutter und Tochter,

nicht mehr und nicht weniger. Und doch krümmte Melora sich förmlich vor Verdruss, denn nichts erschien ihr demütigender, als ihre Mutter verärgert zu haben.

Melora zwinkerte die aufsteigenden Tränen fort, stand auf und ging zu Adriana hinüber. Sie beugte sich hinab und legte ihrer jüngeren Schwester den Arm um die Schultern. »Es tut mir Leid«, sagte sie. »Das war dumm von mir. Wirst du mir verzeihen?«

»Natürlich.« Adriana drückte ihrer Schwester lächelnd die Hand. »Du weißt doch, dass ich mich manchmal ähnlich benehme und Tadel dafür verdiene.«

Die beiden Frauen lachten, und als ihre Eltern einstimmten, legte sich endlich die Spannung.

# Kapitel 7

Samantha ist nicht bei ihm in der Kutsche«, verkündete Melora mit fassungslosem Erstaunen im Ton, während sie aus dem Vorderfenster spähte, das auf die Auffahrt hinunterschaute, und niemanden außer dem Colonel in der zum Halten kommenden Kutsche erblickte. »Was machst du jetzt? Du kannst nicht ohne Anstandsdame mit Colton ausfahren.«

»Also wirklich, Melora, musst du hinter allem, was nicht deinen hochherrschaftlichen Ansprüchen genügt, gleich einen Skandal vermuten?«, stichelte Adriana und behalf sich mit Sarkasmus, während sie auf die Tür des Salons zuging. »Ich bezweifle zwar ernsthaft, dass Colton auch nur im Entferntesten daran interessiert ist, mich zu schänden, aber es wäre immer noch Bentley in Hörweite, falls ich mich genötigt sehe, zu schreien.«

»Aber Bentley sitzt vorne auf dem Landauer«, protestierte ihre Schwester.

»Das sollte auch so sein. Bentley ist immerhin der *Kutscher,* Melora.«

Die simple Logik ihrer jüngeren Schwester frustrierte Melora. »Ja, und du bist mit Colton drinnen allein.«

»Nun, wir haben hellen Tag und es wäre sehr dumm von Seiner Lordschaft, sich mir aufzuzwingen, wo doch der Schlag der Kutsche sein Familienwappen trägt. Abgesehen davon bringen wir die drei Jennings-Kinder zur Beerdigung ihrer Mutter. Ich denke, er wird sich lange genug zu benehmen wissen, bis wir bei den Abernathys sind, bei denen wir die Kinder abholen, und uns sicher zu Kirche und Friedhof bringen. Abgesehen davon kann ich mir nicht vorstellen, dass Seine Lordschaft Dummheiten macht, zumindest nicht die, die du befürchtest. Und wenn er mich überfallen sollte, dann wird Papa ihm schon beibringen, was er dem Pfarrer zu antworten hat, wenn wir unsere Ehegelübde sprechen.« Es ärgerte sie, dass ihre Schwester den Sohn Sedgwick Wyndhams einer solchen Tat für fähig hielt. »Wirklich, Melora, du denkst von allen – bis auf Sir Harold – das Schlechteste. Colton ist durch und durch ein Gentleman, genau wie dein Verlobter, vielleicht sogar noch mehr. Immerhin ist Philana seine Mutter und wir wissen alle, was für eine vornehme Lady sie ist.«

»Das heißt nicht, dass Colton, während er fort war, keinen anderen Lebensstil kennen gelernt hat. Ich habe schockierende Gerüchte gehört von Frauen, die den Truppen folgen und den Soldaten … äh … zu Diensten sind. Du kannst mir nicht erzählen, dass Colton – so alt wie er ist und so lange wie er fort war – mit keiner von denen im Bett gewesen ist.«

»Man beschmutzt den Ruf eines Mannes nicht vom Hörensagen, Melora«, schimpfte Adriana. »Wenn er ein Heiliger wäre, würdest du ihn vermutlich langweilig und phantasielos heißen. Ich schlage vor, du entscheidest im Zweifel für den Angeklagten, bis seine Schuld erwiesen ist.« Sie wagte nicht, ihrer Schwester anzudeuten, dass sie nach der Konfrontation im Badezimmer längst Grund hatte, die Neigungen des Herren dubios zu finden. Melora wäre sonst geradewegs zu ihren Eltern gelaufen, um kundzutun, dass Colton sich vor Adriana entblößt hatte. Sie konnte schon Vaters Haare zu Berge stehen sehen und ihn die Schamlosigkeit verdammen hören. Was definitiv die Lösung der Verlobungs-Vereinbarung bedeutet hätte.

Adriana blieb im Vestibül stehen und gestattete Charles, ihr das Cape über die Schultern zu legen. Sie bedankte sich kurz und winkte ihrer Schwester mit der Hand beiläufig zum Abschied. »Ich sehe dich nachher … falls mich keiner überfällt.«

Verschmitzt lächelnd flitzte sie zur Tür hinaus und freute sich über ihr Timing, das ihr ermöglichte, Colton noch vor der

Tür abzupassen. Seine Uniform war wie üblich sauber und geschniegelt und Adriana fragte sich, wie viele davon er besitzen musste, damit er so adrett aussah.

»Sie brauchen nicht hereinzukommen, Mylord. Ich bin fertig. Außer Melora ist ohnehin niemand zu Hause und ich möchte nicht ausgerechnet jetzt ihre Neugier wecken. Schwesterliche Liebe und so, wissen Sie.«

»Etwa wie zwischen Ihnen und Samantha?«, fragte er neugierig, während er ihr in den Landauer half. So wie er die Schwestern erinnerte, hatte Adriana sich mit *seiner* Schwester weit besser vertragen.

»Nicht so ganz«, wand seine Begleiterin sich heraus. »Samantha und ich kommen die meiste Zeit fabelhaft miteinander aus.«

Mehr sagte sie nicht, was Colton sich fragen ließ, was die beiden wohl miteinander besprochen hatten. Doch wenn er an die früheren Besuche auf Wakefield Manor dachte, waren ihm die älteren Schwestern regelmäßig ein wenig patzig erschienen, was die Jüngste betraf. Ganz so, als wollten sie mit jemand so Jungem, Dünnem und Dummem nichts zu tun haben.

Kurze Zeit später war Colton wieder geneigt, Adriana für einen Engel zu halten, so mütterlich und liebevoll sorgte sie sich um die Jennings-Kinder. Sie verpackte sie warm gegen die kühle Brise und geleitete die beiden Jüngeren zum Wagen. Colton selbst ging hinter dem Ältesten her und beobachtete Adriana, wie sie den Kindern von den verschiedenen Tieren der Abernathys erzählte, die entlang des Weges hinter dem Weidezaun standen. Seltsam berührt fragte er sich, wie es wohl sei, der Dame Gatte zu sein und der Vater der Kinder. Unangenehm jedenfalls nicht.

Die anderen Kinder hatten die Abernathys in ihr riesiges, vielsitziges Gefährt gepackt, einen selbst umgebauten Lastkarren. Das Ehepaar winkte den beiden zu und ging mit den Kindern zur Kirche voran, auf deren Friedhof später das Begräbnis stattfinden würde, und überließen es Colton und Adriana, die

Jennings-Kinder zu begleiten. Laut Mrs Abernathy hatten die drei seit ihrer Ankunft über nichts anderes geredet als die Fahrt in der feinen Kutsche. Die Verwandlung der Kinder war bemerkenswert. Sie waren sauber und adrett, trugen neue Sachen, für die Colton aufgekommen war, und schienen ganz allgemein zufriedener und längst nicht mehr so verängstigt. Die jüngeren beiden setzten sich rechts und links von Adriana und stellten ihr begierig Fragen. Der Älteste hatte sich den Platz neben Colton ausgesucht und schien nicht weniger wissbegierig.

»Haben Sie im Krieg gekämpft wie mein Papa?«

»Ich war vermutlich länger beim Militär als dein Vater. Bis vor kurzem war das sogar mein Beruf.«

Joshua schaute ihn interessiert an. »Sind Sie verwundet worden?«

»Ja, am Bein.«

»Waren Sie kurz vorm Sterben?«

Colton legte den Kopf schief und lächelte den Jungen kurz an.

»Kurz genug, um es mit der Panik zu bekommen.«

»Panik?«, wiederholte der Junge perplex. »Was meinen Sie damit?«

»Dass ich mich gefürchtet habe.«

Joshua war fassungslos. »Sie meinen, Sie hatten Angst?«

»Oh, ja. Das ist ganz normal, wenn man fürchten muss, das Leben zu verlieren … oder ein Bein.«

»Und vorher warn Sie nie in Gefahr?«

»Doch, auf dem Schlachtfeld. Aber da hatte ich keine Zeit, über das Sterben nachzudenken, weil ich viel zu sehr mit dem Überleben beschäftigt war.«

»Die Leute sagen, mein Papa war ein Held«, stellte Joshua unumwunden fest. »Ich hab's die Leute meiner Mama sagen hör'n, wo die Nachricht kam, dass er tot ist. Aber meiner Mama war das egal. Sie hat bloß nicht mehr gewusst, was sie machen soll, wo er ihr nichts mehr hat schicken können.«

Colton legte dem Jungen tröstend den Arm um die Schultern. »Nach allem, was ich über deinen Vater gehört habe, war er ein wirklich bewundernswerter Mann, auf den ein Sohn sehr stolz sein darf. Ich bin sicher, sein Andenken wird dir eine Hilfe für die Zukunft sein. Vielleicht kannst du auf deine Art ja auch ein Held werden.«

»Sie meinen, in den Krieg gehen und erschossen werden, so wie er?«

Colton wechselte ein Lächeln mit Adriana, bevor er sich wieder dem Jungen zuwandte und den Kopf schüttelte. »Nein, Joshua. Du brauchst nicht zu sterben, um ein Held zu werden. Du kannst ein genauso großer Held sein, wenn du lebst. Helden sind Menschen, die ehrenhaft sind und den anderen Menschen und ihrem Land Gutes tun, ohne dabei an sich selbst zu denken. Du kannst damit anfangen, indem du auf deinen Bruder und deine Schwester aufpasst, ihnen beibringst, Gut von Böse zu unterscheiden, sie vor Leuten beschützt, die ihnen wehtun wollen, und ihnen im täglichen Leben behilflich bist. Eventuell kannst du ihnen beim Waschen und Anziehen helfen, mit den Schuhbändern, beim Haarekämmen. Du bist der Älteste, du musst auf sie aufpassen und ihnen etwas beibringen, so wie dein Vater dir.«

Adriana hörte schweigend zu, während sie der Kleinen durch die hellen Strähnen strich. Sie konnte an Coltons Worten nichts Schlechtes entdecken. Sie ermutigten sie und ließen sie hoffen, dass das Herz dieses Mannes warm und mitfühlend war, was Kinder anging. Sie konnte sich sogar vorstellen, dass er eines Tages einen guten Vater abgeben würde – ob für *ihre* Kinder, das blieb abzuwarten.

»Lord Randwulf ist im Krieg auch ein Held gewesen«, warf Adriana ein und lächelte Joshua an. »Er hat dafür gekämpft, unser Land vor den Franzosen zu retten, die vermutlich versucht hätten, uns zu erobern, hätten wir sie nicht besiegt.«

»Ich will auch ein Held sein«, sagte Jeremiah und drückte sich fest an Adriana. Dann zeigte er mit dem Finger auf Colton. »Wie der da. Dann kann ich so eine Kutsche haben wie der.«

»Auch ein Held sein will«, flüsterte Sarah schüchtern und fing zu kichern an, als Adriana sie unter dem Kinn kitzelte. Sie grub das Gesicht an Adrianas Busen, linste mit einem Auge den Mann an und zeigte nach oben. »Wie die schöne Lady.«

»Die Lady ist wahrlich eine Heldin«, pflichtete Colton ihr bei und schaute Adriana tief in die dunklen, seidenbewimperten Augen. »Nicht nur für viele Tiere, sondern auch, was drei kleine Waisenkinder angeht, die dringend der Hilfe bedürfen.« Adriana direkt ansprechend, setzte er hinzu: »Sie haben etwas sehr Mütterliches an sich, meine Liebe.«

Das Lob ließ Adriana die Röte in die Wangen steigen und sie wandte sich schnell dem Mädchen zu und setzte es sich auf den Schoß. Sie strich über die goldenen Ringellocken der Kleinen und lehnte sich schließlich zurück, um der Jüngsten in die blauen Augen zu sehen. »Du bist sehr hübsch, Sarah. Ich bin sicher, dein Vater wäre überaus stolz auf dich, genau wie auf Joshua und Jeremiah.«

»Das hat er uns gesagt, dass er stolz auf uns ist«, sagte Joshua und musste sich eine Träne fortwischen. »Ich wünsch mir bloß, er wär kein Held, dann wär er jetzt bei uns.«

Colton legte dem Jungen die Hand auf den Arm und drückte ihn in wortlosem Mitgefühl. Der Junge brach in Tränen aus und warf sich an Coltons scharlachrote, uniformierte Brust. Adriana betrachtete die zwei und war vom zärtlichen Mitgefühl Coltons fasziniert, der nun den Arm um den Jungen gelegt hatte und keine Anstalten machte, seine Uniform vor den Tränen zu schützen.

Es kamen nicht viele Leute zum Gottesdienst. Wie es schien, war die Frau von Nachbarn und Bekannten nicht sonderlich gemocht oder respektiert worden. Und die, die kamen, gaben ihrer Bewunderung für den Vater Ausdruck und schienen die Mutter der Selbstsucht zu beschuldigen, weil sie faul gewesen und nichts für die Kinder getan hatte, außer sie hungern zu lassen und sie in der kalten, dunklen Hütte gefangen zu halten. Die meisten drückten ihr Erstaunen aus, die Kinder nach so kurzer Zeit so verändert zu sehen. Und jedem, der fragte, berichteten Colton und Adriana, wie hingebungsvoll die Abernathys sich nicht nur um die Jennings-Kinder kümmerten. Es war für alle offensichtlich, wie sehr gerade die größeren Kinder, die schon länger bei den Abernathys waren, ihre Adoptiveltern liebten. Sie nannten sie Mama und Papa und gaben respektvoll Antwort, wenn sie gefragt wurden.

Als sie die Kinder schließlich zu den Abernathys zurückbrachten, bat das Ehepaar Colton und Adriana, zum Abendessen zu bleiben. Colton wollte eigentlich ablehnen, da er das Paar in bitterer Not wähnte, doch Adriana wisperte ihm zu, dass ihr Vater dafür sorgte, dass die Abernathys immer genug zu essen im Haus hatten. Zu Coltons Beruhigung setzte sie noch hinzu, dass Mrs Abernathy eine hervorragende Köchin und es stets ein großes Vergnügen sei, ihre Kreationen zu verspeisen.

Der Abend verging recht vergnüglich. Colton und Adriana saßen nebeneinander auf einer Bank, auf beiden Seiten von den Jennings-Kindern flankiert. Die größeren Kinder hatten viele Geschichten zu erzählen und brachten die Männer und die Jüngeren lauthals zum Lachen, während die Damen sich eher still amüsierten. Die kleine Sarah kicherte mit, auch wenn sie die lustigen Geschichten nicht recht verstand. Doch sie tat alles, was die schöne Dame tat, schaute Adriana bewundernd an, ließ sich zärtlich verhätscheln und unter dem zarten Kinn kitzeln.

Als der Wyndham-Landauer schließlich die mondhelle Straße nach Wakefield nahm, musste Adriana endlich ihrer Dankbarkeit für all das Ausdruck geben, was Colton für die Kinder getan hatte und auch in Zukunft noch tun würde.

»Die Kinder werden sehr von Ihrer Großmut profitieren, Mylord, und dadurch zu besseren Menschen werden.«

»Ich habe kaum etwas getan«, sagte Colton und rieb nachdenklich den silbernen Knauf seines Gehstocks. »Ihnen und den Abernathys gebührt das Lob, nicht mir.«

»Und ich reiche das meine aus ganzem Herzen an die beiden weiter. Aber Sie, Mylord, waren großzügig, wo andere Adelsherren sich verweigert hätten.«

»Falls ich tatsächlich wohltätig gewesen sein sollte, dann haben Sie es mich gelehrt, Adriana. Mit Ihnen und Samantha als Vorbild wird eines Tages womöglich ein echter Wohltäter aus mir.«

Jetzt lächelte sie spitzbübisch.

»Vielleicht haben Sie einfach nur auf eine Gelegenheit gewartet, Ihren Großmut zu demonstrieren, Mylord.«

»Diese Gelegenheiten habe ich zeit meines Lebens aber meist übersehen, Adriana. Sie haben mir in wenigen Stunden mehr über Wohltätigkeit beigebracht als jeder andere.« Er beugte sich auf den Stock gestützt vor, fing durch das warme Licht der Laternen draußen am Wagen ihren Blick ein und lächelte sie an. »Sie haben Gefühle in mir erweckt, von denen ich sicher war, sie schlicht nicht zu haben. Manche, für die ich dankbar bin, und manche, gegen die ich ankämpfen muss.«

Adriana betrachtete ihn argwöhnisch. »Als da wären?«

Colton lehnte sich grinsend in die Polster zurück. »Oh, was Letztere angeht, werde ich den Teufel tun, sie Ihnen zu enthüllen, holde Maid. Bevor ich Ihnen dieses Wissen in die Hand gebe, muss ich der Sache erst noch richtig auf den Grund gehen.«

»Sie hänseln mich«, klagte sie ihn mit unvermitteltem Ernst an. »Ich habe Ihnen nichts getan und doch machen Sie mich glauben, ich hätte Sie in rätselhafter Art und Weise beeinflusst oder ein Verbrechen gegen Sie verübt. Sie hänseln mich genau wie früher, und das nenne ich gemein.«

Er lachte leise. »Ich sehe, Sie lassen sich nur schwerlich täuschen, aber können Sie sich denn nicht vorstellen, was ein Mann wie ich in Gegenwart einer so schönen Frau empfindet?«

Adriana kam zu dem Schluss, dass es langsam an der Zeit war, sich über die verbleibende Wegstrecke nach Wakefield

Manor zu sorgen. Sie schaute in die Dunkelheit hinaus und hatte Schwierigkeiten, die Stimme wiederzufinden. Schließlich räusperte sie sich und wagte einen neuen Versuch. »Wissen Sie eigentlich, wo genau wir uns befinden?«

»Keine Angst, Adriana. Sosehr ich Sie auch auf der Stelle lieben möchte, ich werde Sie nicht zwingen, meinen männlichen Drang zu befriedigen. Auch wenn ich hoffe, dass Sie meinen Aufmerksamkeiten gegenüber bald aufgeschlossener sind. Ich kann enorm überzeugend sein, wenn es einen so wundervollen Preis zu gewinnen gibt.«

Adriana fühlte die Wangen warm werden, als sie in seine lachenden grauen Augen blickte. Das Licht der Kutschlaternen illuminierte weich seinen Blick, und der warme Glanz in den durchscheinenden Tiefen war unübersehbar. »Sie scheinen sich Ihrer Sache ziemlich sicher zu sein, Mylord.«

»Oh, ich kann mir durchaus vorstellen, dass eine Frau von Ihrer Einzigartigkeit von den diversen Anträgen ihrer Verehrer langsam gelangweilt ist. Und Sie könnten sich in der Tat fragen, was meine Offerte von denen der anderen Herren unterscheiden sollte.

Nichts – oberflächlich betrachtet. Aber im Bett ... Ich bin über die Jahre zu der Auffassung gelangt, dass sich alles zur Kunst erheben lässt.« Er zuckte lässig die breiten Schultern. »Die Schlachtfelder, zum Beispiel, die ich im Lauf meiner Karriere gesehen habe, haben mich mit der Kriegskunst vertraut gemacht. Und die Intimität zwischen Mann und Frau ist auch eine Art von Kunst. Das heißt noch nicht, dass wir uns unbedingt das Bett teilen müssten ... Doch sollte es geschehen, seien Sie zuversichtlich, Adriana! Ich würde sanft mit Ihnen umgehen und vor dem meinen Ihr Vergnügen suchen. Ich schätze Sie als die Kostbarkeit, die Sie sind. Nachdem ich Sie in meiner Badewanne überrascht hatte, ist mir klar geworden, dass ich nicht ruhen werde, bevor Sie mir gehören. Sie sind mir wie starker Wein zu Kopf gestiegen. Ich habe nie zuvor eine Frau so begehrt, wie ich Sie begehre. Aber das wissen Sie längst.«

Ein wenig verunsichert, wovon er eigentlich sprach, war Adriana geneigt, der Sache auf den Grund zu gehen, um Missverständnisse zu vermeiden. Colton würde doch sicher nicht wagen, ihr einen unsittlichen Antrag zu machen, wo zwischen ihrer beider Eltern ein unterzeichneter Kontrakt existierte. »Soll ich glauben, Sie könnten eine Verlobung in Betracht ziehen?«

Er senkte den Blick erneut auf den eleganten Knauf des Gehstocks und fuhr mit dem perfekt manikürten Daumennagel die aufwändige Ziselierung entlang. »*Das* habe ich nicht gesagt, Adriana.«

Sie zog skeptisch eine Braue hoch. »Aber wir verhandeln hier über meine Gunst, oder?«

»Ganz so würde ich das nicht ausdrücken«, wich Colton aus, der ihren wachsenden Unmut verspürte.

Adriana legte die zitternden Finger an die Stirn und schloss die Augen. Sie dachte einen Moment lang über das Gehörte nach und versuchte sich einen Reim darauf zu machen. »Aber was haben Sie dann gesagt? Vielleicht habe ich Ihr Ansinnen missverstanden.«

»Ich habe nicht vor, Sie gegen Ihren Willen zu nehmen, Adriana, aber ich wäre sehr gerne intim mit Ihnen.«

*Wozu erdreistete sich dieser Mann!* Er war bei weitem verwegener, als Adriana es sich ausgemalt hatte. »Glauben Sie tatsächlich, ich würde ohne den Schutz des Ehebundes das Bett mit Ihnen teilen?«, fragte sie aufgebracht. *Der Kerl hatte Nerven!* »Halten Sie mich für verrückt? Ich kann mich noch genau erinnern, dass Jaclyn, kaum dass sie verheiratet war, ein Kind erwartet hat. Wäre ich dumm genug, einem solchen Ansinnen zuzustimmen, *was ich nicht bin*, dann wäre der Untergang mir sicher.«

Colton lachte leise. Adriana schien bei weitem besorgter, ein Kind zu bekommen, als außerehelichen Verkehr zu haben. »Ich würde alles tun, das zu vermeiden, Adriana«, beruhigte er sie. »Und es könnte Ihnen nie gekannte Freuden bescheren.«

Ihre dunklen Augen zogen sich zu Schlitzen zusammen,

während sie dem Mann durch die laternenerhellte Düsternis giftige Blicke zuwarf.

»Melora hat mich gewarnt, dass es nicht sicher sei, alleine mit Ihnen in der Kutsche zu sitzen. Und ich habe ihre Bedenken törichterweise verworfen. Das nächste Mal werde ich besser auf sie hören, seien Sie sicher.«

Colton bemerkte enttäuscht, dass Bentley den Landauer abbremste, um die Kurve zur Auffahrt der Suttons zu nehmen. »Es scheint, wir haben keine Zeit mehr, die Sache eingehender zu besprechen, zumindest nicht heute Abend«, murmelte er grinsend. Als der Schimmer der Laternen ihr feines, schön geschnittenes Gesicht streifte, versengte sein Blick sie förmlich. Er seufzte schwer. »Ich fürchte, ich muss mich eine weitere Nacht lang vergebens nach Ihnen verzehren. Als ich Sie im Badezimmer gesehen habe, hätte ich nicht gedacht, dass meine Gelüste mich so quälen würden.«

Als Bentley die Karosse vor dem Tudor-Herrenhaus ihrer Eltern zum Stehen brachte, wartete Adriana nicht lange ab. Sie stieß den Schlag auf, kickte die Trittstufe herunter und stürzte eiligst hinaus. Der derart sitzen gelassene Colton nahm die nämliche Stufe um einiges würdevoller und folgte Adriana, so schnell sein humpelnder Gang es zuließ.

Begierig, die beiden abzupassen, raffte Melora, die die Kutschlaternen erspäht hatte, als der Wagen aus der Auffahrtsallee aufgetaucht war, die Röcke und eilte Charles voran. Außer Atem riss sie das Eingangsportal auf und sah ihre Schwester auf das Haus zumarschieren.

»Ich dachte schon, du kämst nie mehr zurück«, rief Melora und lief ihrer Schwester entgegen. Hätte Adriana auch nur im Geringsten derangiert gewirkt, Melora hätte sicherlich die Initiative ergriffen und ihrer Mutter mitgeteilt, dass *irgendwas nicht stimmte.* »Ich hoffe, es hat euch nicht irgendein schlimmer Vorfall aufgehalten.«

»Wir haben mit den Abernathys zu Abend gegessen, Melora«, beschied ihre jüngste Schwester ihr knapp. »Und hinterher sind wir auf direktem Weg hierher gefahren. Falls du dich fragst, ob ich geschändet wurde: Die Antwort lautet *nein* und wird, solange ich noch einen Atemzug in mir habe, auch weiterhin *nein* lauten.«

Meloras Kiefer klappte herunter und Colton hustete hinter vorgehaltener Hand und mühte sich ernsthaft, Adrianas Schwester mit dem offen stehenden Mund nicht auszulachen. In jenem Moment ging ihm auf, dass er nie zuvor eine Frau wie Adriana Sutton getroffen hatte und er in Zukunft bei weitem feinsinniger vorgehen musste, wollte er mit der Lady intim werden, ohne sie vorher zu ehelichen.

»Guten Abend, Melo …«, hob er an.

»Komm bitte herein, Melora«, unterbrach ihn Adriana schroff und warf Colton von der Tür aus einen frostigen Blick zu. »Lord Colton kann leider nicht bleiben. Er kehrt sofort nach Hause zurück.«

Derart entlassen blieb Colton keine andere Wahl. »Leider. Ich kann nicht bleiben.«

»Gute Nacht, Mylord!«, verkündete Adriana mit Nachdruck, während Melora ins Haus tapste. Eine Sekunde später zuckte Colton zusammen, als die Tür hinter den beiden Damen zukrachte.

Als er sich dem Landauer näherte, registrierte er gerade noch den verblüfften Gesichtsausdruck Bentleys, bevor der sich hastig wieder seinem Vierergespann zuwandte.

»Wollten Sie irgendetwas mit mir besprechen, Bentley«, fragte Colton und blinzelte den Kutscher argwöhnisch an.

»Nun, äh … nein, Sir … nun, Lady Adriana … äh … scheint mir recht unabhängig zu sein … manchmal jedenfalls, Sir.«

»Ja. Und was wollen Sie mir damit sagen?«

Der Kutscher wollte Seine Lordschaft keinesfalls beleidigen. »Ich hab Ihre Ladyschaft … äh … schon recht verstimmt gesehen … wenn ein Kerl … ihr … äh … zu nahe getreten ist.«

»Sie kennen Ihre Ladyschaft persönlich, wollen Sie sagen?«, stichelte Colton und musterte den sich verlegen windenden Mann scharf.

Äh … nun … wie soll ich mich ausdrücken, Mylord.« Bentley räusperte sich umständlich, als hätte er einen riesigen Frosch im Hals. »Ich hab gehört, was die Lady auf dem Weg zur Tür gesagt hat, Mylord. Fast dasselbe … äh … hat sie an dem Abend gesagt … als sie diesem Burschen mit ihrer Handtasche fast das Auge blau geschlagen hätt'. Sie wirbelt das Ding ganz schön rum, wenn sie was ärgert, Mylord. Und ich versprech Ihnen, sie weiß damit umzugehen. Ihre Schwester kann es bestätigen. Sie is' nämlich dabei gewesen. Sie und Mr Percy.«

Colton betrachtete im Mondlicht eingehend den Knauf seines Gehstocks. »Und was würden Sie vorschlagen?

Wieder räusperte der Kutscher sich peinlich berührt. »Ich würd' nie dran denken, Ihnen etwas vorzuschlagen, Mylord.«

»Jetzt aber, Bentley! Sie waren schon auf Randwulf, bevor ich fortgegangen bin. Falls Sie irgendwelche Erkenntnisse über die Dame haben, die Sie mir mitteilen möchten, dann haben Sie dazu meine Erlaubnis. Ob ich etwas damit anfangen kann oder nicht, werden wir ja sehen.«

»Wenn das so ist, Mylord, dann sag ich Ihnen das Wenige, was ich weiß. Vielleicht hilft's ja, dass Sie mit der schönen Lady nicht über Kreuz geraten. Für einen Mann, der wo im Krieg gewesen ist, ist es oft nich' so leicht, zwischen denen zu unterscheiden, die dem Feldlager hinterherziehen, und denen zu Hause. Aber wenn Sie dran dächten, dass die Lady Adriana zweimal so hoch gestellt ist wie die Frauen, die den Soldaten nachlaufen, dann täten Sie sie vielleicht nich' so verärgern, Mylord.«

Colton sann lange Zeit über den Ratschlag nach. Dann spähte er zum Eingangsportal zurück, durch das die Lady in solch heller Aufregung marschiert war. Vielleicht *hatte* er sich zu sehr an jene Frauen gewöhnt, die sich ihm von selbst angedient hatten, und hatte gänzlich aus den Augen verloren, dass es echt noch welche gab, die sich für ihren Ehemann aufsparten. Sosehr er es auch genossen hätte, die Lady zu beglücken – er musste sie ihrer Standhaftigkeit wegen bewundern. Sollte er sie tatsächlich heiraten, würde er sich wenigstens nicht fragen müssen, wer sich zuvor an ihr erfreut hatte.

Unvermittelt lachend warf er den Gehstock in die Luft und fing ihn im Flug wieder auf. Den Knauf an den Rand seiner Kappe tippend, dankte er dem Mann für dessen Einsicht. »Danke, Bentley. Ich werde alles in meiner Macht Stehende tun, Ihren besonnenen Ratschlag zu beherzigen. Die Lady ist in der Tat genau das und es stünde mir gut zu Gesicht, sie mit Vorsicht zu behandeln, wenn sie mir mit ihrer niedlichen Handtasche kein blaues Auge verpassen soll.«

Der ganze Bentley schien vor Belustigung zu beben. »Jawoll, Mylord. Und Lady Adriana wär nämlich genau die, die das schafft.«

Colton nickte schweigend, als sein Schneider, George Gaines, ihm eine Frage stellte. Der kleine, drahtige Mann hatte längst bemerkt, dass Seine Lordschaft viel zu geistesabwesend war und nicht in der Stimmung, über Gehröcke, Westen und Hosen zu diskutieren. Obwohl schon Stunden vergangen waren, seit sie Seiner Lordschaft Residenz in London verlassen hatten, ein nobles klassizistisches Stadthaus an der Park Lane nahe am Hyde Park, hatte der Colonel a. D. kaum ein Wort verloren. Die meiste Zeit hatte er nur durchs Fenster die wechselnden Landschaften betrachtet, tief in Gedanken versunken die Stirn gerunzelt, die Lippen mit den heruntergezogenen Mundwinkeln zum Strich gepresst. Einzig die leuchtend grauen Augen hatten gezuckt und das vorbeifliegende Terrain in sich aufgenommen, während sie westwärts unterwegs waren. Bald würde es dunkel werden, doch der junge Mann schien nicht einmal das Zwielicht zu registrieren.

Colton *hatte* das Zwielicht bemerkt, doch er hatte andere

Sorgen. Und dass er die letzten Tage sogar dann noch an die brünette Schönheit denken musste, wenn es Angelegenheiten, die Grafschaft betreffend, zu regeln galt, hatte seine säuerliche Stimmung nicht unbedingt gehoben. Er war schlechterdings nicht fähig, sie aus seinen Gedanken zu verbannen. Und an andere Damen zu denken, die ihm Erleichterung hätten verschaffen können, hatte auch nichts geholfen. Bei der bloßen Vorstellung war ihm schon unwohl und dementsprechend hatte er auch keine Zeit auf das fruchtlose Unterfangen verschwendet. Er musste zur Kenntnis nehmen, dass keine andere Frau ihn mehr reizte, nachdem er Lady Adriana in ihrer nackten Makellosigkeit überrascht hatte. Sich mit einer anderen zu begnügen, hieß eine Bettlermahlzeit einzunehmen, wo ein Festmahl vor ihm aufgetischt war. Trotz seines früheren Widerstands gegen Vaters Pläne fühlte er sich wie ein braver Junge, der unbekümmert den Pfad beschritt, den sein Vater ihm vorbestimmt hatte … Die enge Straße, auf der sie sich nun befanden, diente beiden benachbarten Herrenhäusern, Wakefield und Randwulf. Als der Landauer den dichten Wald hinter sich gelassen hatte und die Lichtung passierte, die einen Blick auf Wakefield Manor gestattete, hoffte er inständig, Adriana zu sehen. Der graue Sandsteinbau mit den vielen, steilen Giebeldächern im Tudor-Stil thronte auf der Kuppe eines Hügels und war von Efeu bewachsen, der fast die hohen Kamine erreichte, die ihrerseits an den tief hängenden Wolken zu kratzen schienen. In seiner Jugend hatte er das warme, geräumige Herrenhaus oft besucht und er glaubte zuversichtlich, dass die Familie, die das Haus bewohnte, heute noch genauso großzügig und gastfreundlich war wie damals. Besser als in solch eine Familie einzuheiraten, konnte ein Mann es nicht erwischen.

Der Landauer bremste ab, was seine Neugier weckte, und er steckte den Kopf zum Fenster hinaus, um zu sehen, was Bentley veranlasst hatte, den Vierspänner zu zügeln. In der Ferne sah er zwei Reiter auf eine Steinmauer zugaloppieren. Die Lady, die im Damensattel einen gefleckten Andalusier ritt, hatte einigen Vorsprung. Colton begutachtete die Höhe der Steinmauer, die sich vor den beiden auftürmte, fluchte leise, was die schockierte Aufmerksamkeit des Schneiders erregte, und lehnte sich vor, um besser sehen zu können. Wie gelähmt verfolgte er, wie die beiden Reiter auf das Hindernis zupreschten, doch je näher sie kamen, umso mehr war sein Blick gefesselt von dem gefleckten Hengst und seiner elegant gewandeten Reiterin. Während Colton den Atem anhielt, hob das Ross ab, schlug die Vorderläufe ein und flog in anmutigem Bogen, leichtfüßig und scheinbar ohne Anstrengung über die Hürde.

Von Erleichterung überwältigt nahm Colton kaum wahr, dass auch das zweite Pferd, ein glänzender, schwarzer Hengst, die Mauer spielend überquerte.

»Dieses verfluchte Weibsbild!«, grummelte Colton aufgebracht. »Kümmert es sie denn gar nicht, dass sie sich mit solchen Mätzchen eines Tages noch den hübschen Hals bricht?«

Mittlerweile beäugte Gaines ihn besorgt. »Eine Ihrer Bekannten, Mylord?«

»Eine Nachbarin mit einer ungewöhnlichen Leidenschaft für Pferde«, knurrte Colton, packte seinen Gehstock und pochte mit dem Knauf gegen das Wagendach. Als der Landauer endgültig zum Stehen kam, sah Colton seinen Begleiter an. »Sie entschuldigen, Mr Gaines, ich steige hier für ein paar Minuten aus, aber ich weise Bentley an, Sie und Ihre Männer nach Randwulf Manor zu bringen.« Er beugte sich zum Fenster hinaus und schaute zu den Burschen hinauf, die neben Bentley auf dem Kutschbock saßen. »Harrison wird sich um alles kümmern und Ihnen und Ihren Gehilfen Räumlichkeiten zuweisen, wo Sie die kommende Woche ungestört arbeiten können.«

Colton stieg aus, erteilte Bentley seine Instruktionen und setzte hinzu: »Wenn Sie Mr Gaines und seinen Gehilfen mit dem Gepäck geholfen haben, kommen Sie wieder hierher zurück.«

Colton unternahm erst gar keinen Versuch, den Zorn zu

verstehen, der ihn überkam, als die beiden Reiter sich im Schritttempo näherten, zweifelsohne, um die Pferde abzukühlen. Als der Landauer sie passierte, winkte Adriana mit behandschuhter Hand Bentley zu, genau wie der gut aussehende Gentleman, der seinen schwarzen Hengst neben den Apfelschimmel gelenkt hatte.

Nein, das war nicht Roger Elston, stellte Colton fest und fragte sich, was ihm daran so missfiel. Der Mann saß auf dem Pferd, als sei er im Sattel geboren, und aus seinem strahlend weißen Lachen zu schließen, amüsierte er sich prächtig. Warum auch nicht? Die beiden waren zwar nicht weit vom Zuhause der Lady entfernt, aber er hatte sie dennoch für sich allein.

»Guten Abend«, begrüßte Colton Adriana und zog den Hut. Wirklich elegant sah sie aus in dem schwarzen Reitkleid mit dem weißen Seidenjabot und dem schwarzen Seidenzylinder, der keck auf ihrem Kopf thronte. Schlichte Perlen schmückten ihre hübschen Ohren, über die sich feine Strähnen lockten, die ohne Zweifel auf einem ihrer weiten Flüge dem Chignon entwischt waren. Zumindest konnte Colton sich nicht vorstellen, dass jene Steinmauer die einzige Hürde gewesen sein sollte, die das Paar auf seinem Ausritt genommen hatte. »Ich dachte, ich lasse anhalten und sehe mir den Hengst, von dem meine ganze Familie schwärmt, mit eigenen Augen an.« Er begutachtete das Tier, während Adriana Ulysses den elegant geschwungenen Hals tätschelte, und musste zustimmen. Der Apfelschimmel war ein außergewöhnlich schönes Tier.

»Er ist *wirklich* eine Schönheit.«

Adriana kämpfte mit sich, um die dreisten Verhandlungen um ihre Gunstbezeugungen zu vergessen, die der Colonel vor nicht allzu langer Zeit mit ihr geführt hatte. Hätte er ihr auf den Kopf zugesagt, dass er nichts von dem Kontrakt wissen wolle, den ihrer beider Eltern unterzeichnet hatten, sie hätte nicht gekränkter sein können. Da er sie nur zu *seinen* Bedingungen haben wollte, half es auch nichts, dass er sie begehrte.

Adriana wies mit aufgesetztem Lächeln auf ihren groß gewachsenen, dunkelhaarigen, dunkeläugigen, attraktiven Begleiter. »Mein guter Freund, Riordan Kendrick, der Marquess of Harcourt. Riordan, darf ich vorstellen, Colton Wyndham, der Marquess of Randwulf.«

»Dieses Vergnügen erhoffte ich mir schon einige Zeit«, sagte Kendrick, der abgestiegen war und mit einem Lächeln und ausgestreckter Hand auf Colton zukam. »Welcher Soldat hätte nicht von Ihrer Tapferkeit unter feindlichem Beschuss gehört? Darf ich Sie aus Waterloo zurück willkommen heißen, Mylord?«

Der Zorn, der Colton beim puren Anblick des Mannes überkommen hatte, verschwand, als ihre Hände sich berührten. »Danke, Lord Harcourt, und darf ich den Salut erwidern? Ich habe von Ihrer Tapferkeit auf dem Schlachtfeld ebenso viel gehört.«

Riordan lachte und hob protestierend die Hand. »Ich fürchte, was das angeht, beschämen Sie mich, Mylord. Also kein Wort mehr davon.«

Als die Männer bemerkten, dass Adriana das Knie über die Beinstütze des Sattels hochzog, wollte jeder derjenige sein, der ihr beim Absteigen behilflich war. Sehr zu Coltons Verdruss kam Harcourt ihm mit geschwinder Agilität zuvor. Kein Wunder, überlegte Colton schwermütig, Harcourt wurde ja auch nicht von einer Verletzung behindert.

Die Art und Weise, wie der Earl Adriana ansah, als er sie auf die Füße stellte, reichte aus, den Zorn des Beobachters, der sich bis dahin unentschlossen gewähnt hatte, was die Lady betraf, neu zu entfachen. Alles nur, weil der Bursche im Krieg nicht verwundet worden war, legte sich Colton seine Entschuldigung zurecht, weil er sich seinen Argwohn nicht anders erklären konnte. Das konnte nicht sein! Er konnte sich nicht entsinnen, jemals auf einen anderen Mann eifersüchtig gewesen zu sein!

Aber das war, bevor er nach Hause gekommen war und sich

einem Kontrakt unterworfen gesehen hatte, an dessen Abschluss er nicht beteiligt gewesen war, flüsterte eine Stimme in seinem Kopf. Das war, bevor er herausgefunden hatte, dass eine Frau ihn um den Schlaf bringen konnte. Das war, bevor ein Mann, der ihm in jeder Hinsicht ebenbürtig war, Adriana für sich beansprucht hatte; ein Mann, der nach dem Ableben seines Vaters einen sogar noch elitäreren Titel führen würde als Colton. Das war, bevor er diesem Mann in die Augen gesehen hatte, in denen warm und aufrichtig das Feuer der Liebe brannte.

Ulysses am Zügel führend, kam Adriana auf Colton zu. »Lord Harcourt und ich warten darauf, dass unsere Freunde nachkommen. Sobald Sir Guy Dalton und Lady Berenice Carvell hier sind, nehmen wir mit meiner Familie das Dinner. Würden Sie uns die Freude machen, mit uns zu essen?«

»Danke für das freundliche Angebot, aber Bentley holt mich in Kürze hier ab«, erklärte Colton, der mit seinem Latein definitiv am Ende war. Adriana lächelte freundlich, aber ihr Blick war kühl. »Ich habe meinen Schneider und dessen Gehilfen aus London hergeholt, und so wie ich Mr Gaines kenne, brennt er darauf, sogleich anfangen zu können.« Er war erleichtert, den Landauer zurückkehren zu sehen, denn die Situation war ihm unangenehm, aber Bentleys Pünktlichkeit verschaffte ihm wenigstens einen guten Abgang. Dass ihn störte, Adriana mit einem Verehrer zu sehen, hätte er gerne verworfen. Doch sein Gefühl hatte leider etwas von Eifersucht an sich.

»Dann wünsche ich Ihnen einen guten Abend«, sagte Adriana, drehte sich um und akzeptierte den Arm ihres großen, breitschultrigen Begleiters. War er früher der Frauen überdrüssig gewesen, die ihm ständig zu gefallen suchten, dann war das hier wie ein Erwachen: denn die Lady drehte sich kein einziges Mal nach ihm um, während sie, zu ihrem Begleiter auflächelnd, mit dem Pferd am Zügel davonschlenderte.

Bentleys fragender Blick war das Letzte, das Colton brauchen konnte, als die Kutsche neben ihm zum Stehen kam. »Sagen Sie ja nichts«, warnte er Bentley trübsinnig. »Ich bin heute nicht in der Stimmung für gute Ratschläge.«

Bentley betrachtete besorgt das Pärchen. »Glauben Sie, Lady Adriana schwärmt für Seine Lordschaft?«

»Woher, zur Hölle, soll ich das wissen? Ich weiß nur, dass sie jedenfalls nicht für mich schwärmt.«

»Möglicherweise überlegt sie es sich noch«, warf der Kutscher vorsichtig ein.

Colton schnaubte wie ein wütender Stier. »Wenn die Hölle zufriert, vielleicht.«

# Kapitel 8

»Felicity, wo bist du?«, rief Jane Fairchild über die Balustrade im ersten Stock nach unten. »Würdest du *bitte* heraufkommen und mir helfen, deinen Großvater umzudrehen, damit ich die wund gelegenen Stellen versorgen kann?«

Felicity hatte es sich unten im Wohnzimmer mit einer ledergebundenen Ausgabe von Jane Austens *Pride and Prejudice* gemütlich gemacht und kräuselte angewidert die Nase, während sie die nächste Seite umblätterte. Das *Letzte,* worauf sie Lust hatte, heute oder an jedem anderen Tag, war, bei einer derart abstoßenden Sache behilflich zu sein, insbesondere, wenn sie für einen sabbernden alten Narren die Krankenschwester spielen sollte. Jane Fairchild hatte etwas Derartiges wohl im Sinn gehabt, als sie ihren Ehemann darum gebeten hatte, die Anstellung im Warenkontor aufzugeben, wo er über zwanzig Jahre lang gearbeitet hatte, aber für ihre Tochter war so etwas nichts.

Der Umzug in eine rückständige Stadt wie Bradford-on-Avon hatte bis dato nur einen einzigen merklichen Vorteil gezeitigt: Lord Randwulf vorgestellt worden zu sein. Ihrem Vater hatte die Nachricht von dem Zusammentreffen ziemlichen Auftrieb gegeben, und er hatte bereitwillig seine Prophezeiung wiederholt, Felicity werde eines Tages einen Aristokraten heiraten und in unermesslichem Reichtum schwelgen. In Anbetracht des nicht gerade noblen Standes ihrer Familie hatte Felicitys Mutter derartiges Geschwätz stets für Unsinn gehalten, doch Jarvis Fairchild war der Bitte seiner Frau, nach Bradford umzuziehen, auch deshalb nachgekommen, weil Wiltshire die Gegend war, wo Felicity Chancen hatte, die Aufmerksamkeit eines ganz bestimmten Aristokraten zu erregen. Während eines Botenganges für seinen früheren Arbeitgeber in London hatte Jarvis vor einigen Monaten das Gespräch zweier Herren mit angehört, die der Hoffnung Ausdruck gegeben hatten, dass ein gewisser ungebundener Adeliger bald eine Grafschaft in der Nähe Bradfords übernehmen würde und damit auch das dazugehörige Vermögen, welches ihn in die Lage versetzen würde, seine Schuldscheine zu begleichen. Da sich praktisch ein jeder Gentleman, dem sie begegnete, nach Felicity umdrehte, hatte Jarvis in Wiltshire große Möglichkeiten gesehen.

Das Buch auf den Tisch knallend, maulte Felicity verdrießlich, weil Mutter sie beim Lesen störte. Wie sollte man sich auf das Lesen konzentrieren, wenn einem derart widerwärtige Tätigkeiten drohten? Verärgert und um die Ruhe gebracht, stemmte sie sich aus ihrem Sessel und marschierte zur Wohnzimmertür, von der aus sie zur Galerie hinauf die Zunge herausstreckte – zumal sie sich in Sicherheit wähnte, denn Mutter war bestimmt in Großvaters Schlafkammer zurückgekehrt.

»Mach dir um mich keine Sorgen, Jane«, grummelte Samuel Gladstone freundlich aus seinem Bett. »Du hast schon genug getan. Sieh zu, dass du dich um deine Familie kümmerst.«

»Du *bist* meine Familie, Papa. Und es macht mir wirklich Freude, mich genauso liebevoll um dich zu kümmern wie du dich einst um Mama, als sie so krank gewesen ist. Ich habe nie einen Mann gesehen, der seine Frau so geliebt hätte.«

Samuel zwang sich zu lächeln, obwohl ihm ein Kloß im Hals saß. »Ach, war das eine Frau. Sie konnte einem Mann so richtig das Herz wärmen. Manchmal erinnerst du mich an sie, Jane.«

Seine Tochter seufzte unglücklich. »Zum Herzerwärmen habe ich wohl kaum das Talent, das Mama gehabt hat, Papa.«

»Doch, das hast du«, versicherte er ihr. »Das Problem ist, dass die Herzen, um die es geht, so träge sind. Aber irgendwann hören sie schon auf dich. Und bis dahin, Mädchen, musst du Courage haben. Deine Taten sind gut und ehrenhaft. Und die werden noch lang, nachdem du schon von dieser Welt gegangen bist, von deinem guten Charakter zeugen; genau wie die Taten deiner Mama es schon all die Jahre tun.«

Weil von oben keine Anweisung mehr kam, warf Felicity gelangweilt den Kopf zurück und stolzierte ans Fenster, von wo aus die kopfsteingepflasterte Straße zu sehen war, die am Höchsten der Hügel vorbeikurvte, auf dem das dreistöckige Cotswold-Anwesen stand, und sich dann durch die Stadt hinunterschlängelte. In der Ferne war die Ruine einer altertümlichen Kirche mit hohem Turm zu sehen und noch ein Stück weiter die Brücke über den Avon, die in der Mitte eine mittelalterliche Kapelle trug. Sehnsüchtig betrachtete sie die gepflasterten Straßen, auf denen sich die Ladengeschäfte befanden, und hielt nach einem galanten Gentleman Ausschau, der, wenn das Glück ihr hold war, bald vor Großvaters Tür stehen und retten würde, was vom Tage übrig war.

Doch die hastigen Schritte, die sich durch das Vestibül näherten, vertrieben prompt das Wunschdenken und ließen Felicity ihre törichte Widerspenstigkeit bereuen. Sie bereitete sich auf die Nervenprobe vor, ihrer Mutter gegenüberzutreten, die durchsichtigen Ausreden auf höchst effektive Art zu begegnen pflegte. Seit sie auf Stanover House lebte, war Felicity klar, dass Mutters Vorstellungen von Integrität, harter Arbeit und Loyalität von Großvater stammten und dass Mutter versuchte, ihre Tochter so aufzuziehen, wie sie selbst erzogen worden war. In den meisten Fällen jedoch machte Jarvis Fairchild, der sich ganz allgemein für scharfsinniger und gebildeter hielt als Jane, die Bemühungen seiner Frau zunichte. Er untergrub Janes heldenhafte Anstrengungen, indem er sie ganz offen als unsinnig abtat, oft auch in Gegenwart seiner Tochter. Jetzt, da Vater gleich nebenan arbeitete, kehrte er tagsüber oft ins Haus zurück. Manchmal, um die Geschäftsbücher durchzusehen, und manchmal, um den alten Gladstone ausführlich über die Älteren unter den Arbeitern auszufragen, von denen er, was sein Schwiegervater aber nicht wusste, schon die Ersten entlassen hatte. Felicity war sicher, dass sie von sämtlichen Widerwärtigkeiten, die Mutter von ihr verlangte, freigestellt wurde, falls Vater genau jetzt im Hause erschien – aber das musste, sosehr sie es sich auch wünschen mochte, sogar einem Träumer weit hergeholt erscheinen.

Die eiligen Schritte kamen näher. In der Hoffnung, ihrer Mutter vormachen zu können, dass sie tatsächlich drauf und dran gewesen war, der Aufforderung nachzukommen, hastete Felicity zur Tür. Die Schritte erreichten das Wohnzimmer, eilten dann aber, zu Felicitys großer Verwunderung, zur Küche weiter. Als sie begriff, dass ihre Befürchtungen grundlos waren, lachte sie vor Erleichterung fast auf. Es war nur Lucy, Großvaters Hausmädchen, die irgendwelche neuen Aufträge befolgte, welche Jane ihr erteilt hatte.

Mit selbstgefälligem Lächeln kehrte Felicity ans Fenster zurück, um weiter über die Lage nachzusinnen. Wenn sie nur lang genug zögerte, würde Mutter ihr Ansinnen vielleicht aufgeben. Schließlich war es die Aufgabe der Tochter, sich um den Vater zu kümmern – und niemanden sonst.

Ans Fenster gelehnt hielt Felicity nach einem vertrauten Gesicht Ausschau. Nachdem Vater ihr ständig von Grandeur vorgeschwärmt hatte und Felicity selbst erst kürzlich einen Vorgeschmack auf das gesellschaftliche Leben der Aristokratie bekommen hatte, schwirrte ihr der Kopf von hochtrabenden Ambitionen. Der Sinn stand ihr nach prächtigen Kleidern, großen Bällen und nobler Brautwerbung. Sie sehnte sich nach dem geschäftigen Leben der Einkaufsstraßen, aber ihr wollte keine Entschuldigung einfallen, die Mutter hätte überzeugen können, sie aus dem Haus zu lassen.

Also stützte Felicity das Kinn auf die zarte Hand und dachte über die Aristokraten nach, die sie kürzlich kennen gelernt hatte, und über die Chancen, einen davon für sich zu gewinnen. Major Stuart Burke war gut aussehend und recht unterhaltend. Falls sich kein anderer fand, war Burke gewiss ausreichend. Doch vor die Wahl gestellt, gab sie dem *überaus* gut aussehenden Lord Randwulf den Vorzug, der ihrer Ansicht nach nicht bloß ein Mann, sondern der Inbegriff des perfekten Wesens war. Auch wenn die Gläubiger ihnen auf den Fersen waren – das Vermögen, das mit der Grafschaft einherging, würde sie von all diesen kleinen Unannehmlichkeiten entbinden.

Ihre Augen wanderten verträumt die Straße hinunter, doch plötzlich fuhr sie aufgeregt nach Luft schnappend hoch, weil sie just den Mann entdeckt hatte, von dem sie tagträumte … Lord Randwulf! Auf seinen eleganten Gehstock gestützt, flanierte er die Straße entlang.

Felicitys Herz raste vor Aufregung. Sie stürzte ins Vestibül hinaus und rief in Richtung der Küche: »Lucy, ich brauche dich oben in meinem Zimmer! Und zwar sofort!«

Das Mädchen stolperte, wirres Zeug stotternd, herbei. Felicity rannte zur Treppe. Sie würde vermutlich Mutters Aufmerksamkeit erregen, wenn sie in ihr Zimmer hinauflief, aber sie hatte keine Wahl. Sie *konnte* sich Lord Randwulf nicht in einer Aufmachung zeigen, die nicht ihre allerfeinste war. Als sie im zweiten Stock ankam, war sie völlig außer Atem, aber sie konnte sich keine Verschnaufpause leisten. Sie stürmte in ihr geräumiges Schlafgemach, riss die Türen des stattlichen Kleiderschranks neben dem Fenster auf und suchte verzweifelt nach ihrem neuesten Tageskleid. Obwohl Mutter heftig protestiert hatte, sie könnten sich solche Extravaganzen nicht leisten, waren, kurz nachdem Jarvis seine neue Stelle in der Mühle angetreten hatte, eine Näherin und eine Putzmacherin engagiert worden. Die modische, mauvefarbene Kreation mit den cremeweißen Seidenbändern, der mauvefarbenen Kordelverzierung auf dem Rock und den kleinen Manschetten an den langen Ärmeln war das teuerste Kleid, das Felicity je besessen hatte und zweifellos auch das schmückendste. Und der passende Hut machte das Ensemble sogar noch attraktiver.

Sie zog das Kleidungsstück aus dem Schrank und betrachtete es liebevoll. So unwiderstehlich, wie das Kleid nun einmal war, hatte sie es in letzter Zeit eigentlich zu häufig getragen.

Aber die vielen Komplimente, die sie dafür bekommen hatte, machten es schwer, der Kreation zu widerstehen. In diesem exquisiten Kleid würde sie die Aufmerksamkeit Seiner Lordschaft erregen, so viel war sicher.

Da fiel ihr Blick auf einen winzigen Fleck auf dem Oberteil. Solche Missgeschicke geschahen nun einmal, insbesondere bei häufigerem Tragen. Nichtsdestotrotz war sie aufgebracht, dass sich noch keiner der Bediensteten des Flecks angenommen hatte. Als hinter ihr die Tür aufging, wirbelte sie verärgert herum.

Von der Hatz die Treppen hinauf offensichtlich mitgenommen, kam das Hausmädchen herein und presste sich die zitternde Hand aufs Herz, während sie um Luft rang. Sie sah den finsteren Blick ihrer jungen Herrin und stolperte konsterniert ein paar Schritte zurück. »Stimmt irgendetwas nicht?«, sagte sie ängstlich.

»Ich kann dir genau sagen, was nicht stimmt, Lucy!« Felicity ging auf sie zu, bis sie fast Zehe an Zehe standen, und schüttelte das Kleid vor der Nase des Dienstmädchens.

»Ich habe dir wiederholt gesagt, dass du meine Kleider – *bevor* du sie in den Schrank hängst – so herzurichten hast, dass ich sie sofort anziehen kann. Du weißt genau, dass das hier mein bestes Kleid ist, aber du hast es schmutzig weggehängt. Was für eine Entschuldigung hast du für deine Nachlässigkeit?«

Lucy kaute unglücklich auf der Unterlippe herum. Sie arbeitete seit ein paar Jahren für den alten Müller, der von ihren Bemühungen immer angetan gewesen war. Doch als Felicity und ihr Vater damit angefangen hatten, ständig auf ihr herumzuhacken, war ihr Selbstvertrauen geschwunden und sie fühlte sich nutzlos. »Es tut mir furchtbar Leid, Miss. Ich hab den Fleck nicht bemerkt, so klein wie der ist.«

»Wenn *ich* ihn sehen kann, dann können andere ihn auch sehen!« In einem Anfall von Zorn peitschte Felicity dem Dienstmädchen das Kleid ins Gesicht, worauf Lucy mit brennenden Augen rückwärts stolperte. »Du tust jetzt, was du kannst, um den Fleck zu entfernen und das Kleid präsentabel herzurichten. Und zwar auf der Stelle! Hast du mich verstanden?«

»Ja, Miss.« Lucy raffte das Kleidungsstück eilig zusammen und zwinkerte wie wild, um wieder klar sehen zu können und den stechenden Schmerz in den Augen loszuwerden. Zitternd rückte sie ihr Häubchen zurecht und fragte verwirrt: »Gehen Sie aus, Miss? Vielleicht haben Sie es nicht gehört, aber Ihre Mutter fragt nach Ihrer Hilfe …?«

»Ich kann mich jetzt nicht mit solchen Trivialitäten aufhalten«, geiferte Felicity. »Nicht wenn eine Angelegenheit von großer Dringlichkeit all meine Aufmerksamkeit erfordert. Jetzt mach den Fleck weg und beeil dich. Verstanden? Und dann hilfst du mir beim Ankleiden.«

»Aber Mistress Jane hat gesagt, ich soll ihr sofort die Salbe bringen …«

Felicity beugte sich auf das Hausmädchen zu, bis sich fast ihrer beider Nasenspitzen berührten. Aus dieser Entfernung sahen Lucys Augen wie große hellgraue Scheiben aus. »Du hilfst mir jetzt, mich herzurichten, Lucy, oder ich schlage so lange auf dich ein, bis du heulst. Verstanden?«

Verzweifelt nickte Lucy. »Ja, Miss.«

Kurze Zeit später, als sich das Kleid gerade über Felicitys Kopf senkte, stieß Jane Fairchild die Tür des Schlafzimmers auf. Das, was sich nur allzu durchsichtig hier abspielte, entrang ihr einen aufgebrachten Schrei. »Wo, meinst du, gehst du hin, junge Lady? Ausstaffiert mit all dem Putz!«

Innerlich ächzend mühte Felicity sich ab, durch die Wogen des Rockes ins Oberteil des Kleides zu finden. Sie wusste aus langjähriger Erfahrung, dass sie mit ihrer Mutter um sehr vieles freundlicher umgehen musste als beispielsweise gerade mit Lucy. Tat sie es nicht, bekam sie keine Erlaubnis, das Haus zu verlassen, und würde den Rest des Tages mit Hausarbeiten befasst sein. »Oh, Mama, wirklich, es ist bittere Eile geboten!«

Jane faltete die Hände vor dem Bauch und spottete: »Und

was, bitte schön, ist in der kurzen Zeit, seit ich dich um deine Hilfe gebeten habe, so Wichtiges passiert?«

Felicity hörte die Skepsis in Mutters Stimme heraus und hatte keine Lust, ihr die Wahrheit zu sagen. Mutter würde sie nur wieder schelten, weil sie einem unmöglichen Traum nachjagte.

Das Kleid nach unten zurechtziehend, starrte sie finster zu Lucy hinüber, die ein Stück entfernt das Ergebnis der Diskussion abwartete. Das Mädchen hastete herbei und machte sich mit zittrigen Fingern daran, das Kleid zuzuknöpfen. Felicity lächelte ihre Mutter versuchsweise an.

»Du erinnerst dich doch an Lady Samantha und Lady Adriana, oder, Mama?« Als Mutter sparsam nickte, beeilte sich Felicity zu erklären: »Nun, nach dem Ausritt letzte Woche haben mich die beiden einer gewissen Person vorgestellt, die ich gerade unten auf der Straße entdeckt habe. Ich dachte, es wäre passend, den beiden Ladies ein kleines Geschenk zu machen, so wie sie sich Großvaters annehmen … und auch weil sie so freundlich waren, mich zu dem Ausritt einzuladen. Wenn du mir erlaubtest, mich mit dieser gewissen Person zu besprechen, dann könnte ich herausfinden, an welcher selbst gemachten Kleinigkeit die Ladies ihre Freude hätten.«

Eine dünne Augenbraue wölbte sich argwöhnisch. »Handelt es sich bei dieser gewissen Person zufällig um einen Mann?«

»Wir bleiben in Sichtweite des Hauses, Mama«, versicherte Felicity nervös und entschied, dass es besser sei, ihrer Mutter den gesellschaftlichen Rang des Betreffenden zu enthüllen. »Es handelt sich um Lady Samanthas Bruder, den Marquess of Randwulf, Mama. Er wird mir sicher einen Rat geben können, da er beide Damen gut kennt. Außerdem wollte ich ihm für seine Gastfreundschaft danken.«

»Fang ja nicht an, von ihm zu träumen, Kind«, warnte Jane stirnrunzelnd. »Er muss unter seinesgleichen heiraten.«

»Um Himmels willen, Mama. Ich will ihn nur wegen der Geschenke um Rat fragen und mich für seine Gastfreundschaft bedanken«, protestierte Felicity.

Jane nickte bedächtig und musterte ihre Tochter. »Und gleich staffierst du dich aus wie ein Regenbogen.« Sie wedelte schicksalsergeben mit der Hand, schließlich hatte sie selbst schon daran gedacht, den Ladies die kostbaren Kräuter, die sie ihrem Vater mitgebracht hatten, irgendwie zu vergelten und auch die Freundlichkeit Felicity gegenüber. »Also gut. Es ist schon in Ordnung, dass du den Ladies gegenüber deine Dankbarkeit bekunden möchtest. Aber bleib nicht zu lange, hörst du? Dein Großvater möchte, dass du ihm heute Nachmittag noch eine Weile vorliest.«

Felicity stöhnte gereizt. »Nicht schon wieder die Bibel!«

»Schäm dich«, schimpfte Jane. »Sie tut ihm gut, und wenn du mich fragst, dir kann sie auch nicht schaden. Du kümmerst dich bei weitem mehr um dein Aussehen, als gut für dich ist.«

»Das Zeug ist so langweilig!«

»Für dich vielleicht, aber nicht für Großvater«, stellte Jane klar.

Felicity seufzte, als sehe sie es ein, und sparte sich weitere Kommentare. Jane Fairchild liebte und respektierte ihren Vater. Und das war mehr, als Felicity von sich selbst hätte behaupten können, was den alten Mann anging.

Kurze Zeit später zog Felicity sich schon das kostspielige Cape, das Vater ihr gekauft hatte, um die Schultern, während sie die steile Auffahrt hinunterlief. Lord Colton würde hoffentlich annehmen, dass sie nur der frischen Luft wegen aus dem Haus gelaufen kam und nicht, um sich wie ein Jagdhund auf seine Fährte zu heften.

Als sei ihr nur am schönen Wetter gelegen, lächelte Felicity huldvoll den anderen Spaziergängern zu, die ihrerseits zurücklächelten oder den Hut zogen. Endlich erspähte sie aus dem Augenwinkel, wonach sie so fiebrig suchte. Lord Colton kam gerade aus dem Laden des Silberschmieds, wobei er sich die Stufen hinunter mit erstaunlicher Gewandtheit seines Gehstocks bediente. Ein paar Wochen noch, dann war der Stock nur noch Zierde.

Sie konnte nur spekulieren, was diese elegante Aufmachung ihn gekostet hatte, genug, um selbst einem überzeugten Dandy schwindlig werden zu lassen. Felicity hatte nie zuvor solche Manschetten gesehen, einen so perfekt umgeschlagenen Kragen. Jeder Stich und jeder Saum zeugte von einer Schneiderskunst, die einzig der Adel sich leisten konnte. Bei einem exquisiten Geschmack wie Coltons war es kein Wunder, dass seine Kreditgeber geradezu darauf lauerten, dass er die Grafschaft übernahm.

Blind für seine Verehrerin machte Colton Wyndham auf dem guten Bein scharf kehrt und marschierte die Hauptstraße hinunter – vermutlich auf den prächtigen, schwarzen Landauer zu. Der Wagen stand in eine Nische an der Brücke geparkt, wo er den anderen Karren und Karossen, die die schmale kopfsteingepflasterte Straße in beide Richtungen befuhren, nicht im Wege stand. Zwar passte ungebührliche Hast nicht in das Bild, welches sie abzugeben im Sinn hatte, doch sie würde sich sputen müssen, wollte sie nicht mehr verpassen als die Gelegenheit, mit dem Marquess zu sprechen. Von diesem Mann konnte ihre ganze Zukunft abhängen. Trotz der von der Verletzung geschwächten Beinmuskeln bewegte sich der Mann mit einer Agilität, die ihm in kürzester Zeit einen Vorsprung zu verschaffen drohte. Sosehr sich Felicity auch aufzuschließen mühte, mit jedem Schritt verlor sie an Boden.

Wenn sie nicht zu gänzlich undamenhaften Mitteln griff, würde Seine Lordschaft abfahren und all ihre Hoffnungen zunichte machen. Dass sie Mutter die Erlaubnis, das Haus verlassen zu dürfen, hatte abschwatzen können, war ein seltener Glücksfall; sie durfte nicht scheitern, jetzt, wo ihr die Siegestrophäe schon wie ein Stück Konfekt vor der Nase baumelte. In ihrer Verzweiflung legte sie dramatisch die Hand an den Mund und rief: »Oh, Lord Randwulf!«

Ihr Herz hüpfte ob des sofortigen Erfolgs, denn Randwulf drehte sich prompt um und schaute suchend die Straße hinunter. Als er Felicity auf sich zueilen sah, lächelte er und änderte die Richtung. Bei ihr angekommen, tippte er sich höflich an die Krempe des seidenen Huts und schenkte ihr ein atemberaubendes Lächeln.

»Miss Felicity, schon sehen wir einander wieder!«

»Ja«, keuchte sie und schlug die Hand an den bebenden Busen. Sie war derart außer Atem, dass längere Ausführungen nicht drin waren.

»Auf einem Spaziergang unterwegs?«

Ein kleines Nicken und ein schüchternes Lächeln mussten genügen, solange Felicity noch um Fassung rang. Dabei fragte sie sich, ob sie jemals im Leben eine schönere Stimme vernommen hatte. Der sanfte, melodiöse Klang jagte ihr kleine Schauer über den Rücken.

Colton errettete die Dame galant aus ihrem Dilemma, indem er ganz langsam auf das Haus ihres Großvaters zuging, wohl wissend, dass es sich für Herrschaften unterschiedlichen Geschlechts nicht ziemte, mitten auf einer Straße stehen zu bleiben und Konversation zu treiben. Obwohl derartige Benimmregeln ihm töricht erschienen, konnte er als Gentleman doch nicht von der Hand weisen, dass gewisse Klatschmäuler schon aus nichtigerem Grund den Ruf einer Dame ruinierten. »Sie machen sich gar keine Vorstellung, Miss Felicity, wie erleichtert ich bin, hier in Bradford auf wenigstens ein bekanntes Gesicht zu stoßen. Ich fürchte, die Leute sind mir über die Jahre fremd geworden. Auch wenn ein paar von den Älteren mir vertraut erscheinen, dauert es doch seine Zeit, bis mir die Namen wieder einfallen. Was die Jüngeren angeht, bin ich, fürchte ich, völlig verloren.« Er schaute die Ladenzeile mit ihren hübschen kleinen Geschäften entlang. »Auch wenn sich die Stadt kaum verändert hat, von ein paar großen neuen Häusern und einem Cottage hier und da einmal abgesehen.«

Felicity schaute sich um und brachte nur schwerlich Begeisterung auf. Sie konnte sich nicht vorstellen, ein Leben lang in einer so unbeeindruckenden Stadt gefangen zu sein. »Mein Großvater muss wohl einer der Ältesten sein.« Felicity wusste genau, wie die dunklen Wimpern das Blau ihrer Augen in diesem Winkel betonten, und warf ihm von unten herauf einen schmelzenden Blick zu. »Er sagt, er erinnere sich noch genau an damals, als Sie geboren wurden. Ihr Vater sei auf die Geburt seines Sohnes so stolz gewesen, dass er nicht nur die Verwandtschaft und jede Menge Freunde aus London zur Taufe eingeladen habe, sondern auch all die Leute aus der Gegend. Großvater sagt, es sei eine befremdliche Mischung aus Adel und einfachen Leuten gewesen, aber aus Respekt vor Ihrem Vater hätten sich alle gut benommen. Ich selber kenne hier leider nur wenige Menschen. Und wären Ihre Schwester und Lady Adriana nicht so freundlich gewesen, kennte ich vermutlich gar niemanden. Die Damen haben sich großmütiger gezeigt, als irgendwer in London es je gewesen wäre.«

»Was für eine großartige Metropole, London! Sie müssen es sehr vermissen, nachdem Sie Ihr ganzes Leben dort verbracht haben.«

»Ich gestehe, dass ich manchmal an die wunderschönen Gebäude denke, den Lärm ...«

»Den Gestank?«, setzte er mit leichtem Spott hinzu.

Felicity errötete, wusste sie doch allzu gut, worauf er anspielte. Von Zeit zu Zeit stiegen aus den Gassen Gerüche auf, die einen fast erstickten. »Ja, London hat auch seine Nachteile.«

»Gewiss«, stimmte er zu. »Aber nicht so viele, dass es die Leute von dort vertriebe. Ich verstehe, dass Sie sich nach der Stadt sehnen. Wenn man am Landleben keinen Geschmack findet, ist London die richtige Stadt.«

»Lady Samantha sagte, Sie hätten ein Haus dort.«

»Ja, aber meine Eltern haben dem Land üblicherweise den Vorzug gegeben, besonders wenn nicht gerade Saison ist. Mein Vater hatte große Freude am Jagen, genau wie die meisten seiner alten Bekannten und Freunde. Er und Lord Sutton haben viel zu Adrianas Jagdleidenschaft beigetragen, da bin ich sicher.«

»Wollen Sie sagen, Lady Adriana hätte ihre Freude daran, Tiere totzuschießen? Wo sie sie als Kind doch so hingebungsvoll gesund gepflegt hat?« Felicity schüttelte den Kopf und machte großes Aufheben um ihre Empörung. »Ich verstehe das nicht! Wie kann sie so kaltherzig sein, hilflose Kreaturen ums Leben zu bringen? *Ich* wäre nie dazu fähig, etwas Derartiges zu tun. Du meine Güte, ich könnte keiner Maus etwas zu Leide tun!«

Colton missfiel es außerordentlich, wie oberflächlich und verächtlich Felicity über die Frau herzog, der er den Hof zu machen gedachte. Sie versuchte offensichtlich, sich selbst als die bei weitem Mitfühlendere darzustellen. Und als Colton sich erinnerte, mit welchem Mitgefühl sich Adriana der drei Jennings-Kinder angenommen hatte, musste er sie einfach gegen die melodramatische Verteufelung durch diese Blondine verteidigen. »Meine Schwester hat mir erzählt, dass Adriana sich beim Jagen an strenge Grundsätze hält. Alles, was sie erlegt, ist entweder für den eigenen Tisch oder es wird an bedürftige Familien weitergegeben. Allein dieses Jahr hat sie schon so viele Lebensmittelvorräte gespendet, dass mehrere arme Familien damit durch den Winter kommen. Darunter auch ein Ehepaar, das über ein Dutzend Waisenkinder in sein bescheidenes Heim aufgenommen hat. Es erscheint mir weit erwachsener und um vieles ehrenhafter zu sein, wenn Ihre Ladyschaft hungernden, bedürftigen Menschen zu essen gibt, als deren Not zu übersehen.«

Felicity hörte den indignierten Unterton heraus und beeilte sich, ihren Fehler wieder gutzumachen und nicht den Eindruck zu erwecken, sie wolle Adriana schlecht reden. »Oh, Mylord, bitte seien Sie versichert, ich wollte keineswegs andeuten, Lady Adriana sei herzlos …«

»Ich habe jedenfalls nie eine großherzigere junge Frau getroffen«, bekräftigte Colton. »Da bin ich mir vollkommen sicher.« Er verspürte langsam Zorn und Ungeduld und hatte schon die Hand zum Hut erhoben, um der blonden »Unschuld« Adieu zu sagen – da sah er, als er kurz zu seinem wartenden Wagen zurückblickte, zwei gut gekleidete Damen den Schneiderladen verlassen.

Bei der Größeren von den beiden handelte es sich unzweifelhaft um jene Dame, die ihm nicht mehr aus dem Kopf ging, seit er sie in seiner Badewanne schlafend vorgefunden hatte. Aus den nächtlichen Schatten seines Schlafgemachs tauchte sie auf, diese einzigartige Erinnerung, und verfolgte ihn wie eine eigensinnige Geistererscheinung in den unruhigen Schlaf. Seit jenem Moment im Badezimmer hegte er den Verdacht, dass das Bildnis des makellosen Körpers seinem Geist auf ewig eingebrannt war. Sosehr er sich von der verführerischen Melodie befreien wollte, die ihn zu der dunkelhaarigen Schönheit zog, er fürchtete, dass nichts seinen Hunger stillen konnte – außer sie sich ins Bett zu nehmen und sie in die Freuden einzuführen, die Mann und Frau zusammen erleben konnten. Und nun, da er wusste, wie sehr Riordan Kendrick sie begehrte, zweifelte er ernsthaft, dass seine Lust ohne vorherigen Eheschwur Befriedigung finden würde. Ob seine Freiheit ihm wichtiger war als seine Begierden, war eine Entscheidung, die er bald würde treffen müssen. Anderenfalls würde Gyles Sutton seiner Vernarrtheit ein fruchtloses Ende bescheren, indem er Riordan Kendricks Antrag akzeptierte.

Colton konnte nur spekulieren, dass es sich bei dem kleinen Persönchen, das neben Adriana einhereilte, um deren Schwester Melora handelte. Als er Adriana vorm Haus der Suttons abgeliefert hatte, hatte er ihre Schwester kaum zu Gesicht bekommen. Genau genommen hatte er sich viel zu sehr auf die zornige Adriana konzentriert, um irgendwen sonst zur Kenntnis zu nehmen. Die beiden Frauen waren in fröhliches Geplauder vertieft und sahen Colton nicht, obwohl sie auf der kopfsteingepflasterten Straße direkt auf ihn zukamen.

Er entschuldigte sich für einen kurzen Moment bei Felicity, ging den beiden entgegen und trat ihnen schließlich in den Weg. Verblüfft und mit offenem Mund kamen die beiden zum Stehen. Melora ließ eine Art ängstliches Quieken ertönen, während ihre Augen an Colton emporwanderten und sie schnell davon überzeugten, dass sie es mit einem lebendigen, atmenden Goliath zu tun hatte. Sie ächzte, drehte sich abrupt in die andere Richtung und überließ es ihrer Schwester, sich mit dem Ungeheuer rumzuärgern. Adriana packte Melora allerdings sofort am Arm und zog ihre hasenherzige Schwester zurück an deren Platz.

Adriana sah notgedrungen in die durchscheinend grauen Augen. Sie zwang sich ein Lächeln auf und kämpfte gegen die Röte, die ihr beim Gedanken an Coltons Eindringen in ihr Badezimmer und sein neuestes unsittliches Ansinnen in die Wangen stieg. Sie hoffte zwar, es werde nicht ewig dauern, bis sie seine durchdringende Musterung im Badezimmer vergessen hatte, die schockierende Zurschaustellung seiner Männlichkeit und die verwegene Diskussion im Landauer. Aber so wie die Dinge sich entwickelten, ahnte sie jetzt schon, dass die Erinnerung sie noch plagen würde, wenn sie achtzig war ... falls sie so alt wurde. Sie gab eine Heiterkeit vor, nach der ihr nicht unbedingt zu Mute war, denn Wyndham hatte noch nicht auf das Sendschreiben ihrer Eltern reagiert und sich für einen der Terminvorschläge entschieden. Das schien darauf hinzudeuten, dass er nicht daran interessiert war, sich über die Vertragsbedingungen auszutauschen. »Lord Randwulf, wie schön, Sie wiederzusehen!«

»Guten Morgen, die Damen.« Colton lüpfte mit eleganter Geste den Zylinder.

Verstohlen bewunderte Adriana die hoch gewachsene, muskulöse Gestalt. Vom Gehrock bis zu den schmalen Nadelstreifenhosen war seine Kleidung mit solcher Akribie geschneidert, dass Adriana sich ernsthaft fragte, ob sie den Prinzregenten selbst je so gut gekleidet gesehen hatte. Andererseits war Kleidung nicht mehr als ein Attribut, wenn jemand so groß, breitschultrig und schmalhüftig war wie Lord Randwulf. Und die Damen bei Hof hätten sicher bestätigt, dass Seine Hoheit deutlich gegen Seine Lordschaft abfiel, was Gesicht und Figur betraf.

Felicity, die sich den Marquess nicht durch die zierlichen Finger gehen lassen wollte, gesellte sich eiligst dazu. Schließlich hatte sie nicht vergessen, wie viel Aufmerksamkeit er Adriana auf Randwulf Manor gewidmet hatte. »Ach! Lady Adriana, wie schön, Sie zu sehen! Seine Lordschaft und ich waren gerade auf einem kleinen Spaziergang, als wir Sie entdeckt haben.«

Die Hochstimmung, die Adriana kurzzeitig erfasst hatte, als Colton vor ihr aufgetaucht war, war dahin, als sie begriff, dass er Felicity durch die Stadt begleitet hatte.

»Guten Morgen, Miss Felicity.« Adriana hoffte, dass sie sich nicht ebenso steif anhörte, wie ihr Lächeln sich anfühlte. Sie wies mit leichter behandschuhter Handbewegung auf ihre Schwester und mühte sich schwer um die angemessene Höflichkeit. »Ich glaube, Sie hatten noch keine Gelegenheit, meine Schwester kennen zu lernen. Bitte erlauben Sie mir, Sie vorzustellen.«

Felicity gab nur zu gerne ihre Zustimmung, hocherfreut, einen weiteren Namen in ihr Aristokraten-Repertoire aufnehmen zu dürfen. Der eklatante Unterschied zwischen den beiden Schwestern war irritierend. »Meine Güte, ich hätte nie gedacht, dass Sie beide verwandt sein könnten, geschweige denn Schwestern. Sie unterscheiden sich ja wie Tag und Nacht!«

Adriana lachte zwar, doch sogar für sie selbst hörte es sich gekünstelt an. Manchmal fühlte sie sich wie das schwarze Schaf der Familie. »Lassen Sie mich raten. Ich bin die Nacht … und meine Schwester ist der Tag.«

»Oh, ich hoffe, Sie mit meiner Bemerkung nicht beleidigt zu haben, Mylady«, erwiderte Felicity verzweifelt, um den Schaden wieder gutzumachen. »Ich wollte ganz bestimmt nicht andeuten, dass es einer von Ihnen an Schönheit mangelt. Ganz im Gegenteil, Sie sehen beide ganz entzückend aus!«

Colton, der still dem harmlosen Geplänkel lauschte, hatte Schwierigkeiten, sich das Grinsen zu verbeißen, doch als ein eisiger Blick Adrianas ihn streifte, dämmerte ihm eine Erkenntnis. Felicitys anfängliche Äußerung musste den Eindruck erweckt haben, als seien sie beide zusammen unterwegs gewesen.

»Keine Sorge, Miss Felicity!«, versicherte Adriana, wobei sie nur ein kühles, wenn auch nicht unfreundliches Lächeln zu Wege brachte. »Diese Überlegungen, die Unähnlichkeit zwischen uns Schwestern betreffend, werden so häufig angestellt, dass wir sie beinahe erwarten. Es ist schlicht so, dass meine Schwestern unserer Mutter ähneln und ich unserem Vater.«

Colton trat vor und ergriff die zarte Hand ihrer Schwester. »Darf ich sagen, Lady Melora, dass Sie noch genauso einnehmend sind wie damals, als ich fortgegangen bin.«

»Und Sie sind ebenso großzügig wie Ihr Vater, Lord Colton«, erwiderte Melora lachend und musste den Kopf zurücklegen, um ihm in die Augen sehen zu können. »Aber bitte, wollen wir uns nicht die Formalitäten ersparen? Unsere Familien sind viel zu lange befreundet, als dass wir uns starren Regeln beugen müssten. Ich gestatte Ihnen gern, mich einfach nur mit Vornamen anzusprechen.«

»Danke, Melora, und bitte tun Sie Ihrerseits das Gleiche.« Als Melora zustimmend nickte, grinste Colton teuflisch in Adrianas Richtung, die sich jedoch abgewandt hatte und ihm die kalte Schulter zeigte.

Also drehte sich Colton wieder leutselig zu Melora. »In unserem Feldlager bei Waterloo hatte ich das große Vergnügen, Ihren Verlobten, Major Sir Harold Manchester, kennen zu lernen. Er sagte mir damals, Sie zögerten ihn zu heiraten, aus Angst, er könne Sie zur Witwe machen. Obwohl selbst ein einfacher Junggeselle, kann ich doch verstehen, welch enge Bande Verlobung oder Heirat knüpfen und wie groß der Schmerz sein muss, sollte der Tod des geliebten Menschen dies Band zerreißen. Man hofft doch immer, im Ehebund dieselbe hingebungsvolle Liebe zu finden, wie sie Ihre Eltern und bis vor kurzem auch die meinen verband. Selbst wenn sich die Hoffnung, wie ich befürchte, nicht automatisch erfüllt. Jedenfalls sind Sie und Sir Harold zu beneiden, schon vor der Heirat solch süßen Einklang erfahren zu dürfen.«

»Wir fühlen uns über alle Maßen gesegnet«, murmelte Melora und konnte nur staunen, dass ein berüchtigter Eheverächter die Überlegungen nachzuvollziehen vermochte, die zum Aufschub der Hochzeit geführt hatten.

Melora bedeutete ihrer Schwester mit hochgezogenen Augenbrauen, dass sie sich spätestens jetzt als Siegerin des diesbezüglichen Streits wähnte. Und Adriana, die Adressatin des hochmütigen Seitenblicks, sehnte sich zwar danach, ihre Schwester für deren Einfalt zu schelten, wollte Colton und Felicity aber nicht Zeuge einer giftigen Replik werden lassen. Melora hatte ihr höhnisch vorgeworfen, sie simuliere ihr blankes Desinteresse für Colton nur, weil sie fürchtete, er werde am Ende der Brautwerbung nicht um ihre Hand anhalten. Aber kaum äußerte der Mann Überlegungen, die Melora von privater Natur zu sein schienen, war sie schon bereit, Colton gegen den Vorwurf, er schere sich nicht um weibliche Gefühle, in Schutz zu nehmen.

Adriana überging Melora mit aller zu Gebot stehenden Würde und befasste sich mit Coltons verändertem Erscheinungsbild. »Wie ich sehe, haben Sie Ihre Uniform gegen Zivilkleidung getauscht, seit wir einander das letzte Mal gesehen haben, Mylord. Ihr Schneider muss sich glücklich schätzen, nicht nur einen Helden einkleiden zu dürfen, sondern zudem einen Mann, der großen Wert auf sein Äußeres legt. In dieser modischen Aufmachung lassen Sie zwischen Bath und London einen jeden Dandy vor Neid erblassen. Es würde mich nicht wundern, wenn sogar Beau Brummel sich herausgefordert fühlte.«

Colton wusste nicht recht, was er mit dem Kommentar anfangen sollte. Er kannte viele übertrieben gekleidete Lebemänner und wollte ihnen gewiss nicht nacheifern. Und was Beau Brummel betraf, der Herr hatte es sich mit der Aristokratie verscherzt und kürzlich waren Gerüchte aufgekommen, er sei verschuldet und nicht halb so modisch gekleidet wie früher. »Ich freue mich, das zu hören, zumal es von einer Lady kommt, die ihrerseits außerordentlich elegant gekleidet ist. Sie sind die Einzige, die mich in denkbar schlechtestem Zustand zu Gesicht bekommen hat, und wissen daher zu schätzen, was Kleidung aus einem Mann machen kann.« Seine Augen funkelten viel sagend über dem kühnen Grinsen und erinnerten sie anzüglich daran, dass sie ihn splitterfasernackt gesehen hatte. »Was meinen Londoner Schneider angeht, Mr Gaines: Er ist seit Anbeginn meiner Offizierskarriere mit meinen Bedürfnissen vertraut. Und seine Kunstfertigkeit hat über die Jahre noch zugenommen. Nachdem ich ihn und seine Gehilfen aus London hergeholt hatte, hat Mr Gaines sofort damit begonnen, mir eine komplett neue Garderobe zu schneidern. In Anbetracht der vielen Uniformen, die er die letzten Jahre für mich anfertigen musste, war er hocherfreut, mich endlich mit dem ganzen Drum und Dran eines Gentlemans ausstatten zu dürfen. Allerdings fürchte ich, dass ich allzu lange Uniform getragen habe. In Zivil fühle ich mich ein wenig verkleidet. Aber daran werde ich mich schon gewöhnen. In gewisser Weise erscheint es mir, als müsste ich das Ankleiden neu erlernen. Ich habe lange geübt, aber diese Halsbinde überfordert mich.«

Trotz ihrer begrenzten Erfahrung, was nackte Männer anging, glaubte Adriana zu wissen, dass sich bezüglich des nackten, Wyndham'schen Körpers kaum von einem schlechten Zustand sprechen ließ. Genau genommen konnte sie sich nicht vorstellen, dass auch nur irgendetwas an ihm unschön sein sollte … mit Ausnahme seiner Dreistigkeit vielleicht. Und an der Halsbinde ließ sich auch kein Makel erkennen. »Nun, ehrlich gesagt, Mylord, falls Sie es nicht waren, dann ist wohl Mr Gaines zu loben oder Harrison, denn die Halsbinde scheint mir äußerst geschickt gebunden.«

»Ihre Freundlichkeit wird allein noch von Ihrer Anmut und

Schönheit übertroffen, Lady Adriana«, antwortete er und neigte kurz den Kopf.

So unbeabsichtigt der Schnitzer auch gewesen sein mochte, Felicity nahm Anstoß daran, dass er ihre Schönheit oder Eleganz nicht lobte. Wohingegen er darauf versessen schien, seiner Bewunderung für Lady Adriana Ausdruck zu geben. In der Tat schien das leichtherzige Tête-à-Tête die beiden gänzlich in Beschlag zu nehmen.

Felicity nahm Adriana neugierig ins Visier, um herauszufinden, was den Mann so hinriss. Hatte nicht ihr eigener Vater ihr gesagt, dass sie, Felicity, schöner sei als jede Frau, die er je gesehen hatte? Wenn dem so war, warum galt Lord Coltons Aufmerksamkeit dann nicht an erster Stelle ihr?

Die kostspieligen Kleider der Lady Adriana betrachtend, geriet sie ins Grübeln. Das Cape aus schwarzem Ziegenleder, das Kleid aus burgunderroter Seide, das kecke Hütchen im selben Burgunderrot, dekoriert mit einer schwarzen Feder – alles war exquisit, aber waren ihre eigenen Sachen nicht ebenso entzückend? Natürlich interessierten die Gewänder der Lady den Marquess nicht halb so sehr, wie der Reichtum ihrer Familie es tat. Mit einem Vermögen wie dem der Suttons hätte die Lady es sich leisten können, sich in gesponnenes Gold zu kleiden ... und sich dazu einen Nobelmann kaufen können, der sich tief bei seinen Schneidern verschuldete.

In der Hoffnung, sich in Erinnerung zu bringen, drängte sich Felicity näher an den Marquess. Doch auch dieser Versuch, seine Aufmerksamkeit zu erringen, war vergebens, denn er schien jeden anderen vergessen zu haben – bis auf eben jene Lady, die er gerade nach ein paar Kindern befragte, von denen außer ihr keiner zu wissen schien. »Haben Sie sie seit der Beerdigung ihrer Mutter wiedergesehen?«

»Gestern Nachmittag«, erwiderte Adriana und gestattete sich erstmals ein aufrichtiges Lächeln. »Mrs Abernathy erzählte, sie hätte sie zum ersten Mal, seit wir sie hingebracht haben, laut lachen und draußen herumtollen gehört. Die armen, kleinen Engel, sie waren nur Haut und Knochen, wie Sie ja wissen, und brauchten dringend ein Bad …« Adriana hielt abrupt inne und krümmte sich fast ob des Ausrutschers. Sie hätte sich am liebsten die Zunge abgebissen, weil sie so unbedacht dahergeplappert hatte, und wartete auf Coltons Reaktion. Warum in aller Welt hatte sie das *Bad* in den Mund nehmen müssen?

Die grauen Augen glommen quälend. »Man kann sich kaum vorstellen, Mylady, dass irgendwer auf die Freuden des Badens zu verzichten wünschte. Aber die Jennings-Kinder durften bis jetzt kaum ausreichend essen, wie ich vermute, geschweige denn ausgedehnte Badefreuden genießen.«

Adriana tat ihr Bestes, trotz des glühenden Rots auf ihren Wangen, ein Lächeln zu meistern. Ihre *eigenen* ausgedehnten Badefreuden hatten Colton eine Überlegenheit verschafft, wie sie kein Mann zuvor je gehabt hatte. Die Schicklichkeit, die sie all die Jahre kultiviert hatte, nützte ihr in seiner Gegenwart nichts mehr. Er wusste genau, wie sie ohne all die kostspieligen Kleider aussah, die sie so gerne trug. Sollte sie einen anderen als Colton ehelichen, dann würde dessen Eindringen in ihr Badezimmer sie ihr Leben lang verfolgen.

Colton sah Felicity schief von der Seite an und konnte nicht umhin zu bemerken, wie ungewöhnlich nah sie sich herangedrängt hatte. Ihr beleidigtes Schnütchen ließ ihn sich fragen, ob seine Gier, mit Adriana zu sprechen, wohl zu offensichtlich zu Tage trat. Von Schuldgefühlen geplagt, suchte er die Pein zu lindern, die er ihr offensichtlich zugefügt hatte.

Er ließ den Blick über die drei Damen schweifen und erklärte hochherzig: »Meine Damen, ich muss sagen, Sie machen es einem Mann, der lange Zeit auf den Schlachtfeldern hat verbringen müssen, nicht gerade leicht, zu entscheiden, welche nun den Preis für die größte Schönheit oder die einnehmendste Aufmachung bekommen soll. Ich fühle mich in der Tat geehrt, mich in Ihrer Gesellschaft zu befinden.«

»Wie freundlich von Ihnen, Mylord«, erwiderte Felicity

und gab sich dabei, so vornehm sie konnte. Kaum, dass sie der Versuchung widerstehen konnte, sich bei ihm unterzuhängen.

»Ein wirklich großzügiges Kompliment, Mylord«, setzte Melora lächelnd hinzu.

»Vorsicht«, warnte Adriana, sah ihn von der Seite an und schenkte ihm ein kurzes Lächeln. »Ihre galanten Worte werden uns noch alle verliebt in Sie machen.«

Sein Blick funkelte, als er sich ins Dunkel ihrer Augen senkte. »Wie glücklich ich mich schätzen dürfte, solch hübsche Damen in meinen Bann zu schlagen.«

Felicity schnappte unvermittelt nach Luft und geriet ins Wanken. Im nächsten Moment hatte sie Colton am Arm gepackt und hielt sich mit aller Macht an ihm fest, als fürchte sie, durch einen Spalt im Kopfsteinpflaster in die Tiefe zu stürzen. Die Idee zu der Finte war ihr gekommen, als sie sich daran erinnert hatte, wie Adriana die eleganten Flure Randwulf Manors entlang in die Arme des Marquess gewirbelt war. Ob der Vorfall geplant oder tatsächlich nur Zufall gewesen war, vermochte natürlich nur Ihre Ladyschaft zu sagen. Doch was Felicitys eigene Trickkiste betraf, verschaffte der Vorfall ihr einen Vorwand. »Meine Güte!«, japste sie, schob die Hand um Coltons Ellenbogen und zog sie nah an ihren weichen Busen. »Ich wäre gestürzt, wären Sie nicht gewesen, Mylord.«

Colton zeigte sich gewillt, die List der Lady als das Missgeschick anzusehen, für das sie sie ausgab, und tätschelte beruhigend die behandschuhte Hand, die seinen Arm umfasste. »Ich bin erfreut, Ihnen zu Diensten zu sein, Miss Felicity. Es geschieht nicht jeden Tag, dass einem Gentleman das Vergnügen zuteil wird, eine solch zauberhaften Dame am Arm zu haben, wie auch immer es dazu gekommen ist.«

Felicity strahlte vor Glück, den Mann hinters Licht geführt zu haben. »Oh, Mylord, wie freundlich von Ihnen.«

Adriana unterdrückte den Drang, höhnisch zu schnauben, wie ihr Vater es zu tun pflegte, wenn er Grund hatte, gewisse Begebenheiten in Zweifel zu ziehen. Hätte sie es getan, ihre

Schwester wäre schockiert gewesen – und vermutlich auf der Stelle nach Hause gerannt, den Eltern von Adrianas undamenhaftem Benehmen zu berichten.

Colton begegnete kurz dem entnervten Gesichtsausdruck der Lady, bevor sie die Nase reckte und in die andere Richtung schaute. Es sah ganz so aus, als sei die Dame von seinem Verhalten alles andere als begeistert, was seine Neugier nur beflügelte. War sie tatsächlich verstimmt, nur weil er einer anderen Dame beigestanden hatte?

Widerwillig lächelte Adriana der Rivalin zu. Die beiden hatten sich aus einem bestimmten Grund miteinander getroffen, da war sie sicher. Und sie war über alle Maßen neugierig, aus welchem. »Sie sehen heute Morgen ganz besonders strahlend aus, Miss Felicity. Ich muss mich fragen, ob meine Schwester und ich Sie und Seine Lordschaft vielleicht von wichtigen Angelegenheiten abhalten. So exquisit, wie Ihrer beider Aufmachung ist, kann ich nur annehmen, dass Sie auf dem Wege nach Bath oder vielleicht Bristol sind.«

Die bloße Vorstellung versetzte Felicity in Aufregung. »Oh, ja! Wäre ein Abstecher nach Bath nicht traumhaft?« In der Hoffnung, eine entsprechende Einladung zu erhalten, blickte sie zu Colton auf, wurde jedoch sogleich enttäuscht, denn der Gentleman blieb stumm. Sie seufzte und ihr blieb nur noch, den Herrschaften wehmütig zu versichern: »Ich würde wirklich gerne hinfahren … irgendwann.«

Hätte sie Colton rundheraus gefragt, ob er dieses Blondchen in seinem Landauer zu entführen trachtete, Adrianas Zorn hätte nicht größer sein können. Zumindest begriff er jetzt, weshalb Adriana so aufgebracht war. Sie dachte offensichtlich, er mache Felicity den Hof.

Adriana musterte Colton stirnrunzelnd und fand sich einmal mehr mit warmem Blick bedacht. Doch die Tatsache, dass er immer noch keine Gelegenheit gefunden hatte, sich aus dem Griff von Felicity zu winden, reichte aus, Adriana ihn hochmütig ignorieren zu lassen. Sie wandte den Kopf zur Seite und übersah damit die ungebrochene Bewunderung in seinem Blick.

Nichtsdestotrotz richtete Colton eine Frage an die Schwestern: »Wird Lady Jaclyn zur Hochzeit erwartet? Es wäre mir ein großes Vergnügen, sie nach all den Jahren wiederzusehen und auch, ihre Familie kennen zu lernen.«

Melora nickte lächelnd. »Ja, natürlich. Sie und ihre gesamte Familie werden ein, zwei Tage vor der Hochzeit eintreffen. Sie werden sie also schon vor der Hochzeit sehen können, wenn Sie möchten.«

Kühl und distanziert geruhte Adriana dem Marquess in die grauen Augen zu schauen, die so begierig die ihren suchten. »Ich bin sicher, Jaclyn wird hocherfreut sein, Sie wiederzusehen, Mylord.«

Colton hatte durchaus bemerkt, wie befremdet Adriana die Brauen hochgezogen hatte, während er über die wunderbare Harmonie zwischen Melora und deren Verlobten gesprochen hatte, ganz so, als traue sie *ihm* eine derartige Hingabe nicht zu. Er fühlte sich dementsprechend provoziert und stichelte: »Und Sie, Lady Adriana, hoffen Sie nicht darauf, es Ihrer Schwester gleichzutun und einen Verlobten zu finden, den Sie so anbeten können wie er Sie?«

»Das scheint mir der Wunsch einer jeden unverheirateten Dame zu sein, Mylord«, erwiderte Adriana hölzern, überzeugt, dass Colton einen Weg suchte, dem Dekret seines Vaters zu entgehen. Dass er so lange zögerte, das Sendschreiben ihrer Eltern zu beantworten, deutete jedenfalls darauf hin. »Was mich betrifft, gebe ich mich keinen Illusionen hin. Der, der für mich ausgesucht wurde, scheint von der freiheitsliebenden Sorte zu sein und sich nicht binden zu wollen. Es erstaunte mich nicht, entschwände er lieber in die Terra incognita, als sich zu fügen.«

Die Antwort, stellte Colton fest, würde ihm sicherlich helfen, die hitzige Lust auf die Dame zu überwinden. Das würde sich vielleicht als Wohltat erweisen, denn möglicherweise würde er wieder Schlaf finden, anstatt unablässig an die schöne Lady zu denken, die seine Badewanne blockiert hatte. Dennoch konnte er nicht widerstehen, sich entsprechend zu revanchieren. »Wie ich hörte, ist Ihnen eine ganze törichte Verehrerschar auf den Fersen. Da fällt die Entscheidung sicherlich schwer. Aber natürlich haben Sie immer noch Mr Elston, falls die anderen alle Hoffnung fahren lassen. Wie es scheint, ist Elston hartnäckig genug, sein Vorhaben zu verfolgen.«

Die dunklen Augen blitzten entrüstet. »Mr Elston ist lediglich ein Bekannter, Mylord, und nicht mehr«, stellte Adriana frostig fest. »Doch was den Herren betrifft, den mein Vater für mich ausgesucht hat, gilt es abzuwarten, bis die wahre Natur der Angelegenheit zu Tage tritt. Das schulde ich jedenfalls meinen Eltern und dem Andenken jenes älteren Gentleman, der mich wie seine eigene Tochter geliebt hat; allerdings sehe ich nicht, dass sich aus dieser Verbindung irgendetwas von Bedeutung entwickeln sollte.«

Colton zog die Brauen hoch und staunte, wie wenig sie sich darauf einzubilden schien, dass sein alter Herr sie als einzig akzeptable Schwiegertochter auserkoren hatte. »Darf ich das so verstehen, dass Sie an dieser … äh … Verbindung … ohnehin kein Interesse haben?«

»Wie sollte sich zwischen zwei Menschen, die praktisch keine Zeit miteinander verbringen, so etwas wie Freundschaft entwickeln, Mylord? Jedenfalls war das bis dato nicht der Fall. Und sogar, wenn Seine Lordschaft und ich einander besser kennen lernten, besteht keine Hoffnung, dass die Vereinbarung jenen Erfolg zeitigt, den unsere Eltern erhofft hatten. Wir sind nichts als Fremde und ich sehe nicht, dass sich daran entscheidend etwas ändern sollte, sei es in der nahen oder fernen Zukunft.«

Colton brachte ein lakonisches Lächeln zu Wege. Es geschah der Dame nur recht, wenn er sich taub gegen die Bitten ihrer Eltern stellte. »Vielleicht sehen Sie mit der Zeit ja einen Weg, Mylady. Genau wie er.«

Adriana fragte sich, was damit wohl gemeint war, und suchte die Antwort in den Tiefen seiner grauen Augen, doch deren bewundernde Wärme war erloschen. Mit knappem Lächeln und einer gemurmelten Entschuldigung verabschiedete Seine Lordschaft sich von den Damen, machte auf dem Absatz kehrt und hinkte auf seine wartende Kutsche zu. Felicity sah ihm seufzend hinterher, entschuldigte sich bei den beiden Damen und machte sich in die andere Richtung davon.

Melora zwickte ihre Schwester in den Arm und riss sie aus der gedankenverlorenen Trance, mit der sie Colton Wyndham nachgeschaut hatte.

»Behalt deine Finger bei dir, Melora!«, schnappte Adriana entrüstet. »Du tust mir weh!«

»Du scheinst anstatt des Herzens einen Stein in der Brust zu haben«, erwiderte Melora. »Wie konntest du Colton solch eine Antwort geben? Du hättest ihn genauso gut ins Gesicht schlagen können!«

Adriana schüttelte den Kopf. »Wenn mein Herz aus Stein ist, dann ist seines aus härtestem Granit.«

Ihre Schwester zog die Brauen hoch. »Zwei Herzen von der gleichen Sorte, in anderen Worten.«

Empört über deren Schlussfolgerung, starrte Adriana ihre ältere Schwester finster an. Doch als sie sich abwandte, seufzte sie trübsinnig und fragte sich, was in aller Welt sich Sedgwick Wyndham dabei gedacht hatte, ihr eine solche Folter aufzuerlegen. Würde sie je davon befreit sein? Würde sie je ein normales Leben führen können, mit einem Ehemann, der sie liebte und sie allen anderen Frauen vorzog? Oder würde sie permanent daran erinnert werden, dass sie nie erste Wahl gewesen war und dass er, falls er tatsächlich einlenkte, dies nur tat, um seine Mutter nicht zu verletzen?

Den Zylinder ziehend, betrat Colton das Wohnzimmer Samuel Gladstones. Es war einige Tage her, dass er Felicity Fairchild in der Stadt getroffen hatte, doch er hatte sein früheres Versprechen, ihren Großvater zu besuchen, nicht vergessen. Und dies war auch der Grund seines Besuchs, seine Bekanntschaft mit dem alten Herrn zu erneuern.

Auf den Gehstock gestützt, hinkte er Samantha hinterher, während Jane Fairchild sie nach oben ins Schlafzimmer ihres Vaters geleitete. An der Tür des Alten hielt seine Schwester inne, um ein paar Worte mit Jane zu wechseln, und bedeutete ihm, vorauszugehen. In praktisch jedem verfügbaren Winkel des geräumigen Zimmers stapelten sich die Bücher. Eine hohe Vitrine an der Wand war total mit dicken Wälzern angefüllt. Auf einem Tisch am Fußende des enormen Betts lagen Folianten von vergleichbarer Größe und ein paar schmalere Bände.

Samuel Gladstone saß im Bett, angetan mit frischem Nachthemd und Nachtmütze, mehrere Decken über dem Unterleib und auf dem Schoß ein behelfsmäßiges Schreibbord. Man hatte ihm mehrere Daunenkissen in den Rücken geschoben, die ihn gegen das hohe elisabethanische Kopfende abpolsterten.

Colton hielt inne und zögerte, den alten Mühlenbesitzer zu stören, der ganz in eines der Geschäftsbücher versunken schien. Bis jetzt hatte der Mann sein Eintreten noch nicht bemerkt. Colton blickte sich Hilfe suchend nach Jane um, die ihm aufmunternd zulächelte und ihn mit einer Handbewegung weiter in das Zimmer scheuchte. Er trat einen Schritt näher an das Bett. »Guten Tag, Mr Gladstone.«

Den Kopf hebend, rückte Samuel die drahtgefassten Augengläser zurecht und blinzelte neugierig den Besucher an. Es geschah keineswegs selten, dass gut gekleidete Gentlemen ihn aufsuchten. Lord Harcourt beispielsweise ließ sich recht häufig sehen und brachte seinerseits den einen oder anderen mit. Aber dieser da erinnerte ihn stark an einen anderen Mann, den er einst gekannt und respektiert hatte. Nur dass der Mann, der sich nun mit Hilfe eines feinen Gehstocks an sein Bett bewegte, ungefähr dreißig Jahre jünger war.

Samuel Gladstone lockte ihn mit dem Finger heran, während ein Lächeln auf seine alten Lippen trat. »Ich kenne dieses Gesicht.«

Colton grinste und sah den Alten zweifelnd an. Es war mehr als sechzehn Jahre her, dass er den Müller zuletzt gesehen hatte. Beide waren sie mittlerweile deutlich gealtert. Das Haar des Alten war völlig weiß und um einiges dünner als früher. »Sind Sie sicher?«, fragte er.

Samuel schien erfreut, mit einem Nicken antworten zu können. »Meine Beine sind vielleicht schwach, aber mein Kopf tut's noch ganz gut. Sie sind der Sohn vom verstorbenen Lord Randwulf. Sie sehen genau aus wie er.«

Colton lachte. »Das sagt mir jeder. Es scheint, ich kann einfach keinen zum Narren halten, wohingegen ich selbst kaum einen der Stadtbewohner erkenne.«

»Setzen Sie sich, setzen Sie sich«, drängte ihn der Müller und wies auf einen Stuhl. »Ihre Schwester hat mich auf dem Laufenden gehalten, wo Sie sind und in welchen Schlachten Sie kämpfen. Die meisten von den Leuten hier sind recht beeindruckt von Ihrem Heldenmut. Viele Geschichten hab ich aber von anderen Leuten aus der Gegend gehört, Männern, die in Ihrem Regiment gedient haben oder einem benachbarten.« Samuel lachte unvermittelt. »Meine Enkelin scheint von niemand anderem reden zu können. Sie hat erzählt, Sie wären verwundet worden und bräuchten zum Gehen einen Stock.«

Colton setzte sich auf den angebotenen Stuhl und legte den Gehstock über die Oberschenkel. »Ich mache Fortschritte. Ich unternehme weite Spaziergänge, um das Bein zu kräftigen, und habe mir ein ganz bestimmtes Ziel gesetzt. Die Suttons geben in ein paar Wochen einen Ball, und da ich mit ein paar von den hübschen Damen hier aus der Gegend tanzen möchte, muss ich lernen, das, natürlich ohne den Stock, zu schaffen. Anderenfalls muss ich dumm herumsitzen und den anderen Junggesellen zusehen, wie sie sich amüsieren, wozu ich nicht in der Lage bin. Und das ist eine Vorstellung, die mir in etwa so zusagt, als mein anderes Bein auch noch verletzt zu sehen.«

Der alte Müller lehnte herzlich lachend den Kopf in die Kissen zurück. Als das Glucksen sich schließlich legte, drängte er Colton augenzwinkernd: »Brechen Sie sich bloß nicht das andere Bein, so schnell wie Sie das lahme zum Gehen bringen wollen. Und wenn Sie eine hübsche Dame finden, dann machen Sie einen auf Mitgefühl und ziehen Sie das Mädel in 'ne dunkle Ecke.«

Colton lachte nun seinerseits über des Alten Humor. »Sie sind ein verschlagener Kerl, Mr Gladstone. Aber ich werde Ihren Rat beherzigen, sollte ich mein Bein nicht rechtzeitig in Schwung bringen.«

Ganz Gentleman, erhob er sich, als Jane, gefolgt von Samantha, ins Zimmer rauschte, doch Erstere bedeutete ihm, er solle sich ruhig wieder setzen.

»Bitte keine Umstände, Mylord. Behalten Sie nur Platz, während ich uns Tee mache.«

»Warum bleibst du nicht ein bisschen bei uns, Jane?«, drängte ihr Vater. »Du schwirrst herum und kümmerst dich um mich, aber für dich selbst nimmst du dir kaum Zeit. Ich weiß doch, wie es dich freut, wenn Lady Samantha oder Lady Adriana hier sind. Also setz dich und genieß den Besuch. Eventuell kann ja Felicity uns den Tee bringen.«

Jane wagte nicht, ihrem Vater ins Gesicht zu sehen, scharfsinnig wie er war. »Felicity fühlt sich heute nicht ganz wohl. Sie ist schon den ganzen Nachmittag in ihrem Zimmer.«

Samuel Gladstone zog skeptisch die buschigen Augenbrauen hoch. Felicity ließ sich wegen Unwohlseins entschuldigen. Aber seiner Tochter zuliebe sparte er sich einen Kommentar. Jane war eine gute Seele und geduldiger, als er es jemals gewesen war. Dafür konnte er sie schlecht schelten, denn er selbst war in seiner Ungeduld nicht immer klug gewesen.

Dass seine Familie nun im selben Hause lebte, gestattete ihm Einblicke, die ihm anderenfalls verwehrt geblieben wären. Es hatte nicht lange gedauert, da war ihm klar geworden, dass er Felicitys Anwesenheit eigentlich nicht ertragen konnte.

Nicht nur, dass sie ihn aufsässig anstarrte und ständig beleidigt schniefte, sie fuhr ihn auch ungeduldig an, wenn er um einen Gefallen bat. Also hatte er entschieden, alles, was möglich war, selbst zu erledigen. Er genoss es natürlich sehr, von der eigenen geliebten Tochter umhegt zu werden, nachdem ihm nach dem Tod seiner Frau naturgemäß nur die Angestellten zu Diensten gewesen waren.

Jane blieb kurz an der Tür stehen, bevor sie den Raum verließ. »Sollen wir die Geschäftsbücher zurück in die Mühle bringen, Papa? Jarvis kommt bald nach Hause.«

»Also gut. Es ist nämlich genau, wie du sagst. Der entlassene Creighten sowie ein paar der ebenfalls entlassenen besten Arbeiter erhalten nach wie vor ihren Lohn, so steht es jedenfalls in den Büchern. Wir müssen zusehen, dass wir die Männer hierher holen, damit sie mir erklären, was los ist. Ich fürchte, du musst bald noch mehr für mich tun, als dich um meine Zipperlein zu kümmern. Aber ich wusste nicht, mit wem ich sonst hätte reden sollen. Deinem Urteil trau ich so wie meinem eigenen.«

Bald nachdem der Tee serviert worden war, verabschiedeten sich Colton und Samantha. Als Bentley die beiden Stanover House verlassen sah, lenkte er den Landauer durch die Durchfahrt heran.

In diesem Moment entschied sich Felicity, den Roman aus der Hand zu legen und über den Gang ins vordere Schlafzimmer zu schlendern, von wo aus man einen schönen Blick auf die Stadt hatte.

Sie hatte gerade die bleiverglasten Fenster erreicht, da sah sie schon ihre Mutter an der Zufahrt stehen und darauf warten, dass Lord Randwulf seiner Schwester in den Landauer half. Sie schnappte fassungslos nach Luft. Nicht nur, dass die beiden zu Besuch gekommen waren, sie waren schon wieder im Gehen. In verzweifelter Hast raffte sie die Röcke und stürzte die Treppe hinunter. Ihr Beine wirbelten nur so die drei Stockwerke hinab. Und die ganze Zeit über mühte sie sich ab, ihr Haar glatt zu streichen und ihr Kleid zurechtzuzupfen. Als sie an der Vordertür ankam, war sie völlig außer Atem, wagte aber nicht innezuhalten, denn sie wusste, ihr blieb kaum noch Zeit, die Wyndhams an der Abfahrt zu hindern. Sie riss die Tür auf und katapultierte sich geradezu aus dem Haus. Aber ach, der Fahrer hatte das schöne Gespann bereits in Bewegung gesetzt.

Felicity rannte die gepflasterte Zufahrtsstraße entlang und versuchte wild winkend des Kutschers Aufmerksamkeit zu erringen, doch so schnell sie auch rannte, der Erfolg blieb ihr versagt. Als sie das Ende der Auffahrt erreichte, war der Landauer schon auf die Straße eingebogen.

Sie schlug die Hand auf das rasende Herz und sog Luft in die hungrigen Lungen. Immer noch schnaubend – und nicht nur des Laufens wegen –, wandte sie sich erbost an ihre Mutter, weil die sie nicht vom Besuch des Marquess unterrichtet hatte. »Warum hast du mir nicht gesagt, dass Lord Colton im Haus ist?«

Der Entrüstung ihrer Tochter zum Trotz zuckte Jane nur gleichgültig die Schultern. »Du hast mir gesagt, du fühlst dich krank und willst unter keinen Umständen gestört werden. Ich hab dich nur beim Wort genommen.«

»Aber du hättest wissen müssen, dass ich Seine Lordschaft sehen will!«, geiferte Felicity sie an und zeigte anklagend mit der Hand zum Hügel hinauf, wo die Karosse sich schnell entfernte. »Kümmert es dich gar nicht, dass Lord Colton vielleicht nie mehr herkommt deswegen?«

Jane schien taub für die Argumente ihrer Tochter, während sie dem Landauer nachschaute. »Noch einmal: Ich habe dich beim Wort genommen und glaubte, du fühltest dich zu krank, um Besucher zu empfangen. Wenn dem gar nicht so war, dann hättest du dich besser deinen häuslichen Pflichten gewidmet. Und dann wäre dir Lord Randwulfs Besuch auch nicht entgangen.«

»Das hast du doch nicht etwa absichtlich getan, oder? Um mich zu bestrafen, weil ich mich nicht für dich abgeschunden habe! Warte, bis ich Papa davon erzähle! Er wird es nicht fassen können, wie dumm und kleinlich du bist, dass du mir nicht sagst, dass Seine Lordschaft mich besuchen kommt ...«

»Wenn ich du wäre, junge Lady, dann wäre ich vorsichtig mit dem, was ich sage«, warnte ihre Mutter sie. »Sonst schrubbst du die Böden und bleibst zu Hause, wenn bei den Suttons der Ball stattfindet, egal, ob Lady Samantha dich dazu eingeladen hat.«

Erzürnt über Mutters Drohung lehnte sich Felicity nach vorn und schrie sie empört an. »Du kannst mich nicht dazu zwingen, zu Hause zu bleiben, nicht wenn Papa will, dass ich hingehe! Und jetzt sag mir, welch dürftige Entschuldigung hast du Seiner Lordschaft aufgetischt, als er nach mir gefragt hat?«

Zutiefst erzürnt vom Benehmen ihrer Tochter, gab Jane ihr eine flammende Ohrfeige. Mit einer Stimme, die so wie klirrendes Eis klang, erteilte sie ihrer Tochter Weisung. »Wage nicht, mich jemals wieder so anzuschreien, oder du wirst es bitter bereuen.«

Felicity hielt sich die brennende Wange und starrte ihre Mutter an, als sei diese von Sinnen. Wenn sie sich als Kind danebenbenommen hatte, hatte sie Schläge auf den Hintern bekommen, aber nicht ein einziges Mal hatte Mutter sie ins Gesicht geschlagen. »Das erzähl ich Papa!«, kreischte sie und brach in Tränen aus. »Du wirst es noch bereuen, dass du Lord Colton nicht erlaubt hast, mich zu sehen ...«

»Seine Lordschaft war nicht deinetwegen hier«, stellte Jane richtig. »Er wollte Großvater sehen, und wenn du es genau wissen willst, *dich* hat er nicht einmal erwähnt. Wenn du willst, dass ich Papa diese Tatsache erläutere, dann kannst du das gerne haben. Vielleicht ist es an der Zeit, dass er begreift, dass Lord Randwulf nicht die Absicht hat, unterhalb seines Standes zu heiraten.«

»Papa ist da aber anderer Ansicht!«

Jane ächzte genervt. »So schön wie du bist, kann ich durchaus verstehen, dass Papa große Hoffnungen für deine Zukunft hat. Aber seine Mühen werden eventuell nie zum Erfolg führen, Felicity, zumindest nicht auf die Art und Weise, wie er es gerne sähe. Wenn du dich, in der Hoffnung, geheiratet zu werden, den adeligen Herren an den Hals wirfst, wirst du es womöglich bald bereuen. Es könnte leicht geschehen, dass du besudelt und weggeworfen wirst, um dann kaum noch Hoffnung zu haben, einen respektablen Ehemann zu finden. Gerüchte können ein ganzes Leben ruinieren. Welcher Mann will schon eine verdorbene Frucht?«

»Lord Randwulf würde nie so etwas tun!«

»Ich meine nicht speziell Lord Randwulf, obwohl ich vermute, dass er nicht anders ist als jeder andere Mann, also empfänglich für den Charme der Frauen. Der liederlichste Schurke kann einem jungen, unschuldigen Mädchen genauso gefährlich werden wie ein gut aussehender, reicher Lord. Er braucht nur zu wissen, wie man einem leichtgläubigen Mädchen die Sinne verwirrt. Du bist viel zu naiv, um zu erkennen, welchem Risiko du dich aussetzt, wenn du dich diesen Männern andienst. Adelsherren mögen als Gentlemen gelten, aber ich weiß, sie wenden sich von den Frauen ab, denen sie ein Kind angehängt haben. Sie wollen der Schmach aus dem Wege gehen und behaupten, das Kind sei von einem anderen Mann. Wenn du dich einem von ihnen hingibst, dann droht dir unbeschreiblicher Kummer …«

»Du bist eifersüchtig, das ist alles«, klagte Felicity sie beißend an. »Du hältst es nicht aus, dass ich jung und schön bin und dass dein gutes Aussehen, falls es mal da war, vor lauter Schufterei und Sorge verschwunden ist. Kein Wunder, dass Papa mich liebt und nicht dich!«

Jane taumelte einen Schritt zurück. »Nun, ich habe mir über seine Liebe zu mir wohl wirklich kaum Gedanken gemacht. Eventuell bin ich selbst zu leichtgläubig gewesen, es könnte möglich sein. Aber wie dem auch sei, das ändert gar nichts. Du wirst in jedem Fall lernen müssen, Respekt zu zeigen, und dir deine Launenhaftigkeit abgewöhnen. Sonst sehe ich mich gezwungen, die Angelegenheit selbst in die Hand zu nehmen.«

»Was meinst du damit?«, fragte das Mädchen schroff.

»Hätte einer von Lord Wellingtons Feinden den Lord nach seinen Plänen befragt, dann hätte er ihm sicher keine Auskunft erteilt. Genauso werde ich es auch halten. Meine Aufgabe als deine Mutter ist es, dir den angemessenen Respekt beizubringen, nicht nur mir gegenüber, sondern auch anderen. Von jetzt an wirst du nicht mehr in deinem Zimmer faulenzen, solange Arbeit zu erledigen ist. Du wirst Lucy oder den anderen Bediensteten auch keine Schläge mehr androhen, damit sie tun, was du willst. Und falls du glaubst, dass dein Vater da anderer Ansicht ist, sei dir nicht zu sicher. Er wird genug damit zu tun haben, seine eigenen Verfehlungen auszubügeln, als dass er sich noch um dein Gejammer kümmern könnte.«

Felicity starrte ihrer Mutter ins Gesicht und versuchte herauszufinden, was sie damit meinte. »Was sagst du da?«

»Das soll nun wirklich nicht deine Sorge sein, Felicity. Das ist eine Angelegenheit zwischen deinem Vater, deinem Großvater und mir. Du brauchst dir nur klar zu machen, dass du fürderhin meine Befehle befolgst oder du bekommst es mit mir zu tun … und zwar mit mir allein.«

Es schien Roger ein gutes Zeichen zu sein, dass just an dem Morgen, da er darüber nachsann, wie er den Kontakt zu Adriana wieder aufnehmen könne, Lord Randwulfs Kutsche das Anwesen der Gladstones verließ. Dies gab ihm die Gelegenheit, nach Wakefield Manor zu reiten, um Adriana zu berichten, was er gesehen hatte, und ihr seine Schlussfolgerungen zu präsentieren. Denn es war von Anfang an für einen jeden offensichtlich gewesen, dass Felicity vom Marquess überaus eingenommen war und möglicherweise er auch von ihr.

# Kapitel 9

Christina stellte sich gerade im Geiste auf die Nervenprobe ein, die Gäste zu empfangen, da verkündete der Butler schon, dass Lord Randwulf und seine Mutter die Suttons im Salon erwarteten. »Danke, Charles. Und geben Sie bitte auch meinem Gatten Bescheid.«

»Ja, Mylady.«

Eine Minute später klopfte Christina an die Schlafzimmertür ihrer jüngsten Tochter. »Die Wyndhams sind hier, Liebes. Bist du bereit?«

Adriana seufzte gedankenverloren. Sosehr sie Sedgwick Wyndham von frühester Jugend an geliebt hatte, sein Sohn brachte ihre Welt ins Wanken. Sie brauchte sich nur an den Wutausbruch zu erinnern, den er vor so vielen Jahren hingelegt hatte, schon fühlte sie sich ängstlich wie das Kätzchen im Angesicht der Jagdhundmeute. Doch wenn sie an jene Situation im Badezimmer dachte, als sie erwacht und ihn neben der Wanne hatte stehen sehen, dann beschleunigte sich ihr Puls – denn er konnte ihr gehören, wenn er nur nachgab und sich der Vereinbarung beugte. Andererseits musste sie, nachdem Roger sie informiert hatte, dass er die Wyndham-Kutsche vor Stanover House gesehen hatte, annehmen, dass Colton Felicity einen Besuch abgestattet hatte. Die beiden schienen in letzter Zeit häufig zusammen zu sein, während sie nur zufällige Begegnungen vorzuweisen hatte.

Vielleicht hatte Melora Recht, sann Adriana trüb vor sich hin. Sie wollte nur der Schmach entgehen, erneut von Colton abgewiesen zu werden. Welche Frau hätte auch freiwillig eine solche Demütigung riskiert? Und nachdem er sie gänzlich unbekleidet gesehen hatte, würde es doppelt so schlimm für sie werden, falls er Felicity den Vorzug gab. Über diese Schande würde sie kaum leichterdings hinwegkommen.

Hätte da nicht die weitaus realere Gefahr bestanden, ihre Eltern in Misskredit zu bringen, Adriana hätte nicht länger überlegt und die Flucht ergriffen. Sie hätte sich zu den Stallungen geschlichen, um auf Ulysses' Rücken weit fort zu galoppieren, wohin wusste sie nicht. Es wäre nicht das erste Mal gewesen, dass sie sich aus dem Staub gemacht hätte, weil sie einem bestimmten Besucher entgehen wollte. Melora würde sie natürlich prompt einen Feigling schimpfen. Aber wenn Colton Wyndhams Wutausbruch sie schon vor Jahren tief verstört hatte, dann hegte sie keinen Zweifel, dass er nun – nachdem er während seiner langen Offizierskarriere gelernt hatte, seine Truppen zu disziplinieren – dazu fähig war, seinen Opfern allein mit seiner scharfen Zunge die Haut vom Leibe zu ziehen.

Doch was auch immer sie bei der Begegnung mit Colton erfahren oder durchleiden würde, dem eigenen Versprechen, das sie bei der Unterzeichnung des Kontrakts abgegeben hatte, würde sie nicht entgehen. *Das Wort eines Ehrenmanns ist so gut wie ein schriftlicher Vertrag,* hatte ihr Vater oft gesagt, wenn er seine Tochter in Benimmfragen unterrichtet hatte. Und genau das würde Gyles Sutton jetzt von seiner Tochter erwarten.

»Ich komme gleich hinunter«, antwortete Adriana niedergeschlagen vom Toilettentisch aus. »Maud richtet mir gerade die Haare.«

»Sage ihr, sie soll sich beeilen. Es wäre unhöflich, die Gäste warten zu lassen.«

»Ja, Mama, ich weiß«, murmelte Adriana nicht allzu glücklich.

Maud, die die trübsinnige Stimmung ihrer jungen Mistress verspürte, kicherte leise. »Aber, aber, meine schöne Dame, Lord Randwulf treffen ist nicht halb so schlimm, wie Sie meinen. Die Köchin sagt, sie hätt' ihn in Bradford gesehen, wo 'ne junge Miss auf ihn gedeutet hätt', in dem Laden, wo die Köchin ihre Gewürze kauft. Sie sagt, ihr is' bald der Mund offen stehen geblieben, wie sie sich nach ihm umgedreht hat. Seine Lordschaft muss ein feiner Pinkel sein und ganz elegant. Ein richtiger Mann, mit Fleisch auf den Rippen und groß. Nich' wie Mr Elston, der so rumgetan hat, als würd ihm das Haus gehören, wie er gestern hier aufgetaucht is'. Wenn's nach mir geht, ist mir der Mr Elston zu knochig und zu dünn. Und er sieht nich' aus wie ein richtiger Mann und erst recht nich' wie Seine Lordschaft.«

Adriana seufzte schwer. »Alles, was du sagst, trifft zu, Maud. Lord Randwulf macht wirklich eine gute Figur …«

»Aber was verdrießt Sie dann so, Mylady? Freu'n Sie sich nicht, dass Ihnen so wer den Hof machen will?«

»Ich bin mir gar nicht so sicher, dass er das will, Maud. Es war die Idee seines Vaters, nicht seine.«

»Natürlich will er Ihnen den Hof machen, Miss«, insistierte die wohlbeleibte Zofe. »Sie sin' das hübscheste Mädel auf dieser Seite vom Himmel. Und wenn er das nicht merkt, dann fehlt es ihm ein bisschen im Kopf. Schau'n Sie sich doch die ganzen Lords und Gentlemen an, die 's Herz an Sie verlor'n haben. Das is' Beweis genug.«

»Es sind nicht alle Männer gleich, Maud, und Lord Randwulf scheint am Junggesellenleben seine Freude zu haben …« Adriana hielt inne. Die Zofe würde niemals begreifen, wie tief ihre Angst wirklich reichte. Was Adriana am meisten Sorge machte, war, dass der Mann sie so faszinierte. Er zog sie jetzt in einem Maße an, dass sie sich fragen musste, wie es ihr wohl erst am Ende der Werbungszeit erging. Es würde wohl weniger ihr Stolz leiden, falls er sie abwies, sondern ihr Herz. Sie schüttelte düster den Kopf und seufzte nachdenklich. »Wer weiß schon, was Lord Randwulf will?«

Maud lachte. »Zerbrechen Sie sich nicht den Kopf, was er mag, Mylady. Wenn er sein Herz nich' schon längst verloren hat an Sie, dann tut er's bald.«

In der Tat würde die Zeit es weisen, welcher Natur Coltons

Gefühle waren, überlegte Adriana. Aber was das Endergebnis betraf, war sie nicht halb so hoffnungsfroh wie Maud.

Seufzend verließ sie das Schlafzimmer und stellte sich der Tortur, auf Lord Randwulf zu treffen … und einen großen Teil *ihres* Herzens an den Mann zu verlieren.

Lady Christina war im festen Bewusstsein, dass ihre Tochter ihr bald folgen würde, die Treppe hinuntergeschritten. Doch als sie die zarte Hand auf den jakobinischen Knauf der Salontür legte, wurde ihr schlagartig bewusst, welch schwierige Aufgabe sie allein erwartete. Im Moment wusste sie nicht, was schrecklicher war: sich von Lord Coltons vernarbtem Gesicht und seiner entstellten Gestalt unbeeindruckt zu zeigen … oder ihm ihre Jüngste zur Ehefrau zu geben.

Sie holte tief Luft, um die Angst zu überwinden, und stellte sich auf die äußerst schwierige Situation ein. Doch die Furcht legte sich wie ein dunkler, drohender Schatten über sie. Tapfer drückte sie die Tür auf und betrat den Salon. Auf der Stelle wurde sie Lord Coltons gewahr, der aus den rautenverglasten Fenstern auf das üppige Grün und die Auffahrt hinunterblickte. Worüber sie ungeheuer erleichtert war, denn die räumliche Distanz zwischen ihm und seiner Mutter erlaubte es ihr, Letztere zuerst zu begrüßen, bevor sie gezwungen sein würde, Seiner Lordschaft ins entstellte Gesicht zu sehen. Was den Marquess anging, konnte es bereits als enormer Erfolg gelten, wenn es ihr nur gelang, ihren Widerwillen im Zaum zu halten und gelassen zu erscheinen. Der einzige Weg, diesen schrecklichen Moment zu überstehen, war, sich immer daran zu erinnern, dass Colton ihrer besten Freunde Sohn war und sich seine Narben im Dienst für das Vaterland erworben hatte.

Sich ein fröhliches Lächeln auf die Lippen zwingend, durchquerte sie den Raum zur Polsterbank, auf der Philana Platz genommen hatte. Sie nahm Philana bei den Händen und sagte: »Wir haben lange auf diesen Tag warten müssen, liebe Freundin.« Dass die Worte wie Nadeln in der Kehle stachen, machte es ihr nicht leichter. »Endlich ist Ihr Sohn nach Hause zurückgekehrt. Wie erleichtert Sie sein müssen, dass er wieder hier ist und seinen Titel beansprucht.«

»Nicht nur erleichtert, sondern voll der Freude, dass er nun seines Vaters Pflichten übernimmt«, erwiderte Philana mit strahlendem Lächeln. »Aber was noch bei weitem wichtiger ist, Christina, wir sind hierher gekommen, um mit Ihnen und Gyles über den Verlobungskontrakt zu sprechen. Und ich hoffe sehr, dass Adriana zu uns stößt. Sie ist schließlich ein Hauptteil der Angelegenheit, dass ich mir nicht vorstellen mag, sie würde nicht persönlich ihre Zustimmung geben.«

»Maud war gerade dabei, ihr das Haar fertig zu machen. Ich bin sicher, sie erscheint jeden Moment. Und Gyles ...« Hinter ihr öffnete sich die Tür und Christina brauchte sich nicht erst umzuwenden. Sie kannte die sich nähernden Schritte, die bald der orientalische Teppich dämpfte. »Nun, da ist er schon.«

»Willkommen! Willkommen!« Gyles spielte, so gut er es vermochte, den Erfreuten und gesellte sich zu den Frauen. Philanas Hand an die Lippen ziehend und ihr einen Kuss aufhauchend, verkündete er: »Sie sehen bezaubernd wie immer aus, meine Liebe.«

Philana lachte fröhlich und verwarf das Kompliment mit eleganter Handbewegung. »Sparen Sie sich das für leichtgläubigere Naturen auf, Gyles. Ich bin alt und runzelig und das wissen Sie auch.«

Gyles grinste sie schräg an und schlug wie zum Schwur die Hand aufs Herz. »Ich kann nirgendwo Runzeln erkennen, und wie alt auch immer Sie sein mögen, Ihre Anmut und Ihre Schönheit sind unübersehbar.«

Über die Entgegnung erfreut, neigte Philana angetan das dunkelblonde Haupt. »Gyles, Sie sind ein wahrer Freund, auch wenn Sie dazu neigen, mehr als nur ein wenig zu schwindeln.«

Gyles trat amüsiert lächelnd einen Schritt zurück und zögerte den Moment, wo er dem Sohn würde gegenübertreten müssen, noch ein wenig hinaus. Genau wie Christina konnte er sich schlicht nicht überwinden, obwohl er sich durchaus bewusst war, dass Colton sich vom Fenster abgewandt hatte und humpelnd auf sie zukam. Das gedämpfte Pochen des Gehstocks auf dem Teppich schien von einer Niederlage zu künden, die ihnen allen – wie Gyles befürchtete – unmittelbar bevorstand. Christina hatte unter Tränen erklärt, dass sie ihre Jüngste keinesfalls einem entstellten Mann zur Frau geben werde, egal welchen Ruhm sich selbiger im Kampf gegen den Feind erworben hatte. Gyles hatte ihr die Angst nachfühlen können und teilte sie sogar ein bisschen. Adriana war von Geburt an sein Liebling und es widerstrebte ihm, sie mit einem Mann verheiratet zu sehen, vor dem die Kinder vor lauter Angst Reißaus nahmen.

Philana wies mit ausladender Handbewegung auf ihren sich nähernden Sohn. »Und hier ist Colton. Gesund und munter, wenn man von der schrecklichen Beinverletzung absehen möchte.«

Gyles legte seiner Frau tröstend die Hand auf den Rücken, um ihr Halt zu geben und starke Nerven. Gemeinsam drehten sie sich zum Marquess um. Klein und zart, musste Christina den Kopf zurücklegen, um dem hoch gewachsenen Mann in die Augen sehen zu können. Als Gyles ihre schlanke Gestalt erbeben fühlte, stellte er sich auf das, was nun unweigerlich folgen musste, ein. Wenn Christina in Ohnmacht fiel, würde er es damit entschuldigen, dass ihr seit Tagen nicht wohl gewesen war, was auch gewiss keine Lüge war, da er sie selten so überreizt erlebt hatte, was wiederum Folge der nahenden Nervenprobe war. Besser so, entschied Gyles für sich, als ihren Schwächeanfall als Zeichen der Aversion gegen Sedgwicks Sohn erscheinen lassen.

Gyles schwor, sich besser unter Kontrolle zu haben und mit keiner Wimper zu zucken, sollten die Entstellungen des Mannes ihn abstoßen. Mit hochmütiger Würde wandte er sich seinem Gast zu.

Und dies war auch präzise die Sekunde, in dem sein Unterkiefer herunterklappte.

»Lord Gyles«, begrüßte ihn Colton mit tiefer, melodiöser Stimme und lächelte seine Gastgeber an. »Lady Christina.«

»Du meine Güte«, wisperte Christina atemlos, während ihr ein tiefer, lebendiger Rotton in die Wangen stieg. Bis dato hatte sie ihren Schwiegersohn, Sir Thornton Godric, und Meloras Verlobten, Sir Harold Manchester, für außergewöhnlich gut aussehend gehalten, aber sie musste sich eingestehen, dass Colton Wyndham die beiden bei weitem in den Schatten stellte mit seinen noblen Gesichtszügen, seinem verblüffend guten Aussehen, den breiten Schultern und seiner schieren Größe. Sie schüttelte verwirrt den Kopf und konnte sich nur noch fragen, wie in aller Welt sie auf den absurden Gedanken gekommen war, der Mann sei grässlich anzusehen. »Sie haben sich derart verändert, Lord Colton, dass Gyles und ich, wie ich befürchte, ein wenig aus der Fassung geraten sind.«

Colton lächelte erfreut. »Nur zu verständlich, Mylady, wenn man bedenkt, dass ich gerade einmal ein junger Bursche war, als wir uns zuletzt gesehen haben. Sechzehn Jahre können die Erscheinung enorm verändern.«

Freudig erleichtert wies Christina auf die Polsterbank, wo bereits Coltons Mutter Platz genommen hatte. »Bitte setzen Sie sich und erzählen Sie uns, wohin es Sie verschlagen hat, seit wir uns das letzte Mal gesehen haben.«

Bevor Colton der Aufforderung Folge leisten konnte, schwang erneut die Tür auf und er richtete seine Aufmerksamkeit auf Adriana, die endlich den Salon betrat. Obwohl er sie, während sie in der Badewanne geschlafen hatte, durch und durch studierte hatte, überraschte ihn ihre Schönheit wieder aufs Neue. Hatte er je die Möglichkeit verworfen, eine Frau könne makellos sein, dann setzte Adriana nun den neuen Standard, an dem sich jede Frau würde messen lassen müssen, zumindest seiner Ansicht nach. Wenn ihr Aussehen nicht bereits wahrlich perfekt war, dann kam es dem Ideal jedenfalls unerträglich nahe. Ihr langes, üppiges Haar war glatt nach oben gebürstet und in einem schweren, eleganten Scheitelknoten eingefangen. An den Schläfen waren ein paar fedrige Locken dem Knoten entflohen und gaben der Frisur eine charmante, weiche Note. Im Kontrast zu ihrem dunklen Haar schien ihre Haut bei weitem heller als die anderer Frauen. Ein zarter Rosenhauch schmückte ihre Wangen und die weichen, einnehmend geschwungenen Lippen. Und was die großen, seidenbewimperten Augen betraf, so war ihr Zauber so überwältigend, dass er sich zum Schutz davor fast abgewendet hätte.

Ihr modisches Kleid war schlicht eine Offenbarung. Ein Strudel aus plissierter Seide fasste den hohen Kragen und die Manschetten der halblangen Ärmel des kurzen Spenzer-Jäckchens, das dem Ensemble mit seinen Epauletten und dem Smaragdgrün des weichen Wollkrepps ein gewisses militärisches Flair verlieh.

Colton stellte erstaunt fest, dass er die Juwelen, die Adrianas Ohrläppchen zierten, im Geiste mit den Schmuckstücken verglich, die Pandora Mayes zu tragen pflegte. Während Erstere sich mit schlichten, in filigranes Gold gefassten Perlen begnügte, zog es die Schauspielerin vor, ihr rabenschwarzes Haar mit baumelnden, riesigen Pretiosen zu schmücken. So wenig wie der Schmuck sich glich, glichen einander die Frauen. Sie miteinander zu vergleichen, hieß eine zarte Rose einem Kohlkopf gegenüberzustellen. Pandora Mayes war eine wollüstige Verführerin, die genau wusste, was sie tat, wenn sie einen Mann in ihr Bett lockte. Die Aktrice wäre beleidigt gewesen, hätte man sie eine Dirne genannt. Schließlich beteuerte sie unablässig, ihre Gunst nur solchen Männern zu schenken, die sie bewunderte und zu denen sie langjährige Beziehungen unterhielt. Doch die Geldgeschenke und die Juwelen, die sie von ihren Verehrern und Liebhabern erhielt, stellten sie auf die gleiche Stufe mit jenen Frauen, die sich an den Docks und auf den Straßen Londons verkauften. Adriana hingegen war genau jene Sorte Frau, die er irgendwann zu ehelichen gedachte.

Nachdem Bentley ihn an die unverrückbaren Prinzipien der Dame erinnert hatte, hatte er sich nur erneut in der Auffassung bestätigt gesehen, dass die Dame in der Tat ein seltener Juwel war.

Colton verbiss sich ein Lachen, als er entdeckte, dass der Lady auf dem Weg nach unten wohl kalt geworden war, denn ihre Brustwarzen drückten sich vorwitzig durch den Wollkrepp. Obwohl er im Badezimmer mehr von ihrem Äußeren genossen hatte, als es das Recht eines jeden schicklichen Gentleman war, brachten die kleinen Spitzen doch die Erinnerung daran zurück, wie sie unbekleidet aussahen. Im warmen Wasser waren sie unglaublich weich und rosig gewesen und hatten Adrianas Elfenbeinbrüste aufs Schönste gekrönt.

Welches Kleid auch immer sie trug, es war die schlanke Gestalt, die darin eingehüllt war, an die er denken musste – die definitiv perfekteste, die ihm je unter die Augen gekommen war. Eine junge Göttin in der Blüte, versprach Adriana einen süßen Honig in die Ehe einzubringen, an dem ein Mann den Appetit stillen und die Augen weiden konnte. Sollte er sich und seinen Stolz dem Diktat des Vaters beugen, das wohl eher als Geschenk denn als lebenslange Folter gedacht gewesen war, dann würde er alles an ihr genießen können, von den niedlichen Ohrläppchen bis zu den schmalen Zehen. Dennoch konnte er nicht vergessen, dass er in ein Arrangement verwickelt werden sollte, vor dem er die letzten sechzehn Jahre davongelaufen war.

»Bitte, vergeben Sie mir meine Verspätung«, murmelte Adriana den Anwesenden zu und wich dabei angelegentlich Coltons Blick aus. Sein Blick war nicht weniger durchdringend als damals in der laternenerhellten Kutsche. Andere Männer hätten zumindest den Anstand besessen, sie diskret zu beäugen, aber Colton machte nicht einmal den Versuch, vor ihr zu verbergen, dass er jedes kleinste Detail aus geringstmöglicher Distanz erkunden wollte. Unter seinem durchdringenden Blick fühlte sie sich, als werde sie in der Tat entkleidet. Seine

Augen delektierten sich an jeder Kurve. Er schien ihr im Geiste nicht den winzigsten Stofffetzen am Leibe lassen zu wollen.

Er trat hinter einen der Tudor-Stühle, klemmte den Gehstock unter den Arm, packte die Ecken der reichgeschnitzten Rückenlehne und schob den Stuhl langsam auf sie zu. »Kommen Sie, Adriana, setzen Sie sich.«

In Anwesenheit ihrer Eltern blieb Adriana kaum eine andere Wahl. Sosehr sie sich auch danach sehnte, in ihr Schlafgemach zurückfliehen zu können, sie konnte sein Angebot schlecht ausschlagen, ohne die anderen damit zu brüskieren. Also nahm sie mit rigide gestrafftem Rücken und darauf bedacht, nur ja nicht seine Hände zu berühren, auf der äußersten Kante Platz.

Wie erwartet, hielt sie Colton mit ihrem Entgegenkommen keineswegs in Schach. Das untere Ende seines Gehstocks senkte sich wieder in den kostbaren Teppich, während er zu ihr herumkam. Er beugte sich über ihre Schulter, atmete in ihr Haar und senkte den Kopf noch weiter, bis der warme Atem ihre Wange streifte. Adriana hätte ob der unerwarteten Freude, die seine Nähe ihr bereitete, fast die Augen geschlossen. Es schien fast, als wolle ein sehnsuchtsvolles Gefühl tief in ihr all ihre Versuche untergraben, sich von dem Mann fern zu halten.

»Entspannen Sie sich, Adriana«, raunte er. »Ich fresse Sie schon nicht auf … zumindest jetzt noch nicht.«

Auf einmal sah sich Adriana gezwungen, die brüchigen Reste ihrer Selbstbeherrschung eisern zusammenzuhalten. Seine einschmeichelnde Stimme schien ihr ganzes Selbst zu bombardieren. Sie hätte nie gedacht, ihren Namen einmal so verheißungsvoll über die Lippen eines Mannes kommen zu hören oder einer sanften, melodischen Stimme wegen förmlich dahinzuschmelzen.

Erst als sie sich an Coltons Zorn aus vergangenen Jahren erinnerte, kühlten sich ihre Sinne und sie konnte sich erneut an ihrem Entschluss festhalten, sich ihm gegenüber reserviert zu geben. Als noch effizienter erwies sich die Vorstellung, dass er

Felicity in den Genuss seines Charmes hatte kommen lassen, die sich dafür sicherlich als anfällig erwiesen hatte. In Anbetracht des unsittlichen Angebots, das er ihr nach der Beerdigung Mrs Jennings' gemacht hatte, konnte Adriana sich nur fragen, ob er der Müllersenkelin Ähnliches offeriert hatte.

Als er sich einen Stuhl neben sie schob, und zwar so dicht, dass die hölzernen Armlehnen einander berührten, beäugte Adriana ihn schief. Einen gewissen Sarkasmus konnte sie sich nicht verkneifen: »Ich kann ein Stück zur Seite rutschen, falls Sie mehr Platz brauchen, Mylord.«

Die Spitze verfehlte nicht ihre Wirkung. Colton lachte leise und lehnte sich zu ihr. »Die Polsterbank ist bereits besetzt, meine holde Adriana. Anderenfalls hätte ich Sie dorthin gebeten und mich neben Sie gesetzt.«

»Und weshalb?« Sie spielte die Verwirrte. »Sie haben doch gewiss kein Interesse, sich der Wahl anzunähern, die Ihr Vater vor Jahren, als Sie noch an der Schwelle zur Mannbarkeit standen, für Sie getroffen hat. Ich dachte eigentlich, wir seien hier, um zu besprechen, wie die Vereinbarung gelöst werden kann, Mylord.« Sie zog provozierend eine Augenbraue hoch. »Sollte ich mich geirrt haben?«

Colton brachte zwar ein Lächeln zu Wege, machte aber einen durch und durch säuerlichen Eindruck. »Ich kann nichts von einer Xanthippe an Ihnen erkennen, meine Liebe. Aber manchmal habe ich das Gefühl, ich würde hinters Licht geführt. Wahrlich, holde Maid, die Verletzungen, die Sie mir beibringen, bluten schwer.«

Adriana lächelte, was ihr einen tadelnden Blick seitens ihrer Mutter eintrug und Coltons amüsiertes Gekicher. Sie wusste nicht zu sagen, weshalb sie so widersprüchliche Gefühle überkamen, wann immer sie mit diesem Mann zusammen war. Manchmal hätte sie am liebsten zu einer Porzellanfigur gegriffen oder einem schweren Kochtopf, um Colton zu ihrem höchsten Vergnügen eins über den Schädel zu braten. Dann wieder sah sie sich gezwungen, gegen die verwirrenden Freudenanwandlungen zu kämpfen, die er in ihr verursachte. Dabei war sie doch überzeugt, dass er eine Brautwerbung nur seiner Mutter wegen erwog, um ihr, Adriana, bei passender Gelegenheit den Todesstoß zu versetzen. Warum also war sie so anfällig für ihn?

»Ohne Zweifel, Mylord, entstammen Ihre Schlussfolgerungen einem reichen Erfahrungsschatz«, wies sie ihn kühl zurecht. »Um im Umgang mit zänkischen Frauen zu einer Kapazität zu werden, muss man regelmäßig welche treffen. Fraglos haben Sie während Ihrer Abwesenheit viele entsprechende Erfahrungen gemacht und ein paar womöglich sogar auch nach Ihrer Rückkehr.« Sie hob den Kopf und wartete auf die Retourkutsche, aber er lächelte nur ominös. Nachdem seiner Miene nicht anzusehen war, ob der Stich ihn getroffen hatte, griff sie zu einem schärferen Dolch. »Oder wollen Sie meiner armen Zunge nur deshalb die Schuld geben, weil Sie sich würdevoll aus dem Kontrakt befreien möchten?«

Zum ersten Mal seit ihr geliebter Sedgwick die Verlobung zwischen Adriana und Colton auf den Weg gebracht hatte, verspürte Philana einen Funken Hoffnung, dass die Ehe tatsächlich zustande kommen würde. Colton war viel zu gut aussehend, um vom schwachen Geschlecht übergangen … oder gar abgewiesen zu werden. Die meisten jungen Damen hätten einen solchen Mann mit Rehaugen angestaunt und ihm zweifelsohne als Pfand ihrer Hingabe ihre Körper angeboten. Philana fand es enorm erfrischend, wie Adriana ihren Sohn zurechtwies. Dass sie seine Avancen kühl ignorierte, würde dem verwöhnten Halunken eine Lehre sein, die er auch verdient hatte. Er war viel zu selbstbewusst, was sein Verhältnis zu Frauen anging, und wusste vermutlich nicht, wie er mit einer Abfuhr umgehen sollte.

Gyles, dem die wahre Bedeutung des Wortwechsels entgangen war, fragte: »Ist das wahr, Eure Lordschaft? Wollen Sie sich aus der Vereinbarung befreien?«

Sich langsam aufrichtend, lächelte Colton und wandte sich

dem Älteren zu. »Ganz im Gegenteil, Gyles. Ich möchte so rasch wie möglich die Brautwerbung beginnen. Nachdem ich von dem Vertrag zwischen Vater und Ihnen erfahren habe, habe ich das von Ihnen beiden unterzeichnete Dokument gründlich durchgelesen. Den Regelungen entsprechend bleiben mir drei Monate Zeit, um über mein Schicksal zu entscheiden ... es sei denn, die Lady ist anderweitig vergeben.«

Er zog eine Augenbraue nach oben und blickte auf Adriana herab, ihre Antwort erwartend. Als sie ungerührt schwieg, lehnte er sich auf seinem Stuhl zurück und beugte sich grinsend zu ihr. »Was sagen Sie dazu, meine Liebe? Haben Sie irgendwelche Bedingungen, was den Zeitpunkt angeht, von dem an wir unsere Gefühle füreinander prüfen? Falls nicht, dann sollten wir heute damit beginnen, würde ich vorschlagen.«

*Umso schneller hat er es hinter sich,* dachte Adriana und spürte, wie ihr Nacken kribbelte. Sie war kurz davor, Lord Sedgwicks Edikt zu verwerfen und sich nicht den Possen seines gut aussehenden Sohnes auszusetzen. Doch sie konnte sich nicht dazu überwinden, zur Tat zu schreiten. Sosehr ihr Stolz sich auch danach sehnte, Colton Wyndham selbst aus der Verpflichtung zu entlassen, gegen die er sich so gewehrt hatte – sie ertrug den Gedanken nicht, Philana wehzutun oder Schande über ihre Eltern zu bringen, indem sie deren Hoffnungen rundweg in den Wind schlug. »Falls eine kleine Verzögerung Sie nicht allzu schmerzt, Mylord, dann würde ich vorschlagen, am einundzwanzigsten Oktober zu beginnen, dem Tag, an dem der Herbstball stattfindet.«

»So lange noch warten? Bis dahin ist es fast noch ein ganzer Monat!« Die Vorstellung, diese Frist abwarten zu müssen, erweckte in Colton höchsten Verdruss. Dass er in die Brautwerbung einwilligte, geschah in erster Linie deshalb, weil er seiner Mutter beweisen wollte, dass Liebe sich nicht erzwingen ließ. Und sobald das erwiesen war, war er seiner vertraglichen Verpflichtungen ledig. Zumindest aber war es dann gänzlich seine Entscheidung, ob er Adriana heiratete, und nicht die Folge des väterlichen Diktats. Seiner Ansicht nach machte eine Wartezeit das Arrangement nur noch verabscheuenswürdiger.

Colton legte einen Finger an die Wange, stützte das Kinn auf die Hand und betrachtete Adriana in Denkerpose. Er hatte seine Entscheidungen fast sein Leben lang alleine getroffen, doch nachdem er die Dame in seiner Badewanne hatte liegen sehen, hatte er viele schlaflose Nächte verbracht. Sosehr er sich auch danach sehnte, seinen Hunger an ihr zu stillen, er konnte doch nicht einem Schoßhund gleich seines Vaters Willen über den eigenen stellen, oder? Irgendwie galt es, diese Brautwerbung zu überstehen, ohne dass sein Herz, sein Verstand oder insbesondere sein Körper der Versuchung nachgab. Nur dann würde er auch weiterhin auf eigenen Füßen stehen. Erst wenn er das erreicht hatte, konnte er sich ernsthafteren Überlegungen zuwenden … und die Lady umwerben, ohne seinen Wunsch zu verbergen, die Verbindung zu bekräftigen. »Am Einundzwanzigsten, sagen Sie?«

»Oder wann immer es Ihnen sonst passt, vorausgesetzt der Herbstball hat schon stattgefunden«, bestätigte Adriana reserviert.

Colton war neugierig, wie es um den Wollspinnerssohn bestellt war. »Und was ist mit Roger Elston? Werden Sie dem Lehrling bis dahin gestatten, Sie aufzusuchen?«

Adriana spürte, wie sich unter seinem durchdringenden Blick ihre Wangen erwärmten. Wie konnte er es wagen, sie das zu fragen, nachdem er selbst Felicity aufsuchte? »Aus Gründen der Schicklichkeit muss ich ihm wohl mitteilen, dass sein weiteres Erscheinen unpassend wäre. Aber ich habe Mr Elston bereits vor Ihrer Rückkehr freigestellt, ob er zum Ball kommen möchte, Mylord. Es scheint mir weniger ungehobelt, ihn erst gegen Ende des Balls zu informieren.«

»Würde es Sie dann über Gebühr stören, wenn ich meine Aufmerksamkeit an jenem Abend in eine andere Richtung lenkte? Das erschiene mir nur fair … zumal Sie anderweitig beschäftigt sein dürften.«

Adriana dreht ihm ihr Profil zu und lüpfte hochmütig die Augenbrauen. Er musste ihr nicht erst sagen, welche Frau er im Sinne hatte. »Ich werde nicht anderweitig beschäftigt sein, Mylord. Ich habe Roger lediglich die Erlaubnis erteilt, den Ball zu besuchen, sollte ihm danach sein. Aber bitte, verfahren sie nach Belieben. Ich habe schließlich kein Anrecht auf Ihre Gesellschaft.«

»Aber natürlich haben Sie das, Adriana.« Er fing eine der Locken ein, die ihre Wange streichelte, rieb sie zwischen den Fingern und bewunderte die Beschaffenheit der Strähne, sich ihm um den Finger zu wickeln. Das seidene Haar duftete nicht weniger süß als der gesamte Körper der Lady und er fühlte seine Sinne reagieren, als habe er starkes Gift geschluckt. »Wir sind durch einen Kontrakt gebunden und so gut wie verlobt. Das allein gibt Ihnen schon das Recht, mir den Umgang mit anderen Frauen zu verbieten.«

»Das dürfte wohl kaum der Fall sein!« Adriana wedelte zornig mit der Hand über die Wange, als gelte es ein lästiges Insekt zu vertreiben, und es gelang ihr auch, ihm die Locke zu entziehen. »Wir sind schließlich nicht verheiratet, und auch wenn wir tatsächlich verlobt wären, würde ich Ihnen den Umgang mit wem auch immer gestatten … Jetzt hören Sie schon auf!« Sie schlug wütend nach seiner Hand, als er erneut nach der Locke greifen wollte. »Lassen Sie meine Haare in Ruhe!«

»Adriana!«, keuchte ihre Mutter entrüstet. »Schämst du dich nicht, Seine Lordschaft auf die Hand zu schlagen, was soll er nur von dir denken?«

»Ts, ts«, tadelte Colton mit breitem Grinsen und beugte sich zu der bezaubernden Kämpferin. »Sie scheinen nicht gerade Respekt vor mir zu haben, Adriana.«

»Damit könnten Sie Recht haben«, erwiderte sie hitzig. »Immerhin sind Sie praktisch ein Fremder …«

»Adriana!« Christina war über die Unverblümtheit ihrer Tochter entsetzt.

»Sie sind definitiv eine Herausforderung, Adriana«, stellte

Colton fest, während seine grauen Augen amüsiert funkelten. »Ich habe nie zuvor eine Frau getroffen, die meine Aufmerksamkeiten so zu verabscheuen schien.« Es war wirklich erfrischend, sich einmal am anderen Ende des Spektrums wiederzufinden und einer jungen, schönen Lady nachzujagen, die nicht das geringste Interesse an ihm zu haben schien. Ganz entzückend … und eine echte Herausforderung!

Adrianas Tonfall war höhnisch, als sie dem wachsenden Drang, Colton zu tadeln, nachgab. »Ich bin sicher, Sie haben vielen Mädchen das Herz gebrochen, Mylord, aber ich möchte Ihnen keine Vorhaltungen machen, die Ihnen abgedroschen erscheinen müssen, so oft wie Sie sie schon zu hören bekommen haben.«

Dass er dieses durchwachsene Tête-à-Tête genauso genoss, wie er die endgültige Kapitulation einer schönen, versierten Verführerin zu genießen pflegte, war ein Schock für Colton. Die Frauen, die er gekannt hatte, waren allesamt erfahren gewesen im Spiel der Liebe und er hatte seine Wirkung nie in Zweifel gezogen. Momentan begann er zu grübeln.

»Was, wenn ich Ihnen einfach sagte, wie bezaubernd Sie sind, liebste Adriana? Wie hätte ich ahnen sollen, dass Sie zu so einer exquisiten Frau heranwachsen? Ihre Schönheit verschlägt mir den Atem.«

»Dann sollten Sie tief Luft holen, Mylord«, erwiderte Adriana und sah weder nach links noch rechts, als er ihre Hand ergriff.

Der Sarkasmus ihrer Tochter ließ Christina zu einem Tadel ansetzen, doch als Philana ihre Hand ergriff und drückte, schluckte sie ihre Zurechtweisung herunter und zwang sich zu schweigen.

Colton hob die zarten Finger seiner potentiellen Verlobten und ließ seinen warmen, feuchten Mund in einer langsamen, sinnlichen Liebkosung über ihre Knöchel gleiten.

Adriana bemerkte ein sonderbares Ziehen tief in ihrem Inneren und musste feststellen, dass ihr jedes Mal, wenn er ihre

Haut berührte, der Atem stockte. Die Aufwallung der Gefühle glich jener auf Randwulf Manor, als sie mit ihm zusammengestoßen war; doch so brisant die Situation damals auch gewesen war, sie erschien ihr, verglichen mit der jetzigen, nur wie ein matter Abklatsch. Jedenfalls waren die Gefühle, die er ihr verursachte, bei weitem zu prekär, als dass eine junge Lady sie in Gegenwart ihrer Eltern hätte ertragen und gefasst hätte bleiben können!

Mit aller Gewalt ihre Hand zurückreißend, kam Adriana abrupt auf die Füße und floh zur Tür, von wo aus sie sich mit geröteten Wangen ihren Gästen zuwandte und eine würdevolle Haltung einnahm, ihrer flattrigen Konstitution zum Trotz. Sie bot auch eine aufrichtige Erklärung an: »Ich habe Melora versprochen, dass ich ihr heute bei ein paar Hochzeitsvorbereitungen helfe.« Ihre Augen zuckten zu Philana und sie sank in einen respektvollen Knicks. »Lady Philana, wenn Sie mich bitte entschuldigen würden …«

»Natürlich, Kind«, erwiderte die Marchioness mit großmütigem Lächeln, da sie ihren Sohn dafür verantwortlich machte, dass das Mädchen die Flucht ergriff. Sie warf Colton einen missbilligenden Blick zu. Dass er sich zu amüsieren schien, ließ sie innerlich seufzen. Er erinnerte viel zu sehr an den Burschen, der er einst gewesen war; er war nach wie vor ein unverfrorener Frechdachs.

Mit einem ausgesprochen kühlen Lächeln wandte Adriana sich an den Marquess. »Guten Tag, Lord Randwulf.«

Sogar Colton zuckte zusammen, als die Tür hinter ihr ins Schloss fiel, und einen Moment lang starrten Eltern, Mutter und Verehrer in unterschiedlichem Maße überrascht auf die Tür. Dann, fast unisono, drehten Gyles und Christina sich dem jungen Mann zu, um zu sehen, wie er auf das überstürzte Verschwinden ihrer Tochter reagierte.

Über die offenkundige Entrüstung des Mädchens in Gelächter ausbrechend, wies Colton mit dem Daumen auf die Tür. Adriana schien von dem Kontrakt nicht weniger angewidert, als er es gewesen war. »Ich schwöre, die junge Dame hat ein Temperament, das ich bei keiner anderen, die solch gute Erziehung genossen hat, je erlebt habe.«

Christina brachte ein zögerliches Lächeln zu Wege. »Ich hoffe, meine Tochter hat Sie nicht beleidigt, Mylord.«

Philana kicherte amüsiert. »Was meinen Sohn anbelangt, vermag ich es nicht zu sagen, aber ich persönlich fand sie wunderbar ... wie immer. Noch eine Minute länger – und sie hätte Colton eins auf die Ohren gegeben ... und das mit Recht.«

Christina wusste nicht, was sie sagen sollte. Sie schaute den Marquess fast flehentlich an. »Meine Tochter ist von Zeit zu Zeit ein wenig gereizt im Umgang mit dem anderen Geschlecht. Sie mag es nicht, wenn man ihr allzu nahe tritt. Aber ich hätte niemals gedacht, dass sie sich in Ihrer Gegenwart so unziemlich benehmen könnte, Lord Colton. Ich werde sie ihrer Manieren wegen gewiss zur Rechenschaft ziehen ...«

»Sie werden nichts in dieser Art tun«, unterbrach Philana mit Nachdruck. »Mein Sohn hat es nicht besser verdient. Er hat sie absichtlich verärgert. Vielleicht benimmt er sich das nächste Mal besser. Falls nicht, muss er sich daran gewöhnen, wie ein ungezogener kleiner Junge eins auf die Finger zu bekommen. Ich versichere Ihnen, es wäre nicht das erste Mal. Ich musste es früher ständig tun. Er hatte seine endlose Freude daran, die Mädchen zu hänseln, wann immer Adriana zum Spielen bei Samantha war.«

Gyles rieb sich den Mund und versuchte das widerspenstige Lächeln zu verbergen, das sich einfach nicht bezähmen lassen wollte. Schließlich gab er es auf, stützte die Handflächen auf die Knie und erhob sich. »Ich hege keinen Zweifel, dass meine Jüngste diese Froschfresser bei Waterloo das Fürchten gelehrt hätte. Sie gerät bisweilen halt leicht in Rage. Insbesondere, wenn es um gierige junge Verehrer geht.«

Adriana durchmaß wütend ihr Schlafgemach und ärgerte sich über sich selbst, dass Colton eine solche Wirkung auf sie ausübte. Nie zuvor hatte sie so etwas empfunden. Nie war sie so verwirrt gewesen, nicht nur was ihn anging, sondern auch über sich selbst. Seine Absichten schienen klar. Dem Willen seines Vaters unterworfen, versuchte er sie zu verletzen, wo er nur konnte. Vermutlich wollte er nur seine eigene Frustration kompensieren. Nach Hause zurückzukehren und sich erneut in der Falle gefangen zu sehen, der er vor Jahren entgangen zu sein glaubte, musste ein schwerer Schlag für ihn sein. Insbesondere, wenn er lediglich zurückgekehrt war, um die Grafschaft zu übernehmen. In Anbetracht der Höhen und Tiefen, die er seines Widerstandes wegen seit Jahren durchlaufen hatte, glaubte er vielleicht, allen Grund zu haben, sie zu hassen. Insbesondere wenn er die Angelegenheit einzig aus seiner Perspektive betrachtete. Ihm würde gewiss nicht auffallen, dass auch sie ein Opfer war, dem die Liebe zu den eigenen Eltern Fesseln anlegte.

Ein leises Klopfen ertönte an ihrer Zimmertür und auf ihre Aufforderung hin betrat Meloras Zofe den Raum und knickste aufgeregt. »Entschuldigen Sie, Mylady, aber Ihre Schwester fragt sich, wo Sie wohl bleiben, nachdem Sie doch zu ihr kommen wollten.«

»Ich werde gleich bei ihr sein, Becky.«

Die Tür schloss sich hinter der Bediensteten. Adriana seufzte schwer und fragte sich, ob sie überhaupt fähig war, drei intensive Monate mit Colton Wyndham zu ertragen. Nicht dass ihr die Vorstellung nicht gefallen hätte. Er war der Mann, auf den sie ihr Leben lang gewartet hatte. Nichtsdestotrotz rief er sonderbare Gefühle in ihr hervor, die leicht ihr Untergang sein konnten. Trotz der äußeren Kühle hegte sie doch ihre geheimen Erinnerungen an ihn und sehnte sich manchmal danach, seinen Arm um sich zu spüren oder seine Lippen auf den ihren.

Die reine Pflichterfüllung ließ Adriana sich schließlich zu Meloras Zimmer aufmachen, wo sie ihre Schwester in hektischer Unruhe vorfand. Melora war mit der Sitzordnung für das Frühstück beschäftigt, das der Hochzeit folgen sollte.

»Da bist du ja endlich!«, rief sie gereizt. »Ich dachte schon, ich muss alles alleine vorbereiten. Ich verliere hier fast den Verstand, während du und Mama euch mit den Wyndhams abgebt, als ob die Sache mit dieser Brautwerbung nicht noch ein paar Wochen Zeit hätte! Adriana, eins sage ich dir: Bedenkt man, wie lange Colton fort war, dann hätte es bestimmt nicht geschadet, wenn ihr seinen Besuch bis nach meiner Hochzeit verschoben hättet. Ihr hättet wissen müssen, wie angespannt ich bin, jetzt, wo die Hochzeit näher rückt. Nur noch zehn Tage!« Sie gönnte sich eine Pause und betrachtete ihre Schwester, konnte aber kein Anzeichen von Mitgefühl entdecken. Also stöhnte sie verdrossen und fuhr fort: »Ich nehme an, die Brautwerbung beginnt auf der Stelle.«

Adriana versuchte Meloras indignierten Tonfall zu ignorieren. »Nein, ich habe ihn darum ersucht, bis zum Herbstball zu warten.«

»Gott sei Dank!«, rief ihre Schwester aus und übertrieb nun ihre Erleichterung. »Jetzt kannst du mir helfen, so wie du es mir versprochen hast! Du kannst gleich damit anfangen und die Liste mit den Gästen, die zugesagt haben, zusammenstellen und festlegen, wer beim Hochzeitsfrühstück wo sitzen soll. Die Köchin ist schon mit den Vorbereitungen beschäftigt und die Dienerschaft putzt alle Ecken und Winkel. Wir können uns nicht erlauben, uns durch Staub oder ein schmutziges Fenster in Verlegenheit bringen zu lassen ...«

Adriana ignorierte das bedeutungslose Geschwätz ihrer Schwester, nahm an Meloras hohem Sekretär Platz und fing damit an, die Namen zu sortieren. Sie war sicher, dass die Köchin, die Hilfsköchinnen und die anderen Bediensteten alles tun würden, das Hochzeitsfrühstück zu einem unvergesslichen Ereignis für ihre Schwester zu machen. Was sie selbst anging, hoffte sie nur, dass ihre Gedanken nicht allzu sehr um Colton Wyndham kreisen würden. Denn sie fürchtete langsam, dass ihr Herz vor ihm nicht halb so sicher war, wie sie es sich vorgestellt hatte.

# Kapitel 10

Am letzten Septembertag schwang der betörende Duft des Herbstes in sanften Brisen mit. Für eine Hochzeit war dieser sonnige Morgen besonders schön. Während der Zeremonie war die Kirche überfüllt. Aber danach fanden die Familienmitglieder und Freunde, die im Freien auf das Braupaar warteten, genug Platz, um auf und ab zu wandern und mit den Gästen zu plaudern. Adriana wurde von jungen Männern umringt und jeder bemühte sich eifrig um ihre Aufmerksamkeit. Darunter befanden sich Mitglieder der respektabelsten englischen Familien, Lord Harcourt eingeschlossen, der eine vorteilhafte Position an Adrianas linker Seite errungen hatte. Zu ihrer Rechten freute sich Stuart Burke, weil Colton lieber seinem Schwager Percy Gesellschaft leistete als der schönen Lady. Nun hoffte der junge Mann, irgendein drastisches Ereignis hätte die Beziehung des Paares verändert und würde ihm erlauben, seine eigenen Interessen an der angebeteten Dame verstärkt zu verfolgen.

Zu Adrianas Erleichterung war Roger nicht zur Hochzeit erschienen. Nicht einmal dieser dreiste Mann war also so kühn, ohne Einladung aufzutauchen. Andererseits war er oft und völlig unerwartet bei verschiedenen Anlässen zu sehen – ganz so, wie es ihm beliebte. Nach dem Zusammenstoß mit Colton auf Randwulf Manor würde er sich jetzt noch heftiger über die Avancen ärgern, die Adriana genoss. In dicht gedrängten Reihen standen ihre Bewunderer um sie herum und hänselten einander fröhlich wegen ihrer geringen Chancen bei der Lady.

»Verzeihung, Mylords«, bat der junge Guy Dalton, ein Träger des Hosenbandordens, mit breitem Grinsen, um Stuart Burkes und Riordan Kendricks Aufmerksamkeit zu erregen. »Wie ich höre, wird der Mann, der einen Platz an Lady Adrianas Seite erkämpft hat, am ehesten den Kürzeren ziehen. Also würde ich mich an Ihrer Stelle ein wenig entfernen, Mylords.«

Diese Finte quittierte Stuart mit schallendem Gelächter. »Damit *Sie* neben ihr Stellung beziehen können?«

Lord Harcourt hob die markant gezeichneten Brauen und lächelte selbstbewusst. »Wenn Ihnen das Risiko zu groß ist, Sir Guy – ich bleibe sehr gern, wo ich bin. Geben Sie trotzdem die Hoffnung nicht auf. Vielleicht wird sich einer von uns anders besinnen – in meinem Fall, wenn die Hölle zufriert.«

Da stieß Sir Guy einen übertriebenen Jammerlaut aus. »Nun, als Ihr Freund tat ich mein Bestes, um Sie zu warnen. Nur zu, ignorieren Sie meine Bedenken. Mir ist es egal, wenn die Lady Sie beide abweist und einem intelligenten, hübschen Gentleman von meiner Sorte den Vorzug gibt.«

Kein bisschen pikiert, begann auch Riordan zu lachen. »In der Tat, Sir Guy, Sie sind ein guter Freund. Aber ich glaube, jeder Mann neigt dazu, sich Vorteile zu verschaffen, sogar auf Kosten eines würdigeren Rivalen.«

»Bitte, bitte!«, flehte Adriana belustigt. »Hört mit diesem Gezänk auf, Gentlemen! Oder ich muss Sie aus meiner Nähe verbannen.« Bei ihrer Warnung schaute sie in die Runde und erschrak, als sie durch eine Lücke zwischen zwei Verehrern Colton Wyndhams eindringlichen Blick auffing. Nicht weit entfernt, lehnte er an einem Baumstamm.

In eleganter Kleidung, die beinahe den Bräutigam beschämte, stellte der Marquess of Randwulf den Inbegriff eines reichen Aristokraten dar. Percy hatte sich unter dem Baldachin der Zweige und rötlich verfärbten Blätter zu ihm gesellt, schwatzte unentwegt und musterte die Hochzeitsgäste, ohne zu beachten, dass Coltons Interesse ausschließlich Adriana galt.

Unter der Krempe des modischen grauen Seidenzylinders schienen die überschatteten grauen Augen ein seltsames inneres Licht auszustrahlen und jede einzelne ihrer Gesten, jedes Lächeln zu verschlingen.

Dieser bezwingende Blick fesselte Adriana und wanderte schließlich nach unten, um alle Einzelheiten ihrer Gestalt zu inspizieren. Plötzlich gewann sie den Eindruck, ihr taubenblaues Wollkleid wäre ein unzulänglicher Schutz vor diesen glühenden Augen, die sogar die Knospen ihrer Brüste zu versengen drohten. Nie zuvor hatte sie sich, vollständig angezogen, vor einem Mann nackt gefühlt. Und dass er wusste, wie sie unter ihrer Kleidung aussah, schürte ihre Erregung. Noch nie hatte sie diese köstliche Hitze in geheimen Regionen ihres Körpers gespürt, diese pulsierende Röte in ihren Wangen, in ihrem Hals, hinter ihrer Stirn – überall. Wäre es möglich, dass ein Mädchen aus der Ferne verführt wurde – dann müsste sie glauben, der Marquess, der sie unentwegt anstarrte, würde sie in Gedanken entkleiden und liebkosen und ihr die Unschuld rauben.

*Heiliger Himmel* ... Wenn auch unausgesprochen, schienen die Worte in ihrem Gehirn zu dröhnen.

Zutiefst erschüttert von der Sehnsucht in diesen dunkelgrauen Augen entschuldigte sie sich bei Stuart Burke unter dem Vorwand, sie würde frieren (als wäre das auch nur annähernd denkbar) und sich deshalb in die Kutsche ihres Vaters setzen. Dann bat sie Riordan Kendrick um seine Begleitung. Galant bot er ihr seinen Arm. Über seine Schulter grinste er die anderen Gentlemen triumphierend an, während sie lauthals protestierten und ihm scherzhafte Drohungen nachriefen. Nachdem er ihr in den Landauer geholfen hatte, blieb er neben der offenen Tür stehen und unterhielt sich mit ihr, was seine Konkurrenten natürlich sofort herbeilockte. Adriana erwartete nicht, dass Colton einen neuen Beobachtungsposten wählen würde. Aber genau das tat er und schlenderte vor das Kirchentor. Von dort aus konnte er ungehindert durch die Menschenmenge zu ihr herüberspähen. Und bevor das Brautpaar erschien, konnte sie nicht vor seinem prüfenden Blick fliehen.

Der Hochzeitsempfang würde, was den angestrebten Luxus betraf, seinesgleichen suchen. Das behauptete zumindest Melora, die schöne Braut, bevor sie sich von einem Lakaien zu einem Stuhl an der Haupttafel führen ließ. Verblüfft überlegte Adriana, wer die Platzkarten vertauscht haben mochte, denn sie saß neben Colton Wyndham und er brachte sie genauso gnadenlos aus der Fassung wie am früheren Vormittag. Ein schwaches Lächeln war noch das Beste, womit sie seinem zuversichtlichen Grinsen zu begegnen vermochte.

»Pardon, Mylord, ich glaube, dieser Platz ist für meine Tante reserviert«, erklärte sie. Am liebsten hätte sie ihn ans Ende der Welt geschickt, um seinem entnervenden Blick zu entrinnen.

»Keineswegs, Adriana, Sie täuschen sich.« Colton ergriff einen kleinen Silberständer, zog eine Karte heraus und reichte sie ihr. »Nach so vielen Jahren müsste ich meinen eigenen Namen kennen.« Herausfordernd fügte er hinzu: »Haben Sie mich nicht erwartet?«

»Nein, eigentlich nicht«, gestand sie und gab Melora die Schuld an seiner Gesellschaft. Das sah ihrer Schwester ähnlich, dem Marquess einen Gefallen zu erweisen – nachdem Adriana sie ausdrücklich gebeten hatte, ihn neben seiner Mutter und seinem Onkel Alistair zu platzieren.

In der eindeutigen Absicht zu bleiben, wo er war, rückte er seinen Stuhl näher zum Tisch. »Zweifellos wird es Sie langweilen, Ihre Aufmerksamkeit einem einzigen Gentleman zu schenken, da Sie eben noch von so vielen Verehrern umlagert wurden. Aber ich will nicht über Gebühr auf diese Tatsache hinweisen – obwohl ich ein bisschen gekränkt bin, weil ich mich dieser Schar nicht anschließen durfte.«

Erstaunt über diesen albernen Vorwurf, erwiderte sie: »Ich habe Ihnen nicht befohlen, sich fern zu halten.«

»Oh, dann muss ich irgendetwas missverstanden haben – oder?« Coltons graue Augen funkelten provozierend. »Sagten Sie nicht, meine Werbungzeit soll *nach* dem Herbstball beginnen? Muss ich Ihnen bis dahin nicht aus dem Weg gehen?«

Adriana seufzte. Offensichtlich hatte sich der junge Lausbub, der sie in ihrer Kindheit unbarmherzig geneckt hatte, kaum verändert. Vor lauter Zorn hatte sie manchmal geschrien. *Damals.* Auf dem Hochzeitsempfang ihrer Schwester wäre ein solcher Gefühlsausbruch natürlich ungehörig. »Damit meinte ich nur die Werbung an sich, Mylord. Nachdem ich Roger erlaubt habe, den Ball zu besuchen, wäre es unhöflich, ihn wieder auszuladen. Und das müsste ich tun, wenn Sie mir offiziell den Hof machen.«

»Gewähren Sie diesem jungen Schnösel oft eine besondere Gunst?«

Darauf antwortete sie nicht. Weil Roger so oder so auf den Ball gehen würde, hatte sie gedacht, für ihre Familie und sie selbst wäre es weniger ärgerlich, wenn sie's ihm ausdrücklich gestattete. Seither bereute sie die Entscheidung Tag für Tag, insbesondere seit Coltons Heimkehr. Elston würde die Anwesenheit ihres künftigen Heiratskandidaten nicht klaglos hinnehmen.

»Wie viele Gentlemen Sie um sich versammeln …« Coltons Blick schweifte über die Junggesellen hinweg, die Adriana an diesem Morgen umschwärmt hatten. Jetzt starrten sie ihn neidisch an. Lächelnd nickte er Stuart zu, der ihm nicht mehr halb so fröhlich erschien wie vorhin auf dem Kirchplatz. »Vielleicht haben Sie irrtümlich mehr Einladungen verschickt als geplant?«

*»Nein!«,* stöhnte sie ungeduldig. »Nun machen Sie aus einer Mücke einen Elefanten.«

Skeptisch runzelte er die Stirn. »Also, an Ihrer Stelle würden mich dreiundzwanzig Verehrer beunruhigen, noch dazu, wo sich jeder Einzelne so eifrig bemüht, Sie zu erobern. Hoffentlich werde ich mich gegen diese Phalanx behaupten.«

»So viele sind's wohl kaum«, entgegnete sie und fragte sich, ob er übertrieben hatte.

»Was? Haben Sie Ihre Galane gar nicht gezählt?« Colton lachte. Dafür bewunderte er Adriana. Die meisten Frauen würden in einem solchen Heer von Anbetern einen Beweis ihrer Anziehungskraft sehen und damit prahlen. »Glauben Sie mir, ich *kann* zählen und es sind tatsächlich so viele.«

Verächtlich zuckte sie die Achseln. Dass er seine Zeit mit so einem Unsinn vergeudete … »Sorgen Sie sich nicht wegen der Gentlemen, Mylord. *Ich* werde mich an *meinen* Teil der Vereinbarung halten. Selbst wenn *Sie* sich anders besinnen …«

»Oh, das habe ich nicht vor«, beteuerte er. »Immerhin möchte ich den Wunsch meines Vaters erfüllen, der Sie zu meiner künftigen Gemahlin bestimmt hat.«

»Warum? Sie sind doch gar nicht bereit, den Vertrag über die festgelegte Werbungszeit hinaus einzuhalten, oder?« Adrianas Gelächter klang ein wenig scharf. »Andernfalls würde ich maßlos staunen.«

»Sagen wir mal – ich werde in aller Ruhe darüber nachdenken, während ich Sie hofiere. Das ist doch mein gutes Recht, nicht wahr?«

»Gewiss«, stimmte sie widerstrebend zu. Natürlich würde er tun, was ihm gefiel, und vermutlich irgendwann die Geduld verlieren.

Sie schaute sich nach ihren Verwandten um und sah Tante Tilly neben Alistair Dermot sitzen, mit dem sie sich lebhaft unterhielt. Aber dann schien sie den Blick ihrer Nichte zu spüren und erwiderte ihn. Lächelnd zog sie die Platzkarte aus dem Silberhalter, der vor ihr stand, fächelte sich damit Kühlung zu und hob ausdrucksvoll die Schultern.

Da erriet Adriana die Zusammenhänge. Also war ihre Tante die Missetäterin gewesen, die den Austausch der Platzkarte veranlasst hatte.

Adriana neigte sich zu Colton. »Leider habe ich vorschnelle Schlüsse gezogen, Mylord. Dafür muss ich mich entschuldigen. Nun glaube ich zu wissen, wer die Sitzordnung verändert hat.« Unauffällig zeigte sie zu der älteren Frau hinüber. »Meine Tante wollte vermutlich neben Ihrem Onkel sitzen. Kein Wunder, er ist ein attraktiver Mann – und sie eine Witwe.«

Als er sich in Tillys Richtung wandte, lächelte sie schuldbewusst und er zwinkerte ihr zu, worauf sie perlend lachte. Damit erregte sie Alistairs Neugier. Er schien sich nach dem Grund ihres Heiterkeitsausbruchs zu erkundigen und sie zeigte auf das junge Paar. Grinsend nickte er seinem Neffen zu, der den Gruß erwiderte, und musterte die Schönheit an Coltons Seite. Dann hob er anerkennend sein Glas, eine stumme Gratulation zum guten Geschmack des Marquess, was Frauen betraf.

»Offenbar ist Ihr Onkel sehr zufrieden mit sich selbst«, bemerkte Adriana, der die Bedeutung der kurzen Szene entgangen war. »Nun, er kann ja auch stolz sein, nachdem Sie zu einem Nationalhelden avanciert sind, Mylord.«

»Oh, ich nehme an, er wollte eher Ihrer Schönheit Tribut zollen. Anscheinend hält er Sie für meine künftige Gemahlin.«

»Aber …« Sie blinzelte verblüfft. »Hat ihm Ihre Mutter von dem Vertrag erzählt?«

»Wahrscheinlich meine Schwester.« Als er ein Ringellöckchen in Adrianas Nacken entdeckte, wickelte er das seidige Haar entzückt um seinen Finger. »Samantha bezweifelt keine Sekunde lang, dass wir beide eines Tages heiraten werden.«

Wie immer, wenn er sie berührte, glaubte sie dahinzuschmelzen. Durch gesenkte Wimpern begegneten ihre schwarzen Augen seinen leuchtenden grauen. Für einen Herzschlag, der einer Ewigkeit glich, hielten sich ihre Blicke fest, bis er Adrianas Lippen betrachtete, ohne zu verhehlen, wie sehr er sich nach einem Kuss sehnte. Das unerwartete Bedürfnis, ihre Wange an seine Handfläche zu schmiegen, stürzte Adriana in tiefste Verwirrung. Atemlos flüsterte sie: »Ich muss Ihre vorlaute Schwester ermahnen, ihre Zunge im Zaum zu halten.«

Seit sie beim Hochzeitsempfang neben Colton gesessen hatte, schien ein Jahrhundert vergangen zu sein. In Wirklichkeit waren es nur drei Wochen gewesen. Der Herbstball hatte bereits begonnen und sie sollte sich zu den Gästen gesellen. Aber sie zögerte. Rastlos wie eine gefangene Katze durchstreifte sie die Räume im ersten Stock des Tudor-Hauses, das sich schon seit langer Zeit im Besitz ihrer Familie befand. Innerhalb der nächsten Stunden musste sie Roger auffordern, seine Besuche auf Wakefield Manor einzustellen und sie auch anderswo nicht mehr zu verfolgen. Da sie wusste, wie beharrlich er eine Heirat mit ihr anstrebte, graute ihr vor dieser Unterredung. Sie konnte nur hoffen, er würde keine Szene machen.

Hätte sie bei seinem ersten unangemeldeten Besuch die Konsequenzen vorausgeahnt, wäre sie klug genug gewesen, um ihn sofort zurückzuweisen und die Blumen und den zweiten Gedichtband abzulehnen. Aber so hartherzig hatte sie ihn nicht behandeln wollen. Damals war es offensichtlich gewesen, wie einsam und ausgeschlossen sich der junge Mann in der kleinen Gemeinde von Bradford-on-Avon fühlte. Vermutlich hätte sie ihm mit einer unverzüglichen Abfuhr sogar einen Gefallen getan, denn er wäre gezwungen worden, unter den Stadtbewohnern Freunde zu suchen. Und sie hätte sich das Unbehagen erspart, das sie jetzt quälte. Sein erster Besuch hatte zu einem zweiten geführt, dann zu noch einem – und noch einem. Schließlich war er regelmäßig aufgetaucht, unangemeldet und ungebeten, nicht nur auf Wakefield, sondern auch auf Randwulf Manor.

Sie wünschte, sie hätte ihrem Vater erlaubt, dem Lehrling weitere Besuche zu untersagen. Auf seine sachliche Art hätte Papa das Problem gelöst, ohne die geringsten Skrupel. Aber sie hatte geglaubt, Roger würde die bittere Neuigkeit besser verkraften, wenn er sie von ihr hörte. Und jetzt hatte sie das Gefühl, sie würde einem armen, halb verhungerten streunenden Hund die letzten Brosamen menschlicher Güte rauben. Doch es gab keine andere Möglichkeit. Da sie vertraglich an einen anderen gebunden war – was Roger sehr wohl wusste und nicht akzeptieren wollte.

Schließlich straffte sie die Schultern, um die Anspannung in ihrem Nacken zu lockern. So schwierig ihr die Pflicht auch erschien, die sie erfüllen musste, sie durfte sich nicht davor drücken. Und wenn sie den gefürchteten Augenblick noch länger hinauszögerte, würde es ihr nichts nützen. Erst wenn sie mit Roger gesprochen hatte, würde sie ihren inneren Frieden wiederfinden. Zumindest hoffte sie das.

Eine schlanke Hand über der dunklen, reich geschnitzten Balustrade, stieg sie die Treppe hinab und beobachtete den rhythmischen Schwung des mit Juwelen besetzten Kleids, das in schimmernden Wellen ihre langen Beine umwehte. Was sie sah, drang nicht in ihr Bewusstsein, denn sie bewegte sich wie ein körperloser Schatten um alles, was nicht mit ihrem Dilemma zusammenhing. Würde sie sich während der ganzen Zeit, in der Colton Wyndham um sie warb, an diese Qualen erinnern – oder, erbost über den selbstherrlichen Mann, die Mühe bereuen, die sie seinetwegen auf sich genommen hatte?

Wieder einmal dachte sie an die verwirrende Begegnung am Hochzeitstag ihrer Schwester. Vor der Kirche hatte sie den Eindruck gewonnen, die glutvollen grauen Augen würden sie verbrennen. Und dann, an der festlichen Tafel, war sie unter seinem Blick fast dahingeschmolzen.

Diese Erinnerungen beschworen Gefühle herauf und sie konnte kaum ihre Fassung bewahren. Obwohl sie in amourösen Dingen völlig unerfahren war, erkannte sie instinktiv, dass Colton diese seltsamen, fremdartigen, heißen Emotionen in ihr entfacht hatte. Und sie ließen sich einfach nicht verdrängen.

*Oh, warum sehne ich mich ausgerechnet nach ihm?*, fragte sie sich gepeinigt.

Dann versuchte sie sich erneut auf die Aufgabe zu konzentrieren, Roger Elston aus ihrem Leben zu verbannen, und ein kalter Schauer rann über ihren Rücken.

Vor den beiden Türflügeln im hohen Torbogen, der zum Ballsaal führte, blieb sie stehen und holte tief Atem, um sich für die schwere Pflicht zu wappnen. Plötzlich stürmte ein Gast mit fliegenden Rockschößen aus dem Raum und warf einen angstvollen Blick über die Schulter. Verwundert fragte sich Adriana, vor wem er fliehen mochte. Falls seine elegante, teure Kleidung mit dem Grund seiner Panik zusammenhing, würde ihm vielleicht sein erboster Schneider folgen, um sein Honorar zu fordern. Jedenfalls machte es den Mann nicht sympathischer, dass ihr solche Gedanken durch den Kopf gingen, wann immer sie Lord Latham Harrell erkannte. Zu seiner schlanken, hoch gewachsenen Gestalt passte die fashionable Ausstattung. Deshalb fanden die Leute, die ihn besser kannten, den pompösen Mann kaum liebenswerter. Wenigstens mäßigte er mittlerweile das arrogante Verhalten, das er bei Sedgwicks Begräbnis an den Tag gelegt hatte, und Adriana verstand auch, warum. Immerhin hatte Colton alle Hoffnungen des Mannes vernichtet, indem er heimgekehrt war, mit eindeutigen Absichten. Seit Latham nicht mehr erwarten durfte, das Familienvermögen und den Titel des Marquess zu erringen, glich er einem nervösen Hasen, von einem Fuchs gejagt.

Sobald er Adriana erblickte, schien er den Grund seiner Flucht zu vergessen und fasste sich erstaunlich schnell. Eine Hand auf seine Brust gepresst, verneigte er sich galant. »Meine liebe Lady Adriana – die Dame, der ich zu begegnen wünschte. In der Tat, diesen Moment sehne ich herbei, seit ich Sie vor einigen Wochen auf der Hochzeit Ihrer Schwester sah.«

»Tatsächlich?« Erstaunt fragte sie sich, was der Mann von ihr wollte, und es dauerte nicht lange, bis sie die Antwort erriet. Ihre Mitgift!

Fast lüstern starrte er sie an und zwirbelte mit bleichen Fingern die geschwungenen Enden seines dünnen Schnurrbarts. In seinen haselnussbraunen Augen flackerte ein eigenartiges Licht, während seine Augen über Adrianas Gestalt huschten. Vermutlich stellte er sich vor, wie sie ohne die Fülle der Stoffbahnen unter ihrem hauchdünnen Seidenkleid aussehen mochte. Doch man konnte unmöglich durch die oberste Schicht schauen, denn die war mit winzigen funkelnden Kristallen bestickt. Und dieser Schmuck, im gleichen dunklen Türkisblau wie das Kleid, glich einer subtilen schimmernden Rüstung. Lathams Blick verweilte etwas zu lange auf ihrem Busen und es fiel ihm offenbar schwer, wieder ihr Gesicht zu betrachten. Schließlich schaute er seitwärts und räusperte sich, als müsste er seine Selbstkontrolle zurückgewinnen, bevor er ihr ein strahlendes Lächeln schenkte. »Ich hatte schon befürchtet, ich würde Sie nur inmitten Ihrer zahlreichen Verehrer finden. Bei der Hochzeit Ihrer Schwester war es mir unmöglich, die dicht geschlossenen Reihen Ihrer Bewunderer zu durchbrechen. Alle respektablen Junggesellen, von London bis Bath, müssen sich vor der Kirche um Sie geschart haben, Lady. Natürlich abgesehen von meinem Vetter. Keine Ahnung, wonach *er* Ausschau hielt. Aber nach so vielen Jahren beim Militär fühlt er sich vielleicht zu wohl in der Gesellschaft von Marketenderinnen, um *wahre* Schönheit zu erkennen. Sicher wissen Sie, wie sich diese Offiziere in ihrer Freizeit vergnügen ...«

»Nein, Sir, das weiß ich leider nicht«, erwiderte Adriana und lächelte gezwungen. Welch eine Unverschämtheit, seinen Vetter zu verunglimpfen, während er selbst einen höchst zweifelhaften Ruf genoss ... Obwohl er sich bester Gesundheit zu erfreuen schien, hatte er eine Neigung zu plötzlichen Ohnmachtsanfällen vorgetäuscht, um dem Kriegsdienst zu entrinnen, und sich – einen knappen Monat nach Lord Sedgwicks Tod – mit dem Hinweis auf seinen zu erwartenden Marquess-Titel eine hohe Summe geliehen. Mit diesem Geld war der Zorn eines Vaters besänftigt worden, dessen zuvor unberührte Tochter Latham geschwängert hatte.

Adrianas mangelnde Phantasie schien ihn zu überraschen. »Nun, meine Liebe, das macht nichts. Natürlich eignen sich meine Beobachtungen nicht für Ihre süßen, unschuldigen Ohren.« Er musterte sie erneut von Kopf bis Fuß. Dass sie nicht zurückwich, ermutigte ihn, und er trat einen Schritt näher. Seine Stimme nahm einen heiseren Klang an und verriet wachsende Erregung. »Seid versichert, Lady Adriana, Sie sind das zauberhafteste Geschöpf, das ich jemals sah. Und Sie erweisen sich einen guten Dienst, indem Sie sich Ihrer Schönheit entsprechend kleiden. Schon bei der Hochzeit glichen Sie einer Göttin. Aber heute Abend haben Sie sich selbst übertroffen.«

»Lord Latham, Sie schmeicheln mir.« Ebenso wie er sie, redete sie ihn mit dem Vornamen an. Als Coltons Vetter hatte er Randwulf Manor oft genug besucht, während sie noch ein kleines Mädchen gewesen war, schüchtern an die Hosenbeine ihres Vaters geklammert. Drei Jahre älter als Colton, bemühte er sich vergeblich, ihm in seiner einnehmenden äußeren Erscheinung und seinen gewinnenden Manieren nachzueifern.

»Angesichts Ihrer unzähligen Verehrer, die ich damals vor der Kirche sah, schwirrte mir der Kopf. Sogar der Sohn des Dukes – wie heißt er doch gleich?«

Jetzt trat Adriana einen Schritt zurück, um den drohenden Körperkontakt zu vermeiden. »Vermutlich meinen Sie Seine Lordschaft, Riordan Kendrick, den Marquess of Harcourt.«

»Ja, ein ansehnlicher Bursche. Und steinreich, nach allem, was ich höre. Zweifellos wird er als einziger Sohn eines Tages das Herzogtum erben. Macht er Ihnen schon lange den Hof?«

Da sein Interesse ihr Misstrauen erregte, antwortete sie nur zögernd. Andererseits wusste sie nicht, welchen Schaden die Wahrheit anrichten könnte. »Nun, Lord Harcourt hat mir nicht direkt den Hof gemacht – er besucht mich nur auf Wakefield Manor.«

Kichernd betupfte Latham seine Mundwinkel mit einem Taschentuch und sie fragte sich, ob er vielleicht geiferte. »*Warum* er das tut, ist unschwer zu erkennen – denn man braucht nicht viel Phantasie, um sich einen Körper vorzustellen, der von einer so perfekten Garderobe verborgen wird. Allerdings finde ich's erstaunlich, dass er Lord Standish noch nicht um Ihre Hand gebeten hat, teure Lady. Oder hat er's bereits versucht?«

Adriana hoffte, ihre Miene würde nicht so angewidert wirken, wie sie sich fühlte. »In letzter Zeit war mein Vater mit anderen Dingen beschäftigt. Und weil ich seine jüngste Tochter bin, will er vermutlich noch eine Weile warten, ehe er sich mit meiner Zukunft befasst. Ich nehme an, darüber wird er erst in einigen Monaten nachdenken.« *Wenn Colonel Wyndham einen Entschluss gefasst hat!*

»Natürlich, natürlich. Wie erfreulich für säumige Bewerber …« Bedeutsam hob er die Brauen, dann neigte er sich vertraulich zu ihr und ein heiseres Flüstern bezeugte seine wachsende Zuversicht. »Meine liebe Lady, solche Neuigkeiten bestärken mich in der Hoffnung, ich würde meine Wünsche nicht zu spät äußern.«

Beinahe verdrehte sie ungläubig die Augen. Aber sie beherrschte sich. Latham blickte nach beiden Seiten, als wollte er sich vergewissern, dass sie nicht belauscht wurden, und Adriana fragte sich, welches Geheimnis er nun preisgeben würde.

Mit einem einschmeichelnden Lächeln musterte er sie. »Darf ich Sie bitten, mir etwas später einen Tanz zu reservieren? Diese Freude würde ich mir gern schon jetzt gönnen. Aber ich musste mich soeben bei diesem Carvell mit einer plötzlichen Unpässlichkeit entschuldigen – bei Lord Mansford, der mich ziemlich dreist aufgefordert hat, mit seiner Tochter zu tanzen, einer ziemlich rundlichen jungen Dame. Offenbar findet sie keinen Ehemann. Statt bei einer Lüge ertappt zu werden, möchte ich mich lieber für eine Weile entfernen. In der Tat, es wäre ein Wunder, wenn jemand um Lady Berenice anhalten würde. Gewiss, sie ist recht hübsch. Aber ich fürchte, diese umfangreiche Figur würde mich erdrücken.« Von neuer Bewunderung getrieben, musterte er Adrianas schlanke Gestalt. »Wissen Sie, ich bevorzuge zierlichere Formen, die Sie zweifellos aufweisen, meine Teure.«

Wäre Latham etwas netter gewesen, hätte Adriana ihn zu ernsthaftem Interesse an Berenice Carvell ermutigt – nach ihrer Ansicht einer sehr liebenswerten jungen Dame. Unglücklicherweise nutzte Lord Mansford jede Gelegenheit, um einen

Bräutigam für sie zu suchen, womit er nicht nur seine Tochter, sondern auch alle Junggesellen, die er bedrängte, in Verlegenheit brachte.

Nachdem peinliche Gerüchte über Lathams hohe Schulden kursierten, konnte sich Adriana eine bissige Herausforderung nicht verkneifen. »Tatsächlich, Lady Berenice besitzt ein hübsches Gesicht. Und wenn sie auch etwas üppig gebaut ist – im Gegensatz zu Ihnen erwarte ich, dass sie sehr bald einen respektablen jungen Gentleman heiraten wird.«

In übertriebener Skepsis zog Latham die Brauen hoch. Dann lächelte er herablassend. »Sind Sie naiv genug, um an Wunder zu glauben, Mylady?«

Obwohl sie sich über seinen Spott ärgerte, lachte sie melodisch. »Da Lady Berenice' Mitgift sogar einen Sultan reizen würde, liegen solche Wunder im Bereich des Möglichen. Vermutlich wird Lady Berenice wegen ihres Reichtums vor den Traualtar treten. Aber ihr künftiger Gemahl wird sicher entdecken, welch ein Juwel er erobert hat – einen Schatz, der viel kostbarer ist als das Geld ihres Vaters.«

»Oh …«, murmelte Latham verwirrt. »Ist Lord Mansford tatsächlich so gut situiert? Das wusste ich gar nicht.«

Adriana sah geradezu seine gierigen, kleinen grauen Zellen arbeiten. »O ja. Und da er seine Tochter mit aller Macht verheiraten will, wird er ihren Bräutigam überaus großzügig belohnen.«

Leicht benommen wankte Latham davon und Adriana überlegte, ob er noch an diesem Abend mit Berenice tanzen würde. Zur Sicherheit wollte sie ihre Freundin vor dem Mitgiftjäger warnen. Seufzend dachte sie wieder an ihre eigenen Probleme und betrat den Ballsaal, suchte Zuflucht im Schatten beim Eingang und sah sich um. Auf der anderen Seite des Raums schwatzten Jaclyn und ihr Ehemann, Sir Thornton Godric, mit Adrianas Eltern, Philana und Tante Tilly. Melora und Harold, immer noch völlig hingerissen voneinander, tanzten Walzer. Hinter den beiden wirbelte Perceval seine Frau schwungvoll über die Tanzfläche. Obwohl schon seit zwei Jahren verheiratet, liebten sie sich heiß und innig wie Frischvermählte. Offensichtlich war Samantha mit der Wahl ihres Vaters hochzufrieden, was Adrianas Hoffnung weckte, Sedgwick Wyndham hätte sie in ebenso weiser Voraussicht zur Braut seines Sohns bestimmt.

Neugierig betrachtete sie die Gesichter der Tanzpaare, auf der Suche nach dem Mann, der in letzter Zeit ihre Gedanken beherrschte. Hätte ihr jemand vor einigen Monaten prophezeit, sie würde in dieser Phase ihres Lebens von Colton Wyndham träumen, wäre sie in ironisches Gelächter ausgebrochen. Jetzt sah alles anders aus. Seit seiner Rückkehr faszinierte er sie mit jedem Tag mehr. Wann würde er endlich erscheinen? Zweifellos würde er wieder einmal sehr attraktiv aussehen. Inzwischen kannte sie seine Vorliebe für modische Eleganz und so fragte sie sich, was er an diesem Abend tragen mochte. Aber an seiner hoch gewachsenen, breitschultrigen Gestalt würden sogar Lumpen majestätisch wirken.

Als sie den erlesen gekleideten Marquess of Randwulf dann entdeckte, stockte ihr Atem – nicht so sehr wegen seiner exquisiten Erscheinung, sondern weil er mit Felicity Fairchild tanzte.

Brennend stieg das Blut in Adrianas Wangen und sie drückte sich zutiefst gedemütigt an der Wand entlang bis zu einer Glastür, lehnte sich dagegen und hoffte, die beiden hätten sie nicht gesehen. Aus ihrer halbwegs gesicherten Position heraus beobachtete sie den Colonel im Ruhestand. Offenbar bereitete ihm sein verletztes Bein keine Schwierigkeiten mehr, denn er bewegte sich geschmeidig und mühelos. Nun ahnte sie, wie energisch er versucht haben musste, seinen hinkenden Gang zu überwinden. Sie erinnerte sich an den Abend seiner Heimkehr, an dem ihn die Wunde sichtlich geplagt hatte. An Meloras Hochzeitstag vor drei Wochen hatte er keinen Stock mehr benutzt, das Bein aber immer noch leicht nachgezogen. Und nun bekundeten seine ungehinderten Schritte, welch ausgezeichnete Fortschritte er gemacht hatte, denn er bewegte sich wie Wasser, das über glatte Felsen in einem Bachbett floss.

Erschrocken zuckte sie zusammen, als eine entfernte Verwandte von der Tanzfläche aus nach ihr rief und ihre Anonymität zunichte machte.

»Warum tanzt du nicht, Adriana?«

Mit einiger Mühe unterdrückte sie ein Stöhnen. Am liebsten hätte sie sich irgendwo verkrochen. Aus den Augenwinkeln sah sie, wie Colton sich umschaute und offenbar nach ihr suchte. Sobald er sie erblickte, schwang er Felicity in weiten Kreisen durch den Ballsaal und führte sie damit zu Adriana.

*Dieser Schurke! Wie kann er es wagen?* Nun ärgerte sich Adriana maßlos, weil er ihr die Erlaubnis abgerungen hatte, während des Balls seine männlichen Interessen auch anderen Damen entgegenzubringen. Rein *zufällig* war seine Wahl auf Felicity Fairchild gefallen, eine Frau, die überall sein Loblied sang, seit sie ihn kannte, und ihn mit überschäumendem Enthusiasmus in den Himmel hob, wann immer ihr jemand zuhörte.

Die strahlenden Augen der blonden Schönheit im hellgelben Satin veranlassten Adriana, sich missgelaunt zu fragen, ob ihm helles Haar besser gefiel als ebenholzschwarzes. Allem Anschein nach … Schmerzlich genug entsann sie sich, wie sie ihn als mageres kleines Mädchen angebetet hatte – und grausam beleidigt worden war.

»Ja, sie will ihn erobern, ganz eindeutig«, murmelte sie, erbost über Felicitys schmachtendes Lächeln.

»Wer?«, fragte jemand in ihrer Nähe.

War sie belauscht worden? Verblüfft wandte sie sich zu Roger, der neben ihr stand, und die Stimme blieb ihr sekundenlang im Hals stecken. Dann platzte sie wütend heraus: »Mein Gott, Roger! Beinahe hätten Sie mich zu Tode erschreckt!«

Lachend schrieb er ihren Zorn seiner Verspätung zu. Von dem Irrtum ermuntert, sie hätte ihn ungeduldig erwartet, entschuldigte er sich: »Tut mir Leid, Mylady. Offenbar waren Sie in Gedanken versunken und ich ahnte nicht, dass ich Sie dermaßen verwirren würde.« Er beobachtete die Tanzpaare, die vorbeiglitten. Doch die beiden, die Adrianas Unmut erregt hatten, befanden sich nicht darunter. »Von wem haben Sie gesprochen?«

»Nur von einer flüchtigen Bekannten.« *Die ich gar nicht näher kennen lernen will,* ergänzte sie in Gedanken. Jetzt sah sie wieder, wie die reizvolle Miss Felicity ihren attraktiven Partner mit flatternden Lidern zu betören suchte.

Nun, es lässt sich nicht ändern, entschied Adriana. Sie hatte beschlossen, Roger am Ende das Balls mitzuteilen, in Zukunft müsse er ihre Gesellschaft meiden. Je näher dieser Augenblick rückte, desto verzweifelter fürchtete sie, die Nerven zu verlieren. Am besten bringe ich's sofort hinter mich, dachte sie. Außerdem – sobald sie Roger den Laufpass gegeben hatte, würde ihre Rivalin nicht mehr die Aufmerksamkeit Seiner Lordschaft genießen. Mochte sein anderweitiges Interesse auch nur drei Monate anhalten …

Keine Verzögerung mehr, nahm sich Adriana vor und ergriff die Initiative. »Roger, ich muss etwas Wichtiges mit Ihnen besprechen. Vielleicht sollten wir in die Halle hinausgehen. Dort sind wir ungestört.«

Ungläubig runzelte der junge Mann die Stirn. »Etwas Wichtigeres meinen Sie – etwas Wichtigeres, als mit mir zu tanzen?« Sein Gelächter klang etwas gezwungen. Was sie ihm sagen wollte, konnte er sich vorstellen, nachdem der Marquess heimgekehrt war. Und das wollte er nicht hören. Allmählich hatte er die Überzeugung gewonnen, er müsste den Rat seines Vaters befolgen, um die Lady für sich zu gewinnen. »Lieber nicht, meine Teure. Seit Wochen entzückt mich der Gedanke, Sie in meinem Arm zu halten. Bisher durfte ich nur ganz selten Ihre Hand berühren. Und ich habe Sie in letzter Zeit so schmerzlich vermisst. Das kann ich gar nicht in Worte fassen. Wann immer ich Wakefield Manor betrat, teilte mir Ihr Butler mit, Sie seien ausgegangen oder beschäftigt. Und so begann ich den Verdacht zu hegen, Sie würden mir absichtlich aus dem Weg gehen.«

»Verzeihen Sie, Roger, ich war tatsächlich beschäftigt«, erklärte sie, was keine Lüge war, sondern nur eine Übertreibung. Verstand der Mann denn nicht, dass sich die Umstände mit Colton Wyndhams Rückkehr geändert hatten? »Im Ernst, Roger, ich muss Ihnen wirklich etwas sehr Wichtiges sagen …«

»Später.« Entschlossen ergriff er ihre Hand und zog sie auf die Tanzfläche. »Wenn wir getanzt haben.«

Erfolglos versuchte sie, seine Finger abzuschütteln. Dann fügte sie sich in ihr Schicksal, weil sie kein Aufsehen erregen wollte. Nach diesem Abend würde sie den Mann wahrscheinlich nie wiedersehen. Also konnte sie ihm wenigstens ein oder zwei Tänze gönnen. »Also gut, Roger, aber wir *müssen* reden. Wenn wir's hinausschieben, wird das Problem nicht verschwinden.«

An allen vier Wänden des Ballsaals neigten sich gefiederte und bebänderte Köpfe zueinander und die Damen im fortgeschrittenen Alter reckten die faltigen Hälse, um entgeistert zu beobachten, wie der Sohn des Wollspinners Lord Gyles' jüngste Tochter auf die Tanzfläche führte. Dass eine Aristokratin einen Mann von niedriger Herkunft eine solche Gunst gewährte, war unerhört. Eifrig wurde hinter flatternden Fächern getuschelt. Bebende, mit Juwelen geschmückte Finger hinter den Ohren, beugten sich die Damen vor, um nur ja kein Wort zu verpassen und jedem pikanten Kommentar begierig zu lauschen, als hätten sie monatelang auf ein so sensationelles Ereignis gewartet.

Danach eilten sie hektisch umher, verbreiteten die Neuigkeit und prallten vor lauter Aufregung gegeneinander. Hätte jemand die Szene von einem erhöhten Standort aus beobachtet, würde er die Damen mit Melonen vergleichen, die in wildem Durcheinander einen Steilhang hinabrollten.

Frühere und aktuelle Verehrer der jungen Dame bemerkten den Aufruhr. Neugierig horchten sie auf das fieberhafte Geschnatter. Während die Abgewiesenen höhnisch grinsten und rüde Kommentare über die Partnerwahl der Lady zum Besten gaben, fühlten sich die Hoffnungsvollen ermutigt, weil Adriana endlich im Saal erschienen war.

Lange dauerte es nicht, bis auch sie die allgemeine Sensationsgier bemerkte. Natürlich hatte sie erwartet, dass sie – die einzige unverheiratete Tochter im Sutton-Haushalt – das besondere Interesse der Klatschbasen wecken würde. Wenn ein Mann drei Töchter und keine Söhne hatte, wurde stets spekuliert, ob er für alle gute Partien finden oder ob eine ledig bleiben würde. Aber mit einem solchen Tumult hatte Adriana nicht gerechnet. Vielleicht wurde sie mit ihren zweiundzwanzig Jahren, ohne erkennbare Aussicht auf eine Verlobung, bereits für eine alte Jungfer gehalten.

*Ein grausiges Schicksal, schlimmer als der Tod,* würden einige Leute klagen. Und andere würden sie mit fragwürdigen Ratschlägen bedrängen, wie sie ihr Problem lösen könnte. Ein paar würden ihr sogar erklären, es sei besser, den Sohn eines Wollspinners zu heiraten als gar nicht. Glaubte man wirklich, sie wollte mit aller Macht in den Ehestand treten und sich mit Roger Elston begnügen, weil sie keine Wahl hatte?

Wehmütig erinnerte sie sich an den letzten Besuch ihrer Schneiderin vor Meloras Hochzeit und wünschte, sie wäre nicht auf den Vorschlag der Frau eingegangen, auf dem Herbstball ein möglichst extravagantes Kleid zu tragen, um auf ihre Position der letzten verfügbaren Sutton-Tochter hinzuweisen. Begeistert hatte die Schneiderin eine Robe für eine große, schlanke junge Dame entworfen, »die sogar in einem Mehlsack himmlisch aussehen würde«. Obwohl Adriana nicht annahm, es würde ihr an Phantasie mangeln, hatte sie sich das Modell nicht einmal in ihren kühnsten Träumen vorgestellt. Am Morgen des Balls war es geliefert worden, ein Kleid, das jede ihrer Bewegungen mit tanzenden Lichtern begleiten würde. Jetzt, unter dem sanften Kerzenschein der schweren Lüster, wirkten die winzigen Kristalle wie Glühwürmchen, die sie umschwirrten. Bemerkungen über diesen verwirrenden Glanz würden wahrscheinlich milde klingen, verglichen mit ätzenden

Kommentaren einiger missgünstiger Frauen über das Dekolleté. Eher bescheiden im Gegensatz zur Aufmachung mehrerer junger Damen – die schöne Miss Fairchild eingeschlossen, die mehr zeigte, aber weniger zu bieten hatte –, entsprach dieser Ausschnitt trotzdem nicht Adrianas Stil, den sie in der Öffentlichkeit bevorzugte. Großzügig enthüllte er ihren wohl gerundeten Busenansatz. Hätte sie damit gerechnet, der Bosheit gewisser Damen ausgeliefert zu werden, wäre sie in einem dezenteren Kleid erschienen, vielleicht sogar in einem hochgeschlossenen. Dann würde niemand mehr bezweifeln, dass ihr das Schicksal einer alten Jungfer drohte.

Während sie zu Roger aufschaute, glaubte sie, die Blicke aller Anwesenden zu spüren. Der Lehrling umfasste ihre schmale Hand und zögerte, bevor er seine anderen Finger auf ihren Rücken legte. Offensichtlich wurde er von ihren Brüsten abgelenkt und sie beschloss, nie wieder auf den Rat ihrer Schneiderin zu hören.

Glücklicherweise beendete eine schlichte Tatsache Rogers Inspektion – man erwartete von ihm zu tanzen. Er hob den Kopf, zog die Brauen zusammen und konzentrierte sich auf die Aufgabe, mit seiner Partnerin durch den Saal zu wirbeln. Wie seine hölzernen Bewegungen vermuten ließen, hatte er den Walzer eben erst erlernt und fühlte sich ziemlich unsicher. Die Metallkanten seiner Sohlen schabten durch die Satinschuhe an Adrianas Zehenspitzen. Schmerzlich rang sie nach Luft und brachte nur mühsam ein Lächeln zustande, als Samantha und Percy an ihr vorüberschwebten.

Neben ihr bewies Lord Harcourt seine Galanterie, indem er mit Berenice tanzte. Obwohl die junge Dame von einem Tanzlehrer unterrichtet worden war, konnte sie beim Walzer mit diesem attraktiven Gentleman ihre Nervosität nicht bezähmen und trat wiederholt auf seine glänzenden schwarzen Schuhe. Sekundenlang begegnete er Adrianas Blick und sein gequältes Lächeln belustigte sie trotz ihres Mitleids. Da sie eine ähnliche Tortur erlitt, ahnte sie, wie ihr eigenes Lächeln wirken musste.

Rogers Gesicht hatte sich scharlachrot verfärbt. Inmitten der elegant herausgeputzten Gentlemen, die ihre Partnerinnen anmutig umherschwenkten, fühlte er sich völlig fehl am Platz.

Sogar Lord Colton, bis vor kurzem mit einem kranken Bein behaftet, bewies mehr Grazie als Roger, dem ein geduldiger Lehrer mehrmals eingeschärft hatte, wohin er seine scheinbar überdimensionalen Füße beim Walzer und bei anderen Tänzen stellen musste.

»Tut mir Leid, Mylady, in gesellschaftlichen Fertigkeiten wurde ich nie zuvor ausgebildet. Erst während des letzten Monats fand ich eine Gelegenheit, dergleichen zu erlernen.« Er seufzte verlegen. »Sicher brauche ich etwas mehr Übung. Möchten Sie sich setzen?«

»Wenn es Ihnen nichts ausmacht …«, erwiderte Adriana und versuchte, seine Zerknirschung zu lindern. »Wegen Ihrer Tanzkünste müssen Sie sich nicht sorgen. Solche Fähigkeiten kann sich nicht jeder in seiner Jugend aneignen. Mit der Zeit werden Sie Fortschritte erzielen.«

Sofort erhellte sich seine Miene. »Ich will mein Bestes tun, wenn Sie mir noch einen Tanz versprechen. Wie gesagt, ich muss fleißig üben. Und mit Ihnen tanze ich viel lieber als mit meinem Lehrer.«

»Später.« Adriana überlegte, ob sich ihre Füße je wieder so anfühlen würden wie früher. »Nun sollte ich mit Ihnen sprechen.«

»Nein, nicht jetzt. Tanzen wir.«

»Sicher würde Ihnen eine Ruhepause gut tun, Roger. Zuletzt sind Sie mir immer öfter auf die Zehen gestiegen.«

»Trinken wir was zusammen?«

Ein Schluck Wein war das Letzte, was sie in diesem Moment brauchte. Damit würde sie ihr Gehirn benebeln. Und sie wollte bei klarem Verstand bleiben, um dem Mann möglichst schonend mitzuteilen, was er erfahren musste. »Vielleicht nachher …«

»Aber ich würde Sie nur ungern verlassen.«

»Dann reden wir«, seufzte sie, verärgert über seine Hartnäckigkeit.

Sein Gesicht verfinsterte sich. Während sein Blick durch den Raum schweifte, schien er allen Anwesenden zu grollen und niemandem im Besonderen. »Was Sie sagen werden, weiß ich. Davon möchte ich nichts hören.«

»Oh, da Sie ein so erstaunliches intuitives Talent besitzen, wird es wohl sinnlos sein, meinen Atem zu verschwenden.«

Plötzlich spürte sie jemanden hinter sich und sah Rogers Augen aufflammen, was Schwierigkeiten anzukündigen schien. Ehe sie sich umdrehen konnte, erklang eine Frage über ihrer Schulter. »Darf ich um diesen Tanz bitten, Mylady?«

Zu ihrer Erleichterung erkannte sie Lord Harcourts tiefe Stimme und wandte sich lächelnd zu dem liebenswürdigen Gentleman.

»Natürlich, Mylord.« Als sie sich bei dem Lehrling entschuldigte, merkte sie ihm seinen Zorn deutlich an. Offenbar ärgerte er sich maßlos, weil sie mit einem anderen tanzen würde, nachdem sie ihn soeben zurückgewiesen hatte. Im Flüsterton tadelte sie: »Ich habe niemals versprochen, den ganzen Abend mit Ihnen zu verbringen, und Ihnen nur gestattet, den Ball zu besuchen. Zufällig ist Lord Harcourt nicht nur unser Gast, sondern auch mein guter Freund. Und Ihre unheilvoll gerunzelte Stirn wird mich gewiss nicht daran hindern, mit ihm zu tanzen – oder mit anderen Gentlemen. Seien Sie so freundlich und ändern Sie Ihre Taktik, oder ich muss Sie auffordern, sofort zu gehen.«

Rogers Kinnmuskeln spannten sich an. Dann trat er zurück und verbeugte sich ehrerbietig. »Mylady …«

Hatte sie ihn zu grausam gemaßregelt? Voller Unbehagen beobachtete sie, wie er sich ziemlich rüde einen Weg durch die Menschenmenge bahnte. Die Leute, die er anrempelte, starrten ihm erstaunt nach.

»Kümmern Sie sich nicht um den Kerl, Lady Adriana«, empfahl Riordan. »Anscheinend fürchtet er, einen eher geringen Einfluss auf Sie auszuüben. Er würde Sie am liebsten gefangen halten.«

Verlegen lächelte sie ihn an. »Wie schrecklich er sich aufregen würde, konnte ich nicht ahnen. Tut mir Leid, dass Sie diese Szene miterleben mussten.«

»Wenn er dachte, er dürfte Sie heute Abend ausschließlich für sich beanspruchen, ist er selber schuld an seinem Unmut. Und seine Kühnheit missfällt mir gründlich. Um die traurige Wahrheit zu erwähnen – ich bin nicht der Einzige, der möglichst viel Zeit mit Ihnen verbringen will. Aber so gern ich alle Ihre hingerissenen Verehrer davonjagen würde, ich weiß, ich muss Sie mit ihnen teilen. Zumindest, bis ein gewisses Arrangement getroffen wird.«

Leise lachte sie über seine humorvolle Formulierung und reichte ihm ihre Hand. »Führen Sie mich auf die Tanzfläche, galanter Lord. Nur dort bin ich vor unliebsamen Avancen sicher.«

Leichtfüßig begann er, sie durch den Ballsaal zu wirbeln. Von allen Bewerbern, die sich vor Coltons Rückkehr um ihre Hand beworben hatten, gefiel ihr nur Riordan Kendrick. Und sie hatte stets genossen, mit ihm zu tanzen. Auch jetzt entspannte sie sich in seinen Armen. Aber ihr Herz war nicht mehr dasselbe wie vor zwei Monaten, denn Colton Wyndham hatte es – wie sie sich eingestehen musste – gestohlen. Obwohl er sie gar nicht wollte. Nur seiner Mutter zuliebe und um den Vertrag seines Vaters einzuhalten, würde er ihr den Hof machen.

»Ihre Schönheit überstrahlt den Sternenhimmel da draußen, Adriana«, murmelte Riordan. Voller Zärtlichkeit wanderten seine Augen über ihr Gesicht.

»Und Sie, Riordan, sind so freundlich wie eh und je.«

Grinsend entblößte er seine schneeweißen Zähne. »Wenn ich mich in Ihrer Gesellschaft gut benehme, dann nur deshalb, weil ich Ihrem Vater beweisen möchte, welch ein würdiger Schwiegersohn ich wäre. Lord Gyles sagte, bevor er auf meine

Bewerbung um Ihre Hand antworten könne, müsse er die Angesuche anderer Gentlemen in Betracht ziehen. Sollte er sich für mich entscheiden, was mein innigster Wunsch wäre, müsste ich Sie vor meinen unberechenbaren Wesenszügen warnen, Adriana. Im Grunde meiner Seele bin ich ein Schurke.«

Lachend warf sie den Kopf in den Nacken. »Oh, als Sie mit Lady Berenice tanzten, gewann ich einen ganz anderen Eindruck. Da hielt ich Sie für einen respektablen, galanten Gentleman.«

»Nun, sie hat ein sehr hübsches Gesicht.«

»In der Tat«, stimmte Adriana zu. Schon seit einiger Zeit hegte sie den Verdacht, Berenice würde nur vor lauter Sorgen so viel essen. Traurigerweise musste sie ständig fürchten, die Erwartungen ihres attraktiven verwitweten Vaters, der in allen Dingen nach Perfektion strebte, nicht zu erfüllen. Die Vorzüge seiner Tochter sah er nicht, nur ihre rundliche Gestalt, die er ihr Tag für Tag zum Vorwurf machte. »Wenn der Richtige auftaucht, würde er wahrscheinlich Wunder wirken.«

Zweifelnd erwiderte er Adrianas Blick. »Denken Sie an jemand Bestimmten?« Offenbar maß er ihren beiläufigen Worten eine zu große Bedeutung bei.

Lächelnd antwortete sie: »Für jede Frau wären Sie der Richtige, Mylord. Abgesehen von Ihrem Reichtum und Ihrer blendenden äußeren Erscheinung, sind Sie auch noch ritterlich.«

Von ihren Worten ermutigt, bat er eindringlich: »Dann bitten Sie Ihren Vater, meiner Bewerbung den Vorzug zu geben, damit ich Ihnen offiziell den Hof machen darf.«

»Sosehr ich's auch bedauere, das ist unmöglich, Riordan.« Plötzlich erkannte sie, dass ihr Geheimnis bei ihm sicher wäre. »Vor vielen Jahren, in meiner Kindheit, wurde ein Vertrag unterzeichnet, der mich zur Braut eines anderen bestimmt. Sollte diese Vereinbarung nach drei Monaten null und nichtig sein, werde ich meinen Vater ersuchen, eine Entscheidung zu Ihren Gunsten zu treffen, Riordan.«

»Meine Liebe, wir würden eine sehr glückliche Ehe führen«, schmeichelte er.

»Mag sein. Trotzdem bin ich an den Kontrakt gebunden, den mein Vater unterschrieben hat.«

In seinen dunklen Augen erschien ein mutwilliger Glanz. »Ist diese Vereinbarung in Stein gemeißelt – oder auf Pergament festgehalten, das man verbrennen könnte?«

»Beides, fürchte ich«, entgegnete Adriana belustigt. »Zumindest, bis der Gentleman einen Entschluss fasst.«

»Meinen Sie – der Mann weiß nicht, ob er Sie heiraten will?«, fragte Riordan verblüfft. »Ist er verrückt?«

»Gewiss nicht. Aber es missfiel ihm, dass sein Vater eine Braut für ihn gewählt hat, ohne ihn darüber zu informieren.«

»Begreift er denn nicht, welch ein kostbarer Juwel ihm angeboten wird?«

Gerührt über sein Kompliment, strich Adriana über seine Revers. »In Ihrer Gesellschaft fühle ich mich stets wie eine Königin, Riordan. Einen besseren Ehemann als Sie könnte keine Frau finden.«

»Dann begleiten Sie mich noch heute Nacht und geben Sie mir heimlich Ihr Jawort. Ihr ganzes Leben lang werde ich Sie wie eine Königin auf Händen tragen. Das schwöre ich Ihnen. Und Ihr Vater wird uns verzeihen, sobald er erkennt, wie rückhaltlos ich Sie anbete.«

Adriana zwang sich zu leisem Gelächter, denn es widerstrebte ihr, seinen Vorschlag ernst zu nehmen – obwohl sie spürte, dass er nicht scherzte. »Wie gesagt, ich bin an den Vertrag gebunden, der die Unterschrift meines Vaters aufweist.«

Da seufzte er und der Hoffnungsschimmer in seinen Augen erlosch. »Drei Monate?«

»Ja, drei Monate.«

Sein Blick schien ihr Gesicht zu liebkosen, als versuchte er, sich jede Einzelheit einzuprägen. »Nun, dann will ich den Allmächtigen anflehen, er möge Sie nach dieser Zeit von allen Verpflichtungen befreien – wenn nicht schon früher. Und seien Sie bis dahin versichert, Adriana – es ist mein innigster Wunsch, Sie zu heiraten.«

»Mylord, ich fühle mich geehrt.«

In diesem Augenblick verstummte die Musik und sie blieben stehen. Riordan bat um einen weiteren Tanz. Aber zwischen einigen Gästen sah sie Roger ungeduldig umherwandern.

»Besser nicht. Ich muss etwas mit Mr Elston besprechen. Und ich fürchte, er ist nicht ganz so verständnisvoll wie Sie, was jenen Vertrag betrifft.«

»Ich bleibe an Ihrer Seite.«

So gern sie sein Angebot auch angenommen hätte – sie legte eine sanfte Hand auf seinen Arm und schüttelte den Kopf. »Damit würden Sie Mr Elston nur verärgern. Tanzen Sie doch noch einmal mit Berenice. Vielleicht wird ihr Vater ihr etwas freundlicher begegnen, wenn er glaubt, sie hätte die Aufmerksamkeit eines so respektablen Gentleman erregt.«

Wieder einmal ertrug sie einen Tanz mit Roger. Erbost runzelte er die Stirn, bis Lord Harcourt vorbeitanzte, die blonde Berenice im Arm. Da grinste er spöttisch. »Wahrscheinlich interessiert sich der Lackaffe nur deshalb für die fette Kuh, weil sie eine großzügige Mitgift bekommt.«

»Sprechen Sie nie wieder so abfällig über meine Freunde, Roger«, mahnte Adriana empört. »Das dulde ich nicht. Und falls ich Ihnen die Meinung sagen darf – vor Ihnen liegt ein langer Weg und Sie müssen sich gewaltig anstrengen, ehe Sie sich mit einem so ehrenwerten Gentleman wie Lord Harcourt messen dürfen. Was Lady Berenice' Mitgift angeht – mit dem Reichtum des Marquess verglichen, besitzt ihr Vater nur ein durchschnittliches Vermögen. Falls Sie es nicht wissen, eines Tages wird der Marquess den Titel eines Duke tragen – und sich seines Erbes zweifellos würdig zeigen.«

Von ihrem Zorn beschämt, entschuldigte er sich widerwillig. »Tut mir Leid, Mylady. Manchmal werde ich von meiner Eifersucht übermannt.«

So leicht ließ sie sich nicht besänftigen. »Dann empfehle

ich Ihnen, Ihre Gefühle zu zügeln. Oder ich werde den Tag bereuen, an dem wir uns kennen gelernt haben.«

Nach diesem Tanz schmerzten Adrianas Zehen erneut so heftig, als hätte sie Folterqualen erlitten. Die Zähne zusammengebissen, lächelte sie und fürchtete, eher eine Grimasse zu schneiden, denn einige Bekannte, die gerade vorbeigingen, warfen ihr eigenartige Blicke zu. Kaum fähig, einen Fuß vor den anderen zu setzen, wankte sie zu einem Sofa am anderen Ende des Ballsaals, nahe der Stelle, wo ihre Familie stand. Sie sank vorsichtig in die Samtpolsterung und seufzte erleichtert. Unter dem Rocksaum zog sie die Schuhe aus und bewegte ihre misshandelten Zehen. Aber damit verstärkte sie nur die Schmerzen. Da beschloss sie, Roger ohne weitere Verzögerung zu erklären, die Freundschaft müsse ein Ende finden. Selbst wenn Colton Wyndham sie nicht umwerben würde – nie wieder könnte sie mit dem Lehrling tanzen.

»Vielleicht sollte ich Ihnen eine Erfrischung bringen, Mylady«, erbot sich Roger. »Da ich die Tanzkunst nur mangelhaft beherrsche, würde ich Ihnen gern auf andere Weise dienen.«

»Ja, jetzt hätte ich gern ein Glas Wein«, gestand sie. Ein kleiner Schluck würde sie entspannen und ihr helfen, die unangenehme Aufgabe zu meistern. Vielleicht würde außerdem der Alkohol die Schmerzen lindern.

»Gleich bin ich wieder da, Mylady.«

»Bitte, lassen Sie sich nur Zeit«, drängte sie ihn. Um ihre Gedanken zu ordnen, wollte sie vorerst allein bleiben.

Mathilda Maxim gesellte sich zu ihr. Mit einem übertriebenen Stöhnen ließ sie sich neben ihrer Nichte auf das Sofa fallen. »Wie's dir geht, weiß ich nicht, mein Kind. Aber an diesem Abend wurde mir so oft auf die Zehen getreten, dass ich's gar nicht mehr zählen kann. Allmählich glaube ich, der Tanzlehrer, der die jungen Männer in dieser Gegend unterrichtet, sollte erschossen werden. Dann wären wir von solchen Qualen erlöst.«

Kichernd nickte Adriana. »Oh, ich weiß, was du meinst,

Tante Tilly. Am liebsten würde ich eine große Wasserschüssel unter meine Röcke stellen, Heilkräuter hineinstreuen und meine Füße darin baden, mitsamt den Strümpfen.«

Seufzend schlüpfte Tilly im Schutz ihrer weiten Röcke aus den Schuhen. »Ich glaube, ich bin schon zu lange verwitwet.«

»Wieso das, Tante Tilly?«, fragte Adriana neugierig.

Die Augen der älteren Frau begannen zu funkeln. »Wie viele wundervolle ältere Gentlemen es auf dieser Welt gibt, merkte ich erst, als ich an diesem Abend hierher kam. Sag mir, dass ich nicht träume!«

Lachend drückte Adriana die Hand ihrer Tante. Das war ganz die Tilly, die sie kannte. »Oh, ich bin ganz deiner Meinung. Müsste ich mich zwischen diesen Gentlemen entscheiden, wäre ich so verwirrt wie eine alte Jungfer. Aber ich glaube, Lord Alistair stellt all die anderen in den Schatten. Und entstammt aus einer guten Familie.«

»Außerdem sieht er fabelhaft aus, nicht wahr?«

»O ja«, bestätigte Adriana belustigt und bewunderte das Temperament ihrer Tante.

Entschlossen schob Tilly ihre schmalen Füße wieder in die Schuhe und stand auf. Dann tätschelte sie die Schulter ihrer Nichte und verkündete: »Nun werde ich mich für den nächsten Tanz zur Verfügung halten, etwa an der Stelle, wo ich Lord Alistair zuletzt sah. Falls mir ein hübscher junger Gentleman auffällt, werde ich ihn hierher schicken. An diesem Abend habe ich einige entdeckt, die sogar meine Söhne übertrumpfen würden.«

»Lieb von dir, Tante Tilly – aber ich würde gern noch eine Weile hier bleiben und meinen Füßen ein bisschen Ruhe gönnen, bevor ich wieder tanze.«

»Unsinn, Kind, du bist jünger als ich – und viel zu schön, um herumzusitzen und deine gemarterten Zehen zu beklagen. Vor nicht allzu langer Zeit sah ich Lord Alistairs Neffen ohne Partnerin. Mal sehen, was ich in dieser Hinsicht für dich tun kann.«

»Bitte, jetzt noch nicht, Tante Tilly!«, flehte Adriana verzweifelt. Womöglich würde Colton glauben, sie hätte ihre Tante beauftragt, ihn zu ersuchen, er möge mit ihr tanzen. »Meine Füße tun schrecklich weh. Die müssen sich erst mal erholen.«

»Also gut, Kind, aber lass dir nicht so lange Zeit. Wenn ich dich nicht in ein paar Minuten tanzen sehe, schicke ich den nächstbesten netten Gentleman zu dir.«

Nachdem Adriana die Tante von ihrem gefährlichen Plan abgebracht hatte, lehnte sie sich dankbar in die Polsterung zurück. Dann beobachtete sie lächelnd, wie Alistair mit Tilly durch den Saal wirbelte – von der attraktiven Frau offenbar genauso entzückt wie sie von ihm.

# Kapitel 11

Eine Zeit lang entstand der Eindruck, jeder Junggeselle im Ballsaal wollte mit Adriana tanzen. Höflich lehnte sie mehrere Wünsche ab, weil sie wusste, sie würde ihren Zehen weitere Qualen ersparen. Nach einer Weile entdeckte sie Roger, der sich zwischen den hoffnungsvollen Gentlemen einen Weg bahnte. Er hielt ihr ein Glas Wein hin, dann wandte er sich zu ihren Anbetern, in der unverhohlenen Absicht, sie zu entmutigen. Hastig ergriff sie das Glas, sonst hätte sich der Wein womöglich auf ihr Kleid ergossen. Elstons Beharrlichkeit ärgerte sie. Aber seine Taktik führte zum Erfolg. Schließlich entfernten sich die Verehrer, um andere Tanzpartnerinnen zu suchen.

Sie bezähmte ihren Zorn und nippte an dem Kristallkelch. Roger bestürmte sie mit Fragen, die sie vorerst nicht beantworten mochte. Und so zuckte sie schweigend die Achseln, nickte oder schüttelte den Kopf. In erster Linie erkundigte er sich nach den Gentlemen, die mit ihr hatten tanzen wollen. Zusätzlich wollte er wissen, ob irgendeiner ihre besondere Gunst genieße. Natürlich ging ihn das nichts an, denn sie betrachtete ihn keineswegs als ihren Freund, nicht einmal als einen Mann, dessen Gesellschaft sie einigermaßen schätzte. Dass er sie trotzdem gnadenlos bedrängte, hielt sie für einen plausiblen Grund, seine Nähe nicht länger zu dulden. Sie fand ihn einfach nur lästig und es war höchste Zeit, ihm zu erklären, er dürfe sie nicht mehr besuchen.

Bevor sie dazu kam, eilten einige Freundinnen zu ihr und begannen fröhlich zu schwatzen. Roger fühlte sich ausgeschlossen, während sie Adriana fragten, wie ihr dieser oder jener Gentleman gefalle. Damit bekundeten sie deutlich, sie wären nur an Aristokraten interessiert. Letzten Endes ertrug er seine Position als einziger Mann unter lauter Frauen nicht länger, entschuldigte sich mit gepresster Stimme und stolzierte davon.

Ein paar Minuten später stürzten sich zahlreiche Galane auf die heitere Schar, um Tänze zu erbitten. Lächelnd lehnte Adriana erneut die Anfragen ab. Es wäre furchtbar peinlich gewesen, einzugestehen, dass sie nur einen Schuh trug. Im Augenblick tasteten ihre Zehen vergeblich nach dem zweiten.

Allein gelassen, sah sie sich etwas verloren um, voller Angst vor Rogers Rückkehr. Diesmal würde sie ihm endgültig klar machen, seine Besuche auf Wakefield Manor seien nicht mehr erwünscht. Doch sie wollte das unangenehme Gespräch nicht ohne ihre beiden Schuhe führen. Die würden ihr wenigstens die Flucht gestatten, sollte der Lehrling seine ohnehin mangelhaften Manieren vergessen.

Da sie keinen anderen Ausweg sah, konnte sie den Schein nicht länger wahren. Wohl oder übel würde sie sich bücken und den fehlenden Schuh aufspüren müssen – eine demütigende Aktion. Glücklicherweise fiel ihr eine bessere Möglichkeit ein. Sie erhob sich anmutig und betrachtete ihre Umgebung in der würdevollen Haltung einer Königin, die ihren Hofstaat musterte. Langsam hinkte sie zum einen Ende des Sofas, dann zum anderen. Dabei glitten ihre bestrumpften Zehen über den Boden, um den Schuh zu suchen. Endlich fand sie ihn und schob ihren Fuß hinein. Im selben Moment umfasste eine große Hand ihren Ellbogen, sie schwankte verblüfft zur Seite und aus ihrer Kehle rang sich ein leiser Schrei. Ein schwarz bekleideter Arm umschlang ihre Taille und rettete sie vor einem Sturz. Seltsam, dieser angenehme maskuline Duft, der ihr in die Nase stieg … Seit wann benutzte Roger ein Eau de Cologne?

Gewiss, sie müsste dem Lehrling dankbar sein, weil er sie vor einem blamablen Straucheln bewahrt hatte. Andererseits wäre sie nie in die Gefahr geraten, ihr Gleichgewicht zu verlieren, hätte er ihren Ellbogen nicht ergriffen. Ärgerlich biss sie die Zähne zusammen, zwängte ihre Ferse in den Schuh und wandte sich zu dem entnervenden Mann. Dabei taumelte sie beinahe nach hinten, denn sie sah eine tadellos verknotete weiße Seidenkrawatte über einer dunkelgrauen Seidenweste und ein elegantes Jackett aus edlem schwarzem Tuch. Als ihr Blick ein wenig höher wanderte, entdeckte sie strahlend weiße Zähne in einem grinsenden gebräunten Gesicht.

»Colton!« Ihre Stimme verriet ihre Überraschung. Denn sie brachte nur ein heiseres Krächzen zustande statt des melodischen Klangs, an den der Marquess vermutlich gewöhnt war.

Er lachte leise. »Schauen Sie nicht so schockiert drein, Adriana. Sicher wussten Sie, dass ich Sie früher oder später zu einem Tanz auffordern würde.«

»Nein – ich meine, darauf war ich nicht gefasst.« Nachdem er die schöne Miss Felicity mit seinem Charme betört hatte …

»Als Sie soeben zu mir herumfuhren, hätte ich mich beinahe geduckt«, scherzte er. »Schon in Ihrer Kindheit konnten Sie recht kräftig zuschlagen, wenn Ihnen meine Dummheiten auf die Nerven fielen.«

Da sie nahe daran gewesen war, ihre Faust zu heben, errötete sie. »Sie haben mich nur ein bisschen erschreckt.«

»Verzeihen Sie, meine Liebe. Aber nachdem Sie endlich einmal *nicht* von Verehrern belagert wurden, beschloss ich, die Gunst der Stunde zu nutzen. Heute Abend scheint der Sohn des Spinnereibesitzers besonders hartnäckig an Ihren Röcken zu hängen. Haben Sie noch nicht mit ihm gesprochen?«

»Nein!«, gab sie erbost zu. »Bisher fand ich keine Gelegenheit.«

»Wenn Sie sich nicht dazu durchringen können, nehme ich Ihnen diese Aufgabe sehr gern ab«, erbot er sich.

»Zweifellos würde Ihnen das sogar Vergnügen bereiten«, erwiderte sie kühl. »Aber ich fürchte, Sie bringen nicht das nötige Feingefühl auf. Bei Ihrer letzten Begegnung mit Mr Elston haben Sie ihn quer durchs Zimmer geschleudert.«

»Umso größeres Feingefühl beweise ich *Ihnen*, liebste Adriana. Ich bewahre Sie vor einer Pflicht, die Sie offenbar scheuen. Und was Mr Elston betrifft – mit einem schnellen, gezielten Schnitt amputiert man unheilbar kranke Gliedmaßen auf humane Weise.« Colton hob lässig die breiten Schultern. »Zumindest haben mir das die Ärzte erklärt, während sie überlegten, ob sie mein Bein abschneiden sollten.«

Viel sagend inspizierte sie sein rechtes Bein. »Sind Sie nicht froh, dass Sie's behalten haben?«

»In der Tat. Nun, wenn Sie mir verbieten, Roger aufzuklären, überlasse ich ihn Ihrer sanfteren Obhut – für einen Preis.«

»Für einen Preis?«, wiederholte sie argwöhnisch. »Und der wäre?«

»Bevor andere Galane auftauchen, möchte ich Sie von Ihrer kurzfristigen altjüngferlichen Einsamkeit erlösen. Vor einer Weile hielt Sir Guy Dalton nach Ihnen Ausschau und Lord Riordan schickte ihn in die falsche Richtung. Erinnern Sie mich künftig daran, niemals einen Ihrer Bewunderer nach Ihrem Verbleib zu fragen. Sonst würde ich in Afrika landen.«

»Oh, ich ließ nur sehr wenig Tänze aus.« Obwohl sie die Antwort kannte, erkundigte sie sich. »Und wo waren *Sie* die ganze Zeit?«

»Draußen, um frische Luft zu schnappen. Mit anderen Damen zu tanzen – das reizt mich nicht. Und während ich wartete, bis Sie endlich verfügbar waren, wuchs meine Ungeduld. Jetzt kenne ich die Umgebung von Wakefield House besser als mein eigenes Anwesen.«

*Sehr glaubwürdig – wenn Felicity dauernd um ihn herumscharwenzelte*, dachte Adriana pikiert. »Wie edel von Ihnen, mich vor meinem Schicksal zu bewahren, Mylord. Aber Sie müssen sich nicht um mich bemühen.«

Wieder einmal fragte sie sich, ob ihre Wangen unter seinem eindringlichen Blick jemals eine normale Farbe zeigen würden.

Wenn sie sich auch über die Aufmerksamkeit ärgerte, die er Felicity geschenkt hatte, noch dazu vor ihren Augen, musste sie ihn einfach bewundern. Sie kannte keinen attraktiveren, eleganteren Mann. Nicht einmal Riordan, stets fashionabel und äußerst geschmackvoll gekleidet, vermochte sich mit Colton zu messen.

Mit geheuchelter Nonchalance deutete sie zu der Stelle, wo sie Felicity zuletzt gesehen hatte. »Bitte, lassen Sie sich nicht aufhalten. Tanzen Sie mit Ihrer Partnerin.«

Da neigte er sich lächelnd zu ihr und verschränkte die Hände hinter dem Rücken. Unfähig, Adrianas exquisitem Duft zu widerstehen, schloss er beinahe die Augen, von sinnlichem Entzücken erfasst. Tatsächlich, die Lady roch so verführerisch, wie sie aussah. Sollte er jemals auf die Schlachtfelder zurückkehren, würde ihn die Erinnerung an ihren Zauber während der grausamsten Kämpfe stärken. »Im Moment habe ich keine Partnerin.«

»Was?«, entgegnete sie leichthin. »Hat Miss Fairchild Sie wegen eines anderen verlassen? Das kann ich kaum glauben, nachdem Sie doch unentwegt so wortreich von Ihnen schwärmt. Sie müssen sie sehr oft besucht haben, Mylord, um sie zu so enthusiastischen Lobeshymnen zu inspirieren.«

Belustigt hob er die Brauen. »Haben Sie schon wieder diesen verdammten Klatschgeschichten gelauscht, Adriana?«

»Nein, natürlich nicht«, protestierte sie und musste erneut jene brennende Hitze ertragen, die ihr viel zu oft ins Gesicht stieg. Arrogant reckte sie ihre zierliche Nase in die Luft. »Ich sah Sie nur mit Miss Fairchild tanzen, das ist alles.«

»Ein einziges Mal, weil es mir richtig erschien, bis Stuart zurückkam.«

»Was hat Stuart damit zu tun?«

»Nun, er begleitete sie auf den Ball.«

Mühsam suchte sie ihre Verwirrung zu verbergen, die ihm trotzdem nicht entging. »Stuart?«

Seine dunklen Augen funkelten. »Um genau zu sein, meine

Schwester und mein Schwager luden die beiden ein – von Ihnen aufgefordert, mitzubringen, wen sie wollten. Samantha dachte, es würde Sie nicht stören, da Sie Miss Fairchild und den Viscount am Tag meiner Heimkehr baten, an Ihrem Ausritt teilzunehmen. Und die junge Dame scheint ihn zu interessieren.« Boshaft mimte er ungläubiges Staunen. »Dachten Sie etwa, *ich* hätte das Mädchen eskortiert, meine Liebe? Schämen Sie sich!«

»Mylord, ich bin nicht Ihre Liebe!«, betonte sie und hob die hübsche Nase noch höher. »Also nennen Sie mich nicht so.«

»Doch, das sind Sie – nach dem Willen meines Vaters«, neckte er sie. Noch nie hatte eine Frau so beharrlich versucht, ihn aus ihrem Leben zu verbannen. Und nie zuvor hatte er eine Herausforderung so sehr genossen.

Adriana wünschte, er würde zu grinsen aufhören. Offensichtlich amüsierte er sich auf ihre Kosten. Weil ihr keine passende Antwort einfiel, zuckte sie nur die Achseln und erinnerte sich zu spät an ihr Dekolleté, das bei solchen Bewegungen ihren Busenansatz noch stärker hervorhob. Prompt tauchte Coltons Blick in ihren Ausschnitt und veranlasste sie, den glänzenden Onyxanhänger an ihrer Halskette zu ergreifen, als wollte sie sich vor einer gründlicheren Inspektion schützen.

»Zu spät«, sprach er ihre Gedanken aus und lächelte teuflisch. »Was Sie verstecken, habe ich längst gesehen, und seither gelüstet's mich nach Ihnen.«

Adriana ignorierte das sonderbare Prickeln, das ihren ganzen Körper durchströmte, und öffnete ihren Spitzenfächer, um ihre glühenden Wangen zu kühlen. »Prahlen Sie auch noch mit Ihrem dreisten Verhalten? Mich auszuspionieren, wie ein unartiger kleiner Junge, der durchs Schlüsselloch späht …«

»Habe ich meine Faszination etwa verhehlt?«

»Nein. Und mir ist niemals ein frecherer Wüstling begegnet.«

»Oh, ich bin nicht frech, nur ehrlich, meine Liebe.« Coltons Mundwinkel zuckten. »Leider kann ich keinen Gleichmut heucheln.«

Immer heftiger flatterte der Fächer, erzielte aber nicht die ersehnte Wirkung. Adriana wagte nicht, sich umzuschauen. Würde irgendjemand ihr Unbehagen bemerken? »Warum tanzen Sie nicht mit Felicity? Vielleicht findet sie Gefallen an Ihrem derben Humor.«

»Meine Liebe, Ihre Eifersucht ist völlig unbegründet. An dieser Frau bin ich nicht interessiert!«

»Und warum haben Sie das Mädchen besucht?«

Verständnislos schüttelte er den Kopf »Das habe ich nie getan.«

Adriana klappte den Fächer zu und schlug damit auf seine elegant verhüllte Brust. »Lügner! Ich sah Sie aus Mr Gladstones Haus kommen. Wem haben Sie denn Ihre Aufwartung gemacht, wenn nicht Felicity?«

Erst nach ein paar Sekunden erinnerte sich Colton an seinen Besuch bei dem alten Müller. »Wenn Sie so neugierig sind, meine Liebe, will ich's Ihnen erzählen. Samantha und ich gingen nur hin, um uns nach Mr Gladstones Befinden zu erkundigen. Felicity haben wir gar nicht gesehen. Mrs Fairchild erklärte, ihre Tochter würde sich nicht wohl fühlen.«

»Oh …« In plötzlicher Freude zog sie die Schultern hoch und entschuldigte sich. Wieder einmal dachte sie zu spät an ihr offenherziges Dekolleté. Nach einem weiteren Blick auf die von Spitzen umrahmten Rundungen räusperte sich Colton, schaute woandershin und beschloss, diese verlockenden Reize vorerst nicht mehr zu beachten. Außerdem sah er ohnehin viel zu wenig. Adrianas ganzen Körper wollte er bewundern – wenn er unbekleidet war, nur von ihrem langen, offenen Haar bedeckt.

Um sein Verlangen mit unerfreulichen Gedanken zu bezähmen, sah er sich nach dem Lehrling um. »Wo zum Teufel mag Roger stecken? Ist er heute Abend nicht Ihr Gast, Adriana? Oder nennen Sie ihn lieber Ihren Gefährten?«

»Roger ist weder mein Gast noch mein Gefährte«, erwiderte sie indigniert. Warum erwähnte Colton den Mann? »Und ich lud ihn nur ein, weil er mich darum bat.«

»Sagten Sie nicht ...«

»Vergessen Sie, was ich sagte. Als ich ein Geschenk für eine Dienerin kaufte, lernte ich ihn kennen. Und seither besucht er mich.«

»Ausgezeichnet!« Coltons Augen leuchteten auf. »Nachdem er keine besondere Rolle in Ihrem Leben spielt, können Sie mit mir tanzen.«

»Eh – ich weiß nicht, ob ich im Augenblick tanzen will ...«, stammelte sie verwirrt.

»Unsinn, Adriana! Bevor ich hierher kam, glichen Sie einem Mauerblümchen, das sich verschämt in einer einsamen Ecke versteckt, von allen anwesenden Männern verlassen – Lord Harcourt eingeschlossen, der heute Abend zur Abwechslung eine ungewöhnliche Begeisterung für Lady Berenice entwickelt. Gehe ich richtig in der Annahme, das hätten Sie ihm aufgetragen?«

Unter seinem prüfenden Blick nickte sie steif. »Zufällig – ja.«

»Wie nett von Ihnen ... Offenbar sind den Klatschbasen die Heerscharen Ihrer Bewunderer nicht aufgefallen, Adriana. Vorhin schlenderte ich an einigen Damen vorbei und hörte sie über die traurige Zukunft der jüngsten Sutton-Tochter reden. Da ich für meinen exzellenten Geschmack berühmt bin, möchte ich meinen Ruf nicht gefährdet sehen. Und wenn man mich in Ihrer Gesellschaft beobachtet, sollten Sie den Eindruck erwecken, Sie wären bestrebt, möglichst bald zu heiraten.«

Coltons Mitleid war das Letzte, was sie sich wünschte. »*Meinen* Ruf müssen Sie nicht vor diesen Klatschmäulern schützen, Mylord«, fauchte sie. »Bald wird Roger zurückkehren. Wenn nicht, werde ich ihm eben ein andermal von unserer bevorstehenden Werbungszeit erzählen.«

Colton verzog geringschätzig die Lippen. »Eigentlich müsste der Bursche wahre Wunder für Ihre Reputation tun. Wenn Sie ihn gewähren lassen, wird bald jeder armselige Bauernjunge aus dieser Gegend vor Ihrer Tür stehen.«

»Nur weil ein Mann keinen Adelstitel und nicht allzu viel Geld besitzt, sollten Sie nicht verächtlich über ihn reden«, tadelte sie. Merkwürdig – eben noch hatte sie den Marquess bewundert und jetzt würde sie am liebsten eine Pfanne auf seinen Kopf schlagen. »In einer solchen Situation befinden sich zahllose ehrbare Gentlemen.«

»Ja, im Lauf der Jahre, die ich nicht daheim verbrachte, sind mir mehrere begegnet. Einige zähle ich zu meinen Freunden. Aber Burschen von Roger Elstons Kaliber schätze ich nicht sonderlich.«

»Würden Sie mir erklären, *warum* nicht?«, fragte sie irritiert. »Dann würde ich Ihre Abneigung vielleicht besser verstehen.«

»Ach, es ist nur so ein Gefühl.«

»Beruht die Verachtung, die Sie für einen Menschen empfinden, oft auf einem Gefühl, Mylord? Oder verwechseln Sie Ihre Intuition hin und wieder mit einem verdorbenen Magen?«

Mutwillig lächelte er sie an. »Ist es das, woran mein Vater litt, als er auf die verrückte Idee kam, wir beide sollten heiraten?«

Von dieser Spitze zum Schweigen gebracht, kehrte sie ihm hochmütig den Rücken. Besitzergreifend berührte er ihren Arm und sie wandte sich wieder zu ihm, sichtlich erstaunt.

Doch er nahm ihre Miene nicht zur Kenntnis und führte sie in die Richtung der Tanzfläche. »Hoffentlich macht's Ihnen nichts aus, mit einem Mann zu tanzen, der an einem Beinleiden laboriert.«

Obwohl sie ihm vorhin nicht die geringste Behinderung angemerkt hatte, wollte sie ihre misshandelten Füße keiner neuen Gefahr aussetzen. »Setzen wir uns lieber. Wie Sie wissen, würde ich heute Abend nicht den ersten Tanz auslassen. Und wenn Ihre Tanzkünste Rogers Getrampel gleichen, sollten Sie meinen Rat befolgen.«

»Ganz sicher nicht«, widersprach Colton entschieden. »Zumindest nicht, solange sich der Banause noch immer in diesem Haus aufhält.« Gnadenlos schob er sie zur Tanzfläche und sie schaute ihn über die Schulter an. Dabei fühlte sie sich wie ein widerspenstiges Kind, das von einem strengen Vater gemaßregelt wurde.

»Also, ich muss schon sagen – Sie sind furchtbar eigensinnig.«

»Stimmt«, bestätigte er. »Das fanden auch die Soldaten in meiner Kompanie.«

»Ich gehöre nicht zu den Männern Ihrer Kompanie«, konterte sie und hörte ihn leise lachen.

»Glauben Sie mir, meine Liebe, das habe ich keine Sekunde lang vermutet.«

»Besten Dank.«

»Keine Ursache.« Colton drehte sie zu sich herum. »Aber es bedarf keines besonderen Scharfsinns, um den Unterschied zwischen Ihnen und meinen Soldaten zu erkennen. Keiner dieser Kerle erschien mir jemals reizvoll – schon gar nicht, wenn er in einer Badewanne saß.«

»Pst!«, mahnte sie, das Gesicht wieder einmal puterrot, und schaute sich um. »Wenn man uns belauscht ...«

»Gewiss nicht, solange die Musiker und die schnatternden Damen so viel Lärm machen. Übrigens, inzwischen haben die Klatschtanten gemerkt, dass Sie nicht mehr mit Roger Elston, sondern mit mir zusammen sind.«

Verstohlen spähte Adriana in die Runde und musste ihm Recht geben. Die Unterhaltung der älteren Damen wirkte plötzlich viel lebhafter.

Als sie die Tanzfläche erreichten, schaute Colton über die Köpfe hinweg und suchte den Mann, den er soeben verunglimpft hatte. »Da Roger so eifrig versucht, Sie von mir fern zu halten, würde ich gern meine Ansprüche auf Sie unterstreichen, meine Liebe.«

Interessierte er sich wirklich für sie? Oder wollte er Roger nur eins auswischen? Allein schon der Gedanke genügte, um ihre Nackenhaare zu sträuben. »Nur um ihn zu ärgern, nicht wahr?«

Er verschränkte wieder die Hände hinter dem Rücken, als würden sie nicht in einem Ballsaal, sondern in einer Bibliothek stehen. Dass mehrere Tanzpaare gezwungen wurden, ihre Schritte zu verlangsamen, um ihnen auszuweichen, schien ihn nicht im Mindesten zu stören. »Wenn's sein muss, würde ich Sie vielleicht sogar heiraten, nur um dem Kerl eine bittere Enttäuschung zu bereiten.«

»Keine Bange, Mylord!«, zischte sie. »Natürlich würde ich Ihren Heiratsantrag nicht annehmen. Mein Vater erlaubt mir, meine eigenen Entscheidungen zu treffen.«

»Oh – habe ich Ihre hübschen Federn versengt?«, fragte er gedehnt.

»Verzeihen Sie, Mylord ...« Ein eisiger Blick schien ihn zu durchbohren. »Als ich das letzte Mal in den Spiegel sah, trug ich keine.«

»Also dann – die Kristalle, die Ihr Kleid schmücken«, verbesserte er sich und musterte sie von Kopf bis Fuß, mit einem Ausdruck in den Augen, der ihren Puls beschleunigte. Er trat näher, legte einen Arm um ihre schlanke Taille und ergriff ihre Hand. »Auch ohne diesen Schmuck wären Sie eine hinreißende Schönheit«, murmelte er, bevor sie zu tanzen begannen. »Zweifellos teilt Ihr Freund, Lord Harcourt, diese Meinung. Heute Abend kann er seinen Blick kaum von Ihnen losreißen. Das fiel ihm schon schwer, als ich ihn kennen lernte – und danach bei Meloras Hochzeit. Ich glaube, er bildet sich ein, er würde Sie lieben.«

»Zürnen Sie ihm, weil er mit mir getanzt hat? Ist das auch der Grund, warum Sie den *Burschen* verachten?«

»O nein, ich grolle dem guten Lord Harcourt nicht. Er ist

ein vernünftiger, ehrenwerter Gentleman. Außerdem besitzt er einen ausgezeichneten Geschmack – besonders, was Frauen betrifft. Und der Bursche? Was ich von Roger halte, wissen Sie bereits. Reden wir lieber über mich – ich bin schon zufrieden, wenn Sie ausschließlich zu meinem Vergnügen lächeln.«

»Was erwarten Sie von mir? Was die nächsten drei Monate bringen werden, wissen wir nicht. Ich bin in ein Dilemma geraten und ich verstehe nicht, warum Sie auch nur erwägen, mich zu umwerben. Wo ich doch weiß, wie wichtig Sie Ihre Freiheit nehmen.«

Eine Zeit lang schaute er schweigend in die dunklen Tiefen ihrer Augen. Bedeutete ihm seine Freiheit wirklich mehr als Adriana? Diese Frage verfolgte ihn seit Wochen. Doch er kämpfte immer noch gegen seine wachsende Sehnsucht nach der schönen Lady. »Ich kam nach Hause, um mein Erbe anzutreten und meine Verantwortung zu übernehmen. Wenn das zu meinen weiteren Pflichten gehört, werde ich Sie heiraten.«

»So extreme Maßnahmen müssen Sie nicht ergreifen«, erwiderte Adriana gekränkt über seinen taktlosen Hinweis auf den Vertrag. »Nur zu gern würde ich mich für einen anderen Bewerber entscheiden.«

Warum er sich plötzlich ärgerte, wusste er nicht. »Meinen Sie Lord Harcourt?«

Herausfordernd hob sie ihr Kinn. »Wie Sie sagten, ist er ein vernünftiger, ehrbarer Gentleman, und ich könnte es schlechter treffen.«

»Würden Sie mir diesen Mann vorziehen?« Sein wachsender Zorn gab ihm zu denken. Wäre er einer Verlobung noch abgeneigt, wenn er Gefahr laufen würde, Adriana an einen anderen zu verlieren? Bisher hatte er geplant, die Bewerbungszeit zu überstehen, ohne irgendwelche Konzessionen zu machen, die den Eindruck erwecken könnten, er würde sich den Vorschriften seines Vaters beugen. Doch er hatte nicht bedacht, dass Adriana nach diesen drei Monaten vielleicht unerreichbar wäre.

»Da Sie nichts für mich übrig haben, Mylord, ist es sicher am besten, wenn ich einen Mann heirate, dem ich etwas bedeute …«

»Heißt das, Kendrick hat Ihnen schon einen Antrag gemacht?«

»Allerdings …« Sie legte ihren kunstvoll frisierten Kopf schief, als versuchte sie sich möglichst genau an Riordans Worte zu erinnern. »Heute Abend schlug er mir sogar vor, mit ihm durchzubrennen.«

Jetzt nahm ein Gefühl, das er zuvor nur vage verspürt hatte, klare Konturen an. Ohne Umschweife fragte er: »Habe ich Grund zur Eifersucht?«

Adriana lachte kurz. »Warum sollten Sie? Ein Mann ist nur eifersüchtig, wenn er fürchten muss, ein Rivale würde ihm die geliebte Frau abspenstig machen. Und da ich Ihnen gleichgültig bin – sind Sie wohl kaum eifersüchtig.«

»Vielleicht irren Sie sich.« In diesem Moment brachte er nur ein dünnes Lächeln zustande.

»Wie lautet ein altes Sprichwort, Mylord?«, fragte sie spöttisch. »Was ich nicht weiß, macht mich nicht heiß.«

Seine grauen Augen verengten sich. »Wissen Sie, dass mein Vater von Ihrer Charakterstärke schwärmte, Adriana? Er sagte so viel über Sie, was ich damals nicht glaubte. Als ich mein Zuhause verließ, hielt ich Sie für eine kleine Maus, die sich vor ihrem eigenen Schatten fürchtet. Nur wenn Sie wütend waren, weil ich Ihnen und Samantha dumme Streiche spielte, zeigten Sie Ihr Temperament. Während der Werbungszeit werde ich mit dem größten Vergnügen all die Vorzüge aufspüren, die mein Vater Ihnen zuschrieb.«

Missverstand er absichtlich, was sie ihm erklärt hatte? Oder war er nur begriffsstutzig? Daran zweifelte sie. »Begreifen Sie es denn nicht? Ich gestatte Ihnen, den Vertrag zu vergessen.«

Nachdenklich runzelte er die Stirn. Ein Verzicht auf Adriana war das Letzte, was er sich wünschte. Das stand fest. »Ganz offenkundig ist Lord Harcourt ein gebildeter, charakterstarker Mann. Im letzten Krieg hat er tapfer gekämpft. Wäre er beim Militär geblieben, hätte man ihn zum General befördert. Doch das wollte er nicht. Und ich möchte wetten, er kehrte nur Ihretwegen heim. Da ich ihn bewundere, sollte ich den Vertrag einer genaueren Prüfung unterziehen. Mein Vater hielt Sie für etwas ganz Besonderes, Adriana. Und Riordan teilt diese Überzeugung. Bevor ich mir ein eigenes Urteil bilde, muss ich alles über Sie erfahren. Das wird mir allerdings nur gelingen, wenn ich mich an die Vereinbarung halte.«

»Jetzt ignorieren Sie absichtlich, was ich gesagt habe«, beschuldigte sie ihn ärgerlich.

»Bemühen Sie sich nicht, Adriana. Was unsere Väter beschlossen haben, werde ich nicht missachten. Falls Sie den Wunsch *Ihres* Vaters nicht erfüllen wollen, geben Sie mir Bescheid, am besten sofort – und ich werde Sie nicht mehr belästigen.«

»Niemals hatte ich vor, meinen Vater zu enttäuschen. Ich erbot mich nur, keine Ansprüche auf Sie zu erheben, weil ich dachte, Sie wollten sich von den Fesseln des Vertrags befreien.«

»Jetzt wissen Sie's besser. Was mein Vater beschlossen hat, will ich tun.«

»Aber Ihr Verhalten weist auf das Gegenteil hin. Irgendwie fällt es mir schwer, Ihren Gedankengängen zu folgen, Mylord.«

»Und *Ihr* Verhalten lässt mich vermuten, dass Sie eine ziemlich streitbare junge Dame sind«, konterte er. »Hoffentlich täusche ich mich.«

Adriana fühlte sich zu Recht getadelt. Seit seiner Heimkehr war sie ihm ziemlich brüsk begegnet, und zwar ausnahmslos.

Blicklos starrte er über die Köpfe der Paare hinweg, die sich im Takt der Musik wiegten. Wusste Adriana nicht, welche Wirkung sie auf ihn ausübte? Wollte sie ihn aus aufrichtigen, ehrenwerten Gründen von seiner Pflicht entbinden? Mochte es seinen Stolz auch verletzen, dass er seine künftige Gemahlin nicht selbst wählen würde – er ertrug es nicht, Adriana zu verlieren. In dieser Hinsicht unterschied er sich nicht von Roger

Elston, abgesehen von dem Vorteil, dass sein Vater eine Verlobung arrangiert hatte. »Lord Harcourts Wunsch, Sie zu heiraten, ist verständlich, meine Liebe. Jeden Mann würden Sie beglücken.«

Wie sollte sie diese Bemerkung nun wieder auffassen? Misstrauisch schaute sie zu ihm auf. »Sind Sie krank, Mylord?«

Colton schüttelte lachend den Kopf. »Wie viele Komplimente muss man Ihnen denn machen, bevor Sie glauben, was Sie hören?«

»Komplimente?«, wiederholte sie skeptisch und versuchte, in seinen grauen Augen zu lesen. Wenn sie aufschlussreiche Informationen erhofft hatte, wurde sie enttäuscht.

»Haben Sie was gefunden?«, neckte er sie belustigt.

»Nein«, gestand sie. »Wahrscheinlich, weil Sie ein Meister in der Kunst sind, die wahre Bedeutung Ihrer Worte hinter einem ironischen Grinsen zu verbergen.«

Nun wirbelte er sie in etwas weiteren Kreisen durch den Ballsaal und bewegte sich mit jener Kraft, die die immer noch spürbare leichte Schwäche in seinem Bein kompensierte. »Wie misstrauisch Sie sind, Adriana … Wissen Sie wirklich nicht, zu welcher Schönheit Sie erblüht sind?«

Vorsichtiger denn je erinnerte sie ihn: »Früher nannten Sie mich ein dürres kleines Ding.«

Viel sagend warf er einen kurzen Blick in ihr üppig gefülltes Dekolleté. »Das trifft mittlerweile nicht mehr zu. Wenn Sie's unbedingt wissen müssen – ich beherrsche mich mühsam, um Sie nicht anzugaffen.«

Ihre Knie wurden weich, ihr Atem stockte. Von erregenden Gefühlen bestürmt, entsann sie sich jenes Morgens vor drei Wochen, wo er sie unentwegt beobachtet hatte. Die Begegnung haftete intensiver in ihrem Gedächtnis als die anderen, was ihr seltsam erschien, denn im Badezimmer hatte er entschieden mehr von ihr gesehen. Plötzlich erkannte sie, woran es lag. Damals hatte sie nicht dieses fast greifbare Verlangen in seinen Augen entdeckt. Und vor der Kirche war er sich seiner

Anziehungskraft nicht mehr so sicher gewesen. Seine Sehnsucht hatte verletzlich gewirkt – als würde er tatsächlich fürchten, sie zu verlieren. »Haben Sie das auch nach Meloras Trauung getan?«

Mit dieser Frage brachte sie ihn nicht aus der Fassung. »Oh, ich habe nur Ihre Vorzüge bestaunt. Ein Mann müsste blind sein, um Ihre Reize zu ignorieren. Natürlich hätte ich Sie lieber aus nächster Nähe bewundert. Aber Sie wurden von Ihrer Verehrerschar abgeschirmt. Als Sie aus dem Salon Ihrer Eltern rannten, gewann ich die Überzeugung, Sie wollten meine Gesellschaft bis zum Beginn der Werbungszeit meiden. Und so gern ich Sie Ihren Galanen an jenem Hochzeitsmorgen entrissen hätte – ich war mir sicher, es hätte Ihnen missfallen.«

Adriana musterte seine dunkelgraue Seidenweste. Warum war sie so empfänglich für seine mutwilligen Scherze? »Jedenfalls kam mir Ihr Benehmen ziemlich kühn vor. So, wie Sie mich anschauten, hatte ich das Gefühl …«

Abrupt verstummte sie und es dauerte eine Weile, bis er das Schweigen brach. »Ja?«

»Nicht so wichtig«, murmelte sie und senkte den Kopf, um ihre brennenden Wangen zu verbergen.

»Da Sie schon wieder erröten, müssen Sie peinlich finden, was Sie sagen wollten. In Ihrer Kindheit wurden Sie genauso rot, wenn ich Sie und Samantha dabei ertappte, wie Sie irgendwelche Tiere in Ihr Zimmer schmuggelten. Offenbar verheimlichen Sie mir jetzt etwas Unmoralisches, das Ihre jungfräuliche Unschuld gefährdet.«

Empört hob sie den Kopf, und obwohl sie energisch zu protestieren versuchte, konnte sie nur ein lahmes »Nein« hervorwürgen.

»Haben Sie sich damals nackt gefühlt? Ist es das, was Sie beinahe gestanden hätten?«

»Keineswegs!«, hauchte sie. »So etwas würde ich niemals aussprechen.«

»Nein, aber Sie haben es gedacht«, warf er ihr belustigt vor und neigte sich etwas näher zu ihr, um ihren betörenden Duft einzuatmen.

»Und wenn schon?«, fauchte sie und strich über die Ringellöckchen, die sich aus ihrem Haarknoten stahlen. Dadurch zwang sie Colton, sich wieder aufzurichten. »Offenbar war es Ihre Absicht, mich auf solche Gedanken zu bringen.«

»Nun, ich entsann mich, wie hinreißend Sie in der Badewanne aussahen.«

Entrüstet schnappte sie nach Luft. »Ein echter Gentleman würde eine Lady wohl kaum an eine solche Begegnung erinnern. Außerdem wäre er sofort verschwunden, nachdem er erkannt hatte, dass ein Mitglied des anderen Geschlechts in der Wanne saß – insbesondere, weil er sich selbst in einem schockierenden Zustand befand.«

»Verzeihen Sie meine männliche Verletzlichkeit, Adriana.« Ihr Versuch, ihn zu beschämen, verfehlte die angestrebte Wirkung. »Nach meinem monatelangen Aufenthalt in diversen Feldlagern, wo man nur ganz selten was Hübsches bewundern konnte, musste mich Ihr Anblick entzücken. Ehrlich gesagt, ich hatte sogar gehofft, Ihre Anwesenheit in meinem Bad wäre eine Einladung.«

Mit diesem Geständnis entlockte er ihr beinahe einen Schreckensschrei. »Dann bemerkte ich Ihr Entsetzen und erkannte, dass Sie nie zuvor einen nackten Mann gesehen hatten – geschweige denn einen, der von heißer Begierde nach Ihnen überwältigt wurde.«

Am liebsten hätte sie ihn weggestoßen und die Flucht ergriffen.

Aber er hielt sie eisern fest, lachte leise und wirbelte sie umher, bis ihr beinahe schwindelte. Die Lippen an ihrem Ohr, genoss er wieder ihren Rosenduft und murmelte: »Möchten Sie sich von mir losreißen, nur weil ich ehrlich bin?«

»Bitte, schwenken Sie mich nicht so schnell herum«, flehte sie. »In meinem Kopf dreht sich alles.«

»Also gut, ich erfülle Ihren Wunsch – wenn Sie versprechen, nicht davonzulaufen«, erwiderte er und drosselte das Tempo.

Um ihr Gleichgewicht zu wahren, musste sie sich an seinem Ärmel festhalten. Was beunruhigte sie mehr – seine kompromisslose Aufrichtigkeit oder sein Verlangen nach ihr? »Sie lassen mir keine Wahl, Mylord.«

Mit langsamen Schritten führte er sie über das Parkett und gab ihr Zeit, damit sie sich erholen konnte. »Fühlen Sie sich jetzt besser?«

Nach einem Wettlauf hätte sie genauso nach Luft ringen müssen. Aber ihre Atemnot hing nicht mit einer körperlichen Anstrengung zusammen, sondern mit beängstigenden sinnlichen Emotionen. Dieser Mann – einst so entschieden gegen eine gemeinsame Zukunft – hatte erklärt, er würde sie begehren. Hätte er ihr den Boden unter den Füßen weggezogen, wäre sie nicht verblüffter gewesen. »Nun würde ich mich gern setzen – wenn Sie's erlauben.«

Sein sanftes Gelächter drohte ihr Gehirn zu benebeln. »Bedauerlicherweise werden Sie von Roger erwartet und ich möchte Ihre Gesellschaft nicht verlieren – am allerwenigsten an diesen Burschen. Außerdem müssen wir ernsthaft über unsere Werbungszeit reden.«

»Mehr, als Sie zu geben bereit sind, erwarte ich nicht von Ihnen – falls Sie das fürchten, Mylord«, entgegnete sie und hoffte, den Rest ihres klaren Verstands zu retten. Dass sie sich nach allem, was er gesagt hatte, immer noch in seinen Armen befand, schien auf den Beginn einer Geistesstörung hinzuweisen.

Scheinbar tief enttäuscht, stöhnte er. »Wenn wir drei Monate lang als Paar auftreten sollen, müssen Sie sich endlich daran gewöhnen, mich Colton zu nennen. Darauf bestehe ich.«

»Also gut – Colton.«

Da stieß er einen übertriebenen Seufzer abgrundtiefer Erleichterung aus. »Wunderbar, wenigstens *diese* Hürde haben wir überwunden. Nun können wir uns mit den wichtigen Einzelheiten befassen.«

Bereitwillig äußerte Adriana ihre Meinung. »Meines Erachtens sind wir beide verpflichtet, das Abkommen bis zum Ende einzuhalten – wie immer das aussehen mag. Unseren Eltern zuliebe. Stimmen Sie mir zu?«

Lässig zuckte er die Achseln. »Vielleicht ist es das Ende oder der Anfang. Wer weiß?«

»Versuchen Sie nicht, meine Gefühle zu ergründen. Seit der Unterzeichnung des Vertrags ist mir klar, dass wir wohl kaum heiraten werden – nicht einmal, wenn eine Verlobung auf die Werbungszeit folgt. Deshalb ersparen Sie mir bitte jede Form von Heuchelei. Darum müssen Sie sich wirklich nicht bemühen.«

Ein paar Sekunden schwieg er, bevor er die unbestreitbare Wahrheit hervorhob. »Ihre Eltern und meine Mutter *wünschen* sich inständig, wir beide würden vor den Traualtar treten.«

»Ja«, gab Adriana tonlos zu. Ihren Vater und ihre Mutter zu enttäuschen – das würde ihr unendlich schwer fallen.

»Deshalb sollten wir den Schein wahren«, fuhr Colton fort.

»Nur bis zu einem gewissen Grad. Wenn wir ihnen ein glückliches Paar vorspielen, würden sie sich falsche Hoffnungen machen.«

»Und das darf nicht geschehen, oder?«

Sah sie seine Mundwinkel tatsächlich zucken? »Zum jetzigen Zeitpunkt erwarten sie nicht viel. Wenn wir sie ermutigen, wären sie später – nach unserer Trennung – umso unglücklicher.«

Nachdenklich zog er die Brauen zusammen. »Noch nie habe ich eine Frau halbherzig umworben und ich bin nicht sicher, ob ich mich zurückhalten kann. Meine liebe Adriana, es dürfte ziemlich schwierig werden, die Farce durchzustehen, die Sie mir vorschlagen.«

Wieder einmal hob sie die Schultern und erinnerte sich zu spät an den Einblick in ihr Dekolleté, den sie ihm dadurch gewährte. »Entweder heiraten Sie mich, Sir, oder Sie wählen Ihre Freiheit. Die Entscheidung liegt bei Ihnen. So einfach ist das.«

»Nicht ganz so einfach.« Der Verlockung ihrer milchweißen Brüste vermochte er kaum zu widerstehen. Die Rundungen unter der zarten Spitzenborte ihres Hemds faszinierten ihn. Aus der Ferne hatte er oft beobachtet, wie fest manche Frauen ihren Busen nach oben pressten, um ein modisches, tiefes Dekolleté zu füllen, und hatte überlegt, ob sich unterhalb der Wölbungen überhaupt noch ein bisschen Fleisch befand. »Nun, im Lauf der Werbungszeit werden wir sehen, wie sich die Dinge entwickeln. Jedenfalls müsste sie unverzüglich beginnen.«

Adrianas Misstrauen erwachte von neuem. »Natürlich, ich verstehe – wollen Sie die Tortur möglichst schnell hinter sich bringen, damit Sie Ihr gewohntes Leben fortsetzen können?«

Langsam glitt seine Hand an ihrem Rücken nach oben und er zog sie näher an sich. Während er sie jetzt in sanftem Rhythmus umherschwang, streiften sich ihre Schenkel und er hielt den Atem an. Die Berührung entfachte vertraute schmerzliche Gefühle und erinnerte ihn an den Morgen vor der Kirche, wo er sie mit ihren Verehrern hatte lachen und flirten sehen. Damals war er von ähnlichen Emotionen erfasst worden und er hatte erkannt, dass er sie heißer begehrte als jede andere Frau in seinem bisherigen Leben. Nur mühsam hatte er sich gezwungen, unter dem Baum stehen zu bleiben, *nicht* an Adriana heranzutreten und sie für sich zu beanspruchen. Erbost über ihre Flucht in den Landauer ihrer Eltern, hatte er einen neuen Beobachtungsposten bezogen und die Ereignisse ungehindert verfolgt – jede ihrer Gesten, ihr Lächeln, ihr ausdrucksvolles Mienenspiel.

Obwohl sie im Reich der Sinne noch unerfahren war, konnte sie der seltsamen süßen Schwäche in ihrem Bauch nicht entrinnen. Eine drängende Sehnsucht schien ihren ganzen Körper zu durchströmen. Als sie den Kopf hob, begegnete sie Coltons prüfenden Augen. Was er suchte, verstand sie nicht.

Während sie ihn anstarrte, gelang es ihm nicht, ihren Blick zu erwidern. Stattdessen betrachtete er ihr Dekolleté, den elfenbeinweißen Hals, ihren Mund. Sekundenlang fragte er sich, wie es wäre, ihre beschleunigten Atemzüge einzusaugen, die verführerischen weichen Lippen zu küssen, die sie vielleicht öffnen würde – vor Überraschung oder Leidenschaft?

Irgendwie brachte er ein gequältes Lächeln zustande und lenkte seinen Blick woandershin – was dringend nötig war, wenn er die Kontrolle über seinen Geist und seinen Körper zurückgewinnen wollte. Entschlossen richtete er seine Gedanken auf Dinge, an die er sich gar nicht erinnern wollte – auf das Schlachtfeld. Wo er zuletzt gekämpft hatte. Von mörderischen Kanonenkugeln attackiert, hatte er seine Truppe in den Kampf geführt – in der sicheren Überzeugung, der Tag wäre verloren, wenn sie den Angriff hinauszögerten. In einem blutigen Konflikt stürmten sie dem Feind entgegen, von der Kraft ihrer Verzweiflung getrieben. Dicht neben Colton explodierte eine Granate, die Detonation schleuderte ihn beiseite, Splitter bohrten sich in sein Bein. Benommen erhob er sich und kämpfte verbissen weiter, bis sie den Sieg errangen. Am nächsten Nachmittag begann die Wunde zu eitern. Und als er geglaubt hatte, er würde auf der Schwelle des Todes stehen, war das Bild des Vaters vor seinem geistigen Auge erschienen.

»Ebenso gut wie ich wissen Sie, dass mein Vater einen intuitiven Intellekt besaß«, brach er das Schweigen. »Er dachte, wir beide würden gut zusammenpassen. Da war er sich völlig sicher. Wenn Sie wollen, nennen Sie die Werbungszeit ein Experiment. Was mich betrifft – ich möchte herausfinden, warum mein Vater zu dieser Ansicht gelangt war.« Wehmütig lächelte er. »Im Grunde bin ich eher skeptisch veranlagt und ich wollte mir von meinem Vater nicht vorschreiben lassen, wie ich meine Zukunft gestalten müsste. Trotzdem möchte ich sein Andenken in Ehren halten, indem ich die Hintergründe seiner Wünsche erkunde, und ich bitte Sie, mich darin zu unterstützen. Diese drei Monate in Ihrer Gesellschaft werden mir keine Schwierigkeiten bereiten, denn Sie sind eine unglaublich schöne Frau, Adriana. Aber obwohl wir uns schon so lange kennen – während meiner Abwesenheit sind wir uns fremd geworden. Bis jetzt weiß ich nur wenig über Sie. Und ich muss sehr viel mehr herausfinden.« Eindringlich schaute er sie an. »Kränkt Sie meine Offenherzigkeit?«

»Nein, Colton ...« Zögernd schenkte sie ihm ein Lächeln. »Ganz im Gegenteil – Ihre Ehrlichkeit gefällt mir, denn während Sie mein wahres Wesen erforschen, hoffe ich Ihres zu entdecken. Bevor ein Mann und eine Frau heiraten, sollten sie möglichst viel voneinander erfahren, um eine solide Grundlage für ihre Ehe zu schaffen. Erst wenn der eine über den Charakter des anderen Bescheid weiß, kann er beurteilen, ob er die richtige Wahl getroffen hat, und guten Gewissens das Ehegelübde aussprechen. Obwohl ich nicht viel von unserer Werbungszeit erwarte – immerhin haben Sie sich entschieden gegen den Vertrag gesträubt –, will ich Ihnen die Gelegenheit geben herauszufinden, ob ich mich zu Ihrer Gemahlin eignen würde.«

»Danke, Adriana«, erwiderte er leise.

Bis sie zu antworten vermochte, dauerte es eine Weile. Und dann klang ihre Stimme zu ihrer eigenen Verblüffung schwach und gepresst. »Natürlich müssten wir einander von neuem kennen lernen. Aber ich versichere Ihnen schon jetzt, Colton, das kleine Mädchen, das Sie einst zurückgewiesen haben, hat sich kaum verändert. Vielleicht werden wir in drei Monaten beschließen, ohne Rücksicht auf die Wünsche unserer Eltern getrennte Wege zu gehen. Sollte das geschehen, werden wir hoffentlich Freunde bleiben, unseren Familien zuliebe.«

Belustigt entgegnete er: »Sonderbar – soweit ich das feststellen kann, haben Sie sich während meiner Abwesenheit sogar grundlegend verändert. Vergeblich suche ich die Sommersprossen auf Ihrer Nase.« Sein Blick wanderte über ihre fein gezeichneten Züge und blieb wieder an ihren Lippen hängen. »Um die Wahrheit zu gestehen, Lady – ich fühlte mich niemals versucht, jenes kleine Mädchen zu küssen.«

»Nehmen Sie sich bloß in Acht, Colton!«, mahnte sie.

»Ein flüchtiger Kuss hier und da ist völlig harmlos ...«

»Ein flüchtiger Kuss hier und da ist *gefährlich*«, konterte sie im Brustton der Überzeugung.

Verwundert runzelte er die Stirn. »Fürchten Sie sich so sehr vor dem Verlust Ihrer Unschuld, Adriana?«

»Wenn sie mir von *Ihnen* geraubt wird? O ja!« Der entschiedene Klang ihrer Stimme duldete keinen Widerspruch. Wie entsetzt ihre Mutter wäre, könnte sie dieses Gespräch belauschen ... »Ich bin nicht so wie Sie durch die Welt gereist, Colton. Das Grauen des Krieges kenne ich nicht. Ich wusste immer, wo ich schlafen würde. Und ich lag immer allein in meinem Bett. Welche Erfahrungen *Sie* gesammelt haben, kann ich nicht einmal erahnen. Aber Sie haben schon in Ihrer frühen Jugend eine starke Wirkung auf das weibliche Geschlecht ausgeübt und die Mädchen umschwirrten Sie wie Motten das Licht. Um die Wahrheit zu gestehen, das macht mir Angst. Von einem Ehemann erwarte ich gewisse Dinge – Liebe, Ehrgefühl, Treue, gemeinsam gezeugte Kinder. Falls Sie mich in drei Monaten heiraten wollen, werde ich Ihnen Liebe und Leidenschaft schenken, alle Gefühle, derer ich fähig bin. Doch bis zum Tag der Entscheidung muss ich mein Herz schützen, denn ich bin sehr verwundbar. Als kleines Mädchen habe ich Sie angebetet und mein Herz wurde gebrochen. Wenn das ein zweites Mal geschieht, würde ich's nicht ertragen.«

»Nun haben Sie mir Ihren Standpunkt klar und deutlich erklärt, Adriana.«

»Dann darf ich wohl annehmen, Sie werden in meiner Gesellschaft Ihre männliche Glut bezähmen?«

»Leider weiß ich nicht, ob ich Ihnen ein solches Versprechen geben und ob ich es halten kann.«

»Warum nicht?«, fragte sie unschuldig.

Seufzend überlegte er, ob sie das Ausmaß ihrer Schönheit und Anziehungskraft wirklich nicht erkannte. Während er noch nach einer passenden Antwort suchte, merkte er plötzlich, dass die Musik verstummt war. Trotzdem tanzte er mit Adriana weiter, quer durch den Saal.

Inzwischen hatten alle anderen Paare das Parkett verlassen. Belustigt standen die Leute entlang der vier Wände und beobachteten den Marquess und seine Partnerin. Einige lächelten nachsichtig, andere begannen enthusiastisch zu applaudieren und riefen: »Bravo!« Und: »Nur so weiter!«

»Mein Freund, du warst zu lange im Krieg«, bemerkte Percy. »Sobald du ein hübsches Gesicht siehst, verlierst du den Verstand.«

Gutmütig lachte Colton und winkte ihm zu. Dann wandte er sich wieder zu Adriana, die in sein Gelächter einstimmte, obwohl sie verlegen errötete. »Meine Liebe, ich glaube, wir stehen im Mittelpunkt des Herbstballs.«

# Kapitel 12

Anmutig mimte Adriana eine versierte Schauspielerin, hob eine schmale Hand und versank in einem tiefen Knicks. Zum Entzücken des Publikums vollführte Colton eine ebenso übertriebene Verbeugung. Die Zuschauer lachten begeistert und klatschten erneut Beifall.

Von dem Lärm überwältigt, zuckte Adriana gequält und hielt sich die Ohren zu. Aber sie lächelte.

Nicht jeder Gast wusste die Ovationen zu schätzen, die das Paar erhielt. Nach seiner Rückkehr in den Ballsaal hatte Roger den Marquess mit Adriana tanzen sehen und sich rücksichtslos zwischen den Leuten hindurchgedrängt, um sich einen günstigen Aussichtspunkt zu verschaffen. Sobald die Musik verklang, lauschte er wütend den geflüsterten Kommentaren. Offenbar glaubte man, Lord Randwulf und die junge Lady wären füreinander bestimmt, aus dem einfachen Grund, weil sie »so wundervoll zusammenpassen«. Über seine rechte Schulter warf er den älteren Damen, die das behaupteten, stechende Blicke zu und verursachte dadurch ein empörtes Gekeife. Natürlich beschwerten sie sich sofort über den unverschämten Sohn des Spinnereibesitzers und stolzierten beleidigt davon.

Ähnliche Lobeshymnen auf das schöne Paar sangen ebenso die Verwandten und Freunde der beiden, die sich am anderen Ende des Saales versammelt hatten. Dort standen auch Miss Fairchild und Stuart.

Eine Bemerkung Jaclyns, an ihren Vater gerichtet, raubte Felicity alle Hoffnungen, den attraktiven Marquess zu erobern. »Weißt du, Papa, so entschieden sich Colton gegen die Verlobung mit Adriana gewehrt hat, obwohl es Lord Sedgwicks Herzenswunsch gewesen war – jetzt scheint er sich anders zu besinnen. Offensichtlich kann er meine Schwester gar nicht mehr aus den Augen lassen. Kein Wunder! Um ein so reizendes Mädchen zu finden, müsste er eine Weltreise unternehmen.«

Zufrieden grinste Gyles. »Ja, sie ist ein hübsches Ding, nicht wahr? Aber meine beiden älteren Töchter sehen genauso zauberhaft aus.«

Jaclyn tätschelte liebevoll seinen Arm. »Obwohl mir Melora widersprechen würde – nach meiner längeren Abwesenheit von zu Hause bin ich zu der Ansicht gelangt, dass Adriana uns beide übertrumpft. Mit ihrem dunklen Haar, den großen Augen und der hoch gewachsenen Gestalt wirkt sie viel eleganter. Wenn es mir gestattet ist, meine Schwester zu preisen, würde ich sagen, sie hat sich zu einer hinreißenden Schönheit entwickelt.«

Voller Verachtung hörte Felicity mit an, wie die Suttons eine der Ihren über den grünen Klee lobten, und vergaß, dass ihr eigener Vater sich oft genug des gleichen Vergehens schuldig machte. Doch diese Komplimente störten sie viel weniger als die Neuigkeit, Lord Randwulf und Lady Adriana wären gewissermaßen bereits verlobt. Nun durfte sie nichts mehr für sich selbst erwarten und diese Erkenntnis glich einer düsteren Wolke, die auf ihre Seele herabsank.

So inständig sie sich auch gewünscht hatte, Colton Wyndham einzufangen – jetzt war es nicht mehr möglich. Es sei denn, Adriana würde sterben oder sich irgendeine schreckliche Indiskretion erlauben, die der Verlobung ein Ende bereiten müsste. Bedauerlicherweise war sie wohl kaum so dumm. Und Felicity bezweifelte ebenso, die Lady würde aus Ulysses' Sattel stürzen und sich den schönen Hals brechen, wenn sie nächstes Mal ihrer besonderen Leidenschaft frönte und über hohe Hürden galoppierte.

Wo um alles in der Welt sollte sie einen anderen aristokratischen Heiratskandidaten aufspüren? Wegen ihrer Herkunft verkehrte sie nur selten in den erlauchten Kreisen, in denen man solchen Männern begegnete. Der Gedanke, den Titel einer Marchioness zu tragen, hatte sie vorübergehend veranlasst, auf die Angehörigen des niedrigeren Adels herabzuschauen. Jetzt war sie bereit zu nehmen, was sie bekommen würde. Zurzeit erschien ihr sogar die Ehe mit einem Viscount erstrebenswert. Wo sollte die Tochter eines Buchhalters Aristokraten finden, die um ihre Hand anhalten würden?

Seit einiger Zeit versuchte ihr Vater, seine Schwierigkeiten mit ihrer Mutter und dem Großvater zu bereinigen. Deshalb war er zu beschäftigt und würde ihr nicht helfen. Nun musste er seine Prophezeiung vergessen, eines Tages würde sie an der Seite eines Aristokraten vor dem Traualtar stehen – einer Verlobung zufolge, die man wahrscheinlich schon beschlossen hatte, bevor die Familie Fairchild in diese Gegend übersiedelt war.

»Fast könnte man glauben, Lady Adriana hätte einen Ring durch Lord Coltons Nase gezogen – so wie er auf ihr klebt.« Felicity wies mit ihrem blonden Kopf in die Richtung des Paares und hoffte, ihrem Gefährten eine ähnliche Bemerkung zu entlocken. Aber als sie sich nach einem längeren Schweigen erwartungsvoll zu ihm wandte, sah sie seinen schmachtenden Blick, der das dunkelhaarige Mädchen zu verschlingen schien. Unfähig, ihre bittere Enttäuschung und ihren verletzten Stolz zu unterdrücken, fragte sie: »Oh – Sie auch?«

Stuart blinzelte überrascht. »Verzeihen Sie, Felicity. Haben Sie etwas gesagt?«

*»Allerdings«*, bestätigte sie unglücklich. »Doch Sie denken an eine *andere* Frau. Gerade haben Sie Lady Adriana unentwegt angestarrt und ich begreife nicht, warum Sie hier bei mir stehen, statt sich in die Schar ihrer Verehrer einzureihen.«

In wachsender Verblüffung musterte er die beleidigte junge Dame. »Oh – ich wusste nicht, dass ich die Lady so auffällig beobachtet habe.«

»Doch, das taten Sie, und ich kam mir wie eine hässliche Kröte vor. Wenn Sie sich dermaßen für Lady Adriana interessieren – warum gehen Sie nicht zu ihr und bitten sie um einen Tanz? Sie müssen sich nicht gezwungen fühlen, an meiner Seite zu bleiben, nur weil Ihr Bruder und Ihre Schwägerin uns beide hierher gebracht haben. Sicher wäre Lady Adriana entzückt, wenn sie wüsste, sie hätte Sie genauso betört wie alle anderen anwesenden Gentlemen.«

»Pardon, Miss Felicity, ich glaube, Lord Colton und die Lady sind schon beinahe verlobt.«

Rebellisch musterte sie ihn. »Sonst hätten Sie sich sicher nicht die Mühe gemacht, mit mir zu tanzen.«

Stuart verzichtete darauf, dieser brüsken Anklage zu widersprechen. Was immer er sagen mochte, um Felicity zu besänftigen, würde sie vermutlich zurückweisen. Und das mit Recht, denn er hatte Adriana *tatsächlich* angestarrt, von der heißen Sehnsucht getrieben, die er neuerdings empfand.

Hätte Colton auch nur flüchtig überlegt, was die beiden besprechen mochten, wäre er nicht überrascht gewesen. Doch er wollte sich nicht mit den Problemen anderer Leute befassen – nicht in der Gesellschaft der Frau, die ihn gnadenlos in seinen nächtlichen Träumen verfolgte. Wie erstaunlich – schon vor sechzehn Jahren hatte sein Vater dieses Mädchen zu seiner Schwiegertochter erkoren.

Wie konnte er weitsichtig genug gewesen sein, um vorauszuahnen, zu welcher Frau das Kind erblühen mochte, um zu wissen, sie würde das Herz seines Sohnes gefangen nehmen? Nur ein Zufall? Oder hatte der Vater wirklich damit gerechnet?

Einen Arm um Adrianas schmale Taille gelegt, zog er sie an sich und hoffte, diese kühne Geste würde alle ihre Bewunderer bis zum Ende des Balls von ihr fern halten. Die damit verbundenen Schwierigkeiten würde er später bewältigen – wenn er vergessen musste, wie sie sich angefühlt hatte, wie ihm der provozierende Rosenduft zu Kopf gestiegen war.

Natürlich konnte sie diese Vertraulichkeit nicht ignorieren und sie schaute ihn verwundert an.

»Ja, meine Süße?«, fragte er lächelnd.

Schon wieder wurden ihre Knie weich, als sie das Kosewort hörte. Und das missfiel ihr. Seine kraftvollen Finger an ihrer Taille halfen ihr kein bisschen, ihre Fassung wiederzugewinnen. Zu allem Überfluss neigte er sich auch zu ihr herab, um auf ihre Antwort zu warten. »Haben wir nicht beschlossen, uns diskret zu verhalten, damit wir Ihre Mutter und meine Eltern nicht ermutigen?«

»Haben wir das?«, fragte Colton und erweckte den Eindruck, auf diesen Gedanken wäre er niemals verfallen.

Da sie ihn nicht für schwachsinnig hielt, musste sie glauben, er würde ihren Vorschlag absichtlich ignorieren. Trotzdem versuchte sie ihn erneut zu überzeugen. »Meinen Sie nicht, es wäre besser? Den Menschen, die wir lieben, dürfen wir keinen Kummer bereiten.«

Gleichmütig hob er die breiten Schultern. »Darüber muss ich erst mal nachdenken. Mit meiner Zurückhaltung würde ich dem Sinn der Werbungszeit zuwiderhandeln, in der wir uns besser kennen lernen sollten. Und weil ich herausfinden will, warum mein Vater in Ihnen die richtige Braut für mich sah, müsste ich meine Nachforschungen auch in Gegenwart Ihrer Eltern und meiner Mutter anstellen.«

Adriana schluckte. Angesichts der beunruhigenden Wirkung, die Colton Wyndham auf ihr weibliches Empfinden ausübte, fürchtete sie, sein Vorhaben würde zu schrecklichen Resultaten führen. Bei der Hochzeit ihrer Schwester hatte sie erkannt, wie leicht sie sich in ihn verlieben könnte. Wann immer er in ihre Augen schaute, schlug ihr Puls schneller. Wenn er diese Angriffe auf ihre Sinne fortsetzte, würde er ihren Widerstand womöglich brechen und sie ins Verderben stürzen. Nur zu deutlich erinnerte sie sich an seine zuversichtliche Behauptung, er könnte sie beglücken.

Seinem Charme ausgeliefert, fühlte sie sich zunehmend verwundbarer, und so flehte sie: »Bitte, Colton, Sie verstehen doch sicher, wie verzweifelt Ihre und meine Mutter und mein Vater über unsere Trennung wären – nachdem wir ihnen drei Monate lang enthusiastisches Entzücken vorgespielt haben.«

»Vorgespielt …?« Gedehnt wiederholte er das Wort, den Kopf schief gelegt. »Noch nie im Leben habe ich Begeisterung für eine Dame gemimt, schon gar nicht, wenn sie mir gefiel. Mit Frauen, die ich reizlos fand, gab ich mich erst gar nicht ab. Und nun freue ich mich darauf, Sie besser kennen zu lernen. Falls Sie die Gefühle Ihrer Eltern schonen möchten, sollten Sie ihnen empfehlen, vor meinem Heiratsantrag nicht ernst zu nehmen, was sie beobachten. Unter den Umständen, die uns beide verbinden, wäre das die einfachste Lösung, und sie würde mich nicht behindern.«

Schweren Herzens schwieg sie. Schon jetzt sah sie die Katastrophe voraus, die sie in den nächsten Monaten erleben würde. Wie konnte sich eine unschuldige Jungfrau gegen einen erprobten Verführer wehren?

Lächelnd traten die Gäste beiseite und machten dem Paar Platz, das den Saal durchquerte. Alte Bekannte begrüßten Colton, schlugen fröhlich auf seine Schulter und schüttelten ihm die Hand. Wer im Gedränge nicht an ihn herankam, rief ihm humorvolle, ermunternde Kommentare zu. Damit beschworen sie schallendes Gelächter herauf. Verlegen floh Adriana zu ihren Freundinnen, die ihr zuflüsterten, sie sei um ihren attraktiven Bewunderer zu beneiden.

Spöttisch beobachtete Roger das Paar, während es zur Tür ging, wo er sich postiert hatte. Da er seine Felle davonschwimmen sah, hatte er beschlossen, die Lady Seiner Lordschaft mittels roher Gewalt zu entreißen. Dass der Marquess ein erfahrener Soldat, größer und stärker war und besser die Fäuste schwingen konnte, spielte keine Rolle. Roger war verzweifelt. Wenn er Colton Wyndham nicht besiegte, würden sich alle seine Zukunftshoffnungen in Luft auflösen.

An der mittleren Tür des Ballsaals wollte er seine Kampagne beginnen, die darauf abzielte, das Mädchenherz gegen den ehemaligen Colonel einzunehmen. Seine Pose mit leicht gespreizten Beinen und ein strategsch platzierter Stuhl bildeten eine Barriere. Ob sie unüberwindlich war, blieb abzuwarten.

Angesichts des Hindernisses, das den Weg versperrte, überlegte Colton, ob ihm eine weitere Auseinandersetzung mit dem Lehrling bevorstand. Falls es zu einer Konfrontation kam, würde er dem Burschen eine noch härtere Lektion erteilen als letztes Mal. Vielleicht würde es dem Kerl nur recht geschehen, wenn er diesem stupiden Hirn ein paar Tatsachen einbläute, denn Roger erschien ihm erstaunlich begriffsstutzig. Niemals würde ihm die Lady gehören. Das musste man ihm unmissverständlich klar machen.

Kurz vor der Tür verlangsamte Adriana ihre Schritte und schaute Colton an. Aber seine Hand auf ihrer Hüfte schob sie behutsam weiter.

»Keine Bange, Adriana«, murmelte er. »Sollte Roger darauf bestehen, das Problem gewaltsam zu lösen, werde ich ihn nach draußen bitten, um die Festivitäten im Ballsaal nicht zu stören.«

Adriana versuchte, um den Stuhl herumzugehen. Mit einem verächtlichen Grinsen trat Roger ihr in den Weg. »Wie Sie heute Abend bewiesen haben, Mylady, besitzen Sie nicht den Mut, auf Ihre Unabhängigkeit zu pochen. Offensichtlich haben Sie vor den Plänen des verstorbenen Lord Randwulf kapituliert und sich bereit gefunden, seinen Sohn zu heiraten. Eigentlich dachte ich, Sie wären aus widerstandsfähigerem Holz geschnitzt. Aber ich habe mich wohl geirrt. Niemals hätte ich mir einbilden dürfen, für mich bestünde auch nur die geringste Hoffnung – natürlich nicht, wenn der Titel einer Marchioness so verlockend vor Ihrer hübschen Nase schwebt. Sie tun mir wirklich Leid, Mylady. Denn ich hatte geglaubt, Sie würden sich von anderen jungen Damen unterscheiden.« Beleidigend langsam musterte er sie von Kopf bis Fuß und verzog die Lippen, um den Eindruck zu erwecken, ihr Anblick würde ihn mit Abscheu erfüllen. Doch der gespielte Ekel krampfte sein Herz schmerzhaft zusammen, weil sie das schönste Geschöpf war, das er jemals gesehen hatte. Mit ihrem Porzellanteint, den dunklen Augen, von seidigen Wimpern umrahmt, und den sanft geschwungenen Lippen überstrahlte sie all die geschminkten Dirnen, die ihm in London begegnet waren. »Nein, Sie sind genauso wie die anderen Frauen, voller Gier nach Adelstiteln und Prestige …«

»Verzeihen Sie, Mr Elston«, fiel Colton ihm ins Wort, »Sie machen ein großes Aufhebens um eine Angelegeheit, in der Lady Adriana nichts zu entscheiden hat. An diesem Abend gesellte ich mich aus eigenem Antrieb zu ihr. Falls Sie irgendwelche Ansprüche erheben können, die diese junge Dame zwingen, nur mit Ihnen zu tanzen, wusste ich nichts davon – ebenso wenig von Vereinbarungen, die mich verpflichtet hätten, Ihre Erlaubnis einzuholen, ehe ich mich Lady Adriana nähern durfte.« Die dunklen Brauen ironisch hochgezogen, fügte er hinzu: »Nun? Haben Sie bestimmte Rechte, was die Lady betrifft?«

Wütend starrte Roger den Aristokraten an, der infolge jenes Vertrags, von Lord Sedgwick ausgehandelt, als Einziger ein solches Recht besaß. Aber damit fand sich Roger nicht ab, was er bekundete, indem er mürrisch schwieg und entschlossen die Stellung vor der Tür hielt.

»Vermutlich nicht«, fuhr Colton fort, lächelte den jüngeren Mann an und legte Adrianas Hand auf seinen Arm – mit einer gebieterischen Geste, die der Lehrling nicht übersehen konnte. »Ich glaube, die Lady hat Ihnen etwas zu sagen, Mr Elston. Wenn Sie sich freundlicherweise in die Bibliothek bemühen, werden wir Ihnen folgen.«

Adriana bedeutete dem Marquess, sich zu ihr herabzuneigen, und flüsterte ihm zu: »Vielleicht wäre es besser, ich spreche allein mit ihm.«

Energisch schüttelte Colton den Kopf, da er befürchtete, in seiner Verzweiflung wäre der Bursche zu allem fähig. Womöglich wollte er Adriana Gewalt antun, um eine Heirat zu erzwingen – obwohl ihr Vater wohl kaum solche Konsequenzen aus der Misshandlung ziehen und ihn eher töten würde. Wie auch immer, diese Gelegenheit durfte der Lehrling nicht erhalten. »Meine Liebe, davon muss ich Ihnen abraten – falls Mr Elston einen Angriff auf Sie plant und Ihnen etwas zu Leide tun möchte.«

»Zu Leide?«, wiederholte Roger ungläubig, als hätte er niemals auch nur im Traum daran gedacht, die Lady zu vergewaltigen. »Mylord, seien Sie versichert – nur *Ihnen* würde ich mit dem größten Vergnügen Schaden zufügen!«

Eisig tauchten die grauen Augen in die funkelnden grünen. »Das hatten Sie schon bei unserer ersten Begegnung vor, Sir. Offenbar haben Sie sich jene Lektion nicht zu Herzen genommen. Wollen Sie's noch einmal versuchen? Ich gestehe Ihnen sogar den ersten Fausthieb zu. Wer weiß, vielleicht sind Sie diesmal etwas glücklicher.«

Roger verzerrte seine dünnen Lippen zu einem höhnischen Grinsen. »So gern ich Sie auch zu Brei schlagen würde – ich muss Ihr Angebot ablehnen.«

»Wie schade.« Colton lächelte höflich. »Nach meiner Meinung sollten wir die Sache ein für alle Mal klären, nachdem Sie in Ihrer Ignoranz so wild entschlossen sind, meine Nerven zu strapazieren. Wenn Sie sich anders besinnen und meine Herausforderung annehmen möchten – Sie finden mich in Gesellschaft der Lady.«

Erbost rang Roger nach Atem. Die Kampfkraft des Aristokraten hatte er bereits zu spüren bekommen und er würde keine neuerliche Niederlage riskieren. Aber er gab sich noch nicht geschlagen und suchte sein Heil in einer verbalen Attacke. »Nicht jeder ist bereit, vor dem Adel zu katzbuckeln. So würde ich mich niemals erniedrigen.«

»Und nicht jeder Aristokrat ist so duldsam wie Lady Adriana. *Was mich selbst betrifft*«, konterte Colton mit scharfer Stimme, »soll ich mir von einem aufgeblasenen Wicht, der noch nicht trocken hinter den Ohren ist, die Laune verderben lassen? Ganz sicher nicht. Und Lord Standish würde Ihre grässlichen Manieren wohl kaum so nachsichtig tolerieren wie seine Tochter. Falls Sie uns begleiten möchten, jetzt führe ich die Lady in die Bibliothek. Wenn nicht, sollten Sie sich unverzüglich entfernen, Mr Elston.«

Empört über diese beleidigenden Worte, stieß Roger hervor: »Was? Steht Ihnen in diesem Haus das Recht zu, Gästen die Tür zu weisen?«

»Als enger Freund der Familie darf ich mir zweifellos anmaßen, Unruhestifter hinauszukomplimentieren. Und Sie, Sir, sind in der Tat ziemlich lästig.«

»Hier sind Sie nicht der Hausherr, Mylord«, fauchte Roger. »Nur ein Gast so wie ich. Also können Sie mich nicht einfach rauswerfen.«

Colton lachte spöttisch. »Sollten Sie's wünschen, hole ich Lord Standish. Da er weiß, wie gern Sie aller Welt zur Last fallen, wird er meine Entscheidung billigen.«

Ehe Roger antworten konnte, schritt der Marquess an ihm vorbei und zog Lady Adriana mit sich. Inzwischen hatte Colton bemerkt, wie viele Gäste neugierig die Hälse reckten, um herauszufinden, was am Eingang zum Ballsaal geschah. Einige Sekunden lang starrte der Lehrling dem Paar verwirrt nach. Dann schaute er sich hastig um und entdeckte mehrere Damen, die ihn verstohlen musterten und hinter ihren Fächern tuschelten. Dahinter standen einige einflussreiche, ranghohe Gentlemen und beobachteten ihn von oben herab.

Bald lenkte ein Stimmengewirr Gyles' Aufmerksamkeit auf Roger, das einzige erkennbare Ärgernis. Obwohl der jüngere Mann den prüfenden Blick des älteren spürte, ignorierte er ihn. Trotzdem ergriff Gyles die Initiative und gab den Musikern ein Zeichen. Heitere Klänge erfüllten den Raum. Während einige Gäste zu tanzen begannen, entschuldigte sich Gyles bei seinen Gesprächspartnern, weil er nach dem Rechten sehen wollte.

Colton führte Adriana in die Bibliothek, zu einem Sofa unterhalb eines Erkerfensters mit rautenförmigen Scheiben. Tagsüber konnte man diesen Platz für eine komfortable Lektüre nutzen, jetzt bot das Fenster eine atemberaubende Aussicht auf zahllose Sterne. »Roger wird meine Herausforderung nicht unbeantwortet hinnehmen, Adriana«, warnte der Marquess. »In wenigen Minuten müsste er hier erscheinen. Und so, wie ich Ihren Vater kenne, wird er ihm folgen.«

»Rechnen Sie mit ernsthaften Schwierigkeiten?«, fragte sie und gab sich die Schuld an Rogers Verhalten. Hätte sie ihrem Vater erlaubt, dem Lehrling schon bei dessen erstem Besuch das Haus zu verbieten, wäre dies alles nicht geschehen.

»Sorgen Sie sich nicht, Ihr Vater und ich werden die Situation schon meistern.«

Seit seiner Rückkehr hatte er die Bibliothek des Hauses noch nicht besucht. Nun begann er umherzuwandern. In der vertrauten Umgebung erwachten alte Erinnerungen. Vom Boden bis zur Zimmerdecke reichten Regale voller Bücher, dazwischen hingen Porträts, Landschaftsgemälde und gerahmte Skizzen aus längst vergangenen Zeiten. Die einzige Veränderung, die ihm auffiel, war ein großes, offenbar erst kürzlich entstandenes Porträt, das die vier Sutton-Ladys zeigte und einen Ehrenplatz hinter Lord Gyles' wuchtigem Schreibtisch einnahm. Vom Künstler in ihrer ganzen majestätischen Schönheit dargestellt, stand Adriana neben dem Stuhl ihrer Mutter. Auf der anderen Seite saß Melora auf einer Bank. Schräg hinter ihr neigte sich Jaclyn herab. Auch die beiden blonden, blauäugigen Frauen waren auf ihre Art schön. Aber nach Coltons Ansicht wirkte Adriana mit ihrer hoch gewachsenen, anmutigen Gestalt und dem dichten dunklen Haar viel zauberhafter und exotischer.

Lächelnd dachte er an die Tage der Jugend. Damals war die kleine Adriana von vielen Angehörigen und Freunden bemitleidet worden, die nicht die gleiche weise Voraussicht besessen hatten wie sein Vater. Manche entfernte Verwandte hatten das Mädchen sogar für einen Makel in der ansonsten so hübschen

Familie gehalten. Wie Colton zugeben musste, hatte er diese Meinung geteilt. Jetzt war er seinem Erzeuger zutiefst dankbar, der nicht Jaclyn oder Melora zu seiner Schwiegertochter erkoren hatte, sondern Adriana. Mit ihren Reizen würde sie sogar antiken Göttinnen die Show stehlen.

Auch aus anderen Gründen wusste er die Intuition seines Vaters zu schätzen. Mittlerweile überragte er die zwei kleineren Schwestern bei weitem. Schon als Säugling war er ziemlich groß gewesen, ein Erbe, das er vermutlich auf seine Sprösslinge übertragen würde. Also hatte die hoch gewachsene Adriana von allen drei Sutton-Töchtern die besten Chancen, seine Kinder ohne dramatische Qualen zu gebären. Auch diesen Aspekt musste er berücksichtigen, wenn er die Wahl seines Vaters gebührend würdigen wollte.

Rogers Ankunft in der Bibliothek bewog Colton, zum Sofa zurückzuschlendern, wo Adriana Platz genommen hatte. Die Hände hinter dem Rücken verschränkt, wandte er sich bedächtig zu seinem Widersacher, wie ein Mann, der vor einem Kampf Zeit zu gewinnen suchte.

Höhnisch kräuselte Roger die Lippen unter dem unnachgiebigen Blick der grauen Augen und erkannte die Beschützerposition Seiner Lordschaft. Aber es war die Haltung Adrianas, die ihm das Herz zerriss, denn sie schien sich widerstandslos in die Obhut des Marquess zu begeben. Als würde sie ihm bereits gehören.

Unvermittelt fragte sich Roger, warum er die Bibliothek überhaupt betreten hatte. Im Ballsaal war es offensichtlich gewesen, dass sich die Lady dem Pakt beugte, den ihr Vater und Sedgwick Wyndham vor all den Jahren geschlossen hatten. Auch Lord Gyles hatte eine Ehe für sie geplant, während sie noch zu jung gewesen war, um ihre eigene Entscheidung zu treffen. Aber die wahre Schuld musste man Sedgwick anlasten. Hatte er den Entschluss nicht zuerst gefasst und dann seinen Freund dazu überredet? In diesem Spiel waren Lord Standish und Adriana nur Schachfiguren gewesen.

Nun galt Rogers Hass nicht nur dem verstorbenen Lord, sondern in verstärktem Maß auch dessen Sohn. Würde der hochmütige Aristokrat doch unter derselben Erde ruhen wie sein Vater …

Roger schloss die Tür hinter sich. Was die nächsten Minuten bringen würden, wusste er nicht. Jedenfalls nicht das Ende seiner Ambitionen.

»Wahrscheinlich wird uns Lord Standish Gesellschaft leisten«, verkündete Colton.

Statt zu antworten, setzte Roger ein beleidigendes, geringschätziges Feixen auf. Wenn sein Gegner die Unterstützung eines anderen brauchte, dann war der Mann, der beiden allein gegenüberstand, zweifellos mutiger einzuschätzen, oder?

Ohne die giftige Glut in den grünen Augen zu beachten, schenkte Colton dem Lehrling ein freundliches Lächeln. Zu oft hatte er den Gefahren eines Kampfes getrotzt, um die Feindschaft eines Mannes zu fürchten, der nach eigenen Worten das Grauen blutgetränkter Schlachtfelder niemals kennen gelernt hatte. »Sagen wir, Lord Gyles wird als unparteiischer Zeuge fungieren, sollte ich mich erneut gezwungen sehen, Ihnen Manieren beizubringen.«

Da der Aristokrat weiterhin darauf bestand, ihn wie einen unartigen Jungen zu behandeln, grinste Roger noch herausfordernder. Aber er hatte sich nie zuvor so erniedrigt gefühlt. Steifbeinig ging er zu dem Sofa, auf dem Adriana saß, und beobachtete voller Zorn, wie Lord Randwulf ihre Schulter umfasste. Damit wollte er ihr zweifellos bedeuten, er würde sie vor jedem Unheil bewahren, das ihr drohen mochte. Der Anblick dieser Finger auf der milchweißen Haut schürte die Flammen ungezähmter Eifersucht in Rogers Seele. Welchem Mann war es jemals gestattet worden, auch nur ihre Hand zu berühren, geschweige denn einen anderen Körperteil?

Trotz der jahrelangen Trennung schien ein inniges Einvernehmen zwischen der Lady und dem Lord zu bestehen – als wäre er bereits ihr Ehemann. Diese Erkenntnis vertiefte die

Wut, die Roger nur mühsam bezähmte. Wegen ihrer Bereitschaft, die Verlobung bedingungslos zu akzeptieren, verachtete er Adriana. »Nun, Mylady, ich erspare Ihnen die Mühe, etwas bekannt zu geben, das heute Abend offenkundig wurde. Sie unterwerfen sich dem Diktat des verstorbenen Lord Randwulf und lassen sich von seinem Sohn offiziell umwerben.«

Verärgert über seinen schneidenden Tonfall, hob sie ihr zierliches Kinn. »Womöglich haben Sie ernsthaft gehofft, ich würde den Vertrag missachten, Roger. Doch das lag zu keiner Zeit in meiner Absicht.«

Ein lautes Räuspern lenkte die Aufmerksamkeit auf Lord Standish, der in der Tür stand und seine Tochter musterte, um sich zu vergewissern, dass sie in Sicherheit war. »Alles in Ordnung?«

»Nicht ganz, Papa«, erwiderte Adriana mit gepresster Stimme. Ihre innere Anspannung war kaum erträglich. »Gerade wollte ich Roger erklären, er müsse seine Besuche auf Wakefield Manor einstellen und meine Gesellschaft auch anderswo meiden.«

Hämisch rümpfte Roger die Nase. »Verzeihen Sie mir die Vermutung, Sie hätten Ihren eigenen Willen, Mylady. Wie ich sehe, besitzen Sie genauso wenig Rückgrat wie all die anderen Frauen, die ich jemals kannte.«

Nun regte sich ihr Temperament und bestätigte ihr, dass sie nicht so feige und schwach war, wie es der junge Mann behauptete. Erfolgreich hatte er sie bei ihrer Ehre gepackt. »Zu meinem Bedauern unterliegen Sie seit etwa einem Jahr dem Irrtum, Sie könnten mir mehr bedeuten als ein flüchtiger Bekannter. Schon bei unserer ersten Begegnung merkte ich, dass Sie etwas von mir wollten, das ich Ihnen *niemals* geben werde. Bestenfalls waren Sie ein selbst ernannter Freund, der mich uneingeladen besuchte oder mir überall auf Schritt und Tritt folgte. Schon vor Monaten hätte ich Ihnen erklären müssen, Ihre Bemühungen würden zu nichts führen. Obwohl Sie von dem Vertrag wussten, der mich an einen anderen bindet, kamen Sie weiterhin hierher. Begreifen Sie doch endlich – es ist sinnlos. Nichts, was Sie sagen oder tun, würde die Situation ändern.«

Durch einen Tränenschleier starrte er sie an. »Nicht einmal die Wahrheit wollten Sie mir sagen. Sogar dazu waren Sie zu feige. Wie einen armen blinden Narren ließen Sie mich hoffen!«

Seine weinerliche Klage stieß sie ab. »Kein einziges Mal erweckte ich den Anschein, ich würde Ihre Gefühle erwidern. Ich habe Verpflichtungen meiner Familie und anderen gegenüber. Heute Abend wollte ich Ihnen erklären, ich würde Sie nicht mehr empfangen, weil Ihre Eifersucht und Ihre Ambitionen keine freundschaftliche Beziehung ermöglichen. Aber Sie haben sich geweigert, mir zuzuhören, und jetzt …«

»Heute Abend!«, schrie er. »Sicher wäre es fairer gewesen, Sie hätten mir vor einem Jahr reinen Wein eingeschenkt, ehe in meinem Herzen der Wunsch keimte, Sie für mich zu gewinnen! Warum ließen Sie mich in dem Glauben, ich dürfte mir Hoffnungen machen?«

»Wie schnell Sie vergessen, wie oft ich Sie zurückwies! Zum ersten Mal, als Sie ungebeten hierher kamen. Danach nutzten Sie meine und die Gastfreundschaft anderer aus, wann immer Sie eine Gelegenheit fanden, und verfolgten mich bis in die Häuser meiner Freunde. Hätte ich's von vornherein abgelehnt, Sie zu sehen, wäre diese unangenehme Konfrontation überflüssig. Ich wollte Sie nicht verletzen. Nur meine Freundschaft bot ich Ihnen an, das war alles. Keine Sekunde lang dachte ich, Sie würden mehr erwarten.«

»Doch, das wussten Sie. Trotzdem haben Sie mich nicht über ihre vertraglich festgelegte Verlobung informiert.«

Adriana schluckte mühsam. Offenbar wollte er mit diesem Gejammer Ihr Mitleid erregen und begriff nicht, dass er nur Abscheu weckte. »Roger, das stimmt nicht. Als Sie meinen Vater um meine Hand baten, hat er Ihnen die Situation erklärt. Das wird er bestätigen.« Sie unterbrach sich, betrachtete ihre Finger, die sie bebend ineinander geschlungen hatte, und rang nach Fassung. Da spürte sie, wie Colton mit sanfter Hand ihre linke Schulter umfing, und ihre innere Ruhe kehrte zurück. Entschlossen schaute sie den jungen Mann wieder an. »Vielleicht dachten Sie in Ihrer Naivität, ein Wunder würde geschehen und mich veranlassen, meine Zukunftspläne zu ändern. Aber selbst wenn Lord Randwulf nicht nach Hause gekommen wäre, würde ich einen Mann aus meinen Gesellschaftskreisen heiraten. Um Sie noch einmal auf eine schlichte Tatsache hinzuweisen, Roger – Sie waren lediglich ein flüchtiger Bekannter, allerdings ein sehr hartnäckiger.«

Mit fahrigen Gesten rückte er sein Jackett zurecht. »Nun, ich hoffe, Sie alle werden glücklich miteinander.« Diesen Worten widersprach seine zornige Miene, die seinen Hass unverhohlen zeigte. »Wahrscheinlich steht Ihrem Glück nichts im Wege, da Sie ja alles besitzen, was diese Welt zu bieten hat – in Hülle und Fülle.«

»Wenn es so ist …«, begann Colton. Nicht zum ersten Mal erzürnten ihn Bürgerliche, die sich über Standesunterschiede beschwerten und nichts unternahmen, um ihr Schicksal zu verbessern. »… dann nur, weil unsere Vorfahren bereit waren, für den König und das Land zu kämpfen und zu sterben. Ihrer Loyalität verdankten sie Adelstitel und Ländereien. Zuvor besaßen unsere Ahnen gar nichts. Doch sie zögerten nicht, ihr Leben zu wagen, um Ehre und Ruhm zu gewinnen – wozu Sie in unserem letzten Krieg gegen die Franzosen laut eigener Aussage *nicht* geneigt waren, Sir.«

Voller Verachtung entgegnete Roger: »Nun, manche Männer genießen es, Blut fließen zu sehen – andere nicht.«

Ohne ein weiteres Wort machte er kehrt, eilte an Gyles vorbei und warf ihm einen vernichtenden Blick zu. Dann riss er die Tür so kraftvoll auf, dass sie gegen die Wand prallte. Krachend fiel sie hinter ihm ins Schloss.

»Hätte ich ihn bloß bei seinem ersten Besuch weggeschickt!«, seufzte Adriana. »Dann wäre das mit ihm heute Abend nicht passiert.«

Besänftigend streichelte Colton ihre Schulter. »Ich glaube, er hat tatsächlich auf ein Wunder gehofft. Am Tag meiner Ankunft wusste er Bescheid über den Vertrag. Das gab er mir deutlich zu verstehen.«

»Natürlich haben Sie Recht«, stimmte Adriana zu. »Damals erkannte Roger, er würde seine Hoffnung begraben müssen, und deshalb trat er Ihnen so feindselig gegenüber.«

»Leider nahm er unsere Auseinandersetzung nicht ernst.«

Eine Zeit lang starrte sie beklommen vor sich hin, bevor sie Lord Gyles ansprach. »Sollen wir in den Ballsaal zurückkehren, Papa? Mama wird sich fragen, wo wir so lange bleiben.«

»Ja, gewiss.« Gyles schüttelte frustriert sein Haupt. »Vermutlich wird sie sich Sorgen machen. Geht schon mal voraus, ihr beiden, ich werde euch bald folgen. Vorher möchte ich mir ein bisschen was Stärkeres gönnen als Wein – der Abend war ziemlich anstrengend.«

Lächelnd überlegte Colton, wie er später mit Verehrern zurechtkommen würde, die um seine Tochter stritten. Jedenfalls würde er das dem Kummer vorziehen, den er empfinden würde, wenn er mit ansehen müsste, wie ein unscheinbares Mädchen vergeblich nach einem Galan Ausschau hielt. »Wenn Sie es gestatten, würde ich gern noch einmal mit Ihrer Tochter tanzen, Mylord.«

»Lassen Sie sich nicht aufhalten.« Gyles winkte ihm nun vergnügt zu. »Solange ich hier bleiben und in Ruhe einen Brandy genießen darf …« Alarmiert spähte er über seine Schulter und schien zu fürchten, jemand würde ihn belauschen. »Erzählen Sie bloß nichts meiner Frau! Sie verabscheut dieses Zeug. Nach ihrer Ansicht schickt sich Brandy nicht für unseresgleichen. Aber der ewige Portwein ist mir zuwider.«

»Mir auch«, entgegnete Colton belustigt. »Offenbar teilen wir die Vorliebe meines Vaters.«

»Der einen exzellenten Geschmack besaß, wie ich hinzufügen muss – nicht nur, was alkoholische Getränke betraf. Immerhin erkannte er schon vor vielen Jahren, zu welch einem

Juwel sich meine Adriana entwickeln würde. Und schauen Sie sich das Mädchen jetzt an.«

»Das tue ich schon den ganzen Abend«, gestand Colton grinsend und stellte fest, wie angenehm sich seine Hand auf Adrianas Rücken anfühlte, während er sie zur Tür führte. Von so schlichten und doch wunderbaren Freuden hatte er vor drei Monaten noch nichts geahnt.

Sobald sie die Bibliothek verließen, hörten sie den Schreckensschrei einer Frau, die im Flur stand. Wie Felicitys Miene verriet, glaubte sie, soeben hätte Adriana ihren guten Ruf eingebüßt.

Colton war nicht geneigt, die Unschuld der Lady zu beteuern, zumindest nicht in diesem Moment. »Suchen Sie jemanden, Miss Felicity?«

»Soeben stürmte Mr Elston in der Halle an mir vorbei. Er schien sich schrecklich aufzuregen.« Forschend schaute sie von einem zum anderen.

»Deshalb war ich ein bisschen verwirrt und ich fragte mich, was ihn geärgert haben mochte. Dass Sie beide in der Bibliothek waren, wusste ich nicht.«

»Unglücklicherweise hoffte Roger, Lady Adriana für sich zu gewinnen. Sie erklärte ihm, das würde ihm nicht gelingen – und das missfiel ihm.«

»Ja, das kann ich mir vorstellen.« Felicity lächelte schwach. Als sie Schritte hörte, wandte sie sich zur Bibliothek und sah Lord Gyles heraustreten.

Da er das Gespräch gehört hatte, wollte er sich seiner Tochter zuliebe zeigen. In gespielter Verwunderung musterte er das Paar. »Wolltet ihr nicht tanzen?«

»Ja, Mylord«, bestätigte Colton mit einer leichten Verbeugung, »das hatten wir vor. Es sei denn, Sie haben sich anders besonnen und verweigern mir Ihre Erlaubnis.«

»Warum sollte ich?« Erfolglos versuchte Gyles, ein Grinsen zu unterdrücken. »Es sei denn, Sie sind im Grunde Ihres Herzens ein Schurke …«

»Vielleicht bin ich das, Mylord«, scherzte Colton. »Dann würde Ihre Tochter in höchster Gefahr schweben.«

Nachdenklich strich Lord Standish über sein Kinn. Musste er dieser Bemerkung des Marquess eine gewisse Bedeutung beimessen? Viel sagend hob er die Brauen. »Lassen Sie sich warnen, Sir. Unter gewissen Umständen könnte ich mich gezwungen fühlen, Ihren Status als Junggeselle zu beenden und Sie zu einem Bräutigam zu befördern.«

Sollte jemand die Tochter des Hausherrn beleidigen, wäre der Earl ein formidabler Gegner. Daran zweifelte Colton nicht. Um den älteren Mann von seiner Sorge zu befreien, lachte er. »Wie ich höre, sind Sie ein ausgezeichneter Schütze, Mylord. Deshalb bitte ich Sie, meinen guten Absichten zu vertrauen. Glauben Sie mir, ich werde Ihrer Tochter mit äußerstem Respekt begegnen.«

»Das freut mich.« Vergnügt zwinkerte Gyles dem Marquess zu. »Und jetzt verschwindet, ihr beiden, bevor die Musiker wieder eine Pause einlegen.«

Wohlgefällig schaute er dem Paar nach, das die Halle durchquerte. Dass ein Mann und eine Frau so großartig zueinander passten, kam nur selten vor. In der Tat, sein alter Freund Sedgwick hatte eine gute Wahl für den Sohn getroffen. Und er selbst hätte seiner Tochter ein schlimmeres Schicksal aufzwingen können. Was die nächsten Monate bringen mochten – das blieb abzuwarten.

Mit einer Zärtlichkeit, die ein Mann, der sein halbes Leben beim Militär verbracht hatte, nicht allzu oft zeigte, legte der Marquess die Hand der Lady in seine Armbeuge. Unter seinem glühenden Blick wirkten ihre dunklen Augen ungewöhnlich sanft. Und so war es nicht erstaunlich, dass er stehen blieb, einen Kuss auf ihre Stirn hauchte und die schönsten Hoffnungen in Gyles' Herzen weckte.

In Gedanken rieb sich der Hausherr triumphierend die Hände und schaute in eine glanzvolle Zukunft. *Was für schöne Enkelkinder werden uns die beiden schenken!*

Dann räusperte sich der Earl of Standish, kehrte in die unmittelbare Gegenwart zurück und sprach die junge Frau an, die das Paar unglücklich beobachtete – oder genau genommen nur den Marquess. »In diesem alten Tudor-Gebäude haben sich schon viele Leute verirrt, Miss Fairchild. Die zahlreichen Korridore scheinen Fremde zu verwirren. Darf ich Sie in den Ballsaal zurückbegleiten?«

In atemloser Panik rannte Adriana zur Treppe. Glücklicherweise stand nur Colton in der Halle. Und so bemerkte niemand ihre überstürzte Flucht und die flammenden Wangen. Über der Balustrade sah sie sein Gesicht, das sich in eine steinerne Maske verwandelte, während er seine männlichen Instinkte zu bezwingen suchte. Wie ein geschmeidiger, kraftvoller Panter in einem beengten Käfig ging er in einer dunklen Ecke auf und ab, die Hände geballt.

Als Adriana den Treppenabsatz erreichte, konnte sie nicht anders: Sie verharrte und spähte ein letztes Mal hinab. Der Marquess war stehen geblieben, schaute ihr nach und die Glut seiner grauen Augen schien sie wieder einmal zu entkleiden. Aus dieser Perspektive genoss er lustvoll und bewundernd die Ansicht schlanker Fußknöchel in schwarzen Seidenstrümpfen.

Da er sich dank der Begegnung im Bad an alle Einzelheiten dieser langen, schlanken Beine erinnerte, fiel es ihm nicht schwer, sich die süße, ersehnte Stelle zwischen den Schenkeln vorzustellen, elfenbeinweiße, sanft geschwungene Hüften, einen glatten Bauch, nur von einem winzigen Nabel geschmückt. Von der schmalen Taille aufwärts wanderte sein geistiges Auge zu üppig gerundeten Brüsten mit rosigen Knospen und anmutigen Schultern. Und dann las er die Sorge in ihrem Blick.

*Schnell,* formten seine Lippen lautlos. Nur mühsam konnte er das verlockende Phantasiebild ihrer nackten Gestalt verdrängen.

Sie nickte und hastete in ihr Schlafgemach, schloss die Tür

und lehnte sich dagegen, verwirrt und erschüttert von ihren Gefühlen. Vorerst misstraute sie ihren schwachen Knien, die sie wohl kaum durch das Zimmer tragen würden. Noch beunruhigender fand sie das fremdartige, köstliche Pochen im Mittelpunkt ihrer Weiblichkeit. Dieses Beben sandte heiße Wellen zu ihren Brüsten empor, die sich nach Liebkosungen sehnten. Und das alles nur, weil etwa zwanzig Matronen vorhin kichernd zur Tür des Ballsaals gelaufen waren, während die Musiker und Tanzpaare den Raum verlassen hatten, um frische Luft zu schnappen …

Angesichts des Durcheinanders fragte sich Adriana, was die älteren Frauen im Schilde führten. Wahrscheinlich hatten sie soeben neue Klatschgeschichten vernommen, die sie verbreiten wollten. Zwischen den undurchdringlichen Fronten der älteren Damen einerseits und der Musiker und Tanzpaare andererseits rang Adriana nach Atem. Von qualvollem Entsetzen erfüllt, spürte sie, wie ihr Herz zunehmend schneller schlug. Der hoch gewachsene, muskulöse Körper des Marquess erwies sich als formidable schützende Phalanx. Trotzdem versuchte sie, sich zu befreien, bis sie ihn fluchen hörte. Den Tränen nahe, zitterte sie unkontrolliert und wollte ihn besänftigen, indem sie sich entschuldigte und ihre Angst eingestand, zerquetscht zu werden.

»Tut mir Leid, Colton, ich bekomme kaum noch Luft, und ich fürchte, ich gerate in Panik …«

Da erinnerte er sich an einen Zwischenfall, etwa ein Jahr vor seiner Abreise aus der Heimat. Adriana war nach Randwulf Manor gekommen, um bei seiner Schwester zu übernachten. Im Flur vor seinem Zimmer hatten die beiden Verstecken gespielt. So eifrig Samantha auch nach dem jüngeren Mädchen fahndete, sie fand es nicht. Schließlich lief sie in einen anderen Flügel. Als Colton ein schrilles Schluchzen hörte, eilte er in den Raum auf der anderen Seite des Korridors und fand Adriana – in einem Schrank eingesperrt, dessen Tür ins Schloss gefallen war. Nachdem er sie befreit hatte, schlang sie zitternd und weinend die Arme um seinen Hals und erwürgte ihn beinahe. Danach hatte sie stets alle Orte gefürchtet, wo sie sich bedrängt und umzingelt fühlte.

Am Eingang des Ballsaals von allen Seiten eingequetscht, verlor sie beinahe die Fassung. Colton verstand ihre Angst. Mit sanfter Stimme suchte er sie zu beruhigen, die Lippen in ihrem seidigen Haar. »Bitte, Liebste, regen Sie sich nicht auf. Ich bin Ihnen nicht böse, nur mir selbst, weil ich zu intensiv an andere Dinge denke. Keine Bange, bald sind wir diesem Getümmel entronnen … Und bis dahin dürfen Sie sich nicht zu sehr bewegen. Was Sie mir antun, versetzt mich beinahe in panische Angst. Ich fürchte, ich werde uns beide in Verlegenheit bringen, wenn wir das Getümmel verlassen haben. Falls Sie nicht verstehen, wovon ich rede, erinnern Sie sich bitte daran, was Sie im Bad gesehen haben.«

Um seinen Worten Nachdruck zu verleihen, presste er seine Hüften an ihre und demonstrierte seine Erregung. Dafür entschuldigte er sich nicht. Stattdessen schaute er einfach nur in ihre weit aufgerissenen Augen und beobachtete ihre Reaktion auf die schockierende Erkenntnis, die sie nun gewann.

Allmählich löste sich die Menschenmenge auf und sie konnten sich befreien. Aber Colton erlaubte Adriana nicht, sofort zu flüchten. Sonst hätte seine sinnliche Erregung womöglich die Blicke entsetzter Gäste auf sich gezogen. Und so blieb ihr nichts anderes übrig, als ihn mit ihren Röcken abzuschirmen, während sie in die Halle vorausging. Beinahe glaubte sie schon, sie wären in Sicherheit – bis eine rundliche ältere Dame hastig ihren Weg kreuzte, offenbar auf dem Weg zu ihren Freundinnen, und Adriana zum abrupten Stillstand zwang. Colton stieß gegen ihren Rücken und entlockte ihr einen leisen Schrei, dem sein Stöhnen folgte. Hätte sie auf einem heißen Herd gesessen, sie wäre nicht schneller aufgesprungen, als sie ihre Hüften nach vorn geschoben hatte, um der harten Männlichkeit zwischen ihren Hinterbacken zu entrinnen.

In ihrem Schlafzimmer angelangt, ärgerte sie sich über ihre Unfähigkeit, sich zu beruhigen. Sie schlüpfte aus ihrem Kleid, legte es über eine Chaiselongue und eilte in ihre Badekammer. Dort tauchte sie einen Lappen in kaltes Wasser, wrang ihn aus und legte ihn auf ihren Nacken. Ihr ganzer Körper brauchte dringend die Abkühlung, die von dem feuchten Leinen ausging. Nie in ihrem Leben war das Blut so brennend in ihre Wangen gedrungen und in so wilder Glut durch ihre Adern gerast wie in der Minute, in der Colton seine Hüften absichtlich an ihre gedrückt hatte. Warum sie nicht in helle Wut geraten war, entrüstet über seine Kühnheit, verstand sie nicht. Wahrscheinlich, weil sie niemals, auch nicht in späteren Jahren, die unerklärliche Überzeugung verloren hatte, sie würde zu ihm gehören.

Die Schlafzimmertür wurde geöffnet und leise wieder geschlossen. Offenbar war ihre Zofe Maud eingetreten, die ihr beistehen wollte. Erleichtert atmete Adriana auf. Die Frau würde, wie schon so oft, ihre Schultern massieren und ihr helfen, sich zu entspannen. Danach würde sie eventuellen neuen Herausforderungen gestärkt begegnen. Allerdings wusste sie nicht, ob sie eine zweite Attacke auf ihre Sinne verkraften würde – oder was geschehen mochte, falls es dazu kam.

»Wie lieb von dir, mich zu retten, Maud!«, rief sie. »Gerade jetzt, wo ich dich dringend brauche! Wenn du meinen Nacken freundlicherweise mit Rosenwasser massierst, werde ich mich bald wieder imstande fühlen, nach unten zu gehen. So wirksam wie du kann niemand meine Nerven besänftigen.«

Der Orientteppich im Schlafzimmer dämpfte die Schritte. Aber Adriana, die fast ihr ganzes Leben in diesen Räumen verbracht hatte, merkte sofort, dass irgendetwas nicht stimmte. Neben ihrem Bett brannte eine Lampe und warf einen sonderbaren Schatten auf den Boden der Badekammer. Keine voluminöse Rüschenhaube – stattdessen ein eher kleiner Kopf mit kurz geschnittenen Locken …

Beim Anblick der seltsam verzerrten Silhouette schluckte

sie verwirrt. Ihr Hemd, eine zarte Kombination aus Spitze und Satin, würde sie wohl kaum vor einem Angriff schützen. Blitzschnell hielt sie ein Handtuch vor ihren Busen und ergriff eine Parfümflasche. Als der Eindringling ins Bad schlich, fuhr sie zu ihm herum. »Verschwinden Sie, Roger, oder ich schreie!«

Unbeeindruckt zuckte er die Achseln. »Das kann ich nicht, Adriana. Ich brauche Sie – ich begehre Sie – und ich muss Sie besitzen. Mit keiner anderen Frau werde ich mich begnügen.«

*»Elender Schurke!«* Von hellem Zorn erfasst, schleuderte sie die Parfümflasche in sein Gesicht. Zwischen seiner Wange und seinem Ohrläppchen klaffte sofort eine Platzwunde. Adriana wich zurück und zeigte auf die Tür. »Raus mit Ihnen, Roger! *Sofort!* Sonst müssen Sie sich vor meinem Vater verantworten. So wahr mir Gott helfe – wenn Sie es wagen, mich anzurühren, werden Sie diesen Raum nicht lebend verlassen!«

Roger wischte das Blut von seiner Wange und ging zielstrebig auf sie zu. Lüstern betrachtete er ihren Busenansatz über dem Handtuch. »Ihre Drohungen sind sinnlos, Adriana. Heute Nacht werden Sie mir gehören, so wie ich's mir monatelang gelobt habe. Ehe Ihr Vater hier heraufkommt, bin ich längst über alle Berge. Und falls Sie glauben, ich fürchte ihn, muss ich Sie enttäuschen. Immerhin ist er ein alter Mann.«

Sobald sie Atem holte, um zu schreien, sprang er vor und hielt ihr den Mund zu. Damit schürte er ihre Wut. Sie war stark und entschlossen. Und da sie einen Hengst beherrschen konnte, an den sich nur wenige Männer heranwagten – dieser Lehrling ganz gewiss nicht –, würde sie ihm einen denkwürdigen Kampf liefern. Später sollte er erleben, was ihr Vater mit ihm anstellen würde.

Eine kleine Faust geballt, schlug sie mit aller Kraft auf Rogers knochiges Kinn. Seine Zähne klapperten, sein Kopf flog nach hinten und prallte gegen die Wand. Dann hob sie ihr Knie und traf ihn zwischen den Beinen. Eine außergewöhnliche Aktion, die sie bei ihrer ersten Begegnung mit Colton nach seiner Heimkehr gelernt hatte … Darauf reagierte Roger noch vehementer. Würgend krümmte er sich zusammen. Aber trotz seiner Schmerzen packte er ihren Arm und zerrte sie zur Wand, so brutal, dass sie benommen taumelte.

Weiter unten im Flur blieb Maud lauschend stehen, erstaunt über die eigenartigen dumpfen Geräusche. Erst vor wenigen Minuten hatten sich dem Schlafzimmer ihrer Herrin verstohlene Schritte genähert. Dort schien irgendetwas Merkwürdiges zu geschehen … Kopfschüttelnd verwarf sie diesen Gedanken. In einem so alten Gebäude konnte man nicht sicher sein, ob alles, was man hörte, von Menschen verursacht wurde. Während ihrer Kindheit hatte die Mutter sie oft genug vor eigenartigen Lauten, einem Stöhnen oder schemenhaften Gestalten gewarnt und über ihre lebhafte Vorstellungskraft gelacht.

Trotzdem weckten die Geräusche ihre Neugier. An diesem Abend hielten sich viele Gäste im Haus auf. Vielleicht hatte sich jemand verirrt und es zählte zu den Pflichten der Dienstboten, diesen Herrschaften den richtigen Weg zu weisen. Vorsichtig ging sie den Korridor entlang und hoffte inständig, menschliche Geschöpfe würden den Lärm erzeugen – statt irgendwelcher unheimlicher Wesen.

»Mylady?«, rief sie. »Sind Sie da?« Da sie keine Antwort erhielt, wuchs ihre Sorge. Schließlich vermutete sie, Missetäter aus Fleisch und Blut müssten Unfug treiben, seufzte ärgerlich und eilte weiter. Vergriff sich ein dreister junger Gentleman an dem neuen Dienstmädchen? Bisher fiel die Kleine eher durch ihre Neugier als ihren Fleiß auf. Einmal war sie dabei ertappt worden, wie sie eins von Lady Adrianas schönsten Kleidern an ihren Körper gehalten und sich vor dem Spiegel bewundert hatte. Henrietta Reeves hatte sie in strengem Ton ermahnt, nie wieder das Eigentum Ihrer Ladyschaft anzurühren. Noch so ein Vergehen, und das Mädchen würde wahrscheinlich seine Sachen packen müssen …

»Wo steckst du, Clarice? Ich weiß, du führst nichts Gutes

im Schilde. Komm sofort zu mir oder ich gebe Miss Reeves Bescheid!«

»Rufen Sie nach mir?«, fragte eine Stimme am anderen Ende des Flurs.

Überrascht drehte sich Maud um und traute ihren Ohren nicht. »Was machst du denn, Clarice? Hat Miss Reeves dich nicht gewarnt …?«

»Lady Melora sagte, ich soll Becky helfen, die Sachen einzusammeln, die sie nach der Hochzeit hier zurückgelassen hat. Und wir müssen das Zimmer in Ordnung bringen, bevor Sir Harold heraufkommt.«

»Warst du die ganze Zeit dort? Mit Becky?«

»Ja«, beteuerte Clarice und zeigte mit dem Daumen über ihre Schulter auf die andere Dienerin, die hinter ihr aus der Tür trat. »Das wird Becky bezeugen.«

Verwirrt runzelte Maud die Stirn und spähte in die Richtung, wo sie die leisen Schritte gehört hatte. »Ist da jemand?«, rief sie. Als keine Antwort erklang, wandte sie sich wieder den beiden Dienstmädchen zu, die sie verblüfft beobachteten.

Nun entschied die Zofe, sie würde die Hilfe ihrer Herrin brauchen.

Oder wenigstens sollten ihr Miss Reeves und Mr Charles beistehen. Eins stand jedenfalls fest. *Allein* würde sie diesem langen Korridor nicht folgen.

Auf dem Weg zur Treppe erklärte sie den Dienerinnen: »Ich gehe nach unten und hole Lady Adriana. Dann werden wir uns in ihrem Zimmer umschauen. Wenn ihr die Lady seht, sagt ihr, ich würde sie suchen.«

Verwundert wandte sich Colton vom Eingang des Ballsaals ab, denn er hörte schwerfällige Schritte auf den Stufen. Statt der erwarteten leichtfüßigen Schönheit stieg eine Dienerin in mittleren Jahren die Treppe herab. Seit Adriana nach oben geflohen war, schien eine halbe Ewigkeit verstrichen zu sein und er sorgte sich um sie. »Wissen Sie, ob Lady Adriana bald herunterkommen wird?«

»Oh, ich – ich dachte, Ihre Ladyschaft würde sich im Ballsaal amüsieren«, stammelte Maud bestürzt.

»Vor einer Weile suchte sie ihr Schlafzimmer auf, weil sie sich frisch machen wollte.«

»Warum hat sie mich nicht beauftragt, ihr zu helfen?« Die Zofe sprach mehr zu sich selbst als zu Seiner Lordschaft und zog verständnislos die Brauen hoch.

Angstvoll eilte Colton zu ihr. »Glauben Sie ... alles ist in Ordnung?« Nachdem er nicht gesehen hatte, wie Roger aus dem Haus gegangen war, und die gewaltsamen Neigungen des Burschen kannte, traute er ihm einen Angriff auf Adrianas Tugend durchaus zu. Insbesondere, weil der Kerl keine andere Möglichkeit mehr sehen würde, sie zu erobern ...

»Sicher ist's am besten, wenn ich meine Lady suche«, meinte Maud und kehrte zu den Stufen zurück.

»Ich begleite Sie«, verkündete Colton und stürmte an ihr vorbei die Treppe hinauf. »Vielleicht ist sie in Gefahr, wenn Roger immer noch im Haus ist.«

»Warum würde er denn ...?«

»Jetzt habe ich keine Zeit für Erklärungen!«, unterbrach er sie. Die schnelle Bewegung bereitete seinem Bein Schmerzen. Darauf achtete er nun aber nicht. Am Treppenabsatz angelangt, schaute er in beide Richtungen. »Wo liegt Lady Adrianas Zimmer?«

Von ihrem anstrengenden Aufstieg völlig außer Atem, zeigte ihm die korpulente Maud den richtigen Weg. Der Teppich im Flur dämpfte seine Laufschritte. Als sie wieder Luft bekam, rief sie ihm nach: »Links – dann zwei Türen weiter zur Rechten!« Womöglich würde er Ihre Ladyschaft erschrecken, wenn er unangemeldet das Schlafzimmer betrat, und so fügte sie hinzu: »Meine Herrin ist vielleicht nicht passend gekleidet!«

»Sobald ich mich vergewissert habe, dass sie in Sicherheit ist, werde ich mich entschuldigen«, versprach er.

Wenige Sekunden später versuchte er, Adrianas Tür zu öffnen. Doch sie war versperrt und er legte ein Ohr ans Holz, um zu hören, was im Zimmer geschah. Nur gedämpfte Geräusche drangen zu ihm – seltsame Laute. Jemand schien unter einer schweren Last zu keuchen. Beharrlich rüttelte er an der Klinke. »Sind Sie in Ordnung, Adriana?«

Da vernahm er einen halb erstickten Schrei und zögerte nicht länger. Er sprang zurück, hob sein linkes Bein und trat mit aller Kraft gegen die Tür, die sofort aufflog.

Mit einem wütenden Fluch wälzte sich Roger von Adriana und sprang auf. Nachdem er Ihre Ladyschaft halbwegs bezwungen hatte, wollte er seinen Plan endlich verwirklichen. Aber nun war er schleunigst zur Flucht gezwungen. Sein Gesicht brannte von den Kratzern, die sie ihm zugefügt hatte und die sich von der Stirn bis zu seinem Kinn zogen. Da sie ihren spitzen Ellbogen in seinen Mund gerammt hatte, waren seine Lippen zerschunden. In eine wilde Furie verwandelt, hatte sie mit scharfen Zähnen alle verletzlichen Körperteile in ihrer Reichweite attackiert. Einer Panik nahe, hatte er seine Ohren, seinen Hals und sogar die Nase vor diesen gefährlichen Fängen zu retten versucht. So schöne, strahlend weiße Zähne sie auch besaß – er bezweifelte nicht, dass sie vor allem für den Zweck erschaffen worden waren, Blut fließen zu lassen.

Da er sein Verlangen nicht mit einer bewusstlosen Frau stillen wollte, hatte er sich einen Fausthieb auf ihr hübsches Kinn verkniffen. In hellwachem Zustand sollte sie erleben, wie er sie seinem Willen unterwarf, und sich später entsinnen, *wer* sie zuerst genommen hatte – noch vor irgendeinem ihrer aristokratischen Verehrer. Das musste vor allem der Marquess erfahren. Dann würde er sich vielleicht weigern, sie zu heiraten. Trotz ihrer tapferen Gegenwehr war es Roger gelungen, seine Hose zu öffnen. Gerade hantierte er an den Knöpfen seiner Unterwäsche, als die Tür aufschwang und sein Widersacher hereinstürmte.

Entsetzt kroch der Lehrling vom Bett, kam unbeholfen auf die Beine und wollte flüchten. Aber seine Hose rutschte hinab und behinderte seine Fußknöchel. Er strauchelte und sein

Kopf prallte gegen die Ecke eines wuchtigen Schranks. In seinem Gehirn explodierte ein stechender Schmerz, Blut quoll aus seiner Stirn. Dann sank dichtes Dunkel herab und verkleinerte seine Welt, bis nur noch ein schwarzer Abgrund übrig blieb. Seiner Sinne beraubt, lag er am Boden.

»Alles in Ordnung?« Colton rannte zu Adriana, die sich auf die Knie erhob. Nur mehr ein paar Fetzen ihres Satinhemds hingen an ihrer Taille. Notdürftig bedeckte die Unterhose ihre Hüften. Auf der zerknüllten samtenen Bettdecke, wo der Kampf stattgefunden hatte, lagen die Reste ihrer Strümpfe. Halb benommen, versuchte sie ihre Blößen mit ihrer ruinierten Unterwäsche zu bedecken und zitterte so heftig, dass Colton sie schütteln musste, um sie zur Besinnung zu bringen – oder wenigstens ihre Aufmerksamkeit zu erregen. »Adriana! Sind Sie unverletzt?«

Aus ihrer Kehle rang sich ein Schluchzen. Das Gesicht verzerrt, nickte sie, bevor sie in Tränen ausbrach. Noch im angewiderten Bann von Rogers groben Zärtlichkeiten und wollüstigen Küssen, konnte sie ihr heftiges Schaudern nicht unterdrücken. Der Lehrling hatte ihr wahre Todesängste eingejagt. Aber sie war dankbar, weil sie den Angriff unbeschadet überstanden hatte, abgesehen von einem Trauma, ein paar Schürfwunden und Kratzern. Ihre Hände schmerzten von den Faustschlägen, die sie ihm verpasst hatte. Wenn er ihren erbitterten Widerstand endgültig besiegt hätte, wäre sie vermutlich vor Coltons Ankunft sein Opfer geworden. Im Kampf um Adrianas Unterwäsche hatte sich ein veritables Tauziehen entwickelt. Ihre Finger in die Unterhose gekrallt, die Roger nach unten gezerrt hatte, war sie verzweifelt bestrebt gewesen, ihre Unschuld zu retten. Jetzt konnten die Fetzen ihren nackten Körper vor den Augen des Marquess nicht verbergen.

Von wachsendem Zorn erfüllt, ließ Colton seinen Blick über die zarte Haut wandern, die Rogers gierige Finger betastet hatten. Rote Striemen verunstalteten Adrianas runde Brüste, den Bauch, die Schenkel. Am zierlichen Hals sah er Kratzspuren, die offensichtlich von den Bartstoppeln des Widerlings stammten.

Unkontrolliert bebten Adrianas Hände, während sie sich vergeblich zu bedecken suchte. Über ihre Wangen strömten Tränen, die ihr Schamgefühl und ihren tiefen Kummer bezeugten. Einen Arm hielt sie hilflos vor ihre Brüste, mit der anderen Hand verhüllte sie ihre Weiblichkeit. Mehr vermochte sie unter diesen Umständen nicht zu tun.

»Das können Sie sicher gebrauchen«, meinte Colton voller Mitleid, zog sein Jackett aus und legte es um ihre Schultern. Es reichte fast bis zu ihren Knien und war so groß, dass sie wie ein kleines Mädchen im Mantel ihres Vaters aussah.

»Vielen Dank, Colton«, würgte sie hervor. »Hätten Sie mich nicht gerettet …« Durch einen Tränenschleier schaute sie in sein Gesicht. »Wären Sie nicht rechtzeitig gekommen …« Nach dem schrecklichsten Ereignis ihres Lebens brachte sie die nächsten Worte nicht über ihre Lippen. Mühsam schluckte sie und wischte ihre feuchten Wangen ab. »Wieso wussten Sie, was Roger vorhatte?«

»Nun, ich nahm an, er würde vor nichts zurückschrecken, um ans Ziel seiner Wünsche zu gelangen und Sie zu heiraten. Entweder würde er Sie mit Gewalt erobern oder gar nicht. Offenbar beschloss er, die Gelegenheit zu nutzen, während sich Ihre Familie im Ballsaal um die Gäste kümmerte.« Colton war unfähig zu zählen, wie oft seine Phantasie seit jener Begegnung in seinem Bad die Schönheit der nackten Lady heraufbeschworen hatte. Jetzt sah er diese Reize erneut, denn sein Jackett passte sich ihren weiblichen Formen nicht an und bot ihm einen ungehinderten Ausblick auf die bezaubernden Brüste. Angesichts ihrer Tränen, die unaufhaltsam flossen, zeigte er auf die Brusttasche seines Rocks. »Wenn Sie mein Taschentuch hervorholen wollen …«.

Immer noch leicht benommen, tastete sie erfolglos danach und blinzelte verwirrt. Schließlich umfasste Colton das Revers, zog es beiseite und griff in die Innentasche, ohne Adrianas Haut zu berühren. Nach ihrer Tortur traumatisiert, wehrte sie sich nicht. Natürlich wollte er sie nicht erneut schockieren. Aber als er das Tuch aus feinem Leinen hervorzog, streifte sein Handrücken die weiche Knospe einer Brust und Adrianas Atem stockte.

»Tut mir Leid, das hatte ich nicht vor ...« Und dann fehlten ihm die Worte, denn sie erschauerte so heftig, dass er fürchtete, sie würde in Ohnmacht fallen. Flehend tauchten ihre dunklen Augen in seine. Hätte er sich jemals gefragt, wie es wohl wäre, wenn ein Mensch in die Tiefen seiner Seele blickte – jetzt würde er eine Antwort erhalten. Nie zuvor hatte er eine so intensive Wärme gekannt, die ihn vollends ausfüllte, mit einem Gefühl von ... War es Liebe? Vielleicht Leidenschaft? Oder einfach nur Sehnsucht? Welchen Namen er der Emotion gab, sie schien ihn vorwärts zu treiben wie ein körperloser Geist.

»Heiliger Himmel!«, keuchte Maud, als sie ins Zimmer stolperte und Colton abrupt zur Vernunft brachte. Hastig trat er vom Bett zurück. Wegen ihrer Atemnot hatte sich die Ankunft der Zofe verzögert. Jetzt hastete sie erschrocken zu ihrer Herrin, sah das zerzauste Haar, die roten Flecken um den Mund, die nackten Knie unter dem zu großen Jackett. »Was ist hier vorgefallen?«

Beim Anblick des bewusstlosen Lehrlings, der neben dem Schrank lag, verstummte sie. Sobald sie erriet, was passiert war, wandte sie sich an Adriana, eisiges Entsetzen in den weit aufgerissenen Augen. »Allmächtiger, Mylady, was hat Ihnen diese schmutzige Ratte angetan?«

»Zum Glück ist mir nichts Schlimmes zugestoßen, Maud«, erwiderte Adriana und wischte über ihre tränennassen Wangen. Dann räusperte sie sich, weil ihr die Stimme kaum gehorchte. »Im allerletzten Augenblick trat Lord Randwulf die Tür ein und rettete mich vor dem Schurken. Nur dank seiner Hilfe habe ich Rogers Angriff unversehrt überstanden, bis auf ein paar Kratzer.« Sie griff nach dem Taschentuch, das Colton immer noch festhielt.

Unentwegt starrte er sie an und versuchte, die wirren Gedanken zu ordnen, die auf ihn einstürmten. Was geschah mit ihm? Warum hatte er das Gefühl, in diesen dunklen schimmernden Augen zu ertrinken?

»Da Roger nach wie vor im Haus war, fürchtete Seine Lordschaft, Sie würden in Gefahr schweben, Mylady«, erklärte Maud. Wie sie sich entsann, hatte sie erst vor kurzem den Eindruck gewonnen, ihre Herrin würde die Reaktion des Lehrlings auf die bevorstehende Werbungszeit fürchten. »Deshalb wollte er nicht warten, bis ich nach Ihnen sehen konnte. Ohne Zögern stürmte er herauf.«

»Darüber bin ich sehr froh, Maud«, versicherte Adriana, musterte Colton und versuchte, den Grund seiner sichtlichen Verwirrung zu ergründen. Besänftigend lächelte sie ihre Zofe an. »Hätte Lord Randwulf gezaudert, wäre es Roger wahrscheinlich gelungen, seinen Plan durchzuführen.«

»Dann muss ich Seiner Lordschaft für seine Entschlossenheit danken. Kein anderer hätte diesen Raum rechtzeitig erreicht.« Unbehaglich ging Maud zum Bett. »Soll ich Ihnen einen Morgenmantel bringen, Mylady?«

Adriana zog die Aufschläge von Coltons Jackett etwas enger um den Hals und verschränkte die Arme unter ihrem Busen. Wie wenig von ihrer Unterwäsche übrig geblieben war, durfte die Frau nicht sehen. »Papa muss sofort erfahren, was hier passiert ist. Bitte, Maud, gib ihm Bescheid.«

Nur zu gut wusste sie, welch heißer Zorn ihren Vater erfassen würde. Angeekelt schaute sie zu dem bewusstlosen Lehrling hinüber. *»Bitte,* entfernen Sie diesen Mann aus meinem Blickfeld, Colton«, flehte sie mit gepresster Flüsterstimme und drehte ihren Kopf zur Seite.

Da verdrängte Colton seine beunruhigenden Gedanken und ging zu Roger. »Maud, würden Sie mir zeigen, an welchem sicheren Ort dieser unwillkommene Gast liegen soll, bis sich der Earl mit ihm beschäftigen wird?«

»Am besten sperren Sie ihn im Wäscheschrank ein, Mylord«, meinte Maud und wies auf den angrenzenden Raum. »Da drin findet er kaum genug Luft zum Atmen und er kann keinen Muskel rühren.«

»Genau das richtige Gefängnis für Mr Elston«, bestätigte Colton.

Angewidert schnitt die Zofe eine Grimasse. »Für einen schäbigen kleinen Lehrling hatte er wirklich ziemlich hochgestochene Ideen. Glaubte er tatsächlich, er könnte über meine Herrin herfallen und ihr Vater würde sie mit ihm vermählen? Wenn's der Schwachkopf auch nicht verstehen wird, es war sein Glück, dass Sie rechtzeitig hier aufgetaucht sind. Sonst müsste seine Leiche aus dem Haus getragen werden.«

Colton kniete neben dem ohnmächtigen Mann nieder, drehte ihn auf den Rücken und musterte die große, geschwollene Platzwunde an der Stirn, aus der nach wie vor Blut quoll. Auf dem Orientteppich hatte sich eine klebrige Pfütze gebildet, die Maud veranlasste, einen feuchten Lappen zu holen und den Fleck wegzureiben. Dann schlang sie ein sauberes Leinentuch um Rogers Kopf, bevor Colton ihn hochhob und in die Badekammer trug. Der Schrank bot nur wenig Platz. Mit einem boshaften Lächeln zwängte Colton den Lehrling hinein, der es zweifellos verdiente, in beengter Finsternis zu erwachen.

Maud ging zur Tür und kündigte an, nun würde sie Lord Gyles über den Angriff auf seine Tochter informieren. »Das wird er wohl kaum mit mildem Gleichmut aufnehmen, Mylady. Schon jetzt glaube ich sein Geschrei zu hören.«

»Vielleicht solltest du ihm vorher versichern, ich sei nicht ernsthaft verletzt worden«, mahnte Adriana. »Dann wird er seine Fassung bewahren und vor den Gästen keine Szene machen. Und sag Mama bloß nichts, sonst schwinden ihr die Sinne oder sie läuft sofort zu mir herauf. Erzähl ihr einfach, ich würde mich nicht wohl fühlen und könnte mich nicht von den Gästen verabschieden. Verstehst du?«

»Ja, Mylady. Wenn's Ihnen recht ist, werde ich's Ihrem Pa überlassen, Ihrer Ma das mitzuteilen. Sonst kriegt sie womöglich die Wahrheit aus mir heraus. Denn sie hat so eine gewisse Art …«

Bei Coltons Rückkehr ins Schlafzimmer war Maud bereits hinuntergegangen, um ihre wenig beneidenswerte Mission zu erfüllen. Adriana saß auf der Bettkante, das Taschentuch auf den Mund gepresst, um ihr qualvolles Schluchzen zu unterdrücken. Mitfühlend legte Colton eine Hand auf ihre Schulter, die immer noch von seinem Jackett verhüllt wurde. »Werden Sie sich allmählich erholen?«

Verlegen wischte sie ihre Tränen weg. »Ja, sobald der Schock verebbt …« Krampfartig erschauerte sie. »Noch nie im Leben hatte ich solche Angst wie in diesen Minuten, in denen ich Rogers Attacke abwehren musste.«

»Ich bat Maud, Charles zu ersuchen, er soll Ihren Vater in die Bibliothek führen, bevor sie ihm die Neuigkeiten berichtet. Wenn er dort seinem Zorn freien Lauf lässt, werden die Gäste nichts hören.«

»Natürlich, das war sehr klug von Ihnen«, antwortete Adriana und stand auf. »Mein Vater besitzt ein überschäumendes Temperament – obwohl er es hartnäckig leugnet.«

»Nun lasse ich Sie allein, damit Sie sich anziehen können, bevor er heraufkommt.« Unfähig, der Verlockung zu widerstehen, warf er einen kurzen Blick unter sein Jackett. So abscheulich er Rogers Verhalten auch fand – er kannte die Gelüste, die einen Mann überwältigen konnten, wenn er eine so perfekte Frau betrachtete. Was er jetzt sah, ertrug er nicht, ohne heiße Begierde zu verspüren. »Nachdem Sie beinahe vergewaltigt wurden, möchte ich nicht den Unmut Ihres Vaters erregen, indem ich hier bleibe und Sie anstarre.«

Die großen Augen voller Wehmut und Verletzlichkeit, schaute sie ihn an. Colton ergriff die Revers seines Jacketts, glaubte auf der Schwelle seines restlichen Lebens zu stehen und bekämpfte den Wunsch, Adriana zu küssen. So inbrünstig er sich auch danach sehnte, eine seidenweiche Brust zu liebkosen, eine Hand zwischen ihre Schenkel zu schieben und ihr ein

Stöhnen voller Verlangen zu entlocken – es wäre niederträchtig, nach allem, was Roger ihr angetan hatte. Außerdem würde ihr Vater in wenigen Minuten heraufeilen. Und doch – sie wirkte so vertrauensvoll, so willig ...

Wenn es ihm auch unendlich schwer fiel, er zog die Aufschläge seines Jacketts seufzend zusammen und versagte sich den erträumten Trost.

Etwas zu spät versuchte Adriana ihren Busen zu bedecken und murmelte beschämt eine Entschuldigung, als würde sie sich vorwerfen, dass sie nicht früher daran gedacht hatte. Ihre Zerknirschung bewog ihn, sich zu fragen, ob sie tatsächlich glaubte, er würde sie nicht begehren. Könnte sie ahnen, welche gnadenlose Leidenschaft ihn schon seit Wochen quälte, würde sie diesen Gedanken sofort verbannen. Dauernd malte er sich aus, er würde sie umarmen und in ihre süße Weiblichkeit eindringen. Er konnte kaum noch an etwas anderes denken.

»Oh, meine liebste Adriana, ahnen Sie, wie gnadenlos Sie mich heute Abend in Versuchung geführt haben?«, flüsterte er, schlang einen Arm um ihre Schultern und neigte sein Gesicht zu ihrem duftenden Haar. »Überall möchte ich Sie berühren und Sie lieben und fühlen, wie Sie meine Glut mit all der Leidenschaft erwidern, die in Ihnen schlummert. Aber soeben haben Sie einen grauenvollen Schock erlitten und es wird einige Zeit dauern, bis Sie das vergessen. Was immer uns die Werbungszeit bringen wird, seien Sie versichert, ich werde Rücksicht auf Ihre Gefühle nehmen.«

Ihr Blicke verschmolzen und Colton war so seltsam zumute, als würde sein Herz aus dem Käfig entführt, den er ringsherum errichtet hatte. Von einem wilden Bedürfnis übermannt, riss er Adriana an sich, presste seine Lippen fordernd auf ihre und seine Zunge erforschte hungrig ihren warmen Mund. Seine Hand glitt unter das Jackett, über eine nackte Hüfte. Allzu lange durfte er dieses Entzücken nicht genießen, sonst könnte er sich darin verlieren und Adrianas Vater würde sie nackt in seinen Armen finden.

»Jetzt muss ich gehen, bevor Ihr Vater uns ertappt und mich für den Schuldigen hält«, murmelte er heiser und hob den Kopf. Es widerstrebte ihm außerordentlich, sie zu verlassen, und er küsste sie ein letztes Mal mit all dem Feuer, das er so lange im Zaum gehalten hatte. Dabei spürte er, wie sie erbebte – ob vor Angst oder Verlangen wusste er nicht. Aber der Gedanke, sie würde sich womöglich fürchten, half ihm, seinen klaren Verstand zurückzugewinnen.

»Das sollte ich nicht tun, nach allem, was Sie durchgemacht haben, Adriana …« Von heißer Leidenschaft verschleiert, liebkoste sein Blick ihr Gesicht. »Ich muss gehen …«

Unvermittelt schob er sie von sich und hastete zur Tür. Schmerz und ungestillte Lust peinigten ihn. Irgendwie musste er die Flammen in seinem Inneren löschen – musste vergessen, wie weich und süß und verlockend sie sich an seiner Brust angefühlt hatte.

»Colton, Ihr Jackett …«, wisperte sie.

Gerade noch rechtzeitig, um das Kleidungsstück aufzufangen, drehte er sich um. Wochenlang würde ihn das Bild der Venus verfolgen, von spärlichen Fetzen verhüllt, Tag und Nacht in erotischen Träumen.

# Kapitel 13

Nachdenklich schlenderte Colton Wyndham zu den bleiverglasten Fenstern, die eine ungehinderte Aussicht auf die teils bewaldeten Hügel seiner Ländereien boten. Zum Landsitz seiner Ahnen gehörte ein sehr großes Grundstück. Normalerweise hätte er sich an den Tieren erfreut, die er von Randwulf Manor aus beobachten konnte. Aber an diesem Morgen nahm er die Rehe, die auf einer fernen Wiese ästen, kaum wahr, ebenso wenig die Hasen im Gras jenseits des Parks oder die Vögel, die zu den Dachrinnen hinaufflogen.

Wie so oft in den letzten Wochen bestürmten ihn Visionen von Adriana – elegant gekleidet oder reizvoll derangiert, lachend, weinend, schlafend oder wach, aber immer dominant in seiner Phantasie. Mit melodischen Sirenengesängen fesselte sie seine Sinne. Einer mutwilligen Elfe gleich, flatterte sie durch seine Gedanken und störte seine Konzentration auf alle großen oder kleinen Pflichten, die er sich auferlegte. Früher hatte er geglaubt, er wäre immun gegen subtile weibliche Lockungen. Aber von Adriana würde er sich niemals befreien, mochte er auch hohe Berge erklimmen, tiefe Täler durchqueren oder andere Kontinente bereisen, um seine Unabhängigkeit zu beweisen. Tagsüber dachte er fast unentwegt an sie, doch die Träume in den Nächten peinigten seinen männlichen Stolz noch schmerzhafter. Da trat er nämlich nicht als Eroberer auf, sondern als Sklave, von der heiß begehrten Frau zu kühnen Liebesspielen verleitet, die sich ein jungfräuliches Mädchen niemals ausdenken, geschweige denn verwirklichen konnte.

Vor zwei Monaten war er nach London gefahren, um Angelegenheiten zu regeln, die sein Marquisat betrafen. Er hatte gehofft, dort würde Pandora sein Verlangen befriedigen und die Lady aus seinem Gehirn verdrängen.

Wie närrisch zu glauben, er würde der dunkelhaarigen Schönheit so leicht entrinnen … Von Erinnerungen an Adriana beherrscht, in seinem Dilemma gefangen, raffte er sich nicht einmal dazu auf, die Schauspielerin zu besuchen, geschweige denn ihr Bett zu teilen. Stattdessen dachte er an den Moment, in dem er die schlafende Lady in seiner Badewanne gesehen hatte. Sofort war er in heiße Erregung geraten und durch die Straßen der Stadt gewandert – ein vergeblicher Versuch, sich von seinen Gelüsten abzulenken.

Leise stöhnte er und spürte seine nervliche Anspannung. Die Monate, die seit seinem letzten Liebeserlebnis verstrichen waren, hatte er nicht gezählt. Aber es musste fast ein Jahr her sein. Wenn er seinen männlichen Trieben nicht bald nachgab, würde er sich womöglich zu einem verdammten Eunuchen entwickeln.

*Was hatte sein Vater ihm angetan?*

Plötzlich unterbrach er seine Gedankengänge, verblüfft über sein Bedürfnis, die Probleme dem Verstorbenen anzulasten. Nein, seinem Vater durfte er nichts vorwerfen, die Schuld lag einzig und allein bei ihm selbst. Er hätte den Vertrag brechen, die Suttons für den Affront entschädigen und heiraten können, wen er wollte. Doch die Versuchung, die starke Anziehungskraft zu ergründen, die Adriana auf sein Herz und seinen Körper ausübte, war zu groß gewesen. Mit unsichtbaren Stricken band sie ihn an sich und andere Frauen interessierten ihn nicht.

Während der Werbungszeit von Samantha und Percy eskortiert, hatte er gehofft, diese Wochen zu überstehen, ohne seiner Begierde über das schickliche Maß hinaus nachzugeben. Dank dieser beiden Chaperons würde er sich nicht hinreißen lassen und Adrianas Unschuld gefährden. Unglücklicherweise ärgerte ihn die ständige Anwesenheit seiner Verwandten. Zu häufig musste er den Wunsch unterdrücken, die Schönheit in irgendein Versteck zu führen, zu küssen und zu liebkosen, bis sie seiner Glut erliegen würde. Jeder dunkle, abgeschiedene Alkoven, wo er ihre Röcke heben könnte, würde ihm genügen.

Wenn er sich auch darum bemühte – er vergaß nicht, wie bereitwillig sie nach Rogers Angriff seinen Kuss erwidert und seine Hand auf ihrer nackten Hüfte geduldet hatte. Sollte er sie erneut bedrängen, würde es kein Zurück mehr geben.

*So sah sein Plan also aus, gegen das Dekret seines Vaters zu rebellieren! Wie ein töricht blökendes Schaf ließ er sich zur Schlachtbank führen!*

In einem Monat würde die Werbungszeit ein Ende nehmen. Und er wusste nicht einmal, ob er seine Finger so lange von der Lady fern halten konnte, um die Vorbereitungen für eine große, feierliche Hochzeit zu ermöglichen. Je öfter sie zusammen waren, desto realistischer erschien ihm das Risiko, eine schwangere Braut würde vor dem Altar stehen.

Bisher hatte er seine sinnlichen Instinkte bezähmt und sich an den letzten Rest seines Stolzes geklammert, der ihm befahl, seinem Entschluss treu und sein eigener Herr zu bleiben. Allein schon diesen Gedanken fand er inzwischen lächerlich. Es war eindeutig: Was Adriana in diesen Wochen aus seiner Willenskraft machte, war gefährlich. Zum Beispiel hätte er sich neulich beim Rasieren fast in den Hals geschnitten, von einer unerwarteten Idee verwirrt: *Zum Teufel mit der Werbungszeit, hör auf, dich zu quälen, heirate sie und hol sie in dein Bett!*

Hatte er den Verstand verloren? Passten solche Überlegungen zu seiner normalen Denkweise? Noch nie war ihm eine Frau begegnet, die er nicht mühelos aus seinem Gedächtnis verbannt hätte. Bis zu seiner Heimkehr, bis zu der Erkenntnis, dass dieses Mädchen, das er vor Jahren zurückgewiesen hatte, zu einer strahlend schönen Frau herangewachsen war ... Und so entschieden er sich gegen die Brautwahl seines Vaters gewehrt hatte – mittlerweile war sie seine eigene Wahl.

Darüber ärgerte er sich maßlos. Niemand, nicht einmal Adriana, konnte ahnen, wie eisern er sich beherrschen musste, um ihr nicht näher zu treten.

*Falls er sich das anmerken ließ, würde er einen Skandal heraufbeschwören.*

Was sollte er tun? Die Werbung fortsetzen, als wären seine Nerven nicht so grausam angespannt, dass er vor Schmerzen stöhnen könnte? Neuerdings schienen die zuvor unerschütterlichen Fesseln seiner Selbstkontrolle ein anderes Lied zu singen. Wenn er aufmerksamer lauschte, würde er inmitten der chaotischen Rhythmen zweifellos Hochzeitsglocken läuten hören. Und das alles nur, weil er sich in eine reizvolle, charmante, charakterstarke junge Dame verliebt hatte …

»Soeben sind Lord Randwulf und die Burkes eingetroffen, Mylady«, meldete der Butler, nachdem Maud ihn in das Schlafzimmer seiner jungen Herrin geführt hatte. »Die Herrschaften erwarten Sie in der Halle. Soll ich sie in den Salon führen?«

»Nicht nötig, Charles. Sagen Sie ihnen, ich komme in ein paar Minuten hinunter.« Adriana zeigte zur Chaiselongue, auf der Maud einen roten Samtumhang bereitgelegt hatte. »Wären Sie so freundlich, mein Cape mit nach unten zu nehmen?«

»Sehr wohl, Mylady«, antwortete der Diener lächelnd. Von den drei Sutton-Töchtern pflegte nur Lady Adriana einen Auftrag wie eine höfliche Bitte zu formulieren.

Während sich der Butler entfernte und die Zofe das Zimmer in Ordnung brachte, erhob sich Adriana vom Toilettentisch und ergriff das Weihnachtsgeschenk, das sie für den alten Mr Gladstone genäht hatte. Sie hoffte, die hübsche, mit Schaffell gefütterte Samtkappe würde in kalten Nächten seine Ohren wärmen und Krankheiten abwehren, die im Winter seinen tapferen Geist und seinen Körper schwächen könnten. Für die Bewohner der Stadt und der näheren Umgebung war er so wichtig. Sicher würde man ihn nach seinem Tod schmerzlich vermissen.

Erst als Maud sich zu ihr wandte, merkte Adriana, dass sie wieder einmal wehmütig geseufzt hatte. Das tat sie in letzter Zeit zu oft. Und es linderte ihren Kummer kein bisschen.

»Alles in Ordnung, Mylady?«, fragte die ältere Frau besorgt.

»Natürlich, Maud«, versuchte Adriana ihre Zofe zu besänftigen. Sich selbst konnte sie nicht so leicht beruhigen. Seit zwei Monaten wurde sie von Colton dahin und dorthin begleitet, fast jeden Tag – und immer in der Gesellschaft seiner Schwester und seines Schwagers. Auf diese Weise wollte er betonen, er würde ihr in der Werbungszeit nicht zu nahe treten. Danach würde er – davon war sie fest überzeugt – beiden Familien mitteilen, er habe den Wunsch seines Vaters erfüllt und würde seine Freiheit der Ehe vorziehen. Da die Burkes bezeugen konnten, er habe sich stets wie ein Gentleman verhalten, würde er sich problemlos aus der Affäre ziehen. Diese düsteren Zukunftsaussichten lasteten bleischwer auf Adrianas Seele.

*Schluss damit!*, ermahnte sie sich energisch und klammerte sich an den letzten Rest ihrer Würde. Wenn er sie aus seinem Leben verbannen wollte, war sie ohne ihn gewiss besser dran, denn sie würde es hassen, einen Mann zu heiraten, dem sie nichts bedeutete. Wenn die Kränkung auch qualvoll wäre – mit der Zeit würde sie darüber hinwegkommen. Immerhin hatte sie jene erste Abfuhr in ihrer Kindheit ebenfalls überlebt. Und doch – kein Mann hatte sie jemals so tief beeindruckt wie Colton. In der Werbungszeit hielten sich leidvolle und beglückende Momente die Waage. Allein schon die Gesellschaft des attraktiven Marquess erwärmte ihr Herz und sogar kleine, belanglose Gesten erfreuten sie – zum Beispiel, wenn er ihre Hand in seine Armbeuge legte und ihr ein sanftes Lächeln schenkte.

Seine Galanterie war von Anfang an offensichtlich gewesen. Am Sonntagnachmittag nach dem Herbstball erschien er auf Wakefield Manor, um die Werbungszeit offiziell zu beginnen. Mit einem jungenhaften Grinsen überreichte er Adriana ein üppiges Bukett und gab verlegen zu, ein Diener habe die Blumen im Wintergarten gepflückt, allerdings mit Philanas Erlaubnis. Die unerwartete Befangenheit des sonst so selbstsicheren Mannes rührte sie fast zu Tränen.

Da ihre Eltern im Salon jedes Wort hörten, das er zu ihr sagte, schlug er ihr einen Spaziergang durch die Gärten vor, die Ende Oktober nicht besonders einladend wirkten. Trotzdem stimmte sie bereitwillig zu. Denn der kalte Wind würde ihre Wangen röten und die brennende Hitze tarnen, die ihr jedes Mal ins Gesicht stieg, wenn sie sich an die Ballnacht erinnerte – an ihre Nacktheit nach Roger Elstons Angriff, an Coltons tröstliche Umarmung, den betörenden Kuss …

Die hohen Hecken des Wakefield-Parks gewährten ihnen eine gewisse Privatsphäre, und als Colton ein Gespräch begann, ließ Adrianas Nervosität nach. Erst jetzt erkannte sie, zu welch einer komplexen Persönlichkeit er sich entwickelt hatte. Freimütig erzählte er von seinen Erfahrungen im Krieg und wies subtil auf sein Unabhängigkeitsstreben hin. Während seiner militärischen Karriere war er mehrmals unerwartet mit dem Feind konfrontiert und gezwungen worden, einer Order zuwiderzuhandeln, um das Leben seiner Männer nicht sinnlos zu gefährden. Wer ihn jene Ereignisse schildern hörte, konnte unmöglich an seinem Selbstvertrauen zweifeln. Adriana fühlte sich geehrt, weil er mit ihr über Dinge sprach, die er nicht einmal seiner Familie offenbarte. Zweifellos hing das mit dem Zwist zusammen, den er durch seine Abreise verursacht hatte, mit seinem Trennungsschmerz. Aber etwas später, in Afrika stationiert, war er zu beschäftigt gewesen, um an sein Zuhause zu denken, und die Reuegefühle hatten ihn nicht mehr verfolgt.

Wenn er von amüsanten Zwischenfällen in seiner Offizierslaufbahn berichtete, brach Adriana in lautes Gelächter aus. In solchen Momenten wirkte er völlig entspannt und sie bewunderte seine Fähigkeit, über sich selbst zu lachen. Seine Eskapaden, die er erwähnte, fand sie eher charmant als ärgerlich. Welch ein bemerkenswerter Mann, dachte sie immer wieder. Hätte die Entscheidung bei ihr gelegen – sie würde nicht zögern, ihn zu heiraten.

Zum Dinner eingeladen, versicherte er ihren Eltern, ein Abendessen im Familienkreis der Suttons würde nicht nur ihn erfreuen, sondern auch seine Mutter, die inständig hoffe, er möge diesen Besuch genießen. Am Tisch saß er Adriana gegenüber und fand während der Mahlzeit reichlich Gelegenheit, sie zu bewundern. Beim Abschied standen sie vor der Haustür, hielten sich an den Händen und sprachen über die Familie und andere Dinge. Er zog die Kapuze ihres Umhangs enger um ihr Gesicht und sein Kuss beschleunigte ihren Herzschlag. Nur ganz kurz glitt seine Zunge verführerisch zwischen ihre Lippen, dann trat er abrupt zurück und räusperte sich, schloss seine Redingote vor der Brust und eilte davon.

Auf dem Weg zu ihrem Schlafzimmer lächelte sie in geheimer Freude. Und lange, nachdem sie unter ihre Decke gekrabbelt war, schwelgte sie in der Erkenntnis, der Kuss hätte Colton auf eine Weise erschüttert, die sie niemandem jemals beschreiben würde.

Seit jenem ersten Besuch fühlten sich ihre Eltern von Coltons sichtlichem Eifer ermutigt und sie lobten mehrmals seine weltmännischen, untadeligen Manieren. Natürlich wagte Adriana nicht, ihnen zu verraten, der Marquess würde auch die Wesenszüge eines ausschweifenden Lebemanns besitzen.

Von den Burkes begleitet, wie es sich geziemte, verbrachten sie in der nächsten Woche einige Tage in Bath, gingen einkaufen, besuchten Theateraufführungen und Konzerte und andere gesellschaftliche Ereignisse. Mittlerweile wusste fast ganz England, Lord Randwulf und Lady Sutton wären ein Paar, was zahlreiche Gerüchte zu bestätigen schienen.

Was Roger betraf – in jener Ballnacht hätte ihr Vater ihn beinahe getötet. Nachdem alle Gäste das Haus verlassen hatten, war der junge Mann endlich wieder zu sich gekommen. Der Earl hielt ihm eine Pistole vor die Nase und machte seinem Zorn unmissverständlich Luft. Angesichts der drohenden Gefahr zitterte der Lehrling vor Angst und flehte unter Tränen um sein Leben. Nur dank der klugen Ermahnung seiner Frau erkannte Gyles, welch schrecklichen Skandal er provozieren würde, wenn er den Burschen tötete. Und so begnügte er sich damit, Roger zu warnen, falls er sich Adriana noch einmal nähern sollte, würde er den Tag bitter bereuen. Entweder würde Lord Standish ihn auf der Stelle entmannen oder der Missetäter müsse mit noch ernsthafteren Konsequenzen rechnen. Vorerst würde er keine Anklage gegen Roger erheben. Darauf verzichtete er nicht aus Barmherzigkeit, sondern um seine Tochter vor den Klatschmäulern zu schützen, die das Ereignis der beinahe erfolgten Vergewaltigung genüsslich breittreten würden.

Kurz danach beendete Roger seine Lehre, übernahm die Leitung der Spinnerei und erzielte einen Profit, der an die Zeiten des ursprünglichen Besitzers Thomas Winter erinnerte – was Edmund Elston niemals gelungen war, trotz aller Loblieder auf seine eigene Tüchtigkeit. Unflätig beschimpfte er seinen Sohn, dass der es nicht geschafft hatte, Lady Adriana zu erobern. Dafür wurde der alte Mann seinerseits schwer bestraft. Zumindest behaupteten das die Angestellten, denn wenig später erlitt er einen Schlaganfall, der ihn ans Bett fesselte und seinen Geist verwirrte. Da er Roger in Gegenwart der Arbeiter getadelt hatte, zerriss das ohnehin schwache Band zwischen Vater und Sohn vollends. Aber wie man wusste, hatte Edmund Elston sein Testament schon vor dem Zwist verfasst und seinem Sohn – mangels anderer Familienangehöriger oder Freunde – sein gesamtes Vermögen vermacht. Einige Leute prophezeiten sogar, nach dem Tod des alten Mannes würde sich sein Sohn eines beträchtlichen Reichtums erfreuen.

Doch Edmunds robuste Konstitution strafte alle Voraussagen Lügen, er würde bald sterben. Schließlich verkündete seine Haushälterin sogar, sein Zustand würde sich mit jedem Tag bessern.

Angeblich warb Roger jetzt um Felicity. Aus unbekannten Gründen hatte Stuart kurz nach dem Herbstball sein Interesse an der Enkelin des Müllers verloren. Zur allgemeinen Überraschung und Adrianas Entzücken begann er, Berenice Carvell den Hof zu machen, deren körperliche Fülle sich in den letzten beiden Monaten merklich verringert hatte. Allmählich kam ihre Schönheit zum Vorschein. Riordan Kendrick übte neuerdings erstaunliche Zurückhaltung. Diversen Gerüchten zufolge suchte er niemals die Gesellschaft von Damen und traf sich nur mit engen Freunden. Wie man munkelte, überwachte er die Renovierungsarbeiten seiner Privatgemächer auf seinem Landsitz an der anderen Seite von Bradford. Einige Leute erzählten, Zimmermänner aus dem Dorf und London seien beauftragt worden, Wandtäfelungen anzufertigen, die dem Geschmack des anspruchsvollen Marquess entsprechen würden. Aber seine Haushälterin Mrs Rosedale ließ nur verlauten, er würde einiges im Haus verändern – warum, entzog sich ihrer Kenntnis. Weitere Informationen konnte niemand beschaffen. So begierig seine Dienstboten auch ausgehorcht wurden, wann immer sie einkaufen gingen, sie wiederholten nur, was Mrs Rosedale erklärt hatte.

Da die Beweggründe Seiner Lordschaft geheim blieben, hegten die Klatschbasen zwischen London und Bath den qualvollen Verdacht, dass ihnen irgendwelche pikanten Tatsachen entgehen würden.

Als Adriana an diesem Abend ihr Schlafzimmer verließ, galten ihre Gedanken Riordan Kendrick und seinem Wunsch, mit ihr vor den Traualtar zu treten. Auf jeden Fall verdankte sie seinem Heiratsantrag die Gewissheit, ein respektabler Gentleman würde sie begehren. Trotzdem hoffte sie auf dem Weg in die Halle, wo ihre Eskorte wartete, Colton wäre der Märchenprinz, der nur das Licht der Welt erblickt hätte, um ihr Herz und vielleicht auch ihre Seele zu stehlen.

»Guten Abend«, grüßte sie und zwang sich zu einem fröhlichen Lächeln. Am liebsten wäre sie in ihr Schlafzimmer zurückgekehrt. Dort könnte sie wenigstens versuchen, Colton Wyndham zu vergessen, dessen Heimkehr ihr Leben völlig durcheinander gebracht hatte. Zu ihrem größten Bedauern hatte sie sich in ihn verliebt, und sie fürchtete den Tag, wo er einen kühlen Kuss auf ihre Wange drücken und den Vertrag ihrer beider Väter auflösen würde. Dass der hoch gewachsene, elegante Aristokrat tatsächlich dem ersehnten Märchenprinzen glich, vermochte ihren Kummer natürlich nicht zu lindern.

Samantha eilte ihr entgegen und küsste ihre Wange. »Warum hast du dir so lange Zeit gelassen?«, neckte sie ihre Freundin. »Wäre ich misstrauisch, müsste ich glauben, du hättest keine Lust, Mr Gladstones Weihnachtsparty zu besuchen.« In Adrianas dunklen Augen entdeckte sie keine Spur von Freude und so stellte sie eine etwas näher liegende Frage. »Oder möchtest du eine Begegnung mit Roger und Felicity vermeiden?«

Obwohl ihre engste Vertraute den Nagel auf den Kopf traf, heuchelte Adriana Überraschung, während Charles ihr den Samtumhang brachte. »Warum sollte ich den beiden aus dem Weg gehen?«

Samantha lachte leise. »Weil Felicity überall herumerzählt, du hättest Roger bis zu Coltons Rückkehr an der Nase herumgeführt, dummes Gänschen. Was der liebe Roger, möge sein schwarzes Herz in der Hölle schmoren, eifrig bestätigt.« In wachsendem Unmut musterte sie Adrianas düstere Miene. »Wenn es dir so unangenehm ist, müssen wir nicht zum Staover House fahren.«

»Selbstverständlich fahren wir hin«, erwiderte Adriana energisch und riss sich zusammen. »Wir besuchen Samuel Gladstone, nicht seine Enkelin. Ob wir danach noch eine Weile auf der Party bleiben oder sofort aufbrechen, müsst ihr drei entscheiden.«

Sosehr sich Colton auch bemühte, in Adrianas Gegenwart den ehrbaren Gentleman zu spielen, sein Puls beschleunigte sich, so wie regelmäßig, wenn er sie sah. In ihr fand er alles verkörpert, was er sich jemals von der idealen Frau erträumt hatte. Manchmal fühlte er sich in ihrer Nähe wie ein schlichter Lakai, der vor seiner Königin stand. Auch an diesem Abend wirkte sie majestätisch in einem taubengrauen Kleid aus Seide und Spitze, das ihre schlanke, biegsame Gestalt betonte.

Mit einer knappen Geste hielt er Charles zurück, nahm ihm

das Cape der Lady ab und trat hinter sie. Als er es um ihre Schultern legte, flüsterte er, nur für ihre Ohren bestimmt: »Meine Süße, Ihre Vollkommenheit raubt mir beinahe den Verstand.«

Der warme, weiche Klang seiner Worte vereitelte ihren Entschluss, Distanz zu wahren. Wie die Zärtlichkeit eines Liebhabers schien sein Kompliment ihr Blut zu erhitzen. Und während seine Fingerknöchel ihre nackten Schultern streiften, glaubte sie zu vergehen. Trotzdem brachte sie ein zitterndes Flüstern zustande. »Mylord, Sie sind sehr galant.«

Wie exquisit sie duftete ... Das war nur eine der vielen Verlockungen, die er in ihrer Nähe ertragen musste. Bei jeder Begegnung roch sie, als wäre sie soeben einem See voller Rosenblätter entstiegen. Mit solchen Attacken auf seine Sinne konfrontiert, gewann er allmählich die Überzeugung, im Vergleich dazu wäre der Kampf gegen Napoleons Streitkräfte ein Kinderspiel gewesen.

Wenn er auch wusste, wie unvernünftig es war, die Szene zu verlängern, konnte er nicht widerstehen und strich das Cape über ihren Schultern glatt. Sogar diese flüchtigen Berührungen schürten sein Verlangen. Bei anderen Frauen hatte er so etwas niemals empfunden. Genauso betörte ihn der Anblick, der sich ihm bot, als er hinter ihr stand. Dank seiner Größe konnte er in ihren Ausschnitt spähen und bewunderte milchweiße Brüste – eine Gelegenheit, die er viel zu oft suchte. Unentwegt drängte es ihn, durch ein Spitzenhemd die rosigen Knospen zu erahnen.

Auf der anderen Seite der Halle hatte er zunächst den Eindruck gewonnen, unter ihrem Kleid würde sie gar nichts tragen. Aber so inbrünstig er sich das auch wünschen mochte, er wusste, Adriana wäre niemals so kühn, sondern eine respektable Lady. Wie er jetzt erkannte, hatte der fleischfarbene Spitzenstoff, der ihr Kleid umhüllte, jene Vision erweckt.

»Vorhin hörte ich, wie Sie von Samantha gehänselt wurden.« Um den Rosenduft zu genießen, der ihrer Schläfe entströmte, neigte er sich noch tiefer zu ihr hinab. An dieser Stelle roch sie immer besonders verführerisch – wahrscheinlich, weil sie Parfüm darauf tupfte, kurz bevor sie ihr Schlafzimmer verließ. »In meiner Gesellschaft müssen Sie Roger nicht fürchten, Adriana. Niemals werde ich ihm gestatten, Sie zu kränken.«

Ein schwaches Lächeln umspielte ihre schönen Lippen und sie schaute ihn über ihre Schulter an. Außer Colton, ihren Eltern und einigen vertrauenswürdigen Dienstboten wusste niemand von Rogers Attacke. Nicht einmal seiner Schwester hatte Colton davon erzählt. Und das war gut so, denn sonst wäre sie wohl kaum fähig, den Burschen einigermaßen höflich zu behandeln.

Vom Zauber dieser unschuldigen Rehaugen fast überwältigt, fragte sich Colton, warum er immer noch zögerte, um die Hand der Lady zu bitten. Wegen seines Stolzes? Damit bestrafte er nur sich selbst, denn er bezweifelte, eine Jungfrau könnte die Sehnsucht erleiden, die ihn seit Wochen peinigte. Sollte er in einem winzigen Teil seines Gehirns nach wie vor die Freiheit erhoffen, nachdem ihn die Lady so süß verzauberte, würde er einem Narren gleichen, der sich das eigene Herz aus dem Leib riss und darauf herumtrampelte.

»Jetzt sollten wir gehen«, flüsterte er, um seine heißen Wünsche zu zügeln. Er trat an Adrianas Seite und reichte ihr seine Hand. »Heute Abend wird uns Mr Gladstone ziemlich früh erwarten.«

»Wie ich höre, hat Felicity das Weihnachtsfest so arrangiert, wie es ihr Großvater gewohnt ist«, erwiderte Adriana und versuchte, Vorfreude zu heucheln. »An diesem Festtag war das Stanover House stets überfüllt. Also müssen wir uns glücklich schätzen, wenn wir Mr Gladstone überhaupt zu Gesicht bekommen, geschweige denn mit ihm reden werden.«

»Deshalb hat er uns gebeten, ihn möglichst zeitig zu besuchen. Ich glaube, der alte Mann hat Sie ebenso wie meine Schwester ins Herz geschlossen und möchte keine Gelegenheit versäumen, euch beide zu sehen.«

»Nun, wir mögen ihn genauso gern.«

»Wissen Sie eigentlich, welche Wirkung Sie auf die Männer ausüben, meine Liebe?«, forderte er sie heraus. Obwohl sein Grinsen einen Scherz andeutete, meinte er ernst, was er sagte.

Verwirrt runzelte sie die Stirn. »Was heißt das?«

Mit behutsamen Fingern strich er ein Löckchen von ihrer Wange. »Zu meinem eigenen Schutz sollten Sie im Ungewissen bleiben, was Ihre Anziehungskraft betrifft. Denn es fällt mir zunehmend schwerer, Ihren Großangriffen zu widerstehen.«

»Meinen Angriffen?«, fragte sie verständnislos. »Wovon reden Sie?«

»Das werde ich Ihnen vielleicht eines Tages erklären«, entgegnete er und umfasste ihren Ellbogen. »Kommen Sie, Percy und Samantha erwarten uns.« Er nahm seinen Zylinder aus Charles' Hand, dann führte er Adriana zur Haustür hinaus und half ihr in den Landauer. Erst als auch seine Schwester und sein Schwager im Wagen saßen, stieg Colton ein. Wie üblich musste er sich auf dem gefährlichsten Platz niederlassen, neben der dunkelhaarigen Verführerin.

Aber selbst wenn er neben Bentley auf den Kutschbock klettern würde, wäre er nicht weit genug von Adriana entfernt, um sie aus seinen Gedanken zu verbannen. Nun nahm er erneut ihren wundervollen Duft wahr und schloss sekundenlang die Augen. So tapfer er im Krieg auch gekämpft hatte – in Adrianas Nähe schmolz seine männliche Entschlossenheit dahin. In ihren Händen würde sich sein Herz wie Wachs auflösen.

Kurz nachdem der Landauer die Zufahrt von Wakefield Manor hinabgerollt war, beugte sich Samantha vor und legte eine Hand auf das Knie ihres Bruders. »Percy und ich müssen euch was sagen.«

Im Licht der Laterne, die außen an der Kutsche hing, zeigte sich Coltons mutwilliges Lächeln. »Wollt ihr euer Londoner Haus verkaufen und in ein größeres ziehen?«

Verblüfft lehnte sie sich zurück. »Wieso weißt du das?«

»Heute Abend hat's mir Percy erzählt, kurz nach eurer Ankunft.«

»Was soll ich bloß mit ihm machen?« In gespielter Empörung starrte sie ihren lachenden Ehemann an. »Wann wird er endlich lernen, ein Geheimnis zu hüten?«

»Erzähl's ihnen«, bat er und drückte ihre Hand. »Oder sie erfahren es von mir.«

»Was denn?« Neugienig wechselte Adriana einen Blick mit Colton.

»Ich bin guter Hoffnung«, verkündete Samantha voller Stolz. Diesmal entlockte sie ihrem Bruder einen Freudenschrei. Enthusiastisch schüttelte er seinem Schwager die Hand.

»Oh, wie wundervoll, Samantha!«, jubelte Adriana.

»Herzlichen Glückwunsch!«, ergänzte Colton. »Wie lange schon?«

»Etwa drei Monate.«

In Gedanken rechnete Colton nach. »Also wird das Baby – wann zur Welt kommen?«

»Mitte Mai. Oder vielleicht im Juni«, antwortete Samantha.

»Weiß Mutter schon Bescheid?«

»Während du heute Nachmittag mit Percy im Salon einen Drink genommen hast, bin ich zu ihr hinaufgegangen.«

»Sicher war sie hellauf begeistert von ihrem Status einer werdenden Großmutter«, meinte Colton amüsiert.

»O ja«, bestätigte Samantha voller Genugtuung. »Da Percy und ich schon so lange verheiratet sind, hatte Mama die Hoffnung fast aufgegeben. Und jetzt schien die Aussicht auf das Baby neue Lebensgeister in ihr zu wecken. Zweifellos wünscht sie sich von Adriana ebenso viele Kinder wie von mir. Deshalb solltest du die Werbungszeit möglichst bald beenden, Colton, damit sich Mama auf einen weiteren Enkel freuen kann.«

Verlegen wandte sich Adriana zum Wagenfenster und bekämpfte das Blut, das ihr glühend in die Wangen stieg. Sie wünschte, ihre Freundin würde in Gegenwart des Bruders nicht so freimütig sprechen. Wenn der Mann ständig gedrängt wurde, sie zu heiraten, könnte er erneut in einen anderen Teil der Welt flüchten, so wie damals, nachdem sein Vater ihn über den Verlobungsvertrag informiert hatte.

Obwohl der Gedanke, mit Adriana ein Kind zu zeugen, Coltons Puls beschleunigte, schenkte er seiner Schwester ein unbefangenes Lächeln. Wie mochte seiner Mutter zumute sein, wenn er in seinem wachsenden Verlangen die Grenzen der Etikette überschreiten und schon vor der Ehe mit Adriana schlafen würde? Da er sich nur noch mühsam an seine Selbstkontrolle klammerte, bedurfte es keines großen Anreizes, und er würde diese Situation ohne Wiederkehr erreichen. Jede Stunde in Adrianas Gesellschaft schwächte seine Willenskraft und trieb ihn näher an den Rand eines bodenlosen Abgrunds heran. Ein unbedachter Schritt, und er würde sie zum Traualtar führen, *nachdem* er sie entjungfert hatte.

»Jane Fairchild ist so warmherzig wie ein Engel«, schwärmte Samantha mit gedämpfter Stimme, nachdem die liebenswürdige Frau ihre Gäste in das Haus des alten Müllers geleitet hatte. »Aber offen gestanden, ich fürchte, ihre Tochter gleicht eher einer Hexe. Am liebsten würde sie uns mit ihren Blicken durchbohren, Adriana. Und sie erinnert mich an eine kampflustige Natter.«

»Pst, wenn dich jemand hört …«, mahnte Adriana und drückte warnend die Finger ihrer Freundin. Dann musterte sie die Gesichter der Leute, die in ihrer Nähe standen, um herauszufinden, ob irgendjemand gesteigertes Interesse zeigte. Da sie nichts dergleichen sah, seufzte sie erleichtert. Offenbar hatte das Stimmengewirr im Salon Samanthas Getuschel übertönt.

Verächtlich fuhr Samantha fort: »So, wie sich Felicitys Augen soeben verengt haben, würde ich ihr zutrauen, dass sie die Worte von meinen Lippen ablesen kann. Alle Hexen besitzen solche Fähigkeiten.«

»Gehen wir zu den Männern nach oben und machen wir Mr Gladstone unsere Aufwartung, bevor er zu erschöpft ist, um uns zu empfangen. Jane hat erklärt, heute Abend würde er sich nicht wohl fühlen. Deshalb wird ihn die Anwesenheit der vielen Gäste ermüden. Wenn Colton und Percy einverstanden sind, sollten wir uns möglichst bald verabschieden. Unsere Anwesenheit scheint Felicity zu missfallen. Und ich schätze ihre Gesellschaft genauso wenig.«

Samantha spähte wieder zu der Blondine hinüber und erschauerte unwillkürlich. Noch nie war sie einem so giftigen Blick begegnet. »Was haben wir bloß verbrochen, um diese unverhohlene Abneigung zu verdienen? Immerhin wollten wir ihr einen Gefallen erweisen, als wir sie zum Herbstball einluden. Und jetzt scheint sie uns zu zürnen.«

»Wahrscheinlich hängt ihr Groll mit dem Vertrag zusammen, den sich dein Vater ausgedacht hat, teure Freundin.«

Auch Samantha konnte sich keinen anderen Grund für Felicitys Feindseligkeit vorstellen. »Also glaubt sie, du hättest ihr Colton weggenommen? Als hätte sie sich jemals Chancen bei meinem Bruder ausrechnen dürfen!«

»Unsinn«, wisperte Adriana nervös, *»niemandem* habe ich Colton weggenommen – er ist sein eigener Herr.«

»Wenn ich Felicitys finstere Miene richtig deute, nehmen alle Leute an, du wärst so gut wie mit ihm verlobt. Natürlich hört sie auf die Klatschgeschichten.«

»Dann irren sich halt *alle* Leute. Und jetzt gehen wir endlich nach oben, bevor mich dein ständiges Gerede von dieser Verlobung ernsthaft ärgert. Übrigens, ich wäre dir dankbar, wenn du in Coltons Gegenwart nicht erwähnen würdest, ich müsste ihm bald Kinder schenken. Damit bringst du ihn genauso in Verlegenheit wie mich.«

»Daran zweifle ich«, erwiderte Samantha und folgte Adriana in einen Flur. »So leicht gerät er nicht in Verlegenheit. Nach seiner Militärzeit ist er gegen fast alles immun.«

Irritiert blieb Adriana am Fuß der Treppe stehen und wandte sich zu ihrer Freundin. »Wenn *er* immun ist, bin's *ich* gewiss nicht. Und wenn du weiterhin solchen Unsinn erzählst, werde ich dich nie mehr irgendwohin begleiten, wenn auch Colton mit von der Partie ist. Also bitte ich dich, Samantha, dränge ihn nicht mehr, mich zu heiraten. Selbst wenn *er* nicht die Beherrschung verliert – *mir* könnte das jederzeit passieren.«

Achselzuckend tat Samantha die Drohung der jüngeren Frau ab und wich ihrem Blick aus. »Ach, du bist einfach nur überempfindlich.«

Warum missachtete sie die Schicklichkeit so gleichmütig? Das verstand Adriana nicht. Ärgerlich seufzte sie. »Und *du* bist taktlos. Leider fürchte ich, dieser Tadel fällt auf unfruchtbaren Boden.«

Samantha musterte Adrianas Gesicht und begann zu kichern. »Hat Felicitys Stechblick deine Nase beschmutzt oder hast du dich mit Ruß beschmiert? Ob du's weißt oder nicht, deine Nasenspitze ziert ein dunkler Fleck. Hoffentlich weist das nicht auf *dein* Hexentemperament hin.«

In plötzlicher Verwirrung betrachtete Adriana ihre behandschuhte Hand und entdeckte am Leder einer Fingerspitze einen Tintenfleck. Jetzt erinnerte sie sich an das Gästebuch, das auf einem Tisch beim Eingang des Stanover House lag, und sie konnte nur vermuten, die ältere Dame, die sich vor ihr eingetragen hatte, müsste den Federhalter versehentlich mit Tinte beschmiert haben. Hastig zog sie die Handschuhe aus. »Schnell, wisch den Fleck weg, bevor ihn jemand sieht und glaubt, auf meiner Nase würde eine Warze oder was noch Schlimmeres wachsen.«

»Zu einer Hexe passen Warzen sehr gut«, scherzte Samantha, ein boshaft vergnügtes Funkeln in den Augen.

»Wie lange willst du mich eigentlich noch quälen? Oder willst du mir zur Abwechslung mal helfen?«

Lässig hob Samantha die Schultern. »Tut mir Leid, ich habe nichts, womit ich den Fleck wegwischen könnte.«

Adriana schaute nach oben, als wollte sie den Allmächtigen anflehen, sie mit Geduld zu wappnen. Dann wühlte sie in ihrer zierlichen, mit Perlen bestickten Handtasche und zog ein Spitzentaschentuch hervor. »Übrigens, um das Thema noch einmal anzuschneiden, *Lady Burke,* die Werbungszeit war nicht die Idee deines Bruders. Die wurde ihm aufgezwungen. Und wenn du ihn weiterhin mit anzüglichen Kommentaren über das Baby peinigst, das ich ihm schenken soll, wird er bald die Flucht ergreifen.«

»Pah! Höchste Zeit, dass er heiratet, selbst wenn er's noch nicht bemerkt hat! Er wird nicht jünger. Und falls er die Dynastie fortsetzen will, sollte er damit anfangen, statt nur darüber nachzudenken. Womöglich wird er die beste aller Gelegenheiten versäumen. Da fällt mir ein – ich habe gehört, Lord Harcourt würde seine Privatgemächer renovieren lassen, ein luxuriöses Badezimmer eingeschlossen. Die Klatschbasen sind schon ganz außer sich, weil sie erwarten, er würde heiraten und niemanden informieren.« Argwöhnisch musterte Samantha ihre Freundin. »Weißt du zufällig irgendwas davon?«

»Nein, natürlich nicht«, entgegnete Adriana und rieb mit dem Taschentuch über ihre Nase. »Warum sollte ausgerechnet ich seine Pläne kennen?«

»Weil du, meine liebe Freundin, die Einzige bist, an der er seit über einem Jahr Interesse zeigt. Wie gern er dich als seine Marchioness betrachten würde – daraus hat er keinen Hehl gemacht. Hast du ihm von dem Verlobungsvertrag erzählt?«

»Ist der Fleck weg?« Adriana ignorierte die Frage.

»Nein, dummes Ding, jetzt sieht er noch schlimmer aus. Gib mir das Taschentuch, ich wische ihn ab.«

Geduldig wartete Adriana, während ihre Nase bearbeitet wurde. Das fiel ihr nicht leicht, denn sie hatte das Gefühl, mit der Tinte würde auch ihre Haut weggerieben.

»Jetzt siehst du wieder präsentabel aus – abgesehen von einer leichten Rötung«, hänselte Samantha ihre Gefährtin und lachte, als Adriana stöhnte. »*So* furchtbar ist es nun auch wieder nicht. Zum Dank für meine Mühe musst du mir alles erzählen, was du über Lord Harcourts Heiratspläne weißt.«

»Gar nichts. Frag ihn doch, wenn du so neugierig bist. Sicher wird er dich einweihen.« Da Adriana nicht mehr ausgehorcht werden wollte, stieg sie die Treppe hinauf und ignorierte Samanthas gemurmelten Protest.

»Einfach grauenvoll, deine Heimlichtuerei!«, klagte die Freundin und folgte ihr. »Eventuell sollte ich Colton vor dir warnen …«

Was nicht viel nützen würde, dachte Adriana seufzend. »Nur zu! Vielleicht erlaubt er Riordan, an seine Stelle zu treten und mich zu umwerben.«

*»Riordan?«,* wiederholte Samantha ungläubig. »Nennst du ihn mittlerweile *Riordan?«*

Gelassen zuckte Adriana die Achseln, obwohl sie sich ärgerte, weil ihr der Vorname Seiner Lordschaft herausgerutscht war. »Nenne ich deinen Bruder etwa nicht Colton?«

»Mit *ihm* bist du so gut wie verlobt«, betonte Samantha. »Was für deine Beziehung zu *Riordan* hoffentlich nicht gilt.«

Inzwischen hatten sie die zweite Treppenflucht erreicht. Adriana hob den Kopf. Bei Rogers Anblick schrie sie beinahe auf. Lächelnd stand er ein paar Stufen über ihr und musterte sie langsam vom kunstvoll frisierten Kopf bis zu den zierlichen Schuhen.

»Guten Abend, Mr Elston«, stieß sie zwischen zusammengebissenen Zähnen hervor und hasste den bebenden Klang ihrer Stimme.

Mit aller Macht kehrte das Trauma seines Überfalls zurück und nahm ihr fast den Atem. Unter seinem kühlen Blick fühlte sie sich nackt.

»Welch eine Freude, Sie wiederzusehen, Mylady«, entgegnete er höflich, als hätte er niemals auch nur daran gedacht, sie zu vergewaltigen. »Ich hoffe, es geht Ihnen gut – und Sie sind glücklich.«

Warum legte er nachdenklich den Kopf schief? Entdeckte er irgendetwas Besonderes in ihrer Miene? »Danke, es geht mir sehr gut«, antwortete sie. »Und Ihnen?«

»So gut, wie man es unter den Umständen erwarten kann.«

»Tut mir Leid, ich habe von der Krankheit Ihres Vaters gehört. Sicher sorgen Sie sich um ihn. Richten Sie ihm bitte aus, ich würde um seine baldige Genesung beten.«

»Wie immer sind Sie überaus freundlich, Mylady. Aber ich sprach nicht vom Zustand meines Vaters, sondern von meinem …«

Verblüfft und aufmerksam schaute sie in sein Gesicht, sah aber keine Anzeichen irgendwelcher gesundheitlicher Probleme. »Was fehlt Ihnen denn?«

»Bedauerlicherweise quält mich mein zutiefst verwundetes Herz, Mylady«, erklärte er und lächelte verkniffen. »Vermutlich wird es niemals heilen.«

»Oh.«

»Mehr haben Sie nicht zu sagen?«, fragte er und hob die Brauen.

»Was gibt es sonst noch zu sagen, Mr Elston?«

»Und wie verläuft Lord Randwulfs Werbungszeit?«

»Eh – recht erfreulich.«

Eine Zeit lang strich er schweigend über sein Kinn. »Warum habe ich das Gefühl, irgendetwas würde Sie bekümmern, Mylady? Ihr schönes Gesicht strahlt nicht mehr so sonnenhell wie früher. Sind Sie nicht glücklich mit dem Marquess?«

»Doch, natürlich. Warum stellen Sie solche Fragen und …?« Abrupt verstummte sie, denn sie spürte, dass sie belauscht wurden. Als sie zum Treppenabsatz hinaufschaute, begegnete sie Coltons ernstem Blick. Offenbar hatte er dort oben gewartet, um sie zu schützen, falls Roger ihr zu nahe treten sollte. Und er hatte anscheinend jedes Wort gehört. Wie eindringlich und forschend er sie beobachtete … Wollte er die Tiefen ihrer Seele ergründen?

Sobald Roger bemerkte, wie verwirrt sie hinaufstarrte, drehte er sich um und brachte ein unverbindliches Lächeln zustande. »In der Tat, Mylord, Sie mögen gewisse Rechte auf Lady Adriana besitzen. Aber irgendwie entsteht der Eindruck, diese Ansprüche würden das Herz der jungen Dame nicht erfreuen.«

Voller Genugtuung registrierte er die gerunzelte Stirn des

Marquess, bevor er die Stufen hinabstieg und sich geflissentlich bemühte, Adriana nicht zu berühren. Wenig später drang die Stimme Felicitys aus dem Salon herauf, die alle anwesenden Damen auf das Erscheinen ihres »attraktiven Verehrers« hinwies. Wie fest gewurzelt stand Adriana auf der Treppe und hörte die Blondine schmachtend gurren.

Samantha umfasste die Hand ihrer Freundin, um sie daran zu erinnern, dass sie den alten Müller besuchen wollten. Hastig nickte Adriana und eilte nach oben. Colton nahm ihren Arm und ließ seiner Schwester den Vortritt, die an Percys Seite das Schlafzimmer des Hausherrn betrat.

»Meine Lieben!«, krächzte Samuel Gladstone und streckte jeder der beiden Ladys eine Hand entgegen. »Welch eine Freude, Sie wiederzusehen! Ihr Besuch erfüllt mein düsteres Gemach mit hellem Glanz.«

Einige ältere Frauen entfernten sich und erlaubten den Ladys, links und rechts an das Bett des alten Mannes zu treten. Lächelnd ergriffen sie seine ausgestreckten Hände und küssten die faltigen Wangen.

»Sir, Sie sehen so fabelhaft aus wie eh und je«, beteuerte Adriana.

»Verwirren Sie mein altes Hirn nicht mit Ihren gut gemeinten Lügen, Mylady!«, tadelte er, ein fröhliches Funkeln in den blauen Augen. »Das ist schon benebelt genug. Trotzdem danke ich Ihnen. Jedes Mal, wenn Sie beide zu mir kommen, erwachen neue Lebensgeister in meinem Herzen.«

»Dann sollten wir uns öfter die Ehre geben«, schlug Samantha vor und tätschelte liebevoll seine Hand. »Aber lassen Sie sich warnen. Bald werden wir Sie langweilen.«

»Äußerst zweifelhaft«, kicherte Mr Gladstone. Dann drehte er seinen Kopf auf dem Kissen zur Seite und zwinkerte einem verhutzelten alten Mann zu, der hinter Adriana stand. »Ah, Creighton, mein Freund, erbleichst du nicht vor Neid, wenn du siehst, wie viel Aufmerksamkeit mir diese schönen Damen schenken?«

»Versuch bloß nicht, mich eifersüchtig zu machen, Sam!« Grinsend entblößte der alte Mann seine schiefen Zähne. »Aber nun merke ich, was ich in all den Jahren meines Junggesellenlebens versäumt habe.«

Während alle lachten, stürmte Felicity ins Zimmer, schob sich unsanft an Adriana vorbei und eilte ans Bett. Dass ihr eigener Großvater für diese Ladys schwärmte, war ein weiterer Dorn in ihrem Auge. Überall stahl Adriana die Herzen der Gentlemen. Aber Samuel Gladstone würde seine Enkelin sicher trotzdem bevorzugen. Um ihre privilegierte Stellung hervorzuheben, ergriff sie seine Hand und neigte sich hinab, um die runzlige Wange zu küssen.

Prompt wandte er sein Gesicht auf die andere Seite, hob eine Hand und wehrte Felicitys Zärtlichkeiten ab. »Was soll das – nachdem du meine Existenz ignoriert hast, seit ich deine Mutter bat, die Leitung der Mühle zu übernehmen?«, murrte er. »Wenn du deine Zuneigung nur in Gegenwart von Gästen zeigst, verzichte ich darauf. Nun lebe ich auch ohne deine Küsse schon lange genug und ich werde sie auch an den restlichen Tagen meines Erdendaseins nicht vermissen.«

»Was redest du, Grandpa? Wochenlang war ich beschäftigt, um das Weihnachtsfest für dich vorzubereiten. Deshalb konnte ich mich nicht um dich kümmern.« Sein Tadel trieb flammende Röte in Felicitys Gesicht. Erwartungsvoll neigte sie sich wieder zu ihm hinab. »Lass dich küssen. Dann wirst du merken, wie viel du mir bedeutest.«

»Von dir will ich nichts«, knurrte er und zog ein Laken über seinen Kopf.

Nur mühsam wahrte Felicity ihre Fassung. Hoch erhobenen Hauptes ging sie zur Tür. Dort stand ihre Mutter, die soeben hereingekommen war.

»Allmählich wird er immer seniler«, klagte Felicity. »Was sollen wir bloß mit ihm machen?«

»Mit Senilität hat das nichts zu tun«, erwiderte Jane Fairchild und hob resignierend die schmalen Schultern. »Und ich kann's ihm nicht verübeln. Wärst du nicht so schroff gewesen, als er dich bat, mir zu helfen, würde er dich nicht zurückweisen. Man erntet, was man sät.«

»Jetzt weiß ich, von wem du deine kleinen Tricks gelernt hast«, zischte Felicity und stolzierte aus dem Raum. Ihr Rücken wirkte so steif wie ein Brett. Wenig später fiel die Haustür krachend ins Schloss und bekundete, dass sie wütend in die Nacht hinausgerannt war.

Nun ging Colton zum Bett und bewog Samuel, das Laken von seinem Gesicht zu entfernen. Dann hängte sich der Marquess bei Adriana ein und der Müller schaute ihn prüfend an, bevor sich seine Lippen zu einem breiten Grinsen verzogen. »Also sind Sie aus dem Krieg heimgekehrt, um das schönste Mädchen von Wessex zu erobern, was?« Lachend vergrub der alte Mann sein Kinn im zerknitterten Kragen seines Nachthemds. »Kann ich Ihnen nicht verdenken. Genauso würde ich mich auch entscheiden, wäre ich der Bruder Ihrer Schwester und könnte Lady Adrianas Herz gewinnen.«

»Wenn ich Sie nächstes Mal besuche, werde ich die Ladys wieder mitbringen, Mr Gladstone«, versprach Colton belustigt. »Anscheinend gelingt's den beiden, Sie um Jahre zu verjüngen.«

»O ja, kommen Sie nur alle zu mir, wann immer Sie Zeit finden«, bat Mr Gladstone entzückt. »Schließlich bin ich ein armer kranker Mann, den man ständig aufmuntern muss.«

Lachend warf Colton seinen Kopf in den Nacken. »Aber gerne, das werden wir tun, damit Sie uns noch lange erhalten bleiben.«

Am Ende des gemeinsamen Ausflugs wichen die Insassen des Wagens von der gewohnten Routine ab. Da der Landsitz der Burkes weit entfernt lag, ließen sie sich normalerweise von ihrem Kutscher nach Randwulf Manor bringen. Von dort fuhren sie mit Colton in seinem Landauer gen Wakefield Manor, um Adriana abzuholen. Nach der jeweiligen gesellschaftlichen

Veranstaltung wurde sie daheim der Obhut ihrer Eltern übergeben, ehe Colton mit seiner Schwester und seinem Schwager zu seinem Haus zurückkehrte.

Diesmal hegte Colton andere Absichten. Nach dem Dinner in einem Gasthof außerhalb von Bradford-on-Avon wies er Bentley an, nicht wie üblich Wakefield, sondern zuerst Randwulf Manor anzusteuern, wo die Kutsche der Burkes wartete.

Die Ereignisse des Abends hatten Samanthas Herz erfreut. Obwohl sie es Roger selbstverständlich nie gestehen würde, war sie ihm dankbar für seine bissigen Bemerkungen, denn er hatte das eiserne Selbstvertrauen ihres Bruders offenbar erschüttert. Nun hoffte sie, Colton würde sich endlich zu einem Heiratsantrag durchringen. Andererseits tat ihr Adriana Leid, die seinen geänderten Plan, der die Heimfahrt betraf, sichtlich nervös zur Kenntnis nahm.

Als der Landauer vor Randwulf Manor hielt, stieg er aus, um sich höflich von seiner Schwester und seinem Schwager zu verabschieden. Bevor er in den Wagen zurückkehrte, wechselte er ein paar leise Worte mit Bentley.

Seine Bemühungen um eine private Atmosphäre konnte Adriana kaum ignorieren, ebenso wenig seinen Entschluss, neben ihr statt gegenüber zu sitzen. Seine grauen Augen schimmerten im Widerschein der Kutschenlampen, während er ihr Gesicht unentwegt beobachtete. Schließlich ertrug sie das lastende Schweigen nicht länger.

»Stimmt was nicht?«, erkundigte sie sich voller Unbehagen.

Sogar im schwachen Licht war ihre einzigartige Schönheit eine Verlockung, von der er seinen Blick nicht abwenden konnte. »Alles in Ordnung, Adriana – ich möchte nur ungestört mit Ihnen reden. In letzter Zeit gelingt mir das nur selten. Und heute Abend finde ich es besonders wichtig.«

»Warum?«

Wie sollte er das heikle Thema am besten anschneiden? Seit Wochen spürte er, irgendetwas würde sie bedrücken. Doch es war ausgerechnet der Wollspinner gewesen, der ihn auf den erloschenen Glanz in ihren Augen hingewiesen hatte. »Es geht um Rogers Kommentare.«

Unsicher lachte sie. »,Kümmern Sie sich nicht darum. Er will sich nur an Ihnen rächen. Was er gesagt hat, war reiner Unsinn.«

Nach einer längeren Pause fragte er: »Missfällt Ihnen die Werbungszeit?«

*»Neeein ...«*, stöhnte sie. Dann zuckte sie zusammen, denn sie fürchtete, sie würde genauso jammern wie Melora, wann immer sie mit geringfügigen Problemen konfrontiert wurde. Verlegen wandte sie sich ab und starrte die schneebedeckten, vom Mond beleuchteten Berge an, die in der Ferne emporragten. Dass sie nicht in die Richtung ihres Elternhauses fuhren, hatte sie längst bemerkt. »Wie könnten Sie den Unmut einer Frau erregen, Colton? Wenn ich den zahllosen Gerüchten glauben darf, sind Sie der Traum aller weiblichen Herzen in dieser Gegend.«

»Wecke ich in Ihrem Innern ähnliche Gefühle?«

Ihr Atem stockte. Wenn er wüsste, wie schmerzlich sie ihn zu verlieren fürchtete, würde er solche Fragen nicht stellen. »Ich habe Sie von jeher sehr geschätzt.«

»Auch nach meiner Abreise?«

Um seinem unbarmherzigen Blick zu entrinnen, senkte sie den Kopf und begann, mit der dekorativen Perlenstickerei auf ihrer Handtasche zu spielen. »Obwohl ich damals noch sehr jung war, kränkte mich Ihre schroffe Weigerung, eine Ehe mit mir auch nur in Betracht zu ziehen, Colton. Manche Mädchen malen sich aus, ein hübscher Ritter in schimmernder Rüstung würde sie in ein Paradies entführen. Diese Vision musste ich aus meiner Phantasie verbannen, als Sie Ihr Zuhause verließen. Da Sie stets mein Held gewesen waren, erschien mir Ihre abweisende Haltung umso schmerzlicher. Aber bedenken Sie bitte – ich war noch ein Kind und verstand die Hintergründe Ihres Unmuts nicht.«

»Lassen Sie sich anschauen, Adriana«, schmeichelte er. Als

sie seinen Wunsch erfüllte, runzelte er überrascht die Stirn. An ihren langen, seidigen Wimpern hingen Tränen. Vorsichtig wischte er einen glänzenden Tropfen weg. »Was bekümmert Sie so sehr, dass Sie weinen?«

O Gott, warum konnte sie ihre Gefühle nicht bezähmen? »Ich weine doch gar nicht!«

»Tagelang hat es nicht geregnet.« Er berührte ihren weißen Hals und staunte über den Puls, der unter seinen Fingern wie rasend pochte. Offenbar regte sie sich mehr auf, als sie es zugeben wollte. Um sie zu beruhigen, streichelte er zärtlich ihr Kinn. »Trotzdem sehe ich Ihre feuchten Wimpern. Wenn das keine Tränen sind? Was mag es denn sein? Schneeflocken?«

Da sie fürchtete, ihre Emotionen würden sie vollends überwältigen, versuchte sie sich abzuwenden. Sanft, aber unnachgiebig hielt er ihr Kinn fest und erlaubte ihr nicht, seinem prüfenden Blick zu entrinnen.

»Bitte, verraten Sie mir, wieso Sie weinen«, murmelte der Marquess.

Warum war sie in seiner Nähe so verwundbar? Erbost über sich selbst, wischte sie ihre nassen Wangen ab. »Lassen Sie mich los, Colton«, flehte sie.

»Das werde ich tun, wenn Sie mir den Grund Ihres Kummers erklären.«

Blindlings zerrte sie an den Kordeln ihres Handtäschchens, öffnete es und suchte vergeblich nach ihrem Taschentuch. Es war verschwunden. Anscheinend hatte Samantha vergessen, ihr das Spitzentüchlein zurückzugeben. »Darüber möchte ich nicht reden«, erwiderte sie und zog die Schnüre des perlenbestickten Beutels wieder zusammen. »Jedenfalls haben meine Tränen nichts mit der Werbungszeit zu tun.«

Seine Finger entfernten sich von ihrem Kinn und er zog ein sauberes Taschentuch aus seiner Brusttasche, das er in Adrianas Hand drückte. »Ganz im Gegenteil, meine Liebe, ich fürchte, Sie sind nur deshalb so verzweifelt. Und ich wäre Ihnen dankbar, wenn Sie mich aufklären würden …«

Statt zu antworten schüttelte sie nur den Kopf und er seufzte.

»Noch länger will ich Sie nicht bedrängen, Adriana. Wenn Ihre Eltern wissen, warum Sie sich so elend fühlen, werden sie mich vielleicht informieren.«

»Nein, bitte – bereiten Sie ihnen keine Sorgen«, protestierte sie und versuchte, mit dem Taschentuch ihre Tränenflut einzudämmen. »Wenn sie erfahren, Sie würden sich über mich ärgern, wären sie verzweifelt ... Bringen Sie mich einfach nach Hause und überlassen Sie mich meinem Elend. So wichtig ist das gar nicht.«

»Für mich schon. Und ich ärgere mich nur, weil ich nicht herausfinde, warum Sie weinen. Außerdem – in diesem Zustand sollten Sie Ihren Eltern nicht gegenübertreten, denn Sie würden ihren Argwohn erregen. Womöglich glauben sie, ich hätte Sie verführt ...«

Adriana lachte freudlos. »Nur keine Angst, ich werde ihnen versichern, Sie seien ein perfekter Gentleman gewesen – so perfekt, dass Sie das Ende der Werbungszeit gar nicht erwarten können. Nichts hat sich geändert, seit Sie damals aus Ihrem Zuhause geflohen sind, um dem Dekret Ihres Vaters zu entkommen.« Die Augen nach wie vor voller Tränen, betrachtete sie ihre ineinander geschlungenen Finger. »Jetzt mögen Sie mich ebenso wenig wie damals.«

»Nein, das stimmt nicht, Adriana«, widersprach Colton. Was würde sie empfinden, wenn sie wüsste, wie oft er nachts aus erotischen Träumen erwachte – vom brennenden Wunsch erhitzt, sie zu umarmen und zu lieben?

Adriana putzte sich die Nase, dann bot sie ihm mit tränenerstickter Stimme eine Lösung des Problems an. »Dieses Täuschungsmanöver zerrt an meinen Nerven. Sicher wäre es am besten, ich würde Sie Ihrer Verpflichtung entbinden, Colton. Gehen Sie von jetzt an Ihrer Wege und vergessen Sie den Vertrag. Ich will nicht mehr umworben werden – ich ertrage es nicht länger! Sonst würde mir das Herz brechen ...«

»Seien Sie doch vernünftig, Adriana«, bat er und griff besänftigend nach ihrem Arm. »Morgen werden Sie ganz anders darüber denken, Liebes.«

»Nein, bestimmt nicht!«, rief sie und schüttelte seine Hand ab. Ihre Stimme drohte zu brechen. »Bitte! Und nennen Sie mich nicht ›Liebes‹! Das bin ich nicht und ich war es niemals …«

»Um Himmels willen, Adriana …«, flehte er und versuchte sie an sich zu ziehen.

»Hiermit befreie ich Sie von Ihren Pflichten, Colton«, erklärte sie energisch und schob ihn weg. »Mehr gibt es nicht zu sagen. Die Werbungszeit ist beendet!«

»So leicht können Sie mich nicht aus der Verantwortung entlassen, die ich meinem Vater schulde«, wandte der Marquess ein.

»Doch!«, beharrte sie und bekämpfte einen Schluckauf. »Von dieser Farce, die mir das Herz zerreißt, will ich nichts mehr wissen.«

»Offenbar hat Sie die Begegnung mit Roger maßlos aufgeregt«, meinte er und lehnte sich zurück. »Ein starker Grog wird Sie beruhigen. Darum werde ich Charles bitten, sobald wir Wakefield erreichen.«

»Was immer er mir servieren mag, ich werde es nicht trinken!«

Ohne ihre Worte zu beachten, stützte er sich auf die Armlehne, das Kinn zwischen zwei Fingern, und spähte durch das Wagenfenster in die Nacht hinaus. »Über Ihren Entschluss musss ich mit Lord Gyles sprechen, Adriana. Falls Sie Rogers wegen aus der Fassung geraten sind, werden Ihre Eltern meine Meinung teilen und uns empfehlen, weitere Begegnungen mit dem Mann zu vermeiden.«

»*Gar nichts* werden Sie mit meinen Eltern erörtern, verstanden?«

Verwundert wandte er sich wieder zu ihr. »Muss ich ernsthaft glauben, Sie wären nur *mir* böse, Liebste?«

»Nennen Sie mich nicht so – ich bin nicht Ihre Liebste!«

»Natürlich sind Sie das, nur *meine* Liebste, denn kein anderer hat ein Recht auf Sie«, erklärte er kategorisch, was ihm einen rebellischen Blick eintrug.

»Nun sage ich kein Wort mehr, Mylord.«

»Das ist auch nicht nötig, denn ich bin durchaus fähig, die Angelegenheit *allein* mit Ihrem Vater zu diskutieren – wenn es sein muss, sogar sehr ausführlich. Meines Wissens habe ich Sie stets respektvoll behandelt und Ihnen keinen Grund gegeben, mir zu zürnen. Trotzdem scheinen Sie einen bitteren Groll gegen mich zu hegen. Ich kann nur hoffen, Ihr Vater wird mir erläutern, was Sie von mir erwarten. Denn ich tappe völlig im Dunkeln.«

Wütend fuhr sie ihn an: »Ich verbiete Ihnen, mit meinem Vater zu reden!«

Zwischen Coltons Sitz und der Kutschentür lehnte der Gehstock, den er kaum noch benutzte. Jetzt hob er ihn hoch und klopfte damit gegen das Wagendach, denn sie näherten sich allmählich Wakefield Manor. Bentley drosselte prompt das Tempo des Gespanns.

»Trotzdem werde ich's tun, ob Sie's erlauben oder nicht«, kündigte Colton an und schenkte Adriana ein kühles Lächeln.

In wachsender Empörung wollte sie ihrem eigensinnigen Bewerber den Rücken kehren. Aber sie wurde von ihrem Cape behindert, das aus einem ähnlichen Stoff bestand wie der Samtbezug der Polsterung und durch die Reibung daran hängen blieb. Die Bänder am Hals drohten sie zu erdrosseln und sie war gezwungen, die Schleife zu öffnen. Nachdem sie den Umhang abgeschüttelt hatte, rutschte sie zur Wagentür, um sich möglichst weit von Colton zu entfernen. Damit erreichte sie eher eine seelische als eine räumliche Trennung.

»Ignorieren Sie mich, wenn Sie's wünschen, Adriana. Jedenfalls versichere ich Ihnen, Sie werden nichts ändern. Um die Angelegenheit zu regeln, werde ich mit Ihrem Vater sprechen. Und ich werde die Werbungszeit nur beenden, wenn er den Eindruck gewinnt, Ihre Abneigung gegen mich wäre unüberwindlich.«

Schließlich zügelte Bentley das Gespann vor der grauen Steinfassade von Wakefield Manor. Colton stieg aus und wollte der Lady helfen, den Wagen zu verlassen. Aber sie warf ihren Kopf in den Nacken, übersah seine ausgestreckte Hand und öffnete die Tür an ihrer Seite. Ziemlich undamenhaft kletterte sie hinaus. Sobald sie Coltons gemurmelten Fluch hörte, während er um das Heck des Landauers herumging, wandte sie sich in die entgegengesetzte Richtung, zu den vier Pferden. In ihrer Hast merkte sie nicht, dass die Säume ihres spitzenbesetzten Rocks und des Unterhemds am stählernen Trittbrett hängen blieben. In beiden Kleidungsstücken klafften lange Risse, als sie davoneilte.

Das stellte Colton sofort fest, nachdem er die andere Seite des Wagens erreicht hatte. Unter angenehmeren Umständen hätte er das kaum verhüllte Hinterteil der Lady bewundert. Doch dem Kutscher würde er dieses Privileg nicht gönnen.

Ärgerlich verwünschte er sein immer noch etwas steifes Bein und beschleunigte seine Schritte, um Adrianas Flucht Einhalt zu gebieten. »Bleiben Sie stehen! Ihr Rock ist zerrissen!«, warnte er und packte ihren Arm. Zum Dank für seine Mühe schleuderte sie ihm ihre perlenbestickte Tasche ins Gesicht.

»Gehen Sie weg!«, kreischte sie.

»Verdammt, Adriana, hören Sie mir zu!«, befahl er und hob eine Hand, um einen weiteren Schlag abzuwehren.

Da sie ihr Ziel verfehlt hatte, schwenkte sie die Tasche in weitem Bogen hoch. »Verschwinden Sie, Sir, bevor ich *wirklich* die Beherrschung verliere!«

Unerbittlich umklammerte er ihr Handgelenk. »Verschonen Sie mich mit dem Unsinn, Adriana, ich muss Ihnen sagen ...«

Mit einem schrillen Schrei befreite sie ihren Arm, so kraftvoll, dass sich an ihrem Handgelenk zweifellos blaue Flecken bilden würden. »Lassen Sie mich in Ruhe, Lord Randwulf, wir haben nichts mehr zu besprechen!«

»Großer Gott, Adriana ...«

»Bentley!« Sie schaute über ihre Schulter und erkannte, dass sie die Aufmerksamkeit des Fahrers bereits erregt hatte. Sichtlich verwirrt, starrte er sie an.

»Ja, Mylady?«, fragte er vorsichtig.

»Falls Ihnen das Wohl Ihres Herrn am Herzen liegt, sollten Sie ihn sofort nach Hause bringen. Und wenn er morgen oder sonst wann hierher fahren will, seien Sie so freundlich und verweigern Sie den Befehl. Damit ersparen Sie ihm wahrscheinlich eine Kugel in sein *linkes* Bein.«

»Ja, Mylady«, antwortete der Diener kleinlaut, traf aber keine Anstalten, den Auftrag auszuführen. Den Kopf zwischen die Schultern gezogen, ließ er den Dingen ihren Lauf, denn er hatte längst gelernt, dass man sich in solchen Situationen besser taub stellte und erst einmal abwartete.

»Zum Teufel, Adriana!«, stieß Colton hervor. Ehe sie noch einen Treffer mit ihrem Täschchen landen konnte, hielt er es fest und zeigte auf ihre Röcke. »Hören Sie endlich zu! Sie haben Ihre Kleidung zerfetzt. Und zurzeit präsentieren Sie Bentley Ihr Hinterteil.«

Entsetzt schnappte sie nach Luft. Erst jetzt spürte sie den kalten Nachtwind auf ihrer Kehrseite, griff hastig nach hinten und berührte ihre Unterhose. Ohne Erfolg versuchte sie den zerfetzten Rock zusammenzuraffen.

Heroisch ignorierte Bentley die Ereignisse, legte eine Hand über seine Augen und klappte den Kragen seiner Livree hoch. Dadurch hörte er kaum noch etwas und er dämpfte das Gelächter, das seine Schultern schüttelte.

Als Adriana das eigenartige Verhalten des Kutschers bemerkte, gab sie es auf, ihre Würde zu retten, und strebte zum Haus. Was Colton betrachten mochte, kümmerte sie nicht im Mindesten. Immerhin hatte er sie schon zwei Mal nackt gesehen.

Doch da trat ihr der wütende Marquess plötzlich in den Weg. Die Arme vor der Brust verschränkt, forderte er sie heraus, seine Geduld noch länger auf die Probe zu stellen und sich an ihm vorbeizuwagen.

Ärgerlich rief sie dem Fahrer zu: »Erkennen Sie denn nicht, dass Ihr Herr mich belästigt, Bentley?«

Nur einen Spaltbreit schob Bentley zwei seiner Finger auseinander, die seine Augen verbargen, schaute vorsichtig zu der Lady hinüber und versuchte, sie nicht übermäßig zu kompromittieren. Krampfhaft schluckte er. »Nun ja, Mylady – vielleicht nicht …«

»Ganz offensichtlich macht sich Ihr Herr zum Narren. Wenn er mit heiler Haut davonkommen soll, befördern Sie ihn besser in den Wagen zurück. Sonst hole ich mein Gewehr. Und es wäre mir unangenehm, wenn ich ihm schlimmere Wunden zufügen müsste als die Franzosen. Verstehen Sie mich?«

»Gewiss, Mylady.« Diese Drohung durfte er nicht missachten, denn er entsann sich, wie sie seinem Herrn in ihrer Kindheit ein blaues Auge geschlagen hatte, empört über seine albernen Streiche. Also sprang er vom Kutschbock, die Augen von Lady Adrianas zerrissenem Kleid abgewandt, und lief zu seinem Arbeitgeber. »Sollten wir nicht lieber heimfahren, Mylord? Im Augenblick scheinen Sie Ihrer Ladyschaft auf die Nerven zu fallen. Kehren Sie zurück, wenn sie sich beruhigt hat …«

»Verdammt, Bentley, das alles geht Sie nichts an!«, donnerte Colton. »Halten Sie sich da raus und steigen Sie wieder auf den Fahrersitz, wo Sie hingehören!«

»Verfluchen Sie ihn nicht!«, schrie Adriana und schwang die perlenbestickte Tasche erneut hoch. Diesmal traf sie Coltons Auge. Verblüfft, von stechenden Schmerzen gepeinigt, taumelte er zurück.

»Was ist hier los?«, rief eine Männerstimme von der Haustür her.

Sofort wandte sich Adriana von Colton ab, der eine Hand auf sein misshandeltes Auge presste, und warf sich in die ausgebreiteten Arme ihres Vaters. Das Gesicht an seiner breiten Brust geborgen, brach sie in Tränen aus.

Voller Sorge um das Mädchen, starrte Gyles den jungen Mann an, der jetzt heranwankte. »Sir, wenn Sie sich an meiner Tochter vergriffen haben, werden Sie's bitter bereuen – ob Sie nun ein Marquess sind oder nicht. Diesmal nehme ich die Sache in meine eigenen Hände.«

Colton versuchte seinen verschwommenen Blick auf den wütenden Earl zu richten. »Nach allem, was ich dem Gestammel Ihrer Tochter entnehmen konnte, liegt das Problem bei ihr, Lord Gyles. Ich schwöre Ihnen, ich habe mich stets wie ein Gentleman benommen und ich übergebe sie in unversehrtem Zustand Ihrer Obhut.«

Verzweifelt zupfte Adriana an den Aufschlägen der samtenen Hausjacke, die ihr Vater trug. »Bitte, Papa, schick ihn weg!«

»Ist er dir zu nahe getreten, mein Kind?«

»Nein, Papa, er hat mich gar nicht angerührt.«

Erleichtert seufzte Gyles auf und berührte mit bebenden Fingern seine Stirn. Nach Rogers Angriff auf die Tugend seiner Tochter war er vorsichtig geworden. Es dauerte eine Weile, bis er seine Fassung wiedergewann und eine weitere Frage stellen konnte. »Und womit hat er dich zum Weinen gebracht?«

»Glaub mir, Papa, sein Benehmen war über jeden Tadel erhaben.«

Eine Hand über dem verletzten Auge, schwang Colton die andere empor und grinste sardonisch. »Vielleicht werden *Sie* herausfinden, was das alles soll, Mylord …«

Ohne den Kopf von der Brust ihres Vaters zu heben, verkündete Adriana: »Er will mich nicht. Genauso wenig wie vor sechzehn Jahren.«

»O nein, das ist nicht wahr!«, protestierte Colton. »Natürlich will ich sie, sogar sehr …« Abrupt verstummte er. Brachte ihn die Lady um den Verstand? Was er beinahe zugegeben hätte, würde ihn in Windeseile vor den Traualtar scheuchen. So wie es sein Vater geplant hatte. War ihm der letzte Rest seiner Willenskraft abhanden gekommen?

»Bitte, Papa«, jammerte Adriana und zerrte am dekorativen Gürtel seiner Hausjacke. »Gehen wir hinein. Nie wieder will ich über Lord Sedgwicks Vertrag reden. Und wenn Lord Riordan mich immer noch heiraten möchte, werde ich seinen Antrag wohlwollend erwägen.«

»Moment mal!«, brüllte Colton. »Was das betrifft, besitze ich ältere Rechte.«

Besänftigend hob Gyles eine Hand. Seit Coltons Rebellion gegen das Dekret seines Vaters hatte er nicht mehr so laut geschrien. Deshalb schöpfte der Earl neue Hoffnung, denn Adriana schien dem Marquess tatsächlich etwas zu bedeuten. »Reden wir ein andermal darüber, Sir. Wenn ihr beide in Ruhe über das Problem nachgedacht habt. Offenbar regt sich meine Tochter schrecklich auf, und es wäre sinnlos, die Diskussion jetzt fortzusetzen. Geben Sie ihr ein oder zwei Tage Zeit, dann wollen wir die Angelegenheit klären.«

Darauf ließ sich Colton nicht ein. Nein, die Situation musste *sofort* bereinigt werden – bevor Adriana etwas unternahm, was sie beide später bereuen würden. Samantha hatte ihm von den Gerüchten erzählt, die Riordan betrafen. Und nachdem Adtiana soeben betont hatte, sie würde den Heiratsantrag des Mannes annehmen, stieg wilde Eifersucht in Colton auf. Von all ihren Verehrern war Kendrick der gefährlichste – intelligent, attraktiv und charmant, durchaus fähig, das Herz der Lady zu stehlen. Nur der Vertrag verschaffte Colton gewisse Vorteile. Und wenn das alles war, was er ins Feld führen konnte, würde er bis zum Morgengrauen darauf pochen – und Adriana keinesfalls erlauben, gegen das Abkommen zu verstoßen. Mochte er Riordan auch respektieren und bewundern, sobald es um die Lady ging, wäre er der schlimmste Feind des Gentlemans.

»Noch kennen Sie *meine* Version nicht, was diesen Streit angeht, Lord Gyles. Und ich bitte Sie höflich, mich anzuhören, bevor Riordan um die Hand Ihrer Tochter anhalten wird. Dieses Recht steht mir zweifellos zu, nicht wahr?«

»Gewiss, ich werde Ihnen zuhören«, versprach Gyles. »Deshalb müssen Sie sich nicht sorgen. Ich ersuche Sie nur um Geduld. Erst einmal möchte ich mit meiner Tochter reden und herausfinden, warum sie Ihnen grollt. Und bevor Sie Ihre Argumente vorgetragen haben, Sir, werde ich sie mit keinem anderen Mann verloben.«

Colton wich noch immer nicht von der Stelle. Doch dann bemerkte er aus dem Winkel seines unbeschädigten Auges die stumme Bitte seines Dieners, die Sache vorerst auf sich beruhen zu lassen. Widerstrebend gab sich der Marquess geschlagen, blinzelte Vater und Tochter an und verneigte sich. »Also, auf ein andermal«, verabschiedete er sich, ging zu seinem Landauer und stieg ein.

Durch das Fenster beobachtete er, wie Gyles einen tröstenden Arm um Adrianas Schultern legte und sie ins Haus führte. Die Tür fiel hinter den beiden ins Schloss und schien die Werbungszeit zu beenden, die Colton seit zwei Monaten peinigte. In seiner Brust entstand eine Leere, die seine letzten Zweifel beseitigte – ohne Adriana konnte er genauso wenig leben wie ohne sein Herz.

Bedrückt ergriff er den Gehstock, klopfte gegen das Wagendach und bedeutete Bentley, die Pferde anzuspornen. Im schwachen Laternenschein starrte er in die Nacht hinaus und presste ein Taschentuch auf sein verletztes, wässriges Auge.

# Kapitel 14

Harrison nahm den Kerzenhalter in die linke Hand und klopfte mit der rechten an die Tür des herrschaftlichen Schlafzimmers. Natürlich wusste er, dass Seine Lordschaft erst vor zwei Stunden in miserabler Laune heimgekehrt war und sich viel früher als üblich in seine privaten Gemächer zurückgezogen hatte. Unter normalen Umständen würde der Butler den Marquess nicht stören. Aber der Bote hatte ihm versichert, die Nachricht sei äußerst wichtig. »Mylord!«, rief er durch die schwere, geschnitzte Tür. »Soeben ist ein Kurier aus London eingetroffen, mit dringenden Neuigkeiten für Sie!«

Nach einem ohrenbetäubenden Krach, dem Klirren splitternden Glases und einem gedämpften Fluch vernahm Harrison den Befehl, ein paar Minuten zu warten. Im Schlafzimmer wickelte Colton ein Laken um seine nackten Hüften und schwang die langen Beine über den Bettrand. Wahrscheinlich waren ihm die Augen keine Sekunde zugefallen, seit er die Kerze auf dem Nachttisch gelöscht hatte. Dafür war er viel zu sehr mit seinen Gedanken beschäftigt gewesen. Welche Möglichkeiten würden ihm jetzt bleiben? Wie konnte er weiterhin um Adriana werben?

Gab es juristische Mittel und Wege, die eine gemeinsame Zukunft sichern würden? Er durfte sie einfach nicht gehen lassen, obwohl sie das offensichtlich wünschte. Sein Herz würde garantiert brechen.

Seufzend fuhr er mit allen Fingern durch sein zerzaustes Haar und starrte in die Flammen, die am anderen Ende des Raums im Kamin tanzten. Dann betrachtete er die Glassplitter auf dem Teppich neben seinem Bett. Sein misshandeltes Auge ließ sich noch immer kaum öffnen. Wenn er das Haus verließ, würde er vermutlich eine Binde tragen müssen.

»Herein, Harrison«, rief er, »und bringen Sie Licht mit, falls Sie nicht über Ihre eigenen Füße stolpern wollen. Soeben habe ich eine Lampe zerbrochen.«

»Verzeihen Sie, dass ich Sie geweckt habe, Mylord«, bat der Butler, als er ins Zimmer eilte.

»Schon gut, ich habe nicht geschlafen«, gab Colton zu.

Harrison stellte den Kerzenhalter auf den Nachttisch und überreichte seinem Herrn einen Brief. Nachdem Colton das Wachssiegel erbrochen hatte, faltete er das Pergament auseinander. Eine Hand über sein schmerzendes Auge gelegt, las er die wenigen Worte, während der Diener die Scherben zusammenfegte.

*Da Miss Pandora Mayes im Sterben liegt, bittet sie um Ihren unverzüglichen Besuch …*

»Ich muss sofort nach London fahren, Harrison«, verkündete Colton. »Sagen Sie Bentley, er soll Ackergäule vor den zweiten Wagen spannen und noch einen Kutscher mitnehmen. Wir müssen so schnell wie nur möglich fahren. Das will ich unseren edleren Pferden nicht zumuten. Lassen Sie die Scherben liegen, die können Sie später wegräumen.«

»Soll ich eine Tasche oder eine Truhe für Sie packen, Mylord?«

»Nur ein paar Kleider zum Wechseln – und alles, was ich brauche, falls ich über das Wochenende in der Stadt aufgehalten werde. Hoffentlich kann ich spätestens am Montag zurückkommen.«

»Das wäre erfreulich, Mylord. Zweifellos möchte Ihre Mutter endlich wieder einmal Weihnachten mit Ihnen feiern.«

»Nun, ich werde mein Bestes tun, um rechtzeitig zurückzukehren.«

Nach einer knappen Stunde saß Colton in der Kutsche. Das Gespann galoppierte in östlicher Richtung davon. Im

Morgengrauen erreichte er den Stadtrand von London. Von dort aus wies er dem zweiten Fahrer den Weg zum Haus der Schauspielerin. Sobald die Kutsche vor dem Eingang hielt, stieg er hastig aus.

»Vielleicht dauert es eine Weile, Bentley«, informierte er den Mann, der im Wagen geschlafen hatte. »Weiter unten an der Straße finden Sie einen Mietstall und einen Gasthof. Sorgen Sie für die Pferde, essen Sie was und ruhen Sie sich etwa eine Stunde lang aus. Sollten Sie nicht hier sein, wenn ich herauskomme, suche ich Sie im Gasthaus.«

»Ja, Mylord.«

Colton klopfte an die Haustür, die von einem älteren, dunkel gekleideten Pfarrer geöffnet wurde. Erstaunt musterte der Mann die schwarze Augenbinde des Besuchers. »Eure Lordschaft?«

»Ja, ich bin Lord Randwulf. Haben Sie mich benachrichtigt?«

»In der Tat, Mylord. Wenn ich mich vorstellen darf – Reverend Adam Goodfellow von der Pfarrkirche in Oxford, wo Miss – eh – Mayes getauft wurde. Sie bat mich brieflich, nach London zu kommen, ihr in diesen letzten Stunden beizustehen und Sie zu verständigen, Mylord.«

»Sind Sie schon lange hier?«, fragte Colton.

»Gestern Abend traf ich ein. Der Arzt war gerade bei ihr, und er überließ sie meiner Obhut, nachdem er die Hoffnung aufgegeben hatte, er könnte ihr helfen.«

»Darf ich sie sehen?«

Der Geistliche öffnete die Tür etwas weiter und bedeutete dem Marquess einzutreten. »Leider ist sie sehr schwach, Sir, und ich glaube, sie klammert sich nur noch ans Leben, um Sie zu sehen.«

»Dann bringen Sie mich sofort zu ihr.«

»Gewiss, Mylord.« Mit langsamen, schlurfenden Schritten ging der Priester den schmalen Flur entlang und Colton folgte geduldig.

»Verzeihen Sie, Reverend – ich weiß, wo das Schlafzimmer liegt.«

»Ja, natürlich«, bestätigte Goodfellow in viel sagendem Ton und presste sich an die Wand, um den jüngeren Mann vorbeizulassen.

Colton eilte zum Ende des Korridors und öffnete eine Tür zur Rechten. Auf dem Nachttisch brannte eine Öllampe und verbreitete schwaches Licht. Nur mehr ein Schatten ihrer selbst, lag die Schauspielerin in dem Bett, das er so oft mit ihr geteilt hatte. Mindestens neun Monate hatte er sie nicht gesehen. Jetzt glichen ihre Augen dunklen Höhlen in einer Totenmaske, die Wangen wirkten eingefallen, die Lippen aschgrau. Von der einstigen blühenden Schönheit war nichts übrig geblieben.

Fast verborgen im Halbdunkel, saß eine rundliche, etwa 30-jährige Frau auf einem Stuhl in einer Ecke des Raums. Ihre Bluse war geöffnet und ihr Kopf mit dem wirren Kraushaar neigte sich über ein Neugeborenes, das an ihrem üppigen Busen saugte. Nicht diese Szene stieß Colton ab, sondern der Anblick der schlampigen, ungepflegten Person.

Auf leisen Sohlen ging er zu Pandoras Bett. Langsam und flatternd hoben sich ihre Lider über den haselnussbraunen Augen, ein mühsames Lächeln verzog die Lippen. »O Colton – freut mich, dass du da bist …«, keuchte sie erschöpft. »Ich hatte solche Angst – du würdest meinem Ruf nicht folgen.« Als sie ihn etwas genauer musterte, entdeckte sie die schwarze Binde. »Hast du im Krieg ein Auge verloren?«

»Nein, gestern Abend wurde ich – verletzt.« *Von der Handtasche eines schönen Biests.*

Flehend streckte ihm die Schauspielerin eine schmale Hand entgegen. »Setz dich zu mir.«

Colton nahm auf dem Bettrand Platz und drückte ihre zerbrechlichen Finger an seine Brust. Dann neigte er sich vor und schaute forschend in die umschatteten braunen Augen, die früher so lebhaft gefunkelt hatten. Jetzt schien der glanzlose

Blick die Nähe des Todes zu bekunden. »Ich fuhr so schnell wie möglich hierher. Was fehlt dir?«

Mit schwacher Stimme stammelte sie: »Du – du hast eine Tochter. Bei deinem letzten Besuch – empfing ich deinen Samen.«

Kaltes Grauen erfasste ihn und plötzlich erschien Adrianas Bild vor seinem inneren Auge. »Aber – hast du mir nicht geschworen, du könntest keine Kinder bekommen?«

»Ah – das war vor deiner Zeit.« Wieder umspielte ein schwaches Lächeln die bleichen Lippen. »Um das Wunder zu vollbringen, bedurfte es eines kühnen, starken Mannes ...«

»Und jetzt stirbst du – *meinetwegen?*«, flüsterte er bestürzt.

»Ach, du ...« Sie versuchte zu lachen, doch das strengte sie zu sehr an. »Mach dir keine Vorwürfe – es war eine schwierige Geburt.«

Behutsam strich Colton die strähnigen Locken aus der blassen Stirn. »Ich kenne mehrere tüchtige Ärzte in London, die meiner Familie oft genug geholfen haben. Nun werde ich meinen Kutscher zu einem dieser Männer schicken ...«

»Für mich ist es zu spät, Colton«, unterbrach sie ihn und hob abwehrend eine Hand. »Aber ich möchte dich – um etwas bitten ...«

»Worum?« Angstvoll hielt er den Atem an. Vor der ersten Liebesnacht hatte er ihr erklärt, er würde sie niemals heiraten. Und jetzt – wo er mehr zu verlieren hatte denn je – wollte er ein solches Ansinnen keine Sekunde lang erwägen.

Die trüben Augen schauten beschwörend zu ihm auf. »Vor meinem Tod – soll uns Reverend Goodfellow trauen.«

Während seiner militärischen Karriere war er dem Ehejoch geflissentlich ausgewichen und hatte die Gesellschaft ehrgeiziger Mädchen stets gemieden. Trotz seines Streits mit Adriana war sie die Einzige, die er heiraten wollte. Entsetzt über die Bitte der Schauspielerin, stieß er hervor: »Aber ich bin mit einer anderen so gut wie verlobt ...«

»Ich werde – bald sterben. Was kann es denn schaden, wenn

du mir – in meinen letzten Stunden – ein bisschen Seelenfrieden schenkst?«

Schweigend presste er die Lippen zusammen – nicht bereit, Pandoras Wunsch zu erfüllen. Wenn er sie zur Frau nahm, würde sich Adriana für immer von ihm abwenden.

»Bitte, Colton – ich weiß, du hast mir gesagt, du würdest mich niemals heiraten ... Aber – ich ersuche dich nicht um meinetwillen darum – es geht um das Wohl unseres Babys ...«

Er spürte, wie sich seine Nackenhaare sträubten, und alle seine Instinkte mahnten ihn, die Entscheidung, die er jetzt treffen musste, sorgfältig zu überdenken. »Was soll aus dem Kind werden?«

Voller Wehmut erwiderte sie seinen Blick. »Ich würde dich gern bitten, unsere Tochter bei dir aufzunehmen und ihr ein guter Vater zu sein. Wenn sie heranwächst, wird sie dich sicher innig lieben ...« Krampfhaft schluckte sie, und es dauerte eine Weile, bis sie die nötige Kraft aufbot, um weiterzusprechen. »Obwohl ich – mit keinem anderen Mann zusammen war, weiß ich, dass du – einen Beweis brauchst, was die Vaterschaft betrifft. Wenn du die Hüfte unserer Tochter betrachtest, wirst du – ein rotes Muttermal entdecken, das – ihre Herkunft bezeugt.« Mit einer schwachen Geste wies sie auf die Frau, die in der Ecke saß. »Alice – macht seit einiger Zeit das Theater sauber. Erst gestern – verlor sie ihr Neugeborenes, und jetzt – sorgt sie für meines.«

Um der stummen Aufforderung zu folgen, stand die schäbig gekleidete Frau auf und trug das Kind zum Bett. Dicht neben Colton blieb sie stehen und schien spöttisch zu grinsen, als sie den Säugling von der Brust nahm. Ohne die blau geäderte Kugel mit der großen Warze zu verhüllen, hielt sie die Hüfte des kleinen Mädchens ins Lampenlicht. Ein schmutziger Finger berührte einen dunklen Fleck.

Schweren Herzens starrte Colton das Muttermal an. Oft genug hatte er es gesehen, wenn er nackt an einem Spiegel vorbeigegangen war. Einen Leberfleck in derselben Form hatten auch sein Vater und sein Großvater bei der Geburt aufgewiesen. Also musste er der Vater dieses Babys sein, obwohl er das nicht akzeptieren wollte. Immerhin gefährdete die Existenz des Kindes die erhoffte Zukunft mit Adriana. Und wenn er bei seiner Heimkehr auch vor einer Verlobung zurückgeschreckt war – jetzt weckte der Gedanke an den drohenden Verlust den Impuls, der Falle zu entrinnen, in die er tappte. Das Muttermal sah naturgetreu aus. Trotzdem konnte er der Versuchung, die Echtheit zu prüfen, nicht widerstehen und rieb mit seinem Daumen über die Hüfte des Säuglings. Er musste sich vergewissern, dass die Schauspielerin keine Bühnenschminke benutzt hatte.

Aber es gelang ihm nicht, das Mal wegzuwischen. Falls es tatsächlich eine Fälschung war, musste sie von einer fachkundigen Person stammen, denn der rote Fleck ließ sich nicht entfernen.

Nicht gewillt, Pandoras Forderung zu erfüllen, das Gesicht zu einer ausdruckslosen Maske erstarrt, blieb er auf der Bettkante sitzen, während die Amme zu ihrem Platz zurückkehrte. Einerseits fühlte er sich gezwungen, für die Tochter der Sterbenden zu sorgen. Die Authentizität des Muttermals bewies, dass das Blut der Wyndhams in den Adern des Kindes floss. Und Colton, der Letzte dieser altehrwürdigen Dynastie, musste sie fortsetzen. Keiner seiner Nachkommen, selbst wenn er in einer schwachen Stunde mit einer Schauspielerin gezeugt worden war, sollte als Außenseiter der Gesellschaft ein armseliges Dasein fristen. Andererseits ermahnte er sich zur Vorsicht. Wenn er Pandora heiratete und sie blieb am Leben, würde er für immer an sie gebunden sein. Das wäre unerträglich.

»Bitte, Colton, Reverend – Goodfellow …« Ihre Stimme war ein kaum vernehmliches Flüstern. Mit einer kraftlosen Hand wies sie auf den Geistlichen, der den Raum inzwischen betreten hatte. »Er sagt – ein uneheliches Kind sei für immer verdammt – und der Allmächtige – würde mir meine Sünden niemals vergeben, wenn ich den Vater meines Babys nicht heirate ...«

Diesem Punkt hätte Colton normalerweise widersprochen. Aber im Augenblick plagte ihn ein anderes Dilemma. Sollte er tun, was sein Ehrgefühl verlangte, oder seine unschuldige Tochter dem grausamen Schicksal eines Bastards überlassen? Könnte er das mit seinem Gewissen vereinbaren? In jenen Nächten voller Leidenschaft wussten Pandora und ich, was wir taten, dachte er. Darf ich ein Kind, das nichts verbrochen hat, dafür büßen lassen?

»Hilf mir, Colton – ich sterbe«, hauchte sie, »und ich will nicht – im ewigen Höllenfeuer brennen ...«

Wäre sein Vater noch am Leben, würde er ihm unmissverständlich mitteilen, was er von einem jungen Mann hielt, der sich die Hörner abstieß und dann die Folgen seines Leichtsinns tragen musste. Und jetzt sah sich Colton genötigt, eine Entscheidung zu treffen, mit der er nie gerechnet hatte. Mochte er seinen verschiedenen Bettgefährtinnen auch noch so eindringlich erklärt haben, eine Ehe sei ausgeschlossen – jetzt glichen diese Warnungen dem Staub unter seinen Füßen.

Er seufzte tief auf. »Obwohl ich keinerlei Erfahrung in solchen Dingen besitze – ich glaube, man braucht eine Lizenz, um zu heiraten.«

Eine Hand auf seine Brust gepresst, trat Reverend Goodfellow vor. »Während meiner Dienstjahre in der Pfarrgemeinde Oxford durfte ich höher gestellten Persönlichkeiten so manchen Gefallen erweisen. Deshalb konnte ich Seine Gnaden, den Erzbischof, mühelos veranlassen, eine Sonderlizenz für Miss Mayes auszustellen. Nun fehlt nur noch Ihre Unterschrift, Mylord ...«

Noch war Coltons Widerstand nicht vollends gebrochen. »Was zum Teufel sagen Sie da?«

Forschend schaute der ältere Mann ihn an und versuchte zu ergründen, was den Aristokraten dermaßen erzürnte.

»Sir, diese Dokumente müssen unterzeichnet und beglaubigt werden. Weigern Sie sich, die Mutter Ihres Kindes zu heiraten?«

Immer enger schloss sich die Falle und Colton spürte, wie sie ihm die Luft abschnürte und seine Hoffnungen zu vernichten drohte. Eine dunkle, unsichtbare Hand schien ihn zu würgen und ihm alle Lebensfreude zu rauben. Der schönen Adriana galt sein schmerzlichstes Bedauern. Wenn er die Frau verlieren sollte, die er mit allen Fasern seines Seins begehrte, widerstrebte es ihm, an diesem Baby wieder gutzumachen, was sein unbesonnenes Verhalten bewirkt hatte. Wenn Adriana davon erfuhr – würde sie mit ihm vor den Traualtar treten, nachdem Pandora das Zeitliche gesegnet hatte? Gewiss nicht …

Aus dem Bett drang kein Laut.

Colton wandte sich zu der Schauspielerin und sah ihre geschlossenen Augen. Kaum merklich bewegten die schwachen Atemzüge ihre Brust.

»Viel Zeit bleibt Ihnen nicht mehr, um die Angelegenheit zu regeln, Mylord«, mahnte der Priester. »Miss Mayes ist dem Tode nah.«

In Coltons Adern schien das Blut zu gefrieren. Nach einem langen Schweigen murmelte er bedrückt: »Also gut, ich werde sie heiraten.«

»Und das Kind? Wollen Sie es mit nach Hause nehmen?«

»Es wird als meine legitime Tochter aufwachsen«, antwortete Colton, ohne seinen mangelnden Enthusiasmus zu verhehlen. Wenig später wurden die Ehegelübde ausgesprochen, von Pandora mit fast unhörbarer Stimme, von Colton ziemlich brüsk. Dabei fühlte er sich wie ein dummer grüner Junge. In der Falle gefangen, die er sich selbst gestellt hatte …

»Vorhin hat mir die Amme versichert, sie würde auch weiterhin für das Baby sorgen, wenn sie in Ihrem Haus wohnen kann, Mylord«, informierte ihn der Geistliche. »Sind Sie damit einverstanden?«

Dieser Vorschlag missfiel dem Marquess ebenso wie eine Ehe. Doch er sah in dieser höchst unangenehmen Situation keinen anderen Ausweg. »Da das Kind ernährt werden muss, habe ich wohl keine Wahl.«

Nachdem der Reverend die Amme angewiesen hatte, die Sachen des Babys und ihre eigenen zusammenzupacken, beobachtete Colton angewidert das vulgäre Benehmen der Frau. Nicht einmal jetzt, wo sie den Säugling beiseite legte, verhüllte sie ihren üppigen Busen. Als sie den Blick Seiner Lordschaft bemerkte, entblößte sie grinsend ihre fauligen Zähne, wischte mit einem Finger über ihre tropfende Brustwarze und steckte ihn provozierend in den Mund. Langsam und genüsslich leckte sie daran.

Coltons Magen drehte sich um und er kehrte ihr abrupt den Rücken. Im Lauf seines Kriegsdiensts hatte man ihm des Öfteren fragwürdige Avancen gemacht. Doch er bezweifelte, dass er jemals von einer so abstoßenden Kreatur belästigt worden war. Gab es Männer, die mit einer solchen Frau schlafen wollten? Nun, er hatte einige kennen gelernt, die sie wahrscheinlich für eine Heilige halten würden.

»Mylord, sie heißt Alice Cobble«, erklärte der Pfarrer und lenkte Coltons Aufmerksamkeit erneut auf die Amme. »Seit ihr Mann auf dem Schlachtfeld gefallen ist, hat sie niemanden mehr. Was ihr Gehalt betrifft, dürfte sie außer Kost und Logis nur ein Almosen verlangen. Sicher wird sie das Baby gewissenhaft betreuen.«

Eins wusste Colton – nie zuvor hatte er ein so schmutziges Geschöpf gesehen. Auf der Heimfahrt würde er ihre Anwesenheit in der Kutsche und ihren Gestank kaum ertragen. Ihr Kraushaar musste dringend gewaschen werden. In fettigen Zotteln hing es unter einem zerlumpten Kopftuch hervor. Ihren Busen bedeckte sie nach wie vor nicht. Anscheinend suchte sie ihn zu verführen. Da seine Tochter an dieser verdreckten Brustwarze gesaugt hatte, beschloss er, sofort nach seiner Ankunft auf Randwulf Manor eine andere Amme einzustellen. Hoffentlich würde er eine geeignete Person aufspüren.

Er neigte sich wieder zu Pandora und erkannte, dass ihre

Kräfte zusehends schwanden. »Können Sie ihr nicht helfen?«, fragte er den Reverend.

Sichtlich bewegt, ging Goodfellow zum Bett und berührte das Handgelenk der Schauspielerin. Dann schüttelte er traurig den Kopf. »Die nächste Stunde wird Ihre Gemahlin vermutlich nicht überleben, Mylord.«

»Ich bleibe bei ihr.«

»Nicht nötig, Sir. Allzu lange wird's nicht mehr dauern. Und wenn Sie die Heimfahrt hinauszögern, wird Ihre Kutsche womöglich von Soldaten gestohlen, die nach ihrer Heimkehr aus dem Krieg keine Arbeit finden – keine Möglichkeit, ihren Lebensunterhalt zu verdienen. Ganze Heerscharen haben sich in London versammelt. Nun richten sie überall Verwüstungen an, um sich an der Regierung zu rächen, die sie unbarmherzig entlassen hat – genauer gesagt, an den Aristokraten, die im Luxus leben, während die gemeinen Soldaten hungern.«

»An der Seite solcher Männer habe ich gekämpft und ich verstehe ihre beklagenswerte Lage. Das Risiko, das Sie erwähnen, nehme ich auf mich. Pandora soll nicht allein sterben.«

»Natürlich werde ich ihr beistehen.«

»Trotzdem – ich möchte hier sitzen«, erwiderte Colton in entschiedenem Ton. »Ich war noch nie verheiratet. Aber ich glaube, ein Ehemann darf seine Frau nicht verlassen, wenn sie im Sterben liegt.«

»Damit haben Sie zweifellos Recht, Mylord«, bestätigte der Pfarrer. »Ich dachte nur an Ihre Sicherheit.«

»Keine Bange – ich musste schon schlimmeren Gefahren die Stirn bieten als einem Haufen wütender Aufrührer. Und ich habe gelernt, für mich selber zu sorgen.«

»Ja, die junge Frau erzählte mir von Ihrer Tapferkeit vor dem Feind.«

»Colton …«, erklang eine schwache Stimme.

»Hier bin ich, Pandora«, beteuerte er, »ich lasse dich nicht im Stich.«

»Bitte – sei unserer Tochter – ein guter Vater …« Mit diesen Worten hauchte sie ihr Leben aus. Reverend Goodfellow fühlte ihr den Puls. Dann zog er feierlich das Laken über ihren Kopf »Mylord, sie ist tot.«

Von tiefer Reue und Bedauern erfasst, stand Colton auf und wandte sich zu dem älteren Mann, zog eine schwere Börse aus der Tasche und drückte sie ihm in die Hand. »Das müsste genügen, um die Sonderlizenz zu bezahlen und eine würdige Beerdigung für Pandora zu arrangieren, mit einem ansehnlichen Grabstein. In einigen Jahren wird meine Tochter fragen, wo ihre Mutter die letzte Ruhe gefunden hat. Wo kann ich Sie erreichen, wenn ich meine Angelegenheiten zu Hause geklärt habe?«

»Ich bewohne ein kleines Pfarrhaus an der Straße nach Oxford, Mylord. Dort soll Ihre Gemahlin begraben werden.« Der Priester schüttelte die Münzen aus der Börse in seine Handfläche. Erstaunt hob er die Brauen. »Sie sind sehr großzügig, Mylord.«

»Wenn etwas übrig bleibt, kaufen Sie Lebensmittel für ein paar Soldaten. Sicher kennen Sie einige Männer, nachdem so viele rekrutiert wurden, um den Krieg zu gewinnen.« Auf dem Weg zur Tür bedeutete Colton der Amme mit einer knappen, widerstrebenden Geste, ihm zu folgen. In einem Arm das Baby, in der anderen Hand einen kleinen, zerschlissenen Ranzen, gehorchte sie.

Colton hatte erwartet, es würde schwierig sein, seiner Mutter die Neuigkeiten beizubringen. Auf ihren Zusammenbruch war er allerdings nicht gefasst. Nur sein rasches Eingreifen verhinderte, dass sie sich den Kopf an der Marmorkante einer Kredenz anschlug.

Während Harrison vorauseilte, die Türen öffnete und nach Philanas Zofe rief, trug der Marquess die bewusstlose Frau in ihre Gemächer. Vorsichtig legte er sie aufs Bett und die Zofe kühlte ihr das Gesicht mit einem feuchten Lappen. Allmählich kam Philana wieder zu sich. Aber sobald sie sich entsann, was ihre Ohnmacht verursacht hatte, stöhnte sie und verbarg ihre Augen hinter einer zitternden Hand.

Mit leiser Stimme bat Colton den Butler, nach unten zu gehen und Alice Cobble in eines der Kinderzimmer zu führen. »Und weisen Sie eine Dienerin an, der Frau zu sagen, sie soll sich waschen, vor allem ihr Haar. Sollte sie sich weigern, werde ich sie zur Rechenschaft ziehen. Müsste sie das Kind nicht stillen, würde ich die Anwesenheit dieser schmutzigen Person unter *keinen* Umständen unter meinem Dach dulden. Also machen Sie ihr klar, welche Regeln in diesem Haushalt gelten.«

»Sehr wohl, Mylord.«

Nachdem sich die Tür hinter dem Butler und der Zofe geschlossen hatte, warf Philana ihren Kopf auf dem Kissen hin und her. Durch einen Tränenschleier schaute sie ihren Sohn an. »Und ich hatte so inständig gehofft, du würdest Adriana heiraten«, würgte sie verzweifelt hervor. »In all den Jahren liebte ich sie wie eine zweite Tochter. Den Gedanken, sie zu verlieren, ertrage ich einfach nicht. Weder Sedgwick noch ich dachten jemals an eine andere Schwiegertochter. Und nun wird mein innigster Wunsch verwehrt.«

Besänftigend drückte Colton die schmale, von bläulichen Adern durchzogene Hand. Einen anderen Trost konnte er seiner Mutter nicht spenden. Obwohl er nicht mit Adriana verlobt war, durfte er nicht hoffen, sie würde seine Indiskretion ignorieren – nicht einmal, dass sie die jüngsten Neuigkeiten verständnisvoll aufnehmen würde. Und so versprach er seiner Mutter nur: »Ich werde mit ihr reden.«

»Ach, ich fürchte, das wird nichts nützen«, wisperte Philana unglücklich. »Eine Lady müsste schon sehr großzügig sein, um sich den mitleidigen Blicken auszusetzen, die man ihr zuwerfen würde, sollte sie dich heiraten. Ob sie stark genug wäre, um diese Schande zu verkraften, weiß ich nicht. Mir würde es sehr schwer fallen. Wie kann ich von einer anderen Frau erwarten, eine solche Demütigung zu erdulden?«

Höflich begrüßte Charles den Marquess, als er am Heiligen Abend vor der Tür von Wakefield Manor stand. »Mylord, ich werde Mylady sofort Ihren Besuch melden.«

»Können wir uns irgendwo ungestört unterhalten?«

Der Butler wusste, was zwischen Lord Randwulf und der Lady vorgefallen war. Deshalb verstand er, warum der Marquess so großen Wert auf ein Gespräch unter vier Augen legte. »Wenn Sie in die Bibliothek gehen möchten, Mylord, teile ich Lady Adriana mit, Sie würden dort auf sie warten. Da Lord Standish und Lady Christina zu den Abernathys gefahren sind, um den Kindern Geschenke zu bringen, wird niemand Ihre Unterredung mit Mylady unterbrechen. Soviel ich weiß, wollen die Herrschaften eine Zeit lang im Haus der Abernathys bleiben – zumindest, bis Lady Adriana ihnen folgen wird.«

»Danke, Charles.«

Bedrückt durchquerte Colton die Halle und betrat die Bibliothek. Die Pflicht, die er jetzt erfüllen musste, lag bleischwer auf seiner Seele. Zudem fürchtete er, wegen des unseligen Streits würde Adriana ihm ausrichten lassen, sie wünsche ihn nicht zu sehen. Wieder einmal blieb er vor dem Porträt der Sutton-Ladys stehen. Aber nur eines der vier Gesichter fesselte seine Aufmerksamkeit – die dunkelhaarige Göttin, die er wahrscheinlich für immer verlieren würde. Nach seinen Ressentiments gegen den Entschluss des Vaters und seiner eigenen eher halbherzigen Werbung quälte ihn jetzt die kalte Angst, seine erzwungene Heirat würde Adriana veranlassen, ihn endgültig aus ihrem Leben zu verbannen.

In den letzten Stunden hatte er erkannt, dass er sich ohne diese Frau niemals wie ein ganzer Mann fühlen würde. Sollte sie ihn zurückweisen, würde er eine vernichtende persönliche Schmach erleiden – schlimmer als alle Niederlagen auf den Schlachtfeldern, wenn der Feind die Oberhand gewonnen hatte.

»Sie möchten mich sprechen?«, fragte eine seidenweiche Stimme von der Tür her.

Erleichtert drehte sich Colton um, mit einem hoffnungsvollen Lächeln, das Adriana unglücklicherweise nicht erwiderte. Trotzdem ging er ihr entgegen. »Ich muss unbedingt mit Ihnen über eine gewisse Angelegenheit reden.«

»Falls es um jenen Abend geht, habe ich nichts mehr zu sagen«, erwiderte sie kühl und schlenderte zum Kamin. Dort kehrte sie Colton den Rücken und wärmte ihre Hände über dem Feuer – denn ihre Finger hatten sich in Eis verwandelt, sobald Charles zu ihr gekommen war, um Lord Randwulfs Besuch zu melden. Niemand wusste, wie schwer es ihr fiel, in Coltons Nähe Gleichmut zu heucheln. Mittlerweile war er zu einem wesentlichen Teil ihrer Existenz geworden. Sollte er aus ihrem Leben verschwinden, würde ihr das Herz brechen. »Damals habe ich mich schrecklich benommen«, gab sie zu und warf einen kurzen Blick über ihre Schulter. »Dafür muss ich Sie um Vergebung bitten. Aber was ich gesagt habe, war ernst gemeint. Jedes Wort. Ich kann nicht unentwegt hoffen, Sie würden sich anders besinnen und mich heiraten. Deshalb will ich mich sofort von Ihnen trennen und Sie nie wiedersehen, Colton. Die Qual der Ungewissheit ertrage ich nicht mehr.«

»Selbst wenn Sie mir nicht glauben werden, Adriana, es ist mein sehnlichster Wunsch, mein Leben mit Ihnen zu teilen.«

Sie drehte sich verblüfft um und hob skeptisch die Brauen. Zum ersten Mal sah sie die bläuliche Verfärbung rings um sein Auge. Dass der Schlag mit ihrer Handtasche so vehement ausgefallen war, hatte sie nicht gewusst. Aber dafür würde sie sich später entschuldigen. Erst einmal wollte sie herausfinden, was hinter seinen Worten steckte. »Und wann sind Sie zu dieser Überzeugung gelangt?«

»Schon vor einiger Zeit. Leider war ich so unvernünftig, meine Erkenntnis zu verdrängen. Gewiss, früher sträubte ich mich gegen die Verlobung, die meine Eltern mir aufgezwungen hatten. Und nun begehre – nein, ich *brauche* Sie, Adriana.«

Von heißer Freude erfasst, wollte sie lächeln. Aber Coltons grimmige Miene hinderte sie daran. »Ist etwas geschehen?«

Gepeinigt wandte er sich ab, seufzte und legte seine Fingerspitzen aneinander. »Zu meinem tiefsten Bedauern hat sich etwas ereignet, das Sie vermutlich veranlassen wird, meinen Heiratsantrag abzulehnen.«

Teils misstrauisch, teils neugierig beobachtete sie ihn. Wenn er ihr die Schuld an der geplatzten Verlobung geben wollte, musste sie erfahren, wie er das anfangen würde. »Sprechen Sie weiter, ich höre.«

Colton strich über die reich geschnitzte, hohe Lehne eines Tudor-Stuhls und suchte nach Worten. Auf die Tatsachen, die er Adriana gestehen würde, war er wahrlich nicht stolz. »Letzte Nacht wurde ich nach London gerufen. Eine Frau, die ich seit Jahren kannte, hatte ein Kind geboren.«

Plötzlich wurden ihre Knie weich. Sie taumelte zum nächstbesten Sessel und sank in die bestickte Polsterung. Zu beiden Seiten umklammerte sie die Armstützen. Eisige Angst stieg in ihr auf. Würde er erklären, er sei der Vater des Babys? »Lieben Sie diese Frau?«

Colton wandte sich halb zu ihr. Hatte sie bereits erraten, was er ihr mitteilen wollte? Den Kopf gesenkt, hielt sie sich an den Armstützen ihres Sessels fest und ihre Schultern hingen vornüber, eine Pose tiefer Enttäuschung. »Nein, nicht wirklich – sie war eine Schauspielerin, die ich – eh – hin und wieder besucht hatte. Damals versicherte sie mir, sie könne keine Kinder bekommen.«

»Trotzdem glauben Sie, das Baby würde von Ihnen stammen?«

Nur zögernd fuhr er fort: »An seiner Hüfte befindet sich das gleiche Muttermal wie an meiner – ein Erbe meines Vaters und meines Großvaters. Vermutlich lässt es sich bis in die Wikingerzeit zurückverfolgen. Es gleicht einer fliegenden Möwe.«

»Ja, ich habe es gesehen.«

Verwundert zuckte er zusammen. »Tatsächlich?«

»An jenem Abend, an dem Sie mein Bad gestört haben.«

Seine Lippen bildeten ein lautloses Oh.

»Offensichtlich gereicht dieses Muttermal an der Hüfte des Babys seiner Mutter zum Vorteil – und Ihnen weniger. Werden Sie die Frau heiraten?«

»Reverend Goodfellow aus Oxford hat uns bereits getraut.«

Nun konnte Adriana nur noch mutlos zu Boden starren. Ihr leerer Magen krampfte sich zusammen. Seit dem Streit mit Colton war sie unfähig gewesen, auch nur einen Bissen zu essen. Sie wollte jetzt auf der Stelle sterben. Als sie entkräftet schwankte, eilte er zu ihr. Aber sie schüttelte den Kopf und presste würgend eine Hand auf den Mund.

»Gehen Sie an die frische Luft«, drängte er. Einen Arm um ihre Schultern geschlungen, zog er sie aus dem Sessel hoch. »Das wird Sie beruhigen.«

Da ihr die Kraft fehlte, zu protestieren oder Widerstand zu leisten, ließ sie sich auf die Veranda führen.

»Holen Sie tief Atem«, empfahl er ihr und drückte sie an sich. »Sicher wird's Ihnen helfen.«

Sie gehorchte – nicht weil er sie dazu aufgefordert hatte, sondern zu ihrem eigenen Wohl. Nur wenn sie ihre Übelkeit bezwang und den Mann wegschickte, konnte sie einen kleinen Rest ihrer Würde bewahren. Doch es dauerte eine Weile, bis es ihr gelang, ihn wegzuschieben. Auf unsicheren Beinen kehrte sie in die Bibliothek zurück. Er folgte ihr, sah sie erneut wanken und streckte eine hilfreiche Hand aus. Doch sie schreckte vor der Berührung zurück, als hätte er die Pest.

»Jetzt sollten Sie gehen«, wisperte sie und sank wieder in den Sessel. »Da Sie verheiratet sind, dürfen wir nicht länger allein bleiben. Wenn Sie sich verabschieden, würde ich mich besser fühlen.«

»Adriana, ich bin nicht verheiratet, sondern *verwitwet*«, betonte er. »Kurz bevor ich Pandoras Haus verließ, starb sie.«

»Und das Kind?«

»Meine Tochter wird auf Randwulf Manor von einer Amme betreut.«

»Oh, ich verstehe.«

»Ich konnte das Baby nicht im Stich lassen.«

»Nein, natürlich nicht. Sie haben völlig richtig gehandelt, Mylord. Zweifellos wird der Säugling alle Vorzüge seiner Herkunft genießen.«

»Adriana …«, flehte er und legte eine Hand auf ihre Schulter.

Ernst schaute sie zu ihm auf. »Ja?« Die Trauer, die ihre schönen Augen verrieten, schien ihn in einen tiefen schwarzen Abgrund zu stürzen und mit Eisenketten zu fesseln. Hätte man ihm jemals erklärt, auf Erden würde es keine Hölle geben, könnte er jetzt mit Fug und Recht das Gegenteil behaupten. »Verzeihen Sie mir, was geschehen ist, Adriana? Würden Sie mich trotzdem heiraten?«

Hätte sie diese Worte vor wenigen Tagen gehört, wäre sie in hellen Jubel ausgebrochen. Jetzt brachte sie nur ein dünnes Lächeln zustande. »Bevor ich Ihre Fragen beantworte, muss ich darüber nachdenken, Colton. Und bis ich meine Entscheidung treffen werde, fühle ich mich weder Ihnen verpflichtet noch dem Vertrag, den unsere Eltern unterzeichnet haben. Dank Ihrer Ehe mit einer anderen Frau wurde diese Vereinbarung null und nichtig.«

Noch nie hatte sein Herz so qualvoll schwer in seiner Brust gelegen. »Darf ich Sie morgen wieder besuchen?«

»Nein, besser nicht. Vorerst will ich allein sein und in Ruhe über meine Zukunft nachdenken. Sosehr ich Ihre Familie auch liebe, Colton – ich bin mir nicht sicher, ob ich Sie jetzt noch heiraten möchte.«

»Haben Sie mich in so kurzer Zeit hassen gelernt?«

»O nein, ich hasse Sie nicht. Aber es gibt einiges zu bedenken. Vor Ihrer Vaterschaft haben Sie kein echtes Interesse an unserer Verlobung gezeigt. Nun erscheint mir Ihr Heiratsantrag etwas verspätet. Wenn Sie mich tatsächlich *brauchen,* wie Sie behaupten, hätten Sie das während der letzten zwei Monate zeigen müssen.«

»Seit meiner Heimkehr bin ich sogar brennend an Ihnen interessiert«, protestierte er in wachsender Verzweiflung. »Ich kann nur noch an Sie denken. Jede Nacht verfolgen Sie mich in meinen Träumen. Wenn ich erwache, wünsche ich mir, Sie würden neben mir liegen. Und tagsüber vergeht keine Sekunde, in der ich mich nicht nach Ihnen sehne.«

»Trotzdem hat Ihr Verhalten den Eindruck erweckt, es würde Ihnen widerstreben, mich zu heiraten. Und jetzt weiß ich nicht, ob ich Sie als Ehemann akzeptieren soll. Geben Sie mir Zeit – ich muss nachdenken und meine Gefühle für Sie prüfen. Bis ich Klarheit gewonnen habe, wird es eine Weile dauern. Inzwischen sollten Sie mich nicht mehr besuchen – damit ich ungestört erwägen kann, was ich für meine Zukunft wünsche und erhoffe, ohne in die eine oder andere Richtung gedrängt zu werden.« Mit einer bebenden Hand wies sie zur Tür. »Sicher finden Sie den Weg alleine nach draußen, Colton.«

# Kapitel 15

Schon immer war es so gewesen und wahrscheinlich würde es auch in der Zukunft so bleiben. Auf Schwierigkeiten folgten neue, was auch für Sorgen und Tod galt. Manchmal nahm nur ein einziges Leben ein Ende – oder es geschah in mehreren Fällen. Das Warum und Wozu konnte man nicht ermessen. Und niemand wusste, wann der schwarz gekleidete Sensenmann erneut zuschlagen würde. Nur eines stand fest – irgendwann würde er alle Menschen heimsuchen, keiner wurde ausgenommen. Das Leben dauerte eine Zeit lang. Bis zum *unausweichlichen* Tod.

Das Zerwürfnis zwischen Adriana und Colton bekümmerte Philana so tief, dass sie sich während der Weihnachtstage beinahe in ihren Gemächern eingeschlossen hätte. Natürlich würde ein solches Verhalten dem Stil des englischen Adels und der Verantwortung einer Marchioness widersprechen. Also erfüllte sie gewissenhaft ihre Pflichten, trotz ihrer Verzweiflung. Das fiel ihr doppelt schwer, als sie erfuhr, ihre Nichte, deren Ehemann und ihr Baby seien bei einem Überfall gestorben. Vom Viergespann losgerissen, war die Kutsche der Familie umgekippt. Unter diesem weiteren Schicksalsschlag litt Philana ebenso schmerzlich wie Alistair. Erst drei Jahre zuvor hatten sie ihre Schwester betrauert, drei Monate später ihren Schwager. Das Paar hatte nur ein Kind hinterlassen, eine temperamentvolle junge Frau, die einen Viscount geheiratet hatte. Auch seine Eltern waren vor kurzem gestorben.

Was den Tod des jungen Ehepaars und ihres Babys umso tragischer erscheinen ließ – sie hatten ihr Ende außerhalb von London gefunden, von einer Bande unzufriedener entlassener

Soldaten attackiert, die in den Slums ein armseliges Leben führten. Voller Zorn waren sie über den erstbesten Aristokraten hergefallen, der in einem früheren Feldzug gegen die Franzosen selbst ein Auge verloren hatte.

Zum Begräbnis versammelten sich die Verwandten und Freunde der Kingsleys in London. Bei diesem beklagenswerten Ereignis sprach Philana mit Adriana, die mit ihren Eltern das Stadthaus der Suttons nahe dem Regent Park bezogen hatte. Dort trafen sie sich vor der Beerdigung mit Adrianas Schwestern und deren Ehemännern.

»Edythe war erst zwanzig«, erklärte Philana mit gepresster Stimme. »Kurz nach der Geburt ihres Sohnes muss sie gestorben sein, denn er erweckte den Eindruck, bei der Niederkunft hätte ihr niemand beigestanden. Nur die Nabelschnur war durchschnitten und verknotet. Vielleicht empfand einer der Soldaten Mitleid und entband sie von ihrem Baby, bevor sie den Tod fand. Was wirklich geschah, werden wir natürlich niemals erfahren. Wie auch immer – eine schreckliche Vergeudung eines so jungen, unschuldigen Lebens ... Ich verstehe nicht, warum die Soldaten, dem Vaterland einst treu ergeben, ausgerechnet *diese* Kutsche angriffen. Immerhin hatte sich Courtlan Kingsley in früheren Konflikten mit Frankreich als hervorragender Offizier erwiesen. Aber nach dem Verlust seines Auges hatte er wegen seiner geschwächten Sehkraft den Dienst quittiert. Trotzdem ehrten seine Männer ihren Kommandanten, der stets tapfer an ihrer Seite gekämpft hatte.« Ihre Lippen bebten, und als Adriana mitfühlend ihre Hand umfasste, klammerte sich die ältere Frau in hoffnungsloser Trauer daran.

Auf dem Friedhof ging Adriana zu Samantha. In Tränen aufgelöst, ließ sich die Freundin von ihrem Bruder, der sie fürsorglich stützte, von der Grabstätte wegführen. Die beiden Frauen umarmten sich zutiefst bewegt. Nur mühsam unterdrückte Samantha ihr Schluchzen.

Schließlich trat Adriana zurück und küsste die tränenfeuchte Wange der Freundin. Mit einem wehmütigen Seufzer erwiderte sie Coltons forschenden Blick. Er lüftete seinen Hut und sie nickte ihm etwas steif zu. Obwohl seine Augen Bände sprachen, ignorierte sie die flehende Bitte, die sie darin las.

Colton stellte seine Teetasse ab und betrachtete das gezwungene Lächeln seiner Mutter. Sosehr sie sich auch bemühte, sie vermochte den Gram nicht zu verbergen, der sie in der letzten Woche gepeinigt hatte. Gewiss, den tragischen Tod ihrer Nichte konnte sie kaum ertragen. Aber wie er zu seinem Leidwesen wusste, war sie schon vorher unglücklich gewesen – seit er ihr von seinem beklemmenden Gespräch mit Adriana erzählt hatte. Um Philanas Gefühle zu schonen und die Enttäuschung zu mildern, die jeder Mensch verspürt, wenn ein Herzenswunsch unerfüllt bleibt, hatte er seine Worte sehr sorgfältig gewählt. Und jetzt lastete die Trauer, die er Tag für Tag in ihren verschleierten Augen sah, schmerzlich auf seiner Seele.

Selbstverständlich hatte er mit dem Kummer seiner Mutter gerechnet und – nachdem er über das Dekret des Vaters informiert worden war – monatelang ihre bittere Enttäuschung gefürchtet. Nun vertiefte der Tod Edythes und ihrer kleinen Familie die Verzweiflung. Nur Adriana, keine andere, hatten Coltons Eltern zur Schwiegertochter erkoren und sie bereits für eine Tochter gehalten. Dass Philana diese Hoffnung vielleicht für immer begraben musste, schürte die Gewissensqualen ihres Sohnes.

»Ich muss dich etwas fragen«, begann sie leise und studierte ihre Teetasse.

»Ja?«

»Hast du Edythe besucht, als du letztes Jahr in London warst?«

Verwundert hob er die Brauen. »Nein, seit ich mein Zuhause vor all den Jahren verlassen hatte, sah ich sie bedauerlicherweise nicht mehr. Warum interessiert dich das?«

»Wegen des Muttermals, das der Arzt an der Hüfte des toten Neugeborenen entdeckt hat.«

In wachsender Verwirrung starrte Colton seine Mutter an. »Wie ist das möglich? Weder Edythe noch Courtland waren mit den Wyndhams verwandt.«

»Das weiß ich.« Philana lächelte unsicher. »Es sei denn – dein Vater …«

Von dieser Vermutung wollte er nichts hören. »Niemals hätte er Edythe angerührt – oder eine andere Frau. Nur dich hat er stets geliebt und begehrt. Kein einziges Mal sah ich ihn eine Frau auf die Weise betrachten, die du andeutest. Mein Verhalten mag nicht immer richtig gewesen sein, aber Vater war treu und ehrbar in allem, was er tat. Nach meiner Ansicht hat er mir in meiner Jugend zu oft vorgeworfen, ich würde mich freimütig mit den Mädchen vergnügen. Deshalb kann ich nicht glauben, er hätte jemals gegen seine eigenen moralischen Prinzipien verstoßen.«

»Wie erklärst du dir dann das Muttermal?«

»Hast du es selbst gesehen?«

»Natürlich nicht. Weil zwischen dem Unfall und dem Begräbnis zu viel Zeit verstrichen war, durfte der Sarg nicht mehr geöffnet werden …« Ihr Magen drehte sich um und sie presste eine Hand auf ihren Mund.

Sofort beugte sich Colton vor und berührte tröstend ihren Arm. »Allem Anschein nach beschrieb der Arzt nicht das Muttermal, das ich von meinem Vater geerbt habe. Ich bin der letzte Wyndham. Nicht einmal Latham weist einen solchen Leberfleck auf, weil keiner seiner Ahnen damit geboren wurde. Tut mir Leid, dass ich die Ehre meiner Familie nicht geschützt habe … Dummerweise glaubte ich, Pandora wäre unfruchtbar, und wähnte mich in Sicherheit. Ich ging in eine Falle, die ich mir selbst gestellt hatte. Und jetzt kann ich nichts zu meiner Entlastung vorbringen. Meine Tochter ist ein unschuldiges Opfer. Weil ich ihr nicht das Leben eines Bastards zumuten wollte, befinde ich mich nun in dieser schrecklichen Situation.

Wäre es möglich, die Zeit zurückzudrehen – ich würde mich niemals mit dieser Schauspielerin einlassen. Aber das Kind soll nicht für meine Verfehlung büßen. Diesen Gedanken würde ich nicht ertragen. Die Schuld liegt bei mir. Also muss ich die Konsequenzen auf mich nehmen.«

»Angeblich ist das Baby sehr hübsch«, bemerkte Philana und wich seinem Blick aus. »Die Dienerinnen haben sich nach einer Amme in dieser Gegend umgehört. Hoffentlich finden wir bald einen Ersatz für Alice. Ich muss schon sagen, ihr Verhalten ist etwas – ungewöhnlich.«

Mit zuckenden Mundwinkeln bezähmte Colton ein Grinsen. »Um es nicht abscheulich zu nennen.«

Harrison betrat den Salon und reichte dem Marquess ein Silbertablett, auf dem ein Brief mit rotem Wachssiegel lag. »Soeben wurde diese Nachricht aus Bath für Sie abgegeben, Mylord.«

»Aus Bath?«, wiederholte Colton erstaunt.

»Ja, Mylord, und ich glaube Lord Standishs Siegel zu erkennen.«

Von neuer Hoffnung erfüllt, richtete sich Philana auf. »Vielleicht hat Gyles die liebe Adriana dazu überredet, dir noch eine Chance zu geben, mein Sohn.«

Daran zweifelte Colton. Diese junge Frau besaß einen eigenen Willen, und wenn es um die Wahl ihres künftigen Ehemanns ging, ließ sie sich nicht einmal von ihrem Vater beeinflussen. Das hatte er bei seinem ersten Besuch auf Wakefield Manor festgestellt, als sie zum Entsetzen aller Anwesenden wütend aus dem Salon gestürmt war. Er erbrach das Siegel, entfaltete den Brief und begann ihn zu lesen. Ziemlich unverblümt wurde ihm mitgeteilt, welche Möglichkeiten ihm blieben.

*Falls Sie meine Tochter immer noch heiraten wollen, empfehle ich Ihnen dringend, vor der Sperrstunde am Samstagabend in die Kurhalle des Lansdown Crescent in Bath zu kommen. Hier sucht der Marquess of Harcourt beharrlich Adrianas*

*Gesellschaft und Ihr Mangel an ähnlichen Bemühungen scheint auf eine Entfremdung zwischen dem Mädchen und Ihnen hinzuweisen. Da er mich um ein Gespräch bat, vermute ich, er will um die Hand meiner Tochter anhalten. Sollte er nichts dergleichen planen, kann ich Ihnen versichern, dass sie von mehreren anderen Bewerbern belagert wird. Obwohl ich ihr eine kluge Entscheidung zutraue – ich fürchte, die wird sie nicht zu Ihren Gunsten treffen, Sir. Es sei denn, sie gewinnt die Überzeugung, es wäre Ihr sehnlichster Wunsch, mit ihr vor den Altar zu treten. Wenn ich Ihre Absichten missverstanden habe, bitte ich Sie diesen Brief zu missachten. Glauben Sie mir, ich ehre das Andenken Ihres Vaters. Nur aus diesem Grund schreibe ich Ihnen. Vielleicht beschließt Adriana, Sie nicht zu heiraten, was ich ihr nicht verübeln würde. Wir bleiben noch bis nach Neujahr in Bath.*

»Nun, mein Lieber?«, erkundigte sich Philana. »Darf ich auf erfreuliche Neuigkeiten hoffen?«

Ohne die Frage zu beantworten, erhob sich Colton abrupt. »Ich muss nach Bath fahren«, verkündete er und legte den Brief auf den Tisch. »Darin findest du alle nötigen Erklärungen. Wann ich zurückkomme, weiß ich noch nicht.«

Wenig später lenkte Bentley das Vierergespann an Wakefield Manor vorbei. Nur eine knappe Stunde war verstrichen, seit Colton den Brief erhalten hatte. Mittlerweile hatte der Wind aufgefrischt und dunkle Wolken ballten sich zusammen. Obwohl es bis zum Einbruch der Dunkelheit noch eine Weile dauern würde, schien das aufziehende Gewitter den Tag in die Nacht zu verwandeln.

Da der Marquess zur Eile gedrängt hatte, ließ Bentley wiederholt seine Peitsche über den Rücken der zweitrangigen Hengste knallen. Um der Öffentlichkeit die schönen Rassepferde zu präsentieren, gab es andere Gelegenheiten. Jetzt mussten diese kräftigeren Tiere ihr Bestes geben, was immer Seine Lordschaft auch nach Bath führen mochte.

In der Finsternis eines Wäldchen drosselte der Kutscher das Tempo ein wenig, als sich das Gespann einer vertrauten, weit geschwungenen Biegung näherte, die an dichten Bäumen vorbeiführte. Bei der nächsten Kurve schwankte der Landauer von einer Seite zur anderen. Kurz nachdem die heftige Bewegung verebbt war, stieß Bentley einen Warnschrei aus und Colton stemmte sich fluchend gegen die ruckartige Unterbrechung der Fahrt.

»Was ist los?«, fragte er, öffnete die Tür und schwang ein Bein hinaus.

»Quer über der Straße liegt ein Baumstamm!«, rief Bentley über seine Schulter und band die Zügel fest. »Offenbar wurde er vom Sturm entwurzelt.«

Colton sprang aus dem Wagen und hielt seinen Hut fest. Von heftigen Windstößen erfasst, umflatterte ihn seine Redingote. Sobald er am Gespann vorbeigelaufen war, erblickte er das Hindernis – eine gewisse Herausforderung, aber zu bewältigen. Während er in den Sturm blinzelte, überlegte er, wie man den Baumstamm am besten aus dem Weg räumen könnte. Dann wandte er sich zu dem Dienstboten und erklärte seinen Plan. »Mit vereinten Kräften müssten wir es schaffen, den Wipfel herumzudrehen und den Stamm an den Straßenrand zu rücken. Nach dem Gewicht des Baums zu schließen, müsste uns das gelingen.«

Gehorsam bückte sich Bentley, Colton zählte bis drei, und sie hoben den oberen Teil des Baums hoch. Mitsamt den geknickten Zweigen und abgerissenen Blättern, die sich darin verfangen hatten, schleiften sie den Wipfel zum Straßenrand. Der schwere Teil des Baums wühlte Gras und Erdreich auf, blieb darin stecken und verlangsamte die Prozedur. So schwierig diese Aufgabe auch war, sie wurde gemeistert, und dem Kutscher blieb sogar noch genug Luft für ein triumphierendes Gelächter.

Grinsend wischte Colton den Staub von seinen Händen. »Und jetzt auf nach Bath, bevor uns das Gewitter einen weiteren Strich durch die Rechnung macht!«

Als er am unteren Stamm vorbeiging, stellte er fest, dass der Baum nicht – wie Bentley vermutete – vom Sturm entwurzelt worden war. Stattdessen hatte ihn jemand gefällt, erst vor kurzer Zeit. Was das Harz, das noch hervorquoll, und die frischen Späne am Boden verrieten.

Langsam wanderte Colton weiter und blieb stehen, als wollte er den Himmel betrachten. Den Kopf leicht erhoben, um seine Augen im Schatten der Hutkrempe zu verbergen, schaute er sich um. Angespannt lauschte er und ließ seinen Blick zu beiden Seiten durch den Wald schweifen. Unter den Füßen des Kutschers, der am Gespann vorbeistapfte, knirschte der Kies der viel befahrenen Straße. Aber es war ein anderes Geräusch, das Colton beunruhigte – das Klicken einer Fehlzündung, viel zu nahe für das Wohl seiner ohnehin schon strapazierten Nerven. »Runter mit Ihnen!«, befahl er dem Fahrer und stürmte zum Landauer, dessen Tür er offen gelassen hatte. Abgesehen von ein paar jungen Bäumen, würde ihm der Wagen den besten Schutz bieten. Sekunden später explodierte Schießpulver, von einem Schlagbolzen entzündet, und sandte eine Bleikugel auf eine rasende Flugbahn. Der ohrenbetäubende Krach entlockte Bentley einen Schrei, entsetzt zog er den Kopf zwischen die Schultern.

Das Geschoss traf sein Ziel, bohrte sich in Coltons Rücken und warf ihn auf die Straße. Jetzt knallten weitere Schüsse, ein Kugelhagel prallte gegen die Kutsche, nahe der Stelle, wo der Marquess keuchend am Boden lag. So qualvoll die Bewegung auch schmerzte, es gelang ihm, unter den Landauer zu kriechen, um in Deckung zu gehen.

»Sind Sie verletzt?«, rief Bentley. Geduckt war er auf die andere Seite des Wagens gelaufen und spähte darunter. Als er einen dunklen feuchten Fleck auf der Redingote seines Herrn glänzen sah, hielt er bestürzt den Atem an. Entweder war der Marquess tot oder er lag im Sterben. »Leben Sie noch, Mylord?«

Vom stechenden Schmerz der Wunde behindert, die Stirn

auf einen Unterarm gestützt, brauchte Colton eine Weile, um zu antworten. Schließlich drehte er den Kopf seitwärts und schaute Bentley an, der erleichtert seufzte und eine Hand auf sein heftig pochendes Herz presste. »Ich bin verletzt, aber keineswegs tot, Bentley. Haben Sie eine Waffe und Munititon mitgenommen?«

»Ja, Mylord, zwei Brown Besses. Und Munition. Wie man so schön sagt, ich bin allzeit bereit.«

»Sollten wir unseren Angreifern lebend entrinnen, werde ich Sie in Zukunft mit besseren, zielsichereren Waffen ausrüsten. Jetzt können wir nur hoffen, die Schurken befinden sich in unserer Schussweite. Kommen Sie an die Gewehre heran, ohne dass Ihnen der Schädel von den Schultern geblasen wird?«

»Wenn ich's nicht versuche, kriegen wir noch schlimmeren Ärger, Mylord. Erst heute Morgen habe ich die Ladungen überprüft. So wie regelmäßig, seit Ihre Kusine mitsamt der Familie ermordet wurde.«

Noch bevor Bentley das letzte Wort ausgesprochen hatte, rannte er zum Kutschbock. Unentwegt bohrten sich Bleikugeln in das Holz und das kostbare Leder des Landauers, während der Fahrer auf die Speichen eines Rads kletterte und unter den Sitz griff. Holzsplitter peitschten sein Gesicht und er fluchte lauthals. Die Waffen und den Munitionsbeutel in einer Armbeuge, begann er hinabzusteigen – nicht schnell genug. Wütend schrie er auf, als ein Streifschuss seine Wange verletzte und Blut auf seine elegante Livree floss. Immerhin spornte ihn die Wunde an. Blitzschnell zog er den Kopf ein und kehrte zum Versteck seines Herrn zurück. Dort legte er die Waffen in die fähigen Hände des Colonels außer Dienst. Die Augen im heulenden Sturm zusammengekniffen, beobachtete Bentley den Lord, der sich mühevoll aufrichtete. »Wissen Sie, wie wir diese verdammten Gauner am besten zur Strecke bringen können?«

»Gehen Sie nach vorn, locken Sie die Bande aus der Reserve. Aber lassen Sie sich nicht blicken. Schlimm genug, dass ich schwer verwundet bin. Wenn wir am Leben bleiben wollen, dürfen Sie nicht außer Gefecht gesetzt werden. Ich versuche einen oder zwei unserer Widersacher niederzustrecken, während sie nach Ihnen Ausschau halten. Damit werde ich die anderen hoffentlich in die Flucht schlagen.«

»Wie viele sind's denn – was glauben Sie, Mylord?«

»Nach den Schüssen zu schließen, die den Landauer trafen, so viele, dass wir's ohne Verstärkung wohl kaum schaffen dürften, den Sieg zu erringen. Beten Sie am besten um ein Wunder.«

Fügsam ließ sich Bentley auf ein Knie nieder, senkte den Kopf und murmelte ein paar Worte. Nach einem atemlosen »Amen« eilte er nach vorn.

Seinem Verschwinden war eine Feuerpause gefolgt. Jetzt hob er den Kopf und schrie: »Elende Bastarde! Zeigt eure hässlichen Gesichter!«

Hastig duckte er sich wieder, ehe die Kutsche von einer neuen Salve getroffen wurde. Gleichzeitig hörte er die Detonation einer Brown Bess unter dem Wagen, gefolgt von gellendem Gebrüll. Da wagte er, durch ein Kutschenfenster zu spähen, und beobachtete einen Mann, der an seinen blutenden Hals griff und taumelnd zusammenbrach.

Aus der Kehle eines anderen Schurken rang sich ein weiterer gurgelnder Schrei, nachdem Colton auf einen zerschlissenen, zwischen den Baumstämmen sichtbaren roten Rock geschossen hatte. Dann stolperte der Mann in das Blickfeld des Marquess, der schweren Herzens die Uniform der englischen Infanterie erkannte.

»Bleiben Sie unten, Bentley!«, rief er. »Ich muss mit diesen Männern reden!«

»Aber – Mylord!« Bentley zweifelte ernsthaft am Verstand seines Herrn. »Wollen Sie ins Jenseits befördert werden?«

»Tun Sie, was ich sage! Verstecken Sie sich!«

Das ärgerliche Gemurmel, das einem Fluch glich, musste Colton wohl oder übel als Zustimmung genügen. Die Arme vor der Brust verschränkt, blickte Bentley resignierend dem Selbstmord Seiner Lordschaft entgegen.

Von stechenden Schmerzen geplagt, kroch Colton zu einem der vorderen Räder. Die Anstrengung kostete ihn einen Großteil seiner restlichen Kräfte. Am Ziel angekommen, musste er sich ein paar Sekunden lang erholen. Dann bot er alle seine noch verbliebenen Energien auf, die immer schneller zu schwinden drohten, und rief den Banditen zu: »Warum habt ihr meine Kutsche angegriffen? Gehört ihr nicht zu den Männern, an deren Seite ich unsere Feinde bekämpft habe? Falls ihr nicht wisst, wen ihr überfallen habt, möchte ich mich vorstellen – Colonel Wyndham, vor wenigen Monaten aus dem Kriegsdienst Seiner Majestät zurückgetreten.«

»Colonel Lord Wyndham?« In dieser Frage schwang unverhohlenes Staunen mit und Colton erkannte die Stimme sofort wieder.

»Sind Sie das, Sergeant Buford? Heiliger Himmel, Mann! Nachdem ich Ihnen das Leben gerettet habe – warum vergelten Sie's mir mit einer Attacke auf meinen Wagen?«

»Niemals hätte ich mir träumen lassen, wir wären beauftragt worden, *Sie* zu überfallen, Mylord! Bitte, das müssen Sie mir glauben. Dieser Kerl behauptete, ein gewisser Lord Randwulf würde die Familien gefallener Soldaten davonjagen, die vor dem Krieg seine Pächter waren, und die Kinder zwingen, sich für ein paar Bissen Brot in seinem Arbeitshaus abzurackern.«

Der Colonel wusste nicht, was heißeren Zorn in ihm weckte – seine Wunde oder diese bösartige Verleumdung. »Wer erzählt solche Lügen über mich? Ich bin Lord Randwulf. Nach dem Tod meines Vaters erbte ich den Titel eines Marquess. Ich besitze kein Arbeitshaus. Und die Pächter bestellen unsere Felder schon seit vielen Jahren. Was die Witwen und Waisenkinder verstorbener Soldaten betrifft – sie bewohnen nach wie vor ihre Cottages und verrichten die Arbeit, die ihren Fähigkeiten entspricht.«

»Wie der Mann heißt, weiß ich nicht, Mylord. Und sein Gesicht habe ich auch nicht gesehen. Während er mit uns sprach, trug er eine Maske.«

»Ist er jetzt bei euch? Diesen Gauner, der mich so übel verunglimpft hat, möchte ich zur Rede stellen.«

»Gerade war er noch da, Mylord. Er hat auf Sie geschossen. Nach einer Fehlzündung musste er's noch mal versuchen.« Zögernd richtete sich Buford auf und schien zu fürchten, eine Kugel würde ihn treffen. Sobald er erkannt hatte, dass ihm keine Gefahr drohte, erhob er sich zu seiner vollen Größe und spähte nach allen Seiten. »In der Tat, Mylord, der Kerl ist verschwunden. Vielleicht hofft er, *wir* würden für das hängen, was er angezettelt hat. Ja, offensichtlich wurden wir zum Narren gehalten. Mylord, ich muss Sie um Verzeihung bitten.«

»Keine Bange, Buford, ich nehme Ihre Entschuldigung an. Und jetzt empfehle ich Ihnen, mit Ihren Kameraden nach Hause zu gehen und auf weitere Untaten zu verzichten. Wenn Sie nicht aufhören, Dummheiten zu machen, werden Sie eines Tages dafür büßen. Und falls Sie Arbeit brauchen – melden Sie sich in meinem Herrschaftshaus. Ich werde sehen, was ich für Sie tun kann – aber unterlassen Sie um Himmels willen diesen Unsinn, sonst wird man Sie in absehbarer Zeit wegen Ermordung unschuldiger Leute festnehmen und aufknüpfen.«

»Sind Sie verletzt, Mylord?«, fragte Buford besorgt. »Vorhin sah ich Sie stürzen, als der Bastard Sie getroffen hatte. Welch eine verdammte Schande, wenn Sie bei einem Überfall gestorben wären, an dem wir uns beteiligt haben … Können wir Ihnen helfen?«

»Der hinterhältige Halunke schoss mich in den Rücken. Leider fehlt mir die Zeit für eine ärztliche Behandlung, weil ich dringend nach Bath muss.«

Entgeistert schnappte Bentley nach Luft, bevor er erbost protestierte: »Mylord, die Fahrt nach Bath dauert eine Stunde. Und Randwulf Manor würden wir in wenigen Minuten erreichen. Wenn wir nicht umkehren, werden Sie sterben. Sobald der Doktor Sie untersucht hat und die Reise erlaubt, können wir immer noch aufbrechen.«

»Helfen Sie mir einfach in den Wagen, Bentley, und wir steuern Bath an. Zweifellos werden wir dort einen Arzt finden.«

»Bitte, Mylord, wenn Sie unterwegs sterben, stürzen Sie mich ins Unglück. Niemals würde Ihre Mutter mir verzeihen und Ihre Schwester würde mich womöglich skalpieren – so wie diese Wilden in den fernen Kolonien …«

»Verdammt, Bentley, gehorchen Sie. Mit Ihren albernen Argumenten bringen Sie mich nicht von meinem Entschluss ab. Fahren Sie möglichst schnell nach Bath! Von Ihren Fähigkeiten hängt das Glück meiner Zukunft ab.«

»Und Ihr Leben?«

»Das werde ich vorerst nicht verlieren, Bentley. Je eher Sie aufhören, mit mir zu streiten, desto schneller werde ich mich in die Obhut eines Arztes begeben. Außerdem ist es nur ein Kratzer.«

»Nur ein Kratzer«, murrte Bentley und kletterte auf den Kutschbock. »Pah! Mit diesem Loch im Rücken wird er verbluten, bevor wir in Bath ankommen.«

Bath ist genau der Ort, wo ich jetzt sein möchte, entschied Adriana, während sie am Fenster ihres Schlafzimmers stand und bedrückt über die schöne, von Laternen erhellte Stadt hinwegblickte. Der Raum lag im ersten Stock des Hauses, das ihrer Tante gehörte. Hier war sie nach ihrer Ankunft mit den Eltern eingezogen, vor wenigen Tagen. Seither hatte die Tante lange Spaziergänge mit ihren Gästen unternommen, alte Freunde und entfernte Verwandte besucht und die Suttons ermutigt, bedachtsam einzukaufen und sich geschmackvoll zu kleiden. Wie es den angenehmen Sitten und Gebräuchen der Stadt entsprach. In Bath existierte der Unterschied zwischen der Aristokratie und dem niedrigeren Adel nicht mehr. Solange man auf seine Manieren achtete, wurde man akzeptiert. Aber die Gesellschaft der temperamentvollen, geistreichen, amüsanten Tante, die ihre Gäste oft zum Lachen brachte, spendete Adriana keinen Trost. Immer wieder musste sie mit den Tränen kämpfen, wenn sie sich ihren Gefühlen hingab, die sie seit der Trennung von Colton Wyndham quälten.

Wenigstens war sie jetzt räumlich von Randwulf Manor und dem attraktiven Hausherrn getrennt, wenn auch nicht emotional. Tiefe Reue belastete sie, vor allem, wenn sie allein war. Sie wünschte, sie wäre klug genug gewesen, Colton von seiner vertraglichen Pflicht zu entbinden. Dann hätte er gar nicht erst begonnen, Adriana zu umwerben, und sie müsste jetzt nicht so schmerzlich leiden. Alle ihre Instinkte hatten sie gewarnt und ihr zugeflüstert, sie würde vergeblich auf eine Heirat hoffen. Aber in ihrer Dummheit hatte sie sich eingeredet, es gäbe eine winzige Chance. Leider war mit jeder Stunde, die sie mit Colton verbracht hatte, ihre Liebe zu ihm gewachsen.

Leise klopfte es an der Tür und das Geräusch lenkte Adrianas Aufmerksamkeit von der Straße vor dem Haus ab.

»Herein!«, rief sie und ihre Mutter betrat den Raum. Tapfer heuchelte Christina ein fröhliches Lächeln. Trotz ihrer tiefen Sorge um die Tochter bemühte sie sich um eine optimistische Fassade, obwohl ihr eigenes Herz zu brechen drohte. Unter diesen Umständen konnte sie nichts Besseres tun, denn sie vermochte keine Wunder zu wirken. Und so teilte sie das Leid des Mädchens nur im Geheimen. »Soeben ist Lord Alistair eingetroffen, Liebes. Kommst du bald nach unten?«

»Ja, Mama«, antwortete Adriana und nahm das wehmütige Seufzen kaum wahr, das sich aus ihrer Kehle rang. »Wann immer du willst, bin ich bereit.«

»In wenigen Minuten.«

Entzückt musterte Christina ihre jüngste Tochter. Das dunkelblaue Seidenkleid passte perfekt zu Adrianas hoch gewachsener, schlanker, anmutiger Gestalt. In der Perlenstickerei spiegelte sich das Licht einer nahen Lampe und erweckte den Eindruck winziger funkelnder Sterne an einem nachtblauen Himmel. Tropfenförmige Perlen, mit Saphiren besetzt, schmückten die zarten Ohren. Am Hals schimmerte ein goldenes Band, das verschlungenen Zweigen glich, ebenfalls mit Saphiren verziert. In der Mitte prangte eine große Perle, die zu den Ohrgehängen passte.

Von diesen Juwelen abgesehen, hatte Adriana auf schmückendes Beiwerk verzichtet, das nach Christinas Ansicht auch überflüssig gewesen wäre. Denn eine schlichte Aufmachung brachte echte Schönheit viel besser zur Geltung als Rüschen und Spitzen und sonstiger Tand. Christina fand, was sie nur sich selbst eingestand – ihre jüngste Tochter würde die beiden anderen an äußeren Reizen und Grazie eindeutig übertreffen.

»So hübsch siehst du aus, meine Liebe! Alistair hat uns mitgeteilt, wir würden auch Samantha, Percy, Stuart und Berenice in der Kurhalle treffen. Wie mir deine Tante erzählt hat, erkundigen sich deine früheren Verehrer ständig nach dir. Heute Abend werden sie das Lansdown besuchen, in der Hoffnung, ihre Bemühungen um dich fortzusetzen. Natürlich zweifle ich am Erscheinen von – ach, du weißt schon, wen ich meine.«

Den Namen Coltons wagte Christina nicht zu erwähnen, weil sie fürchtete, einen Tränenstrom auszulösen. Allerdings fand sie, es wäre eine Schande, dass er nicht miterlebte, wie eifrig Adrianas Bewunderer seine Abwesenheit willkommen hießen. Diesem Wüstling würde es nur recht geschehen, wenn er erkennen müsste, wie viele Gentlemen Adriana zu erobern suchten. Was der Marquess ihrer Tochter angetan hatte, betrachtete sie als persönlichen Affront. Doch sie wusste, dass es noch jemanden gab, der schmerzlich unter der Trennung des Paares litt.

Seufzend dachte sie an ihre alte Freundin. »Die liebe Philana war völlig verstört, nachdem sie von seiner plötzlichen Vaterschaft und der Ehe mit dieser Schauspielerin erfahren hatte. Und sie konnte kaum fassen, wie einfach es gewesen war, dem Erzbischof eine Sonderlizenz für die überstürzte Heirat zu entlocken. Trotzdem hofft sie, du wirst ihrem Sohn verzeihen und seinen Heiratsantrag überdenken. Ich musste ihr natürlich erklären, das sei nicht zu erwarten. Wenn Seine Lordschaft auch eine begehrenswerte Partie wäre – seine Ehefrau dürfte nicht an der Integrität ihres Gemahls zweifeln. Trotzdem gibt es Menschen, die loyal zu ihm halten und seine Handlungsweise verteidigen. Zum Beispiel der arme Alistair … In Tillys Gegenwart tut er sein Bestes, um diskret zu bleiben. Aber offensichtlich bewundert er seinen Neffen. Sogar bei deinem Vater setzt er sich für ihn ein und betont, Seine Lordschaft habe eine edle Entscheidung gefällt – wo doch so viele Aristokraten ihren Bastarden den Rücken kehren und arrogant vorgeben, sie hätten sich kein bisschen skandalös benommen. Selbstverständlich möchte Alistair nichts unternehmen, was Tilly erzürnen würde, weil sie so unerschütterlich auf deiner Seite steht. Wenn mich nicht alles täuscht, ist der Mann völlig hingerissen von deiner Tante.«

Adriana brachte ein schwaches Lächeln zustande. »Wahrscheinlich staunt er selber am allermeisten über seine Gefühle, nach seinem jahrelangen Junggesellenleben.«

»Ja, das verstehe ich«, stimmte Christina zu. »Seit wir mit den Wyndhams befreundet sind, hat er niemals einer Frau den Hof gemacht oder Interesse an einer Heirat gezeigt. Vielleicht hat – du weißt schon, wen ich meine – sein Unabhängigkeitsstreben geerbt. Nun, jedenfalls bin neugierig, wie sich die Beziehung zwischen Tilly und Alistair entwickeln wird. So wie du schart sie zahlreiche Bewunderer um sich. Ob sich ihre drei Söhne mit einem Stiefvater anfreunden werden, weiß ich nicht. Aber da sie erwachsen sind und selber Kinder haben, können sie wohl kaum protestieren. Außerdem würde sich Tilly ohnehin jede Einmischung verbieten.« Lächelnd winkte Christina ihre Tochter näher zu sich. »Komm jetzt, meine Liebe. Inzwischen wird dein Vater schon ungeduldig umherwandern und sich fragen, warum wir so lange zaudern.«

Sobald Adriana mit ihrer Begleitung im Lansdown Crescent eingetroffen war, wurde sie von attraktiven Gentlemen umlagert. Jeder versuchte, ihre Aufmerksamkeit zu erregen und sich einen oder zwei Tänze zu sichern. So unglaublich ihr das auch erschien – ihre Anwesenheit in Bath ohne den offiziellen Bewerber hatte sich sogar bis London herumgesprochen. Erst am vergangenen Tag waren die Söhne ihrer Nachbarn am Regent Park nach Bath gereist, um die Heilquellen auszuprobieren – allerdings nur jene, die in der Nähe von Lord Standishs Tochter sprudelten.

Zwischen den jungen Männern, die begierig nach Adriana Ausschau hielten, stand Sir Guy Dalton in vorderster Front. Als sie die Halle betrat, eilte er ihr entgegen, verneigte sich formvollendet und verwickelte sie unverzüglich in ein Gespräch über die Vorzüge der Stadt und das neue Jahr, das in zwei Tagen beginnen würde. Obwohl sie sich einige Minuten lang mit dem jungen Galan unterhielt, lehnte sie seine Einladung höflich ab. Sie wollte lieber bei ihren Eltern sitzen statt auf einem der Stühle, die Reverend William Dalton für seine Familie und seinen Gast, den Erzbischof, hatte reservieren lassen.

Im Ballsaal erklang Musik, sanft und doch ermunternd. Trotz ihres Kummers spürte Adriana, wie neue Lebensgeister in ihr erwachten, die ihr zumindest genügten, um mit Sir Guy und einigen anderen jungen Bewunderern zu tanzen. Aber während sie zu einer Seite des Raums zurückkehrte, versperrte ihr Roger Elston den Weg und verdarb ihr die Laune.

»Mylady.« Lächelnd schaute er sie an. Seiner Missetat schien er sich nicht zu entsinnen.

Mit verkniffenen Lippen erwiderte sie das Lächeln und nickte kaum merklich. »Mr Elston …«

Sie versuchte an ihm vorbeizugehen. Doch er bewegte sich blitzschnell in die Richtung, die sie einschlagen wollte, verhinderte ihre Flucht und sah sich unbefangen um. Dann wandte er sich wieder zu ihr. Offensichtlich nahm er ihren Wunsch, ihn einfach stehen zu lassen, und ihre frostige Miene nicht wahr. Sein Blick glitt von ihren dunklen Augen hinab, als würde er unwiderstehlich vom cremeweißen, perfekt gewölbten Busenansatz über dem engen Oberteil des mitternachtsblauen

Kleids angezogen. Ob der Mann nur Erinnerungen aufzufrischen trachtete oder Schlimmeres plante, wusste Adriana nicht. Jedenfalls war sie wütend.

»Welch eine Überraschung, Sie ohne Ihren vornehmen Begleiter anzutreffen …«, bemerkte Roger in beiläufigem Ton. »Hat Seine Lordschaft Sie vergessen oder vertreibt er sich mit einer anderen Lady die Zeit?«

Entschlossen ignorierte sie die Unverschämtheit des Ex-Lehrlings. Sie drehte sich seitwärts und fächelte ihren brennenden Wangen Kühlung zu. So hartnäckig wie eh und je, trat er vor, so dass sie wieder Schulter an Schulter standen, beobachtete die Tanzpaare und genehmigte sich eine Prise Schnupftabak.

»Was mich selbst betrifft«, fuhr er fort, »ich befinde mich in guter Gesellschaft, denn ich habe die bildschöne Miss Felicity und einige ihrer flüchtigen Bekannten hierher eskortiert, die Bath schon lange kennen lernen möchten.«

»Sind Sie neuerdings Fremdenführer, Mr Elston?«, fragte Adriana kühl. Hinter seinem Rücken lächelte sie Felicity und zwei etwa 17-jährigen Mädchen zu, die sich aufgeregt im Ballsaal umschauten.

»O nein, Mylady. In meiner Spinnerei bin ich viel zu beschäftigt, um mich einer so extravaganten Tätigkeit zu widmen. Mittlerweile werde ich mit Bestellungen dermaßen überhäuft, dass meine Lieferung nur mit Müh und Not termingerecht bei Gladstone's abgegeben wurde.«

»Wie schön für Sie …« Als sie davongehen wollte, ergriff er ihren Arm. »Entfernen Sie sofort Ihre Hand, Mr Elston, oder ich schreie«, warnte sie ihn und er gehorchte.

»O Gott, liebe Lady, ich hatte nicht vor, Sie zu erzürnen. Aber ich würde Sie sehr gern mit Felicitys Freundinnen bekannt machen. Diese jungen Mädchen sind leicht zu beeindrucken und offenbar hellauf begeistert von der Aristokratie. Für die beiden wäre es sicher eine große Ehre, Sie kennen zu lernen. Übrigens fühle ich mich zwischen Felicity und ihren

Freundinnen hin und her gerissen. Deshalb weiß ich nicht, welche Dame ich um ihre Hand bitten soll. Leider widersteht Felicity immer noch meinen männlichen Trieben. Sie ist ja so unschuldig, die Ärmste. Und die beiden anderen … Wie ich gestehen muss, langweilen mich ihre eifrigen Bemühungen, mir zu gefallen.« Gähnend hielt er eine Hand vor seinen Mund. »Bei jeder Gelegenheit heben sie ihre Röcke und es stört sie nicht, zu dritt im Bett zu liegen …«

Das Gesicht feuerrot, kehrte sie ihm abrupt den Rücken und kämpfte sich durch das Gedränge zu ihren Eltern. Bei ihnen würde sie sich sicher fühlen. Während sie auf die beiden zuging, bemerkte sie den forschenden Blick ihres Vaters. Obwohl er schwieg, spürte sie seine Sorge. »Ich bin nur verärgert, Papa, das ist alles«, beantwortete sie seine stumme Frage. »Was für ein grässlicher Rüpel dieser Mann ist … Schade, dass du ihm nicht etwas abschneiden willst, wie du es laut Maud angedroht hast! Dann hättest du die Schändung zweier junger Mädchen verhindert.«

Unbehaglich räusperte sich Gyles. »Maud sollte deine unschuldigen Ohren nicht mit meinen unheilvollen Drohungen röten, Mädchen.«

Adriana lachte leise und berührte seinen maßgeschneiderten Ärmel. »Mein lieber Papa, ich befasse mich lange genug mit Pferden, um den Unterschied zwischen einem Wallach und einem Hengst zu kennen. Und Mr Elston würde das Schicksal eines Wallachs verdienen.«

Da zwinkerte er ihr zu und gab es auf, sein Grinsen zu bezwingen. »Vielleicht werde ich meine Drohung eines Tages wahr machen, um dich vor diesem Unhold zu bewahren. Diese dummen Mädchen tun mir natürlich Leid. Manche lernen's niemals, gewissen Männern aus dem Weg zu gehen. Aber ich fürchte, solchen Damen können wir keine Vernunft beibringen. Sie sind alt genug, um es besser zu wissen. Außerdem – wenn sie die Ermahnung ihrer Eltern missachten, werden sie wohl kaum einen Rat von Fremden annehmen.«

»Vermutlich haben sie keinen Vater wie dich, der sie beschützt.« Voller Bewunderung lächelte sie ihn an und strich zärtlich über seine Revers. »O Papa, ich liebe dich wie keinen anderen Mann auf Erden.«

»Warum lügst du?« Prüfend betrachtete er ihre Augen, die in letzter Zeit allen Glanz verloren hatten. »Soviel ich weiß, gibt's einen, den du innig liebst.«

»Ja, Papa«, gestand sie und kämpfte mühsam mit den Tränen. »Bedauerlicherweise liebt er mich *nicht*.«

»Nun, das werden wir sehen – eventuell noch heute Abend.« Beruhigend tätschelte er ihre Hand. Dann ließ er seinen Blick durch den Ballsaal schweifen und wies mit einer beiläufigen Geste zum Eingang. »Ah, ein vertrautes Gesicht – ich glaube, der Gentleman sucht dich.«

Adrianas Puls beschleunigte sich. War Colton nach Bath gekommen, um sie wiederzusehen? Ihre Wangen färbten sich rosig, als sie zur Tür starrte. Zu ihrer bitteren Enttäuschung erkannte sie den attraktiven Riordan Kendrick. Offenbar war er eben erst angekommen, denn er schien tatsächlich nach jemandem Ausschau zu halten.

So groß wie ihr Vater, konnte er über die Köpfe der Frauen und der viel zahlreicher vertretenen Männer hinwegspähen. Methodisch suchte er den ganzen Raum ab, bis sein Blick schließlich an Adriana hängen blieb. Seine Lippen verzogen sich langsam zu einem Grinsen, bevor er entschlossen zwischen den schwatzenden Paaren hindurcheilte, die sich vor den Stühlen und Bänken der Zuschauer versammelt hatten.

Adriana konnte kaum glauben, wie schnell sich die Nachricht von ihrem Bruch mit Colton verbreitet hatte. Aber hier begegnete sie dem lebenden Beweis für diese Tatsache. Allem Anschein nach wollte Riordan die Gelegenheit nutzen, um seine Werbung zu forcieren.

Beinahe hatte sie vergessen, wie gut er aussah – und wie eifrig er bestrebt war, sie für sich zu gewinnen. Doch sie erwiderte sein Lächeln nur halbherzig. Wenn sie früher auch geglaubt hatte, sie würde ihn nur zu gern heiraten, jetzt mochte sie sich das nicht mehr vorstellen, weil Coltons Bild ihre Phantasie unentwegt beherrschte – und ihr Herz. Vielleicht würde der Schmerz mit der Zeit verebben und sie konnte die Gentlemen, die sich aufrichtig für sie interessierten, in Erwägung ziehen, insbesondere Riordan Kendrick, der sie seit fast zwei Jahren beharrlich umwarb.

»Wie sehr ich Sie in diesen letzten Monaten vermisst habe, lässt sich nicht in Worte fassen, Lady«, erklärte er mit sanfter Stimme, sobald er vor ihr stand. »Ich tat mein Bestes, um die Frau, die ich verloren hatte, aus meinen Gedanken zu verbannen. Indem ich die Renovierung meiner Privatgemächer auf meinem Landsitz überwachte, wollte ich mich ablenken. Ohne Erfolg. Letzten Endes ertrug ich die Leere meines Herzens nicht mehr und fragte mich, ob es möglich wäre, Sie doch noch zu erobern. Darf ich Ihren Aufenthalt in Bath und die Abwesenheit Ihres bisherigen Begleiters für ein viel versprechendes Zeichen halten?«

Ein flatterndes Taschentuch auf der gegenüberliegenden Seite des Saals erregte Adrianas Aufmerksamkeit. Um festzustellen, wer sich so auffällig benahm, schaute sie an Riordan vorbei, da ihr seine hoch gewachsene Gestalt die Sicht versperrte. Die offenbar verzweifelte Person war niemand anderer als Samantha, die sie hektisch zu sich winkte. Da Adriana die untadeligen Manieren ihrer Freundin kannte, musste etwas Schlimmes geschehen sein, um sie dermaßen aus der Fassung zu bringen.

Flehend legte Adriana eine Hand auf den Arm des Marquess. »Verzeihen Sie meine Unhöflichkeit, Riordan. In einem so bedeutsamen Moment dürfte ich Sie nicht verlassen. Aber ich muss herausfinden, warum Samantha mich sprechen möchte. Nach ihrer unübersehbaren Erschütterung zu schließen, ist etwas passiert ...« Plötzlich verstummte sie, von der kalten Angst gepeinigt, Colton würde irgendwo liegen, tot oder schwer verletzt.

Riordan drehte sich um, da er mit eigenen Augen ergründen wollte, was hinter ihm vorging. In der Tat, Samantha wirkte völlig verstört. »Folgen Sie mir, Lady, und bleiben Sie an meiner Seite«, bat er und ergriff Adrianas schmale Hand. »In diesem dichten Gedränge werden Sie ohne meine Hilfe nicht weit gelangen.«

Dankbar ließ sie sich durch die Menschenmenge führen. Mit seinen breiten Schultern bahnte er ihr mühelos einen Weg. Sobald sie sich Samantha näherten, lief sie ihnen entgegen und umklammerte Adrianas Arm. Aus ihrem Gesicht war alle Farbe gewichen. Wie ihre bebenden Lippen verrieten, musste sie ihre ganze Kraft aufbieten, um nicht zusammenzubrechen.

In wachsender Sorge fragte Adriana: »Mein Gott, warum regst du dich so auf? Wo ist Percy? Geht es ihm gut?«

»Bentley hat jemanden hierher geschickt, um ihn nach draußen holen zu lassen. Soeben kam Percy zurück und erzählte mir, Colton würde draußen in seiner Kutsche auf dich warten.«

Zunächst stieg heiße Freude in Adriana auf, dann meldete sich ihre Vernunft und dämpfte das Glücksgefühl. Glaubte er wirklich, sie würde sofort in seine Arme sinken, nachdem er sie während der ganzen Werbungszeit auf Distanz gehalten hatte? Um Gleichmut zu heucheln, den sie nicht empfand, zuckte sie blasiert die Achseln. »Wieso kommt dein Bruder nicht herein?«

»Weil er in den Rücken geschossen wurde. Und er weigert sich, einen Arzt aufzusuchen, bevor er mit dir gesprochen hat. Bentley erklärte, kurz nachdem sie Randwulf Manor verlassen hätten, wären sie überfallen worden. Trotz seiner Wunde fuhr Colton nach Bath weiter – nur um dich zu sehen.«

Die grausige Neuigkeit erfüllte Adrianas Herz mit Eiseskälte. Zum zweiten Mal innerhalb weniger Minuten musste sie den Marquess um Verständnis bitten, diesmal mit gepresster Stimme. »Entschuldigen Sie mich, Riordan, ich muss zu Colton gehen.«

»Vielleicht kann ich helfen.« In seinen dunklen Augen erlosch alle Hoffnung. Um sie zu ermutigen, hielt er ihre zitternden Hände fest. »Im Lauf meines Kriegsdienstes habe ich viele Wunden verbunden. Wenn ich Sie beide nach draußen begleiten darf, würde ich mich gern nützlich machen.«

Dieses Angebot nahm Samantha ohne Zögern an. »Beeilen wir uns – bevor Colton womöglich stirbt.«

Schockiert beobachteten mehrere Leute, wie die drei zum Ausgang stürmten. Doch sie maßen dem Zwischenfall keine besondere Bedeutung bei. Nur ein paar Männer folgten ihnen.

Bentley wartete neben dem Landauer, dessen beklagenswerter Zustand zahlreiche Neugierige angelockt hatte. Diesen Wagen kannten einige Leute und sie wollten wissen, ob einer der Wyndhams bei dem Angriff von unbekannter Seite, den der Fahrer wortkarg erwähnt hatte, verletzt worden war.

Was seinen Herrn betraf, verkündete Bentley in dessen Auftrag: »Seine Lordschaft hat einen Kratzer abbekommen.«

Als die Ladys die Eingangstreppe des eleganten Gebäudes herabrannten, stieg Percy aus der Kutsche, ganz vorsichtig, um seinem Schwager keine zusätzlichen Schmerzen zu bereiten.

»Ist er sehr schwer verletzt?«, fragte Samantha ihren Mann, der ihr in den Landauer half

»Nein, behauptet dein Bruder«, murmelte Percy. »Aber du musst mit dem Schlimmsten rechnen, mein Liebling. Anscheinend hat er sehr viel Blut verloren. Sein Mantel ist am Rücken völlig durchweicht.«

Von kaltem Grauen fast überwältigt, biss Adriana in ihre Fingerknöchel, während Samantha in den Wagen kletterte, von ihrem Gemahl gestützt. Endlich wandte sich Percy zu ihr, das Gesicht voller Sorge. Im Laternenlicht fehlte seinen blauen Augen der übliche heitere Glanz. In ihren dunklen Augen, von Tränen verschleiert, las er ein inständiges Flehen.

»Leider kann ich dir keine Hoffnungen machen, Adriana«, flüsterte er bedauernd und drückte ihre Finger, um seine eigene Sorge zu bekunden. Dann half er ihr behutsam in die Kutsche.

Samantha saß neben ihrem Bruder. Als sie dem fragenden Blick ihrer Freundin begegnete, konnte sie nur die Lippen zusammenpressen und skeptisch mit den Schultern zucken. Adrianas Beine trugen sie kaum.

Irgendwie erreichte sie die Bank gegenüber von Colton, sank in die Polsterung und musterte klopfenden Herzens den Mann, den sie so verzweifelt liebte.

Zusammengesunken saß er in der Ecke, einen Ellbogen auf der Armstütze, die Hand an die Brust gepresst, als versuchte er sich dadurch aufrecht zu halten. Im Lampenschein wirkte sein Gesicht unnatürlich bleich und verzerrt. Offenbar fiel es ihm sehr schwer zu sprechen. »Verzeiht mir meinen derangierten Zustand, Ladys«, keuchte er und die steifen Bewegungen seiner blassen Lippen bezeugten, dass er seine Schmerzen kaum noch verkraftete. »Diese Reise trat ich in bester körperlicher Verfassung an. Aber dann wurde ich von einer Gaunerbande überfallen, die mich töten wollte ...«

Um ein angstvolles Stöhnen zu unterdrücken, griff sich Adriana an die Kehle und ihre ebenso bestürzte Freundin stellte die Frage, die ihr selbst auf der Zunge brannte.

»Warum bist du nicht umgekehrt, um dich von unserem Arzt behandeln zu lassen, Colton?«

»Weil ich Adriana versichern musste, dass ich sie liebe – und wie sehnlich ich mir wünsche, sie würde meinen Heiratsantrag annehmen.« Sein Blick streifte die offene Wagentür, vor der Riordan stand und das Gespräch belauschte. »Da ich fürchtete, ich würde sie an einen anderen verlieren – wollte ich möglichst schnell hierher fahren. Ohne meine Liebeserklärung – wer weiß, wie sich der Abend entwickeln würde ...«

Adriana wischte die Tränen weg, die über ihre Wangen strömten. Weder seine Familie noch sie selbst würde seinen Tod ertragen. Von ganzem Herzen liebte sie ihn. Wenn er starb, würde sie sich niemals verzeihen – denn nur ihre abweisende Haltung hatte ihn daran gehindert, rechtzeitig einen Arzt aufzusuchen. Bis in ihr Grab würden sie die Schuldgefühle verfolgen. »Sir, wir sollten Sie sofort zu Tante Tilly bringen und einen Arzt verständigen.«

Im Lampenlicht sah sie sein dünnes Lächeln, die rauchgrauen Augen, die sie unverwandt anschauten. »Erst müssen Sie mir versprechen, mich zu heiraten, Adriana. Heute Abend wäre ein geeigneter Zeitpunkt. Am besten sofort.«

»Wenn Ihre Wunde nicht bald behandelt wird, setzen Sie Ihr Leben aufs Spiel«, würgte sie hervor und unterdrückte ein Schluchzen.

»Besser sterben – als ohne Sie leben«, flüsterte er und reichte ihr seine freie Hand.

In Tränen aufgelöst, griff sie danach und er hielt ihre Finger fest.

»Werden Sie meine Frau, Adriana?«, hauchte er.

»Ja, o ja!«

Trotz seiner Schmerzen brachte er ein schwaches Grinsen zustande, als sein Blick wieder in Riordans Richtung glitt. »Falls ich meine Verletzung nicht überlebe, Sir – lassen Sie mich versichern, dass ich Sie zum Ehemann dieser Lady ernennen würde. Einen besseren könnte sie nicht finden. Vorausgesetzt, ich sterbe.«

Sogar in dieser ernsten Situation wusste Riordan den unerschütterlichen Humor Lord Randwulfs zu schätzen. Er nickte ihm zu und akzeptierte das Kompliment, fühlte sich aber zu einer unverblümten Antwort bemüßigt: »Wären Sie beide einander nicht versprochen worden, hätte ich Himmel und Erde in Bewegung gesetzt, um Ihnen Adriana abspenstig zu machen. Und obwohl es mein innigster Wunsch ist, sie zu heiraten, will ich mein Glück nicht Ihrem Tod verdanken, Sir. Nun müssen wir uns um dringlichere Angelegenheiten kümmern. Wenn Sie es gestatten, möchte ich Sie begleiten und mit Percys Hilfe ins Bett bringen. So tüchtig die Ladys auch sein mögen, dazu würde ihnen die Kraft fehlen.«

»Dieses Angebot nehme ich nur zu gern an«, erwiderte Colton. Nun klang seine Stimme immer schwächer. »Ich fürchte, allein würde ich's nicht schaffen, die Kutsche zu verlassen und ein Haus zu betreten – geschweige denn, mich auszukleiden.«

Riordan wandte sich zu Sir Guy, der neben ihm stand und den Wortwechsel aufmerksam mit angehört hatte, offenbar in echter Sorge. Da Riordan den jungen Träger des Hosenbandordens zu seinen Freunden zählte, bat er: »Wären Sie so freundlich, Adrianas Eltern mitzuteilen, sie würde ins Haus ihrer Tante zurückkehren? Sonst sorgen sie sich womöglich, wenn sie nicht in den Ballsaal zurückkehrt.«

»Gewiss, ich werde die Suttons informieren«, versprach Sir Guy. Bevor er davonging, trat er näher zur offenen Wagentür und räusperte sich, um die Aufmerksamkeit des Verwundeten zu erregen, der ihn mit glasigen grauen Augen musterte. »Mylord, ich wünsche Ihnen von Herzen alles Gute. Wenn ein Kriegsheld von Ihrem Rang, der so tapfer gegen Frankreich gekämpft hat, durch die Schuld verbrecherischer eigener Landsleute sterben müsste, wäre es ein zu grausames Schicksal. Hoffentlich werden Sie die bösen Absichten dieser niederträchtigen Leute vereiteln, indem Sie ein langes, wundervolles Leben genießen. Was Ihr Glück betrifft, werde ich meinen Vater bitten, möglichst schnell dafür zu sorgen. Da Sie ebenso wie Lady Adriana in Wiltshire wohnen, müsste er Ihnen mühelos eine Heiratslizenz beschaffen. Zudem hält sich der Erzbischof zufällig gerade in Bath auf, wo er verschiedene Kirchen inspiziert, die seiner Schirmherrschaft unterstehen. Heute Abend ist er ein Gast meines Vaters im Crescent. Zweifellos würde er einem der ehrenwertesten Helden unseres Landes nur zu gern eine Sonderlizenz erteilen. Sobald er das Dokument unterzeichnet hat, könnte niemand gegen Ihre Hochzeit mit Lady Adriana protestieren.«

»Vielen Dank, Sir Guy«, murmelte Colton und bemühte sich wieder um ein Lächeln. »Was die Kosten angeht – für diese Unterschrift zahle ich Seiner Gnaden jede noch so hohe Summe.«

Ohne ein weiteres Wort wandte sich Sir Guy ab, um den Auftrag auszuführen. Doch da wurde ihm der Weg von Roger Elston versperrt, der einen sardonischen Blick in die Kutsche warf und mit einer arroganten Geste ein Taschentuch ans linke Nasenloch hielt. »Was ist passiert?«

Warum Sir Guy in hellen Zorn geriet, wusste er nicht genau. Vielleicht forderte ihn das höhnische Grinsen des Wollspinners, den er nie gemocht hatte, zu einer brüsken Reaktion heraus. Vor allem, weil der Mann die Hand einer Lady beanspruchte, die so viele Aristokraten umwarben. »Nichts – außer dass Lady Adriana soeben den Heiratsantrag Seiner Lordschaft angenommen hat. Nun werde ich meinen Vater ersuchen, die Trauung noch heute Abend vorzunehmen, natürlich auf Grund einer Sonderlizenz, die Seine Gnaden, der Erzbischof, unterzeichnen wird.«

Rogers Augen verengten sich zu eisigen Splittern. »Das tun Sie für den hochmütigen Bastard, obwohl Sie die Lady selbst begehren?«

»Im Gegensatz zu gewissen *Männern*«, erwiderte Guy und hob bedeutsam die Brauen, »bin ich kein rachsüchtiger Verlierer.« Wie funkelnde Dolche schienen sich die beiden Augenpaare zu duellieren. »Außerdem dürften die meisten Leute meine Meinung teilen, Seiner Lordschaft würde angesichts der wertvollen Verdienste um unser Land diese Ehre gebühren. Was man von den schäbigen Kerlen, die sich unter Vorspiegelung irgendwelcher Gebrechen vor dem Kriegsdienst gedrückt haben, wahrlich nicht behaupten kann.«

»Oh, Sie armer Narr!«, höhnte Roger bissig und ignorierte die beleidigende Andeutung. »Glauben Sie wirklich, Wyndhams Verwicklungen in ein paar Scharmützel würde ihn so hoch über andere Offiziere stellen?«

»Was? Ein paar Scharmützel?« Sir Guy lachte verächtlich. »Eher waren es hundert erbitterte Kämpfe. Wie auch immer, unsere Diskussion ist überflüssig, da Lady Adriana bereits zugestimmt hat, die Gemahlin Seiner Lordschaft zu werden.«

Mit einem kraftvollen Zeigefinger klopfte er auf die Brust des Fabrikanten und verpasste ihm das, was ein erfahrener Fechter von seinem Kaliber einen verbalen Gnadenstoß nennen würde. »Also haben Sie nicht die geringste Chance, Sie Idiot!«

Vergeblich suchte Roger der Faust auszuweichen, die blitzschnell auf seinem Kinn landete. Geräuschvoll klappten die Zähne des Mannes zusammen, dann sandte er Sir Guy, der sich mit langen Schritten entfernte, einen wütenden Fluch nach.

Percy näherte sich dem Kutscher, der ungeduldig umherwanderte und ihm sofort entgegeneilte, in der Hoffnung auf ermutigende Neuigkeiten.

Aber die hörte er nicht. Stattdessen wies Percy ihn in ernstem Ton an, unverzüglich zu Lady Mathildas Haus zu fahren. Niedergeschlagen kletterte Bentley auf den Kutschbock.

Um für Percy und Riordan Platz zu machen, erhob sich Adriana. Colton weigerte sich, ihre Hand loszulassen, und bedeutete ihr, sich zwischen seine Schwester und ihn selbst zu setzen. Da sie seine Schmerzen nicht verschlimmern wollte, zögerte sie, bis Samantha zur Seite rückte. Colton umfing Adrianas Schulter, schlang seine Finger in ihre und legte die vereinten Hände in ihren Schoß. An seinem Arm spürte er ihren weichen Busen. Liebevoll rieb sie ihre Wange an seiner Schulter, als sein Kopf in die Polsterung sank. Und dann stockte ihr Atem, denn seine Finger erschlafften in ihrer Hand.

»O nein, bitte nein!«, rief sie und veranlasste die anderen Wageninsassen, sich vorzubeugen. Angstvoll tastete sie nach einem Puls in Coltons Hand – und fand keinen. Nachdem sie ein Schluchzen bekämpft hatte, erneuerte sie ihre Bemühungen. Endlich spürte sie ein regelmäßiges Pochen unter ihren Fingerspitzen und seufzte erleichtert, bevor sie die Blicke der anderen erwiderte, die sie besorgt anstarrten. »Alles in Ordnung, sein Puls klopft stark und gleichmäßig – er hat nur die Besinnung verloren.«

Zitternd presste Samantha eine Hand auf ihren Mund, die Wangen tränenüberströmt.

»Liebste Samantha, verzeih mir, dass ich dich erschreckt habe«, flehte Adriana, ließ ihren eigenen Tränen freien Lauf und ergriff die Hand ihrer Freundin, die ihre Finger bebend umklammerte.

Die Köpfe aneinander gelehnt, versuchten beide Frauen ihre wachsende Angst zu meistern. In ihrer Liebe zu Colton und der qualvollen Furcht um sein Leben vereinten sich ihre Herzen.

# Kapitel 16

Sobald der Landauer vor Lady Mathildas Haus hielt, stieg Riordan aus, hob Adriana hoch und stellte sie auf den Boden.

In fliegender Hast rannte sie zur Tür und ließ den eisernen Klopfer gegen die Metallplatte fallen, während Riordan ihrer Freundin aus dem Wagen half. In der Stille, die nun folgte, hörte Adriana eilige Schritte das Vestibül durchqueren.

Der Butler, ein resoluter Mann um die vierzig, öffnete das Portal einen Spaltbreit. Nachdem er die Ladys erkannt hatte, begrüßte er sie höflich und trat beiseite. Dann entdeckte er die beiden breitschultrigen Männer, die mit vereinten Kräften einen offenbar Bewusstlosen trugen, und zog die Tür etwas weiter auf

»Hodges, wir brauchen sofort einen Doktor«, erklärte Adriana atemlos, während Percy und Riordan ihre Bürde ins Haus trugen. »Kennen Sie hier in Bath einen renommierten Arzt? Lord Randwulf wurde von Banditen angeschossen und muss dringend behandelt werden.«

»Da gibt es einen Doktor, den Lady Mathilda sehr schätzt, Mylady, und ich werde unverzüglich meinen Sohn zu ihm schicken.« Der Butler wandte sich zu einem etwa 12-jährigen Jungen, der ihm in die Halle gefolgt war. »Von uns allen kannst du am besten mit Pferden umgehen, Caleb. Reit zu Franklin Croft und sag ihm, er soll möglichst schnell hierher kommen.«

»Klar, Papa, ich beeile mich.«

Die Röcke gerafft, lief Adriana an den Männern vorbei und führte sie die Treppe hinauf. Ihre Tante bewohnte das herrschaftliche Schlafgemach, ihre Eltern hatten sich im größeren der beiden Gästezimmer einquartiert. Also musste Colton in den Raum gebracht werden, den sie selbst bezogen hatte. Sie öffnete die Tür und schlug das Bett auf. Am Ende der kleinen Prozession ging Samantha den Flur entlang. Dabei versuchte sie, Hodges über die Ereignisse zu informieren, indem sie wiederholte, was Bentley ihrem Mann erzählt hatte.

Rat suchend schaute Adriana den Butler an. »Sollten wir das Bett nicht mit alten Laken beziehen, um Tante Tillys feines Leinen zu schonen?«

Auf diesen Gedanken war Hodges bereits gekommen und hatte einer Dienerin entsprechende Anweisungen erteilt. Wenig später eilte die Frau herbei, einen Wäschestapel auf den Armen. Mit Adrianas Hilfe breitete sie mehrere schützende Leintücher über die Matratze. Dann legten die beiden Männer den immer noch ohnmächtigen Colton aufs Bett und begannen, seine Weste aufzuknöpfen.

In kompromissloser würdevoller Haltung trat Hodges neben Adriana, schlang seine Finger ineinander und senkte diskret die Stimme. »Mylady, dieser Anblick eignet sich nicht für junge Damen. Deshalb muss ich darauf bestehen, dass Sie sich mit Lady Burke nach unten begeben und die Entkleidung Seiner Lordschaft uns dreien überlassen.« Mit einer knappen Geste wies er auf Percy, Riordan und sich selbst, wobei er zu verstehen gab, er sei Herr der Lage und durchaus fähig, alle Probleme zu meistern. »Früher hat Ihre Tante dem guten Dr. Croft oft geholfen, wenn er die Soldaten betreute, die aus dem Krieg heimgekehrt waren. Manchmal bot sie ihm auch meine Dienste an. Da ich weiß, was der Doktor brauchen wird, um die Kugel aus der Wunde zu entfernen, habe ich das Personal schon beauftragt, die erforderlichen Instrumente abzukochen, um sie zu desinfizieren, Verbandszeug bereitzulegen, und so weiter. Gewiss werden Sie mir zustimmen, Mylady, wenn ich betone, eine unverheiratete junge Dame sollte nicht mit ansehen, wie Seine Lordschaft ausgezogen und verarztet wird. Seien Sie versichert, der Patient wird sich in den besten Händen befinden – nicht nur jetzt, sondern vor allem auch nach Dr. Crofts Ankunft. Er ist ein ausgezeichneter Arzt und hat schon zahllose komplizierte Verletzungen erfolgreich behandelt. Das kann ich bezeugen, nachdem ich einige Wunder beobachten durfte, die er vollbracht hat. Für Sie und Lady Burke gibt es hier nichts zu tun. Bitte, nehmen Sie unten im Salon Platz und trinken Sie ein Glas Portwein, während Sie warten, bis der Doktor eintreffen und das Beste für Lord Randwulf tun wird.«

Es widerstrebte ihr, Colton zu verlassen. Unglücklich schaute sie ihn an. Aber Samantha legte eine sanfte Hand auf ihren Arm. »Komm, Liebes, Hodges hat Recht. Sicher können die Männer meinen Bruder viel besser auf die ärztliche Untersuchung vorbereiten als wir. Uns fehlt die nötige Erfahrung, um so schreckliche Wunden zu behandeln. Vielleicht erinnerst du dich – wenn wir früher verletzte Tiere fanden und gesund pflegen wollten, hatten wir fast nie Erfolg. Meistens mussten wir unsere Väter bitten, die armen Geschöpfe mit einem gezielten Schuss von ihren Leiden zu erlösen.«

Neue Tränen verschleierten Adrianas Blick. »Aber wenn er zu sich kommt und mich sehen will …«

Mütterlich tätschelte Samantha den Arm ihrer Freundin. »Dann werden ihm die Männer erklären, du würdest unten warten und ihn aufsuchen, sobald es Dr. Croft erlaubt.«

Was die Verlässlichkeit des Doktors betraf, erwies sich die Behauptung des Butlers als richtig. Eine Viertelstunde später führte Caleb den Arzt ins Haus. Während der ältere Mann durch das Vestibül hastete, begrüßte er die Ladys höflich, dann erteilte er dem Jungen, der ihm auf den Fersen folgte, seine Befehle. »Ich brauche starken Alkohol, um die Wunde zu reinigen und den Patienten zu stärken. Würdest du mir eine Flasche beschaffen?«

»Ich glaube, Sir, was Sie brauchen, hat mein Vater bereits nach oben gebracht.«

»Sehr gut – dann sei so freundlich und führ mich zu meinem Patienten«, bat er und bedeutete Caleb, vorauszugehen.

Unwillkürlich eilte Adriana hinterher. Aber Samantha hielt sie zurück. Als würde sie aus einer Trance erwachen, wandte sich Adriana zu ihrer Freundin. Die Sorge um Colton kostete sie beinahe den letzten Rest ihrer Beherrschung.

»Nun müssen wir beten und Dr. Croft vertrauen, meine Liebe.« Energisch legte Samantha einen Arm um ihre Schultern.

Erst anderthalb Stunden später verließ Dr. Croft das Schlafzimmer, seinen Mantel über einen Arm gelegt. Auf dem Weg nach unten begann er, seine Ärmel hinabzurollen. Adriana rannte zu den Stufen. Mit bebenden Fingern umklammerte sie den Treppenpfosten. Ihre Frage blieb unausgesprochen, aber ihre Augen flehten um eine Antwort und der Arzt lächelte freundlich. »Sicher sind Sie die junge Dame, nach der Seine Lordschaft seit einer halben Stunde verlangt.«

»Lebt er?«, jubelte sie und Samantha nahm sie erleichtert in die Arme.

»Natürlich«, bestätigte Dr. Croft, der nie an seinen Fähigkeiten zweifelte. »Es gehört zu meinen eisernen Grundsätzen, niemals einen Patienten aufzugeben, solange sein Herz schlägt. Und in diesem steckt noch eine ganze Menge Leben. Das bekundete er, indem er mich mehrmals verfluchte.« Belustigt hob der Doktor die Brauen und teilte die Freude der Ladys. »Offenbar missfiel es ihm, dass ich dem Butler verbot, Sie zu holen, Lady, obwohl Seine Lordschaft ihm das Gegenteil befohlen hatte. Nun geht es dem erzürnten jungen Mann, den Umständen entsprechend, recht gut.« Zwischen Daumen und Zeigefinger hielt er eine Bleikugel hoch, die er durch eckige Brillengläser inspizierte. »Nach meiner Ansicht hatte dieses Geschoss nichts in seinem Rücken zu suchen. Aber vielleicht wollen Sie es verwahren, später Ihren Enkelkindern zeigen und erzählen, bei der Entfernung dieser Kugel habe ihr Großvater kein einziges Wort geäußert. In der Tat, eine stramme Leistung, die ich nur selten beobachtet habe. Umso schlechter benahm sich Seine Lordschaft, als ich ihm mitteilte, bevor er Sie sehen dürfe, müsse er sich noch eine Weile gedulden.«

»In der Kutsche verlor er die Besinnung und der Blutverlust schien ihn zu schwächen.« Besorgt runzelte Adriana die Stirn. »Wird ihm das schaden?«

»So viel Blut, wie Sie glauben, hat er gar nicht vergossen. Wahrscheinlich fiel er wegen des Schocks und der höllischen Qualen in Ohnmacht. Glücklicherweise besitzt er eine bewundernswerte Widerstandskraft. Die Wunde war nicht lebensbedrohlich. Und sie wird ihn auch nicht gefährden, es sei denn, sie infiziert sich. Um das zu verhindern, habe ich ihn mit einer Mixtur behandelt, die einer Eiterung entgegenwirkt und die Schmerzen lindert. Für einen Mann, dem eben erst ein Loch in den Rücken gebohrt wurde, erscheint er mir erstaunlich frisch und munter. Glücklicherweise hat das Projektil lebenswichtige Organe verfehlt. Übrigens, er erwartet Sie noch heute Nacht zu heiraten, Lady. Wissen Sie Bescheid?«

»Nun ja …«, begann Adriana, um eine Antwort verlegen. »Sir Guy versprach, seinen Vater, den Pfarrer, hierher zu schicken, der die Trauung vornehmen soll. Allerdings bin ich mir nicht sicher, ob das ernst gemeint war.«

Grinsend wies der Arzt mit einem Daumen über seine Schulter nach oben. »Glauben Sie mir, Seine Lordschaft meint es sehr ernst, und wenn Sie wollen, dass er im Bett bleibt, müssten Sie ihn irgendwie besänftigen – falls Sie nicht beabsichtigen, ihn zu heiraten …«

Als der Türklopfer ertönte, rannte Caleb aus dem Dienstbotenquartier und öffnete das Portal. Ein hoch gewachsener, schwarz gekleideter Mann mit einem weißen Kragen stand auf der Schwelle. Höflich zog er den Hut von seinem grauen Haar. »Ich bin Reverend William Dalton und mein Sohn sandte mich mit einer Sonderlizenz des Bischofs in dieses Haus. Anscheinend möchte ein junges Paar in aller Eile heiraten.« Jetzt erkannte er den Arzt und räusperte sich verlegen.

»Ah, guten Abend, Franklin. Hoffentlich komme ich nicht zu spät. Wurde das Kind schon geboren?«

Lachend winkte ihn Dr. Croft zu sich. »Kommen Sie nur herein, William, und beruhigen Sie sich. Ich wurde nicht hierher bestellt, um eine Frau zu entbinden, sondern um einen schwer verletzten Mann zu behandeln. Soviel ich weiß, sind die Brautleute schon seit sechzehn Jahren so gut wie verlobt. Zumindest hat das Seine Lordschaft behauptet. Höchste Zeit, dass die beiden endlich heiraten, nicht wahr?«

Sichtlich erleichtert, lächelte der Geistliche. »Zweifellos. Sollen wir mit der Zeremonie beginnen? Meine Frau wünscht mich möglichst bald in der Kurhalle wiederzusehen. Wenn sie sich in meiner Abwesenheit um wichtige Gäste kümmern muss, ist sie immer ein bisschen nervös.«

Dr. Croft zeigte zur Treppe. »Leider müssen Sie sich nach oben begeben, um die beiden zu trauen, William. Ich habe meinem Patienten verboten, das Bett in den nächsten Tagen zu verlassen. Wenn er eine ganze Woche drinbleibt, bin ich noch glücklicher.« Zu Adriana gewandt, fuhr er fort: »Sicher wird er sich an meine Anweisungen halten, wenn ihn diese schöne Lady pflegt. Obwohl wir einander nicht offiziell vorgestellt wurden, nehme ich an, dies ist die junge Dame, die Seine Lordschaft zur Frau nehmen möchte – Lady Adriana.«

Nachdenklich rieb der Pfarrer sein Kinn. »Nun – eh – da der Mann ernsthaft verletzt ist, sollten wir die Hochzeit vielleicht verschieben, bis er wieder auf den Beinen ist. Einem Bräutigam, der im Bett liegt, habe ich noch nie das Ehegelübde abgenommen.«

Darüber musste Dr. Croft lauthals lachen. »Seine Lordschaft ist fest entschlossen, noch in dieser Nacht zu heiraten. An Ihrer Stelle würde ich ihm den Gefallen tun, William. Wie ich soeben erleben musste, gerät er in hellen Zorn, wenn man seine Verlobte von ihm fern hält. Außerdem verfügt er über einen reichhaltigen unflätigen Wortschatz, der Ihren Horizont gewiss erweitern, allerdings nicht verfeinern wird – wie ich warnend ergänzen muss.« Die Mundwinkel des humorvollen Arztes zuckten. »Wahrscheinlich nahm er auf diversen Schlachtfeldern Unterricht bei den Franzosen. Dass solche Flüche über die Lippen eines englischen Gentleman kommen, ist nahezu unvorstellbar.«

»Oh, ich verstehe.« Etwas unbehaglich schnitt der Priester eine Grimasse. »Wenn das so ist, sollten wir die Wünsche des Mannes schleunigst erfüllen.«

Offenbar war Colton mit seiner Geduld am Ende, als die kleine Schar das Schlafzimmer betrat, denn seine Miene erinnerte an einen missgelaunten Tyrannen. Seine Brust war dick bandagiert. Über seinen Hüften lag ein Laken. Aber als er vom Bauch auf die Seite gedreht worden war, hatten sich die Schmerzen im wunden Fleisch verstärkt, und so achtete er nicht darauf, dass sich das Tuch zwischen seinen Schenkeln verfangen hatte und sich eng an gewisse kraftvoll ausgebildete Körperteile schmiegte. Nicht nur der Nabel war entblößt, sondern auch dunkles Kraushaar unterhalb des flachen, muskulösen Bauchs.

Peinlich berührt, musterte der Reverend die unzulänglichen Hüllen des jungen Mannes. Und als zudem die Braut zum Bett eilte und die starke, gebräunte Hand ergriff, die ihr gereicht wurde, wuchs sein Unbehagen. Diese unsittliche Szene, die er gezwungenermaßen beobachtete, trieb das Blut in seine Wangen. Beklommen räusperte er sich und bat Percy: »Könnten Sie eine Decke über den Patienten breiten? Immerhin befinden sich Ladys im Zimmer.«

Amüsiert verdrehte Percy die Augen und wandte sich zu den beiden Frauen. Coltons fast nackter Zustand schien sie nicht im Mindesten zu stören. »Nun, die eine ist seine Schwester, die andere wird ihn in wenigen Minuten heiraten. Also dürfte seine mangelnde Bekleidung keine Rolle spielen.«

»Trotzdem – dieses zerknüllte Laken genügt nicht für eine Trauungszeremonie«, betonte Reverend Dalton entnervt. Schlimm genug, dass der Mann seinen Bauch zeigte. Aber das

Leintuch, das die intimen männlichen Attribute so deutlich nachzeichnete, war dem Geistlichen ein Dorn im Auge. Dankenswerterweise verzichtete Seine Lordschaft wenigstens darauf, *alles* zu entblößen und die Damen vollends zu schockieren.

Schließlich gab der belustigte Percy dem flehenden Blick seiner Frau nach. Außerdem hatte er Mitleid mit dem Pfarrer, dessen Gesicht puterrot angelaufen war. Er breitete sorgfältig eine leichte Steppdecke über die untere Körperhälfte des Bräutigams. Das nahm Colton kaum wahr, denn seine ganze Aufmerksamkeit galt der schönen Braut.

Forschend schaute er in ihr Gesicht, das sich zu seinem neigte. »Sind deine Eltern noch nicht hier?« Wie selbstverständlich ging er zu der vertraulichen Anrede über und Adriana folgte seinem Beispiel.

»Nein, sie sind mit Tante Tilly und deinem Onkel Alistair in der Kurhalle geblieben. Da sie uns nicht folgen, nehme ich an, man hat ihnen nur erzählt, ich sei nach Hause gefahren – und sonst nichts.«

»Dann werden sie eine Überraschung erleben, wenn sie heimkommen«, meinte er lächelnd.

Das seltsame Glitzern in seinem Blick bewog Adriana, sich noch näher zu ihm hinabzubeugen. Als sie den starken Geruch der »Medizin« bemerkte, die Dr. Croft ihm verabreicht hatte, fragte sie misstrauisch: »Bist du nüchtern genug, um zu wissen, was du tust, mein Liebster? Du solltest dich später nicht beklagen, man habe dich betrunken gemacht, um dein Jawort zu erzwingen. Vielleicht sollten wir die Hochzeit verschieben, bis du wieder bei klarem Verstand und auf den Beinen bist.«

»Nein! Auf keinen Fall will ich das Risiko eingehen, dich zu verlieren.« Colton schaute kurz zu Riordan hinüber. Obwohl sich der Rivale um eine tapfere Miene bemühte, war aller Glanz in den dunklen Augen erloschen. Nur zu gut verstand Colton die Gefühle des Mannes, da ihm das Glück an Adrianas Seite beinahe verwehrt worden wäre, und er empfand tiefes Mitleid. »Wenn wir jetzt warten, heiraten wir vielleicht nie.

Dieses Wagnis erscheint mir zu groß, angesichts der Konkurrenz in diesem Zimmer. Beginnen wir unverzüglich mit der Zeremonie.«

Hoch aufgerichtet stand Adriana neben dem Bett. Mit tränenerstickter Stimme, aber im Brustton der Überzeugung sprach sie ihr Ehegelübde. Sie umfasste die Hand des Mannes, zu dessen Gemahlin sie schon vor Jahren bestimmt worden war. Wenn Lord Sedgwick die Erfüllung seines Herzenswunsches auch nicht mehr miterlebte – seine Weitsicht hatte diese Heirat in die Wege geleitet. Würde jener Vertrag nicht existieren, hätte Adriana die Erinnerung an Colton Wyndham vielleicht längst verdrängt und Riordans ersten Heiratsantrag angenommen. Zweifellos wäre sie mit ihm glücklich geworden. Aber eine viel tiefere Liebe hielt ihr Herz gefangen und erweckte eine Sehnsucht, die nur ein einziger Mann stillen konnte.

Als der gute Reverend nach dem Ring fragte, sorgte er für leichte Verwirrung, denn daran hatte niemand – außer Colton – gedacht. Seit zwanzig Jahren trug er einen schmalen Familienring am kleinen Finger, den er jetzt abnahm. Sogar für den Zeigefinger seiner Braut war er zu groß. Aber er streifte ihn darüber und wiederholte die Worte des Geistlichen: »Mit diesem Ring nehme ich dich zu meiner Frau. In guten wie in schlechten Tagen, bis dass der Tod uns scheidet. Mit meinem Körper und meiner Seele will ich dich ehren …«

Nach der Zeremonie strömten Tränen über Samanthas Gesicht. Mit einem übertriebenen Seufzer der Erleichterung warf sie die Arme um ihre Freundin und beide weinten vor Freude. »Endlich sind wir Schwestern!«

Warmherzige Glückwünsche wurden ausgesprochen, aber auch eine Warnung – von Dr. Croft. »Mylord, ich bitte Sie dringend, an Ihre Verletzung zu denken. Obwohl ich die Wunde dick mit einer schmerzlindernden Paste bestrichen habe, die zudem eine Infektion verhindern soll, dürfen Sie sich nicht überanstrengen. Sonst könnte sich die Wunde wieder öffnen.

Später werden Sie beide noch reichlich Zeit finden, um einander – eh – besser kennen zu lernen.«

Nun konnte Percy sein Gelächter nicht länger zurückhalten. »Was verlangen Sie von meinem armen Schwager, Dr. Croft? Soll er seine Frau ignorieren, obwohl er sie endlich in sein Bett holen darf? Zu einem solchen Verzicht könnte sich nur ein Heiliger durchringen, noch dazu, wo die Braut so schön ist. Offen gestanden, falls Colton mir gestattetet, meine Meinung zu äußern – ich fürchte, vom Status der Heiligkeit ist er weit entfernt.«

»Benimm dich ausnahmsweise, Percy!«, tadelte Samantha und errötete. Aber sie konnte ein helles Lächeln nicht bezwingen. »Du bringst mich in Verlegenheit. Von Adrianas Unbehagen ganz zu schweigen!«

Grinsend legte er ihre Hand in seine Armbeuge. »Im nächsten Monat werden ihre Wangen nicht abkühlen. An die glühende Farbe sollte sie sich möglichst bald gewöhnen.«

In Adrianas Gesicht stieg prompt brennende Hitze, aber Colton lachte leise und akzeptierte Percys Kommentar als zutreffende Einschätzung seines Charakters. Für einen Heiligen hatte er sich nie gehalten. Und da er seine Frau so glühend begehrte, mit seinem Herzen und seinem Körper, würde er diesen Zustand auch in Zukunft nicht erreichen. Mit einer Hand umschloss er ihre Finger, mit der anderen zog er ihren Kopf zu sich herab, um sie zu küssen – zärtlich und leidenschaftlich zugleich. Als sie sich aufrichtete, hatte Riordan das Zimmer verlassen.

Nun wandte sich Colton zu Dr. Croft. Die starke Medizin, in hoher Dosis genossen, hatte die Schmerzen gemildert, aber nicht die Sehnsucht der letzten Monate. »Sir, ich will versuchen, mich nicht zu überanstrengen. Mehr kann ich nicht versprechen.«

Der Arzt zog die Brauen hoch. Gewiss wäre es sinnlos gewesen, mit Seiner Lordschaft zu streiten. Außerdem musste er Percy Recht geben – kein Mann würde die Schönheit der

Braut ignorieren. »Trotzdem bitte ich Sie – seien Sie vorsichtig. Im Krieg gegen Frankreich haben Sie sich als Held erwiesen. Aber jetzt sind Sie so verletzlich wie ein Baby. Bewegen Sie sich nur, wenn es absolut nötig ist. Außerdem gebe ich Hodges ein Pulver und erkläre ihm, wie er einen Brei daraus bereiten soll. Damit muss die Wunde nach jeder Reinigung bestrichen werden. Oder wenn Sie zu heftige Schmerzen erleiden, Mylord. Wenn die Behandlung vier Mal am Tag erfolgt, dürfte sich das Fleisch nicht entzünden. Morgen werde ich wieder nach Ihnen sehen. Sollte sich Ihr Zustand verschlechtern, muss ich Ihre Frau wegschicken. Sonst würde sie Ihre Genesung gefährden.«

»Schon gut, Sir, ich werde mich an Ihre Anweisungen halten«, versicherte Colton lächelnd. »Natürlich möchte ich mich nicht von meiner Frau trennen – nachdem ich sie endlich erobert habe.«

Wenige Minuten später war das frisch gebackene Ehepaar allein. Adriana nahm sich den Rat des Doktors zu Herzen und versuchte, das Problem zu lösen. »Damit du nicht in Versuchung gerätst, werde ich unten schlafen.«

Entschieden schüttelte Colton den Kopf und seine Lippen verzogen sich zu einem aufreizenden Lächeln. »Nein, du schläfst hier bei mir in diesem Bett. Wenn's mir schon nicht gelingt, dich zu lieben, ohne der Wunde zu schaden, möchte ich dich wenigstens in den Armen halten. Und komm bloß nicht auf den Gedanken, dich woanders auszuziehen oder in ein Nachthemd zu schlüpfen. Sonst müsste ich aufstehen und dich suchen – oder dir das Hemd vom Leib reißen. So oder so – dabei könnte ich mich ernsthaft verletzen. Das willst du sicher nicht. Also bitte ich dich, teure Gemahlin – überlege dir, welches Unheil du heraufbeschwören würdest, wenn du meine Wünsche missachtest. Viel zu lange musste ich warten, um festzustellen, ob jene Vision in meinem Badezimmer Wirklichkeit war oder nur ein Trugbild meiner Phantasie. Wenn Letzteres zutrifft, darf ich mich eines besonderen Talents rühmen – denn vor meinem geistigen Auge erschien eine Gestalt von vollkommener Schönheit. Und falls sie echt war, will ich diese Vision umarmen und die Berührung in vollen Zügen genießen, so wie ich es seit meiner Heimkehr erträume.«

»Wie du befiehlst, Mylord«, flüsterte Adriana mit einem sanften Lächeln. Nach der schmerzlichen Trennung für immer mit ihm vereint, vermochte sie ihr Glück kaum zu fassen. Die Glut in seinen Augen drohte sie zu verbrennen, als sie nach ihrem Nacken tastete. Aber es gelang ihr nicht, die Schließe des goldenen, mit Saphiren verzierten Halsbands zu öffnen. Und so kniete sie neben dem Bett nieder. »Du musst mir helfen, meinen Schmuck abzulegen.«

Damit Colton den Verschluss erreichen konnte, legte sie ihre Wange auf die Matratze. Aber er hob ihr Kinn und schaute in ihre schimmernden dunklen Augen. »Behalt das Halsband vorerst an und küss mich, Liebste. In all den Monaten durfte ich dich nicht so küssen, wie ich's wollte, weil ich fürchten musste, wohin es führen würde. Jetzt wäre es nicht mehr beklagenswert, sondern wundervoll, wenn wir ein Kind zeugten. Um die Wahrheit zu gestehen, mein Engel – ich hungere nach dem süßen Geschmack deiner Lippen und all den anderen Reizen, die mich faszinierten, so oft ich dich sah.«

Adriana erinnerte sich an den Kuss an jenem Abend, an dem Roger über sie hergefallen war. Von freudiger Erwartung bewegt, rang sie nach Atem. Höchstens der Kuss zu Beginn der Werbungszeit konnte sich mit jenem anderen messen. Seither hatte sich Colton stets wie ein Gentleman benommen und mit seinen Lippen nur flüchtig ihre Stirn oder ihren Mund gestreift, ohne seine Begierde zu verraten.

Seinen Wunsch würde sie gern erfüllen. Sie stand auf und neigte sich zu ihm hinab. Aber er umfing ihre Hüften und bedeutete ihr schweigend, sich neben ihm auszustrecken. Während sie aus ihren Schuhen schlüpfte, schob er die Steppdecke beiseite, die Percy über seine untere Körperhälfte gebreitet hatte, und klopfte einladend auf die Matratze. Bereitwillig gehorchte Adriana seiner stummen Forderung und raffte ihren Seidenrock, um aufs Bett zu klettern. Dazu musste sie den Saum bis über die Knie hochheben. Hätte sie ihren Mann absichtlich veranlasst, ihre Reize zu betrachten, wäre ihr Erfolg nicht augenfälliger gewesen. Lange, schlanke Beine in dunklen Seidenstrümpfen, über den Knien von verführerischen schwarzen, mit Rüschen besetzten Spitzenstrumpfbändern festgehalten, fesselten seinen Blick. Nun verwarf er die Vermutung, Adrianas nackte Gestalt in der Badewanne würde allen Zauber übertreffen, den er jemals bewundert hatte. In seiner Erinnerung hatten sich bereits verschiedene Bilder von ihr eingeprägt. Und was er jetzt sah, würde er den besonders verlockenden zuordnen.

»Hat deine Mutter dir nicht beigebracht, wie unschicklich es ist, so zu gaffen?«, neckte sie ihn, als sie merkte, wohin er starrte.

Sie legte sich zu ihm, schmiegte ihren Kopf in seine Armbeuge und er strich seufzend über ihren Schenkel. »Dagegen bin ich machtlos, dieser Anblick versklavt mich.« Um sie anzulächeln, lenkte er seine Aufmerksamkeit kurzfristig von ihren wohlgeformten Beinen ab. »Oh, meine Liebste, nichts kann sich mit deiner Perfektion messen.«

Zärtlich streichelte sie das dunkle Kraushaar auf seiner Brust. »Auch du erscheinst mir vollkommen.«

Von seinem Knie gedrängt, schlang sie ein schlankes Bein um seine Hüften und spürte seinen Schenkel zwischen ihren. Unter den Muskeln seiner Hinterbacken fand ihre Ferse Halt. Während sie hingerissen in seine Augen schaute, neigte er langsam sein Gesicht zu ihr.

Bald berührte er ihre Lippen mit seinen, erst suchend und forschend, dann verlangend, schmeckte die köstliche Wärme und der betörende Angriff auf Adrianas Sinne erzeugte eine süße Schwäche. Damit begnügte er sich allerdings nicht. Fordernd saugte er ihre Zunge in seinen heißen Mund und seine eigene flackerte darüber wie eine lodernde Flamme, in aufreizendem Rhythmus, der noch intensivere erotische Freuden verhieß.

Mühsam unterdrückte sie ein Stöhnen und wisperte: »Wenn du mich so küsst, wird mir ganz schwindlig, und ich fürchte, mein rasendes Herz wird mir davongaloppieren.«

Da glitt seine Hand über ihren Busen. Mit seinen Fingerspitzen, die eine Knospe liebkosten, entfachte er ein prickelndes Feuer. Adriana straffte ihren Rücken und hob ihm die wohlgerundete Brust entgegen, der sie gesteigerte Aufmerksamkeit verschaffen wollte. Die schenkte er ihr, indem er die empfindliche Spitze mit seinem Daumen umkreiste. Ihr Atem stockte.

»Wie schön du bist, meine Liebste«, flüsterte er heiser und bedeckte ihren Hals mit Küssen. »Aber du hast so verdammt viel an.«

»Du nicht«, erwiderte sie lächelnd und richtete sich auf, um ihren attraktiven Ehemann zu betrachten.

Fast ehrfürchtig strich sie über seine stahlharten Schultern und die Bandagen, die seinen Brustkorb kreuzförmig umgaben. Darunter spürte sie kraftvolle Sehnen, feste männliche Brustwarzen und Rippen. Liebevoll küsste sie den Verband und Colton beobachtete staunend ihre verhaltene Leidenschaft. Auf einen Ellbogen gestützt, schaute sie in sein Gesicht und ihre Augen verrieten all die tiefen Gefühle, die sie wochenlang gezügelt hatte.

»Colton Wyndham, ich liebe dich. Schon immer habe ich dich geliebt – und ich werde dich immer lieben. In meiner Kindheit warst du mein Idol. Jetzt bist du mein Mann und ich will ein Teil von dir werden, dich kennen lernen, wie ich dich nie zuvor gekannt habe.«

Die grauen Augen voller Sehnsucht, umfasste er ihren Nacken und zog ihren Kopf zu sich hinab. Seine Lippen verschmolzen mit ihren und in den süßen Honig ihres Mundes mischte sich der Brandy-Geschmack seiner Zunge. Von wachsendem Verlangen getrieben, tastete Colton nach Adrianas

Schenkel. Seine Hand wanderte über die Rüschen des Strumpfbands nach oben, unter den Rock. Plötzlich hielt er verblüfft inne. »Oh, du trägst ja gar keine Hose!«

Adriana errötete. Würde er sie schamlos nennen? »Unter diesem engen Kleid hat sich die Hose unschön abgezeichnet. Natürlich nahm ich nicht an, irgendjemand würde es merken ... Bin ich zu freizügig?«

»Unsinn«, erwiderte er amüsiert, »ich billige deinen Entschluss, weil er meine Absicht erleichtert.«

Kokett klimperte sie mit den Wimpern. »Und die wäre, Mylord?«

»Musst du noch fragen?« Herausfordernd schaute er in ihre leuchtenden Augen. »Zuerst werde ich dich entkleiden – und mich dann mit dir vereinen. Je eher wir letzteres Ziel erreichen, desto schneller wirst du mich beglücken.«

Während sie sich in wachsender Leidenschaft küssten, öffnete er die Knöpfe am Rücken ihres Kleides und zerrte es über ihre Schultern hinab. Adriana schlüpfte aus der feinen Seide und warf sie hinter sich auf einen Sessel. Sobald sie sich wieder zu ihrem Mann wandte, genoss er ihren Anblick. Die vollen Brüste umspannte ein weißes Satinhemd – hauteng, als wollte es sich nicht von ihnen trennen. Und zwischen Spitzenborten schimmerten rosige Knospen.

»Hat dir schon jemand gesagt, wie schön du in unbekleidetem Zustand aussiehst, Liebste?«

Lächelnd hauchte sie an seiner Wange: »Nur du.«

»Glaub mir, verehrte Gemahlin, seit meiner Heimkehr bin ich dein glühendster Bewunderer.«

In begieriger Ungeduld wollte er ihren ganzen nackten Körper betrachten. Und so streifte er die Spitzenträger von Adrianas milchweißen Schultern und bedeutete ihr, die Arme zu befreien. Dann zog er den Satin bis zu Adrianas Taille hinab und bewunderte ihre schönen, runden Brüste. Hastig schob sie das Hemd über die Hüften, wand sich heraus und lenkte Coltons Blick nach unten.

Ob das Hemd am Boden landete, wusste sie nicht, denn ihr Mann umarmte sie. Sein Mund umschloss eine der sensitiven Knospen, saugte daran und sandte Feuerströme durch ihren gesamten Körper. Selig presste er sein Gesicht in die weiche Fülle zwischen ihren Brüsten und schloss die Augen, genoss Adrianas seidige Haut, den zarten Rosenduft. Tief bewegt dankte er dem Allmächtigen, weil er lebte – und weil er endlich mit dieser Frau verheiratet war, die seine Gedanken seit Monaten beherrschte.

»Zum Glück hast du dich nie zuvor erboten, mir zu zeigen, wie himmlisch es ist, nackt in deinen Armen zu liegen«, flüsterte sie atemlos. »Sonst hätte ich der Versuchung längst nachgegeben.«

»Das höchste Entzücken kennst du noch nicht, meine Süße. Und jetzt, wo du meine Frau bist, wird es dich umso intensiver erfreuen.« Seine Hand glitt über ihren glatten Bauch hinab, fand ihre empfindsame Weiblichkeit und seine Finger übten einen berauschenden Zauber aus, bis sich Adriana in wilder Ekstase umherwand. Wie aus eigenem Antrieb spreizten sich ihre Schenkel, um die intimen Zärtlichkeiten willkommen zu heißen. Die ungeahnten Gefühle, die sie nun erfassten, überraschten sie und die Kühnheit der Liebkosungen rötete ihre Wangen. Aber sie war unfähig, sich seitwärts zu drehen und die Flammen abzuwehren, die zwischen ihren Beinen loderten und alle ihre Adern zu durchdringen schienen.

»Was du jetzt tust, ist zu wundervoll – das kann nicht schicklich sein«, stammelte sie. »Wenn du nicht aufhörst, werde ich vergehen.«

»Oh, ein Ehemann darf die Schönheit seiner Frau erforschen und alle Geheimnisse ergründen, die sie ihm bisher vorenthalten hat. Oder gefällt dir das nicht, mein Liebling?«

»Doch«, gestand sie mit schwacher Stimme, »sogar sehr.«

Dass sie immer noch ihre Strümpfe trug, erschien ihr lächerlich, da sie Coltons Blicken ihre verletzlichsten weiblichen Regionen darbot. Aber als sie ihre Strumpfbänder lösen wollte, ergriff er ihre Hand. »Behalt die Strümpfe vorerst an, Liebes. Jetzt will ich dich Haut an Haut spüren.«

Er entfernte das Laken, das seine Hüften bisher verhüllt hatte, und bedeutete ihr, sich an seinen nackten Körper zu schmiegen. Verwirrt betrachtete sie seine aufgerichtete Männlichkeit, die sie daran erinnerte, was sie im Badezimmer gesehen hatte. Jetzt fand sie den Anblick bedrohlich und starrte erschrocken in Coltons graue Augen.

»Die Wirkung, die deine Nähe auf mich ausübt, kann ich nicht verhindern, Liebes«, murmelte er heiser. »Damit kämpfe ich seit dem Herbstball. Jedes Mal, wenn wir allein in meiner Kutsche saßen – oder wenn wir sonst wo ungestört waren –, musste ich meine ganze Selbstkontrolle aufbieten, um dich nicht zu verführen.«

Verwundert hob sie die Brauen. »Und ich dachte, du hättest Samanthas und Percys Gesellschaft nur gesucht, um dein untadeliges Verhalten zu beweisen – damit du die Werbungszeit unangefochten beenden konntest.«

Über diese Vermutung musste er lachen. »Es fiel mir schon schwer genug, in Gegenwart anderer die Finger von dir zu lassen. Wären wir öfter allein gewesen, hätte ich womöglich eine Katastrophe heraufbeschworen. Pausenlos stellte ich mir vor, wir würden vor dem Pfarrer stehen – du mit rundem Babybauch.«

Mit dieser Vision brachte er auch Adriana zum Lachen. Von heißer Freude überwältigt, erklärte sie: »Die ganze Zeit glaubte ich, du wolltest mich nicht.«

Da zog er ihre Hand zum pulsierenden harten Zeichen seiner Lust und schloss ihre Finger darum. Schockiert schnappte sie nach Luft.

»Merkst du noch immer nicht, wie heiß ich dich begehre, Adriana? So ergeht es mir schon, seit ich dich zu umwerben begann. Und jetzt kann ich die Qual meiner langen Enthaltsamkeit kaum noch ertragen. Offen gestanden, ich hatte schon Angst, ich würde mich zum Eunuchen entwickeln, weil ich mich so verzweifelt nach dir sehnte – unfähig, mein Verlangen zu stillen.«

»Deine Wunde ... Würde es dir nicht schaden ...?«

»Das musst du nicht befürchten, Liebste. Selbst wenn ich bereits mit einem Fuß im Grab stünde, würde ich mir noch wünschen, dich zu lieben.«

»Du solltest die Warnung des Doktors beherzigen«, mahnte Adriana, als er sie an sich zog.

»Übernimm du die Arbeit – und lass mich die sinnlichen Wonnen genießen«, schlug er in einschmeichelndem Ton vor.

Lächelnd strich sie mit einer Fingerspitze über seine Lippen. »Dann musst du mir zeigen, was ich tun soll.«

»Gewiss, Liebste.« Colton streichelte ihren Schenkel, streifte das Strumpfband mitsamt dem Strumpf nach unten, wobei sie das Bein hochhielt, um ihm zu helfen. »Aber vorher musst du für mich bereit sein.«

»Soll ich den anderen Strumpf ausziehen?«

»O ja«, stimmte er zu und öffnete die Schließe ihres Halsbands. »Auch deine Ohrgehänge musst du ablegen – weil ich ein bisschen an deinen Ohrläppchen knabbern will. Davon träume ich seit Monaten.«

Kichernd entfernte sie die kostbaren Juwelen, während seine Hände wieder ihr Brüste liebkosten. »Was für sonderbare Gelüste du empfindest, Colonel Wyndham ...«

»Nun, du hast ein ganzes Leben Zeit, um dich daran zu gewöhnen, teuerste Gemahlin. Allerdings schweben mir in diesem Moment etwas stärkere Reize vor.«

»Zum Beispiel?« Adriana rückte ein wenig von ihm ab, hob ihr rechtes Bein und schlüpfte aus dem Strumpf, der neben dem anderen zu Boden fiel.

»Ehe wir uns vereinen, möchte ich die letzte Brücke überqueren, mein Schatz.«

Reglos lag sie da und schwelgte in den köstlichen Freuden, die er entzündete, indem er mit behutsamen Fingern ihre warme Weiblichkeit erforschte und eine absolut magische Wirkung erzielte. Als er gleichzeitig an ihren Brüsten saugte, wurde sie schier verzehrt von wilder Glut. Von wachsender Ungeduld getrieben, berührte sie seine erigierte Männlichkeit, jagte das Blut schneller durch seine Adern und entlockte ihm ein Stöhnen. »Bitte, Colton, ich ertrage es nicht mehr. Egal worauf du wartest – spann mich nicht noch länger auf die Folter, ich flehe dich an.«

»Nicht nötig, Liebes, jetzt bist du bereit«, flüsterte er, von ihrer feuchten Hitze überzeugt. Er legte sich auf den Rücken und erwiderte den fragenden Blick seiner Frau, die den Kopf hob, um in sein Gesicht zu schauen. In seinen Augen erschien ein teuflisches Funkeln. »Wie ich höre, reitest du deinen Ulysses manchmal ungesattelt. Einen Sattel besitze ich nicht, aber ein Horn. Bist du tapfer genug, um einen Versuch zu wagen? Anfangs wird es wehtun.«

»Du machst mir eine Weigerung unmöglich. Noch nie habe ich mich so – schamlos gefühlt, so verworfen.«

»Zwischen Eheleuten ist die Liebeslust nicht verwerflich, sondern eine legitime Sehnsucht. Und jetzt begehre ich dich mehr als alles andere auf der Welt.«

Da erhob sie sich, kniete rittlings über seinen Hüften und ihre Blicke tauchten ineinander. Adrianas Stimme war ein atemloser Hauch. »Mit meinem Körper und mit meiner Seele werde ich dich ehren …«

Sein Blick, der über ihren faszinierenden Körper schweifte, glich einer ermutigenden Liebkosung. Vorsichtig presste er sich zwischen ihre Schenkel. Sobald sie die vibrierende harte Spitze spürte, erschauerte sie. Mit einer raschen, zielsicheren Bewegung drang er in sie ein und beide schrien leise auf. Fast vollends von ihrer weiblichen Wärme umschlossen, senkte Colton die Lider und genoss das Glück, endlich mit ihr vereint zu sein. Er nahm sich Zeit, denn er wollte warten, bis Adrianas Schmerz verebbte. Aber so, wie sie auf Ulysses galoppierte, ritt sie schon nach wenigen Sekunden auf ihrem Mann, bis er sich nicht mehr zurückhalten konnte. Heiße Wellen hemmungslosen Entzückens durchfluteten beide Körper. Schließlich erreichten sie gemeinsam den Gipfel der Ekstase. Goldener Regen schien sie zu überrieseln, raubte ihnen den Atem, und sie glaubten, eine machtvolle Woge würde sie emportragen, zum Sternenhimmel hinauf, in Zonen jenseits des Universums.

Sehr viel später lag Adriana entkräftet neben ihrem Mann, ihren Rücken eng an ihn geschmiegt, in einem erholsamen Halbschlaf gefangen. »Tut's immer noch weh?«, flüsterte er in ihr Ohr.

Sie lachte leise und drückte sich noch fester an ihn, bis sie das Zeichen seiner neu entfachten Begierde zwischen ihren Beinen spürte. »Gibt es einen besonderen Grund für diese Frage?«

Aufreizend umrundeten seine Finger die Knospe einer Brust, während er ein Ohrläppchen küsste. »O ja, ich bin ein unverbesserlicher Lüstling und du bist der einzige Leckerbissen, nach dem ich hungere.«

»Nun, diese Erklärung genügt mir«, kicherte sie und drehte sich zu ihm um. Behutsam glitt ihre Hand über seinen nackten Bauch und tiefer hinab und streichelte ihn, bis er nach Luft rang. Dann kniete sie wieder über ihm, fieberheiße Küsse schürten das Verlangen.

Wie die glockenhellen Schläge der Uhr im Schlafzimmer des Ehepaars verrieten, war die mitternächtliche Stunde längst überschritten, als beide abrupt erwachten. Eine Lampe leuchtete in ihre Gesichter, ein gellender Wutschrei erklang. Verwirrt fuhren sie von der Matratze hoch, wo sie eben noch eng umschlungen gelegen hatten. Ein heftiger Schmerz verzerrte Coltons Lippen. Zu spät erinnerte er sich an seine Wunde, zu spät bereute er die unbedachte hastige Bewegung.

Um seine Augen vor dem grellen, indiskreten Licht zu schützen, schwang er einen Arm hoch. Hinter der Lampe erkannte er einen wutschnaubenden, Zähne fletschenden Gyles Sutton. Nie zuvor hatte er eine so zornige Miene gesehen.

»Sir, ich habe Sie nach Bath eingeladen, damit Sie sich meiner Tochter erklären können!«, donnerte Gyles. »Und keineswegs, damit Sie ihr die Unschuld rauben! Steigen Sie aus diesem Lotterbett, verdammter Schuft, und kämpfen Sie wie ein Mann!«

Ehe er sich auf Colton stürzen konnte, hob Adriana eine abwehrende Hand. »Nein, Papa, alles ist in Ordnung!«

Irritiert starrte Gyles seine Tochter an und sie griff nach dem Laken, um ihre nackten Brüste zu verhüllen – nicht schnell genug. Die Wangen ihres entrüsteten Vaters färbten sich dunkelrot.

Aus der Richtung der Tür, wo Christina schockiert stehen geblieben war, drang ein lautes Stöhnen. Was Adrianas rosige, geschwollene Brustwarzen bedeuteten, wusste sie nur zu gut. Niemals hatte sie erwartet, ihre jüngste Tochter im Bett eines verabscheuungswürdigen Wüstlings zu finden. Zuletzt hatte sie sogar daran gezweifelt, dass sich das Mädchen jemals für einen Gemahl entscheiden würde.

Der Wutschrei des empörten Vaters drohte die Zimmerdecke zum Einsturz zu bringen. Wäre der Verputz nicht so fachmännisch aufgetragen worden, hätte Gyles seinen Zornesausbruch vielleicht bedauert. Außer sich vor Zorn schüttelte er seine Faust vor der Nase des vermeintlichen Missetäters, der sich angesichts des Feuers in den dunklen Augen des älteren Mannes fragte, ob er wirklich und wahrhaftig mit einem Angriff rechnen musste. »So vergelten Sie mir den Versuch, Ihnen zu helfen? Elender, zügelloser Schurke! Hinter meinem Rücken haben Sie meine Tochter entehrt! Am liebsten würde ich Sie auf der Stelle niederstechen!«

»Papa, wir sind verheiratet!«, platzte Adriana heraus.

»Was?« Verblüfft taumelte Gyles zurück.

»In dieser Nacht wurden wir von Sir Guys Vater vermählt, mittels einer Sonderlizenz, von Seiner Gnaden, dem Erzbischof, unterzeichnet.«

Gyles' Kinnlade klappte nach unten. »Aber – warum konntet ihr nicht auf eine Hochzeit in der Kirche warten?«

»In der Nähe von Randwulf Manor wurde Coltons Kutsche überfallen und einer der Banditen schoss ihn in den Rücken. Wir wollten zusammen sein … Auf schickliche Weise war das nur nach der Trauung möglich, bei der Samantha, Percy, Lord Harcourt und Dr. Croft anwesend waren. Sei versichert, Papa, alles hat seine Ordnung.«

Schwankend trat Gyles noch weiter zurück und strich über seine Stirn, offenbar noch unfähig, an die Legalität dieser Ehe zu glauben. »Ihr hättet vor dem Altar heiraten müssen, im Beisein beider Familien.«

»Wie auch immer, jetzt sind wir Mann und Frau. Wir haben alle erforderlichen Dokumente unterschrieben. Das wird Reverend Dalton bezeugen.«

»Es war meine Schuld«, versuchte Colton seinen Schwiegervater zu besänftigen. An Gyles' Stelle wäre er vermutlich genauso erzürnt gewesen. »Da ich fürchtete, Ihre Tochter zu verlieren, wollte ich kein Risiko eingehen. Und so drängte ich sie, mich noch in dieser Nacht zu heiraten.«

»Eigentlich hat Sir Guy alles arrangiert«, ergänzte Adriana, um ihrem Gemahl wenigstens einen Teil der Entrüstung zu ersparen, die in ihrem Vater noch tobte. Flehend fuhr sie fort: »Bitte, Papa, nimm Rücksicht auf meine Gefühle, denn ich wollte genauso wenig warten wie Colton. Ich liebe ihn. Und ich möchte den Rest meines Lebens mit ihm verbringen.«

Gyles räusperte sich und schaute seine Frau an, die erleichtert lächelte. »Was hältst du davon, Liebes?«

»Nun, die beiden sind vor Gott und der Welt verheiratet. Mehr gibt es nicht zu sagen. Außer …« Freudestrahlend wandte sie sich an das junge Paar. »Gute Nacht, ihr beiden.«

Sichtlich verlegen, erinnerte sich Gyles an die Schimpfnamen, die er seinem Schwiegersohn ins Gesicht geschleudert hatte. »Ja – das Einzige, was wir sagen können, nachdem wir das ganze Haus geweckt haben.«

»Wo wart ihr so lange, Papa?« Diese Frage konnte sich Adriana nicht verkneifen. »Wir haben Sir Guy gebeten, euch auszurichten, wir würden hierher fahren, weil Coltons Wunde verarztet werden musste. Warum seid ihr uns nicht gefolgt?«

»Nun ja …« Gyles hüstelte. »Von Wyndhams Ankunft wusste ich nichts. Als ich hörte, du wärst mit Samantha und Percy nach Hause gefahren, nahm ich an, du hättest den Ball in der Kurhalle nicht länger ertragen – weil Roger Elston dort war. Dann verstauchte sich Alistair den – eh – Fußknöchel. Vermutlich, um das Mitleid deiner Tante zu erregen. Also musste ein Arzt feststellen, ob er sich was gebrochen hatte. Tillys Doktor war nicht daheim. Deshalb suchten wir in ganz Bath nach einem Mann, der einen ebenso guten Ruf genießt wie Dr. Croft.« Nachdenklich rieb er sich das Kinn. Dann runzelte er misstrauisch die Stirn. »Nach allem, was in dieser Nacht vorgefallen ist, frage ich mich, ob Alistair diese Verletzung nur vorgetäuscht hat. Kurz davor führte er ein sehr intensives Gespräch mit Sir Guy. Irgendwas müssen die beiden ausgeheckt haben. Nichts Gutes zumindest, was die Rolle betrifft, die Alistair gespielt hat.«

»Komm jetzt, mein Lieber«, drängte Christina sanft. »Wenn wir noch länger hier bleiben, bildest du dir vielleicht noch alles Mögliche ein und wirfst dem armen Alistair die schlimmsten Intrigen vor. Sein Knöchel sah *tatsächlich* verstaucht aus. Und deshalb bezweifle ich, dass er uns nur etwas vorgemacht hat, weil er uns daran hindern wollte, die Hochzeit seines Neffen und unserer Tochter hinauszuzögern. Nun sollten wir Adriana und Colton schlafen lassen. Sicher hast du das bedauernswerte junge Paar zu Tode erschreckt.«

Sofort nachdem Gyles die Tür hinter sich geschlossen hatte, drang ein Kichern aus dem Schlafzimmer, und Gyles hielt inne. »So furchtbar sind sie wohl kaum erschrocken.«

Christina hängte sich lächelnd bei ihm ein. »Weißt du noch, wie stürmisch wir in unserer Jugend waren, Liebster? Vor unserer Trauung musste ich dir mehrmals auf die Finger klopfen, um unsittliche Annäherungsversuche abzuwehren.«

Da lachte er und umschlang besitzergreifend ihre Hüften.

»Madam, du hast nach wie vor den süßesten Hintern, den ich je gesehen habe.«

In gespielter Entrüstung beobachtete sie sein attraktives Gesicht, das sich zu einem vertrauten, lüsternen Grinsen verzog. Dann stimmte sie in sein Gelächter ein. »Hoffentlich ist er der *einzige,* den du je gesehen hast, oder ich schneide *dir* was ab. In meinem Leben gibt es gewisse Dinge, die ich mit niemandem teilen möchte. Und dazu gehörst auch du.«

Durch die feinen Spitzengardinen schien die Morgensonne und ihr goldenes Licht erfüllte das Schlafzimmer, in dem das frisch vermählte Paar im Bett lag. Dieser Glanz genügte, um Colton aus seinem Tiefschlaf in die Wirklichkeit zurückzuholen. Von der schmerzenden Wunde abgesehen, fühlte er sich erholt und entspannt wie seit Monaten nicht mehr – zumindest, seit er in seinem Bad einer dunkelhaarigen Nymphe begegnet war. Trotz der Verletzung hatten die Aktivitäten der vergangenen Nacht seine Lebensgeister gestärkt. Niemals hätte er erwartet, eine Braut würde die Wünsche ihres Bräutigams so eifrig erfüllen. Aber Adriana schien die Tatsache, dass sie einander für immer gehörten, genauso erfreulich zu finden wie er selbst.

Lächelnd drehte er den Kopf zur Seite und strich mit allen Fingern durch sein Haar. Die dichten dunklen Strähnen waren wild zerzaust. Nur zu gut konnte er sich vorstellen, wie derangiert er aussehen musste. Doch das störte ihn kein bisschen, denn er war dankbar, weil er noch lebte – und endlich geheiratet hatte.

So wundervoll und bereitwillig war Adriana auf alle seine Wünsche eingegangen. In den Jahren seines Junggesellendaseins hatte er sich niemals träumen lassen, seine Ehefrau würde in der Hochzeitsnacht auf ihm *reiten.* Ohne Zögern hatte sie ihre Jungfräulichkeit seiner Leidenschaft geopfert und den Vollzug der Ehe selbst in die Wege geleitet. Vor nicht allzu langer Zeit war er sich sicher gewesen, noch inniger könnte er sie nicht lieben. Aber was er jetzt empfand, übertraf alle Gefühle, die er sich jemals zugetraut hatte.

Zärtlich strich er ihr das Haar aus dem Gesicht, küsste ihre Stirn und berührte ihren verführerischen weißen Busen. »Wach auf, Schlafmütze!«, flüsterte er und liebkoste mit seinem Daumen eine rosige Knospe.

Offenbar missfiel ihr dieser Vorschlag. Sie schüttelte den Kopf, legte ein Knie auf seinen Schenkel und schmiegte sich noch enger an ihn. »Können wir nicht für ewig hier liegen bleiben?«, murmelte sie gähnend.

»Nein, ich brauche Wasser und Seife und du wirst mir bei meiner Säuberung helfen. Oder willst du, dass ich die Anweisungen des Doktors missachte?«

»Noch nie habe ich einen Mann gewaschen«, flüsterte sie unter der Decke. »Keine Ahnung, wo ich anfangen soll …«

»Wo möchtest du denn beginnen?«, fragte er leise lachend und knabberte an ihrem Ohrläppchen.

Abrupt öffnete sie die Augen. Die Antwort, die ihr auf der Zunge lag, wollte sie nicht aussprechen. Sonst würde er sie vielleicht doch für schamlos halten.

»Soll ich dir was empfehlen?«

Unter seinem glutvollen Blick bezwang sie ein Lächeln. »Und das wäre?«

Colton ergriff ihre Hand und zog sie zu seiner wachsenden Männlichkeit. »Da gibt es einen Körperteil, der deine besondere Aufmerksamkeit erfordert.«

»Vor oder nach deiner Reinigung?«

»*Vorher* wäre besser. Ich sehne mich schon wieder nach dir.«

»Oh, du bist unersättlich!«, beschuldigte sie ihn kichernd und bekundete ihr eigenes Verlangen, indem sie ihre Finger unter seinen bewegte.

»Natürlich, aber ich verzehre mich nur nach dir«, flüsterte er und küsste ihren Hals. Dann ließ er ihre Hand los und erlaubte ihr, die intimen Liebkosungen so fortzusetzen, wie es ihr gefiel. Seine Finger glitten hinter ihre Hüfte. »Hat dir schon jemand erzählt, was für eine bezaubernde Kehrseite du besitzt?«

»Noch niemand.«

»Ehrlich gesagt, ich habe stets für Brüste geschwärmt. Aber du, meine Liebe, hast ein Hinterteil, von dem ein einsamer Mann in einem Feldlager nur träumen kann. Und wenn du's an mich drückst, erwärmt es mich bis ans Herz.«

»Anscheinend schmust du außerordentlich gern.«

Die Brauen hochgezogen, starrte er sie an. »Du etwa nicht?«

Da rückte sie noch näher zu ihm, bis sie sich in voller Länge an ihn presste. »Befriedigt das deine Neugier, Mylord?«

»Meine Frage mag es beantworten. Aber es steigert mein Verlangen nach intensiveren Genüssen, die nur du mir bieten kannst. Nun, vielleicht lag das in deiner Absicht. Ich glaube, du weißt die Freuden des Ehebetts genauso zu schätzen wie ich.« Spielerisch wanderte seine Hand zwischen ihre Beine. »Und es gibt natürlich nichts, was die Lust eines Mannes noch heftiger schürt als dieser süße kleine Hafen.«

Ekstatisch seufzte sie, als er in ihre Weiblichkeit eindrang. Wie merkwürdig, welch köstliche Gefühle er wecken konnte, obwohl sie eben noch nur einen einzigen Wunsch gekannt hatte – zu schlafen …

Später dampfte ein parfümiertes Bad in einer kleinen Kupferwanne. Unter dem bewundernden Blick ihres Ehemanns versank Adriana im warmen Wasser. Noch nie im Leben hatte sie sich gewünscht, jemand würde ihr beim Baden zuschauen. Maud pflegte stets alles für sie vorzubereiten und sich dann anderswo zu beschäftigen, bis die Herrin das Ritual ihrer Körperpflege beendete. An diesem Morgen war Adriana, bevor die Dienerinnen die Wanne und gefüllte Wassereimer ins Schlafzimmer getragen hatten, in einen Morgenmantel geschlüpft. Sobald sie verschwunden waren, hatte sie ihn wieder ausgezogen. Und jetzt genoss sie Coltons Interesse. Kein einziges Mal ließ er sie aus den Augen, während sie ihren Körper einseifte. Aber bevor sie sich zwischen den Schenkeln wusch, bat sie ihn verlegen, die Augen zu schließen. Diesen Wunsch erfüllte er nicht. Bedächtig schüttelte er den Kopf und grinste anzüglich.

»Nicht in tausend Jahren, meine Schönheit. Alles will ich über dich wissen – und vor allem die reizvollen Stellen deines Körpers, die du mir verbergen willst, ganz genau kennen lernen. In der Ehe ist nichts verboten, da gibt es keine Geheimnisse. Was ich habe, gehört dir – was du besitzt, ist *mein* Eigentum. So muss es sein, wenn ein Mann und eine Frau eine Einheit bilden.«

Unter solchen Bedingungen fügte sich Adriana folgsam seinem Willen. Sie erhob sich aus dem Badewasser und spülte die Seife von ihrem Körper. Dann stieg sie aus der Wanne und hüllte sich in ein großes Baumwolltuch, das die Dienerinnen bereitgelegt hatten, trocknete sich ab und verteilte ein duftendes Öl auf ihrer Haut. Unablässig von Colton beobachtet, zog sie Unterhose, Strümpfe und ein Hemd an. Das ließ sie zwischen den Brüsten aufgeknöpft, weil er die verführerischen Rundungen zu betrachten wünschte. Über ihr Hemd streifte sie ein leichtes Leinenkleid, in der Taille eng geschnürt, über dem Busen geöffnet. Auch das entsprach einer Forderung ihres Mannes.

Nachdem die Dienerinnen die Kupferwanne hinausgetragen hatten, brachten sie eine große Schüssel, mehrere Handtücher, Waschlappen und einen Eimer voll heißem Wasser ins Zimmer. Adriana bereitete die Morgentoilette für ihren Gemahl selbst vor. Erst füllte sie die Schüssel, dann zog sie die Steppdecke und das Laken zum Fußende des Vierpfostenbetts und bat Colton, sich erst auf die eine Seite und dann auf die andere zu drehen, damit sie mehrere Leintücher unter ihm ausbreiten konnte. Damit sollte verhindert werden, dass die Daunenmatratze nass wurde.

Sorgsam legte sie Handtücher und Lappen bereit. Als sie sich erbot, von ihrem Vater ein Nachthemd auszuleihen, schüttelte er lächelnd den Kopf.

»Seit meiner Kindheit trage ich keine Nachthemden mehr. Und jetzt möchte ich nicht damit anfangen. Falls du dich fragst, was du fürs Bett anziehen sollst – am liebsten spüre ich dich nackt an meiner Seite, vor allem, wenn ich mitten in der Nacht aufwache. Wenn du nichts anhast, ist's viel leichter, dich zu lieben.«

Ihre Augen strahlten. Bewundernd streichelte sie seine breiten Schultern. »Ich glaube, wir werden sehr viel Zeit im Bett verbringen.«

»Lass dich warnen. Unsere Liebesspiele werde ich nicht aufs Bett beschränken. *Jeder* Ort, wo wir allein sind, eignet sich zum Schauplatz unserer erotischen Aktivitäten.«

»Dann muss ich mich anders ausdrücken – ich glaube, wir werden sehr viel Zeit mit der Liebe verbringen.«

»Welch eine treffende Prophezeiung, meine Süße ...«

Bald erkannte Adriana, wie erfreulich es für eine frisch gebackene Ehefrau war, ihren Gemahl zu waschen – insbesondere, weil er ihre Nähe nutzte, um sie aufreizend zu liebkosen. Immer wieder stockte ihr Atem. Schüchtern war er gewiss nicht. Doch sie fand ein Schutzmittel gegen seine Gelüste in Gestalt eines Leinentuchs, das sie über seine Hüften breitete.

»Glaubst du wirklich, das wird dich retten?«, fragte er. »Oder bildest du dir ein, nun würde meine Begierde erlöschen?«

»Das nicht – aber ich möchte mich nicht ablenken lassen. Von einer jung verheirateten Ehefrau darfst du nicht erwarten, sie würde woandershin schauen, wenn ihr ein gewisses Organ so auffällig vor Augen geführt wird. Allmählich fürchte ich, du weißt gar nicht, was das Wort ›Scham‹ bedeutet.«

»Um Schamgefühle kümmern sich die Männer nicht so wie die Frauen, Liebste. Wenn sie in einer Wüste ein Wasserloch entdecken, stillen sie erst mal ihren Durst, dann waschen sie den Schmutz von ihrem Leib.«

Durch ihre Unterwäsche spürte sie seine Finger, die zwischen ihre Beine krabbelten, und bewegte die Hüften, um seine Hand abzuschütteln. »Benimm dich endlich! Sonst muss ich bis zum Sonnenuntergang hier sitzen und dich waschen.«

»Mit meiner unteren Köperhälfte hast du dich noch gar nicht befasst«, hänselte er sie grinsend.

»Zuerst werde ich deine Füße und Beine reinigen«, verkündete sie und ging wieder ans Werk.

»Weil du Angst hast, andernfalls wird die Säuberung nicht beendet?«

Colton legte den Kopf schief, um ihre geröteten Wangen genauer zu inspizieren.

»So was Ähnliches«, gab sie zu, wusch seine Füße, die Knöchel und Waden und rieb sie trocken. Dabei stellte sie fest, wie makellos der ganze Körper ihres Ehemanns wirkte – mit langen, wohlgeformten Füßen, kaum behaarten Schienbeinen und muskulösen Schenkeln. Während der Waschlappen nach oben wanderte, sah sie, dass die violette Umgebung seiner alten Wunde eine hellere Färbung angenommen hatte. Bald würde man nur mehr eine Narbe sehen. Auch die würde mit der Zeit verblassen. »Anscheinend ist deine alte Wunde gut verheilt. Stört sie dich noch?«

»Nur hier und da spüre ich ein Stechen. Aber es tut nicht besonders weh.«

Nun waren lediglich seine Hüften und seine Männlichkeit zum Waschen übrig, und sie tat ihr Bestes, um nicht zu erröten. Gewissenhaft befolgte sie seine Anweisungen, die er ihr mit unverhohlenem Vergnügen erteilte. Als sie einen kurzen Blick in sein Gesicht warf, sah sie den mutwilligen Glanz in seinen Augen.

»Sei nicht verlegen«, bat er. »Dieser Körperteil gehört dir, genauso wie alle anderen. In ein paar Monaten wird dir meine Nacktheit alltäglich erscheinen.«

»Daran zweifle ich«, erwiderte sie wahrheitsgemäß. »Noch nie habe ich einen schöneren Mann gesehen.«

»Schön?« Erstaunt hob er die Brauen. »Was für ein sonderbares Wort, um einen Mann zu beschreiben ...«

»Trotzdem habe ich dich schön gefunden, seit ich denken kann.«

Zärtlich kniff er in ihr Hinterteil. »Komm, mein Engel, küss mich, denn ich begehre dich schon wieder.«

Nach einem viel sagenden Blick auf das Leinentuch, das seine Hüften bedeckte, lachte sie. »O ja, das ist mir nicht entgangen.«

Um zu bekunden, dass die Waschung beendet war, ließ sie den Lappen in die Schüssel fallen und neigte sich zu Colton. Zwischen ihren Hinterbacken spürte sie seine tastenden Finger und ihre Augen funkelten. »Sicher warst du ein sehr schlimmer kleiner Junge. Das merkt man heute noch. Oder versuchst du eine besondere Vorliebe für die Kehrseite einer Frau zu entwickeln?«

»Da ich dein Mann bin, darf ich *alles* von dir erforschen, Madam. So zufrieden wie jetzt war ich noch nie in meinem Leben. Ich glaube, die Ehe gefällt mir.«

Belustigt wackelte sie mit den Hüften, um seinen Fingern zu entrinnen. »Sehr gut, Sir – ich werde nämlich ziemlich lange deine Gemahlin bleiben.«

Philana Wyndham wurde von einer Dienerin die Treppe hinaufgeführt, zu dem Schlafzimmer, das ihr Sohn bewohnte. Wie das junge Mädchen erklärte, hatten Lord und Lady Standish das Haus mit der Gastgeberin verlassen, um Lord Alistair in seinem Hotelzimmer zu besuchen und sich nach dem Zustand seines verstauchten Knöchels zu erkundigen. Jetzt kümmerte sich nur Lady Adriana um den Patienten.

Da sich Adriana bei ihrem Sohn aufhielt, glaubte Philana, sie dürfte den Raum betreten, ohne anzuklopfen. Immerhin hatte die junge Dame kaum mit ihm gesprochen, bevor er bei dem Überfall verletzt worden war. Also würde seine Mutter gewiss keine intime Szene stören. Aber sobald sie die Tür geöffnet hatte, erkannte sie ihren Irrtum. Ihr Sohn lag im Bett, praktisch nackt, abgesehen von einem zerknüllten Laken über seinen Hüften. Und Adriana war auf ihn hinabgesunken. Seine Hand befand sich unter ihren Schenkeln. Soweit Philana das feststellen konnte, verschmolzen die Lippen der beiden in einem leidenschaftlichen Kuss. Bei diesem schockierenden Anblick schwanden ihr beinahe die Sinne.

»Ach, du meine Güte – hätte ich bloß angeklopft!«, stöhnte sie, presste eine Hand auf ihren Mund und bekämpfte eine brennende Hitze in ihren Wangen. »Natürlich habe ich nicht geahnt …«

Die junge Lady richtete sich abrupt auf und fuhr zu der Besucherin herum. Wie Philanas Miene verriet, war Adriana die letzte Person, der sie ein so unschickliches Verhalten zugetraut hatte. Voller Entsetzen glitt der Blick der älteren Frau über das geöffnete Kleid und das spitzenbesetzte Hemd, unter dem sich die rosigen Knospen runder Brüste abzeichneten. Hastig zog Adriana das Kleid über ihrem Busen zusammen und schloss die Knöpfe.

»Offensichtlich bin ich zu einem ungünstigen Zeitpunkt erschienen«, würgte Philana hervor und wandte sich ab, während Adriana eine Steppdecke und Laken über Coltons untere Körperhälfte häufte. »Nachdem Bentley mir letzte Nacht mitgeteilt hatte, mein Sohn sei schwer verletzt, brach ich heute Morgen in aller Herrgottsfrühe auf, um für ihn zu sorgen … Niemals hätte ich vermutet … Tut mir Leid, ich wollte nicht stören. Am besten gehe ich …«

»Bleib hier, Mutter«, bat Colton mit sanfter Stimme. »Was du gesehen hast, ist durchaus akzeptabel.«

Mit dieser albernen Behauptung brachte er seine Mutter in hellen Zorn. Mit schmalen Augen starrte sie ihn an. »Seit wann ist es respektabel, wenn ein Wüstling eine junge Frau verführt, die ich bisher für eine Dame hielt? Besitzt du nicht das geringste Ehrgefühl, mein Sohn?«

Coltons Lippen verzogen sich zu einem gewinnenden Lächeln. »Seit ich mit ihr verheiratet bin, ist es ganz sicher akzeptabel.«

»Verheiratet?« Philana griff mit einer zitternden Hand an ihre Kehle. War das möglich? Hatten die beiden wirklich geheiratet? Oder überlegten sie gerade, ob sie vor den Traualtar treten sollten? »Meinst du – Adriana hat deinen Heiratsantrag angenommen? Nach allem, was geschehen ist?«

»Letzte Nacht, Mama Philana«, beteuerte Adriana mit einem entschuldigenden Lächeln. »Colton wollte seine Wunde nur von einem Arzt behandeln lassen, wenn ich ihn vorher heirate.«

»Oh, ich verstehe.« Philana hob eine fein geschwungene Braue und nickte wissend. »Junge Ladys zu manipulieren – darauf hat er sich schon von klein auf verstanden. Sein Vater wusste manchmal gar nicht, was er mit ihm machen sollte. Und ich war völlig machtlos ...« Nun erwiderte sie Adrianas Lächeln. »Vielleicht kommst du besser mit ihm zurecht als ich, meine Liebe. Ich freue mich auf jeden Fall, eine zweite Tochter willkommen zu heißen – insbesondere, weil ich sie schon seit Jahren bewundere. Sedgwick wäre so stolz, könnte er das miterleben! Stets hat er geglaubt, es wäre am besten für euch beide. Jetzt werdet ihr herausfinden, ob er Recht hatte.«

Einladend breitete sie die Arme aus, Adriana eilte zu ihrer Schwiegermutter und umarmte sie enthusiastisch. Die Augen voller Freudentränen, schob Philana sie ein wenig von sich und nahm ihr Gesicht in beide Hände.

»Mein liebes Kind, ich danke dir, weil du meinem Sohn verziehen hast und mich so glücklich machst. Obwohl Bentley mir versicherte, mein Sohn würde am Leben bleiben, musste ich mich vergewissern, dass er gut betreut wird. Jetzt weiß ich, er ist in den besten Händen und eine Dynastie wird fortgesetzt, deren Aussterben ich allmählich befürchten musste. Möge der Himmel euch beiden viele, viele Kinder schenken.«

# Kapitel 17

»Wo warst du?«, herrschte Jarvis Fairchild seine Tochter an, die im Morgengrauen auf Zehenspitzen durch die Vordertür des Stanover House schlich.

Felicity presste eine Hand auf ihr heftig pochendes Herz und spähte ins Dunkel, um ihren Vater zu suchen. Schließlich sah sie ihn auf dem Sofa sitzen und bemühte sich um ein Lächeln. Aber sie brachte nur eine Grimasse zustande. Jarvis' Gesicht war eine Maske heißen Zorns. Trotz des schwachen Lichts glaubte sie, Schatten unter seinen Augen zu entdecken. »Warum bist du hier unten im Salon, Papa? Ich dachte, du wärst längst schlafen gegangen. Beinahe hättest du mich zu Tode erschreckt.«

Erbost sprang er vom Sofa hoch und ging auf sie zu. Ihre Nasen berührten einander fast, als er sich zu ihr neigte. »Ich habe dich was gefragt. Und ich will eine Antwort hören. Da du nicht nach Hause gekommen bist, ritt ich zu Elstons Haus hinüber, um mich nach deinem Verbleib zu erkundigen. Ein Dienstbote teilte mir mit, auch Roger sei nicht zurückgekehrt. Dann galoppierte ich zu den beiden jungen Damen, die dich in die Kurhalle begleitet hatten. Aber keine der beiden wusste, wo du warst, denn Roger hatte angekündigt, er würde dich hierher bringen. Natürlich mussten deine Mutter und ich befürchten, du wärst entführt, womöglich sogar vergewaltigt worden – von Elston oder sonst jemandem. Jetzt stiehlst du dich bei Tagesanbruch ins Haus deines Großvaters, wie eine Diebin, die das Tafelsilber stehlen willen. Ich verlange eine Erklärung, Mädchen. Sofort!«

Erneut versuchte sie zu lächeln, was so gründlich misslang

wie zuvor. Es war ein gequältes Lächeln. Ausdrucksvoll spiegelte es ihre Gefühle wider. Alles tat ihr weh und sie bereute ihr Verhalten zutiefst. Hätte sie doch bloß auf ihre warnende innere Stimme gehört … jetzt war es zu spät, um irgendetwas zu ändern. »Papa, ich weiß – du hattest gehofft, ich würde einen Aristokraten ehelichen. Aber weil ich von Lord Randwulfs und Lady Adrianas bevorstehender Verlobung erfuhr – und der Viscount ihr ebenfalls den Hof macht –, sah ich keine Chance. Inzwischen ist Roger ein reicher Mann und … Also, wir haben uns erlaubt, in diesem County zu heiraten. Danach gingen wir in einen Gasthof.«

»Nicht einmal du kannst so dumm sein!«, schrie Jarvis empört. »Wo steckt dieser elende Bettler? Dem schneide ich seine Männlichkeit ab!« Von wilder Rachsucht getrieben, schaute er an seiner Tochter vorbei, um festzustellen, ob sich sein neuer Schwiegersohn wie ein feiges Wiesel bei der Haustür herumdrückte.

»Hier wirst du ihn nicht finden, Papa. Er hielt es für besser, ich würde dir's allein erzählen. Wenn du dich beruhigt hast, will er mit dir reden.« Nervös schlang Felicity ihre Finger ineinander. »Und falls du ihn entmannen möchtest – das hätte keinen Sinn mehr. Unsere Ehe wurde bereits – eh – vollzogen.«

»Wie schändlich du mich hintergangen hast!«, stieß Jarvis zwischen zusammengebissenen Zähnen hervor. Wütend begann er, durch den Salon zu wandern. »Die ganze Zeit glaubte ich, du würdest über deinem Stand heiraten. Alles tat ich, um dir entsprechende Gelegenheiten zu verschaffen. Nie war die Tochter eines Buchhalters besser gekleidet. Was immer nur dein Herz begehren mochte – du hast es bekommen. Vergebliche Liebesmüh! Du hast mich bitter enttäuscht, Mädchen. Hinter meinem Rücken den Sohn eines primitiven Hungerleiders zu heiraten …«

»O nein, Papa – die Elstons sind steinreich. Roger hat mir die kostbarsten Juwelen und eine teure Garderobe versprochen.

Bald wird die Spinnerei ihm gehören. Davon ist er fest überzeugt.« Aber die Schwüre des Bräutigams linderten das Grauen der Vergewaltigung nicht, die Felicity in ihrer Hochzeitsnacht erlitten hatte. Es war ein Fehler gewesen, Roger den Rücken zu kehren und zu erklären, vor dem Vollzug der Ehe würde sie gern ihre Vorbereitungen treffen. Damit hatte sie sein Temperament provoziert. Ungeduldig hatte er ihr die Kleider vom Leib gerissen und eine Hand auf ihren Mund gepresst. Dann war er so brutal in sie eingedrungen, dass ihr Blut das Laken durchtränkt hatte.

»Und wer wird die Gläubiger bezahlen, wenn Edmund Elston stirbt oder die Flucht ergreift?«

Zitternd berührte Felicity ihren Hals, taumelte zurück und blinzelte verständnislos. »Was – was meinst du, Papa?«

»Dass Edmund Elston hohe Summen verloren oder Geld aus der Spinnerei für seine privaten Zwecke abgezweigt hat. Niemand kann sagen, wie viel noch übrig sein wird, wenn dein neuer Ehemann sein Erbe antritt.«

»Wieso weißt du das?«

»Neulich kam jemand zu mir und machte mir einen Vorschlag. Wenn die Elstons gezwungen werden, ihre Wollspinnerei wegen des wachsenden Schuldenbergs zu verkaufen, wäre sie zu einem äußerst günstigen Preis zu haben, den ich mir leisten könnte. Dann wäre ich mein eigener Herr, nicht mehr von deiner Mutter oder deinem Großvater abhängig und endlich imstande zu tun, was mir beliebt.«

»Und woher würdest du das Geld nehmen, um den Betrieb zu erwerben?«, fragte Felicity verwirrt. »Selbst wenn der Preis niedrig wäre … Vor nicht allzu langer Zeit ermahnte mich Mama, jeden Penny umzudrehen. Vorerst sollte ich mich mit den Kleidern begnügen, die ich besitze. Und jetzt willst du eine Spinnerei kaufen?«

Jarvis zeigte seiner Tochter ein hochnäsiges Profil. »Woher das Geld kommt, braucht dich nicht zu interessieren. Jedenfalls habe ich genug, um den Elston-Betrieb zu erwerben.«

»Vielleicht will dieser Mann dein Vertrauen gewinnen, weil er hofft, du würdest dich für ein anderes Unternehmen interessieren. Das sage ich nur, weil Edmunds Spinnerei unter Rogers Leitung hohen Profit einbringt.«

Skeptisch winkte Jarvis ab. »Oder Edmund hat einen Teil seines Vermögens beiseite geschafft und überlässt es seinem Sohn, die Löhne für die Arbeiter aufzutreiben, während er selbst mit unbekanntem Ziel verschwindet.«

»Aber – Rogers Vater ist bettlägerig, Papa.«

»Wie angenehm für Edmund!« Verächtlich hob Jarvis die Brauen. »Wenn er sich krank stellt, muss er die Fragen seines Sohns nicht beantworten – das heißt, *falls* Roger jemals herausfindet, dass er falsche Hoffnungen in die Wollspinnerei gesetzt hat und dass das Betriebskapital erheblich dezimiert wurde.« Er trat zu einem Fenster, schwieg eine Zeit lang und betrachtete die Stadt. Mittlerweile lichtete sich das nächtliche Dunkel. In Gedanken versunken, warf er seiner Tochter einen kurzen Blick über die Schulter zu. »Hast du dich jemals gefragt, wie Edmund zu seinem Reichtum gekommen ist?«

Sie runzelte verwundert die Stirn. »Nun, Roger erzählte mir, die zweite Frau seines Vaters sei gestorben und habe ihm eine Menge Geld hinterlassen – das Erbe des alten Mr Winter.«

»Gestorben?« Jarvis lachte höhnisch. »Wahrscheinlich wurde sie ermordet.«

Felicity schnappte entrüstet nach Luft. Mochte der Vater ihr auch zürnen – er hatte kein Recht, einen Mann anzuklagen, der ihm letzten Endes fremd war. »Wie kannst du so etwas behaupten? Bei Mrs Elstons Tod haben wir noch gar nicht hier gewohnt. Und wieso traust du meinem Schwiegervater ein solches Verbrechen zu, obwohl du ihn kaum kennst?«

»Vor vielen Jahren war Rogers Mutter die beste Freundin meiner Tante. Während sie in London lebten, verließ Edmund seine Frau und seinen kleinen Sohn und trieb sich mit liederlichen Weibern herum. Offenbar wickelte er sie alle um den

Finger. Obwohl nicht einmal die dümmsten Menschen glauben dürften, was er sagt ... Um die Zeit herum, als seine Frau starb, half er einem alten Freund, irgendwelche Lieferungen auszufahren. Zufällig sah meine Tante Clara mit an, wie Rogers Mutter von einem dieser Karren überrollt wurde. Wenn der Fahrer auch einen Schal über sein Gesicht geschlungen hatte, um sich vor der Kälte zu schützen – meine Tante war fest überzeugt, Edmund Elston hätte den Wagen gelenkt. Bevor sie den Mut fand, die Behörden über ihren Verdacht zu informieren, kam sie auf dieselbe Art und Weise ums Leben. Natürlich wagten wir nicht, die Sache weiterzuverfolgen – vor lauter Angst, wir könnten ein ähnliches Schicksal erleiden. Sicher hat er auch seine zweite Gemahlin beseitigt.«

»Also meinst du, Edmund Elston ist ein Mörder?«, flüsterte Felicity entsetzt.

»Wenn dir dein Leben lieb ist, wirst du niemals wiederholen, was du soeben gehört hast – nicht einmal Roger gegenüber. Womöglich bringt er dich für ewig zum Schweigen, sobald er befürchten müsste, du würdest sein Erbe gefährden. Andererseits ist er eher zu bedauern, denn er wird mit leeren Händen dastehen, nachdem sein Vater gestorben oder irgendwo untergetaucht ist.«

»Warum hast du mir das alles nicht früher erzählt, Papa?«

»Weil ich nicht wusste, dass du den elenden Wicht heiraten würdest!«, fauchte Jarvis. »In letzter Zeit gewann ich den Eindruck, du hättest Lord Harcourts Interesse erregt.«

Lässig zuckte Felicity die Achseln, um herunterzuspielen, was nur ihr Wunschdenken gewesen war. »Da habe ich mich wohl geirrt.«

»Wo wirst du mit Roger wohnen?«

»Natürlich im Haus seines Vaters.«

»Und wenn Edmund beschließt, dich umzubringen, so wie seine beiden Ehefrauen?«

Allein schon bei diesem Gedanken erschauerte sie. »Das werde ich zu verhindern wissen.«

»Versuch ein bisschen Geld beiseite zu schaffen, Mädchen. Ich habe keine Lust, auf meine alten Tage Rogers Brut durchzufüttern.«

Herausfordernd hob sie ihr Kinn und wagte, auf eine Tatsache hinzuweisen, die sie vor kurzem herausgefunden hatte. »Ich glaube, du wurdest von Grandpa und Mama ertappt, als du einige Arbeiter entlassen und ihre Löhne eingesteckt hast. Jetzt ist Mama die Einzige, die für alle Gehälter aufkommt. Seit sie diese Leute wieder eingestellt hat, floriert die Mühle.«

»Wieso bist du darüber informiert?«

»Eines Abends ging ich nach unten, um ein Buch zu holen, das ich im Salon liegen gelassen hatte. Da hörte ich dich mit Mama streiten. Deshalb schläfst du neuerdings im Erdgeschoss, nicht wahr?«

»Deine Mutter bildet sich dauernd ein, sie wüsste alles besser ...«

Entschlossen fiel sie ihm ins Wort. »Soweit ich mich entsinne, bat sie dich, dein Vergehen zu überdenken und das Geld in Großvaters Kassette zurückzulegen. Doch du hast dich geweigert.«

»Er ist alt und stinkreich!«, stieß Jarvis hervor. »Also würde es ihm nicht schaden, seinen Nachkommen ein bisschen was abzugeben.«

»Papa, er ist nicht dein, sondern Mamas Vater. Und sie gibt ihm gewissenhaft jeden überschüssigen Penny zurück, nachdem sie Lucy und die anderen Dienstboten entlohnt hat. Während du nicht davor zurückschreckst, Geld an dich zu nehmen, das dir nicht gehört ... Da Mama mich gut genug erzogen hat, weiß ich, dass man so etwas Diebstahl nennt. Du solltest deine Verfehlungen wieder gutmachen, Papa. Mama und Grandpa kennen keine Gnade, wenn sie sich an irgendjemandem rächen wollen. Womöglich sitzt du bald wieder in deinem alten Kontor in London, solltest du versuchen, die beiden zu übertölpeln. Nicht nur Grandpas Feinde – auch seine Freunde haben erzählt, er würde ganz besondere Methoden anwenden, um der Gerechtigkeit zu dienen. Oder, wie er es ausdrückt, um den Menschen Vernunft beizubringen, die's nötig haben.«

»Pah, er ist uralt und senil!«

»Nicht so senil, wie ich einst dachte – oder wie du's gern hättest, Papa. Noch nie kannte ich einen scharfsinnigeren Mann. Hör auf meinen Rat oder du musst die Konsequenzen tragen. So schlau, wie du glaubst, bist du nämlich nicht. Was das betrifft, sind dir die beiden weit überlegen.«

»Wagst du es, mich zu belehren, Mädchen?«

Felicity brachte ein kühles Lächeln zustande. »O nein, ich will dich nur ganz sanft ermahnen, Papa, oder um mit Grandpa zu reden – zur Vernunft bringen, weil du's nötig hast.«

Ohne eine Antwort abzuwarten, verließ sie das Haus. Jetzt, nachdem ihr Vater wusste, dass sie verheiratet war, musste sie den Schein nicht mehr wahren. Natürlich war ihr klar gewesen, er würde auf sie warten, während Roger den Aufbruch aus dem Gasthof hinausgezögert hatte. Offenbar sadistisch veranlagt, hatte ihr Ehemann nach der brutalen Vergewaltigung darauf bestanden, sie so lange im Zimmer zu behalten, bis sie einige seiner Forderungen erfüllt hätte. Entweder müsse sie sich fügen oder er würde sie bis in alle Ewigkeit festhalten. Die Hochzeitsnacht war ein einziger Albtraum gewesen – und Felicity das Opfer eines Monstrums, hinter der unschuldigen Fassade eines attraktiven jungen Mannes verborgen.

Auf leisen Sohlen näherte sie sich dem Bett, an das Edmund Elston seit seinem Schlaganfall vor einigen Monaten gefesselt war. Vor fünf Wochen hatte Felicity geheiratet. Und nun fand sie zum ersten Mal eine Gelegenheit, das Zimmer ihres Schwiegervaters unbeobachtet zu besuchen. Stets war irgendjemand in der Nähe gewesen und hatte das verhindert – entweder Roger oder der Diener, der den alten Mann betreute. Beim Anblick des leichenblassen Patienten verstand sie nicht, wie er Roger jemals hatte hintergehen können. Vor dem

Schlaganfall hatte sie Edmund nur selten gesehen, erinnerte sich aber an einen robusten, recht attraktiven Mann, allerdings ohne Manieren, von seiner eigenen Wichtigkeit überzeugt. Angesichts seiner geschmacklosen, auffälligen Kleidung war sie ihrer Mutter dankbar gewesen, die sie an übertriebener Putzsucht gehindert hatte. Wie auch immer, die Aufmachung des Mannes hatte zu seinem Wesen gepasst.

Was Felicity jetzt erblickte, unterschied sich von ihrem ersten Eindruck wie die Nacht vom Tag. Hauchdünnes, faltiges Fleisch umgab Edmunds Schädel, die Haare waren ihm ausgefallen und die Wangen wiesen eine seltsame, weißgraue Farbe auf. Unter den runzligen Lidern schienen die Augen in die Höhlen zurückzuweichen. Oder dunkle Schatten erzeugten diese Wirkung. Der Mund stand offen und entblößte fleckige Zähne. Am Kinn klebte getrockneter Speichel.

»Papa Edmund – sind Sie wach?«, fragte sie schüchtern und wusste nicht, was sie erwarten durfte. Wenn ihr Vater sie zu Recht gewarnt hatte, gefährdete sie womöglich ihr Leben. Andererseits ließ sich die Schwäche des alten Mannes nicht bestreiten. Entweder stand er bereits auf der Schwelle des Todes oder er roch zumindest den fauligen Atem der Hölle, die ihn vermutlich erwartete. Fast unmerklich begann ein Lid zu flattern. Also hatte er die Frage wenigstens gehört. Aber ob sie in sein Bewusstsein gedrungen war, erkannte Felicity nicht.

»Brauchen Sie etwas, vielleicht einen Schluck Cidre oder ein bisschen Tee?«

»Was-ser«, krächzte er so leise, dass sie das Wort kaum verstand. Auf dem Nachttisch stand eine Karaffe, die der Diener bereitgestellt hatte, und sie füllte ein Glas.

»Hier, ich helfe Ihnen«, erbot sie sich und schwang einen Arm um die zerbrechlichen Schultern, als er den Kopf zu heben versuchte. Sein Atem stank nach Verwesung. Angewidert wandte sie sich ab. Aber wie sie vor kurzem herausgefunden hatte, besaß sie die Widerstandskraft ihrer Mutter. Jetzt war sie eine verheiratete Frau und aus ihrer bisherigen Ehehölle hatte sie eine wichtige Lehre gezogen: Sie musste für ihre gesicherte Zukunft sorgen – und für ihr Kind. Obwohl Roger der Vater war, betrachtete sie das wachsende Leben in ihrem Bauch als ihr alleiniges Eigentum. Dieses Baby wünschte sie sich, ihr Gemahl nicht. Manchmal ging er im Ehebett so grob mit ihr um, dass sie glaubte, er wollte eine Fehlgeburt herbeiführen. Wenn es dazu kam, würde sie ihn verlassen und Zuflucht bei ihrer Familie suchen, bis sie einen geschützten Hafen fand, weit entfernt von seiner Rachsucht. Edmunds Zustand war viel ernster *und* widerwärtiger als das Befinden ihres Großvaters. Das merkte sie sofort. Doch sie musste gewisse Informationen sammeln und sich an die einzige verfügbare Quelle wenden, ehe es zu spät wäre. Wenn der Mann starb, würde sie die Wahrheit wohl nie erfahren.

Nachdem Edmund einen großen Schluck Wasser getrunken hatte, schienen seine Lebensgeister zu erwachen. Er sank in die Kissen zurück und starrte Felicity erstaunt an. »Wer sind Sie? Soviel ich mich entsinne, habe ich Sie noch nie hier gesehen.«

»Ich bin Ihre neue Schwiegertochter, Felicity. Und ich möchte Ihnen helfen, wieder gesund zu werden, Papa Edmund.«

»Jedenfalls sind Sie nicht ...« Die aschfahlen Lippen verzogen sich zu einem mühseligen Lächeln. »Martha Grimbald.«

»Nein, Papa Edmund. Wer diese Frau ist, weiß ich gar nicht.«

»Und das ist – gut so. Sicher wären Sie nicht beeindruckt ...«

»Wollte Roger diese Martha Grimbald heiraten?«

»Das soll er Ihnen selber erzählen, Mädchen. Eins steht jedenfalls fest – Sie sind viel hübscher.«

»Wie fühlen Sie sich? Kann ich irgendetwas für Sie tun? Ein Teller Suppe? Ein Gläschen Portwein?«

»So was – vertrage ich nicht mehr. Im Lauf meines Lebens habe ich zu viel Fusel getrunken. Und jetzt frisst er meine Eingeweide auf.«

»Möchten Sie denn gar nichts zu sich nehmen? Ein paar medizinische Kräuter aus der Apotheke …«

Kraftlos erhob sich ein dünner Finger und lenkte Felicitys Aufmerksamkeit auf den sonderbar gestreiften Nagel. Die Hand wirkte schuppig, als würde die Haut austrocknen – oder sterben.

»Vielleicht Haferbrei – oder Pudding … Irgendwas, das meine Magenbeschwerden lindert … Manchmal ist es unerträglich und ich sehne mich – nach dem Tod …«

Sorgsam vermied sie es, die Haut des Mannes anzufassen, und berührte seinen Arm an einer Stelle, an der ihn das Nachthemd bedeckte. »Gut, ich werde die Köchin bitten, sie möge Haferbrei und Pudding zubereiten. Brauchen Sie sonst noch etwas, Papa Edmund?«

»Wo ist – Roger?«

Angespannt beobachtete sie seine Miene. Deutete irgendetwas auf seine Angst um das Betriebskapital der Spinnerei hin? »Ich glaube, er sieht gerade die Bücher durch. Anscheinend hat er irgendwo ein paar Ungereimtheiten entdeckt. Keine Ahnung, wo … Ich kann nur wiederholen, was ich gehört habe. Offenbar übersteigen die Ausgaben die Einnahmen.«

Mühsam stützte sich Edmund auf einen Ellbogen, fiel aber sofort wieder in die Kissen zurück. Während er seinen Kopf hin und her drehte, rang er nach Luft. »Roger – sollte sich um die Spinnerei kümmern – und die Buchhaltung mir überlassen, Mädchen.«

»Aber – Papa Edmund, dafür sind Sie viel zu krank. Sicher wissen Sie nicht einmal, was für einen Tag wir heute haben. Wie wollen Sie sich da mit der Buchhaltung befassen?«

»Sagen Sie ihm – er soll die Bücher nicht mehr öffnen – bis ich wieder auf den Beinen bin.«

Felicity neigte sich zu ihm und schenkte ihm ein sanftes Lächeln. Mütterlich tätschelte sie seine Schulter. »Gewiss, das werde ich ihm ausrichten, Papa Edmund. Und jetzt brauchen Sie wieder Ihre Ruhe. Wegen der Bücher dürfen Sie sich nicht aufregen. Bald wird Roger den Fehler finden, es sei denn, Sie wissen zufällig, wo das Problem liegt. Wenn ja, sollten Sie ihm Bescheid geben. Dann würden Sie ihm sinnlose Nachforschungen ersparen.«

»Sagen Sie ihm einfach nur, er soll die Finger davon lassen. Von der Buchführung versteht er nichts.«

# Kapitel 18

Colton Wyndham geleitete seine Frau in seine Residenz am Londoner Hyde Park. In der Halle wurden sie von Seward erwartet, dem kleinen, drahtigen alten Butler, der zu dieser Position befördert worden war, noch bevor Sedgwick Wyndham eine Familie gegründet hatte. Der hagere Mann grinste wie ein verschrumpelter Affe und schnippte mit den Fingern. Sofort eilten Dienstboten aus den Ecken und Winkeln – die meisten schwarz gekleidet, das Küchenpersonal weiß – und bildeten eine lange Reihe, um sich der neuen Herrin zu präsentieren. Sogar die Köchin erschien, die schon seit einigen Jahren im Stadthaus arbeitete, ursprünglich als Gehilfin. Nun regierte sie unangefochten in der Küche und überwachte die Zubereitung aller Mahlzeiten. Alle Angestellten lächelten genauso breit wie der Butler, freudig bestrebt, die jung verheirateten Wyndhams zu begrüßen, die von ihrer zweimonatigen Hochzeitsreise zurückkehrten. In einem wärmeren Klima war der Marquess fast vollends von seiner Kriegsverletzung genesen. Nachdem das letzte Dienstmädchen vorgestellt worden war, schwirrte Adrianas Kopf von all den Namen.

Wie sollte sie sich jemals erinnern, welcher Name zu welchem Gesicht gehörte? Lachend presste sie ihre Hände auf die geröteten Wangen. »Bei meinen früheren Besuchen in diesem Haus merkte ich gar nicht, dass hier so viele Dienstboten beschäftigt sind. Vielleicht werde ich Sie anfangs ein paar Mal miteinander verwechseln, also bitte ich Sie – haben Sie Geduld mit mir.«

Colton legte zärtlich einen Arm um ihre Taille. »Aber natürlich werden sie dir verzeihen, mein Schatz. Da du ihre Herrin bist, bleibt ihnen auch gar nichts anderes übrig. Und während sie deine Vorlieben kennen lernen, werden sie ihr Herz an dich verlieren. Wie leicht das passieren kann, weiß ich aus Erfahrung. Deshalb muss ich die Leute warnen. Sonst scharwenzeln sie bald nur noch um dich herum und vernachlässigen mich.«

Mit herzhaftem Gelächter bestätigte das Personal diese Gefahr. Von allen Besuchern und Besucherinnen im Londoner Wyndham House hatte Lady Adriana mit ihrem Charme und ihrer Rücksichtnahme die Zuneigung der Diener am ehesten gewonnen. Deshalb freuten sich alle ausnahmslos über die Brautwahl ihres Herrn.

»Mylord, das Dinner wird zur üblichen Stunde serviert«, erklärte der Butler. »Nach der langen Reise möchten Sie vielleicht mit Ihrer Gemahlin in der Privatsphäre Ihrer Gemächer speisen und die Gelegenheit nutzen, sich zu entspannen.«

»Was für eine ausgezeichnete Idee, Seward!«, lobte Colton. »Die anstrengende Fahrt hat Lady Adriana und mich tatsächlich ermüdet.« Als wäre ihm eben erst ein Gedanke gekommen, fügte er hinzu: »Noch etwas – nach dem Dessert will ich ein heißes Bad genießen, das wird meinem Bein gut tun.«

»Sehr wohl, Mylord, ich werde mich um die nötigen Vorbereitungen kümmern – und die Dienstboten anweisen, Sie nicht mehr zu stören, wenn sie das Geschirr abgeräumt haben.« Kaum merklich zuckten Sewards Mundwinkel. »Die Erholung von einer so ausgedehnten Reise braucht natürlich Zeit.«

»Allerdings, Seward.« Der Marquess bot seiner Frau den Arm. »Gehen wir nach oben, Liebes? Nun würde ich's mir gern bequem machen. Du auch?«

Adriana legte ihre Hand auf seinen Unterarm und lächelte. Was er damit meinte – und was sie tun würden, sobald das Personal verschwunden war –, wusste sie. Nicht einmal im Zustand völliger Erschöpfung würde Colton auf seine ehelichen Rechte verzichten. Das hatte ihr der Honigmond bewiesen. »Ja, das klingt wirklich verlockend.«

Belustigt tätschelte er ihre Finger. »Ich war mir beinahe sicher, du würdest mir zustimmen.«

Vor dem bewundernden Blick seiner Frau zog er sich aus und bedeutete ihr, Platz in der breiten Wanne zu machen.

»Zur Abwechslung würde ich gern mal alleine baden«, hänselte sie ihn und grub ihre Zähne in die Unterlippe, um ihren Lachreiz zu bekämpfen. Betont lässig ans runde Ende der kupfernen Wanne gelehnt, seifte sie ihre Brüste ein. Es bereitete ihr ein boshaftes Vergnügen, Colton mit ihrem nackten Körper herauszufordern. Ein kurzer Blick auf seine sichtbare Erregung genügte ihr, um sich triumphierend zu vergewissern, wie heiß er sie begehrte. »Das durfte ich kein einziges Mal, seit wir verheiratet sind.«

»Mach endlich Platz, Mädchen«, erwiderte er grinsend, »oder ich versohle dir den Hintern. Ob du's willst oder nicht, jetzt steige ich in die Wanne.«

Adriana seufzte übertrieben und rückte nach vorn. »Wenn du dauernd auf unserem gemeinsamen Bad bestehst, werde ich niemals richtig sauber – weil du jedes Mal einen anderen Zweck verfolgst.«

»Mag sein, Madam. Du besitzt halt einige zauberhafte Körperteile, die mir großes Vergnügen bereiten. Außerdem kann's dir doch egal sein, wer dich wäscht.«

Colton stieg hinter ihr in die Wanne, setzte sich und schlang einen Arm um ihre Taille. Mit einer Hand umfasste er eine ihrer runden Brüste, die andere schob er unter ihre Hinterbacken.

Zwischen seine Schenkel geschmiegt, sank sie an seine Brust und warf einen koketten Blick über die Schulter. »Hast du's bequem?«

»Nicht ganz«, flüsterte er in ihr Ohr.

Adriana bewegte die Hüften und nahm eine neue Pose ein. Wieder einmal staunte sie über die prickelnde Erregung, die in ihr aufstieg, als ihr weiches, weibliches Fleisch die harte Männlichkeit ihres Gemahls spürte. Wie sein stockender

Atem verriet, steigerte die Berührung auch sein Verlangen. Wohlig erschauerte sie. Die Augen vor Sehnsucht verschleiert, wandte sie den Kopf zu ihm. »Ist's jetzt besser?«

»Zweifelst du daran?«, fragte er und knabberte an ihrem Ohrläppchen. Lächelnd genoss sie die Liebkosung seiner Finger, die ihren Busen streichelten. »Würdest du dich nicht *vor* dem Bad schon hinreißen lassen, wäre es einfacher, die richtige Position zu finden.«

Seine Lippen zogen eine feuchte Spur über ihren Nacken. »Dreh dich zu mir herum, dann gibt's keine Schwierigkeiten.«

Während er seine Hüften bewegte, um sie noch mehr zu reizen, senkte sie träumerisch die Lider, legte den Kopf an seine Schulter und schwelgte in den Zärtlichkeiten seiner Lippen. »So wie ich dich kenne, wird's bald so weit sein.«

»Mittlerweile kennst du mich in- und auswendig.«

»O nein«, widersprach sie, denn er überraschte sie mit immer neuen sinnlichen Freuden. »Nicht in tausend Jahren.«

Um ihre Brüste genauer zu betrachten, neigte er sich vor. Dann ergriff er einen Schwamm und verteilte weißen Schaum auf der seidigen Haut, wusch erst die eine Knospe, dann die andere. Stöhnend überließ sie sich ihrer Ekstase.

»Oh, das gefällt mir«, hauchte sie und reckte ihren Busen den verführerischen Zärtlichkeiten entgegen. Bald vergaß Colton den Schwamm und seine sanften Hände setzten das Liebesspiel fort, das auch seine eigene Begierde förderte.

»Von morgens bis abends bestürmen mich betörende Erinnerungen an die vielen verschiedenen Betten, die wir in diesen letzten Monaten zerwühlt haben, Liebste, und erregen ständig neue Wünsche. Sogar im Schlaf begehre ich dich.«

»Ja, ich weiß.« Als er sich noch weiter vorneigte, um neugierig in ihr Gesicht zu spähen, kicherte sie. »Natürlich nehme ich gewisse Veränderungen deines Körpers wahr, wenn du dich im Bett an mich drückst. Und sobald ich deine Bereitschaft spüre, erwache ich sehr gern. Vielleicht werde ich's eines Tages ausnutzen, dass du dabei schläfst.«

Colton lachte leise und vergrub seine Lippen in ihrem duftenden Haar. »Jederzeit darfst du mich wecken, denn die Freude, die ich dir schenke, beglückt auch mich, meine Rose aus Cornwall.«

»Teurer Gemahl, ich entsinne mich keines einzigen Moments in unserer Ehe, wo du mich nicht gereizt und provoziert und verführt und …«, um Atem zu holen, unterbrach sie sich und seufzte zufrieden, »… und alle meine Wünsche erfüllt hast. O ja, du verstehst es, meine Sehnsucht zu entfachen, bis ich nur noch einen einzigen Gedanken kenne – mit dir zu verschmelzen.«

Mit ihren poetischen Worten brachte sie ihn zum Lachen. »Und ich dachte, du würdest die Talente meines wichtigsten Körperteils loben.«

Herausfordernd rieb sie ihr Hinterteil an ihm. »Wasch dich endlich, ich will mit dir ins Bett gehen.«

»Was können wir dort tun, was hier nicht auch möglich wäre?«, flüsterte er und schob eine Hand zwischen ihre Schenkel, die sie willig öffnete.

Bald wand sie ihre Hüften leidenschaftlich umher, bis sie es nicht länger ertrug. Auf den Knien wandte sie sich zu Colton, die dunklen Augen voller Glut, und umfasste seine breiten Schultern. Langsam und verlockend bewegte sie ihren Körper, und während er sie intim liebkoste, schienen Feuerströme ihre Adern zu durchfluten. Endlich führte er seine pulsierende Männlichkeit in ihren warmen, feuchten Schoß ein und zog sie zu sich herab. Ihr Kopf fiel in den Nacken. Aus ihrem locker hochgesteckten Haar lösten sich dunkle, gekräuselte Strähnen.

In wachsender Lust gaben sich Adriana und Colton dem Rhythmus des Liebesakts hin, seufzten atemlos, bis sie gemeinsam emporzuschweben schienen, über die Grenzen des Universums hinaus. Sehr viel später sanken sie eng umschlungen auf die Erde zurück.

»Wie sehr ich dich liebe, kann ich gar nicht in Worte fassen,

Adriana«, flüsterte Colton an ihrer Stirn und bezweifelte ernsthaft, dass in seinen Gliedern auch nur ein kleines bisschen Kraft übrig geblieben war.

Behutsam richtete sie sich auf und ihre Finger glitten durch sein lockiges Brusthaar. »Wann hast du deine Liebe zu mir bemerkt?«

Den Kopf schief gelegt, zögerte er, als müsste er darüber nachdenken. »Wenn du's unbedingt wissen musst, wann dieses Gefühl meinen Junggesellenstatus zu gefährden begann – in jenem Moment, wo du meine männlichen Juwelen beinahe zerquetscht hättest.«

Da brach sie in Gelächter aus und schlug spielerisch mit einer Faust auf sein Kinn, bevor sie sich neben ihm ausstreckte. »Falls es dich tröstet – bei dieser Begegnung fürchtete ich, meine Jungfräulichkeit wäre mir geraubt worden. Eine ganze Woche lang konnte ich kaum sitzen.«

»Davon hatte ich keine Ahnung«, erwiderte er, scheinbar verwirrt. »In meiner Badewanne hast du damals ziemlich unschuldig ausgesehen.«

»So genau hast du mich betrachtet?«, fragte sie empört und rückte ein wenig von ihm ab.

Grinsend zuckte er die nackten Schultern. »Jeder Mann schaut hin, wenn ihm eine interessante Aussicht geboten wird. Und du hast mich geradezu fasziniert.«

»Was für eine Unverschämtheit«, schimpfte sie in geheuchelter Entrüstung. »Mich anzustarren, während ich schlief! Du hättest dich schämen sollen!«

»Von meiner Begierde nach dir überwältigt, konnte ich keine anderen Gefühle empfinden – was du zugeben musst, wenn du ehrlich bist.«

»Ja.« Adrianas Mundwinkel zuckten. »Ich war ziemlich schockiert. Aber mittlerweile habe ich mich dran gewöhnt.«

»Oh!« Colton spähte zwischen seine Schenkel und lenkte die Aufmerksamkeit seiner Frau auf dieselbe Stelle.

»Lüstling!«, beschuldigte sie ihn lächelnd.

»Gleich werde ich dir zeigen, was für ein Lüstling ich bin.«

Lachend und kreischend ergriff sie die Flucht, schwang ein Bein über den Wannenrand und bot ihrem Ehemann einen weiteren reizvollen Anblick. Als sie davontänzelte, beobachtete er wohlgefällig ihre wippenden Brüste. Dann stieg auch er aus dem Bad. Mit teuflischem Grinsen pirschte er sich an Adriana heran. Sie versuchte herauszufinden, welche Richtung er einschlagen würde, machte zum Schein einen Schritt nach rechts, sprang aber auf die linke Seite. Sekunden später holte er sie ein, nahm sie auf die Arme und entblößte seine Zähne. Knurrend gab er vor, er würde in ihren Hals beißen.

»Benimm dich, Colton«, mahnte sie, rang nach Luft und kicherte hell. »Wenn uns die Dienstboten hören …«

»Die werden es nicht wagen, an der Schlafzimmertür zu lauschen. Jedenfalls will ich sie noch mal darauf ansprechen. Nur zur Sicherheit.«

Jetzt änderte sie ihre Taktik. Hingebungsvoll umschlang sie seinen Hals, und als er sie noch höher emporschwang, um ihre Brüste zu küssen, hatte sie nichts dagegen einzuwenden. Bebend vor Entzücken, wisperte sie: »Darling, habe ich dir in letzter Zeit schon einmal gestanden, dass ich dich vergöttere?«

»Wenn ich mich recht entsinne, hast du etwas Ähnliches gemurmelt, bevor du gestern Abend eingeschlafen bist. Außerdem in allen Nächten davor …« Colton hob den Kopf und näherte sein Gesicht ihren suchenden, geöffneten Lippen. »Ganz egal, wie oft du's sagst – ich höre solche Worte ununterbrochen mit dem größten Vergnügen.«

»Nie hätte ich für möglich gehalten, welch unermessliche Freuden mir unsere Ehe schenken würde. Und ich flehe den Allmächtigen an, er möge nichts geschehen lassen, das unser Glück zerstören könnte.«

Die Ankunft der Wyndhams auf Randwulf Manor wurde vom Gärtner verkündet, der den Landauer Seiner Lordschaft die Straße entlangfahren sah. Unverzüglich erhob sich der betagte Mann vom Rand eines Beets, wo er gekniet und seine Gehilfen angewiesen hatte, einige Blumen zu pflanzen. So schnell ihn seine Beine trugen, stieg er die Treppe hinauf, öffnete die Haustür und rief seinem alten Freund, dem Butler, die erfreuliche Neuigkeit zu. Grinsend verständigte Harrison seine Herrin, die gerade im Salon Tee trank.

Hier saß sie seit einiger Zeit besonders gern und dachte an das Eheglück ihres Sohnes – hochzufrieden, weil er die Frau anbetete, die sein Vater für ihn ausgesucht hatte. Oft musterte sie liebevoll das Porträt über dem Kamin und erinnerte sich an die ersten Wochen ihrer eigenen Ehe.

Niemand machte sich die Mühe, Alice Cobble über die Heimkehr des Paares zu informieren. Aber sie hörte die aufgeregten Dienstboten schwatzen. Das Baby im Arm, schlenderte sie in die Halle hinab, im selben Moment, als der Hausherr seine lachende junge Frau hereinführte.

Beim Anblick der schlampig gekleideten Frau verflog Adrianas Heiterkeit abrupt. Wie einen Mehlsack hielt die zerlumpte Person das kleine Mädchen fest. Das Kind trug ein schönes, mit kostbarer Spitze besetztes Hemdchen. Aber es war zerknittert und schmutzig. Für ein paar Sekunden hob Alice ihre Bürde etwas höher, um der neuen Marchioness große, angstvolle blaue Augen, rissige Wangen und ein triefendes Näschen zu zeigen. Der beklagenswerte Zustand des Babys ließ Adriana erschauern. Zitternd und stöhnend presste sie eine Hand auf den Mund, ihr Magen krampfte sich zusammen.

Ihr Entsetzen konnte Colton nicht entgehen. Bestürzt wandte er sich zu ihr. Als sie an ihm vorbeispähte, drehte er sich um und entdeckte, was sie bedrückte. In Gedanken verfluchte er Alice Cobble, die seinen Befehl missachtete und sich hier unten blicken ließ, noch dazu in der gleichen schäbigen Verfassung wie bei ihrer Reise von London zu seinem Landsitz. Und seine Tochter sah wie ein armseliges, ungepflegtes Waisenkind aus.

Wütend herrschte er Harrison an: »Warum ist diese

Schlampe immer noch hier? Und wieso wird das Kind nicht besser versorgt?«

In leisem, diskretem Ton erwiderte der Butler. »Mylord, bedauerlicherweise finden wir keine Amme in dieser Gegend. Überall haben wir uns umgesehen, Tag für Tag. Noch dazu benimmt sich diese Frau in wachsendem Maß unmöglich. Zweifellos weiß sie, dass wir sie loswerden wollen, aber wegen des Kindes nicht wegschicken können. Ihre Mutter wagt es nicht, sich über die mangelhafte Betreuung des Babys zu beschweren, Mylord. Sonst würde Alice sofort mit ihrer Abreise drohen. Ginge es nicht um das kleine Mädchen, hätte Ihre Ladyschaft diese schamlose Frau schon vor Monaten entlassen – insbesondere, weil das Ihr Wunsch war, Mylord.«

»Erlösen Sie mich von ihrer Gegenwart!«, stieß Colton zwischen zusammengebissenen Zähnen hervor. »Von ihren zahllosen anderen Verfehlungen abgesehen, regt sie auch noch meine Gemahlin auf.«

Kein bisschen eingeschüchtert, trat Alice vor. Ein herausforderndes Grinsen zeigte verfaulte Zähne. Offensichtlich genoss sie die Macht, die sie in diesem Haushalt ausübte. »Guten Tag, Eure Lordschaft!«, rief sie. Als das Baby ihr meckerndes, abscheuliches Gelächter hörte, begann es zu wimmern. »Wir dachten schon, Sie würden niemals von Ihrer Vergnügungsreise mit Ihrer neuen Frau zurückkehren. Vor drei Monaten haben Sie uns mit unbekanntem Ziel verlassen.« Höhnisch nickte sie Adriana zu. »Eure Ladyschaft ...«

»Gehen Sie ins Kinderzimmer, Alice!«, befahl Harrison mit scharfer Stimme und wies zur Treppe. »Wie Sie wissen, dürfen Sie sich hier unten nicht aufhalten.«

»Oh, ich dachte, der Marquess möchte seine Tochter sehen, nachdem er so lange weg war. Sicher hat er sie schmerzlich vermisst. Während seiner Abwesenheit ist sie ein ganzes Stück gewachsen.«

Entschlossen eilte der Butler zu ihr und packte ihren runden Ellbogen. Obwohl er nicht so groß und so robust gebaut war wie die dreiste Amme, schob er sie zu den Stufen. »Verschwinden Sie!«

»Werden Sie Ihr kleines Mädchen später besuchen, Mylord?«, rief sie über die Schulter. »Zurzeit ist's noch ein bisschen mickrig. Aber bald wird's hübscher aussehen und …«

»Seien Sie still, Alice!«, fiel Harrison ihr erbost ins Wort und schüttelte sie unsanft. »Oder ich stecke Ihnen einen Putzlappen in den Mund!«

»Tatsächlich, Sie alberner Zwerg?«, spottete sie. »In so manchen Kneipen habe ich schon größere Männer fertig gemacht als Sie. Und wenn Sie mich nicht sofort loslassen, kriegen Sie meine Zähne zu spüren!« Um die Drohung zu bekräftigen, fletschte sie ihr hässliches Gebiss. Angewidert wich Harrison zurück.

Kurz bevor Alice endlich die Treppe hinaufstieg, war Philana in die Halle herabgekommen. Ebenso wie Adriana musste sie gegen eine plötzliche Übelkeit ankämpfen. »Verzeih uns, liebes Kind« , wandte sie sich hilflos an ihre Schwiegertochter. »Seit diese Frau hier lebt, können wir sie einfach nicht unter Kontrolle bringen. Sie weiß, dass wir keinen Ersatz für sie finden, und deshalb macht sie sich einen Spaß daraus, uns alle zu ärgern. Auch du wirst darunter zu leiden haben, meine Liebe.«

Adriana holte tief Atem und gewann ihre Fassung zurück. Mit einem aufmunternden Lächeln ging sie zu der eleganten älteren Frau und umarmte sie. »Beruhige dich, Mama Philana. Wir dürfen Alice nicht erlauben, uns zu quälen, wenn's ihr auch noch so viel Freude bereitet. Allzu schwierig kann's doch nicht sein, eine geeignete Amme aufzuspüren. In London oder Bath werden wir sicher eine finden.«

Um das leidige Thema zu wechseln, erklärte Philana: »Maud ist schon hier, Liebes. Vor einer Stunde traf sie im Mietwagen ein und verkündete, ihr wärt auf dem Weg nach Hause. Offenbar kam ihr Kutscher schneller voran als eurer.«

»Wir haben in einem Gasthaus Rast gemacht und ein bisschen was gegessen, weil ich furchtbar hungrig war. Dauernd warnt mich dein Sohn, ich würde zu viel Speck ansetzen.« Adriana versuchte zu lachen, bezweifelte aber, dass sie die Mahlzeit nach der Begegnung mit Alice im Magen behalten würde.

Auch Philana bemühte sich trotz der unerfreulichen Szene um eine heitere Miene. »Bentley war tief betrübt, weil Colton ihn hier zurückließ, mir zur Verfügung stellte und James aus unserem Londoner Haus auf die Hochzeitsreise mitnahm. Natürlich hat Maud euch nur zu gern begleitet. Sie ist oben in den Herrschaftsgemächern und packt eure Sachen aus.«

»Im Augenblick fühle ich mich nicht besonders gut«, gestand Adriana und berührte den Arm ihrer Schwiegermutter. »Ich würde mich gern ein wenig ausruhen.«

»Das verstehe ich. Alice kann einem wirklich das Leben schwer machen. Oft genug musste ich mich nach solchen Konfrontationen mit heftigen Kopfschmerzen ins Bett legen.«

»Sobald es mir besser geht, werde ich mich um das Kind kümmern«, versprach Adriana, um die ältere Lady zu trösten. »In der Zwischenzeit schicken wir einen Boten nach Bath, zu Tante Tilly. Er soll ihr einen Brief überbringen, in dem wir unser Problem erklären. Zwischen London und Bath scheint sie zahllose Leute zu kennen und sie hat viele treue Freunde, die ihr helfen werden, eine Amme für uns aufzutreiben.«

»Diesen Auftrag sollte ich Alistair erteilen«, meinte Philana und lächelte viel sagend. »Wenn er Tilly besuchen kann, ist ihm *jede* Gelegenheit recht.«

Adriana drückte die schmale Hand ihrer Schwiegermutter. »Wenn wir Glück haben, wird Alice schon in einer Woche ausziehen.«

Auf ein solches Wunder wagte Philana nicht zu hoffen. Trotz ihrer zarten Konstitution konnte sie einiges ertragen. Aber die Anwesenheit der unverschämten Amme überstieg ihre Kräfte. »So inbrünstig ich mir auch wünsche, diese vulgäre Frau nie wieder zu sehen – ich fürchte, bevor sie dieses Haus verlässt, wird sie uns noch eine Menge Ärger machen. Unentwegt überlegt sie, wie sie unsere Geduld auf eine besonders harte Probe stellen kann, und sie genießt es in vollen Zügen, uns zu peinigen.«

»Bald werden wir ihrem Treiben ein Ende setzen«, versicherte Adriana und wollte sich zur Treppe wenden. Aber dann entsann sie sich, dass niemand den Namen des Babys erwähnt hatte. Neugierig fragte sie: »Wie heißt die Kleine, Mama Philana?«

»Leider hat sie noch keinen Namen«, gab ihre Schwiegermutter seufzend zu. »Das wollte ich mit Colton besprechen. Aber er war natürlich mit anderen Dingen beschäftigt. Wahrscheinlich hat er gar nicht darüber nachgedacht. Wenn eine Großmutter eine solche Verantwortung übernähme, wäre es anmaßend. Jetzt nennen wir sie einfach nur Baby Girl.«

»Heute Abend werde ich Colton fragen, wie er sie nennen will. Sie sollte möglichst bald getauft werden. Und für dieses Ereignis brauchen wir einen Namen.«

»Genevieve gefiel mir immer ganz besonders gut. Wäre ich so glücklich gewesen, noch eine Tochter zu bekommen, hätte ich sie Genevieve Ariella getauft.«

»Welch ein wunderschöner Name, Mama Philana!« Adriana beugte sich vor und küsste die Wange der alten Dame. »Diesen Vorschlag werde ich Colton machen.«

Die blauen Augen voller Freudentränen, betrachtete Philana das schöne Gesicht ihrer Schwiegertochter. »Vielen Dank, mein Kind, dass du meinen Sohn geheiratet hast. Ohne dich wäre er niemals glücklich geworden. Und wir anderen auch nicht.«

»Zu diesen anderen musst du auch mich zählen«, betonte Adriana mit einem warmherzigen Lächeln. »Denn ich liebe deinen Sohn über alles.«

»Daran zweifle ich nicht. Schon als kleines Mädchen bist du ihm auf Schritt und Tritt gefolgt und jetzt bleibt er dir auf den Fersen.«

Ein kurzer Blick in das bleiche Gesicht ihrer jungen Herrin genügte der Zofe, um eine Schüssel mit kaltem Wasser und einen

Lappen zu holen. Behutsam kühlte sie Adrianas Stirn. »Jetzt brauchen Sie ein bisschen Ruhe. Sie sehen aus wie eine aufgewärmte Leiche – falls ich mir die Bemerkung erlauben darf.«

»Komisch, genauso fühle ich mich.« Adriana drückte den Lappen auf ihre Stirn und sank ins Bett.

»Stehen Sie auf, Mylady«, drängte Maud, »dann kann ich Sie ausziehen. Schon den ganzen Tag stecken Sie in diesen Kleidern. Jetzt sollten Sie sich's bequem machen.«

Adriana stöhnte wie ein schmollendes Kind. Aber sie gehorchte und hob die Arme. »Lass mir das Hemd«, bat sie kraftlos. »Vielleicht muss ich mich übergeben und auf der Suche nach einer Schüssel will ich nicht splitternackt durch diese Gemächer laufen.«

»Was fehlt Ihnen denn, Mylady?«, fragte Maud neugierig. »Hat Sie die lange Fahrt so sehr angestrengt?«

Statt zu antworten, schüttelte Adriana nur den Kopf. Als sie eine Hand auf ihre blassen Lippen presste, hob die Zofe erstaunt ihre Brauen.

»Selbstverständlich möchte ich Sie nicht erschrecken, Mylady, aber – wäre es möglich, dass Sie guter Hoffnung sind?«

Prompt setzte sich Adriana auf die Bettkante, weil sie fürchtete, der Schock könnte ihr den Boden unter den Füßen wegziehen. Verwirrt sah sie sich um. »Offen gestanden – seit Wochen warte ich vergeblich auf meine Regel. Ich dachte, es würde an der Aufregung liegen, wegen der Hochzeit und der Flitterwochen …«

»Wie lange fühlen Sie sich schon so seltsam?«

»Eigentlich wurde mir erst heute richtig übel – als ich das arme kleine Mädchen im Arm dieser grässlichen Alice sah. Mein ganzes Herz flog dem Kind entgegen – es sah so elend aus.«

»Schon von klein auf haben Sie sich um arme kranke Kinder und Waisen gekümmert, Mylady. Und dass Alice' Anblick Ihren Magen zusammenkrampfte, wundert mich nicht.« Entschieden nickte die Zofe. »Ja, vermutlich hängt Ihr Unbehagen nur damit zusammen.«

»Sicher haben Sie Recht. Sonst müsste ich schon in der ersten Woche meiner Ehe ein Baby empfangen haben. Seit der Hochzeit ist meine Regel ausgeblieben.«

»Und wenn man bedenkt, welch ein temperamentvoller Mann Seine Lordschaft ist …«

»Erzähl niemandem davon, Maud. Die älteren Dienerinnen dürfen es auf keinen Fall erfahren. Da sie Mama Philana treu ergeben sind, würden sie ihr sofort Bescheid geben. Und ich möchte vorher mit Colton reden. Wenn es nur an der Aufregung lag, soll sich Philana keine falschen Hoffnungen machen. Dann wäre sie bitter enttäuscht. Außerdem möchte ich nicht von allen Leuten prüfend angestarrt werden, ehe ich einen geeigneten Zeitpunkt finde, um meinen Gemahl zu informieren. Ein paar Tage wird's wohl noch dauern, weil wir uns alle so sehr über Alice' Anwesenheit ärgern. Meine Neuigkeit will ich erst verraten, wenn sie verschwunden ist.«

Maud lachte leise. »Da Sie die Einzige sind, die ein Baby mit dem Namen Wyndham zur Welt bringen können, wird man Sie so oder so anstarren, Mylady. Und deshalb werden alle Dienstboten begierig nach den ersten Anzeichen Ausschau halten.«

Lächelnd berührte Adriana ihren Bauch. »Wir alle hoffen, dieses Ereignis möge bald eintreten.«

Glockenhell schlug die Uhr, die auf dem Kaminsims stand, und riss Adriana aus tiefem Schlaf. An Coltons Seite lauschte sie den melodischen Tönen, bis der zwölfte die mitternächtliche Stunde ankündigte. Als wieder Stille herrschte, schmiegte sie sich noch enger an ihren Mann und küsste den Arm, der schützend über ihr lag. Lächelnd ließ sie ihre Hand zu ihrer Taille hinabwandern. Auf Coltons Wunsch schlief sie nackt, ebenso wie er. Langsam tastete sie ihren glatten Bauch ab, entdeckte aber nichts, was auf ein wachsendes Leben in ihrem Körper hinweisen würde. Obwohl sie Maud zum Schweigen verpflichtet hatte, war sie versucht gewesen, ihren Mann in das

Geheimnis einzuweihen. Doch sie hatte sich anders besonnen, weil sie warten wollte, bis sein Ärger über Alice verebben würde. Vor der Hochzeit hatte ihre Monatsblutung stets regelmäßig begonnen. Und abgesehen von der kurzen Übelkeit, die Coltons Geständnis hervorgerufen hatte, er sei mit einer anderen verheiratet gewesen, war ihr jahrelang nicht schlecht geworden – das letzte Mal mit vierzehn Jahren, von einer Fieberkrankheit ans Bett gefesselt. Daran hatte sie nur eine Woche lang gelitten und seither erfreute sie sich bester Gesundheit.

Gewiss würde sich Philana über die Aussicht auf ein zweites Enkelkind freuen. Und Colton? Weil er das Eheleben so sehr genoss, war sie sich nicht sicher. Würde ihn ihr runder Bauch abstoßen? Oder wären ihm die Umstände unangenehm, die den Liebesakt behindern könnten? Oder würde ihn die Schwangerschaft genauso beglücken wie sie selbst?

Die Augen geschlossen, seufzte sie zufrieden. Doch kurz bevor sie einschlief, wurde sie von einem undeutlichen Geräusch aufgeschreckt, hob die Lider und drehte den Kopf zur Seite, um angespannt zu lauschen. Heulte der Wind? Oder – eine noch viel schlimmere Vermutung – schrie irgendwo im Haus ein Baby?

Während die Sekunden verstrichen, drang der jämmerliche Laut etwas klarer zu ihr. Schließlich gab es keinen Zweifel mehr, sie hörte ein Baby brüllen. Auf Randwulf Manor lebte nur ein einziges Kind. Und nachdem Adriana das traurige Gesichtchen gesehen hatte, wusste sie, dass dieses Baby dringend liebevolle Zuwendung brauchte.

Ganz vorsichtig, um ihren Mann nicht zu wecken, stieg sie aus dem Bett, zog ihr Nachthemd und einen Morgenmantel an und schob die schmalen Füße in Satinpantoffel. Im Flur vor den herrschaftlichen Gemächern blieb sie stehen und horchte wieder. Woher kam das Geschrei? Offenbar aus einem anderen Flügel. Aufs Geratewohl eilte sie in eine Richtung, merkte aber bald, dass sie dem falschen Weg folgte. Also kehrte sie um, lief an Coltons Suite vorbei und stieg die Treppe zum zweiten Stock hinauf. In diesem älteren Teil des Hauses war sie seit ihrer Kindheit nicht mehr gewesen. Damals hatte sie die Räume düster und beklemmend gefunden, manchmal sogar gespenstisch. Um ihren eigenen Mut zu erproben, hatte sie sich oft da oben in dunklen Winkeln versteckt und ihre Freundin Samantha herausgefordert, nach ihr zu suchen.

Jetzt erklang das Geschrei etwas lauter und Adriana beschleunigte ihre Schritte. Als sie das Zimmer erreichte, aus der das qualvolle Schluchzen drang, sah sie eine angelehnte Tür. Durch den schmalen Spalt fiel ein Lichtstrahl in den Korridor. Lautlos öffnete sie die Tür etwas weiter und spähte in den Raum.

Zunächst geriet Alice Cobble in ihr Blickfeld. Die Frau saß im Bett, an das reich geschnitzte Kopfteil gelehnt, eine Kristallkaraffe in der Hand, aus der sie einen großen Schluck nahm. Neben ihr brannte eine Lampe und beleuchtete das schmutzige, zerschlissene Nachthemd, das über einer blau geäderten Brust mit einer großen Warze geöffnet war. Nicht nur das wies auf das schamlose Wesen der Person hin, denn der hochgezogene Saum des Hemds entblößte gespreizte Schenkel.

Was die Frau getan oder wessen Aufmerksamkeit sie zu erregen versucht hatte, wollte sich Adriana nicht vorstellen. Jedenfalls fand sie Alice' Verhalten abscheulich.

Plötzlich kicherte die Frau und Adriana zuckte erschrocken zusammen. »Da standen sie, Seine Lordschaft und seine Frau, als könnte nichts auf dieser Welt ihr Glück trüben – bis ich mit dem Kind runterkam.« Boshaft verzog sie die Lippen. »Ja, das war gut geplant. Sicher schwirren ihnen immer noch die Köpfe. Geschieht ihnen recht, weil sie mich loswerden wollen. Lange wird's nicht mehr dauern, bis Seine Lordschaft rausfindet, was ich hinter seinem Rücken getan habe. Dann wird der Teufel los sein, genauso sicher, wie ich seinen Portwein trinke. Tausend Fragen wird er stellen und wissen wollen, was ich hier oben treibe. Und es ist nur eine Frage der Zeit, bis er merkt, dass er hereingelegt wurde. Denn die Missus wird nicht ewig warten, wo er doch so steinreich ist. Nein, Sir, ganz bestimmt nicht! Bald werden es der Marquess und seine hochwohlgeborene Lady wissen.«

»Was soll das heißen?« Empört betrat Adriana das Zimmer. Das Baby schrie jetzt lauter. Sie hatte nicht weiter darauf geachtet, sondern hatte versucht, den Sinn des wirren Selbstgesprächs zu ergründen, das Alice führte. Aber nun konnte sie die Bedürfnisse des Kindes nicht länger ignorieren und sie eilte zum Bett. Zu ihrem Entsetzen bemühte sich die Frau erst gar nicht, ihre Blößen zu bedecken. »Statt das Kind zu betreuen, wofür Sie bezahlt werden, trinken Sie den Portwein meines Mannes. Packen Sie Ihre Sachen und verschwinden Sie – sofort!«

»Und wer soll das Balg stillen?«, fragte die Frau selbstgefällig, schwang ihre Beine über den Bettrand und stand auf. Dabei stolperte sie über ihre eigenen schmutzigen Füße, schwankte wie ein Teerfass auf dem Deck eines sturmgepeitschten Schiffs und stieß gegen einen Schrank. Grinsend wandte sie sich zu Adriana. »Also wollen Sie mich rauswerfen, Mylady? Das wagen Sie nicht. Sonst wird das Kind einen grausamen Hungertod erleiden.«

»Schon jetzt scheint das arme Wurm zu verhungern. Und Sie merken nicht einmal, wie betrunken Sie sind. Wenn's sein muss, werde ich das Baby mit Zuckerwasser ernähren, bis wir eine verlässliche Amme finden. Verlassen Sie dieses Haus, Alice, auf der Stelle!«

»Vielleicht sollten Sie erst mal Seine Lordschaft fragen, bevor Sie mich rauswerfen. Denn es wäre immerhin möglich, dass er was dagegen hat.«

»Meine Frau hat Ihnen befohlen zu gehen!« In einem langen samtenen Morgenmantel und Lederpantoffeln stürmte Colton herein. »Genau das ist auch mein Wunsch. In einer Stunde will ich Sie nicht mehr hier sehen. Der Stallbursche soll einen Wagen anspannen und Sie nach Bradford bringen.

Dort müssen Sie selber sehen, wie Sie nach London oder sonst wo hinkommen. Mir ist es egal, solange Sie sich weit genug entfernen.«

»Meinen Lohn sind Sie mir noch schuldig ...«, begann Alice. Dann beobachtete sie stirnrunzelnd, wie Adriana zur Wiege eilte, das Baby heraushob und an sich drückte. Höhnisch verzog die Frau ihre Lippen. Nach ihrer Meinung durfte man Kinder nicht verwöhnen. Schon in frühester Jugend mussten sie lernen, dass sie mit ihrem Gebrüll nicht erreichen würden, was sie vom Leben erwarteten. Doch das ging sie sowieso nichts mehr an, falls Seine Lordschaft ihr tatsächlich kündigen wollte. Ihr ging es nur darum, ihr Geld zu kriegen. Sie wandte sich wieder zu Lord Randwulf und hob drohend eine Faust. »Ehe Sie mir geben, was mir zusteht, rühre ich mich nicht von der Stelle.«

»Und das könnte mehr sein, als Sie sich wünschen, elende Vettel!«, fauchte Colton. »Ein Tritt in den Hintern wäre der einzige Lohn, den Sie verdienen.«

Da brach sie in schrilles Gelächter aus und drehte sich um, lüftete ihr Nachthemd und wackelte mit ihrem nackten Hinterteil. Triumphierend hörte sie Adrianas Schreckensschrei. Mit einer vulgären Geste zeigte sie zwischen ihre Beine. »Nur zu, schöner Lord. Stecken Sie Ihren Stab rein, damit Ihre Frau sieht, wie's *wirklich* gemacht wird!«

»Wenn ich's mir recht überlege – ich werde Ihnen überhaupt nichts zahlen«, erklärte Colton mit schneidender Stimme und sie drehte sich ruckartig wieder zu ihm, das Gesicht von unmäßiger Wut verzerrt. Unbeirrt erwiderte er ihren mörderischen Blick. »Was von Ihrem Gehalt noch ausstand, haben Sie soeben verbraucht. Vielleicht hätte ich Ihnen den Portwein nicht angerechnet. Aber Ihre letzte Unverschämtheit kostet Sie die ganze restliche Summe.«

»Obwohl Sie vor Geld stinken, verweigern Sie mir meinen Lohn?«, kreischte sie.

»Daran sind Sie selber schuld, wenn Sie sich so vulgär benehmen und meinen Portwein in Ihre Kehle schütten, statt das Kind zu betreuen.« Erst jetzt merkte er, dass er vor Zorn zitterte und die Hände ballte. Was er soeben gesehen hatte, widerte ihn dermaßen an, dass ihm fast übel wurde. Um sich zu beruhigen, holte er tief Atem und schaute Adriana an, die seine Tochter an ihre Brust drückte und zu ihm ging.

Leise sprach sie auf das Kind ein und erinnerte ihn an frühere Zeiten, wo sie sich so oft um Not leidende Waisen und verletzte Tiere gekümmert hatte. Das Baby verstummte, sobald es einen weichen, runden Busen spürte. Aber der suchende kleine Mund glitt vergeblich über den Morgenmantel und fand keine nahrhafte Knospe. Daraufhin begann das kleine Mädchen wieder zu brüllen und schlug mit winzigen Fäusten um sich.

»Armer kleiner Liebling«, murmelte Adriana voller Mitgefühl. »Gleich werden wir dich füttern, das verspreche ich dir, Genevieve Ariella.«

»Genevieve Ariella?«, wiederholte Colton und lächelte verwundert.

Nach kurzem Zögern erklärte seine Frau: »Dieser Name gefällt deiner Mutter. Wenn du einen anderen vorziehst, wirst du sie sicher nicht kränken.«

Liebevoll streichelte er ihr zerzaustes Haar und sie lehnte sich an ihn. Ihr sanftmütiges Wesen half ihm, seine Wut zu bezähmen. Unfähig, ihr zu widerstehen, umfasste er ihr Kinn und hauchte einen zarten Kuss auf die schönen Lippen. »Ein wohlklingender Name, mein Liebes, und er wird sicher zu ihr passen. Wie mütterlich du aussiehst, wenn du ein Baby im Arm hältst ... Wollen wir uns vornehmen, das ganze Haus mit Kindern zu füllen?«

»Würde Ihnen nur recht geschehen, wenn Ihr Samen niemals Früchte trägt!«, zischte Alice voller Hohn.

Colton drehte sich verächtlich zu ihr um. »Offenkundig habe ich Ihnen diese boshafte Hoffnung bereits geraubt.«

»Wenn Miss Pandora Ihnen irgendwelchen Unsinn eingeredet hat, würde mich das nicht überraschen.«

»Soll das heißen, sie hätte mir vorgelogen, das Mädchen würde von mir stammen?«

Alice wich seinem prüfenden Blick aus und zuckte die Achseln. »So inständig ich mir auch wünschen würde, Ihre Männlichkeit wäre vertrocknet – das Muttermal auf dem Hintern des Babys beweist das Gegenteil. Ich sage nur, ein aufgeblasener Aristokrat wie Sie würde es verdienen, keine weiteren Bälger zu zeugen. Dann würde Ihre Familie aussterben. Oft genug höre ich die Dienstboten reden und ich weiß – Sie sind der letzte Mann in dieser Dynastie.«

Obwohl Adriana beschlossen hatte, ihren Zustand vorerst geheim zu halten – jetzt musste sie der niederträchtigen Frau widersprechen. »Machen Sie sich keine törichten Hoffnungen, Alice«, mahnte sie und lenkte die Aufmerksamkeit ihres verblüfften Gemahls wieder auf sich. »Ich erwarte bereits ein Kind.«

Mit einem Freudenschrei übertönte Colton den ordinären Fluch der Frau, umarmte Adriana und küsste sie wieder, diesmal mit geöffneten Lippen und heißer Zunge.

»Schäm dich, Colton«, tadelte sie und errötete angesichts seiner Leidenschaft. Trotzdem lächelte sie, als sie den süßen Tau seiner Glut von ihrem Mund wischte. »Was wird Alice von uns denken?«

»Zum Teufel mit Alice. Dies ist das Heim meiner Ahnen, du bist meine Frau, in dir wächst mein Erbe heran und du drückst ein anderes meiner Kinder ans Herz. Noch inniger als in diesem Moment könnte ich dich nicht lieben. Aber genauso liebe ich dich schon seit Anbeginn aller Zeiten.«

So beglückt sie den nächsten Kuss auch genoss, dem Baby missfiel er. Sie schob Colton mit sanfter Gewalt von sich. »Jetzt will ich hinuntergehen und die Köchin wecken. Hoffentlich weiß sie, wie wir Genevieves Hunger stillen können.«

»Vielleicht mit erwärmter Kuhmilch?«, schlug er vor.

»Davon kriegt sie nur Durchfall«, erklärte Alice geringschätzig. Um die Lady zu schockieren, enthüllte sie erneut ihren blau geäderten Busen. Dann kratzte sie sich schamlos zwischen den Schenkeln. Stöhnend wandte sich Adriana ab und entlockte ihr ein schadenfrohes Kichern. »Was ist denn los, Mylady? Wollen *Sie* das für mich machen?«

»Ziehen Sie sich an!«, donnerte Colton, von neuem Zorn erfüllt. »Wenn Sie bekleidet sind, sehen Sie schon widerwärtig genug aus. Aber in *diesem* Zustand ist Ihr Anblick unerträglich und ...«

»Wie ich Ihrer Gemahlin bereits erklärt habe«, unterbrach sie ihn spöttisch, »die Kleine wird verhungern, wenn Sie keine andere Amme finden.« Trotzdem befolgte sie den Befehl und zwängte ihre Hüften in einen Rock. Bei dieser Bewegung begannen ihr schlaffer Bauch und die üppigen Brüste abstoßend zu wackeln. Doch das störte sie nicht. Nachdem sie in eine fadenscheinige Bluse geschlüpft war, rief sie Adriana grinsend zu: »Jetzt können Sie sich wieder umdrehen, Eure Ladyschaft. Aber bedenken Sie bitte – in ein paar Monaten werden Sie genauso aussehen wie ich.«

Ungläubig runzelte Colton die Stirn. »Das meinen Sie nicht ernst, Sie dumme Gans! Oder sind Sie wirklich blind genug, um Ihre eigene hässliche Gestalt mit einer vollkommenen Schönheit zu vergleichen?«

Alice packte unflätig fluchend ihre wenigen Habseligkeiten zusammen und wickelte sie in einen großen Schal. Dann wandte sie sich herausfordernd an das Ehepaar. »Also steht Ihr Entschluss fest? Lassen Sie das Kind verhungern? Behaupten Sie später bloß nicht, ich hätte Sie nicht gewarnt!«

Besorgt schaute Colton seine Frau an und spürte, dass sie seine Bedenken teilte. Aber er wagte nicht, die bösartige Frau weiterhin unter seinem Dach zu dulden, denn er fürchtete, sein Kind würde ihre Wut zu spüren bekommen. »Sicher finden wir eine neue Amme«, versuchte er Adriana zu trösten. »Die Dienerinnen müssten eine Dorfbewohnerin kennen, die eben erst entbunden hat und Genevieve wenigstens vorübergehend stillen würde.«

»Damit ihr eigenes Baby den Hungertod erleidet?«, fragte Alice dreckig grinsend. »Wohl kaum.«

»Wie auch immer, irgendjemand wird uns helfen«, erklärte Colton in entschiedenem Ton.

»Jedenfalls muss Alice dieses Haus sofort verlassen.« Adriana warf der Frau einen frostigen, vernichtenden Blick zu. Noch nie im Leben hatte sie ein so Ekel erregendes Geschöpf gesehen und sie wollte die Anwesenheit dieser verworfenen Person keine Sekunde länger dulden. Als sie ihren Gemahl wieder anschaute, schimmerte ein milderer Ausdruck in ihren Augen. »Am besten frage ich deine Mutter um Rat.«

Eine Viertelstunde später stiegen Adriana und Philana die Haupttreppe hinab. Vor der Haustür erklangen die unverkennbaren Geräusche einer Kutsche, die soeben anhielt, und erregten die Neugier beider Frauen. Philana eilte zu einem Fenster und spähte ins Mondlicht hinaus. Verblüfft und erfreut griff sie nach dem Satinkragen ihres Morgenmantels. »Da ist Alistair – und er hilft einer jungen Frau aus seinem Landauer. Oh, das kann nur eins bedeuten!«

Seite an Seite liefen die Ladys zum vorderen Portal und umfassten gleichzeitig die Klinke, wodurch eine gewisse Verwirrung entstand. Schließlich stieß Philana lachend die Tür auf, während ihre Schwiegertochter ihr Bestes tat, um das brüllende Baby zu besänftigen. Vor maßloser Erleichterung schwankte Philana beinahe, als sie ihren Bruder auf der Schwelle sah.

Überrascht musterte Alistair sie und blieb wie angewurzelt stehen. Doch dann fasste er sich sofort. Betont lässig schlenderte er in die Halle und lachte: »Da bin ich, zuverlässig wie eh und je! Mathilda hat tatsächlich in Bath eine Amme gefunden und ich war so frei, die junge Frau sofort hierher zu bringen – falls ihr vor lauter Verzweiflung nicht mehr aus noch ein wisst ...« Das ohrenbetäubende Geschrei des Babys ließ ihn ächzend zusammenzucken. »Nun ja, da sind wir offenbar zur rechten Zeit gekommen, die junge Dame und ich.«

»Oh, Onkel Alistair, du bist ein Schatz!«, rief Adriana enthusiastisch und schlang ihren freien Arm um seinen Hals. »Bitte, führ deine Begleiterin herein. Das Baby soll endlich seinen Hunger stillen.«

Nach ein paar Minuten geleitete er die Frau ins Haus. »Darf ich euch Mrs Blythe Fulton vorstellen? Ihr Mann ist bei Waterloo gefallen. Vor ein paar Tagen kam ihr Baby tot zur Welt. Wenn ich von solchen Dingen auch nichts verstehe – Mathilda versicherte mir, Mrs Fulton würde dringend die Stellung einer Amme suchen, nicht nur aus finanziellen Gründen, sondern auch, weil sie sich – eh – von ihrem Kummer ablenken will.«

Philana wandte sich zu ihrer Schwiegertochter. »Sicher möchte Mrs Fulton ihre neue Unterkunft aufsuchen, Liebes. Da mein Sohn so lange braucht, um Alice davonzujagen, nehme ich an, sie macht Schwierigkeiten. Sollen wir Mrs Fulton vorerst im Erdgeschoss unterbringen? Oder können wir es wagen, sie nach oben zu führen? Ich habe die Dienerinnen angewiesen, das Bett im Raum gegenüber von Alice' Zimmer frisch zu beziehen, und Samanthas alte Wiege hineinstellen lassen – für den Glücksfall, dass wir eine neue Amme finden.«

»Um die schwere Aufgabe, Alice hinauszuwerfen, beneide ich meinen Mann wahrlich nicht, Mama Philana. Aber diese Frau darf unsere Maßnahmen nicht beeinflussen. Mrs Fulton wird sich wohler fühlen, wenn sie das Zimmer, das für sie vorbereitet wurde, sofort bezieht. Je früher sie das Kind stillen wird, desto besser für uns alle.«

Während die beiden jüngeren Frauen zur Treppe gingen, mischte sich Alice' schrille Stimme in das Babygeschrei.

»Überall habe ich meinen goldenen Ring gesucht und finde ihn nirgendwo«, jammerte sie auf dem Weg aus ihrem Zimmer und drehte sich zu Colton um, der ihr in den Flur folgte. »Diesen Verlust müssen Sie mir ersetzen, hören Sie? Mein armer verstorbener Mann hat mir den Ring nach dem Tod seiner Ma geschenkt.«

»Falls es einen gab.« Colton bezweifelte sehr, dass der Ring und der Ehemann jemals existiert hatten.

»Solange Sie mir kein Geld geben, rühre ich mich nicht von der Stelle.« Eigensinnig reckte sie ihr Kinn. Als Schritte auf den Stufen erklangen, von immer lauterem Babygebrüll begleitet, fügte sie voller Genugtuung hinzu: »Vielleicht bleibe ich sogar hier.«

»Da täuschen Sie sich, Alice«, entgegnete Adriana, die in diesem Moment den Treppenabsatz erreichte. »Sie sind fristlos entlassen. Glücklicherweise haben wir soeben eine Amme für Genevieve eingestellt.«

In seiner freudigen Überraschung vergaß der Marquess, Alice' Wut zu genießen. »Wie hast du das geschafft, Liebste?«

Selbstgefällig lächelte seine Gemahlin. »Onkel Alistair hat uns wieder einmal gerettet. Trotz der späten Stunde ist er von Bath hierher gefahren, um uns Mrs Fulton zu bringen – die Amme, die wir so dringend brauchen.« Behutsam wiegte sie das Baby in ihren Armen und teilte Alice mit eisiger Stimme mit: »Da Sie die Dame wahrscheinlich nie wiedersehen werden, muss ich Sie nicht mit ihr bekannt machen. Nun hoffe ich, Sie werden möglichst schnell aus Bradford abreisen – denn ich habe die meisten Einheimischen ins Herz geschlossen.«

Um seine Belustigung zu verbergen, presste Colton seine Fingerknöchel auf die Lippen. Erbost rauschte Alice an den beiden Frauen vorbei. Ihre Forderung schien sie zu vergessen, was den Verdacht des Marquess bestätigte, dass sie niemals einen goldenen Ring besessen hatte.

»Morgen werde ich Sie meinem Mann offiziell vorstellen«, versprach Adriana und legte das Baby in Mrs Fultons Arme.

Dann zeigte sie auf das Zimmer, das die neue Amme bewohnen sollte. »Richten Sie sich erst einmal mit Ihrem Schützling häuslich ein. Außerdem benötigt die kleine Genevieve Ihre sofortige Aufmerksamkeit, meinen Sie nicht auch?«

»O ja, Mylady, und die wird sie auch erhalten«, beteuerte

Blythe Fulton und versuchte das wachsende Unbehagen, das ihr die vollen Brüste bereiteten, zu verhehlen.

»Ich werde zwischenzeitlich einige Dienstboten wecken und Ihr Gepäck heraufbringen lassen. Ich nehme an, Ihre Sachen befinden sich noch in der Kutsche meines Onkels?«

»Damit musst du das Personal nicht belästigen, Liebste«, protestierte Colton. »Ich kümmere mich darum.« Mahnend hob er einen Finger. »Und danach will ich dich in unserer Suite sehen, verstanden? Wir haben einiges zu besprechen. Über Babys und so weiter.«

Lächelnd strich sie über seinen Arm, als sie an ihm vorbeiging. »Mylord, es wird mir ein Vergnügen sein.«

»Mir auch, Mylady«, murmelte er und drückte sekundenlang ihre Hand.

# Kapitel 19

Felicity setzte ihren Hut auf und legte einen leichten Schal um ihre Schultern, bevor sie aus Edmund Elstons Haus huschte und der staubigen Straße nach Bradford folgte. Sicher würde Rogers Geschäftsreise eine Weile dauern und sie konnte endlich ihren Plan verwirklichen. Ihr erstes Ziel war die Apotheke. Dort hoffte sie die gleichen Heilkräuter zu finden, die Adriana und Samantha dem alten Samuel Gladstone vor einiger Zeit gebracht hatten. Ob er die Medikamente nur lobte, weil sie ein Geschenk der beiden Frauen waren, die er bewunderte und die so viel Gutes für die Dorfbewohner taten, oder ob die Arzneien seinen Zustand tatsächlich verbesserten, wusste Felicity nicht.

Indem sie ihrem Großvater einen ähnlichen Gefallen erwies, hoffte sie, seine Gunst zurückzugewinnen. Allerdings würde ihr das wohl kaum gelingen, nachdem sie so hochnäsig gewesen war – was sie inzwischen bitter bereute.

Jahrelang hatte sie die Prinzipien ihrer Mutter, die inneren Anstand, moralisches Verhalten und Selbstachtung betrafen, missachtet und sich eher ein Beispiel an ihrem Vater genommen. Natürlich hatte sie auch dessen Meinung über Samuel Gladstone geteilt. Aber dann hatten die Lektionen der Mutter über Ehre, Tugend und Güte Früchte getragen. Denn sie verabscheute Jarvis Fairchild, seit sie wusste, dass er Arbeiter entlassen und deren Löhne eingesteckt hatte.

Dieser Diebstahl ließ die Qualitäten ihres Großvaters in ganz anderem Licht erscheinen. Bei ihrer Heirat und dem Auszug aus dem Stanover House hatte sie noch nicht geahnt, wie schmerzlich sie den alten Mann, seine Klugheit und seinen geistreichen Witz vermissen würde. Vielleicht hing diese Bewunderung mit ihrer neu gewonnenen Reife zusammen. In den fünf Monaten ihrer Ehe mit Roger waren ihr einige harte Lektionen über die grausamen Seiten der menschlichen Natur erteilt worden. Sie wusste erst jetzt zu schätzen, was sie in ihrem Elternhaus für selbstverständlich gehalten hatte.

Zum Beispiel konnte sich die Ehe in einen Albtraum voller widerlicher Ausschweifungen verwandeln, wenn man mit einem Mann wie Roger verheiratet war. Im Bett benahm er sich wie ein ungehobelter Bauer und manchmal wurde er von rasender Wut erfasst, wenn sie seine seltsamen, Ekel erregenden Forderungen nicht sofort erfüllte. Ohne ihr Widerstreben, ihre Tränen und ihr verzweifeltes Flehen zu beachten, zwang er ihr seinen Willen auf. Wie ein Spielzeug kam sie sich vor, nur für sein Vergnügen geschaffen. Ständig bangte sie um ihr ungeborenes Kind, wenn er vehement in ihr empfindsames Fleisch eindrang – wie ein enthemmter Dämon, der ihr Schmerzen zufügen musste, um sein Verlangen zu stillen. Würde er sie hassen und sie mit dieser Taktik bestrafen, hätte sie keine größere Angst verspürt.

Melodisch bimmelte das Glöckchen über der Ladentür, als Felicity die Apotheke betrat.

Ein Mann mit runden Wangen und kurzem weißem Kraushaar, das nur den Hinterkopf bedeckte, spähte zwischen zwei Regalen voller Flaschen und Krügen hervor. »Kann ich Ihnen helfen, Miss?«, fragte er höflich und rückte seine Drahtbrille zurecht, um sie genauer zu betrachten.

»Ja, wenn Sie so freundlich wären«, murmelte sie und lächelte zaghaft. Neuerdings fühlte sie sich in der Gegenwart von Männern etwas unsicher, weil sie sich fragte, welche abartigen Gelüste sie hinter harmlosen Fassaden verbergen mochten. »Vor etwa acht Monaten haben zwei Ladys Kräuter für meinen Großvater gekauft – Samuel Gladstone. Er war ganz begeistert von der Wirkung dieser Arzneien und deshalb möchte ich ihm noch einmal welche anbieten. Eine der Damen ist Lord Randwulfs Schwester, die andere hat er inzwischen geheiratet. Erinnern Sie sich zufällig an jene Kräuter – und würden Sie welche verkaufen?«

»In der Tat, Miss, ich entsinne mich recht gut, denn ich schlug den beiden Damen diese besonderen Kräuter vor. Ich dachte, sie würden Ihrem Großvater neue Kraft spenden. Leider sind sie äußerst selten und deshalb sehr teuer.«

Felicity legte zwei Ohrringe auf die Theke. »Darf ich die Arzneien damit bezahlen? Ich glaube, vor ein paar Monaten hat mein Vater eine ziemlich hohe Summe für diesen Schmuck bezahlt.«

Nachdenklich legte der Apotheker den Kopf schief. »Möchten Sie sich wirklich davon trennen, Miss? Wenn Sie diese kostbaren Ohrringe tragen, sehen Sie sicher sehr hübsch aus.«

»Genau genommen – *Mrs* Elston. Ja, damit will ich zahlen, weil ich nichts anderes besitze.«

Nur zu gut konnte er sich vorstellen, welch ein Opfer die junge Frau brachte. Deshalb schlug er ihr eine weniger schmerzhafte Alternative vor. »In der Wollspinnerei gehen die Geschäfte recht gut, Mrs Elston. Wenn Sie im Augenblick kein Geld haben, gebe ich Ihnen die Kräuter und Sie bitten Ihren Mann, später vorbeizukommen und mich zu bezahlen. Zweifellos kann er sich's leisten ...«

»Nein, darum würde ich ihn nur ungern ersuchen. Außerdem soll niemand erfahren, was ich in Ihrer Apotheke erwerbe, Sir. Verstehen Sie?«

»Ja, Mrs Elston. Wenn's sein muss, schweige ich wie ein Grab.«

»Dafür wäre ich Ihnen sehr dankbar, Mister ...?«

»Carlisle, Mrs Elston. Phineas Carlisle. Sorgen Sie sich nicht. Keiner Menschenseele werde ich auch nur ein Sterbenswörtchen verraten.« Die Elstons hatte er nie gemocht und er hegte einen gewissen Verdacht, weil sich die verstorbene Mrs Elston – früher eine kerngesunde, lebhafte Frau – kurz nach ihrer Heirat in ein lebensmüdes, deprimiertes, vergessliches Häufchen Elend verwandelt hatte. Oft genug hatte er die Wirkung des Opiums beobachtet und sich gefragt, ob Edmund seiner Frau ohne ihr Wissen die Droge in hoher Dosis verabreicht hatte, um bei den Dorfbewohnern den Eindruck zu erwecken, sie würde an einer schrecklichen Krankheit leiden. Das hätte er nach ihrem Tod gern bewiesen und den Mann wegen Mordes angezeigt. Doch es war unmöglich gewesen. Falls Edmund seine zweite Frau mit einer solchen Methode umgebracht hatte, musste er nach London gefahren sein, um sich das Opium zu beschaffen – aus Quellen, die Phineas wohl kaum aufspüren konnte. Was den Sohn betraf, glaubte der Apotheker genau jetzt das bestätigt zu sehen, wie er Roger Elston von Anfang an eingeschätzt hatte.

»Da ich nun schon einmal hier bin, Mr Carlisle …«, begann Felicity und schenkte ihm ein höfliches Lächeln. »Würden Sie mir auch in einer anderen Angelegenheit helfen?«

»Wenn es in meiner Macht steht …«

»Bevor ich Mr Elston geheiratet habe, wurde mein Schwiegervater von einer geheimnisvollen Krankheit befallen. Auf seinen Fingernägeln zeigen sich sonderbare Streifen, die Haut wirkt schuppig und trocken. Wissen Sie eventuell, was diese Symptome bedeuten?«

Mr Carlisle legte den rechten Arm vor seinen runden Bauch, stützte den linken Ellbogen darauf und klopfte gedankenverloren auf seine Oberlippe. *Interessant,* überlegte er, *wie sich die Verbrechen mancher Menschen rächen …*

»Im Moment fällt mir keine Krankheit ein, die solche Merkmale hervorruft. Aber ich habe einmal eine junge Dame vor der Gefahr gewarnt, die sie heraufbeschwört, wenn sie in winzigen Mengen Arsen schluckt, um einen helleren Teint zu erzielen. Sie war ungewöhnlich hübsch und sehr eitel. Aber ich fürchte, sie musste dem wohl bekannten Sprichwort Tribut zollen – Hochmut kommt vor dem Fall …« Viel sagend hob er die buschigen Brauen. »Ein paar Monate später starb sie.

Ich nahm am Trauergottesdienst teil und sah sie aufgebahrt in der Kirche liegen. Zu meinem Entsetzen war ihre Haut, vorher so zart und seidenweich, schuppig und trocken. Und auf den Fingernägeln entdeckte ich Streifen.«

Von beklemmender Kälte erfasst, musste Felicity ihren ganzen Mut aufbieten, um die nächsten Fragen zu stellen. Trotzdem klang ihre Stimme heiser und schwach. »Wird dieses Gift häufig verwendet, Mr Carlisle? Haben Sie im letzten Jahr Arsen verkauft?«

»Schon seit einiger Zeit wird es benutzt, Madam. Man hat es vor ungefähr zweihundert Jahren erforscht. Aber soviel ich weiß, existierte es schon davor. Seit dem Tod jener jungen Dame verkaufe ich kein Arsen mehr, denn ich möchte nicht mit ansehen, wie eine weitere törichte Frau stirbt, die vor lauter Eitelkeit alle Vernunft außer Acht lässt.«

»Gibt es in dieser Gegend noch eine Apotheke?«, fragte Felicity neugierig.

»Nein, Mrs Elston. Aber einer meiner alten Bekannten aus London kommt in letzter Zeit häufig hierher. Er ist sehr erfolgreich in meiner Branche. Mittlerweile besitzt er mehrere Apotheken und eine schöne Kutsche, die ich niemals bezahlen könnte. Außerdem scheint er die Wolle aus der Spinnerei Ihres Gemahls sehr zu schätzen. Erst vor kurzem verließ er den Betrieb, einen großen Ballen unter dem Arm.« Phineas wagte der schönen jungen Dame nicht zu erzählen, jener Mann sei ein niederträchtiger Schurke, der vor nichts zurückschrecken würde, um sich zu bereichern.

»Wie heißt er?«

»Thaddeus Manville.«

Diesen Namen hatte Felicity nie gehört. Obwohl sie ihre Kenntnisse in der Buchhaltung, die sie ihren Eltern verdankte, gern nutzen würde, lehnte Roger ihr Angebot, ihm im Büro zu helfen, entschieden ab. Er erlaubte ihr nicht einmal, die Bücher anzurühren oder die Spinnerei zu betreten, unter dem Vorwand, sie dürfe ihn nicht bei der Arbeit stören.

Sie nahm die Kräuter entgegen, die Mr Carlisle inzwischen eingepackt hatte, verabschiedete sich höflich und verließ die Apotheke. Auf dem Rückweg fragte sie sich, ob man Edmunds Symptome mit jenen vergleichen könnte, die Mr Carlisle beim Begräbnis der jungen Dame bemerkt hatte. Wurde ihr Schwiegervater vergiftet? Wenn ja, von wem?

»Wer ist das?«, rief Jane und eilte die Treppe hinab, nachdem sie ein Klopfen und dann gehört hatte, wie die knarrende Haustür geöffnet worden war.

»Felicity, Mama, ich möchte dich besuchen!«

Weder ihre maßlose Erleichterung noch die Freudentränen konnte Jane verbergen. Im Salon angekommen, breitete sie die Arme aus. Mit einem erstickten Schrei warf sich Felicity an die Brust ihrer Mutter – zutiefst bewegt, weil sie so warmherzig empfangen wurde. Wegen ihres Benehmens hatte sie beinahe gefürchtet, sie wäre in diesem Haus nicht mehr willkommen.

»Oh, mein liebes, liebes Mädchen, wie schmerzlich habe ich dich vermisst!«, beteuerte Jane mit belegter Stimme. »Warum bist du nicht früher zu uns gekommen? Ein oder zwei Mal ging ich in die Spinnerei, um nach dir zu sehen. Aber Roger behauptete, du willst nicht gestört werden. Von mir schon gar nicht. Geht es dir gut? Bist du glücklich?«

»Ja, es geht mir gut, Mama.« Die zweite Frage wollte Felicity nicht beantworten. Hastig befreite sie sich aus der Umarmung und reichte ihrer Mutter das kleine Päckchen mit den Kräutern. »Ich habe Grandpa ein Geschenk mitgebracht. Und ich würde ihm gern aus der Bibel vorlesen, wenn du glaubst, das würde ihm gefallen.«

»Natürlich, Liebes, er hat dich sehr vermisst.«

»Vermisst?«, wiederholte Felicity skeptisch. »Aber ich dachte, er mag mich nicht.«

Lachend umklammerte Jane die schmalen Schultern ihrer Tochter und schüttelte sie sanft. »Dummes Gänschen! Eine Zeit lang war er dir ein bisschen böse. Trotzdem bist und bleibst du seine Enkelin. In euren Adern fließt das gleiche Blut. Wie sollte er dich *nicht* lieben?«

Unfähig, ein Schluchzen zu unterdrücken, betrachtete Felicity das Gesicht ihrer Mutter und las tiefe Zuneigung in den tränennassen Augen. »Tut mir Leid, dass ich mich so furchtbar aufgeführt habe, Mama. Verzeihst du mir meine abscheuliche Selbstsucht?«

»Sag nichts mehr, Liebling.« Jane nahm ihre Tochter wieder in die Arme. »Alles verzeihe ich dir – und wir wollen es vergessen. Denn du bist mein kostbarster Schatz, mein Stolz und meine Freude.«

Jetzt konnte Felicity ihr Schluchzen nicht mehr unterdrücken. Überwältigt klammerte sie sich an ihre Mutter und die innige Liebe, die beide Frauen vereinte, begrub das Leid der Vergangenheit.

Als sie einander losließen, zog Felicity ein Taschentuch aus ihrer Handtasche, putzte sich die Nase und rang nach Fassung. Jane beobachtete sie und versuchte herauszufinden, was ihr verschwiegen wurde. Wie ihr der mütterliche Instinkt verriet, hatte ihre Tochter irgendwelche Probleme.

Behutsam legte sie eine Hand auf Felicitys Arm. »Was ist geschehen? Alles in Ordnung?«

»O ja, Mama«, versicherte Felicity. Da sie ihre Mutter nicht beunruhigen wollte, versuchte sie tapfer zu lächeln, was kläglich misslang. Und so zuckte sie die Achseln. »Seit ich ein Kind erwarte, weiß ich, wie schrecklich ich dir zur Last fiel – ich meine, weil ich mich so schlecht benahm ...«

»Was – du bist schwanger?« Janes fröhliches Gelächter blieb ihr schon nach wenigen Sekunden im Hals stecken, denn sie erkannte den tiefen Kummer, der die schönen blauen Augen ihrer Tochter überschattete. Hinter dem gekünstelten Lächeln versteckte sich hoffnungsloses Leid. Besorgt umfasste Jane das zierliche Kinn der jungen Frau und musterte sie noch genauer. »Irgendwas stimmt nicht mit dir. Was bedrückt dich?«

»Nichts, Mama.« Felicity tat ihr Bestes, um möglichst unbefangen zu wirken und die Einfühlsamkeit ihrer Mutter Lügen zu strafen. »Gar nichts.«

»Hat es mit Roger zu tun?«

»Oh, dem geht's großartig.«

»Mag sein. Aber ich kenne meine Tochter gut genug und ich weiß – irgendetwas ist nicht in Ordnung. Natürlich will ich dich nicht bedrängen – ich bitte dich nur, vertrau mir und lass dir helfen. Wenn es in meiner Macht steht ...«

»Wirklich, Mama, ich habe keine Ahnung, wovon du redest. Jetzt sollte ich nach oben gehen und Grandpa aus der Bibel vorlesen. Allzu lange kann ich nicht hier bleiben.«

Felicity konnte kaum glauben, dass sie eine Gelegenheit gefunden hatte. unbemerkt das Büro zu betreten und die Bücher durchzusehen. Am Vortag, nach dem Dienstschluss der Arbeiter, war Roger nach London gefahren, wo er bis zum Sonntag bleiben wollte. Dass er seine Frau nicht gebeten hatte, ihn zu begleiten, störte sie kein bisschen. Sie war sogar froh, weil sie wenigstens vorübergehend von den Qualen im Ehebett erlöst wurde.

Nach ihrem Besuch im Stanover House war ihr lüsterner Gemahl besonders aggressiv gewesen. Offenbar hatte ihm ein argloser Dorfbewohner erzählt, wohin sie gegangen sei. Danach versuchte Roger ihr auf seine Weise klar zu machen, sie dürfe nie wieder einen Fuß über die Schwelle ihres Elternhauses setzen. Die Schmerzen, die er ihr zufügte, schürten ihre Angst. Deshalb wagte sie ihre Familie nicht mehr zu besuchen, zumindest nicht am helllichten Tag, wenn sie von den Leuten beobachtet werden konnte.

In jenen Tagen war ihr Martyrium so grauenhaft gewesen, dass sie beinahe glaubte, Roger hätte sie aus einer Folterkammer entlassen, um seine Aufmerksamkeit anderen Dingen zuzuwenden. Er beaufsichtigte einige Zimmermänner, die einen kaum benutzten Lagerraum zwischen dem Laden und dem Büro in eine private Zufluchtsstätte verwandelten. Diese Arbeiter hatte er aus London hierher bestellt, zweifellos zu einem exorbitanten Preis, und beiläufig erklärt, die einheimischen Handwerker würden seinen Ansprüchen nicht genügen. Darüber wunderte sich Felicity, denn Lord Harcourt – eindeutig ein Gentleman, der großen Wert auf beste Qualität legte – hatte viele Zimmermänner aus Bradford engagiert, die seine Gemächer renovierten.

Natürlich durfte seine Gemahlin die Pläne für die Neugestaltung des Raums nicht sehen und ebenso wenig erfahren, wie viel der Umbau kosten würde. In ihrer Ehe erfüllte sie ganz offensichtlich nur einen einzigen Zweck – ihren Gemahl im Bett zu erfreuen. Für ihre anderen Talente oder Kenntnisse interessierte er sich nicht.

Als die Zimmermänner ihr Werk vollendet hatten, kurz nachdem die Spinnereiarbeiter heimgegangen waren, trafen zwei große, mit Möbeln aus London beladene Wagen ein, vor die kräftige Zugpferde gespannt waren. Neugierig schlich Felicity in das Zimmer ihres schlafenden Schwiegervaters, um durch das Fenster zu beobachten, was Roger gekauft hatte. Aus irgendwelchen Gründen nahm ihr Mann an, diesen Raum würde seine Frau niemals betreten. Da irrte er sich. Denn sie kam sehr oft hierher, seit sie herausgefunden hatte, die Fenster würden ihr einen ungehinderten Ausblick auf alles bieten, was vor der Spinnerei geschah.

Trotz der Segeltuchplanen und Steppdecken, in die alle Möbel gehüllt waren, erkannte sie vergoldete Armstützen und reich verzierte Stuhlbeine. Anscheinend wollte Roger sein Privatgemach in verschwenderischem Luxus einrichten, der in Bradford-on-Avon zweifellos fehl am Platz war, insbesondere in einer Wollspinnerei.

Wenig später war er nach London gefahren und Felicity konnte die Bücher studieren, ohne befürchten zu müssen, er würde sie dabei ertappen. Zu ihrem Bedauern hatte er die Tür des geheimnisvollen Privatzimmers versperrt. Was die Bücher betraf, war er nicht so vorsichtig gewesen. Die Bürotür war unverschlossen und der Schlüssel zum Aktenschrank lag auf dem Schreibtisch. Vermutlich glaubte er, sie würde nicht wagen, das Büro ohne seine Zustimmung zu betreten. Von ihrer wachsenden Sorge um ihr ungeborenes Baby und sich selbst ahnte er nichts, ebenso wenig von ihrer Angst, sie würde im Armenhaus landen, sollte er die Spinnerei verlieren.

Zum Glück verdankte sie ihrer Mutter und ihrem Vater profunde mathematische Kenntnisse. Ihres Wissens war in keinem Londoner Kontor jemals eine Frau eingestellt worden. Aber ihr Vater hatte Jane mehrmals gebeten, ihr bei der Arbeit zu helfen. Ihre Fähigkeiten, von Samuel Gladstone erlernt, hatte sie an die Tochter weitergegeben.

Wie Felicity beim Studium der Rechnungsbücher bald herausfand, waren größere Summen an zwei Personen gezahlt worden. Deren Identität konnte sie nicht feststellen, weil Roger nur die Initialen M. T. und E. R. eingetragen hatte. Mehrere Stunden verstrichen, während sie in der Korrespondenz nach den Namen suchte, ohne Erfolg.

Gegen Mitternacht drehte sie, erschöpft und enttäuscht, den Docht der kleinen Schreibtischlampe herab. Um ihre Nachforschungen im Bett fortzusetzen, klemmte sie eines der Bücher unter ihren Arm. Bevor sie das Wohnhaus betrat, versperrte sie die Bürotür hinter sich.

Erschrocken blieb sie in der Tür des ehelichen Schlafzimmers stehen. »Roger, ich habe dich erst am Sonntagabend erwartet!«, rief sie. Wie rasend hämmerte ihr Herz gegen die Rippen und sie legte das Buch verstohlen auf ein Tischchen im Korridor. Dann zwang sie sich zu einem Lächeln und eilte zu ihrem jungenhaft hübschen Mann, um seine Wange zu küssen.

Abrupt drehte er sein Gesicht zur Seite und musterte sie kühl. »Wo warst du?«

Da sie befürchtete, sie hätte das Buch nicht gut genug versteckt, zuckte sie betont lässig die Achseln und wies in die Richtung des Büros. »Nun – ich hörte einige Klatschgeschichten über deinen Vater. Angeblich versuchte er, dich zu betrügen. Und ich wollte herausfinden, ob das stimmt. Eines der Bücher habe ich mitgenommen, das möchte ich durchsehen, wenn ich etwas mehr Zeit habe.«

»Um solche Dinge solltest du dich nicht kümmern, Schätzchen«, erwiderte er und ging an ihr vorbei, um das Buch zu holen. »Das werde ich für dich erledigen. Falls es meinem Vater tatsächlich gelungen ist, mich zu hintergehen – jetzt ist er nicht mehr dazu fähig. Mit jedem Tag scheint er sich der Schwelle des Todes zu nähern.« Er warf den Lederband auf einen Stuhl bei der Tür und breitete sein Jackett darüber. Dann wandte er sich wieder zu Felicity, öffnete seine Weste und lächelte bedeutungsvoll. »Ich kam schon heute Abend zurück, weil mich plötzlich der Wunsch übermannte, dir etwas ganz Neues beizubringen.«

Obwohl sie von eisigem Grauen erfasst wurde, wagte sie ihren Abscheu nicht zu zeigen, nachdem er sie mit dem Buch ertappt hatte. Früher hatte sie mehrmals versucht, wenigstens einen Rest ihrer Würde zu wahren, trotz seiner unerträglichen Forderungen. Doch inzwischen hatte sie gelernt, dass sie seine perversen Gelüste mit ihrer Weigerung noch schürte. In dieser Nacht würde ihr nichts anderes übrig bleiben, als alle seine Wünsche zu erfüllen. Hoffentlich würde sie ihn damit von ihrem unerlaubten Aufenthalt in seinem Büro ablenken.

Langsam knöpfte sie das Oberteil ihres Kleids auf und bemühte sich um ein verführerisches Lächeln, das Enthusiasmus ausdrücken sollte. Wenn er bloß nicht merkte, wie heftig sie zitterte, wie sehr sie fürchtete, was er diesmal von ihr verlangen würde … »Offenbar hast du meine Gedanken gelesen«, flüsterte sie atemlos.

# Kapitel 20

Da ist eine junge Frau, die darauf besteht, Lord Randwulf zu sprechen, Mylady. Sie behauptet, es sei dringend. Aber sie will ihren Namen nicht nennen und den Grund ihres Besuchs hat sie mir auch nicht verraten.«

»Seine Lordschaft geht mit den Hunden spazieren, Harrison«, erwiderte Adriana. »Vielleicht kann *ich* der Dame helfen.«

Nach kurzem Zögern bemerkte der Butler: »Verzeihen Sie, Mylady, es ist keine Dame.«

»Keine Aristokratin?«

»Das ist sie nicht. Und gewiss keine Dame.«

»Oh …« Nachdenklich runzelte sie die Stirn. »Du meine Güte, Harrison, hoffentlich keine Verwandte von Alice Cobble! Noch so eine Person würde unser Haushalt nicht ertragen.«

»Zumindest sieht sie hübscher und gepflegter aus, Mylady. Ihre Kleidung lässt allerdings vermuten, dass sie mehr Erfahrungen gesammelt hat als eine Lady, die behütet aufwuchs und vor unschicklichen Einflüssen bewahrt wurde.«

»Ich glaube, ich werde mir diese – eh – hübsche Person mal anschauen, die mit meinem Mann reden will.« Unbehaglich dachte sie an Coltons erste kurze Ehe. Welche *andere* Gespielin mochte aus seiner bewegten Vergangenheit aufgetaucht sein?

»Wie Sie wünschen, Mylady.« Harrison verneigte sich. »Dann werde ich die Besucherin in den Salon führen.«

Nachdem der Butler das Schlafgemach verlassen hatte, ging Adriana ins Ankleidezimmer und trat vor den Spiegel. Aufmerksam betrachtete sie ihre Gestalt und drehte sich von einer Seite zur anderen. Ihre Schwangerschaft war nicht mehr zu übersehen. Seit fünf Monaten war sie nun schon mit Colton verheiratet – und so glücklich, wie sie es nie für möglich gehalten hätte. Jeder Tag bescherte ihr neue Freuden. Und Nacht für Nacht schwelgte sie in heißem Entzücken. Nicht nur die Vereinigung der beiden Körper erschien ihr wie ein Himmelsgeschenk, sondern auch die Erkenntnis des neuen Lebens, das in ihr wuchs, aus der ehelichen Liebe entstanden. Beide mussten über die sanften Zuckungen in ihrem einst flachen und jetzt gewölbten Bauch lachen. Unter behutsamen Händen spürten sie die Bewegungen des Babys.

Der Verlust ihrer perfekten Figur schien Colton nicht im Mindesten zu stören. Eifriger denn je wollte er sie nackt sehen, und er nahm ihr sehr oft die Aufgabe ab, ihre Haut mit duftendem Öl einzureiben. Dabei ging er viel methodischer vor als sie selbst und genoss die Intimität, die ihm seine Ehe und die künftige Vaterschaft boten. Niemals hätte sie sich träumen lassen, was für ein fürsorglicher, zärtlicher Gemahl er sein würde oder dass sich ihre Liebe zu ihm – schon vor der Hochzeit unermesslich – mit jedem Tag vertiefen würde.

Trotz des milden Juniwetters legte sie einen Spitzenschal um die Schultern, der ihre Rundungen verbarg. Bedrückt musterte sie ihr Spiegelbild. Obwohl sie nicht an der Liebe ihres Mannes zweifelte – der Gedanke, einer Frau aus dem früheren Leben ihres Mannes zu begegnen, beunruhigte sie.

Als die Besucherin leichtfüßige weibliche Schritte auf dem Marmorboden der Halle hörte, wandte sie sich von den bleiverglasten Fenstern des Salons ab und erwartete die Mutter des Marquess eintreten zu sehen. Erstaunt und verwirrt stand sie einer jüngeren Frau gegenüber. Ihr Blick wanderte langsam vom elegant frisierten Haar bis zu den schmalen Lederschuhen unter dem Saum des modischen Kleids hinab – und sobald sie die Wölbung unter dem Spitzenschal entdeckte, verengten sich ihre Augen.

Hochmütig hob die Fremde ihr Kinn. »Ich kam hierher, um Colton zu sprechen. Sonst will ich niemanden sehen.«

»Ich bin Lord Randwulfs Gemahlin«, erklärte Adriana etwas pikiert, weil sich die Frau erlaubte, den Marquess beim Vornamen zu nennen.

So gründlich, wie sie selbst inspiziert worden war, musterte sie die Besucherin und gab Harrison Recht. Die Person sah tatsächlich recht hübsch aus. Aber ihr fehlte die kultivierte Eleganz, die eine Lady von Kindesbeinen an erlernte. Auf den Wangen schimmerte Rouge. Dunkle Linien, mit einem Kohlestift gezeichnet, umrahmten die Lider. Auch der weich geschwungene Mund war grell bemalt. In ihrer Kleidung drückte sich, was Farbe und Schnitt betraf, eine unverkennbare Kühnheit aus, die auf einen gewissen anrüchigen Beruf hinzuweisen schien. Ein Paisley-Turban, aus dem lange dunkle Locken hervorquollen, war um den Kopf geschlungen. An den Ohrläppchen hingen große, filigrane goldene Ohrringe. Ein goldenes Band von fragwürdigem Wert und mehrere andere Ketten schmückten den Hals. Die Frau war kleiner als Adriana, aber üppiger gebaut, was viele Männer gewiss zu schätzen wussten. Diese Vorzüge betonte sie schamlos. Trotz des hüftlangen, lose flatternden, magentaroten Kimonos zeigte sie ihren Busen im gewagten Ausschnitt eines Empirekleids. Offenbar trug sie keine Unterwäsche, denn die Seide schmiegte sich durchscheinend an ihre Rundungen.

Höflich lächelte Adriana die Besucherin an. »Nachdem ich mich vorgestellt habe, möchte ich gern erfahren, mit wem ich spreche.«

Die roten Lippen verzogen sich zu einem herablassenden Grinsen. »Nennen Sie mich Lady Randwulf oder Wyndham – ganz, wie Sie wüschen.«

»Sind Sie mit meinem Mann verwandt?«, fragte Adriana verwundert. »Das finde ich seltsam, denn er ist der Letzte seiner Familie, der den Namen Wyndham trägt.«

»Colton ist mein Ehemann«, verkündete die Besucherin und hob herausfordernd ihre gefärbten Brauen. »Und deshalb sind *Sie* nicht mit ihm verheiratet.«

Wäre Adriana ins Gesicht geschlagen worden, hätte sie keinen schlimmeren Schock erlitten. Zitternd wankte sie zu einem Sessel und sank in die Polsterung. Das ungeborene Baby bewegte sich, als würde es ihr Entsetzen spüren, und sie berührte stöhnend ihren Bauch.

»Passen Sie bloß auf, sonst verlieren Sie den Bastard«, mahnte die Besucherin spöttisch. »Obwohl das unter diesen Umständen sogar besser für Sie wäre ... Der Skandal ist schon schlimm genug – auch ohne all die Leute, die Ihr Kind ächten und für die Sünden der Eltern bestrafen würden.«

»Wer sind Sie?«, würgte Adriana hervor. »Sind Sie hierher gekommen, um mich zu quälen? Oder verfolgen Sie irgendwelche anderen Zwecke?«

»Keine Ahnung, was Sie meinen – ich bin einfach nur hier, um meine Rechte zu beanspruchen. Und jetzt treffe ich *Sie* unter dem Dach meines Ehemanns an. Um meinen Namen zu verraten – ich heiße Pandora Wyndham. Und wenn ich mich nicht irre, lebt meine Tochter mit meinem Mann in diesem Haus.«

Jetzt verstand Adriana die Zusammenhänge. »Allem Anschein nach gewann mein Mann einen falschen Eindruck, als er annahm, Sie wären gestorben. Und wo waren Sie in den letzten fünf oder sechs Monaten? Hätten Sie Colton über Ihren ausgezeichneten Gesundheitszustand informiert, wäre er nicht mit mir verheiratet.« Nachdem die Frau so lange gewartet hatte, bevor sie auf Randwulf Manor aufgetaucht war, konnte sich Adriana einen gewissen Sarkasmus nicht verkneifen. »Lag es an einem geringfügigen Versehen, das Ihnen erst jetzt bewusst wurde, oder an mangelnder Höflichkeit? Wie auch immer, Sie teilen uns etwas zu spät mit, dass Sie noch leben.«

»Ich bin *wirklich* gestorben, zumindest für ein paar Minuten. Das wird der gute Reverend bestätigen. Danach wurde ich wiederbelebt. Doch die Geburt meiner Tochter hat mich stark geschwächt und so brachten mich meine Freunde in ein wärmeres Klima, weil sie hofften, dort würde ich schneller genesen. Wie Sie sehen, war die Fürsorge dieser lieben Menschen erfolgreich. Nun bin ich nach England zurückgekehrt, um meinen Gemahl und mein Kind zu beanspruchen.«

Ein durchdringender Pfiff in der Halle wies Pandora auf die Ankunft des Mannes hin, den sie sehen wollte. Dann erklang Coltons Stimme. »Los, sucht Adriana!«

Sekunden später ging das freudige Gebell der Wolfshunde in ein bedrohliches Knurren über, das Pandora einen Schreckensschrei entlockte. Während die beiden Tiere in den Salon stürmten, taumelte sie angstvoll zurück, bis sie gegen den Kaminsims stieß. Sie blieb notgedrungen stehen, panisches Entsetzen in den Augen. Hysterisch begann sie zu kreischen und versuchte, die Hunde zu verscheuchen. Dabei schwang sie ihre Arme möglichst hoch empor, als fürchtete sie, scharfe Zähne würden ihr einen Finger abbeißen. »Verschwindet!«, zischte sie. »Verschwindet, verdammte Bestien!«

»Aris, Leo, benehmt euch!«, befahl Colton von der Halle aus.

Gehorsam setzten sie sich vor ihrer Gefangenen auf die Hinterbeine und wandten die Köpfe zu ihrem Herrn, der in diesem Augenblick den Raum betrat.

»Adriana, wer um alles in der Welt brüllt denn hier wie am Spieß? Hast du Besuch …?« Abrupt verstummte er beim Anblick der Frau, die seine Hunde in die Enge getrieben hatten. »Pandora!«

»Ruf diese Biester zurück!«, zeterte sie. »Solche Monster solltest du nicht frei im Haus herumlaufen lassen! Die könnten jemanden umbringen!«

»Kommt her, Leo, Aris!« Adriana schnippte mit den Fingern. Mit wedelnden Schwänzen eilten die Wolfshunde zu ihr und wurden liebevoll gestreichelt, bevor sie sich zu ihren Füßen niederließen.

Pandora starrte die Lady an, die diese Ungeheuer offenbar genauso mühelos bändigen konnte wie den Marquess. Erbost schnitt sie eine Grimasse.

Diesen giftigen Blick erwiderte Adriana ungerührt, ehe sie sich zu ihrem Gemahl wandte und fragend die Brauen hob. Für einen so selbstsicheren Mann brauchte er ungewöhnlich lange, um seine Fassung wiederzugewinnen. Wie seine ausdrucksvolle Miene bekundete, versuchte er die Hintergründe der unerwarteten Situation zu verstehen.

Jetzt musste Pandora ihre Würde retten, so gut sie es vermochte, nachdem sie schreiend vor den Hunden geflohen war. Als würde sie für ein Porträt posieren, warf sie den Kopf in den Nacken. »Freust du dich denn nicht, mich wiederzusehen, Colton?«

»Nicht besonders«, antwortete er brüsk. »Ich dachte, du wärst tot.«

»Das war ich für ein paar Minuten. Aber ich erwachte wieder zum Leben. Und jetzt bin ich hier, um meinen rechtmäßigen Platz an deiner Seite einzunehmen.«

»Den Teufel wirst du!«, donnerte er. Aus seinen grauen Augen schienen Funken zu sprühen. »Soeben hast du meine Ehefrau kennen gelernt.«

Mit einer entschiedenen Geste wies er auf Adriana – offensichtlich bereit, gegen Himmel und Hölle zu kämpfen, bevor er irgendjemandem gestatten würde, die Rechtmäßigkeit seiner Ehe anzuzweifeln.

Seine Entschlossenheit raubte Pandora den Atem. Aber die Worte fehlten ihr nur kurzfristig. Das Kinn hoch erhoben, behauptete sie: »Nach dem Gesetz bin *ich* deine Frau, Colton. Daran kannst du nichts ändern.«

»O doch! Wenn ich Reverend Goodfellow auch erlaubt habe, uns zu trauen – es geschah nur, weil ich Genevieve meinen Namen und meinen Schutz bieten wollte.«

»Genevieve?«

»Das Kind, das du geboren hast. Allerdings bezweifle ich mittlerweile, ob ich wirklich der Vater bin. Wahrscheinlich hast du mich belogen, weil du mich zur Ehe zwingen wolltest – zu welchem Zweck, weiß ich noch nicht. Nun, ich werde es bald herausfinden.« Sarkastisch verzog er die Mundwinkel. »Hattest du's auf mein Geld abgesehen?«

»Wie kannst du mir so unlautere Beweggründe zutrauen, Colton? Genevieve ist unsere Tochter und als ihre Mutter möchte ich mit ihr – und dir – zusammenleben.«

Nachdenklich blickte er zum Stuck an der hohen Zimmerdecke hinauf. »Wie viele Monate sind seit deinem vermeintlichen Tod verstrichen? Sechs? Oder sieben? Jedenfalls ist meine Gemahlin fast genauso lange schwanger. Und da du meinen Irrtum, der deinen Tod betrifft, erst jetzt berichtigst, hielt sich deine Sehnsucht nach der kleinen Genevieve in äußerst engen Grenzen. Sicher wolltest du dein Leben möglichst unbeschwert genießen. Sonst hätte ich schon früher von dir gehört. Warum bist du hierher gekommen? Wegen finanzieller Schwierigkeiten? Oder hat dich dein Liebhaber verlassen, um neue Amüsements zu suchen?« Voller Genugtuung sah er sie blinzeln. Also hatte seine letzte Frage den Nagel auf den Kopf getroffen. »Ist es so? Gab dir ein reicher Bewunderer den Laufpass? Das scheint näher zu liegen als dein plötzlicher Wunsch, Genevieve zu sehen.«

»Natürlich will ich sie sehen, Colton – immerhin ist sie meine Tochter, ebenso wie deine.«

»Stammt sie tatsächlich von mir?« Der Tonfall des Marquess bezeugte seine wachsende Skepsis.

»Allerdings. Hast du das Muttermal deiner Familie vergessen? Sag Alice, sie soll das Mädchen hierher bringen, und ich werde dein Gedächtnis auffrischen. Diesen Beweis für deine Vaterschaft kannst du nicht widerlegen.«

Adriana öffnete den Mund und wollte erklären, Alice sei entlassen worden. Aber Colton bedeutete ihr verstohlen, zu schweigen. Bereitwillig gehorchte sie, denn sie erriet, dass er etwas ganz Bestimmtes im Schilde führte.

Zu der Schauspielerin gewandt, nickte er. »Also gut, ein Dienstbote soll das Kind herunterbringen lassen.«

»Genevieve?« Nachdem er den Raum verlassen hatte, drehte sich Pandora zu Adriana um und lächelte spöttisch. »Wer hat sich diesen Namen ausgedacht? Bitte, erzählen Sie mir nicht, *Sie* wären es gewesen. Sonst müsste ich meine Tochter umtaufen, sobald ich die dreiste Person hinausgeworfen habe, die mir meine Position streitig machen will.«

Die Hände im Schoß gefaltet, ignorierte Adriana die Beleidigung. Falls die Frau tatsächlich rechtmäßig mit Colton verheiratet war, würde eine Fortsetzung dieser Ehe allem widersprechen, was vor Gott und den Menschen gelten sollte – insbesondere, wenn Pandora ihr Kind monatelang vergessen und sich mit einem Liebhaber vergnügt hatte. »So wurde das Kind von Ihrer Ladyschaft, der Marchioness, genannt.«

»Meinen Sie Coltons Mutter?« Lachend zuckte Pandora die Achseln. »Obwohl ich der Lockung eines Adelstitels stets widerstand – es wird mich freuen, wenn mich meine so genannten Freunde mit ›Marchioness of Randwulf‹ anreden. Bald werden sie den Staub von meinen Schuhen lecken – genau dieselben Leute, für die ich vorher in ihren erlauchten Kreisen Luft war. Nur im Theater oder in Separees geruhten sie mich zu kennen.«

»Sicher wird mein Mann Ihre Zukunftsträume nicht teilen«, erwiderte Adriana kühl. »Deshalb sollten Sie nicht mit der Huldigung Ihrer Bekannten rechnen.«

»So entschlossen sich Colton auch gegen unsere Ehe sträuben mag, ich fürchte, er wird dem Gesetz nicht entrinnen. Ich besitze nämlich ein Dokument mit seiner Unterschrift, das unsere Trauung bestätigt.«

Mühsam zwang sich Adriana zur Ruhe. Was würde auf sie zukommen? Sie fühlte sich schwach und elend. Sollte ihr das ganze Glück ihres Lebens geraubt werden? Nicht einmal die Bewegungen des ungeborenen Babys konnten sie trösten. In diesem Augenblick war es besonders aktiv. Vielleicht spürte es den Kummer seiner Mutter.

Colton kehrte in den Salon zurück. »Gleich wird Geni heruntergebracht.«

»Nun müssen wir über unser Kind und unsere Ehe sprechen, Colton.« Eine Hand ausgestreckt, eilte ihm die Schauspielerin entgegen, eifrig bestrebt, erneut auf ihre Rechte zu pochen.

Hätte ein Blitz an seiner Seite eingeschlagen, wäre er nicht schneller zurückgesprungen. Offensichtlich widerte ihn Pandoras Nähe an. Um ihr auszuweichen, stieg er über die Hunde zu Adrianas Füßen hinweg, setzte sich zu ihr aufs Sofa und ergriff eine ihrer Hände, die in ihrem Schoß lagen. Seine Finger in ihre geschlungen, berührte er mit seinem Handrücken ihren sanft gerundeten Bauch und er spürte damit zusätzlich die Wärme zwischen ihren Schenkeln.

In Gegenwart anderer Leute wäre die kühne Vertraulichkeit deplatziert gewesen. Aber vor den Augen *dieser* Besucherin hieß Adriana die Intimität willkommen und fühlte sich kein bisschen verlegen.

Die unausgesprochene Botschaft konnte Pandora nicht verborgen bleiben – Coltons Entschluss stand fest, er hatte seine Wahl getroffen. Erbost musterte sie das Paar. Warum wurde sie ständig von jüngeren Frauen ausgestochen? Genau das hatte sie soeben nämlich erlitten. Ihr letzter Liebhaber hatte sie wegen eines blutjungen Mädchens sitzen gelassen. Und diese Erinnerung verletzte ihren Stolz ebenso wie Coltons Verhalten.

Um seine Aufmerksamkeit wieder auf sich zu lenken, fragte sie: »Sieht Genevieve mir ähnlich?«

»Nicht besonders«, antwortete er kurz angebunden.

»Dann vielleicht dir.«

»Nein.«

»Einem von uns muss sie doch gleichen.«

»Bis jetzt konnte ich keine Ähnlichkeit erkennen. Sie ist zierlich, blauäugig und dunkelhaarig. Nur dieses letzte Merkmal weisen wir beide auf.«

»Bin ich etwa *nicht* zierlich?«, rief sie empört.

Colton lachte spöttisch. »Weißt du überhaupt, was dieses Wort bedeutet?«

»Natürlich! Bin ich nicht zierlicher gebaut als sie?« Wütend zeigte sie auf Adriana. »Mindestens um einen Kopf ist sie größer als ich!«

»Trotz ihrer Schwangerschaft müsstest du ein paar Pfund mehr wiegen.« Voller Liebe betrachtete er seine Frau. »In ihr sehe ich alles verkörpert, was man Schönheit nennt. Das gilt für ihre äußere Erscheinung ebenso wie für ihren edlen Charakter. Von dir konnte ich das nie behaupten, Pandora.«

Mit dieser Beleidigung schürte er den Zorn der Schauspielerin. Stets hatte sie ihre eigene Schönheit einzigartig gefunden. Und jetzt schnitt sie bei einem Vergleich mit einer etwa sechs Jahre jüngeren Frau reichlich ungünstig ab. »Das sagst du nur, weil du mir böse bist, Colton.«

Mit einem schwachen Lächeln bekundete er sein mangelndes Amüsement. »Glaub, was du willst, Pandora – ich verzichte auf weitere Kommentare.«

Wenige Sekunden später erschien Blythe Fulton mit dem Baby und legte es in Adrianas Arme. Nach einem höflichen Knicks entfernte sie sich. Begeistert begann das kleine Mädchen zu glucksen, sobald es den Mann an seiner Seite erkannte. Colton lächelte, entzückt über diese Wiedersehensfreude, ergriff das Kind und stand auf.

Während er zu der Schauspielerin ging, wiegte er das Baby behutsam in seinen Armen. »Genevieve Ariella Wyndham«, verkündete er. »Wie du siehst, gleicht Geni niemandem in diesem Raum ...« Plötzlich schöpfte er einen neuen Verdacht. »Da sie dir kein bisschen ähnlich sieht, muss ich mich fragen, ob du tatsächlich ihre Mutter bist. Ihre Haut ist hell, deine nicht, ihr Mund hübsch und klein – und deiner ...«

»Selbstverständlich bin ich ihre Mutter!«, fiel Pandora ihm ins Wort. »Bei ihrer Geburt wäre ich beinahe gestorben. Zum Glück lebe ich noch. Und ich lasse mich nicht daran hindern, meine Rechte zu beanspruchen – sie ist meine Tochter, du bist mein Mann. Das kannst du nicht leugnen, Colton, denn ich besitze ein Dokument, das diese Tatsache beweist. Was deine Vaterschaft betrifft, werde ich dir das Muttermal zeigen.«

Sie entriss ihm das Kind, das erschrocken zu schreien begann. Sofort sprang Adriana auf, von mütterlicher Sorge getrieben. Pandora kehrte ihr den Rücken, hob eine Schulter und verwehrte ihr, das Baby zu berühren.

Entschlossen ging Adriana um die Schauspielerin herum. »Geni mag fremde Leute nicht.«

»Aber sie ist *meine* Tochter.«

»Bitte, geben Sie mir das Kind«, flehte Adriana angstvoll. »Wenn Sie Genis Hüfte sehen wollen – ich werde sie gern entblößen.«

Da Genevieve immer lauter brüllte, erkannte Pandora, dass es vernünftiger wäre, dem Wunsch der Lady zu entsprechen. Hastig drückte sie das Kind in Adrianas Arme. »Da! Nehmen Sie das ungezogene Balg und zeigen Sie Colton endlich das Muttermal seiner Ahnen.«

Das schluchzende Baby an die Brust gepresst, kehrte Adriana zum Sofa zurück. Besänftigend tätschelte sie Genis Rücken. Die Lippen in den weichen Löckchen, sang sie ein leises Wiegenlied.

Allmählich verstummte das Geschrei und das selige Glucksen eines Babys erklang, das sich in den Armen einer vertrauten, liebevollen Person geborgen fühlte.

Einige Minute verstrichen und Pandora sah ihre Forderung noch immer nicht erfüllt. »Nun?«, fragte sie. »Zeigen Sie uns das Muttermal oder nicht?«

Ohne die Frau zu beachten, spielte Adriana mit Geni, zog behutsam die winzigen Hände zusammen, kitzelte sie unter dem Kinn und summte ein weiteres Kinderlied. Bald klatschte das kleine Mädchen von sich aus in die Hände, quietschte enthusiastisch und schenkte seiner liebevollen Betreuerin ein zahnloses Lächeln.

Da verlor Pandora die Geduld und fuhr Adriana an: »Wenn Sie nicht sofort tun, was ich verlange, werde *ich* das übernehmen!« Drohend ging sie auf das Paar zu. Die Zähne gefletscht, sprangen die Hunde hoch. Aus ihren Kehlen drang ein unheilvolles Knurren. Prompt wich die Schauspielerin zurück und griff bebend an ihren Hals.

Colton lachte leise, ging an den Hunden vorbei und setzte sich wieder neben seine Frau. »Offensichtlich wirst du an deiner Absicht gehindert, Pandora.«

Bei seinem Anblick krähte Geni beglückt, streckte die Ärmchen aus und er hob sie auf seine Knie.

»Bist du wirklich so grausam, Colton?« Jetzt übernahm die Schauspielerin die Rolle einer armen, entrechteten Mutter und hoffte, sein Mitleid zu erregen. »Willst du mich von meinem eigenen Fleisch und Blut fern halten?«

Angesichts ihrer melodramatischen Possen verdrehte er die Augen. »Zu schade, dass du niemals die Kunst erlernt hast, echte Tränen zu vergießen. Damit würdest du mich vielleicht von deiner Aufrichtigkeit überzeugen. Die schlichte Wahrheit lautet – selbst wenn Geni wirklich deine Tochter ist, erkennt sie dich nicht als deine Mutter an. Und ich werde dir nicht erlauben, sie noch einmal zu erschrecken. Meine Frau wird das Muttermal nur entblößen, wenn es ihr beliebt – und keinesfalls, weil *du* darauf bestehst.«

Pandora verzichtete auf einen sinnlosen Protest. Eins hatte sie während ihrer Beziehung zu dem Marquess gelernt. Weder falsche Tränen noch klagendes Flehen würde ihn von seinem einmal gefassten Entschluss abbringen. Noch dazu hatte sie mit ihrer letzten schauspielerischen Darbietung nichts erreicht. Deshalb gab sie klein bei, was ihr wohl eher einen gewissen Vorteil verschaffen würde, und murmelte: »Also gut.«

Nicht geneigt, dem unwillkommenen Gast einen Gefallen zu erweisen, ließ sich Adriana Zeit, bevor sie Genis Hüfte enthüllte. Zu Pandoras und Coltons Verblüffung zeigte sich nur eine schwache Spur des Muttermals – mittlerweile so stark verblasst, dass die Gestalt eines fliegenden Vogels nicht zu erkennen war.

»Ruft sofort Alice hierher!«, rief Pandora entrüstet. »Ich will wissen, was du unternommen hast, um den Leberfleck zu entfernen. Sicher wurde irgendeine Substanz auf die Haut des Kindes gerieben. Am Tag seiner Geburt war das Muttermal deutlich zu erkennen. Wahrscheinlich kann Alice mir erklären, welche Methode du angewandt hast.«

»Schon vor einiger Zeit wurde Alice entlassen«, teilte Colton ihr triumphierend mit. »Glücklicherweise haben wir sofort eine neue Amme gefunden, die Genis Herz gewonnen hat.«

»Dieses kleine Aas würde jede Frau mit vollen Titten lieben!«, zischte Pandora.

»Für Alice schien sie sich nicht besonders zu erwärmen, obwohl ich nie im Leben eine Frau mit größeren Brüsten sah. Übrigens, die hässliche Hexe hat das Baby sträflich vernachlässigt.«

»Wahrscheinlich hat sie meine Tochter verhätschelt und ihr ein paar Unarten angewöhnt.«

»O nein, Geni war nicht unartig, sondern ernst und verschreckt. Wie du siehst, hat sich das mittlerweile geändert. Wo hast du diese abscheuliche, ordinäre Frau eigentlich aufgetrieben?«

»Das habe ich dir erzählt. Sie war Putzfrau im Theater, wo ich aufgetreten bin.«

»Dann werde ich sie dort aufsuchen und fragen, womit sie das Muttermal auf Genis Hüfte appliziert hat – zweifellos, um deine Anweisung zu befolgen, denn ich sollte das Baby für meine Tochter halten. Da Alice aber dieses Haus vor etwa drei Monaten verließ und den Leberfleck nicht erneuern konnte, ist er verblasst.«

Sekundenlang starrte Pandora ihn entsetzt an, bevor sie sich ein schrilles Gelächter abrang. »In diesem Theater wirst du Alice nicht mehr finden – wahrscheinlich nirgendwo.«

»Wie bedauerlich ... also muss ich nach Oxford fahren und Reverend Goodfellow ins Verhör nehmen. Dort wohnen einige meiner Freunde, die sicher wissen, wo er wohnt.«

»Inzwischen ist der gute Reverend in eine andere Gemeinde

gezogen«, entgegnete Pandora mit einer vagen Geste. »Keine Ahnung, wohin ... Vielleicht nach Irland? Jedenfalls ziemlich weit weg ...«

»Wie erfreulich für mich«, bemerkte Colton lächelnd.

»Was meinst du?« Verwirrt runzelte die Schauspielerin ihre Stirn.

»Nun kann er dir nicht mehr als Zeuge unserer Trauung dienen.«

»Oh, aber ich besitze ein Dokument mit deiner Unterschrift.«

»Wo ist es? Um die Gültigkeit dieses Papiers bestätigen zu lassen, musst du's einem Richter vorlegen. Wenn dein Wort gegen meines steht, wird eine Verhandlung stattfinden.«

»Ich habe das Dokument nicht bei mir. Aber ich weiß, wo es ist.«

»Wo?«

»Nun ja ...« Pandora kaute an ihrer Unterlippe. »Da ich eine Zeit lang verreist war, erinnere ich mich nicht, wo ich es verwahrt habe. Ich müsste nachsehen ... Vermutlich liegt es in einer der Truhen, die ich bei einer Freundin untergestellt habe.«

»Reverend Goodfellow hat erklärt, er würde eine Kopie des Dokuments in seiner Kirche in Oxford aufheben. Also werde ich den Pfarrer, der jetzt dafür zuständig ist, höflich bitten, danach zu suchen. Danach soll der Erzbischof die Legalität des Papiers prüfen – für den Fall, dass es sich um eine Fälschung handelt. Diesen Wunsch wird er mir sicher nicht abschlagen, denn er hat die Lizenz unterzeichnet, der ich meine Ehe mit Adriana verdanke.«

»Mach dir bloß keine Hoffnungen – keiner deiner hochwohlgeborenen Freunde kann unsere Ehe für illegal erklären!«, kreischte Pandora. »Finde dich mit den Tatsachen ab! Gegen dieses Dokument bist du machtlos.«

»Wenn du nichts zu befürchten hast, kannst du das Ergebnis meiner Maßnahmen ja ganz gelassen abwarten.« Nach einer kurzen Pause fuhr er fort: »Wo genau soll ich mit meinen

Nachforschungen beginnen? Ich erinnere mich an eine Geschichte über deinen Bruder, die du mir vor einigen Jahren erzählt hast. Angeblich wusste er gewisse Zertifikate so fachkundig zu kopieren, dass er sich als Gelehrter aus Oxford ausgeben konnte. Eine Heiratsurkunde zu fälschen, müsste ihm vergleichsweise leicht fallen. Ist er nicht außerdem auch noch Schauspieler? Hat er dir einen Gefallen getan und den guten Reverend Goodfellow gemimt? Mit dieser Theorie muss ich mich etwas gründlicher befassen – vor allem, wenn mir niemand mitteilen wird, wer dieser Reverend Goodfellow ist und wo sich seine Kirche befindet.«

In Pandoras Augen funkelte helle Wut. »Falls du es wagst, diese Angelegenheit außerhalb deiner Familie zu erwähnen, blamierst du nur dich selber. Bald wird sich die Schwangerschaft der Frau herumsprechen, mit der du zusammenlebst. Was glaubst du, wie sie sich fühlen wird, wenn zahllose Klatschmäuler über ihr uneheliches Kind tuscheln. Ihr zuliebe solltest du die Sache nicht weiterverfolgen. Und wenn du dich an die Kirchenmänner von Oxford wendest, werden sie keine Zeit für dich haben, weil sie sich um die arbeitslosen, hungernden Kriegsheimkehrer kümmern müssen.«

»Sicher sind sie nicht zu beschäftigt, um eine großzügige Spende für die armen Soldaten anzunehmen. Zudem werden sie sich entsinnen, was ich bereits für diese Männer getan habe. Mit meiner Hilfe haben schon sehr viele Arbeit gefunden. Also werden die Priester meine Fragen bereitwillig beantworten. Aber ich verstehe, warum du mich daran hindern möchtest, mit ihnen zu reden. Wenn Reverend Goodfellow nicht existiert, werden meine Ermittlungen zur Verhaftung deines Bruders führen – und vermutlich auch zu deiner.«

Von Coltons gnadenlosen Argumenten bedrängt, begann Pandora händeringend umherzuwandern. Im Lauf der Jahre hatte sie ihn gut genug kennen gelernt, um zu wissen, wie beharrlich er den Dingen auf den Grund ging, wenn er unbedingt die Wahrheit ans Licht bringen wollte. Hatte ihr Bruder sie nicht vor dem Colonel gewarnt? Nachdem Munition und Schießpulver aus dem englischen Arsenal verschwunden waren, hatte der Lord unermüdlich nach den Schuldigen gefahndet. Schließlich waren sie des Hochverrats überführt und gehängt worden, weil sie Bestände des königlichen Heeres an die Franzosen verkauft hatten.

Nur um Haaresbreite war ihr Bruder mit dem Leben und einer zerlumpten Uniform davongekommen. Deshalb hatte er gezögert, den unerbittlichen Aristokraten zu hintergehen. Aber der Gedanke, sich an Wyndham für die erlittenen Unbilden zu rächen und ihm eine stattliche Summe zu entlocken, hatte ihn schließlich umgestimmt.

Lächelnd entschloss sich Pandora zu einer anderen Taktik. »Du musst die Heiratsurkunde nicht suchen. Wenn du mich veranlassen willst, dass ich Stillschweigen bewahre, solltest du deine Großzügigkeit nicht jenen Soldaten erweisen, sondern mir.«

Auf diesen Vorschlag wartete Colton, seit er sie unter seinem Dach angetroffen hatte. »In welcher Form?«

»Nun, ich denke an eine Summe, die mir ein komfortables Leben bis zum Ende meiner Tage ermöglicht.«

»Mit anderen Worten, du versuchst mich zu erpressen, Pandora.«

»Ach wo. Ich bitte dich nur um eine kleine Entschädigung. Immerhin würde ich auf meinen rechtmäßigen Titel einer Marchioness verzichten – und auf alles, was dazugehört«, ergänzte sie und wies mit einer ausdrucksvollen Geste auf die luxuriöse Einrichtung des Salons.

»Am liebsten würde ich dein Angebot ablehnen. Schon immer hat es mir widerstrebt, die Forderungen von Leuten zu erfüllen, die aus unerquicklichen oder schwierigen Situationen Gewinn schlagen wollen. Aber einige Menschen würden unter einem Skandal leiden. Darauf muss ich Rücksicht nehmen und deshalb werde ich über dein Ansinnen nachdenken. Falls ich deinen Bedingungen zustimme – verrätst du mir, wo ich dich finden kann? Wirst du wieder im Theater auftreten?«

»Dort arbeite ich leider nicht mehr.« Mühsam suchte sie zu verbergen, wie tief der Verlust ihrer respektablen Position in der Bühnenwelt ihren Stolz verletzt hatte. »Während ich verreist war, wurden meine Rollen mit einer jüngeren und angeblich begabteren Schauspielerin besetzt. Nun, der Direktor wird seinen Fehler bald erkennen, auf allen vieren zu mir kriechen und mich um Verzeihung bitten … Aber ich schweife vom Thema ab. Um deine Frage zu beantworten – ich hatte geplant, in diesem Haus zu bleiben – weil ich deine rechtmäßig angetraute Frau bin.« In der Pose einer Märtyrerin berührte sie ihre Stirn. »Wie ich inzwischen feststellen musste, würde dir das missfallen, nachdem du eine andere Frau gefunden hast, die deine Bedürfnisse befriedigt. Natürlich ist sie nur deine Geliebte, weil du mit mir verheiratet bist. Daran kannst du nichts ändern, es sei denn, du erwirkst eine Scheidung. Doch das wäre mit erheblichen Problemen und Klatschgeschichten verbunden.«

Als hätte er ihr nicht zugehört, ließ er Genevieve auf seinen Knien umherhopsen. Das Kind quietschte entzückt und Pandora hielt sich gepeinigt die Ohren zu.

»Muss das sein?«, klagte sie. »Bald wird mein Trommelfell platzen!«

Geni entdeckte Adrianas lächelndes Gesicht an ihrer Seite, wollte auch ihr liebevolle Zuwendung zeigen und drückte einen feuchten Kuss auf ihre Lippen. Oft genug hatte sie beobachtet, wie der nette Mann die schöne Frau in ähnlicher Weise liebkoste. Doch das genügte dem Kind nicht. Es kroch auf Adrianas Schoß und zog sich an ihrem Kleid hoch. Beinahe stöhnte sie, als eine winzige Faust eine verletzliche Brustwarze umfasste. Ein Busen war Geni vertraut. Und so suchten die kleinen Lippen nach der verborgenen Knospe.

Teils amüsiert über die unschuldigen Aktivitäten des Babys, teils voller Mitgefühl, erlöste Colton seine Frau und setzte Geni wieder auf seine Knie. Adriana verspürte ein heftiges Unbehagen. An ihren Mann gelehnt, raffte sie den Spitzenschal über dem feuchten Fleck auf ihrem Kleid zusammen und wartete, bis die Schmerzen verebbten.

»Ah, die Freuden der Mutterschaft …«, spottete Pandora und zeigte auf den runden Bauch der Lady. »Zu schade, dass der Wyndham-Erbe das Los eines Bastards erleiden muss!«

Colton spürte, wie seine Frau erschauerte, und legte sofort einen Arm um ihre Schultern, als versuchte er, sie gegen Pandoras grausamen Hohn abzuschirmen. »Schon gut, Liebes, das alles werden wir unbeschadet überstehen«, beteuerte er und drückte sie an sich.

Mit seinen zärtlichen Worten entfachte er die Eifersucht der Schauspielerin.

»Rede ihr das nur ein, wenn du hoffst, es wird was helfen, Colton! Aber ich weiß wirklich nicht, wie du dein Versprechen halten willst. Wo ihr doch gar nicht verheiratet seid …« Abrupt verstummte sie und taumelte vor dem drohenden Glanz in seinen grauen Augen zurück. Noch nie hatte sie den Lord so wütend gesehen.

»Du lässt mir keine Wahl, Pandora«, entgegnete er kühl. »Himmel und Hölle werde ich in Bewegung setzen, um zu beweisen, dass unsere Trauung nur eine Farce war. Und wenn nicht, werde ich vor dem höchsten Richter dieses Landes beschwören, ich sei bei der Hochzeit mit meiner Gemahlin von deinem Tod überzeugt gewesen. Alle meine verfügbaren Vorteile will ich ausschöpfen, sogar meine Position eines Kriegshelden, alles werde ich tun, um dich aus meinem Leben zu verbannen und meine Ehe mit der einzigen Frau zu besiegeln, die ich jemals geliebt habe. Verstehst du mich?«

»Falls du dir einbildest, du könntest mich ohne einen Penny wegschicken, wirst du's bitter büßen!«, schrie sie mit schriller, ohrenbetäubender Stimme. »Und glaub bloß nicht, du dürftest deine Tochter behalten! Ich fordere mein Recht als Mutter und ich werde weder ruhen noch rasten, bis du mir Geni zurückgibst!«

»Dann beweise ich eben, dass sie nicht dein Kind ist«, konterte er messerscharf. »Vermutlich dauert es eine Weile. Aber es wird mir gelingen.«

»Oh, du verblendeter Narr! Begreifst du denn nicht, welch grässlichen Skandal du verursachst, wenn du mich bekämpfst? Sei versichert, ich werde mich an dir und deiner Geliebten rächen und mit jedem Richter von England ins Bett gehen, um mein Ziel zu erreichen. Ich kann sehr überzeugend wirken. Mit all meiner Raffinesse werde ich das arme Opfer eines hochmütigen Aristokraten spielen und die schlimmsten Geschichten über euch beide erzählen. Danach werdet ihr euch weder in London noch auf diesem Landsitz erhobenen Hauptes zeigen können.« In würdevoller Positur verneigte sie sich. »Besten Dank für die Gastfreundschaft …«

»Noch etwas, bevor du gehst, Pandora«, unterbrach er sie. Trotz ihrer wilden Drohungen schlug er einen freundlichen Ton an.

Prompt blieb sie an der Tür des Salons stehen und drehte sich um, weil sie annahm, er hätte sich anders besonnen und würde ihre finanziellen Forderungen erfüllen. Erwartungsvoll zog sie die Brauen hoch. »Ja?«

»Ersparst du mir die Mühe, mich beim Ensemble des Theaters zu erkundigen, ob Alice Cobble tatsächlich dort gearbeitet hat und ob sie damals schwanger war? Ich würde erklären, du hättest versucht, ihr Kind für deines auszugeben. Sicher findet sich jemand, der bestreiten wird, du wärst guter Hoffnung gewesen. Außerdem werde ich die Schauspieler fragen, ob sie das Präparat kennen, das Alice benutzt hat, um Genevieves Hüfte mit einem Leberfleck zu verzieren und ihn dann regelmäßig aufzufrischen. Das muss ein ziemlich haltbares Mittel gewesen sein, denn in jener Nacht versuchte ich erfolglos, das Mal wegzuwischen. Da Alice mich niemals nackt gesehen hat, nehme ich an, sie orientierte sich an der Vorlage einer fliegenden Möwe, die du nach meinem Muttermal gezeichnet hattest.« Colton lachte kurz auf. »Während ich schlief? Da muss ich ziemlich erschöpft gewesen sein. Aber nach all den

Kämpfen auf den Schlachtfeldern war ich oft übermüdet, körperlich und seelisch, und wollte nur noch in tiefem Schlummer versinken. Dein Bruder, ein talentierter Fälscher, hat die Zeichnung wahrscheinlich verkleinert, damit sie zu einem Baby passte, und Alice Bilder in verschiedenen Größen gegeben – für spätere Zeiten, wenn das Kind wachsen würde. Dein Pech, dass sich die Frau so abscheulich benahm und mein ganzer Haushalt bestrebt war, sie loszuwerden … Deshalb ist das Muttermal halt allmählich verblasst.«

Mit diesen Theorien brachte er Pandora vorerst zum Schweigen, denn sie überlegte verblüfft, wie er ihr auf die Schliche gekommen war. So viel Scharfsinn hatte sie ihm gar nicht zugetraut. Zitternd tastete sie nach ihrer Kehle und versuchte, eine unschuldige Miene aufzusetzen. »Keine Ahnung, was du meinst …«

»Ehe du wusstest, wer ich bin, hast du mir erzählt, du könntest nicht Mutter werden. In den folgenden Jahren wurdest du kein einziges Mal schwanger. Bestimmt hattest du auch andere Liebhaber. Aber nichts wies mich jemals auf ein Kind hin, das du geboren hättest. Nachdem mich die *London Gazette* zum Kriegshelden ernannt hatte, erfuhrst du von meinem Marquisat. Und sobald ich den Titel trug, wurdest du von einem Baby entbunden. Wegen deiner langjährigen Unfruchtbarkeit hege ich gewisse Zweifel. Falls Alice während der Zeit, in der sie im Theater als Putzfrau arbeitete, schwanger war, konntest du sie mühelos dazu überreden, dem Baby die glückliche Zukunft eines adeligen Abkömmlings zu bieten. Vielleicht hast du ihr Geld gegeben und für später noch größere Summen versprochen. Immerhin durftest du, wäre dein Täuschungsmanöver erfolgreich gewesen, mit einem beträchtlichen Vermögen rechnen. Alice erschien mir zudem herzlos genug, um sich auf einen solchen Handel einzulassen. Natürlich frage ich mich, wie diese hässliche, abstoßende Person ein so hübsches Mädchen wie Geni zur Welt bringen konnte. Aber falls ihr eigenes Kind starb, wird sie sich ein anderes

Neugeborenes beschafft haben, das ihr den verheißenen finanziellen Segen sichern sollte.« Colton hob lässig die Schultern, ehe er fortfuhr. »Entweder hat sie einen Säugling gestohlen oder sich irgendwo als Hebamme betätigt und behauptet, das Baby sei tot geboren worden. Danach müsste sie irgendwelche Mittel gefunden haben, um die vermeintliche Leiche wegzubringen. Ob Junge oder Mädchen, spielte keine Rolle, solange es am Leben war.«

Nachdenklich starrte er vor sich hin.

»Ich müsste überall verlauten lassen, ich würde Alice großzügig belohnen, wenn sie Genis tatsächliche Herkunft verrät. Dazu wäre sie zweifellos bereit und sie würde wohl kaum zögern, deine Machenschaften zu verraten, Pandora – insbesondere, weil sie von dir eine wesentlich geringere Summe bekäme. Hast du dir nie überlegt, was du bei deinem Abkommen mit Alice riskieren würdest? Schließlich weiß sie, dass du nicht Genis Mutter bist.«

»Jetzt habe ich mir diesen Unsinn lange genug angehört«, zischte Pandora, als sie ihre Felle unwiederbringlich davonschwimmen sah. »Ich werde mich in einem Gasthof bei Bradford einquartieren. Dort bleibe ich, bis ich von dir höre. Solltest du dich nicht melden, teile ich den Behörden mit, du hättest zwei Mal geheiratet und beide Frauen würden noch leben.«

Mit diesen Worten stürmte sie aus dem Salon und stieß den Butler, der ihr die Haustür öffnen wollte, ärgerlich beiseite.

»Vielen Dank, ich finde allein hinaus! Zum Teufel mit euch allen!«

# Kapitel 21

Als die Ladenglocke bimmelte und die Ankunft eines Kunden meldete, schaute Roger Elston von seinen Büchern auf. Beim Anblick der Lady erhellte sich seine Miene, denn ihre kühne Attitüde erinnerte ihn an die Schauspielerinnen, die er in London besucht hatte. Die Frau kam ihm sogar bekannt vor. Vielleicht hatte er sie auf der Bühne gesehen, während er im Waisenhaus angestellt gewesen war. Hin und wieder hatte er genug Geld gespart, um seiner Lieblingsbeschäftigung zu frönen, Theateraufführungen zu genießen und diese Damen in ihren provozierenden Kostümen zu bewundern. Dank der lukrativen Spinnerei konnte er sich jetzt viel mehr leisten – und von Künstlerinnen auch viel mehr verlangen.

Obwohl der Busen dieser Kundin teilweise von einem Kimono verdeckt wurde, gewann er den Eindruck, die üppigen Rundungen würden das seidene Oberteil des Kleides auf die Probe stellen und sich nach Freiheit sehnen. Dass er die Frau ungeniert anstarrte, schien sie nicht zu stören. Ganz im Gegenteil, sie beugte sich lächelnd zu der Ware auf dem Ladentisch hinab und ließ erkennen, ihre Unterwäsche würde ihre Reize eher entblößen als verhüllen. Prompt juckte es Roger in den Fingern, die Vertiefung zwischen den prallen Kugeln zu erforschen und die Brustwarzen zu kneten, die sich unter dem dünnen Stoff abzeichneten.

Pandora wandte sich zu dem attraktiven jungen Mann und musterte sekundenlang seine enge Hose. Offenbar war ihm seine sichtbare Erregung kein bisschen peinlich. Mit einem schiefen Grinsen wartete er ihre Reaktion ab. Möglicherweise war er nicht so alt und erfahren wie die Männer, deren Leidenschaft sie in den letzten Jahren genossen hatte, aber sicher bereit, *alle* ihre Wünsche zu erfüllen. Nach Colton Wyndhams beharrlicher Weigerung, sie als seine Ehefrau anzuerkennen, brauchte sie eine Bestätigung ihrer Anziehungskraft. Das würde ihren Seelenfrieden retten. Früher hatte sie geglaubt, der Colonel würde sie mögen. Aber jetzt fragte sie sich, ob der charmante Gentleman jeder Frau in seinen Armen das Gefühl gab, sie wäre etwas Besonderes. Seine Gemahlin schien ihn zu vergöttern. Und wie Pandora erbost zugeben musste, wurde ihre Liebe offensichtlich erwidert.

Kokett lächelte sie den jungen Burschen an und erklärte ihre Wünsche. »Ich habe meinen Schal in London vergessen. Nun möchte ich etwas kaufen, das mich wärmen wird, wenn ich die Nacht in diesem malerischen Dorf verbringe. Ich hätte nicht gedacht, dass die Luft am Abend so empfindlich abkühlen würde … Doch das ist Ihnen sicher auch schon aufgefallen, Sir. Haben Sie einen Schal oder etwas Ähnliches?«

Roger eilte zu einem Schrank in der Ecke und holte einen der kostbarsten wollenen Schals hervor, die in der Spinnerei produziert wurden. Entzückt strich die Dame darüber.

»Oh, wie schön!«, flötete sie, dann kräuselte sie in gespielter Enttäuschung die Lippen. »Leider kann ich mir dieses teure Prachtstück nicht leisten, so gern ich es auch besitzen würde.«

»Dafür müsste eine so exquisite Frau wie Sie, Madam, nur etwas Zeit opfern«, betonte Roger, half ihr aus dem Kimono und atmete begierig ihren süßen Duft ein. Dann legte er den Schal um ihre Schultern, wobei seine Hand eine volle Brust streifte. Während er hinter ihr stand, bewunderte er in wachsendem Verlangen die halb bedeckten weißen Melonen und beugte sich vor, um an einem zarten Ohrläppchen zu knabbern. »Glauben Sie mir, Madam, Sie würden es nicht bereuen.«

»Tatsächlich nicht?« Pandora drehte den Kopf zur Seite

und wartete auf seinen Vorschlag. Um ihn noch mehr zu reizen, schob sie ihre Brüste höher. Damit glitt der Ausschnitt ihres Kleids viel tiefer und gab rosige Knospen frei. »Oh, dieser Schal ist herrlich warm. Würde er doch mir gehören …«

Mühsam widerstand Roger der Versuchung, eine Hand in ihr Dekolleté zu schieben. Wenn ihn ein Angestellter bei solchen Intimitäten ertappte, würde sich das sofort in ganz Bradford herumsprechen. »Dort hinten liegt mein Privatzimmer. Wollen wir uns auf die Chaiselongue setzen und in aller Ruhe über unser Geschäft reden?«

»Würden Sie mir ein Glas Portwein anbieten?« Pandora holte tief Luft, so dass ihre Brüste beinahe aus dem Kleid quollen. Schon in früher Jugend hatte sie die Kunst erlernt, Männer zu betören, und nicht schlecht an deren Gelüsten verdient. »Den könnte ich jetzt vertragen.«

»Welch ein Zufall – ich auch.« Roger führte sie durch den dunklen Flur zu seinem Privatgemach. Niemals hätte er sich träumen lassen, er würde es schon so kurz nach der Neugestaltung benutzen. Zu seiner Freude bot sich jetzt eine Gelegenheit, die er nicht versäumen wollte. Er hatte sogar die Wände polstern lassen, damit keine Geräusche hinausdrangen, die zweifellos die Neugier der Arbeiter wecken würden. Wenn er ein Schläfchen hielt, drohte keine Gefahr. Aber ein Amüsement mit einer wollüstigen Gespielin – das war etwas anderes. »Teure Lady, betreten Sie meinen Privatsalon und wir trinken auf Ihren neuen Schal.«

Pandora hängte sich bei ihm ein und drückte seinen Arm an ihren Busen. »Nie werde ich Ihre Großzügigkeit vergessen. Wie kann ich mich für dieses wunderbare Geschenk revanchieren?«

»Keine Bange, Madam, Ihre Gesellschaft belohnt mich zur Genüge.«

Als er die Tür öffnete, leuchteten Pandoras Augen. Der Raum war extravagant eingerichtet. Auf einem reich verzierten Sideboard prangte ein Silbertablett mit mehreren Kristallkaraffen. Zwischen mehreren Standspiegeln – rings um ein breites rotes Samtsofa postiert, über das ein hauchdünnes Negligé in derselben Farbe gebreitet war – erhoben sich silberne Kandelaber.

Wer diese Chaiselongue okkupierte, würde sich von allen Seiten betrachten können.

Pandora schlenderte durch das Zimmer, sank auf die Polsterung und genoss ihr vervielfachtes Spiegelbild. Hingerissen seufzte sie und strich über ihren Schenkel, um den Saum ihres Rocks ein wenig hochzuziehen und eine wohlgeformte Wade zu enthüllen. Dann gurrte sie bewundernd, hielt das Negligé spielerisch vors Gesicht und inspizierte die Einrichtung durch den transparenten Stoff. »Was für ein Luxus … Offensichtlich sind Sie sehr gut situiert.«

»Reich genug, um mir diesen Privatsalon zu leisten – und noch ein paar andere Dinge«, prahlte Roger und versperrte die Tür hinter sich.

»Zum Beispiel?«

»Eine Geliebte, die auf alle meine Launen eingeht«, entgegnete er, schlüpfte aus seinem Jackett und knöpfte sein Hemd auf. »Außerdem müsste sie eine lebhafte Phantasie besitzen. Ich bin ein ungewöhnlicher Mann. Und ich wäre nicht kleinlich, wenn eine Frau ein paar geringfügige Unannehmlichkeiten ertragen würde, um mich zu befriedigen. Bevorzugen auch Sie eine gewisse Abwechslung?«

»Wie spendabel wären Sie denn?« Erwartungsvoll leckte Pandora über ihre Lippen. Als er das Hemd auszog, begutachtete sie seine Schultern und die Brust. Im Lauf ihrer Bühnenkarriere hatte sie kräftiger gebaute Männer gesehen. Doch die jungenhafte Ausstrahlung ihres Gastgebers gefiel ihr. Es war lange her, seit sie sich zum letzten Mal mit einem halben Kind vergnügt hatte. Mit diesem Burschen hier wollte sie sich endlich wieder jung fühlen.

Roger öffnete eine Schublade des Sideboards und nahm goldene Ohrringe heraus, die er vor Pandoras Augen baumeln ließ. »Nur eine kleine Anzahlung ... Wenn Sie mich zufrieden stellen, gibt es noch mehr, Madam.«

»Für den Anfang wird's genügen.« Warmherzig lächelte sie ihn an und riss ihm den Schmuck aus der Hand. Dann nahm sie ihre eigenen Ohrgehänge ab und ersetzte sie durch das schwere Geschmeide. In die Polsterung des Sofas zurückgelehnt, zog sie den Rock hoch und zeigte ihrem neuen Gönner einen wohlgerundeten Schenkel. Wie er sofort bemerkte, trug sie keine Unterhose. Herausfordernd ergriff sie seine Hand und strich damit über ihre seidige Haut. »Zum Dank werde ich Sie mit meinen erlesenen Liebeskünsten beglücken.«

»Dazu kommen wir später, meine Schöne. Jetzt habe ich etwas anderes vor.«

»Was sollen wir tun?«, fragte Adriana, als sie am späteren Abend neben Colton im Bett lag.

»Sosehr es mir auch widerstrebt, nach Alice zu suchen«, seufzte er, »ich fürchte, mir bleibt nichts anderes übrig, falls ich beweisen muss, dass wir rechtskräftig verheiratet sind.«

»Sind wir das?«, flüsterte sie besorgt.

»Natürlich, meine Süße.« Colton nahm sie in die Arme und zog sie an sich. »Sobald ich diesen Reverend Goodfellow erwähnte, wurde Pandora sichtlich nervös. Wahrscheinlich war es gar kein richtiger Pfarrer, sondern ihr Bruder. Und er spielte diese Rolle, weil sie ihm Geld versprochen hatte – einen Teil der Summe, die sie mir entlocken wollte. Aber irgendetwas an der ganzen Geschichte muss ich übersehen haben. Darüber denke ich nach, seit ich Genis verblasstes Muttermal sah. Eventuell ist es eine Erinnerung an ein Ereignis in meiner Vergangenheit. Obwohl ich mir den Kopf zerbreche, es fällt mir nicht ein.«

»Wenn wir nicht verheiratet sind und uns trotzdem lieben, finde ich das ein bisschen verwerflich«, gestand Adriana, nachdem er sie leidenschaftlich geküsst hatte.

Colton rückte ein wenig von ihr ab, musterte ihr angstvolles

Gesicht und zog lächelnd das Laken von ihren vollen Brüsten hinab. Behutsam umkreiste sein Zeigefinger eine gerötete Knospe und Adriana erschauerte wohlig. »Wolltest du dich noch nie verworfen fühlen, Liebste?« Seine Zunge folgte dem Beispiel seines Fingers.

Atemlos stöhnte Adriana, von heißem Entzücken überwältigt. Mit einer sanften Hand drängte er sie, die Schenkel zu öffnen, und sie gehorchte bereitwillig. Die Finger in sein dichtes Haar geschlungen, wisperte sie: »Wenn das verworfen ist, droht die ewige Verdammnis, denn ich bin deine hingebungsvolle Sklavin.«

Zwei Tage später ließ sich Philana von Bentley zum Londoner Haus ihres Sohnes fahren und am nächsten Morgen wurde sie von mehreren Dienstboten zur Kingsley-Residenz im nahe gelegenen Mayfair begleitet. Sie freute sich nicht darauf, den Nachlass ihrer verstorbenen Nichte zu ordnen. Doch sie wollte diese traurige Pflicht möglichst schnell erledigen. Ihrem treuen Personal durfte sie die schwierige Aufgabe nicht überlassen, denn die Leute würden nicht wissen, was sie mit den Möbeln und dem übrigen Eigentum des Ehepaars anfangen sollten. Auf jeden Fall halfen sie ihrer Herrin, alles einzupacken und auf verschiedene Lastwagen zu laden. Einen Teil der Sachen wollte sie der Wohlfahrt spenden oder verkaufen, den Rest auf dem Dachboden des Hauses in der Park Lane lagern. Während sie die Diener anwies, die Familienporträts sorgfältig einzuwickeln, machte sie eine Entdeckung, die sie veranlasste, sofort ins Wyndham-Haus zurückzukehren. Am nächsten Morgen half ihr Bentley in den Landauer und abends, kurz vor dem Dinner, traf sie auf Randwulf Manor ein. Hastig stieg sie die Eingangstreppe hinauf. In der Halle erklärte ihr Harrison, sie würde Seine Lordschaft in der Bibliothek finden, wo er Dokumente studierte, die er dem Parlament vorlegen würde.

Wegen seiner Kriegsverletzung und der ausgedehnten

Hochzeitsreise hatte er die ersten Sitzungen versäumt. Nun wollte er die verlorene Zeit wieder gutmachen und mit seiner Familie in das Londoner Haus ziehen. Dort würde er bleiben, bis im August die Jagdsaison und die Sitzungspause begannen.

Adriana hatte eine Steppdecke auf dem Orientteppich in der Bibliothek ausgebreitet. Darauf saß sie nun und spielte mit Geni. Beide befanden sich in Coltons Blickfeld und er lachte häufig über die drolligen Possen des kleinen Mädchens, das sein Interesse sichtlich genoss, ebenso wie die liebevolle Zuneigung seiner Gemahlin.

Als Philana den Raum betrat, stand Adriana auf und hob die fröhlich krähende Geni hoch. »Mama Philana! Wir haben dich erst in ein paar Tagen zurückerwartet.«

Erfreut grinste das Baby seine Großmutter an, die es mit schmalen Augen betrachtete. Dann legte sie eine bebende Hand unter das winzige Kinn und drehte das Gesichtchen ins letzte Tageslicht, das durch die Glastüren hereinfiel. In ihren blauen Augen glänzten Freudentränen.

»Was ist das?«, fragte Adriana und zeigte auf das kleine, in ein Tuch gehüllte Gemälde, das ihre Schwiegermutter an die Brust drückte.

»Ein Porträt, Liebes, das ihr ganz genau anschauen müsst, du und Colton – bevor ich euch frage, ob ich verrückt bin.«

»Verrückt? Du?« Belustigt schüttelte Adriana den Kopf. »Wenn es so wäre, müssten Colton und ich an hellem Wahnsinn leiden. Erzähl uns doch, warum du fürchtest, du hättest den Verstand verloren.«

Philana zeigte zum Sofa. »Bitte, nehmt Platz.« Nachdem Adriana und Colton verwundert gehorcht hatten, lehnte sie das verhüllte Bild an die Polsterung des Sessels, dem sie gegenübersaßen. Auf dem Tisch daneben stand eine Lampe und sie drehte den Docht höher. »Sagt mir, ob ihr das Kind auf diesem Porträt erkennt.«

Verblüfft wechselten sie einen Blick und Colton erklärte: »Da ich so lange von zu Hause weg war, erinnere ich mich nicht an alle Familienmitglieder. Deshalb wird's mir wohl kaum gelingen, die dargestellte Person zu identifizieren, Mutter.«

»Tu dein Bestes, mein Lieber«, forderte sie ihn auf und lächelte zuversichtlich. »So schwer, wie du glaubst, wird's dir nicht fallen.«

Langsam zog sie das Tuch von dem Porträt, trat zurück und wartete in wachsender Ungeduld, während ihr Sohn und ihre Schwiegertochter das Bild betrachteten. Beide blinzelten ungläubig.

»Wo hast du's gefunden?«, fragte Colton. »Und wie ist das möglich? Auf Randwulf Manor war kein Maler, der Geni porträtiert hätte.«

Jetzt strömten Tränen über Philanas Gesicht. »Das ist nicht Geni, mein Sohn.«

»Aber wer ...?«

»Edythe, als sie etwas älter war als Geni jetzt.«

Einige Sekunden lang blieb das Paar wie erstarrt sitzen, dann sprang Colton auf und eilte zu dem Sessel, dicht gefolgt von seiner Frau. Das Bild in den Händen, trat er näher zu einer Glastür, und Adriana spähte über seine Schulter. »Beinahe könnte ich schwören, das wäre Geni«, erklärte er.

»Genauso ging es mir auch.« Philana zog ein Taschentuch aus ihrer Handtasche und betupfte ihre tränenfeuchten Wangen. »Zunächst traute ich meinen Augen nicht, dann überlegte ich, wer unser liebes kleines Mädchen ohne unser Wissen gemalt haben könnte. Nachdem die Diener das Bild gefunden hatten, trug ich es zum nächstbesten Fenster, um mich zu vergewissern, dass ich nicht träumte.«

Immer noch verwirrt, runzelte Colton die Stirn. »Und wieso weißt du, dass es Edythes Porträt ist?«

»Auf der Rückseite des Rahmens stehen ihr Name und das Datum. Als sie ein Jahr alt war, entstand dieses Bild.«

»Was denkst du, Mutter?« Colton wollte keine Spekulationen anstellen, die sie aufregen könnten.

Aber Philana zögerte nicht, ihre Meinung zu äußern. »Bevor Edythe starb, brachte sie Geni zur Welt. Nur der Allmächtige weiß, welches Wunder das Kind in unser Haus geführt hat. Jedenfalls bin ich mir sicher, dass Geni meine Großnichte ist.«

»Und das Kind, das bei Edythes Leiche gefunden wurde?« Adriana wandte sich zu ihrem Mann. »Glaubst du, deine Vermutungen treffen zu? Hat Alice Cobble ihr Baby verloren und mit einem anderen vertauscht, das sie Pandora übergab? Vielleicht hat sie beobachtet, wie die Soldaten die Kutsche der Kingsleys überfielen, und sich versteckt – aus Angst, auch ihr würde der Tod drohen. Nachdem die Männer verschwunden waren, sah sie sich am Schauplatz des Verbrechens um, in der Hoffnung, etwas Brauchbares zu finden. Die Ärzte teilten uns mit, offenbar habe jemand Edythe geholfen, das Baby zu gebären, nachdem der Wagen umgestürzt war, denn die Nabelschnur sei durchschnitten und verknotet gewesen. Alice muss überglücklich gewesen sein, als sie einen lebenden Säugling fand, den sie Pandora bringen konnte.«

»Ja, das klingt glaubhaft«, stimmte Colton zu. »Und jetzt weiß ich auch wieder, welche vage Erinnerung mich seit Pandoras Besuch verfolgt. An der Hüfte des toten Jungen, der neben Edythe lag, zeigte sich das Wyndham-Muttermal. Dafür gibt es nur eine einzige Erklärung, denn ich schlief kein einziges Mal mit Edythe. Und Vater bestimmt auch nicht.«

»Natürlich nicht«, bestätigte Philana lächelnd. »Edythe war eine Lady vom Scheitel bis zur Sohle. Außerdem liebte sie Courtland viel zu sehr, um ihn zu betrügen. Und Sedgwick gab mir niemals einen Grund, an seiner Treue zu zweifeln – nicht zuletzt, weil wir stets zusammen waren. Manchmal behauptete er, ich würde ebenso untrennbar zu ihm gehören wie sein Herz.«

»O ja, diesen Eindruck gewann ich in all den Jahren ebenfalls«, versicherte Adriana und umarmte die ältere Frau. »So heiß und innig hat er dich geliebt.«

Philana nickte. »Gewiss, mein Kind. Um die Geschichte zu

ergänzen – bevor Alice' kleiner Sohn starb, muss sie seine Hüfte mit dem Muttermal gekennzeichnet haben. Und dann konnte sie es nicht entfernen, ehe sie ihn neben Edythe legte. Wenn ihr daran zweifelt, bedenkt bitte, wie lange es gedauert hat, bis Genis Leberfleck nach Alice' Abreise verblasst ist. Welche Spekulationen die Frau mit dem Muttermal des toten Babys heraufbeschwören würde, war ihr egal, denn sie interessierte sich nur für das Geld, das man ihr versprochen hatte. Hoffentlich hat sie meine Nichte in ihrer Habgier nicht getötet.«

»Daran zweifle ich, Mutter«, entgegnete Colton, »weil auch Courtland und der Fahrer tot waren. Aber *falls* sie Edythe ermordet hat, soll sie für ihr Verbrechen büßen. Ich werde die Behörden informieren und veranlassen, nach ihr zu suchen.«

»Selbst wenn sie Edythes Mörderin ist, wird sie's bestreiten«, sagte Philana im Brustton der Überzeugung, »und wer könnte ihr das Gegenteil beweisen?«

»Immerhin beweist dieses Porträt, dass Geni die Tochter deiner Nichte ist – und dass Alice das Baby zu Pandora brachte.« Die Stirn nachdenklich gerunzelt, fügte Colton hinzu: »Wenn wir Alice finden, wird sie uns natürlich Lügen auftischen. Aber eine unmissverständliche Drohung mit dem Galgentod müsste ihr die Wahrheit entlocken.«

Philana seufzte tief auf. »Nun ist eine schreckliche Last von meinen Schultern gefallen. Monatelang habe ich um Edythe und ihre Familie getrauert. Und ihr Töchterchen war die ganze Zeit hier, um mir Trost zu spenden! Das erscheint mir wie ein Wunder. Heute Abend werde ich inbrünstig beten und dem Allmächtigen von ganzem Herzen danken, weil uns Geni geschenkt wurde – und weil wir mit gutem Grund glauben dürfen, dass sie Edythes Kind ist.«

Während die letzten Arbeiter die Spinnerei verließen, beobachtete Felicity den Eingang. In wachsender Ungeduld stützte sie sich im Schlafzimmer ihres Schwiegervaters auf das Fenstersims und wartete. Wann würde Roger endlich herauskommen? Vorhin hatte er erklärt, nach Dienstschluss würde er eine Besorgung mit dem Pferdewagen erledigen und nicht mit ihr zu Abend essen. Seine Abwesenheit bot ihr eine weitere Gelegenheit, in den Rechnungsbüchern zu blättern. Vielleicht hatte sie beim ersten Mal einen Anhaltspunkt übersehen, der ihr helfen würde, die geheimnisvollen Initialen zu enträtseln.

Offensichtlich widerstrebte es ihm, sein Büro zu verlassen – als würde er sich gezwungen fühlen, irgendeine Arbeit zu beenden, was immer es auch sein mochte. Zu Mittag hatte er ihr befohlen, ihm den Lunch zu bringen, eine größere Portion, weil ihm jemand bei seiner Tätigkeit helfen würde. Danach dürfe sie nicht mehr vor die Tür des Wohnhauses gehen, hatte er betont.

Während sie das Lunchtablett auf den Schreibtisch stellte, entdeckte sie zufällig ein Fläschchen mit einer Flüssigkeit zwischen den Büchern im Glasschrank. Roger sprach gerade draußen im Flur mit ein paar Angestellten und kehrte ihr den Rücken. Hastig schlich sie zum Schrank, öffnete lautlos die Tür und steckte das kleine Gefäß in die Schürzentasche. Dann schloss sie den Schrank ebenso leise. Als Roger zurückkehrte, schlug ihr das Herz bis zum Hals und sie rannte aus dem Büro. Über die Schulter rief sie ihm zu, sie habe sein Brot vergessen und würde in die Küche zurücklaufen, um es zu holen. Das stimmte tatsächlich. Welch ein vorteilhaftes Versäumnis … Im Haus träufelte sie einen Teil der Flüssigkeit in einen anderen Behälter, verstaute das Original wieder in ihrer Schürzentasche und eilte in die Spinnerei zurück. Roger ließ sich nirgends blicken. Sorgsam stellte sie das Fläschchen an seinen Platz zurück und den Brotkorb auf den Tisch, bevor sie aus dem Büro schlenderte.

Da sie möglichst schnell erfahren wollte, um welche Flüssigkeit es sich handelte, ging sie noch am selben Nachmittag zu Mr Carlisle und bat ihn, die Tropfen zu untersuchen, die sie entwendet hatte. Zunächst roch er daran, dann benetzte er seine Zunge mit der Substanz. Lächelnd erklärte er, das sei nur Laudanum, nichts Gefährliches. Felicity hatte erleichtert aufgeatmet. Also war ihr Verdacht unbegründet gewesen, Roger würde seinen Vater vergiften.

Endlich kam er aus der Spinnerei. Auf dem Weg zum Pferdewagen schlüpfte er in sein Jackett und rückte seine Krawatte zurecht. Offenbar hatte er es eilig. Er hob ein Knie, um auf den Karren zu klettern, hielt abrupt inne und stellte den Fuß auf den Boden zurück. Nachdem er sich umgesehen hatte, knöpfte er seine Breeches zu.

Verwundert hob Felicity die Brauen. Was mochte das bedeuten? Hatte er nach einem Besuch in der Toilette einfach nur vergessen, seine Hose zu schließen, oder hatte er etwas Schlimmeres getrieben? Das würde sie nicht stören. Wenn er eine Geliebte fände, die seine gesamte Aufmerksamkeit erforderte, wäre sie sogar glücklich. Dann müsste sie sich nicht mehr um ihr ungeborenes Baby sorgen. Eine Viertelstunde, nachdem der Wagen aus ihrem Blickfeld verschwunden war, wagte sie, das Haus zu verlassen. Was Roger betraf, musste man vorsichtig sein. Das hatte sie inzwischen gelernt. Er war unberechenbar – und vor allem vergesslich, obwohl er sich so viel auf seinen scharfen Verstand einbildete. Wenn er irgendetwas vergessen hatte, ins Büro zurückkehrte, um es zu holen, und seine Frau über die Rechnungsbücher gebeugt sah … Nein, das wollte sie sich gar nicht erst vorstellen.

Im Mondschein eilte sie durch den Garten, dann wartete sie im Schatten eines überhängenden Dachs, um sich zu vergewissern, dass niemand in der Nähe war. Aber sie sah und hörte nichts. Beruhigt zog sie den schweren Schlüsselbund aus ihrer Schürzentasche, den sie in Edmund Elstons Sekretär gefunden hatte. Zu welchen Türen die einzelnen Schlüssel passten, wusste sie nicht. Doch das würde sie feststellen. Nach ihrem letzten Aufenthalt im Büro hatte Roger den Schlüssel nie wieder im Haus liegen lassen, und ihr war kein zweiter in die Hände gefallen, bis sie Edmunds Schlafzimmer durchsucht hatte.

Bald fand sie einen Schlüssel, mit dem sie die Ladentür öffnen konnte. Sicherheitshalber versperrte sie die Tür hinter sich und schloss die Fensterläden. Wenn Roger früher als erwartet zurückkehrte, wollte sie nicht ertappt werden. Vielleicht würde sie durch den Hinterausgang flüchten müssen, also suchte sie sich den passenden Schlüssel heraus, für alle Fälle. Hoffentlich würde sie dann genug Zeit finden, um die Tür hinter sich zu versperren, bevor ihr Mann den Laden betrat.

In fliegender Hast entzündete sie die Laterne, die über dem Schreibtisch hing. Sobald sie den Pferdewagen zurückkehren hörte, würde sie das Licht blitzschnell löschen müssen. Wenig später beugte sie sich über die Rechnungsbücher und entdeckte neue Eintragungen – diesmal exorbitante Summen. Daneben standen die Initialen E. R. – und hinter einem kleineren Kaufpreis las sie M. T. Doch sie fand in keinem der Bücher Namen, die zu diesen Anfangsbuchstaben passten.

Rastlos begann sie im Büro umherzuwandern und klopfte mit einem Federhalter an ihre Wange. E. R.! M. T.! Wer waren diese Leute, die so viel Geld von ihrem Mann erhielten? Wenn er mit diesen hohen Summen die Möbel für das neue Zimmer bezahlt hatte, müssten sie ihm Quittungen mit ihren Namen gegeben haben.

Zum Schreibtisch zurückgekehrt, stützte sie sich darauf, starrte die letzten Eintragungen an und zerbrach sich den Kopf. In Gedanken zählte sie alle Bekannten ihres Mannes auf. Engere Freundschaften pflegte er nicht. Es gab nur einige Geschäftsfreunde. Aber Felicity erinnerte sich an keinen, der sich mit den Initialen in Verbindung bringen ließ.

»E. R. und M. T.«, flüsterte sie, verärgert über sich selbst, weil sie die Identität der beiden Personen nicht herausfand. »E. R. – E. R. – E. R. … Elston? Elston?« Plötzlich leuchteten ihre Augen auf. »Elston, Roger?«

Gewiss, nur eine Möglichkeit – aber vielleicht waren die Anfangsbuchstaben vertauscht worden. Und wenn sie die anderen umkehrte? T. M. … Den einzigen Namen, an den sie sich erinnerte, hatte Mr Carlisle erwähnt. Thaddeus Manville, der Apotheker aus London. Dorthin fuhr Roger oft und gern. Mr Manville begeisterte sich wiederum offensichtlich für die Wollstoffe der Elston-Spinnerei.

Ein dumpfes Geräusch riss Felicity aus ihren Gedanken und sie drehte den Lampendocht herab. Auf Zehenspitzen schlich sie zu einem Fenster an der Vorderseite des Gebäudes und spähte durch den Spalt zwischen den Läden. Aber sie konnte Rogers Wagen nirgends entdecken. Ein zweites Geräusch nahm ihr den Atem. Abrupt fuhr sie herum, denn sie merkte, dass sie in die falsche Richtung schaute.

Nach kurzem Zögern eilte sie in den Flur. War ihr Mann durch den Hintereingang hereingekommen. »Roger? Bist du da?«

Keine Antwort. Felicitys Herz schlug wie rasend, als ein weiterer dumpfer Laut erklang, der eindeutig aus dem Privatzimmer drang. Diesen Raum durfte sie nicht sehen, geschweige denn betreten. Aber jetzt lief sie zu der verschlossenen Tür und rüttelte an der Klinke. Prompt vernahm sie ein lautes Klopfen.

»Ist da jemand?«, rief sie. Im nächsten Moment fühlte sie sich wie eine Närrin. Welch eine alberne Frage! Natürlich war jemand da drinnen, der allem Anschein nach herauswollte.

Vor zwei oder drei Tagen hatte Roger ihr befohlen, einen großen Krug dunkles Bier aus dem Gasthof zu holen. Bei ihrer Rückkehr sah sie ihn in der offenen Tür seines neuen Privatgemachs stehen, eine Hand auf der Zierleiste über dem Rahmen. Sobald er ihre Schritte hörte, streckte er sich gähnend – eine überflüssige schauspielerische Darbietung, denn sie beobachtete, was er tat. Irgendetwas hatte er in einen schmalen Spalt oberhalb der Tür geschoben – vermutlich einen Schlüssel. Vielleicht war es ihr Glück, dass sie sich erst jetzt an jenen Zwischenfall erinnerte. Sonst hätte sie die Person, die in diesem Zimmer gefangen gehalten wurde, unbesonnen zur Rede gestellt und sich womöglich in Gefahr gebracht.

Würde Felicitys Neugier die vage Angst besiegen? Sollte sie das Pochen ignorieren und ihr Studium der Rechnungsbücher fortsetzen – oder herausfinden, wen Roger in seinem Privatsalon eingesperrt hatte? Die Entscheidung fiel ihr nicht schwer. Oft genug hatte sie das Böse gesehen, das hinter seiner jungenhaft hübschen Maske lauerte. Allein schon, um sich selbst zu schützen, musste sie feststellen, was in diesem Raum geschah.

Sie rückte einen Stuhl vor die Tür und stieg hinauf, griff in den Spalt und fand, was sie suchte. »Besonders schlau bist du nicht, Roger«, murmelte sie.

Den Schlüssel an die Brust gepresst, sprang sie zu Boden und hielt wieder inne, um die Konsequenzen ihrer Absicht zu überdenken. Einerseits wollte sie die eingesperrte Person befreien, andererseits fürchtete sie, ihr Ehemann wäre nicht der einzige Schuldige in diesem unheimlichen Szenarium. Doch er hat oft genug bewiesen, zu welchen Gräueltaten er fähig ist, flüsterte ihr die Stimme der Vernunft zu, und ein Komplize wird wohl kaum etwas Schlimmeres im Schilde führen. Sie holte eine Laterne und stellte sie auf den Stuhl. Im hellen Lichtschein steckte sie den Schlüssel ins Schloss, von zitternden Fingern behindert. Aber sie bezwang ihr Unbehagen, weil sie wissen musste, wer oder was sich in diesem Zimmer befand.

Als sie den Schlüssel herumdrehte, klickte es. Ehe sie die Tür öffnen konnte, wurde sie von innen aufgerissen und eine splitternackte Frau taumelte heraus. Zerzaustes Haar hing fast bis zu ihrer Taille hinab, Schürfwunden und Kratzer zogen sich über das Gesicht und den ganzen Körper. An den Innenseiten der Schenkel klebte getrocknetes Blut. Felicity erschauerte, von kaltem Grauen erfasst. Zweifellos war Roger für den Zustand dieses bedauernswerten Geschöpfs verantwortlich.

»Helfen Sie mir!«, flehte die Fremde. »Oh, bitte, helfen Sie mir, diesem wahnsinnigen Monstrum zu entfliehen!«

»Wer sind Sie?«, fragte Felicity verwirrt. Nicht einmal in ihren schrecklichsten Träumen wäre sie jemals auf den Gedanken gekommen, Roger könnte eine Frau gefangen halten, um seine abartigen Gelüste zu befriedigen. »Und was machen Sie hier?«

»Ich bin Pandora Mayes, eine Schauspielerin aus London«, erklärte die Frau, den Tränen nahe. »Gestern kam ich in diesen Laden, um einen Schal zu kaufen. Oder war es vor einem Monat? Jedenfalls erscheint es mir wie eine Ewigkeit …« Angewidert zog sie die Schultern hoch. »Der Besitzer versprach, er würde mir den Schal schenken, wenn ich nett zu ihm wäre. Wie sollte ich denn ahnen, was er von mir verlangen würde? Seither hält er mich gefangen, um mich Tag und Nacht seinen krankhaften Neigungen zu unterwerfen. Bevor er mich am letzten Abend verließ, flößte er mir Laudanum ein. Als wäre ich im hellwachen Zustand überhaupt noch fähig, davonzulaufen … Unmöglich, nach allem, was er mir zugemutet hat! Nie zuvor wurde ich auf so viele verschiedene Arten missbraucht. Ich dachte, ich müsste sterben, ehe er mit mir fertig wäre. O Gott, ich hatte solche Angst. Und ich schäme mich zu sehr, um zu schildern, was er mir antat. Wenn er zurückkommt, darf er mich nicht mehr hier finden. Sonst bringt er mich um. Er hat angekündigt, heute Nacht würde er sich wieder mit mir vergnügen und vollenden, was er zuvor begonnen habe. Davor müsse er etwas erledigen. Da ich vermutete, er würde eine Weile wegbleiben, hämmerte ich gegen die Tür – in der Hoffnung, jemand würde es hören und mich retten. Jetzt bin ich frei und ich muss sofort verschwinden. Wer weiß, was er mit mir vorhat …«

Angesichts der übel zugerichteten Schauspielerin und ihrer Todesangst erkannte Felicity, dass Roger sie selbst noch relativ barmherzig behandelt hatte. Trotzdem war es ihr schwer gefallen, seine perversen Aktivitäten zu ertragen, und sie empfand tiefes Mitleid mit seinem armen Opfer. Während sie überlegte, wie sie der Frau helfen könnte, erinnerte sie sich an ihren Großvater. Sie berührte Miss Mayes' Arm und sprach aus, was offenkundig war. »In diesem Zustand dürfen Sie sich nicht hinauswagen. Haben Sie was anzuziehen?«

»Mr Elston hat sich geweigert, mir meine Kleider zurückzugeben. Er hat gesagt, ich soll mich vor seiner Heimkehr waschen und parfümieren, was ich natürlich nicht tat.«

»Warten Sie hier, ich laufe ins Haus hinüber und hole Kleider. Inzwischen sollten Sie sich säubern. Sie riechen – eh – benutzt.«

»Das wurde ich auch, sogar mehrmals – von *diesem dreckigen Bastard!*«

In Felicitys Gegenwart gebrauchte Roger schlimmere Wörter. Aber aus dem Mund einer Frau hatte sie dergleichen noch nie gehört. »Machen Sie sich frisch, so gut es geht. In ein paar Minuten gebe ich Ihnen was zum Anziehen. Mein Großvater hat Freunde, die Sie nach London bringen werden. Aber wir müssen einen Hang hinaufsteigen, um sein Haus zu erreichen. Besitzen Sie Schuhe?«

»Ja – das Einzige, was mir der verdammte Wüstling gelassen hat!«, stieß Pandora voller Hass hervor.

Prüfend musterte Felicity die üppig gebaute Frau und beschloss, ein weit geschnittenes Nachthemd und einen Umhang hervorzusuchen. Da sie viel schlanker war, würde Miss Mayes in keines ihrer Kleider passen. Mit dem langen Kraushaar, den bemalten Fingernägeln, den Rougeflecken auf den Wangen und den schwarz umrandeten Augen erweckte die Schauspielerin den Eindruck, sie wäre nicht am Theater, sondern in einem übel beleumundeten Etablissement beschäftigt.

Felicity rannte zum Wohnhaus hinüber. In ihrer Eile übersah sie den Wagen, der in der Gasse auf der anderen Seite der Spinnerei abgestellt worden war. Wenig später betrat sie Rogers Privatsalon und begann die Kleidungsstücke zu sortieren, die sie mitgebracht hatte. Zu spät entdeckte sie ihren Mann, der in der Mitte des Raums stand – die Arme vor der Brust verschränkt, die Brauen drohend erhoben. Mit einem Schreckensschrei wich sie zurück. Aber er stürzte sich blitzschnell auf sie und packte sie an den Haaren.

»Warst du neugierig, mein Täubchen?«, fauchte er in ihr

Ohr. »Wollen wir alle zusammen ein Glas Portwein trinken, während ich überlege, was ich mit euch beiden machen soll? Am liebsten würde ich euch nach London bringen und an ein Bordell verkaufen …« Höhnisch begann er zu lachen, als Felicity schützend eine Hand auf ihren leicht gewölbten Bauch legte. »So zart, wie du gebaut bist, würdest du wahrscheinlich schon nach einer Woche unser Balg verlieren. Eine so bezaubernde Hure wie dich werden die Männer gern ausprobieren, trotz deiner Schwangerschaft.«

Mit aller Kraft versetzte er ihr einen Stoß und grinste belustigt, als sie quer durch den Raum stolperte und neben der entsetzten Schauspielerin in einen Sessel fiel. Die Tränen, die Pandora seit Rogers unerwarteter Rückkehr vergoss, hatten die schwarze Schminke rings um ihre Augen vollends verschmiert. Über beide Wangen zogen sich schwarze Streifen.

Gemächlich schlenderte Roger umher und schloss die Fensterläden. »Bleibt, wo ihr seid, Ladys, während ich den Portwein aus dem Büro hole. Wagt bloß nicht, davonzulaufen! Euren Ungehorsam würdet ihr bitter bereuen. Ich besitze nämlich ein hübsches kleines Utensil, einen so genannten Stachelstab. Mit diesen Metallspitzen kann ich euch innerhalb weniger Minuten das Fleisch vom Rücken reißen.«

Er verschwand im Flur und nach einigen Minuten kehrte er mit drei gefüllten Kelchen zurück. In jeder Hand hielt er einen, den Stiel des dritten, an dem er nippte, hatte er zwischen zwei Finger geklemmt. Genüsslich spülte er den Wein im Mund umher und verdrehte die Augen, als befände er sich im Paradies. »Einfach köstlich, wenn ich meinen eigenen Geschmack loben darf«, prahlte er, nachdem der Alkohol durch seine Kehle geronnen war, und imitierte einen Gentleman in Gesellschaft von zwei aristokratischen Ladys. Einen der beiden anderen Kelche reichte er Pandora. Da sie ihn zu sehr fürchtete, um das Angebot abzulehnen, griff sie mit bebenden Fingern danach und schaute angstvoll zu ihm auf. »Fürchte dich nicht, mein Kätzchen, trink den Portwein. Der wird dich ermutigen. Wer weiß, vielleicht habe ich sogar Mitleid mit dir und bringe zu Ende, was wir am früheren Abend begonnen haben. Zweifellos könnte meine Frau eine Lektion in der Kunst vertragen, wie man einen Kunden beglückt – bevor sie gezwungen wird, diverse Wünsche zu erfüllen.«

Pandoras heftiger Schauer bekundete, welches Grauen ihr seine Ankündigung einjagte.

Nun wandte er sich zu Felicity und hielt ihr das dritte Glas hin. Als sie es vorsichtig und zögernd umfasste, schaute er bewundernd in ihr Gesicht. »In der Tat, meine Süße, du bist eine Schönheit.« Scheinbar zärtlich streichelte er ihre Wange. »Wenn ich dich nach London bringe, wird mich tiefer Trennungsschmerz peinigen. Immerhin liebte ich dich, auf meine Weise. Natürlich nicht so sehr wie Lady Adriana.«

Pandora schnappte erstaunt nach Luft und veranlasste ihn zu einem sonderbaren Lächeln. Sofort senkte sie den Blick auf ihre nackten Schenkel. Hätte sie bloß nicht seine Aufmerksamkeit erregt …

»Ah, du scheinst Lady Adriana zu kennen«, fuhr er fort. »Wieso?« Da sie nicht antwortete, neigte er sich zu ihr und schrie so laut, dass beide Frauen zusammenzuckten: *»Wieso kennst du sie, verdammtes Flittchen? Soweit ich weiß, verkehrst du nicht in Adelskreisen!«*

»Ich – ich kannte Lord Colton«, stotterte Pandora, einer Panik nahe. »Früher – eine Zeit lang …«

»Offenbar, *bevor* er heimkehrte und die schöne Adriana heiratete …?« Er wartete eine Weile. Aber er musste die Schauspielerin ohrfeigen, ehe sie seine Vermutung bestätigte.

»Ja … Erst gestern sah ich ihn wieder – oder war es ein paar Tage zuvor? Ich erinnere mich nicht – ich habe mein Zeitgefühl verloren …« Mit ihrem Handrücken wischte sie das Blut weg, das aus ihrem Mundwinkel quoll. »Bevor ich Randwulf Manor betrat, hatte ich die Lady nie gesehen – oder von ihr gehört.«

»Eine majestätische Schönheit, nicht wahr?«, bemerkte Roger und nippte lässig an seinem Portwein. »Beinahe hätte ich sie meinem Willen unterworfen. Aber Seine Lordschaft stürmte in ihr Zimmer, ehe ich sie vergewaltigen konnte. Natürlich werde ich niemals vergessen, wie sie mich davor schlug und kratzte. Dafür werde ich mich rächen. Schon sehr bald. Sie soll bluten und mich um Gnade anwinseln. Und dann werde ich sie zwingen, alles zu tun, was ich will. Zweifellos wird sie bitter bereuen, was sie mir in jener Nacht verweigert hat.«

Verstohlen wandte sich Felicity zu Pandora, die zitternd ihr Weinglas an die Lippen hob. Sie wechselten einen kurzen Blick und Felicity wollte warnend den Kopf schütteln. Aber daran wurde sie von Roger gehindert, der sich lächelnd zu ihr herabbeugte.

»Was ist los, Liebes? Bist du eifersüchtig? Nicht nötig. Die Hure, die du hier siehst, bedeutet mir nichts. Für mich ist sie nur ein Spielzeug, ein Zeitvertreib, allerdings sehr erfahren in gewisser Hinsicht. Aber völlig belanglos. Sobald sie mich gelangweilt hätte, wäre ich zu dir zurückgekehrt. Allzu lange hätte es nicht mehr gedauert. Ihr ständiges Schluchzen und Flehen zerrte an meinen Nerven. Fast hätte ich sie verprügelt.«

»Willst du mich wirklich nach London bringen, Roger, in ein Bordell?« Felicity wusste nicht, wie es ihr gelang, die Worte aus ihrer engen Kehle hervorzuwürgen. Noch nie in ihrem Leben hatte sie so qualvolle Angst empfunden. »Dann würde ich unser Baby sicher verlieren.«

Gleichmütig winkte er ab. »Für Kinder und deinen runden Bauch interessiere ich mich nicht, meine Liebe. Bis zu einem gewissen Grad werde ich dich vermissen. Ich schwärme für schöne Frauen. Und wie ich zugeben muss, bist du ein ganz besonderes Exemplar.«

»Aber mit Lady Adriana kann ich mich nicht messen.« Nun brachte sie sogar einen scharfen Tonfall zustande, als würde sie sich ärgern.

»Oh, du bist *tatsächlich* eifersüchtig, Mrs Elston«, kicherte er. »O ja, ich weiß, wie du den Mann vergöttert hast. Nun, eines

Tages wird er wünschen, er wäre niemals nach Bradford zurückgekehrt. Ich werde seine männlichen Körperteile am Spieß braten – und dann Lady Adriana besteigen, so oft es mir gefällt, während er uns beobachtet. Das bin ich ihm schuldig, bevor ich ihn töte.«

»Hasst du eigentlich alle Menschen, Roger?« Diese Frage konnte sich Felicity nicht verkneifen.

»O nein, *dich* hasse ich nicht. Und Adriana auch nicht. Habe ich dich nicht gut behandelt und auf meine Weise geliebt?«

»Auf deine Weise?«, wiederholte sie ungläubig. »Wann immer du mich anrührst, tust du mir weh. Das nennst du Liebe? Ich halte es eher für Grausamkeit.«

Ohne ihren Einwand zu beachten, fuhr er fort: »Selbstverständlich gibt es Leute, die ich hasse. Einige habe ich geschickt beseitigt. Das weiß niemand. An anderen muss ich noch Rache üben. Vor einiger Zeit heuerte ich ein paar Männer an, die mir halfen, Lord Randwulfs Kutsche zu überfallen. Bedauerlicherweise blieb er am Leben, obwohl meine Kugel ein Loch in seinen Rücken bohrte. Noch in derselben Nacht nahm er Adriana zur Frau. Deshalb hasse ich ihn! Davor hasste ich seinen Vater. An dem rächte ich mich in sehr subtilem Stil. Doch das gehört nicht hierher. Jetzt müssen wir entscheiden, was mit euch beiden geschehen soll.«

Als er zum anderen Ende des Salons schlenderte, nutzte Felicity die Gelegenheit, um den Inhalt ihres Kelchs in den großen Kupferkessel zu schütten, neben dem sie saß. Pandora beobachtete sie. Wieso der gute Portwein verschwendet wurde, begriff sie nicht.

Ehe Felicity sie warnen konnte, leerte die Schauspielerin ihren Kelch. Entsetzt starrte Felicity die Frau an, die eine tödliche Dosis Arsen geschluckt hatte. Zumindest lag diese Vermutung nahe.

Roger drehte sich um, sah die leeren Gläser und stellte sein eigenes beiseite. »Allmählich wird's Zeit«, meinte er und zeigte auf die Kleidungsstücke, die aus Felicitys Armen gefallen waren, als sie seine Anwesenheit bemerkt hatte. Zerknüllt lagen sie am Boden. »Diese Sachen musst du der lieben Pandora leihen, teuere Gemahlin. Sollte uns jemand begegnen, wäre es schwierig zu erklären, warum eine nackte Frau in meinem Wagen sitzt.«

Unter Rogers höhnischem Blick schlüpfte Pandora in das Nachthemd und legte das Cape um ihre Schultern. Schweigend bedeutete er ihr, den Raum zu verlassen. Sie gehorchte, weil sie keinen Widerspruch wagte. Felicity folgte ihr. Wenig später kletterten sie auf den Wagen und Roger spornte die Pferde an.

Allzu lange brauchte Felicity nicht, um zu erkennen, dass sie nicht nach London fuhren, sondern westwärts, zu den Hügeln, wo sich der Fluss Avon zwischen stattlichen Herrschaftshäusern und großen Ländereien hindurchwand. In dieser Gegend konnte Roger zwei Frauen mühelos loswerden und es würde eine ganze Weile dauern, bis man sie fand. Wenn Felicity ihm nicht lebend entkam, würde man die Leichen vielleicht erst in ein paar Monaten aufspüren.

An ihrer Seite begann Pandora zu stöhnen und sich schmerzlich zu winden. Da Felicity keine andere Möglichkeit sah, um sich zu retten, ahmte sie die Frau nach. Bald hörte sie das sadistische Gelächter ihres Ehemanns und seine Grausamkeit ließ sie frösteln. Trotz seiner Liebeserklärung schien ihn der Irrglaube, er hätte sie vergiftet, köstlich zu amüsieren. Hoffentlich ist er davon überzeugt, dachte sie. Einen anderen Weg, der Gefahr zu entrinnen, gab es nicht. Alles hing davon ab, was Roger mit Pandora und ihr selbst tun würde, *nachdem* er entschieden hatte, sie wären tot. Lebendig begraben zu werden – dieser Gedanke jagte ihr Angst und Schrecken ein. Glücklicherweise neigte ihr Mann nicht dazu, sich zu überanstrengen – und es wäre zweifellos mühsam, ein Grab auszuheben. Wahrscheinlich würde er beide Frauen einfach am Straßenrand liegen lassen. Inständig betete sie, er möge diesen Entschluss fassen. Sobald er davonfahren würde, wollte sie Hilfe suchen.

Schließlich verstummte Pandoras qualvolles Stöhnen und Felicity folgte erneut ihrem Beispiel. Nach ein paar Minuten berührte sie das Handgelenk der Frau und spürte keinen Puls. Offensichtlich war die Schauspielerin an dem Gift gestorben, das Roger ihr verabreicht hatte.

In einer Gegend, die Felicity nicht kannte, zügelte Roger das Gespann, zerrte Pandora vom Wagen und ließ sie zu Boden fallen. An den Handgelenken schleifte er sie von der Straße weg, dann zum Rand einer Schlucht, durch die ein Fluss oder ein Bach zu strömen schien. Jedenfalls glaubte Felicity Wasser rauschen zu hören.

Während ihr Mann die Schauspielerin beseitigte, riss Felicity einen Streifen von ihrem Unterhemd und stopfte ihn in ihren Mund. Verzweifelt hoffte sie, dadurch einen Schmerzenslaut zu ersticken, wenn Roger sie ebenso zu Boden werfen würde wie Pandora. Sollte er auch nur den geringsten Verdacht hegen, sie wäre noch nicht gestorben, würde sie die nächste Stunde wohl kaum überleben.

An der Stelle, die ihm für seine Zwecke günstig erschien, richtete er sich auf. Einen Fuß gegen die pralle Hüfte der Schauspielerin gestemmt, versetzte er ihr einen Tritt und sie rollte den Hang hinab. Sekunden später verriet ein plätscherndes Geräusch, dass sie in ein Gewässer gefallen war. Keuchend vor Anstrengung, kehrte Roger zum Wagen zurück.

Beinahe blieb Felicitys Herz stehen, als er ihren Fußknöchel packte und sie zu sich heranzerrte. Am hinteren Ende der Ladefläche angelangt, spürte sie, dass ihre Röcke bis zur Taille hochgerutscht waren, und Roger drehte sie so herum, dass sie parallel zum Heck lag. Beklommen wappnete sie sich gegen den Sturz und hoffte inständig, ihr ungeborenes Baby würde keinen Schaden erleiden.

Jetzt beugte sich Roger vor, schob seine Arme unter ihren Körper und hob sie hoch. Vor lauter Erleichterung fühlte sie sich ganz schwach. Sie war kleiner, viel schlanker und deshalb auch leichter als die Schauspielerin. Vielleicht hatte er aus diesem Grund entschieden, seine Mühe würde sich verringern, wenn er sie trug. Wegen der Felsen, die hier und da auf dem Boden lagen, wäre es in der Tat beschwerlich gewesen, sie zu der Stelle zu schleifen, wo er Pandora mit einem Fußtritt nach unten befördert hatte.

Felicity ermahnte sich, so schlaff zu bleiben wie eine Fetzenpuppe, während er sie zum Rand der Schlucht trug. Kraftlos hing ihr Kopf von seinem Arm hinab. Obwohl ihre Halsmuskeln schmerzten, gestattete ihr diese Position, sich umzuschauen.

Schließlich erreichten sie die Böschung über einem gurgelnden Fluss. Felicity sah nur das untere Ende eines Kieshangs. Im schwachen Mondlicht konnte sie nicht feststellen, wie steil er war oder in welcher Entfernung das Wasser dahinströmte. Und so blieb ihr nur die Hoffnung, sie würde noch leben, wenn sie da unten ankam.

Eine Zeit lang stand Roger einfach nur da und lachte. Womöglich freute er sich darauf, mit anzusehen, wie seine tote Frau in den Wellen versank. Oder er beglückwünschte sich zu der grandiosen Leistung, zwei weitere Opfer aus dem Weg zu räumen. Felicity schickte ein stummes Gebet zum Himmel. Was immer geschehen mochte – sie wollte nicht ertrinken. Den grausigen Qualen, vergeblich nach Atem zu ringen, würde sie einen zerschmetterten Schädel auf einer Felskante vorziehen.

So entschlossen sie sich auch beherrschte – fast geriet sie in Panik, als Roger sie hin und her schwenkte. Offenbar versuchte er, eine gewisse Schwungkraft zu erzielen. Und dann ließ er sie plötzlich los. Hilflos flog sie durch die Luft. Vor lauter Angst hätte sie beinahe wild um sich geschlagen. Doch sie wusste, der Mondschein würde jede Bewegung verraten und dann wäre sie verloren. Sobald Roger Verdacht schöpfte, würde er ihr folgen. Also versteifte sie sich. Sie glaubte, wie eine Schnecke dahinzugleiten, während die Welt blitzschnell vorbeizurasen schien. Ob sie tot oder lebend da unten landen würde, konnte sie nicht einmal erahnen.

Irgendwann landete sie auf weichem Erdreich, rollte hinab, und ihr Bauch prallte gegen einen Felsblock. Hätte sie keinen Knebel in ihren Mund gestopft, hätte sie vor Schmerzen gellend geschrien. Zwischen ihren Beinen spürte sie warmes klebriges Blut. Und da wusste sie – Roger hatte ihr ungeborenes Baby getötet.

Bis sie sich bewegen konnte, dauerte es sehr lange. Sie glaubte, jeder Knochen in ihrem Körper wäre gebrochen. Auf der Straße trommelten Hufschläge. Offenbar fuhr Roger davon und sie konnte endlich den Fetzen aus ihrem Mund ziehen. Prompt übergab sie sich. Bei jeder krampfhaften Zuckung quoll noch mehr warme Flüssigkeit aus ihrem Bauch. Wenn sie nicht möglichst bald Hilfe fand, würde sie verbluten. Irgendwie musste sie die nötige Kraft aufbringen, um nach oben zu kriechen, zur Straße, und hoffen, jemand würde vorbeikommen und Mitleid empfinden, ehe es zu spät wäre.

Missgelaunt saß Riordan Kendrick in der Ecke seines Landauers und starrte durch das Fenster in die Nacht hinaus. Seit Adrianas und Coltons Hochzeit wollte er keine Freunde und Bekannten sehen. Aber an diesem Abend hatte er Percys flehende Bitte endlich erhört und eine Einladung zum Dinner angenommen. Jetzt fuhr er vom Haus der Burkes nach Harcourt Hall zurück. Der Anblick Samanthas im späteren Stadium ihrer Schwangerschaft hatte ihn daran erinnert, worauf er verzichten musste, weil es ihm misslungen war, Adriana für sich zu gewinnen. Manchmal sah er ihre seidigen Arme vor seinem geistigen Auge, die ihn im Dunkel umfingen, und glaubte ihre weichen Lippen zu küssen und zu spüren, wie sie ihre Schenkel öffnete, um ihn bereitwillig in ihrer süßen Wärme aufzunehmen. Die Zähne zusammengebissen, berührte er seine Brust und wünschte, er könnte die verdammte, schmerzliche Leere von der Stelle verscheuchen, wo sein Herz einst so hoffnungsvoll gepocht hatte. Irgendwann würde er Adrianas Verlust verwinden und eine Frau suchen müssen, die er lieben konnte. Bis jetzt hatte ihm die nötige Kraft dazu gefehlt. Außerdem gefiel ihm keines der heiratsfähigen Mädchen, die in dieser Gegend lebten. Die wenigen, die seinen Ansprüchen vielleicht genügt hätten, waren inzwischen verheiratet. Doch er hatte sie ohnehin nur flüchtig in Erwägung gezogen, ganz und gar im Bann seines Ideals. Über alles hatte er Adriana geliebt. Wahrscheinlich würde er sie immer lieben. Aber so widerstrebend er sich auch damit abfand – jetzt gehörte sie einem anderen, der ihr seine Liebe eindeutig bewiesen hatte. Um Adriana zu erobern, hatte Colton sein Leben riskiert. Doch nach wie vor sehnte sich Riordan nach der Frau eines Mannes, den er bewunderte – und glühend beneidete.

Plötzlich runzelte er erstaunt die Stirn, als der Fahrer das Gespann mitten auf der Straße zügelte. »Was ist los, Matthew?«, rief er. »Warum halten Sie an?«

Der alte Mann öffnete das kleine Fenster hinter dem Kutschbock und spähte in den Landauer. »Da liegt jemand am Straßenrand, Mylord. Wenn mich meine trüben Augen nicht täuschen, ist es eine blonde Frau. Vielleicht ist sie tot – oder schwer verletzt. Soll ich mal nachsehen, Mylord?«

»Nein, bleiben Sie auf Ihrem Sitz, Matthew. Darum will ich mich selber kümmern.«

Riordan öffnete den Wagenschlag und sprang leichtfüßig auf den Boden. Neben dem Kutschbock blieb er stehen, ließ sich eine Lampe geben und erklären, wo Matthew die Frau entdeckt hatte.

Die Laterne in der erhobenen Hand, ging er zu einer reglosen Gestalt und hielt nach einem Lebenszeichen Ausschau. Die Sohlen seiner edlen Lederstiefel knirschten im Kies. Doch die Frau, die verkrümmt am Straßenrand lag, schien nichts zu hören. Offenbar war sie tot – oder zumindest bewusstlos.

Riordan kauerte sich an ihrer Seite auf seine Fersen, ergriff ihr Handgelenk und tastete nach einem Puls – schwach, aber immerhin spürbar. Neben ihrer Schulter stellte er die Lampe auf den Boden, dann drehte er sie vorsichtig um.

»Mrs Elston!«, rief er, nachdem er Samuel Gladstones Enkelin erkannt hatte. Lebhaft erinnerte er sich an eine Begegnung mit der Schönheit vor einigen Monaten, während seines Besuchs bei dem alten Müller. Damals hatte er kaum eine andere Frau außer seiner geliebten Adriana wahrgenommen, aber die außergewöhnliche Schönheit des Mädchens bestaunt. Obwohl es blond und blauäugig war, das gerade Gegenteil des Ideals, das Adriana unwissentlich in seinem Herzen verankert hatte ... Später erfuhr er, Samuels Enkelin habe den jungen Besitzer der Wollspinnerei geheiratet – jenen Rüpel, der Adriana auf dem Herbstball so unhöflich und besitzergreifend begegnet war. Wenn Riordan auch kurzfristig erwogen hatte, Felicity zu umwerben – seit ihrer Heirat stand ihr Name natürlich nicht mehr auf der Liste seiner Kandidatinnen.

An ihrem Mundwinkel klebte getrocknetes Blut, über die Wangen und die Stirn zogen sich dunkle Striemen. Behutsam schüttelte er sie. Aber sie blieb wie tot liegen. Nicht einmal ein Lid flatterte.

Er schob einen Arm unter ihren Rücken, den anderen unter ihre Kniekehlen. Dabei bemerkte er ihre durchnässten Röcke. Sofort zog er die Hand zurück und hielt sie ins Licht. An seinen Fingern sah er Blut und seine Sorge um die junge Dame wuchs.

Entschlossen zog er ihr Kleid und den Unterrock nach oben – auf der Suche nach einer Wunde, deren Blutung zum Stillstand gebracht werden musste. Ihre Unterhose war mit Blut getränkt. Als er ihren Bauch abtastete, quoll noch mehr dunkle Flüssigkeit zwischen ihren Schenkeln hervor. Er wusste zwar Wunden zu verbinden, aber von Fehlgeburten verstand er überhaupt nichts.

Rasch hob er Felicity hoch und trug sie zum Wagen. »Vergessen Sie die Laterne, bringen Sie uns möglichst schnell nach Hause. Und lassen Sie Dr. Carroll holen. Ich fürchte, Mrs Elston verliert ihr Baby. Wenn sie nicht sofort verarztet wird, verblutet sie womöglich.«

Auf Harcourt Hall angekommen, hob Riordan die junge Frau aus dem Landauer und eilte mit ihr in das stattliche gotische Gebäude. Während er die Treppen hinaufstürmte, rief er nach Mrs Rosedale, seiner Haushälterin. Mit einer breiten Schulter stieß er die Tür eines Gästezimmers gegenüber seiner eigenen Suite auf. Dicht gefolgt von mehreren Dienerinnen, lief die Haushälterin in den Raum. Resolut wie üblich verscheuchte sie ihren Herrn, während die Mädchen die bewusstlose junge Frau zu entkleiden begannen.

Kurz nachdem sie Felicity gewaschen und die geringfügigeren Wunden behandelt hatten, breiteten sie mehrere Laken über das Bett, legten Felicity darauf und erwarteten den Arzt. Abgesehen von den Dienerinnen wohnten keine Frauen im Haus. Deshalb ging Mrs Rosedale zu Seiner Lordschaft und bat ihn um eines seiner Nachthemden. Da solche Kleidungsstücke nur selten in der Wäsche auftauchten, wusste sie, dass er dergleichen fast nie benutzte – bestenfalls in der Anwesenheit von Hausgästen, wenn verschiedene Umstände sein Erscheinen erforderten, nachdem er sich bereits in sein Schlafgemach zurückgezogen hatte.

Mrs Rosedale übertrug die Fahndung nach einem Nachthemd ihren Mädchen, damit sie sich um die Patientin kümmern konnte.

Während die Mädchen nun den Schrank Seiner Lordschaft durchsuchten, fanden sie nur viel zu große Hemden. Erstens hofften sie, die junge Dame würde lange genug leben, um zu tragen, was sie schließlich auswählten – und zweitens, sie würde das Hemd irgendwie zusammenhalten, denn es wies keine Bänder auf, die den Ausschnitt verengen könnten. Vermutlich würde es bis zur Taille hinabgleiten – oder sogar noch tiefer … Doch weiter wagten sie nicht zu denken.

Nur wenige Minuten danach traf Dr. Carroll ein. Keuchend folgte er dem Lord, der die Treppe hinaufrannte. Der Hausherr merkte offensichtlich nicht, dass er den kleineren Mann mit langen Schritten zwang, sein gewohntes Tempo zu beschleunigen. Keuchend erreichte der Doktor das obere Stockwerk. Aber sobald er das Zimmer der Patientin betrat, vergaß er seine Atemnot, krempelte die Ärmel hoch und wusch sich die Hände. Mit der Hilfe einiger erfahrener älterer Dienerinnen ging er an die Arbeit.

Über Felicitys Wangen strömten immer noch die Tränen schmerzlicher Trauer, als Riordan zwei Stunden später ihr Zimmer betreten durfte. Verlegen rutschte sie noch tiefer unter die Damastdecke, wischte ihr Gesicht ab und bemühte sich um eine tapfere Miene. »Wie ich höre, verdanke ich Ihnen mein Leben, Mylord«, begann sie mit schwacher Stimme.

Riordan rückte einen Lehnstuhl neben das Bett und griff lächelnd nach ihrer Hand. »Nicht mir, Mrs Elston, sondern meinem Fahrer, der Sie am Straßenrand liegen sah, und meinem tüchtigen Arzt. Inzwischen habe ich einen Boten nach Bradford geschickt, um Ihrem Mann mitzuteilen, wo Sie sind.«

»O nein!«, rief sie und richtete sich erschrocken auf. »Roger wird mich töten. Das hat er bereits versucht.«

Entgeistert lehnte sich Riordan in seinem Sessel zurück und beobachtete die junge Dame, die sein viel zu großes Nachthemd beschämt über einer weißen Schulter festzuhalten suchte. Bei der heftigen Bewegung war es hinabgeglitten. Den kurzfristigen Anblick einer sanft gerundeten Brust mit einer rosigen Knospe hätte er zu würdigen gewusst, wäre er nicht so verblüfft über Felicitys Anschuldigung gegen ihren Gemahl gewesen. »Wieso um alles in der Welt glauben Sie das, Mrs Elston? Was könnten Sie verbrochen haben, um einen Mann dermaßen zu erzürnen, dass er Sie ermorden will?«

»Als er nach meinem Leben trachtete, war er kein bisschen erzürnt, Mylord«, erwiderte Felicity und zog sich die Decke bis ans Kinn. »Er schien sein Verbrechen sogar zu genießen. Ganz kühl und methodisch machte er sich ans Werk. Hätte ich nicht schon seit einiger Zeit befürchtet, er würde seinen Vater langsam, aber sicher vergiften, wäre ich jetzt auch tot.«

»Auch? Ist denn jemand gestorben?«

»Ja, Roger hat eine Schauspielerin ermordet – auf die gleiche Art und Weise, wie er mich beseitigen wollte.«

Der attraktive Lord runzelte skeptisch die Stirn. Sollte er glauben, was die junge Frau behauptete? »Würden Sie mir das alles etwas genauer erklären, Madam?«

Die Augen voller Tränen, schilderte Felicity die Ereignisse des Abends. Während Riordan aufmerksam zuhörte, zog er ein Taschentuch hervor und drückte es in ihre bebende Hand. Schließlich kam sie zum Ende ihres Berichts. »Nahe der Stelle, wo Sie mich fanden, strömt ein Fluss oder ein Bach durch eine Schlucht. Wenn Sie dorthin zurückkehren, werden Sie vielleicht die Leiche der vergifteten Frau im seichten Wasser am Ufer liegen sehen – wenn sie nicht untergegangen ist. Ich bin mit einem grausamen Sadisten verheiratet. Wer weiß, wie viele Menschen er schon umgebracht hat, seit er in diese Gegend gekommen ist.«

Schockiert überlegte Riordan fieberhaft. »Ich muss sofort die Behörden informieren, Mrs Elston. Hoffentlich wird man die tote Schauspielerin bergen, ehe Roger von Ihrer Rettung erfährt und in die Schlucht zurückkehrt, um sein Opfer zu beseitigen. Wenn ihm das gelingt, könnte er beschwören, Sie würden lügen, weil Sie ihm schaden wollen. Das müssen wir verhindern.« Entschlossen stand er auf und ging zur Tür, wo er sich noch einmal umdrehte. »In Harcourt Hall wird Ihnen nichts zustoßen, Mrs Elston. Solange Sie sich in meiner Obhut befinden, sind Sie sicher.«

Wenig später kehrte er zurück und setzte sich wieder neben Felicitys Bett. »Wie sind Sie zu der Vermutung gelangt, Roger würde seinen Vater vergiften?«

»Über Edmund Elstons Fingernägel ziehen sich seltsame Streifen und seine Haut sieht trocken und schuppig aus. Ich fragte Mr Carlisle, den Apotheker in Bradford, was diese Symptome bedeuten könnten. Da erzählte er mir von einer jungen Frau, die er vor dem Gebrauch von Arsen gewarnt hatte. Mit diesem Gift, das sie regelmäßig in kleinen Dosen benutzte, wollte sie einen helleren Teint erzielen. Bei ihrem Begräbnis fielen ihm ihre gestreiften Fingernägel und die trockene, schuppige Haut auf.«

»Sonderbar – als ich Lord Randwulfs Vater an seinem Krankenbett besuchte, fragte ich mich, wieso die eigenartigen Streifen auf seinen Fingernägeln entstanden waren. Er war stets ein tadellos gepflegter Gentleman gewesen, und sein Kammerdiener musste ihm die Nägel polieren, bis sie glänzten. Das hatte ich vor seiner Krankheit bei einem geschäftlichen Gespräch beobachtet. Damals wiesen seine Fingernägel keine Streifen auf. Die sah ich erst später, als er ans Bett gefesselt war.

Übrigens starb er an einer mysteriösen Krankheit. Keiner seiner Ärzte vermochte die Todesursache festzustellen. Davor war er monatelang krank. Glauben Sie, Roger hat ihn ebenfalls vergiftet?«

Felicitys Mund war trocken, nachdem sie so ausführlich berichtet hatte, was an diesem Abend geschehen war. Vorerst konnte sie nicht antworten. Dafür bat sie den Hausherrn mit einer schwachen Geste um Entschuldigung und griff nach dem Wasserglas, das auf dem Nachttisch stand. Dabei rutschte das übergroße Nachthemd wieder von ihrer Schulter. Errötend zog sie die Decke bis zu ihrer Kehle hinauf und hoffte, der Marquess würde nicht schlecht von ihr denken. »Verzeihen Sie, Mylord, dieses Hemd ist so groß, damit komme ich nicht zurecht …«

Riordan lachte leise. Diesmal hatte er den reizvollen Anblick erfreut genossen, was ihm vor Augen führte, dass immer noch ein heißes Herz in seiner Brust schlug. Sein männliches Verlangen war keineswegs erloschen. Und er brauchte dringend eine Ehefrau. »Kein Wunder, Mrs Elston, dieses Nachthemd gehört mir.

»Oh – ich verstehe.«

»Würden Sie meine Frage beantworten?«, bat er mit sanfter Stimme, nachdem sie einen Schluck Wasser genommen hatte.

Der rosige Hauch auf ihren Wangen gefiel ihm weitaus besser als die fahle Blässe, die sie eben noch gezeigt hatten. »Glauben Sie, Roger hat Lord Randwulfs Vater vergiftet?«

Die Damastdecke fest unter ihr Kinn geklemmt, versuchte Felicity ihre Gedanken zu ordnen. »Nun, mein Gemahl erwähnte, er habe sich an Lord Sedgwick gerächt. Vielleicht dachte er, der alte Marquess würde ihn daran hindern, Lady Adriana zu erobern. Deshalb wollte er ihn beseitigen. Roger scheint Gift sehr gern zu benutzen. In seinen Rechnungsbüchern sind beträchtliche Summen eingetragen, die er einem Londoner Apotheker namens Thaddeus Manville zahlte – zweifellos, um das Schweigen dieses Mannes zu erkaufen, der ihm das Arsen besorgte.«

»Das alles muss ich Lord Colton erzählen. Roger wollte Lady Adriana ganz offensichtlich für sich gewinnen. Um dieses Ziel zu erreichen, war Lord Sedgwick vor der Heimkehr seines Sohns das größte Hindernis. Und so hat ihn der elende Verbrecher aus dem Weg geräumt.«

»Erstaunlich, wie viele Männer die Lady heiraten wollten«, meinte Felicity leise. »Leider war ich eifersüchtig und nicht besonders nett zu ihr. Jetzt sieht es so aus, als wäre mein Leben schon beendet.«

»Unsinn, meine Liebe«, protestierte Riordan und umfasste ihre schmalen Finger. »Vor Ihnen liegt noch ein langes Leben. Und ich glaube, Samuel Gladstone hat seinen Nachkommen eine gewisse Widerstandsfähigkeit vererbt. Wie tüchtig Ihre Mutter die Mühle leitet und den Haushalt führt – das überrascht mich immer wieder. Trotzdem findet sie noch Zeit, ihren Vater liebevoll zu betreuen.«

»Ja, sie ist eine einzigartige Frau«, bestätigte Felicity und schämte sich, weil sie ihrer Mama oft so unhöflich begegnet war. »Und ich wünschte ich würde ihr gleichen.«

»Sicher werden Sie sich bald mit ihr messen können, Madam. Nur müssten Sie erst einmal wieder Boden unter die Füße bekommen. Und obwohl ein Junggeselle mit einer Dame nicht über solche Dinge reden dürfte – Dr. Carroll hat mir versichert, Sie hätten keinen bleibenden körperlichen Schaden erlitten und die Mutterschaft würde Ihnen nicht verwehrt bleiben.«

Vor lauter Erleichterung vergoss Felicity neue Tränen. »Roger war enttäuscht, weil ich guter Hoffnung war. Aber ich habe mir dieses Baby so inbrünstig gewünscht.«

Besänftigend drückte Riordan ihre Hand. »Grämen Sie sich nicht. Bald werden Sie wieder ein Kind erwarten, natürlich von einem anderen Ehemann. Was Roger verbrochen hat, muss er büßen – vermutlich am Galgen.«

»Aus seiner Absicht, mich zu ermorden, machte er keinen Hehl. Während ich kurz vor Pandoras Tod ihr Stöhnen nachahmte, hörte ich ihn grausam lachen – und dann noch einmal, bevor er mich in die Schlucht warf. Würde er mich irgendwo allein antreffen, wäre ich verloren.«

»In dieses Haus wird er sich nicht wagen, solange ich anwesend bin. Und ich verspreche Ihnen, Mrs Elston – ich werde weder ruhen noch rasten, bis die Polizei Ihren Mann verhaften wird. Hier stehen Sie unter meinem Schutz. Meine treuen Diener werden Wache halten. Ich nehme an, Roger ist zu feige, einem Mann gegenüberzutreten. Mag er es auch genießen, seinen Zorn an Frauen auszulassen – um sich erneut an Ihnen zu vergreifen, müsste er zuvor mich besiegen.«

»Warum er die Frauen so sehr hasst, weiß ich nicht. Vielleicht, weil Lady Adriana ihn abgewiesen hat. Oder sein Groll ist noch tiefer verwurzelt. Kurz nach der Trauung erkannte ich, welch schrecklichen Fehler ich begangen hatte. Seine schwarze Seele scheint nur aus Wut und Hass zu bestehen. Mein Vater erzählte, seine Tante habe beobachtet, wie Rogers Mutter von seinem Vater mit einem Lieferwagen überfahren worden sei. Bald danach fand die Zeugin den gleichen Tod. Deshalb ermahnte mich mein Vater, Stillschweigen zu bewahren, sonst würde Roger mich womöglich töten, denn er wäre vom selben Kaliber wie Edmund.«

»Was für eine nette Familie!«, spottete Riordan verächtlich. »Diesen beiden Schurken darf ich niemals den Rücken kehren.«

»Jetzt steht Edmund auf der Schwelle des Todes. Also ist er harmlos. Würde das doch auch für Roger gelten …«

»Ich muss Lord Colton vor Roger warnen. Noch in dieser Stunde werde ich einen Boten nach Randwulf Manor senden.«

»Heute prahlte Roger mit seinem Überfall auf den Marquess of Randwulf, kurz bevor Seine Lordschaft und Lady Adriana geheiratet haben. Wenn Sie Ihren Boten unverzüglich losschicken, werden Sie vielleicht eine Katastrophe verhindern.«

»Also versuchte der elende Schuft, Colton zu ermorden«, murmelte Riordan. »Irgendwie hatte ich schon die ganze Zeit geahnt, Roger würde nicht davor zurückschrecken, Adrianas Verehrer zu töten.« Er stand auf und entschuldigte sich. »Später komme ich noch einmal zu Ihnen und wir setzen unser Gespräch fort, Mrs Elston. Aber nun muss ich erst einmal meine Freunde warnen.«

»Tun Sie das, Mylord – ein kluger Entschluss, angesichts der wilden Mordlust, die Roger bereits bewiesen hat.«

Lächelnd verneigte sich Riordan. »Madam, Ihr Befehl wird meinen Füßen Flügel verleihen.«

Darüber musste sie lachen, aber sie hob skeptisch die Brauen. »Mit so poetischen Worten werden Sie noch viele Frauenherzen gewinnen, Mylord. Und ich bin sicher gut beraten, wenn ich mein eigenes hinter Schloss und Riegel verwahre.«

»Wie schade, dann muss ich eben Unterricht bei einem Dieb nehmen und lernen, wie man Schlösser aufbricht«, zog er sie vergnügt auf und eilte zur Tür.

Die Klinke in der Hand, zwinkerte er ihr grinsend zu, bevor er hinausging.

Sobald Felicity allein war, hob sie die Decke, um festzustellen, was sie dem attraktiven Mann gezeigt hatte. Stöhnend betrachtete sie eine entblößte Brust und zerrte das Nachthemd darüber. Aber sobald sie es losließ, wanderte es wieder über ihre Schulter hinab.

Schon nach wenigen Minuten kehrte Riordan zurück. Felicity nahm gerade das Laudanum ein, das der Doktor ihr verordnet hatte. Obwohl sie es mit reichlich Wasser hinunterspülte, drehte ihr der bittere Geschmack den Magen um und sie musste sich sehr beherrschen, um vor Seiner Lordschaft nicht zu würgen.

Er setzte sich erneut neben das Bett und begann neue Theorien zu erläutern.

»Heute Abend erzählte mir Lady Samantha von einer Dienerin, die auf Randwulf Manor plötzlich gestorben war, nachdem sie den Brandy des verstorbenen Hausherrn getrunken hatte. Als Mrs Jennings zusammenbrach, zersprang die Karaffe in tausend Scherben. Deshalb war man ihr auf die Schliche gekommen. Danach verwirrte sich ihr Geist und ein Stallbursche brachte sie nach Hause. Am nächsten Morgen fand Lord Colton sie tot in ihrer Hütte. Er glaubte, der reichliche Alkoholkonsum hätte sie umgebracht. Aber nach allem, was ich inzwischen weiß, hege ich einen anderen Verdacht. Vielleicht starb Lord Sedgwick auf die gleiche Weise. In seinem Fall wirkte das Gift nicht so schnell, weil sich sein Brandygenuss in Grenzen hielt. Falls Roger den Inhalt der Karaffe tatsächlich vergiftet hatte, frage ich mich, ob er nach dem Tod Seiner Lordschaft die Karaffe entleerte. Das nehme ich an, denn auf Randwulf Manor traten keine anderen ähnlichen Todesfälle auf. Nach Lord Coltons Heimkehr muss Roger erneut Gift in eine Brandykaraffe gegossen haben. Wahrscheinlich verhinderte Mrs Jennings die Ermordung Seiner Lordschaft, indem sie den Brandy trank. Nach diesem Fehlschlag schoss Roger dem ahnungslosen Lord in den Rücken. Also ist Colton zwei Mal mit knapper Not dem Tod entronnen. Darauf muss ich ihn hinweisen.«

»Auf dem Herbstball sah ich Sie mit Lady Adriana tanzen,

Mylord«, bemerkte Felicity zögernd. »Hätten Sie ihr etwas entschlossener den Hof gemacht, wären Sie Rogers Eifersucht vielleicht auch zum Opfer gefallen.«

»Ich wollte die Lady umwerben«, gab Riordan zu und strich mit einem Daumen über Felicitys zartes Handgelenk. »Aber sie war durch einen Vertrag an Lord Colton gebunden. Und obwohl ich in Versuchung geriet – ich durfte nicht einfach mit ihr durchbrennen.«

»Im Lauf der Jahre wurde sie von vielen Verehrern belagert. Auch wenn sie bildschön aussieht – ich frage mich, ob das der einzige Grund ist, warum sie auf viele Männer so anziehend wirkt. Gewiss, Lord Standish hat allen seinen Töchtern eine großzügige Mitgift zugestanden. Aber über Lady Jaclyn und Lady Melora hörte ich längst nicht so viele Gerüchte. Mylord – würden Sie einer Frau, die Lady Adriana glühend beneidet hat, eventuell erklären, warum sie zahllose Gentlemen bezaubert?«

»Sind Sie immer noch neidisch?« Diese indiskrete Frage milderte Riordan mit einem sanften Lächeln.

»Nach allem, was Roger mir antat, werde ich wohl nie wieder einem Mann vertrauen. Und so habe ich keinen Grund mehr, Neid zu empfinden.« Forschend schaute sie ihn an. »Wissen Sie, Mylord, warum Sie sich zu Ihrer Ladyschaft hingezogen fühlten?«

Riordan lehnte sich nachdenklich in seinem Sessel zurück. »Inmitten der Frauen, die dauernd schwatzen und kichern und tratschen und spötteln und affektiert umherstolzieren, gleicht Lady Adriana dem Atem einer frischen Frühlingsbrise. Niemals benimmt sie sich anmaßend, stets ist sie ehrlich zu sich selbst und ihren Mitmenschen. Sie mag einen Mann bei einem Pferderennen besiegen und ihn dann gnadenlos mit seiner Niederlage necken. Aber sollte er in eine Notlage geraten, würde er ihr tiefes Mitleid erregen. Oft genug wurde ihre Güte gepriesen, die sie armen Waisenkindern erweist. Als kleines Mädchen brachte sie verletzte Tiere nach Hause, die sie gesund pflegte. Und seit sie erwachsen ist, erfreut ihr großmütiges Herz vor allem die Menschen.«

»Bitte sagen Sie nichts mehr«, flehte Felicity mit einem wehmütigen Lächeln. »Ich weiß bereits, dass ich mich niemals mit Ihrem Ideal messen kann, Mylord.«

»Möglicherweise ließ ich mich von meiner Begeisterung für die Lady zu einer überschwänglichen Lobeshymne hinreißen. Jedenfalls beneide ich Lord Colton. Andererseits bewundere ich ihn – denn ich weiß, er verdient eine solche Frau. Und offensichtlich liebt er sie genauso innig wie sie ihn.«

»Mylord, ich danke Ihnen, weil Sie Ihre Gedanken mit mir geteilt haben. Aber ich fürchte, jetzt beginnt das Laudanum zu wirken, das der Arzt mir verschrieben hat. Plötzlich bin ich ganz schrecklich müde.« Felicitys Augen fielen zu und sie blinzelte verlegen. »Können wir uns morgen noch einmal unterhalten?«

»Natürlich, Mrs Elston.«

»Bitte nennen Sie mich nicht so«, flüsterte sie schläfrig. »Reden Sie mich mit meinem Vornamen an – Felicity. Mit Roger Elston will ich nichts mehr zu tun haben.«

»Das verstehe ich, meine Liebe.« Ob sie seine Antwort noch hörte, wusste er nicht, denn ihr waren bereits die Lider endgültig zugefallen. Während er ihren tiefen, gleichmäßigen Atemzügen lauschte, erinnerte er sich, wie er sie bei seinem Besuch im Stanover House vor einigen Monaten bewundert hatte.

Vorsichtig berührte er ein goldenes Ringellöckchen und gewann fasziniert den Eindruck, es würde sich aus eigenem Antrieb um seinen Finger schlingen. Sein Blick wanderte über ihr zerschundenes Gesicht. Seltsam, ihre fein gezeichneten Züge reizten plötzlich seine Sinne – die kecke schmale Stupsnase, die langen seidigen Wimpern – erstaunlich dunkel für eine Blondine – und die schön geschwungenen Brauen. In seiner Phantasie tauchten ihre Augen auf – so strahlend blau, wie er sie bei keiner anderen Frau gesehen hatte. Und als er sich entsann, wie er für wenige Sekunden ihre elfenbeinweiße Brust mit der rosigen Knospe betrachtet hatte, erwachte seine Begierde.

Sehr viel später erhob er sich aus dem Sessel neben dem Bett und ging zur Tür. Die Freude, die sein Herz erfüllte, überraschte ihn. Noch vor wenigen Stunden hatte düstere Leere in seiner Brust geherrscht und jetzt stieg neue Hoffnung in ihm auf. Geschahen tatsächlich Wunder auf dieser Welt?

# *Kapitel 22*

Riordans Haushälterin eilte ins Gästezimmer und verscheuchte die beiden Dienstmädchen, die der jungen Mrs Elston das Frühstück serviert und ihr ein passendes Nachthemd gebracht hatten. Nach einem heißen Bad hatten sie ihr beim Anziehen geholfen.

»Soeben ist Besuch für Sie eingetroffen, Madam«, verkündete Mrs Rosedale lächelnd. »Lord und Lady Randwulf möchten feststellen, wie es Ihnen geht. Natürlich hat sich auch Lord Harcourt nach Ihrem Befinden erkundigt. Sind Sie trotz allem, was Sie durchgemacht haben, schon bereit, jemanden zu empfangen?«

»Oh, ich muss schrecklich aussehen«, jammerte Felicity und berührte ihr verletztes Gesicht.

»Wären die meisten jungen Damen in ihrer besten Verfassung auch nur halb so hübsch wie Sie an diesem Morgen, dürften sie sich glücklich schätzen, meine Liebe«, beteuerte die Haushälterin.

Dankbar lachte Felicity, dann zuckte sie zusammen, denn sie wurde schmerzhaft an die Platzwunde in ihrer Unterlippe erinnert. Vorerst konnte sie sich keinen Heiterkeitsausbruch erlauben. »Ja, selbstverständlich werde ich meinen hohen Besuch empfangen«, beantwortete sie Mrs Rosedales Frage, »und ich fühle mich geehrt.«

Mit einem strahlenden Lächeln und einem großen Blumenstrauß trat die Lady ein, die einst Felicitys Groll erregt hatte, und ihr attraktiver Gemahl folgte ihr auf dem Fuße. Hinter den beiden schlenderte Lord Riordan herein und blieb neben dem gotischen Bett stehen, in dem sein Hausgast lag.

»Trotz allem, was Sie erleiden mussten, sehen Sie erstaunlich gut aus, Miss Felicity«, meinte Adriana. »Hoffentlich würde ich ähnliche Umstände genauso tapfer verkraften.«

»Vielen Dank, Mylady. Es ist sehr nett von Ihnen, mich zu besuchen – nachdem ich mich so grässlich benommen habe. Bitte verzeihen Sie mir.«

»Ach, das ist längst vergessen.« Adriana drückte Felicitys Hand, dann zeigte sie ihr das Bukett und gestand fröhlich: »Diese Rosen haben wir aus Mama Philanas Garten gemopst. Sind sie nicht schön?«

»Wunderschön«, stimmte Felicity zu und war froh, dass sie tatsächlich lebte und die Blütenpracht bewundern durfte.

Adriana übergab den Strauß der lächelnden Haushälterin. »Sicher wissen Sie besser als ich, wie man die Blumen in einer Vase arrangiert, Mrs Rosedale. Wären Sie so freundlich? Meine Schwestern haben meine mangelnden hausfraulichen Talente stets beklagt«, fügte sie glucksend hinzu. »Dafür rächte ich mich, wenn sie hinter mir über die Hügel galoppieren mussten und sich krampfhaft bemühten, in ihren Damensätteln zu bleiben.«

Als Felicity den gewölbten Bauch unter dem Schal der Lady sah, stiegen ihr Tränen in die Augen. Hastig wandte sie ihr Gesicht ab und Adriana spürte sofort, was die Frau bedrückte. Riordan hatte die Wyndhams über die Ereignisse der letzten Nacht informiert, um seinem Gast die schwierige Aufgabe zu ersparen.

Mitfühlend streichelte sie Felicitys Arm und versuchte, sie zu trösten. »Alles wird gut. Bald werden Sie wieder ein Baby erwarten, von einem Ehemann, der Sie auf Händen trägt.«

»Wo ist Roger jetzt?«, fragte Felicity leise und schaute zu den beiden Gentlemen auf. »Wurde er schon verhaftet?«

»Noch nicht, Miss Felicity«, erwiderte Colton und trat neben seine Gemahlin. »Seit er erfahren hat, dass Sie noch leben, scheint er sich irgendwo zu verstecken. In dieser Gegend wird er sich nicht mehr blicken lassen.«

»Trotzdem werde ich mich erst sicher fühlen, wenn er hinter Schloss und Riegel sitzt.«

Nachdem Adriana in dem Lehnstuhl neben dem Bett Platz genommen hatte, rückte Riordan zwei weitere Sessel für Colton und sich selbst heran. »Ich habe den Wyndhams von unserem gestrigen Gespräch erzählt, Felicity, und auch die Theorie erwähnt, die Lord Sedgwicks Tod betrifft. Erinnern Sie sich an irgendetwas, das ihnen auf der Suche nach Beweisen helfen würde?«

»Leider nicht«, seufzte Felicity. »Hätte ich Rogers Absichten früher durchschaut, wäre es mir vielleicht gelungen, Miss Mayes zu retten. Von seinen Anschlägen auf die Wyndhams erfuhr ich nur, weil er mit seinen Racheakten prahlte. Soviel ich weiß, lernte er die Schauspielerin erst vor ein paar Tagen kennen, als sie in seinen Laden kam.« Zu Colton gewandt, fragte sie: »War sie mit Ihnen befreundet, Mylord? Das hat sie angedeutet.«

»Ja, wir waren Freunde«, gab er zu, »bis sie mir vor einigen Monaten weismachte, sie wäre nach der Geburt meines Babys gestorben.« Behutsam ergriff er die Hand seiner Frau. »Wie sich vor kurzem herausstellte, stammt das kleine Mädchen, das ich für meine Tochter hielt, von meiner verstorbenen Kusine ab. Ebenso wie ihr Ehemann wurde sie bei einem Überfall auf ihre Kutsche getötet. Kurz davor brachte sie ihr Baby zur Welt, das mit der Leiche eines Säuglings vertauscht und mir in Pandora Mayes' Haus als mein Kind präsentiert wurde. Nach der Person, die dafür verantwortlich ist, fahnden wir immer noch. Offenbar wussten weder diese Frau noch die Schauspielerin, dass ich mit dem gestohlenen Baby verwandt bin. Nun ist Genevieve da, wo sie hingehört, und das erscheint mir wie ein Wunder. In ihren Adern fließt das Blut meiner Mutter, meiner Schwester, meines Onkels Alistair und mein eigenes.«

Erstaunt registrierte Felicity, wie freimutig er über seine Beziehung zu Pandora sprach. »Darüber werde ich nichts verlauten lassen, Mylord. Früher war ich ein törichtes Mädchen.

Aber durch meine unglückliche Ehe wurde ich notgedrungen erwachsen. Jetzt bedaure ich, dass ich mich von meinem Vater verwöhnen ließ. Sicher wäre es besser gewesen, ich hätte nicht auf ihn, sondern auf die Lektionen meiner Mutter gehört. Ich wäre Ihnen sehr dankbar, wenn Sie mir meine Verfehlungen ebenso wie Lady Adriana verzeihen und mich als Ihre treue Verbündete betrachten würden.«

Von seiner lächelnden Gemahlin beobachtet, umfasste er die Hand der jungen Frau. »Über Ihre Freundschaft würden wir uns sehr freuen, Miss Felicity. Bald müssen wir nach London fahren, weil die Sitzungsperiode des Parlaments beginnt. Dort wären Sie uns herzlich willkommen. Da die Niederkunft meiner Frau immer näher rückt, können wir kaum ausgehen und würden Ihre Gesellschaft genießen – falls Sie die Reise nicht scheuen. Mitte August kehren wir hierher zurück. Dann sind wir wieder Ihre Nachbarn.«

»Wünschen Sie sich – ein Mädchen oder einen Jungen?«, fragte Felicity zögernd. »Ich hatte auf eine Tochter gehofft …« Plötzlich versagte ihre Stimme und Coltons Hand wurde von den sanften Fingern seiner Gemahlin ersetzt.

»Natürlich wäre es wundervoll, wenn ein Sohn die Wyndham-Dynastie fortsetzen würde«, erwiderte Adriana. »Aber über ein Mädchen freuen wir uns genauso. Wir sehnen uns nach einer großen Familie. Und da es so wenige Wyndhams gibt, brauchen wir ein Haus voller Kinder.«

Colton fügte grinsend hinzu: »Nachdem meine Schwester und meine Frau in ihrer Kindheit so viele verletzte Tiere gerettet und betreut haben, werden die beiden sicher großartige Mütter. Wie gut Adriana mit Geni umgehen kann, beobachte ich jeden Tag. Und die Kleine liebt sie so innig, als wäre es ihre leibliche Mutter.«

Leise klopfte es an der Tür und Riordan stand auf, um Mrs Rosedale hereinzulassen. Von sichtlichem Stolz erfüllt, stellte sie eine kostbare Vase mit den kunstvoll arrangierten Blumen auf den Nachttisch. »Haben Sie jemals einen so schönen

Strauß gesehen? Bei diesem Anblick wünschte ich beinahe, ich wäre Gärtnerin.«

»Ich bin sehr froh, dass Sie's nicht sind, Mrs Rosedale«, entgegnete Riordan. »Sonst müsste ich auf die beste Haushälterin weit und breit verzichten.«

»Verschwenden Sie nicht Ihre Zeit mit mir Mylord«, ermahnte sie ihn belustigt. »Raspeln Sie woanders Süßholz. Ich bin zu alt, um mir schmeicheln zu lassen. Schenken Sie Ihre Aufmerksamkeit lieber Ihrer Ladyschaft oder Miss Felicity.«

Riordan lächelte die schöne Blondine mit den Ringellöckchen an. »Da Ihre Ladyschaft bereits verheiratet ist, werde ich mich Miss Felicity widmen. Warten wir ab, ob ich damit Erfolg habe …«

»Achten Sie bloß darauf, dass Ihre Brandykaraffen stets fest verschlossen bleiben!«, warnte ihn Colton und feixte etwas gequält. »Zumindest, bis Roger geschnappt wird. Wo solche Schurken lauern, kann man nie wissen.«

Mit einer Mordanklage konfrontiert, benahm sich Alice Cobble erstaunlich gut. Beinahe wirkte sie demütig und zerknirscht, während sie ihrem ehemaligen Arbeitgeber gegenübersaß. Hinter ihr standen einige Wachtposten, um ein unbotmäßiges Verhalten oder einen Fluchtversuch zu verhindern. Aber dergleichen war nicht zu befürchten. Sie legte ein umfassendes Geständnis ab und bestritt nur, dass sie die Mutter des gestohlenen Babys getötet hatte.

»Als ich über die Brücke ging, sah ich die Kutsche die Straße entlangfahren – und die Reiter, die ihr folgten. Beinahe brach ich mir den Hals, weil ich von der Brücke sprang, um mich vor diesen miesen Kerlen zu retten. Vor lauter Angst versteckte ich mich hinter einigen Bäumen. Die Kutsche kippte um, das Gespann riss sich los, und ich beobachtete, wie die Soldaten den Wagen durchsuchten. Bald danach verschwanden sie. Ich wollte nachsehen, ob sie was zurückgelassen hatten, denn ich hatte ja nichts, außer meinem eigenen toten Baby im

Ranzen. Wo sollte ich einen Säugling für Miss Pandora herkriegen? Den brauchte ich, sonst würde sie mir kein Geld geben. Ausnahmsweise hatte ich mal Glück in meinem elenden Leben. Ich schlich zur Kutsche, spähte hinein und entdeckte eine hochschwangere Lady. Offensichtlich war ihre schwere Stunde gekommen. Und so beschloss ich, sie zu entbinden und ihr Baby mit meinem toten Söhnchen zu vertauschen. Was die Lady davon halten würde, musste mich nicht kümmern, denn sie war so gut wie tot. Kurz nach der Geburt starb sie. Ich packte ihre Tochter in meine Tasche und legte meinen kleinen Jungen in den Wagen. Vorher hatte ich das Muttermal an seiner Hüfte angebracht – so wie's Miss Pandora wollte. Diesen Leberfleck sollte ich in den nächsten Monaten regelmäßig erneuern, mit Hilfe der Zeichnungen, die Miss Pandoras Bruder gemacht hatte. Denn das Mal musste größer werden, wenn das Kind wuchs – damit sie später von den Toten auferstehen und ihr Recht als Ehefrau Eurer Lordschaft fordern konnte, falls sich ihr neuer reicher Gönner von ihr trennen würde. Bald kam mir das Gerücht zu Ohren, er hätte sie wegen einer Jüngeren sitzen lassen. Und jetzt erzählen Sie mir, ein ganz gewöhnlicher Wollspinner hätte sie ermordet …«

Colton musterte sie mit schmalen Augen. »Kannten Sie den Pfarrer, der Pandora in ihrer vermeintlichen Todesnacht beistand?«

»Ja, den spielte ihr Bruder Jocks, ein raffinierter Bursche. In seiner Maske sah er doppelt so alt aus, wie er war. Nachdem Miss Pandora ihn geschminkt hatte, wäre er nicht einmal von seiner eigenen Mutter erkannt worden.«

»Und die Heiratsurkunde? Hat er sie gefälscht?«

»Ja, das konnte Jocks auch sehr gut. Dabei schaute ich ihm zu und Miss Pandora prahlte mit seinen früheren Leistungen. Allerdings wäre er Ihnen beinahe ins Netz gegangen, Mylord, nachdem er zusammen mit ein paar Komplizen englische Waffen an die Franzosen verkauft hatte.«

In seinem Sessel zurückgelehnt, dachte Colton an jenen

Zwischenfall. Daran erinnerte er sich sehr gut. Nur einer der Diebe war entkommen, weil eine Hure die englischen Soldaten mit einem verführerischen Tanz von ihren Gefangenen abgelenkt hatte. Nun hegte der Marquess den Verdacht, die Tänzerin, die seine Männer nur ungenau beschrieben hatten, wäre niemand anderer gewesen als Miss Mayes.

»Warum hat Pandora keinen richtigen Pfarrer gebeten, uns zu trauen?« Darüber zerbrach er sich den Kopf, seit er wusste, dass seine Spekulationen der Wahrheit entsprachen. »Das wäre einfacher gewesen und sie hätte unsere Ehe beweisen können.«

Alice lachte meckernd. »Glauben Sie etwa, Sie waren der Einzige, den sie zum Schein geheiratet hat? Eine ganze Menge vornehmer Lords hat sie reingelegt, die sie später mit der Drohung erpressen wollte, sie würde sie vor aller Welt bloßstellen. Nur mit ihren ersten Opfern war sie richtig verheiratet. Vor etwa zehn Jahren muss sie sehr hübsch gewesen sein und unzählige Aristokraten fraßen ihr aus der Hand. Dann wurde sie die Frau eines eifersüchtigen Richters, der ihre Vergangenheit auskundschaftete und herausfand, dass sie bereits mit mehreren Gentlemen verheiratet war. In seinem Zorn kündigte er an, er würde sie zerstückeln und in die Themse werfen, wo sich die Fische an ihr gütlich tun würden. Danach ließ sie sich nur mehr von falschen Reverends trauen und ihr Bruder sorgte für die Urkunden.«

»Wusste der Richter, dass sie Schauspielerin war?«

»Ja. Als er immer gemeiner wurde und ihr im Theater nachspionierte, bezahlte sie eine Kollegin, die an ihrer Stelle und in ihrer Maske auftrat, während sie selber davonlief. Schließlich trennte er sich von ihr.«

»Wieso wissen Sie das alles?«

Grinsend klopfte Alice mit einem schmutzigen Finger auf ihre Schläfe. »Weil ich schlau bin und scharfe Ohren habe. Deshalb wusste ich zum Beispiel auch, dass Ihre Ma eine andere Amme suchte. Wenn ich im Theater sauber machte, hörte ich all die Klatschgeschichten über Miss Pandora und ihre Liebhaber. Von Ihnen erzählte man nichts, Mylord. Wahrscheinlich waren Sie meistens im Krieg. Pandora und Jocks redeten oft nächtelang und ich belauschte sie. Ja, die beiden verstanden sich ungewöhnlich gut.«

Um eine stumme Frage anzudeuten, hob der Marquess die Brauen, und Alice lachte schrill.

»Wie ein Liebespaar!«

Seufzend schüttelte Colton den Kopf. Warum hatte er sich jemals mit einer solchen Frau eingelassen? Jahrelang war er zum Narren gehalten worden und hatte das ganze Ausmaß ihrer Schauspielkunst nicht erkannt. Ein Wunder, dass sie ihn nicht mit einer widerwärtigen Krankheit angesteckt und sein restliches Leben zerstört hatte … »Und Jocks? Was wurde aus ihm?«

»Angeblich starb er bei einer Messerstecherei, kurz nachdem Pandora nach Bradford gefahren war.«

Da Colton möglichst schnell nach Randwulf Manor und zu seiner Frau zurückkehren wollte, beendete er das Verhör und besprach mit einem der Beamten die Anklage. »Ich glaube, die Frau sagt die Wahrheit. Bei jenem Überfall wurden meine Kusine, ihr Mann und der Kutscher tödlich verletzt. Sicher wäre auch das Baby gestorben, hätte Alice Cobble die Lady nicht entbunden. Falls Sie ihr nichts anderes zur Last legen, kann sie meinetwegen freigelassen werden. Sollten Sie später noch Fragen an sie haben, ist sie vermutlich an ihrem früheren Arbeitsplatz zu finden – in jenem Theater.« Dann ging er wieder zu Alice und legte eine kleine Börse auf den Tisch. »Der Lohn für Genis Rettung. Aber wenn ich Sie je wieder in der Nähe von Randwulf Manor, Bradford-on-Avon oder meinem Londoner Haus sehe, lasse ich Sie wegen unerträglicher Bosheit verhaften. Verstanden?«

»Allerdings, Mylord«, versicherte sie, offenbar fest überzeugt, er würde es ernst meinen. »Danke für das Geld. Und Sie können drauf wetten – ich werde mich von Ihnen fern halten. Warum sollte ich das Theater verlassen, um Sie zu belästigen oder mich in diesem Nest zu langweilen, das Sie Bradford nennen?«

»Gut, dann ist ja alles klar.«

Adriana fuhr aus ihrem Nachmittagsschlaf hoch. Eine Hand auf ihr heftig klopfendes Herz gepresst, sah sie sich in dem vertrauten Schlafgemach um, das sie mit ihrem Ehemann teilte. Nichts wirkte verändert, alles schien in bester Ordnung zu sein. Trotzdem war sie aus irgendeinem Grund erwacht. Wegen eines bösen Traums – oder ungewöhnlicher Geräusche? Ja, sie glaubte, sie hätte etwas gehört – einen klagenden Laut, als hätte ein Tier den Verlust eines Kameraden beklagt.

»Leo? Aris? Seid ihr hier?«

Keine Antwort – kein beruhigendes Gebell – im ganzen Haus herrschte tiefe, fast tödliche Stille. Am frühen Morgen des Vortags war Colton nach London aufgebrochen, um mit Alice zu reden. Adriana hatte sich geweigert, ihn zu begleiten. Für dieses Gespräch interessierte sie sich nicht. Außerdem wollte sie sich in ihrem Zustand eine anstrengende Wagenfahrt ersparen – auch ihrem Baby, das sich zunehmend lebhafter im Mutterleib bewegte. Colton hatte sie nur widerstrebend verlassen und argumentiert, solange Roger auf freiem Fuß sei, würde sie in Gefahr schweben. Lächelnd erinnerte sie ihn an die zahlreichen Dienstboten, die sie bewachten. Da sie sehr müde sei, würde sie den Tag wahrscheinlich verschlafen. Wenn er daheim bleiben und ihr dabei zusehen wolle, hatte sie kokett hinzugefügt, habe sie nichts dagegen. Aber er müsse natürlich abschließend mit Alice sprechen. Sicher würde er das Verhör ohne seine Ehefrau, die dauernd die Toilette aufsuchen und ihn ablenken würde, schneller hinter sich bringen. Schließlich stimmte er ihr zu und wies das Personal an, die junge Herrin keine Sekunde lang aus den Augen zu lassen. Eifrig versicherte Maud, sie würde sich stets in der Nähe Ihrer Ladyschaft aufhalten.

Samanthas Niederkunft stand kurz bevor. Nach Coltons Abreise war Philana in die entgegengesetzte Richtung gefahren, zum Landsitz der Burkes. Dort wollte sie bis zur Geburt ihres Enkelkinds warten. Ihre Tochter hatte inständig darum gebeten.

In wachsender Unruhe stieg Adriana aus dem breiten Bett, zog einen seidenen Morgenmantel über ihr Nachthemd und bürstete ihr langes Haar, das in sanften Wellen auf ihren Rücken hinabfiel. Dann verließ sie die Herrschaftssuite und ging zur Treppe. Von diesem beklemmenden Gefühl musste sie sich befreien und herausfinden, ob auf Randwulf Manor alles in Ordnung war. Wann Colton zurückkehren würde, wusste sie nicht. Er hatte ihr versprochen, er würde nach der Unterredung mit Alice sofort nach Hause fahren. Aber da Adriana wusste, wie schwierig und boshaft die Frau sein konnte, fürchtete sie, das Verhör würde eine ganze Weile dauern.

So schnell es ihre Schwangerschaft gestattete, stieg sie in ihren Pantoffeln die Treppe hinab. Auf dem Marmorboden der großen Eingangshalle blieb sie stehen und schaute sich unbehaglich um. Kein Laut war zu vernehmen, niemand ließ sich blicken. Eigentlich hätte sie die Stimmen oder Schritte der Dienstboten hören müssen, die ihre Pflichten erfüllten. Aber das Haus glich einem Mausoleum.

»Harrison? Wo sind Sie?«

Als er nicht antwortete, wuchs ihre Angst. Der Butler war den Wyndhams treu ergeben. Sicher hätte er sich gemeldet, wäre er dazu fähig gewesen.

Entschlossen verdrängte Adriana alle Vorsicht, eilte zur Haustür und riss sie auf. Im Säulenvorbau hielt sie inne und blickte nach allen Seiten. Keine Menschenseele. Nicht einmal ein Gärtner. Verwirrt kehrte sie ins Haus zurück, umrundete die Halle und schaute in alle Korridore, durch alle Torbögen. Warum zeigte sich kein einziger Dienstbote?

Adriana entschied sich, die Räume methodisch zu erkunden, und begann ihre Suche im Salon. Neben der Tür stand ein hoher Ohrensessel. Kaum war sie daran vorbeigegangen, als sie auch schon stehen blieb und erschrocken den Atem anhielt. Vor dem wuchtigen Kamin lag Harrisons verkrümmte Gestalt. Blut sickerte aus einer Wunde an seiner Schläfe und rann in das graue Haar. In ihrem weiten, flatternden Morgenmantel eilte sie zu ihm, kniete nieder und tastete verzweifelt nach einem Lebenszeichen. Wenig später seufzte sie erleichtert, denn sie spürte einen regelmäßigen Puls unter der gestärkten Manschette seines Hemds. Um ihr Unbehagen zu bekämpfen, redete sie sich ein, er sei nicht überfallen worden, sondern einfach nur gestolpert und gestürzt. Dabei musste er sich den Kopf angeschlagen haben. Angesichts seines Alters eine einleuchtende Erklärung … Aber während sie seine dünnen Beine gerade rückte und ein Kissen unter seinen Kopf schob, entdeckte sie eine blutverschmierte Marmorbüste am Boden in der Nähe des Kamins. Sofort kehrte Adrianas Grauen zurück, denn diese Büste stand normalerweise auf einem Tischchen bei der Tür.

Sie lief die Stufen zur Küche hinab, um eine Wasserschüssel und einen Lappen zu holen. Damit wollte sie die Wunde des Butlers reinigen. Auf der Schwelle blieb sie verwirrt stehen. Keine Köchin, keine einzige Gehilfin. In mehreren Töpfen siedete Wasser, in einem Gefäß fiel geschlagenes Eiweiß allmählich in sich zusammen.

»Wo sind denn alle?«, rief Adriana bestürzt.

Nur tiefes Schweigen antwortete ihr. Wie rasend begann Adrianas Herz gegen die Rippen zu hämmern. Eine menschenleere Küche auf Randwulf Manor – nein, das war gewiss nicht normal. Hier führte die Köchin ein strenges Regiment, hielt ihr Personal stets unter Kontrolle, und um diese Zeit müsste das Abendessen vorbereitet werden.

Adriana entdeckte einen Wasserkrug und füllte eine kleine Schüssel. Dann ergriff sie einen Lappen und stieg die Treppe zur Halle hinauf.

Am Eingang des Salons stellte sie die Schüssel mit dem

Lappen auf das Tischchen und rückte den Ohrensessel beiseite, damit sie ungehindert in die Halle schauen konnte. Falls ihr Gefahr drohte, wollte sie das rechtzeitig erkennen, statt nichts ahnend überfallen zu werden wie der arme Butler.

Sie kniete erneut neben ihm nieder und wusch das Blut von seiner Schläfe und der Wange. Dabei hielt sie gleichzeitig nach dem Schurken Ausschau, der vermutlich irgendwo auf Randwulf Manor lauerte. Sie hegte einen ganz bestimmten Verdacht. Irgendwie musste es Roger gelungen sein, an den Hunden vorbeizuschleichen und ins Haus zu gelangen. So grauenhaft ihr diese Möglichkeit auch erschien – es gab keine andere Erklärung für Harrisons Ohnmacht und die verschwundenen Dienstboten.

Immer wieder spähte sie zur Tür des Salons. Niemand erschien in ihrem Blickfeld. Mit jeder Minute wuchs ihre Furcht. Trotzdem beschloss sie, das ganze Gebäude nach einer freundlich gesinnten, hilfreichen Person abzusuchen. Irgendjemand *musste* ihr doch beistehen!

»Aris, Leo? Wo steckt ihr denn? Kommt zu mir, Jungs!« Inbrünstig hoffte sie, trommelnde Hundepfoten auf dem Marmorboden der Halle zu hören. »Bitte, bitte …«

Und dann schoss ein schrecklicher Gedanke durch ihren Sinn. *Hatte Roger die Hunde vergiftet?* Die beiden waren ihm stets ein Gräuel gewesen. Aber wie war er nah genug an sie herangekommen, um ihnen das Gift zu verabreichen? Sie hatten ihm kalte Angst eingejagt. Außerdem würden sie keinen einzigen Bissen aus seiner Hand entgegennehmen.

Einer Panik nahe, stürmte Adriana den Korridor zur Galerie hinab, wo sich die Wolfshunde gern sonnten. In einem der Torbögen blieb sie stehen und sah sich um. Wie immer fiel es ihr schwer, im eigenartigen Licht, das durch die bunten Fenster in den Raum fiel, Wirklichkeit und Einbildung zu unterscheiden. Die Augen mit einer Hand beschattet, betrat sie die Galerie. »Aris, Leo? Seid ihr hier?«

»In der Tat, meine Liebe«, erwiderte eine vertraute Stimme,

die ihr einen Schreckensschrei entrang. Suchend sah sie sich um. Wo verbarg sich dieser Schurke?

»Roger, was machen Sie hier?« Ein eisiger Schauer rann über ihren Rücken, als sie ihn in einem wuchtigen Lehnstuhl sitzen sah, arrogant und selbstgefällig wie ein König.

In den verwirrenden, farbenfrohen Lichtstrahlen der Frühlingssonne konnte sie seine Miene kaum erkennen. Dieses Problem würde Adriana im Herbst, bei einem anderen Sonnenstand, nicht lösen müssen. Doch sie bezweifelte nicht, dass Roger höhnisch grinste, ein wahnwitziges Glitzern in den Augen.

»Nun, ich bin gekommen, um Sie zu bewundern, meine Schöne«, erwiderte er in selbstsicherem Ton. Als er sich vorbeugte, beobachtete sie, wie er die Brauen hob und ihren gewölbten Bauch musterte. »Ah, Ihr Gemahl hat sich mit Ihnen vergnügt, teure Lady. Glauben Sie mir – wenn ich mit Ihnen fertig bin, wird sein Fleisch und Blut nicht mehr leben.«

Schützend die zitternden Finger auf ihren Bauch gepresst, wankte sie zurück und schaute panisch nach allen Seiten. O Gott, warum rührten sich die Hunde nicht? Und dann sah sie die beiden hinter Rogers Lehnstuhl am Boden liegen. Unnatürlich hingen die Zungen aus den Mäulern.

»Oh, Sie elender Schurke!«, stieß sie hervor, die Augen voller Tränen. »Sie haben Aris und Leo getötet. Verdammter, stinkender Sohn eines Bastards!« Das war der schlimmste Schimpfname, der ihr einfiel. Doch er klang nicht so dramatisch wie in »König Lear«, und sie fürchtete, sie hätte Shakespeare falsch zitiert. Trotzdem passte die Beleidigung perfekt zu diesem aufgeblasenen Unhold, dessen Vater zweifellos ebenso verwerflich gewesen war.

»Ja, das hoffe ich …« Lässig zeigte er auf die beiden Tiere. »Jedenfalls sieht es so aus. Sobald ich erfuhr, meine Frau sei noch am Leben, verließ ich die Spinnerei. Wegen meines überstürzten Aufbruchs wusste ich nicht, ob ich das richtige Fläschchen aus dem kleinen Schatzkästlein genommen hatte, das mir Thaddeus Manville regelmäßig auffüllt. Als ich die Flasche öffnete und daran roch, rann die Flüssigkeit auf das Etikett und verwischte die Schrift. Also konnte ich nicht mehr lesen, was darauf stand. Aber selbst wenn ich versehentlich Laudanum statt Gift eingesteckt habe – die Biester werden Ihnen nicht helfen, Mylady.«

»Niemals hätten Aris und Leo etwas aus Ihrer Hand entgegengenommen. Wie ist Ihnen das gelungen?«

Amüsiert kicherte Roger, im Vollgefühl seiner Klugheit. »Ganz einfach – ich suchte draußen nach ihrer letzten Jagdbeute, denn ich wusste, sie würden zu dieser Stelle zurückkehren. Also träufelte ich Gift auf den Kadaver und wartete. Nachdem sie ihn gefressen hatten, rannten sie zum Haus und Harrison ließ sie wie üblich herein. Falls sie noch nicht tot sind, werden sie bald sterben. Allzu viele Fehler pflege ich nicht zu begehen.«

»Und wie sind Sie hereingekommen?«

»Direkt hinter einer Küchenmagd, die Gemüse aus der Kühlkammer hinter dem Haus holte. Sobald wir die Küche erreichten, hielt ich ihr eine Pistole an die Schläfe und drohte sie zu erschießen, falls sich irgendjemand rührte. Jetzt ist das gesamte Küchenpersonal im Kühlraum eingesperrt, zusammen mit den Gärtnern, die gerade das Gemüse sortierten.«

»Und das übrige Personal?«

»Oh, ich ersuchte die kleine Magd, nach den Leuten zu rufen. Das wollte sie nicht, die dumme Gans, aber der Pistolenlauf an ihrer Wange belehrte sie eines Besseren. Außer dem bedauernswerten Harrison sind alle Leute in der Kühlkammer eingesperrt, auch Ihre Zofe, die mich anzugreifen versuchte. Damit handelte sie sich eine gewaltige Beule am Hinterkopf ein. Wie ein Stein ist sie zu Boden gefallen.«

»Was haben Sie dem Butler angetan?«

»Nun, ich dachte, ich könnte mich von hinten an ihn heranpirschen. Aber für einen alten Mann besitzt er ein erstaunlich gutes Gehör. Sobald er mich entdeckte, rannte er zum Kamin, um den eisernen Schürhaken zu ergreifen. Glücklicherweise war ich schneller, warf ihm eine kleine Statue an den Kopf und er brach lautlos zusammen. Ist er am Leben?«

»O ja.«

»Wie schade – ich dachte, ich hätte ihn getötet.«

»Was für ein abscheulicher Verbrecher Sie sind, Roger! Allein schon der Gedanke, dass Sie Lord Sedgwick meinetwegen ermordet haben …« Doch ihr fehlten die Worte, um auszudrücken, was sie empfand. In ihren Augen schienen Eissplitter zu glänzen. »Ich kann nur hoffen, der Allmächtige wird verzeihen, dass ich Ihnen jemals erlaubt habe, mir nach Randwulf Manor zu folgen. Von Anfang an hätte ich lauthals verkünden müssen, welch ein grässliches Ärgernis Sie sind. Dann würde der Vater meines Gemahls noch leben. Wie konnten Sie eine so grauenhafte Tat begehen? Lord Sedgwick hat Ihnen niemals Schaden zugefügt.«

»O doch!«, fauchte Roger erbost. »Er versuchte einen Keil zwischen uns zu treiben, weil er fürchtete, Sie würden seinen kostbaren Sohn nicht heiraten, sondern einen anderen. Und dieser Beweggrund genügte mir.«

»Wie Sie inzwischen wissen, hat Ihnen der Mord nichts genützt«, betonte Adriana. »Niemals hätte ich Sie geheiratet. Sie waren einfach nur ein Bekannter, der sich meistens unhöflich benahm und alle Leute vor den Kopf stieß, die sich für mich zu interessieren schienen. Die meisten waren Freunde, die ich mein Leben lang kannte. Aber *Sie* waren sogar auf Gentlemen eifersüchtig, die ich niemals als Heiratskandidaten in Betracht zog.«

»O ja, ich hasste sie alle – vor allem den Mann, den Sie geheiratet haben!« Verächtlich schnitt er eine Grimasse. »Auch ihn versuchte ich zu vergiften. Leider trank Mrs Jennings, diese Schlampe, den Brandy, der für *ihn* bestimmt war.«

Adriana warf ihm einen vernichtenden Blick zu. »Offensichtlich drängt es Sie, alle Menschen zu töten, die Sie für Ihre Feinde halten. Sogar Pandora Mayes … Diese bedauernswerte

Frau hielten Sie gefangen, um Ihre niedrigen Gelüste zu befriedigen. Wenn ich Sie auch wegen Ihrer leidvollen Kindheit bemitleidet habe, Roger – darüber denke ich jetzt anders. Ein rückgratloser Feigling wie Sie ist meines Mitgefühls nicht würdig. Allein schon Ihre Anwesenheit im Heim des großartigen Gentlemans, den Sie umgebracht haben, krampft mir den Magen zusammen. Sicher hätte Ihr Vater der Welt einen Gefallen erwiesen, wenn sein Lieferwagen nicht nur über Ihre Mutter, sondern auch über den Sohn hinweggerollt wäre. Genauso wie Edmund Elston sind Sie ein verdammter, skrupelloser Mörder!«

»Wovon reden Sie«, zischte er wütend, sprang aus dem Lehnstuhl und rannte auf sie zu.

Mutig hielt sie ihre Stellung. »Wissen Sie nichts von den Sünden Ihres Vaters?«

»Wer hat Ihnen erzählt, dass er meine Mutter überfahren hat?«, schrie er.

*»Bitte,* Roger, senken Sie Ihre Stimme – ich besitze ein ausgezeichnetes Gehör.«

»Antworten Sie!«

Möglichst beiläufig hob Adriana die Schultern. »Eine Zeugin hat den vermeintlichen Unfall beobachtet. Leider wurde sie auf die gleiche Weise beseitigt wie Ihre Mutter. Es ist anzunehmen, dass Ihr Vater beide Frauen auf dem Gewissen hat – ebenso wie seine erste Gemahlin. Die zweite hat er getötet, um sich ihren Reichtum und die Spinnerei anzueignen.«

Roger taumelte entsetzt nach hinten. Eine Hand auf seine Stirn gepresst, versuchte er sich an das Unglück zu erinnern, das seiner Mutter das Leben gekostet hatte. Angesichts der schnellen Fahrt des Lieferwagens war er gerade noch rechtzeitig beiseite gesprungen. Sonst hätte auch er den Tod gefunden. »Wissen Sie das ganz genau?«

»Wie könnte ich mir sicher sein? Ich war nicht dabei. Haben *Sie* alles mit angesehen?«

Bebend vor Wut ballte Roger die Hände und blickte sich

gehetzt um, als bekämpfte er einen Dämon – oder seine Erinnerung. Seine Lippen verzerrten sich. Aus seiner Kehle rang sich ein gellender Schrei, dann hob er die Fäuste empor und schien diesmal dem Himmel seine beklagenswerte Vergangenheit anzulasten.

»Machen Sie dem Allmächtigen keine Vorwürfe, Roger«, mahnte Adriana sarkastisch, »das wird Ihnen nichts nützen. Vielleicht sollten Sie Ihren Zorn lieber in die entgegengesetzte Richtung lenken, denn ich nehme an, Sie werden bald das ewige Feuer des Teufels spüren.«

»Welchen Teufel meinen Sie?«, höhnte er. »Glauben Sie etwa diese albernen Geschichten, die sich alte Weiber erzählen?«

Seelenruhig lächelte sie ihn an. »In Ihren Augen sehe ich einen eindeutigen Beweis für die Existenz des Satans. Und ich erkenne, wie erfolgreich er Sie unterjocht hat.«

Auch diesmal schreckte sie nicht zurück, als er drohend auf sie zukam. Er schwang eine Hand empor, offenbar in der Absicht, Adriana zu ohrfeigen. Würdevoll hob sie das Kinn und hoffte, er würde ihr Zittern nicht bemerken.

»Misshandeln Sie nur Frauen, Roger?«, forderte sie ihn trotz des wilden Glitzerns in seinen Augen heraus. »Warum? Haben Sie Ihre Mutter nicht geliebt? Offenbar schon – nach allem, was ich über Ihre Vergangenheit weiß. Also? Wieso hassen Sie die Frauen?«

»Was mir dieses Geschlecht antat, können Sie nicht einmal ahnen«, erwiderte er und ließ seine Hand sinken. Anscheinend verspürte er nicht mehr das Bedürfnis, Adriana zu schlagen. »Wüssten Sie es, würden Sie mich bemitleiden, statt die Frauen zu bedauern, die ich angeblich misshandelt habe.«

»Erzählen Sie mir alles. Vielleicht werden Sie dann mein Mitgefühl erregen.«

»Oh, das interessiert mich nicht. Ihre *Liebe* wollte ich erringen, Mylady. Die haben Sie mir verweigert. Auf Ihr Mitleid bin ich nicht angewiesen.«

»Hin und wieder braucht jeder ein bisschen Mitleid, Roger.

Wären wir alle unfehlbar, hätten wir nichts und niemanden nötig. Wir wären vollkommen. Aber wie wir wissen, ist das unmöglich.«

»Im Waisenhaus sehnte ich mich nach ein bisschen menschlicher Güte. Stattdessen musste ich hungern, wurde verprügelt und an den Handgelenken aufgehängt, bis mir die Stricke beinahe die Arme aus den Gelenken rissen. Erwies man mir die Gnade, um die ich schluchzend flehte? Ha! Miss Tittle schlug mich unbarmherzig mit ihrem Stock. Aus meinem zerfetzten Rücken quoll Blut. An jenem Tag schwor ich mir, ich würde an dieser Bestie und ihren Gehilfinnen Rache üben. Und das gelang mir. *Falls* es ein Höllenfeuer gibt, werden sie jetzt alle darin schmoren.«

Seine Kaltschnäuzigkeit ließ Adriana erschauern. Welche Verbrechen lasteten denn *sonst noch* auf seiner Seele? »Haben Sie die Frauen im Waisenhaus ermordet?«

Langsam schüttelte er den Kopf und grinste selbstzufrieden. »Nicht alle auf einmal. In jener Zeit lernte ich die Vorzüge giftiger Substanzen kennen – genau genommen von Rattengift oder Arsen, wenn Sie's so nennen wollen. Man glaubte, eine Epidemie wäre ausgebrochen – seltsamerweise nur in dem Waisenhaus, in dem ich gefangen gehalten wurde. Fünf Frauen habe ich getötet. Niemand schöpfte Verdacht oder kam auf den Gedanken, den Giftvorrat zu überprüfen. Überall rannten die verflixten kleinen Ratten herum. Die Waisenkinder mussten ihren Kot essen, zusammen mit dem verdammten Fraß aus der Speisekammer, wo die kleinen Biester an allen Lebensmitteln genagt hatten.«

Würgend presste Adriana eine Hand auf ihren Mund und Roger musterte triumphierend ihr aschfahles Gesicht.

»Wenn Sie glauben, ich würde übertreiben, meine Liebe, sollten Sie einmal ein Londoner Waisenhaus besuchen ...«

In diesem Moment erklang das Geräusch einer Kutsche, die vor die Eingangsstufen fuhr. Erschrocken drehte sich Roger um und Adriana nutzte die Gunst des Augenblicks. So schnell wie möglich musste sie die Neuankömmlinge vor der Gefahr warnen, die ihnen drohte.

In ihrer frühen Jugend hatte sie mit Samantha und anderen Kindern oft genug Fangen gespielt, um zu wissen, wie man einer ausgestreckten Hand auswich. Und so griff Roger vergeblich nach ihr. Als er sich erneut auf sie stürzen wollte, sprang sie beiseite, und seine Finger tasteten ins Leere. Dabei verlor er beinahe das Gleichgewicht. Während er auf einem Bein schwankte, rannte sie in die Halle und schrie aus Leibeskräften.

Noch bevor der Landauer hielt, öffnete Colton den Wagenschlag und stürmte die Stufen hinauf, von der Angst getrieben, die ihn seit der Abreise aus London quälte. Er stieß die Haustür auf und sah Adriana durch die Halle laufen, von einem stolpernden Roger Elston verfolgt, dessen Füße über den Marmorboden rutschten.

Atemlos eilte Colton seiner Frau entgegen und schob sie hinter seinen Rücken. Um sie festzuhalten, war Roger hinter ihr hergesprungen, bekam aber, während er der Länge nach hinfiel, nur ihren Pantoffel zu fassen.

Colton drängte Adriana zum Ausgang und bat sie zu fliehen, ehe er sich zu seinem Widersacher umwandte. Da riss Roger eine Pistole aus der Tasche seines Jacketts und richtete sie auf den Marquess.

»Eine falsche Bewegung – und ich blase ein Loch in Ihren Schädel«, warnte der junge Mann höhnisch.

Nun blieb Colton nichts anderes übrig, als die Arme auszubreiten. Verzweifelt versuchte Adriana, sich vor ihn zu stellen, aber er vertrat ihr den Weg. »Bleib, wo du bist!«, befahl er in scharfem Ton. »Wenn du mir nicht gehorchst, muss ich ihn attackieren!«

Vorsichtig erhob sich Roger. »Wie rührend Sie sich beide bemühen, einander zu retten! Doch es wird Ihnen nichts helfen. Bald müssen Sie ebenso sterben wie Ihre Gemahlin, Mylord.«

»Warum wollen Sie Adriana ermorden? Sie hat Ihnen nichts getan.«

Belustigt zuckte Roger die Achseln. »Sie muss büßen, weil sie die falsche Wahl getroffen und nicht mich geheiratet hat, sondern Sie, Mylord. Was Sie hinterlassen, will ich mir nicht nehmen – wegen Ihres Balgs, das im Bauch der Lady wächst. Also werden Sie beide sterben, zusammen mit dem Baby. An diesem Haushalt habe ich mich bereits drei Mal gerächt. Erst Lord Sedgwick, dann Mrs Jennings …«, boshaft kicherte er, als sich Coltons Augen verengten, »schließlich die Hunde …« Jetzt beobachtete Roger, wie der Marquess seiner Frau einen fragenden Blick zuwarf. Traurig nickte sie. »Natürlich wird es mir das größte Vergnügen bereiten, *Sie* ins Jenseits zu befördern, Mylord. In dieser Genugtuung werde ich noch jahrelang schwelgen. Ein Kriegsheld, der unter Wellington gekämpft hat – von einem einfachen Wollspinner getötet … Wie tragisch, werden die Leute jammern. Und zuletzt meine schöne Adriana. Ihr Verlust wird mich schmerzen. Doch es lässt sich nicht ändern. Wenn ich sie am Leben lasse, würde sie meine Taten in alle Welt hinausposaunen. Und das darf ich ihr nicht erlauben – ich muss mich schützen.«

Ein Geräusch, das Colton und seiner Gemahlin wohl vertraut war, veranlasste beide, an Roger vorbeizuschauen. Beunruhigt sah er den Marquess lächeln. Und dann hörte auch er die Pfoten auf dem Marmorboden klicken.

Erschrocken spähte er über seine Schulter. Beim Anblick des großen Tiers, das am Ende der Halle stand, stockte sein Atem. Den Kopf gesenkt, fletschte Leo seine scharfen Zähne. Ein tiefes Knurren sträubte Rogers Nackenhaar. In wilder Panik spähte er nach einem Versteck, in dem er sich in Sicherheit bringen könnte. Schließlich entschied er sich für den Salon. Doch die Metallkanten seiner Schuhe glitten erneut auf dem Marmorboden aus und er kam nicht schnell genug voran.

Als Colton sich auf ihn werfen wollte, schwang Roger die Pistole empor und zielte auf die Brust Seiner Lordschaft.

Schwankend näherte er sich der Salontür. Leo folgte ihm. Ganz langsam setzte er eine Pfote vor die andere. Angesichts des drohenden Unheils begann Roger zu wimmern. Diesmal hörte er weder aus Coltons noch aus Adrianas Mund den erlösenden Befehl »Sitz!« oder »Halt!«.

»Rufen Sie das Biest zurück, Mylord!«, kreischte er und richtete die Pistole auf Adriana. »Oder, beim Himmel, ich schieße ihr den schönen Kopf von den Schultern!«

Ein plötzlicher Schmerz schleuderte ihn auf die Knie, seine Kinnlade klappte nach unten. Über seinen glasigen Augen senkten sich die Lider. Ein zweiter Schlag traf die eine Schläfe, ein dritter die andere. Aus seinem Mund hing die erschlaffte Zunge. Das Gesicht nach unten, fiel er auf den Marmorboden.

In würdevoller Gelassenheit zog Harrison ein Taschentuch aus der Innentasche seines Jacketts und wischte Blut und Haare vom Ende des Schürhakens.

Die Arme ausgebreitet, die Augen voller Freudentränen, eilte Adriana zu ihm.

»O Harrison! Lieber, lieber Harrison, Sie haben uns das Leben gerettet!«, jubelte sie, umschlang und küsste den Butler, der sein Bestes tat, um nicht zu lächeln. Aber er hielt ihr die Wange hin, um möglichst viele Küsse einzuheimsen.

»Mylady, es war mir eine Freude, Ihnen zu dienen. Sollte ich mich etwa von einem Wolfshund beschämen lassen?«

Lachend ging Colton zu seiner Frau und schüttelte dem alten Mann die Hand. Und dann drehten sich alle drei voller Dankbarkeit zu Leo um, der herzhaft gähnte.

»Roger behauptete, er habe die Hunde vergiftet«, erklärte Adriana. »Allerdings räumte er ein, womöglich sei ihm versehentlich das falsche Fläschchen zwischen die Finger geraten. Also hat er den Hunden kein Arsen, sondern ein Schlafmittel verabreicht.«

»Wo ist Aris?« Suchend schaute sich Colton um.

»In der Galerie«, antwortete Adriana, an ihren Mann gelehnt, der einen Arm um ihre Schultern legte. »Da Leo am Leben ist, wird auch Aris nichts Schlimmes zugestoßen sein.«

»Und wo stecken die Dienstboten?«

»Ich werde sie sofort befreien«, erbot sich Harrison und betastete die große Beule an seinem Hinterkopf. Als er die Hand betrachtete, entdeckte er blutige Finger. »Die Köchin wird mir einen Verband anlegen. Offenbar blute ich immer noch.«

»Diesen Gefallen erweise ich Ihnen sehr gern, Harrison«, beteuerte Adriana. »Inzwischen kann Seine Lordschaft die Dienstboten aus der Kühlkammer holen und einen Boten zum Sheriff schicken. Danach werden wir nach Aris sehen.«

Wenige Minuten später nahm der Haushalt wieder seinen normalen Verlauf. Roger lag gefesselt hinter dem Teetisch im Salon, wo niemand über ihn stolpern konnte. Nach wie vor bewusstlos, würde er wohl kaum zu sich kommen, bevor die Polizei eintraf.

Wie sich bald herausstellte, waren die beiden Hunde lediglich von einer großen Dosis Laudanum niedergestreckt worden. Gähnend erwachte Aris aus seinem langen Schlaf und beide Tiere genossen Adrianas liebevolle Aufmerksamkeit. Während sie im Salon auf dem Teppich kniete, ermunterte sie Geni, das weiche Fell zu streicheln. Colton öffnete eine neue Brandyflasche – falls Roger den Inhalt der Karaffen vergiftet hatte – und füllte zwei Gläser für Harrison und sich selbst. Amüsiert beobachteten beide Männer die Hunde, die Adrianas und Genis Gesichter ableckten. Beide Ladys schnitten Grimassen. Aber Adriana protestierte nur halbherzig – zutiefst dankbar, weil die Tiere noch lebten, ebenso wie die Familie Wyndham.

Nach einer kleinen Weile rauschte Philana in den Salon. Aufgeregt schwenkte sie ihre Hände durch die Luft. »Endlich bin ich Großmutter! So schnell wie nur möglich fuhr ich nach Hause, um die erfreuliche Nachricht zu verkünden – ich habe einen Enkel!«

»Oh, das ist wundervoll, Mama Philana!«, rief Adriana. Mit Coltons Hilfe stand sie auf, eilte zu ihrer Schwiegermutter und umarmte sie liebevoll. »Ist Samantha wohlauf?«

»Natürlich, Liebes, und sie strahlt vor Glück. Aber wie ich gestehen muss – ich fühle mich ziemlich erschöpft, nachdem ich mit Percy stundenlang vor dem Schlafzimmer umherwanderte, während Dr. Carroll meine Tochter entband. Eins kann ich euch allen versichern – niemand auf Randwulf Manor musste einen so dramatischen Tag erleben wie ich! Gott sei Dank, jetzt ist die Tortur überstanden und ich will mich entspannen …«

Als allgemeines Gelächter erklang, unterbrach sie sich. Verwundert musterte sie ihren Sohn, ihre Schwiegertochter und die Dienstboten.

»Also wirklich …«

# Epilog

Sanft wiegte Adriana ihren schreienden Sohn in den Armen und suchte ihn zu beruhigen, damit der Pfarrer die Taufe fortsetzen konnte. Die Familie war eigens aus London nach Bradford zurückgekehrt, denn die Zeremonie sollte in derselben Kirche stattfinden, in der auch Colton getauft worden war. Vor kurzem hätte das Baby gestillt werden müssen. Doch es hatte den Zeitpunkt verschlafen und sich nicht wecken lassen. Jetzt war es außer sich vor Zorn, weil es nicht bekam, was es verlangte. Vergeblich knabberte es am Kleid, das den Busen seiner Mutter verhüllte.

Wie Reverend Craigs gepeinigte Miene verriet, erfreuten sich die Lungen des Säuglings bester Gesundheit. Sogar Gyles Suttons Augen schienen wässrig zu glänzen, während das Gebrüll seines Enkels die Grenzen des Erträglichen überschritt. Philana und Christina lächelten nachsichtig. Offenbar genossen sie die Szene in vollen Zügen. Und Colton, sichtlich amüsiert über den Wutausbruch seines Sohnes, stand neben seiner Frau und grinste in väterlichem Stolz, während der Priester das Ritual beschleunigte und Gordon Sedgwick Wyndham in den Schoß der Kirche aufnahm.

Endlich konnte sich Adriana in einen Privatraum zurückziehen und das Baby stillen. Zu ihrer Freude leistete ihr Samantha Gesellschaft, die ihren eigenen Sohn an die Brust nahm. Die beiden Babys sahen sich ähnlich und schienen einander neugierig zu betrachten, als sie später friedlich nebeneinander lagen. Zweifellos würden sie dem Beispiel ihrer Mütter folgen und zu unzertrennlichen Freunden heranwachsen. Später gingen die beiden Ladys zu ihren Ehemännern, die neben Riordan und der freudestrahlenden Felicity Kendrick vor der Kirche warteten. Ganz offensichtlich liebte Lord Harcourt seine junge Gemahlin von ganzem Herzen und seine zärtliche Fürsorge entschädigte sie für ihre leidvolle erste Ehe. Mit der Hilfe eines Dieners hatte Jane Fairchild ihren Vater, Samuel Gladstone, in einem Rollstuhl hierher gebracht. Jarvis Fairchild ließ sich nicht blicken. Das schien seine temperamentvolle Frau nicht zu stören, denn sie unterhielt sich angeregt mit ihrem neuen Schwiegersohn, ihrer Tochter und anderen Aristokraten, die im Lauf der Jahre Freundschaft mit der Familie Gladstone geschlossen hatten.

Abends lag Adriana neben ihrem Mann im Bett und schmiegte sich an ihn. Nicht weit entfernt schliefen Aris und Leo vor dem Kaminfeuer. Soeben war Gordon gestillt worden und nun schlummerte er in seiner Wiege. Genevieve Ariella Kingsley bewohnte ein eigenes Zimmer, etwas weiter unten am Flur, neben der Kammer ihrer Betreuerin Blythe, die liebevoll für das kleine Mädchen sorgte. Wenn Geni heranwuchs, würde sie erfahren, wer ihre wundervollen leiblichen Eltern gewesen waren.

»Kaum zu glauben, dass Felicity bereits guter Hoffnung ist«, meinte Adriana lächelnd. »Genauso wie ich muss sie schon in einer der ersten Nächte ihr Baby empfangen haben, vor etwa zwei Monaten.«

Bewundernd streichelte Colton den glatten Schenkel seiner Frau. »Ja, jetzt fühlt sich Felicity glücklich und zufrieden. Das verstehe ich nur zu gut, nach allem, was Roger ihr angetan hat. Und Jane freut sich unbändig auf ihr Enkelkind. Sie mag Riordan sehr gern. Und natürlich schätzt er seine Schwiegermutter ebenso wie ich meine.«

»Was anderes bleibt dir auch gar nicht übrig«, kicherte Adriana, »weil du keine Wahl hast.«

»Nun, das würde ich nicht sagen«, foppte Colton seine Gemahlin. »Immerhin bin ich schon einmal davongelaufen, um einem Arrangement zu entrinnen, das mir missfiel.«

»Oh, ich weiß!« Adriana seufzte abgrundtief. »Von klein auf warst du eigensinnig bestrebt, deinen Willen durchzusetzen.«

»Sei ehrlich, Mylady. Wärst du meiner Liebe sicher gewesen, hätte ich dem Wunsch meines Vaters von Anfang an zugestimmt und dich nur zum Altar geführt, um meine Pflicht zu erfüllen?«

»Genau das taten Samantha und Percy. Und sie lieben sich sehr.«

»Aber ich bin nicht Percy und du bist nicht Samantha. Trotzdem sind wir so glücklich wie die beiden – vielleicht sogar noch glücklicher. Wenigstens musst du dich nicht sorgen, ich könnte dich jemals betrügen. So ein Lotterleben habe ich lange genug geführt, um zu schätzen, was ich jetzt genieße. Falls du es nicht weißt, mein Engel, ich liebe dich heiß und innig.«

Zufrieden legte sie ihren Kopf auf seine Schulter und schlang ihre Finger in sein Brusthaar. »Und ich dich, Mylord.« Etwas später richtete sie sich auf und schaute in seine Augen. »Ich glaube, Gordon sieht deinem Vater ähnlich.«

»Nein, mir!«, protestierte Colton.

Eine Zeit lang schien sie über seine Antwort nachzudenken, dann neckte sie ihn: »Wenn es dich so sehr stört, nicht die *ganze* Ehre einzustecken, will ich dir zugestehen, dass unser Sohn auch dir gleicht. Aber ...«

Colton hob eine Hand und brachte sie zum Schweigen. »Schon gut, ich weiß. Mein Leben lang habe ich gehört, ich würde wie mein Vater aussehen.«

Lächelnd küsste sie seine Wange. »Darüber freue ich mich. Ich finde dich nämlich ungemein attraktiv. Und ich bin so froh, weil wir zusammengehören.« Nach einer längeren Gesprächspause stützte sie ihr Kinn auf seine Brust. »Hat Riordan irgendetwas über Rogers Todesstrafe erzählt?«

»Ja.«

»Und? Was hat er gesagt?«

»Nun, er wollte sich unbedingt mit eigenen Augen vergewissern, dass Felicity das Monstrum nie mehr fürchten muss. Obwohl Roger so viele Menschen ermordet hat, erwies er sich angesichts seines Todes als elender Feigling. Auf dem Weg zum Galgen flehte er schluchzend um Gnade. Aber da er niemals Mitleid mit seinen Opfern bekundet hat, wurde ihm keine erwiesen.«

»Mr Fairchild ist sehr glücklich über Felicitys zweite Ehe. Wie Jane mir erzählt hat, prophezeite er stets, ein Aristokrat würde um die Hand seiner Tochter anhalten. Nach Edmund Elstons Tod kaufte Jarvis die Spinnerei. Inzwischen versteht er sich auch viel besser mit Samuel Gladstone. Er scheint den alten Mann sogar zu bewundern. Nach allem, was ich höre, hat er sogar das veruntreute Geld zurückgezahlt. Felicity hat mir anvertraut, er würde ihrer Mutter den Hof machen, als wären sie gar nicht verheiratet. Natürlich hängt das ebenso mit der langen Trennung des Ehepaars zusammen. Eventuell hat er endlich erkannt, welch ein Juwel seine Gemahlin ist – und dass er sie verlieren würde, wenn er sich nicht bessert.«

Voller Verlangen liebkoste Colton die verführerische nackte Hüfte seiner Frau. »Wie unser genialer Dichter Shakespeare schon vor langer Zeit verkündet hat – Ende gut, alles gut.«

»Lüstling«, flüsterte sie und ihre leuchtenden Augen verschmolzen mit seinen.